Giovanni Verga
Der letzte Tag

Giovanni Verga

Der letzte Tag

Erzählungen

Mit einem Nachwort von
Johannes Hösle

Piper
München Zürich

Aus dem Italienischen von
Hannelise Hinderberger, Marianne
Schneider und Elke Wehr

ISBN 3-492-03062-9

Gesetzt aus der Trump-Antiqua
Gesamtherstellung: Kösel, Kempten
Printed in Germany

Nedda

Der häusliche Herd war in meinen Augen immer eine rhetorische Figur, tauglich als Rahmen für sanfteste, ungetrübte Zuneigungen, wie etwa der Mondstrahl dazu taugt, wallendes blondes Haar zu küssen; aber ich mußte lächeln, wenn ich sagen hörte, das Kaminfeuer sei beinahe ein Freund. Mir erschien es in Wahrheit als ein allzu notwendiger, bisweilen übellauniger und despotischer Freund, dem es gefallen hätte, einen nach und nach bei den Händen oder bei den Füßen zu packen und in seine verräucherte Höhle hineinzuziehen, um einem dort den Judaskuß zu geben. Ich kannte weder den Zeitvertreib, im Holz herumzustochern, noch die Wollust, sich vom Licht der Flamme überfluten zu lassen; die Sprache des Holzscheits, das tückisch knistert oder knurrend aufflackert, war mir unbekannt; mein Auge war nicht gewöhnt an die bizarren Bahnen der Funken, die wie Glühwürmchen über die geschwärzten Holzscheite laufen, an die phantastischen Gestalten, die das verkohlende Holz annimmt, an die tausendfältigen Abstufungen zwischen Hell und Dunkel in den blauen und roten Flammen, die beinahe schüchtern züngeln, anmutig liebkosen, um dann mit unverschämter Frechheit aufzulodern. Doch nachdem ich einmal in die Geheimnisse der Feuerzange und des Blasebalgs eingedrungen war, verliebte ich mich leidenschaftlich in die wollüstige Trägheit des Kamins. Ich werfe meinen Körper auf den Sessel neben dem Feuer wie ein Kleidungsstück und überlasse es dem Walten der Flamme, mein Blut wärmer strömen und mein Herz schneller schlagen zu lassen; ich beauftrage die fliehenden Funken, die wie verliebte Schmetterlinge gaukeln, meine Augen offenzuhalten und meine Gedanken, gleich ihnen, launisch ausschweifen zu lassen. Dieses Schauspiel, in dem unser Denken vagabundenhaft um uns herumflattert und uns verläßt, um in die Ferne zu schweifen und uns unvermerkt

Süßes und Bitteres ins Herz zu träufeln, ist von unsagbarem Reiz. Die Zigarre ist beinahe ausgegangen, das Auge halb geschlossen, die Feuerzange den entspannten Fingern entglitten: und wir sehen den anderen Teil unseres Selbst weit, weit fortziehen, geradezu schwindelerregende Entfernungen durchlaufen; und es ist uns, als liefen Ströme aus anderen Atmosphären durch unsere Nerven; lächelnd spüren wir die Wirkung von tausend Empfindungen, durch die wir graue Haare oder Falten auf der Stirn bekommen könnten, ohne einen Finger zu rühren oder einen Schritt zu tun.

Und auf einer solchen ziellosen Wanderung meines Geistes führte mir die – vielleicht zu nahe – knisternde Flamme das Bild einer anderen – riesigen – Flamme vor Augen, die ich in dem weiträumigen Herd des Gutshofes »Il Pino« am Fuß des Ätna hatte brennen sehen. Es regnete, und zornig heulte der Wind; den zwanzig oder dreißig Frauen, die auf dem Gut die Oliven ernteten, dampften die regennassen Röcke am Feuer; die frohgemut waren, weil sie Geld in der Tasche oder einen Schatz hatten, sangen; die anderen schwatzten über die magere Olivenernte, von den Heiraten in ihrer Pfarrei oder vom Regen, der ihnen das Brot aus dem Munde stahl; die alte Verwaltersfrau spann, damit die Lampe, die im Rauchfang hing, nicht ganz umsonst brannte, ein großer wolfsgrauer Hund hatte vor dem Feuer die Schnauze auf die Pfoten gelegt und spitzte bei jedem neuen Heulen des Windes die Ohren. Während die Suppe kochte, spielte der Schäfer eine Weise aus den Bergen, die in den Beinen kribbelte, und die Mädchen begannen auf den unregelmäßigen Backsteinfliesen der geräumigen, rauchgeschwärzten Küche zu tanzen, und der Hund knurrte, weil er Angst hatte, sie könnten ihm auf den Schwanz treten. Die Lumpen flatterten fröhlich, auch die Bohnen tanzten in ihrem Topf und kollerten im Schaum, der in die zischenden Flammen spritzte. Als sie alle müde waren, kamen die Lieder dran: »Nedda! – Nedda, die Varannisa!« riefen etliche. Wohin hatte sich die Varannisa verkrochen?

»Hier bin ich«, antwortete eine Stimme kurz aus dem finstersten Winkel, wo auf einem Holzbündel zusammengeduckt ein Mädchen hockte.

»Was machst du denn da hinten?«
»Nichts.«
»Warum hast du nicht mitgetanzt?«
»Weil ich müde bin.«
»Sing uns eins von deinen schönen Liedern.«
»Nein, ich will nicht singen.«
»Was hast du denn?«
»Nichts.«
»Ihre Mutter liegt im Sterben«, antwortete eine ihrer Gefährtinnen, und es klang so, als hätte sie gesagt, sie habe Zahnweh.

Das Mädchen, das mit dem Kinn auf den Knien dasaß, warf dem anderen, das gesprochen hatte, einen Blick aus großen, schwarzen, funkelnden, aber trockenen, beinahe gleichmütigen Augen zu, ohne ein Wort zu sagen, senkte den Blick dann wieder und sah weiter auf seine nackten Füße.

Während die anderen sich zerstreuten und alle auf einmal losschwatzten wie Elstern, die sich über eine üppige Weide freuen, wandten sich nun zwei oder drei der Mädchen ihr zu und sagten: »Warum hast du dann deine Mutter allein gelassen?«

»Ich mußte ja Arbeit suchen.«
»Woher bist du denn?«
»Aus Viagrande, aber jetzt wohne ich in Ravanusa.«

Eine von den Albernen, die Patentochter des Verwalters, die Ostern den dritten Sohn des Pächters Jacopo heiraten sollte und ein hübsches goldenes Kreuzchen am Hals hatte, sagte, indem sie ihr den Rücken zukehrte: »Das ist ja nicht weit! Da könnte dir die schlimme Nachricht ja jeder Vogel bringen.«

Nedda warf ihr einen Blick zu, der denen glich, die der am Feuer zusammengekauerte Hund den Holzschuhen zuwarf, wenn sie seinem Schwanz bedrohlich nahe kamen.

»Nein, nein. Onkel Giovanni hätte mich bestimmt geholt!« rief sie, als antwortete sie sich selbst.

»Wer ist Onkel Giovanni?«

»Es ist der Onkel Giovanni aus Ravanusa; so nennen ihn alle.«

»Du hättest dir von Onkel Giovanni Geld leihen sollen

und deine Mutter nicht allein lassen«, sagte ein anderes Mädchen.

»Onkel Giovanni ist nicht reich, und wir sind ihm schon zehn Lire schuldig! Und der Arzt? Und die Arzneien? Und das tägliche Brot? Ach, das ist leicht gesagt«, fügte Nedda kopfschüttelnd hinzu, und zum erstenmal verriet ihre rauhe, beinahe wilde Stimme einen schmerzlichen Ton, »wenn man die Sonne an der Haustür untergehen sieht und denken muß, daß kein Brot im Kasten ist und kein Öl in der Lampe und man keine Arbeit für den nächsten Tag hat, das ist ziemlich bitter, besonders wenn man eine arme, kranke alte Frau daliegen hat, in ihrem Bett.«

Und sie schüttelte immer noch den Kopf, auch nachdem sie nicht mehr sprach, ohne jemanden anzusehen, ihre Augen waren hart und trocken, verrieten aber einen so großen, unbewußten Schmerz, wie ihn tränengewohntere Augen nicht auszudrücken vermocht hätten.

»Eure Schüsseln, Mädchen!« schrie die Verwaltersfrau und nahm mit triumphierender Miene den Deckel vom Topf.

Alle drängten sich um das Feuer, wo die Verwaltersfrau mit kundiger, sparsamer Hand schöpflöffelweise die Bohnen austeilte. Nedda wartete bis zum Schluß mit ihrem Schüsselchen unter dem Arm. Endlich wurde auch für sie Platz gemacht, und die Flamme beschien ihre ganze Gestalt.

Sie war ein dunkelhäutiges, ärmlich gekleidetes Mädchen, das sich schüchtern und ungeschlacht benahm nach der Art aller Armen und Ausgestoßenen. Sie wäre wohl schön gewesen, wenn nicht durch die Entbehrungen und die harte Arbeit nicht nur die Anmut der weiblichen Erscheinung, sondern selbst auch das Menschliche an ihrer Gestalt zutiefst entstellt gewesen wäre. Ihr dichtes schwarzes Haar war zerrauft und mit einer Schnur notdürftig zusammengehalten, sie hatte elfenbeinweiße Zähne, und ein grober Reiz über ihren Gesichtszügen ließ ihr Lächeln anziehend erscheinen. Ihre schwarzen, großen Augen schwammen in einer bläulichen Flüssigkeit, und selbst eine Königin hätte das arme Mädchen, das auf der untersten Stufe der Menschheit kauerte, darum beneidet, wären sie nicht durch die düstere Scheu des Elends getrübt gewesen und durch die ständige traurige Ergebenheit dumm erschienen. Ihre Gliedmaßen, von außergewöhnlichen Lasten niedergedrückt oder durch Mühen und Anstrengungen überentwickelt, waren grob geworden, ohne kräftig zu sein. Sie arbeitete als Handlangerin, wenn sie nicht gerade Steine auf urbar zu machende Grundstücke zu schleppen hatte oder für andere Lasten in die Stadt brachte oder sonst eine dieser härtesten Arbeiten verrichtete, die in jener Gegend als eines Mannes unwürdig gelten. Die gewöhnlicheren Frauenarbeiten, die Weinlese, die Getreide- und die Olivenernte, waren für sie ein Fest, Tage der Ausgelassenheit und ein Zeitvertreib statt Mühe. Freilich brachten sie auch nur die Hälfte von dem ein, was sie an einem guten Sommertag als Handlangerin bekam, denn das waren dreizehn blanke Soldi. Die Lumpen, die sie als Nachahmung von Kleidungsstücken übereinandergelegt trug, gaben ihrer Gestalt etwas Groteskes, statt daß von zarter weiblicher Schönheit hätte die Rede sein können. Die lebhafteste Phantasie wäre nicht imstande gewesen, sich vorzustellen, daß diese Hände, die täglich zu den härtesten Mühen genötigt waren, die in eisharter oder glühender Erde, zwischen Dornengestrüpp und Erdrissen scharren mußten, und diese Füße, gewohnt, nackt durch den Schnee und über sonnenglühende Felsen zu gehen, sich an Dornen aufzureißen oder sich an Steinen schwielig zu stoßen, hätten schön sein können. Niemand hätte sagen können, wie alt dieses menschliche Geschöpf war; die Armut hatte sie schon als Kind durch alle ihre Entbehrungen, die Körper, Seele und Geist entstellen und hart machen, zu Boden gedrückt. – Genauso war es ihrer Mutter ergangen, genauso ihrer Großmutter, und ihrer Tochter würde es genauso ergehen. – Und an Zugehörigkeit zum Geschlecht der Menschen war ihr gerade so viel geblieben, daß es ausreichte, deren Befehle zu verstehen und ihnen die niedrigsten und härtesten Dienste zu leisten.

Nedda reichte ihre Schüssel hin, und die Verwaltersfrau schüttete ihr alle Bohnen hinein, die noch im Topf waren, viele waren es nicht!

»Warum kommst du denn immer zuletzt? Weißt du

nicht, daß die letzten immer kriegen, was übrigbleibt?« sagte die Frau als Belohnung zu ihr.

Das arme Mädchen senkte die Augen auf die schwärzliche Brühe, die in ihrer Schüssel dampfte, als hätte sie den Vorwurf verdient, und entfernte sich langsam und sachte, um den Inhalt nicht zu verschütten.

»Ich würde dir gern etwas abgeben«, sagte ein Mädchen, das nicht so hartherzig war, zu Nedda, »aber wenn es morgen weiterregnet ... dann komme ich ja um meinen Tageslohn, und ich möchte nicht auch mein ganzes eigenes Brot aufessen.«

»Diese Angst habe ich nicht«, entgegnete Nedda mit einem trüben Lächeln.

»Warum?«

»Weil ich kein eigenes Brot habe. Das bißchen, das ich hatte, habe ich samt den paar Groschen meiner Mutter zu Haus gelassen.«

»Und du lebst nur von der Suppe hier?«

»Ja, daran bin ich gewöhnt«, sagte Nedda einfach.

»Verdammtes Regenwetter! Stiehlt uns den Tageslohn«, fluchte eine andere.

»Da, nimm dir was aus meiner Schüssel.«

»Ich hab keinen Hunger mehr«, antwortete die Varannisa grob zum Dank.

»Du verfluchst den Regen, aber dein tägliches Brot willst du essen!« sagte die Verwaltersfrau zu der, die das schlechte Wetter verwünscht hatte. »Regen im Herbst verheißt ein gutes Jahr, weißt du das nicht?«

Ein allgemeines Raunen stimmte diesen Worten bei.

»Ja, aber mittlerweile zieht uns Euer Mann schon drei gute halbe Tage vom Wochenlohn ab!«

Erneut hörte man ein zustimmendes Raunen.

»Hast du vielleicht die drei halben Tage gearbeitet, so daß wir sie dir bezahlen müßten?« erwiderte die Alte triumphierend.

»Das stimmt! das stimmt!« antworteten die anderen mit dem instinktiven Gerechtigkeitssinn, den die Masse hat, auch wenn diese Gerechtigkeit den einzelnen Nachteile bringt.

Die Verwaltersfrau stimmte den Rosenkranz an, ein

Ave-Maria folgte dem anderen in eintönigem, da und dort von Gähnen begleitetem Gemurmel. Nach den Litaneien wurde für die Lebenden und die Toten gebetet; da füllten sich Neddas Augen mit Tränen, und sie vergaß »Amen« zu antworten.

»Was ist das für eine Manier, daß man nicht einmal ›Amen‹ sagt!« sagte die Alte in strengem Ton zu ihr.

»Ich dachte an meine arme Mutter, die so weit weg ist«, stammelte Nedda mit traurigem Gesicht.

Dann wünschte die Verwaltersfrau eine »heilige Nacht«, nahm die Lampe und ging. Da und dort entstanden um das Feuer und in der Küche bizarre Lagerstätten. Die letzten Flammen warfen ihr schwankendes Helldunkel auf die einzelnen Gruppen und die verschieden daliegenden Gestalten. Es war ein guter Hof, und der Herr sparte nicht wie andere, es gab genug Bohnen für die Suppe, genug Holz für das Herdfeuer und reichlich Spreu für die Lagerstätten. Die Frauen schliefen in der Küche und die Männer im Heuschuppen. Wo aber der Besitzer geizig ist, schlafen Männer und Frauen durcheinander, so gut es geht, im Stall oder sonstwo, auf Stroh oder ein paar Lumpen, die Kinder neben den Eltern, und wenn der Vater reich ist und eine eigene Decke hat, breitet er sie über seine Familie aus; wer friert, rückt näher an seinen Nachbarn oder legt seine Füße in die warme Asche oder deckt sich mit Stroh zu, bettet sich zurecht, so gut er kann; wenn man ein hartes Tagewerk hinter sich und ein hartes Tagewerk vor sich hat, ist der Schlaf tief, ein wohltätiger Despot, und die Moral des Herrn nimmt es nur genau, wenn ein Mädchen, das vor der Niederkunft steht, ihre zehn Stunden hartes Tagewerk nicht mehr durchhalten kann.

Bevor es Tag wurde, waren einige Frühaufsteherinnen schon draußen, um nach dem Wetter zu sehen, und die Tür, die unentwegt gegen die Türpfosten schlug, trieb eiskalten Wind herein auf die anderen, die steif vor Kälte noch schliefen. Beim ersten Morgengrauen war der Verwalter gekommen und hatte die Tür sperrangelweit aufgerissen, um auch die Faulen zu wecken, da man den Herrn auch nicht um eine Minute des langen Tagewerks betrügen durfte, denn schließlich bezahlte er ja seinen blanken Tarì dafür und manchmal sogar drei Carlini (fünfundsechzig Centesimi!) und dazu noch die Suppe!

»Es regnet!« war das verdrießliche Wort, das übellaunig von Mund zu Mund ging. Nedda lehnte an der Tür und blickte trübsinnig auf die dicken, bleifarbenen Wolken, welche das fahle Licht des frühen Morgens auf sie warfen. Es war ein kalter, nebliger Tag; die welken Blätter lösten sich von den Zweigen, strichen die Äste entlang und flatterten eine Weile, bevor sie in den Schlamm fielen, und ein kleines Rinnsal versumpfte in einer Pfütze, in der sich wollüstig die Schweine wälzten; die Kühe zeigten ihre schwarzen Schnauzen am Stallgitter und sahen mit schwermütigem Blick in den fallenden Regen hinaus; die Spatzen kauerten unter den Ziegeln der Dachtraufe und piepsten in jämmerlichem Ton.

»Wieder ein verlorener Tag!« murmelte ein Mädchen und biß dabei in ein großes Stück Schwarzbrot.

»Da unten über dem Meer lösen sich die Wolken schon los«, sagte Nedda, indem sie ihren Arm ausstreckte, »gegen Mittag wird das Wetter vielleicht umschlagen.«

»Aber der Halunke von einem Verwalter wird uns nur ein Drittel des Tagewerks bezahlen!«

»Besser als gar nichts.«

»Ja, aber unser eigenes Brot, von dem wir inzwischen essen?«

»Und der Schaden, den der Herr hat, weil so viele Oliven verfaulen oder im Schlamm verlorengehen?«

»Das stimmt!« sagte eine andere.

»Aber versuch es nur und nimm dir eine einzige Olive, die sowieso in einer halben Stunde verlorengeht, und iß sie zu deinem trockenen Brot, dann wirst du sehen, was dir der Verwalter dazu gibt!«

»Das ist richtig, denn die Oliven gehören nicht uns!«

»Aber auch nicht dem Boden, der sie verschlingt!«

»Aber wem gehört der Boden? Dem Herrn!« sagte Nedda mit triumphierender Logik und großem Ausdruck in den Augen.

»Das stimmt auch wieder«, sagte eine, die darauf nichts zu entgegnen wußte.

»Mir wäre es lieber, es würde den ganzen Tag weiterregnen, als bei diesem Wetter einen halben Tag im Schmutz herumzukriechen, für drei oder vier Soldi!«

»Für dich bedeuten drei oder vier Soldi wohl gar nichts!« rief Nedda finster.

Als am Samstagabend schließlich der Wochenlohn ausgezahlt wurde, kamen alle zum Tisch des Verwalters, auf dem viele schöne Häufchen Geld und Stöße scheußlichen Papiers lagen; bezahlt wurden zuerst die ungestümsten Männer, dann die streitsüchtigsten Frauen, zuletzt und schlechter die schüchternen und schwachen. Als der Verwalter Neddas Lohn ausgerechnet hatte, erfuhr sie, daß sie nach Abzug der zweieinhalb erzwungenen Ruhetage nur noch vierzig Soldi bekam.

Die Arme wagte es nicht, den Mund aufzumachen. Nur ihre Augen füllten sich mit Tränen.

»Und dazu auch noch jammern und greinen!« schrie sie der Verwalter an, der als gewissenhafter Verwalter immer schrie, wenn es das Geld seines Herrn zu verteidigen galt. »Nachdem ich dich bezahle wie die anderen, wo du doch die ärmste und die kleinste von allen bist! So viel, wie du hier von mir bekommst, kriegt so eine wie du nirgends, von keinem Grundbesitzer in der Gegend von Pedara, Nicolosi und Trecastagni! Drei Carlini und die Suppe dazu!«

»Ich beklage mich ja nicht ...«, sagte Nedda schüchtern und steckte das bißchen Geld ein, das ihr der Verwalter, als hätte er den Wert erhöhen wollen, in Grani hingezählt hatte. »Das Wetter ist schuld, denn es ist schlecht gewesen und hat mir fast die Hälfte von dem genommen, was ich hätte bekommen können.«

»Dann beschwer dich beim Herrgott!« sagte der Verwalter grob.

»O nein, beim Herrgott nicht, sondern bei mir selbst, weil ich so arm bin!«

»Bezahl ihr doch die ganze Woche, der Armen«, sagte der Sohn des Herrn, der sich die Olivenernte mit ansah, »es macht ja nur ein paar Soldi mehr aus.«

»Ich darf ihr nur so viel geben, wie ihr zusteht.«

»Aber wenn ich es dir sage!«

»Ihr und ich, wir hätten alle Grundbesitzer der Nachbarschaft gegen uns, *wenn wir Neuheiten einführen würden.*«

»Du hast recht«, antwortete der Sohn des Herrn, der ein reicher Grundbesitzer war und viele Nachbarn hatte.

Nedda legte ihre paar Lumpen zusammen und sagte ihren Gefährtinnen Lebewohl.

»Gehst du so spät noch nach Ravanusa?« sagten einige.

»Meiner Mutter geht es schlecht!«

»Hast du keine Angst?«

»Doch, Angst hab' ich schon wegen der paar Soldi in meiner Tasche, aber meiner Mutter geht es gar nicht gut, und jetzt, wo ich nicht mehr hier bleiben muß wegen der Arbeit, könnte ich, glaub' ich, gar nicht schlafen, wenn ich heute Nacht noch hier wäre.«

»Soll ich dich begleiten?« sagte in scherzhaftem Ton der junge Schäfer.

»Ich gehe mit Gott und Maria«, sagte das arme Mädchen einfach, indem es mit gesenktem Kopf den Weg über die Felder nahm.

Die Sonne war schon seit einer Weile untergegangen, und die Schatten stiegen rasch den Bergrücken hinan bis zum Gipfel. Nedda schritt eilig aus, und als die Finsternis immer undurchdringlicher wurde, fing sie an zu singen wie ein verschreckter Vogel. Alle zehn Schritte drehte sie sich angstvoll um, und wenn ein Steinchen, das der Regen der letzten Tage losgelöst hatte, von der Mauer herunterrollte und der Wind ihr plötzlich das Regenwasser, das sich in den Blättern der Bäume gesammelt hatte, wie Hagelkörner ins Gesicht spritzte, blieb sie, am ganzen Leibe zitternd, stehen wie ein verirrtes Zicklein. Eine Zwergohreule folgte ihr von Baum zu Baum mit ihrem klagenden Gesang, und sie war froh über diese Gesellschaft und lockte den Vogel von Zeit zu Zeit pfeifend, damit er nicht müde würde, ihr nachzufliegen. Wenn sie an einer kleinen Kapelle vorbeikam, wie man sie neben dem Eingang zu einem Gutshof findet, blieb sie einen Moment auf dem Weg stehen, um in aller Eile ein Ave-Maria zu beten, wobei sie auf der Hut war vor dem wütend bellenden Wachhund, der von der Mauer leicht auf sie hätte herunterspringen können; dann ging sie geschwinderen Schrittes weiter, drehte sich aber zwei-, dreimal nach dem kleinen Licht um, das zu Ehren der Heiligen brannte und dem Verwalter den Weg erhellte, wenn er spät abends heimkehrte. Das kleine Licht machte ihr Mut und gab ihr ein Gebet für ihre Mutter ein. Von Zeit zu Zeit durchzuckte ein schmerzhafter Gedanke ihr Herz wie ein plötzlicher Stich, und dann fing sie an zu laufen und sang mit lauter Stimme, um sich zu betäuben, oder sie dachte an die frohen Tage der Weinlese oder an die Sommerabende, an denen man unter dem schönsten Mond der Welt in Scharen hinter dem fröhlich spielenden Dudelsack vom Tiefland heimkehrte; aber ihre Gedanken eilten immer wieder an denselben Ort, zu dem ärmlichen Lager ihrer Kranken. Sie stolperte über einen Lavasplitter, der so scharf war wie ein Rasiermesser und ihr den Fuß aufriß; es herrschte eine so tiefe Dunkelheit, daß das arme Mädchen oftmals, wenn der Weg eine Biegung machte, gegen die Mauer oder die Hecke stieß und ihr allmählich der Mut sank und sie nicht mehr wußte, wo sie sich befand. Auf einmal hörte sie die Turmuhr von La Punta neun Uhr schlagen, so nahe, daß es ihr vorkam, als fielen die Schläge alle auf ihren Kopf, und sie lächelte, als hätte mitten in einer Menge fremder Leute ein Freund sie beim Namen gerufen.

Frohgemut schwenkte sie in die Dorfstraße ein und sang aus vollem Halse ihr schönes Lied und hielt in ihrer Schürzentasche ihre vierzig Soldi fest in der Hand.

Als sie an der Apotheke vorbeikam, sah sie den Apotheker und den Notar fest eingemummt dasitzen und Karten spielen. Ein Stück weiter vorn begegnete sie dem armen Dorftrottel von La Punta, der die Straße vom einen Ende bis zum anderen auf und nieder ging und, seine Hände in den Jackentaschen, immer dasselbe Lied vor sich hin sang, das ihn seit zwanzig Jahren stets begleitete, in den Winternächten und in der Mittagshitze der Hundstage. Als sie bei den ersten Bäumen der schnurgeraden Allee, die nach Ravanusa führt, angelangt war, begegnete sie einem Joch Ochsen, die langsamen Schrittes und friedlich wiederkäuend des Weges kamen.

»He, Nedda!« rief eine bekannte Stimme.

»Bist du's, Janu?«

»Ja, ich bin's, mit den Ochsen des Herrn.«

»Woher kommst du denn?« fragte Nedda, ohne stehenzubleiben.

»Ich komme vom Tiefland. Hab' bei dir zu Hause vorbeigeschaut; deine Mutter wartet auf dich.«

»Wie geht es meiner Mutter?«

»Immer gleich.«

»Gott segne dich!« rief das Mädchen, als hätte es etwas Schlimmeres befürchtet, und fing wieder an zu laufen.

»Leb wohl, Nedda!« rief ihr Janu nach.

»Leb wohl!« stammelte von ferne Nedda.

Und es schien ihr, als ob die Sterne wie Sonnen leuchteten und als ob alle Bäume, von denen sie jeden einzelnen kannte, die Zweige über ihren Kopf ausbreiteten, um sie zu beschützen, und als ob die Steine auf dem Weg ihre gefühllos gewordenen Füße streichelten.

Am nächsten Tag kam, da Sonntag war, der Arzt zur Visite, denn er gewährte seinen mittellosen Kranken diesen einen Tag, den er nicht seinen Besitzungen widmen konnte... Eine traurige Visite! Der gute Doktor war es nämlich nicht gewohnt, seine Patienten schonend zu behandeln, und in Neddas kleinem Haus gab es weder eine Diele noch Freunde des Hauses, die man in den wahren Zustand der Kranken hätte einweihen können.

Im Lauf des Tages folgte auch ein trauriger Gottesdienst; es kam der Pfarrer im Chorhemd, der Küster mit dem geweihten Öl und zwei oder drei Gevatterinnen, die irgendwelche Gebete vor sich hin murmelten. Das Glöckchen des Küsters tönte schrill über die Felder, und die Fuhrleute, die es hörten, hießen ihre Maultiere auf der Straße stillstehen und nahmen ihre Mützen ab. Als Nedda es auf dem steinigen Weg, der von der Straße zu ihrem kleinen Haus führte, herannahen hörte, zog sie der Kranken die zerrissene Decke hoch, damit man nicht merkte, daß die Leintücher fehlten, und breitete ihre schönste Schürze über das wackelige Tischchen, das durch ein paar Ziegelsteine Halt bekam. Während dann der Priester seines Amtes waltete, kniete sie sich draußen vor der Tür nieder und stammelte mechanisch einige Gebete, wobei sie gedankenverloren den Stein vor der Schwelle anblickte, auf dem ihr altes Mütterchen sich in der Märzensonne zu wärmen pflegte; zerstreut lauschte sie den gewohnten Geräuschen aus der Nachbarschaft, dem Gehen und Kommen all der Leute, die ohne Drangsal im Gemüt ihren alltäglichen Geschäften nachgingen. Der Pfarrer ging wieder weg, und der Küster wartete vergeblich an der Tür auf das gewohnte Almosen für die Armen.

Onkel Giovanni sah Nedda spät am Abend auf der Straße nach La Punta laufen.

»He, wohin läufst du denn noch so spät?«

»Ich hole eine Arznei, die der Arzt verordnet hat.«

Onkel Giovanni dachte wirtschaftlich und war ein Brummbär.

»Immer noch Arzneien«, knurrte er, »nachdem er schon das geweihte Öl verschrieben hat! Na ja, er teilt sich den Gewinn mit dem Apotheker, um die armen Leute auszusaugen! Mach es auf meine Weise, Nedda, spar dir dein Geld und geh heim zu deiner Alten.«

»Und wenn sie doch was nützen sollte!« antwortete das Mädchen traurig, indem es die Augen senkte und seinen Schritt beschleunigte.

Onkel Giovanni murmelte irgend etwas als Antwort. Dann lief er ihr nach: »He, Varannisa!«

»Was wollt Ihr denn?«

»Dann gehe ich zum Apotheker. Ich brauche nicht so lange wie du, glaub mir. Und du läßt die arme Kranke nicht allein.«

Dem Mädchen traten die Tränen in die Augen.

»Gott segne Euch!« sagte sie und wollte ihm auch das Geld in die Hand geben.

»Das Geld gibst du mir dann später«, sagte Onkel Giovanni grob und ging weg, als hätte er noch die Beine eines Zwanzigjährigen.

Das Mädchen ging wieder nach Haus und sagte zu seiner Mutter: »Onkel Giovanni ist in die Apotheke gegangen«, und sie sagte es mit ungewöhnlich sanfter Stimme.

Die Sterbende hörte, wie Nedda das Geld auf das Tischchen legte, und blickte sie fragend an. »Er hat gesagt, das Geld soll ich ihm später geben«, erwiderte die Tochter.

»Gott belohne ihn für seine gute Tat!« murmelte die Kranke, »so bleibst du wenigstens nicht ganz ohne Geld.«

»Ach, Mama!«

»Wieviel sind wir Onkel Giovanni schon schuldig?«

»Zehn Lire. Aber habt keine Bange, Mama, ich werde arbeiten.«

Die Alte sah sie mit halb erloschenem Blick lange an und umarmte sie darauf, ohne den Mund zu öffnen. Am Tag darauf kamen die Totengräber, der Küster und die Gevatterinnen. Als Nedda die Tote mit ihren besten Kleidern ausstaffiert und in der Bahre zurechtgemacht hatte, legte sie ihr eine Nelke, die in dem rissigen Topf erblüht war, und ihren schönsten Haarzopf in die Hände; gab den Totengräbern das bißchen Geld, das ihr geblieben war, damit sie alles ordentlich machten und die Tote auf dem steinigen Friedhofweg nicht allzusehr schüttelten; dann machte sie das Bett und räumte auf, stellte das letzte Gläschen Arznei auf das Regal und setzte sich dann auf die Türschwelle und blickte zum Himmel.

Das Rotkehlchen, der fröstelnde Novembervogel, fing in den Zweigen und den Brombeerranken, die das Mäuerchen der Haustür gegenüber krönten, zu singen an und blickte sie, während es zwischen den Dornen herumhüpfte, mit so schlauen Äuglein an, als wollte es ihr etwas sagen; Nedda dachte, daß ihre Mutter es am Tag vorher noch hatte singen hören. Im Gemüsegarten nebenan lagen Oliven am Boden, und die Elstern kamen und pickten sie auf; sie hatte sie mit Steinen verjagt, damit die Sterbende ihr unheilschwangeres Krächzen nicht zu hören brauchte, jetzt blickte sie sie gleichgültig an und rührte sich nicht vom Fleck, und wenn auf der nahen Straße der Lupinenverkäufer oder der Weinhändler oder die Fuhrleute vorbeikamen, die sich mit lauten Stimmen unterhielten, um den Lärm der Fuhrwerke und die Glöckchen der Maultiere zu übertönen, sagte sie zu sich: Das ist der, und das ist jener. Als es zum Angelus läutete und der Abendstern aufging, fiel ihr ein, daß sie jetzt nicht mehr nach La Punta gehen mußte, um die Arzneien zu holen, und als die Geräusche auf der Straße nachließen und die Dunkelheit in den

Garten einfiel, dachte sie, daß sie nun keine Lampe mehr anzuzünden brauchte.

Onkel Giovanni traf sie vor der Haustür stehend an.

Sie war aufgestanden, als sie Schritte auf dem Weg hörte, denn sie erwartete niemanden mehr.

»Was machst du denn da?« fragte Onkel Giovanni. Sie hob die Schultern und antwortete nichts.

Der Alte setzte sich neben sie auf die Türschwelle und sagte auch nichts weiter.

»Onkel Giovanni«, sagte das Mädchen nach einem langen Schweigen, »jetzt, wo ich niemanden mehr habe und weit weggehen kann, um Arbeit zu suchen, werde ich nach Roccella gehen, wo die Olivenernte noch nicht zu Ende ist, und wenn ich wiederkomme, gebe ich Euch das Geld zurück, das Ihr uns geliehen habt.«

»Ich bin nicht gekommen, weil ich dein Geld will«, antwortete ihr Onkel Giovanni barsch.

Da sagte sie nichts mehr, und beide blieben still sitzen und lauschten dem Ruf der Waldohreule. Nedda dachte, es sei vielleicht die, welche sie vom »Pino« nach Haus begleitet hatte, und spürte, wie ihr das Herz weit wurde.

»Und hast du schon Arbeit?« fragte Onkel Giovanni schließlich.

»Nein, aber eine gütige Seele, die mir welche geben wird, finde ich bestimmt.«

»In Aci Catena, hab' ich gehört, bezahlt man den Frauen für das Orangeneinwickeln, wenn sie geschickt sind, eine Lira am Tag, ohne Suppe, und da habe ich gleich an dich gedacht; du hast doch diese Arbeit schon letzten März gemacht und kennst dich sicher aus. Willst du hingehen?«

»Schön wär's!«

»Morgen früh bei Tagesanbruch müßte man sich beim Amselgarten einfinden, an der Ecke, wo die Abkürzung nach S. Anna abgeht.«

»Ich kann auch heute nacht schon aufbrechen. Meine arme Mama hat mir nicht durch allzu viele Ruhetage zur Last fallen wollen!«

»Weißt du, wie man hinkommt?«

»Ja. Und dann frage ich weiter.«

»Erkundige dich bei dem Wirt an der Hauptstraße nach

Valverde, hinter dem Kastanienwald auf der linken Seite der Straße. Dort fragst du dann nach Pächter Vinirannu und sagst, daß ich dich schicke.«

»Da will ich hingehen«, sagte das Mädchen hocherfreut.

»Ich hab' gedacht, du hast bestimmt kein Brot für diese Woche«, sagte Onkel Giovanni und zog ein großes Schwarzbrot aus der tiefen Tasche seines Anzugs hervor und legte es auf das Tischchen.

Nedda wurde rot, als würde sie selbst diese gute Tat tun. Nach einer Weile sagte sie: »Wenn der Herr Pfarrer morgen eine Messe für meine Mutter lesen würde, dann würde ich ihm zwei Tage bei der Bohnenernte helfen.«

»Die Messe habe ich schon lesen lassen«, antwortete Onkel Giovanni.

»Die arme Tote wird auch für Euch beten!« murmelte das Mädchen mit Tränen in den Augen.

Als Onkel Giovanni schließlich weggegangen war und sie hörte, wie sich das Geräusch seiner Schritte in der Ferne verlor, schloß sie die Haustür und zündete die Kerze an. Da fühlte sie sich mutterseelenallein auf der Welt und hatte Angst, in dem ärmlichen Bett zu schlafen, wo sie sich früher immer neben ihrer Mutter ausgestreckt hatte.

Die Mädchen im Dorf redeten schlecht über sie, weil sie am Tag nach dem Tod ihrer Mutter sofort arbeiten ging und weil sie sich nicht schwarz angezogen hatte, und der Herr Pfarrer schalt sie kräftig, als er sie am darauffolgenden Sonntag vor ihrem Häuschen sitzen und ihre Schürze nähen sah, die sie als einziges ärmliches Zeichen der Trauer schwarz hatte färben lassen, und er nahm es zum Anlaß für seine Predigt, in der er gegen die Unsitte wetterte, die Sonn- und Feiertage nicht zu heiligen. Das arme Mädchen arbeitete, damit ihm seine Sünde vergeben würde, zwei Tage auf dem Feld des Pfarrers, der am ersten Montag des Monats eine Messe für ihre Mutter lesen sollte; und wenn sonntags die Mädchen in ihren schönen Festtagskleidern in der Kirchenbank von ihr abrückten oder sie auslachten und die Burschen ihr, wenn sie aus der Kirche kam, derbe Scherze ins Gesicht sagten, zog sie ihr zerschlissenes Schultertuch enger um sich und beschleunigte gesenkten Blickes ihren Schritt, ohne daß ein bitterer Gedanke die heitere Ruhe ihres Gebetes gestört hätte, oder sie sagte auch zu sich selbst, als machte sie sich einen wohlverdienten Vorwurf: »Mein Gott, was bin ich arm!« Oder auch, indem sie ihre zwei guten Arme anblickte: »Gelobt sei der Herr, der sie mir gegeben hat!«, und ging lächelnd weiter.

Eines Abends – sie hatte die Lampe noch nicht lange ausgelöscht – hörte sie auf der Gasse eine bekannte Stimme aus vollem Halse im schwermütigen orientalischen Ton der Bauernweisen singen: »Picca coi voli ca la vaju' a viju. A la mi' amanti di l'arma mia.«

»Das ist Janu!« sagte sie halblaut, während ihr das Herz in der Brust hochsprang wie ein erschrockener Vogel, und sie steckte den Kopf unter die Decke.

Und als sie am nächsten Morgen das Fenster öffnete, sah sie Janu mit seinem schönen, neuen Barchentanzug, in dessen Taschen er seine klobigen, dunklen, schwielenbedeckten Arbeitshände zu stecken versuchte, und mit einem schönen nagelneuen Seidentuch, das kokett aus der Joppentasche hervorlugte, an der Gartenmauer lehnen und die schöne Aprilsonne genießen.

»Oh, Janu!« sagte sie, als wüßte sie von gar nichts.

»Grüß dich!« rief der junge Mann mit seinem breitesten Lächeln.

»Was machst du denn hier?«

»Ich bin vom Tiefland zurück.«

Das Mädchen lächelte und sah den Lerchen zu, die noch im Gras herumhüpften, denn es war früh am Morgen. »Du bist mit den Lerchen wiedergekommen.«

»Die Lerchen gehen dahin, wo sie Hirse finden, und ich, wo es Brot gibt.«

»Was meinst du damit?«

»Der Herr hat mich entlassen.«

»Warum denn?«

»Weil ich dort unten das Fieber bekommen habe und nur drei Tage in der Woche arbeiten konnte.«

»Man sieht es dir an, armer Janu!«

»Verdammtes Tiefland!« fluchte Janu und wies mit dem Arm in die Richtung, wo die Ebene lag.

»Weißt du, meine Mutter...«, sagte Nedda.

»Onkel Giovanni hat es mir gesagt.«

Sie sagte nichts mehr und blickte in den Gemüsegarten jenseits des Mäuerchens. Die feuchten Steine dampften; an jedem Grashalm glänzten die Tautropfen; die blühenden Mandelbäume flüsterten leise, und ihre weißen und rosigen Blüten, welche die Luft mit ihrem Duft erfüllten, fielen auf das schäbige Dach des Häuschens herunter; schwatzhaft und zugleich argwöhnisch lärmte ein Spatz in der Dachtraufe und drohte damit auf seine Weise Janu, der mit seinem verdächtigen Gesicht gerade so aussah, als hätte er es auf sein Nest abgesehen, von dem zwischen den Dachziegeln verräterisch einige Strohhalme hervorlugten. Die Glocke der kleinen Kirche läutete zur Messe.

»Wie wohl es tut, *unsere* Glocke wieder zu hören!« rief Janu aus.

»Heute nacht hab' ich deine Stimme erkannt«, sagte Nedda errötend und lockerte mit einer Scherbe die Erde in dem Kochtopf, der ihre Blumen enthielt.

Er wandte sich zur Seite und zündete sich seine Pfeife an, wie es einem Mann ansteht.

»Lebwohl, ich gehe in die Messe!« sagte Nedda auf einmal und zog sich nach einem langen Schweigen zurück.

»Da nimm, das hab' ich dir aus der Stadt mitgebracht«, sagte der junge Mann und ließ sein schönes seidenes Tuch sehen.

»Oh, wie schön, aber das paßt nicht für mich!«

»Warum, wenn es dich nichts kostet!« antwortete der Bursche mit bäuerlicher Logik.

Sie wurde rot, als hätte die große Ausgabe ihr eine Vorstellung von den warmen Gefühlen des jungen Mannes gegeben, warf ihm lächelnd einen halb liebkosenden, halb wilden Blick zu und lief ins Haus, und als sie seine schweren Stiefel auf den Steinen des Weges hörte, spähte sie hinaus, um ihm, während er wegging, mit den Augen zu folgen.

In der Messe konnten die Mädchen aus dem Dorf Neddas schönes Tuch sehen, das mit Rosen bedruckt war, *die sie am liebsten aufgefressen hätten*, und auf das die Sonne, die durch die Kirchenfenster funkelte, ihre lustigsten Strahlen warf. Und als sie an Janu vorbeiging, der bei der ersten Zypresse vor der Kirche stand und seine geschnitzte Pfeife rauchte, stieg ihr eine große Hitze ins Gesicht, und das Herz klopfte ihr wie wild in der Brust, und sie schlüpfte geschwind davon. Der junge Mann folgte ihr pfeifend und sah ihr zu, während sie schnell und ohne sich umzuwenden dahinging: Ihr neues Barchentkleid fiel in schweren Falten herab, sie hatte Schuhe, wie es sich gehörte, und ein nagelneues Schultertuch – denn die arme Ameise hatte sich, da sie nicht mehr für ihre Mutter, die nun im Himmel war, aufkommen mußte, mit ihrer Arbeit ein wenig ausstaffieren können. Zum Elend des Armen gehört auch, daß ihm die für das Herz schmerzlichsten Verluste Erleichterung bringen.

Nedda hörte hinter sich zu ihrer großen Freude oder Bestürzung (was von beiden es wirklich war, wußte sie selbst nicht) den schweren Schritt des jungen Mannes und sah auf dem weißen Staub der schnurgeraden, sonnenüberfluteten Landstraße einen zweiten Schatten, der sich bisweilen von ihrem abtrennte. Auf einmal, als ihr Häuschen schon in Sicht war, fing sie grundlos an zu laufen wie ein erschrockenes Reh. Janu holte sie ein, rot und lächelnd lehnte sie sich an die Haustür und schlug ihm mit der Faust auf den Rücken. »Da!«

Er schlug mit ein wenig handgreiflicher Galanterie zurück.

»Wieviel hast du denn bezahlt für dein Tuch?« fragte Nedda, indem sie es vom Kopf nahm, um es in der Sonne auszubreiten und voller Freude zu betrachten.

»Fünf Lire«, antwortete Janu und warf sich ein wenig in die Brust.

Sie lächelte, ohne ihn anzusehen, faltete das Tuch sorgsam zusammen und versuchte, es wieder in dieselben Falten zu legen wie vorher, sie begann ein Liedchen vor sich hin zu singen, das ihr schon lange nicht mehr auf die Lippen gekommen war.

Der rissige Kochtopf auf dem Fensterbrett war voll Nelkenknospen.

»Wie schade«, sagte Nedda, »daß noch keine aufgeblüht ist«, und riß die größte Knospe ab und gab sie ihm.

»Was soll ich damit, wenn sie noch nicht aufgeblüht ist«, sagte er, ohne sie zu verstehen, und warf die Knospe weg. Sie drehte sich auf die andere Seite.

»Und wohin gehst du jetzt arbeiten?« fragte sie ihn einige Sekunden später.

»Da, wo du morgen hingehst!«

»Nach Bongiardo.«

»Arbeit finde ich bestimmt, aber ich dürfte halt kein Fieber mehr bekommen.«

»Man dürfte sich nachts nicht im Freien herumtreiben und vor den Haustüren singen!« sagte sie feuerrot und wiegte sich beinahe kokett am Türpfosten.

»Ich mache es nicht mehr, wenn du es nicht willst.«

Sie tatschte ihn auf die Wange und lief hinein.

»He, Janu!« rief von der Straße her Onkel Giovannis Stimme.

»Ich komme schon!« schrie Janu zurück, und zu Nedda sagte er: »Ich komme mit nach Bongiardo, wenn sie mich wollen.«

»Mein Junge«, sagte Onkel Giovanni, als er auf der Straße war, »Nedda ist allein auf der Welt, und du bist ein tüchtiger junger Mann; aber miteinander geht es euch bestimmt nicht gut. Verstehst du mich?«

»Ich verstehe dich schon, Onkel Giovanni; aber wenn ich, so Gott will, nach der Getreideernte das bißchen Geld, das man braucht, auf der Seite habe, dann geht es uns bestimmt gut miteinander.«

Nedda, die hinter dem Mäuerchen alles gehört hatte, wurde rot, obgleich niemand sie sah.

Als sie am nächsten Tag, bevor es hell wurde, vor die Tür trat, um wegzugehen, stand Janu schon da mit seinem Bündel, das an einem Stock hing. »Oh, wohin gehst du?« fragte sie ihn. »Ich komme mit nach Bongiardo und suche mir dort Arbeit.«

Die Spatzen waren beim Klang der morgendlichen Stimmen erwacht und begannen in ihrem Nest zu piepsen. Janu hängte auch Neddas Bündel an seinen Stock, und sie schritten munter aus, während sich der Himmel am Horizont mit dem ersten Flammenschein des Tages färbte und ein prickelnder Wind wehte.

In Bongiardo gab es wirklich Arbeit für jeden, der arbeiten wollte. Der Preis für den Wein war gestiegen, und ein reicher Grundbesitzer ließ einen ganzen Landstrich mit eingefriedeten Grundstücken urbar machen, um dort Weinberge anzulegen. In Lupinen und Öl brachten diese Grundstücke jährlich eintausendzweihundert Lire ein; wenn man dort Weinberge anlegte, würden sie in fünf Jahren zwölf- oder dreizehntausend Lire einbringen, bei einem Aufwand von nur zehn- oder zwölftausend; die Hälfte der Kosten sollte durch das Abholzen der Olivenbäume gedeckt werden. Es war eine hervorragende Spekulation, wie man sieht, und der Grundbesitzer bezahlte den Bauern, die bei der Urbarmachung mitarbeiteten, gern einen guten Tageslohn, den Männern dreißig Soldi und zwanzig den Frauen, ohne Suppe; die Arbeit war zwar ziemlich hart, und die paar Lumpen, aus denen sich das Arbeitskleid zusammensetzte, wurden dabei eingebüßt, aber Nedda war es nicht gewohnt, jeden Tag zwanzig Soldi zu verdienen.

Der Aufseher merkte, daß Janu, wenn er die Körbe mit Steinen füllte, den leichtesten immer für Nedda übrigließ, und drohte ihm, er würde ihn wegjagen. Der arme Teufel mußte, um nicht seines täglichen Brotes verlustig zu gehen, wohl oder übel mit zwanzig Soldi zufrieden sein.

Das Üble an der Sache war, daß zu diesen fast unbebauten Ländereien kein Hof gehörte und Männer und Frauen durcheinander in einem einzigen türlosen Schuppen schlafen mußten; und die Nächte waren ziemlich kühl. Janu war es, wie er sagte, immer warm, und er gab Nedda seinen Barchentkittel, damit sie sich gut zudecken konnte. Sonntags schwärmte dann die ganze Gesellschaft auf verschiedenen Wegen aus.

Janu und Nedda hatten die kürzeren Seitenwege eingeschlagen und durchquerten nun, bald plaudernd, bald lachend oder singend oder das viele Geld in den Taschen klingen lassend, den Kastanienwald. Die Sonne schien schon so heiß wie im Juni; die fernen Wiesen begannen gelb zu werden; die Schatten der Bäume hatten etwas Festliches, und das Gras stand hier noch grün im Morgentau.

Gegen Mittag setzten sie sich in den Schatten, um ihr Schwarzbrot und ihre weißen Zwiebeln zu essen. Janu hatte auch Wein, den guten Wein von Mascali, von dem er Nedda, ohne zu geizen, trinken ließ, und das arme Mädchen, das nicht daran gewöhnt war, spürte, wie ihre Zunge schwer und ihr Kopf ziemlich dumpf wurde. Von Zeit zu Zeit lachten sie, ohne zu wissen warum.

»Wenn wir Mann und Frau wären, könnten wir jeden Tag miteinander Brot essen und Wein trinken«, sagte Janu mit vollem Mund, und Nedda senkte die Augen, weil er sie dabei so merkwürdig ansah. Alles verharrte in der tiefen Stille des Mittags, selbst die kleinsten Blätter an den Bäumen rührten sich nicht; der Schatten war spärlich; in der Luft lagen eine Ruhe, eine Mattigkeit, ein Insektengebrumm, die sich wollüstig auf die Augenlider legten. Plötzlich kam vom Meer her ein frischer Luftzug und ließ die höchsten Wipfel der Kastanienbäume leise rauschen.

»Das wird ein gutes Jahr für den Armen und für den Reichen«, sagte Janu, »und so Gott will, habe ich nach der Getreideernte ein wenig Geld auf der Seite... und wenn du mich gern hättest!...« und er reichte ihr die Weinflasche.

»Nein, ich will nichts mehr trinken«, sagte sie mit feuerroten Wangen.

»Oh, warum wirst du denn rot?« sagte er lachend.

»Das sage ich dir nicht.«

»Weil du getrunken hast?«

»Nein!«

»Weil du mich gern hast?«

Sie schlug ihm mit der Faust auf die Schulter und begann zu lachen.

In der Ferne hörte man einen Esel schreien, der das frische Gras roch. »Weißt du, warum die Esel so schreien?« fragte Janu.

»Sag es du, du weißt es doch.«

»Und ob ich es weiß; sie sind verliebt, deshalb schreien sie«, sagte er mit einem derben Lachen und starrte sie an. Sie schlug die Augen nieder, als blickte sie in Flammen, und es kam ihr vor, als stiege ihr der ganze Wein, den sie getrunken hatte, zu Kopf und als würde ihr die ganze Glut des metallenen Himmels in die Adern dringen.

»Gehen wir weg von hier!« sagte sie erzürnt und schüttelte ihren dumpfen Kopf.

»Was hast du denn?«

»Ich weiß es nicht, aber gehen wir!«

»Hast du mich gern?«

Nedda senkte den Kopf.

»Willst du meine Frau werden?«

Sie sah ihn ruhig an und drückte seine schwielige Hand fest zwischen ihren braunen Händen, erhob sich aber auf ihre zitternden Knie, um wegzugehen. Er hielt sie völlig verwirrt an ihrem Kleid zurück und stammelte dabei zusammenhanglose Wörter, als wüßte er nicht, was sie taten.

Als man vom nahen Bauernhof einen Hahn krähen hörte, sprang Nedda mit einem Ruck auf die Füße und blickte verängstigt um sich.

»Gehen wir! gehen wir!« sagte sie eilig und mit feuerrotem Gesicht.

Als sie bei ihrem Häuschen um die Ecke bog, hielt sie einen Augenblick zitternd inne, fast als fürchtete sie, ihr altes Mütterchen vor der seit sechs Monaten verlassenen Tür stehen zu sehen.

Dann kam Ostern, das fröhliche Fest der Felder, mit seinen riesigen Freudenfeuern, mit seinen frohen Prozessionen zwischen den grünen Wiesen und unter den blütenschweren Bäumen hindurch, mit der festlich geschmückten kleinen Kirche, den girlandenverzierten Hauseingängen und den Mädchen in ihren schönen, neuen Sommerkleidern. Nedda war gesehen worden, als sie sich weinend aus dem Beichtstuhl entfernte, sie war nicht dabei, als alle Mädchen vor dem Chor knieten, um die Kommunion zu empfangen. Von dem Tag an sprach kein ehrsames Mädchen mehr mit ihr, und wenn sie in die Messe ging, bekam sie ihren Platz in der gewohnten Bank nicht mehr und mußte die ganze Zeit auf dem Boden knien – wenn die Mädchen sie weinen sahen, dachten sie an wer weiß wie schlimme Sünden und drehten ihr voll Abscheu den Rükken zu. Und wer ihr Arbeit gab, nutzte es aus, um ihr weniger Tageslohn zu geben.

Sie wartete auf ihren Verlobten, der ins Tiefland zur Ernte gegangen war, um das Häufchen Geld zusammenzubringen, das man brauchte, um einen bescheidenen Hausstand zu gründen und den Herrn Pfarrer zu bezahlen.

Eines Abends, während sie spann, hörte sie an der Mündung des kleinen Weges ein Ochsenfuhrwerk halten, und dann stand bleich und verstört Janu vor ihr.

»Was hast du denn?« sagte sie zu ihm.

»Ich bin krank gewesen. Hab' das Fieber wieder bekommen, dort unten in dem verfluchten Tiefland; mehr als eine Woche Arbeitstage hab' ich verloren, und das bißchen Geld, das ich verdient hatte, ist aufgebraucht.«

Sie ging schnell wieder hinein, trennte den Strohsack auf und wollte ihm das kleine Häufchen geben, das sie in einen Strumpf gebunden hatte.

»Nein«, sagte er. »Morgen gehe ich nach Mascalucia zum Beschneiden der Olivenbäume, und dort brauche ich gar nichts. Wenn die Olivenbäume beschnitten sind, heiraten wir.«

Er sah traurig aus, als er ihr das Versprechen gab, stand, sein Tuch um den Kopf gewickelt, an den Türpfosten gelehnt und blickte sie mit seltsam glänzenden Augen an.

»Aber du hast ja Fieber«, sagte Nedda zu ihm.

»Ja, aber ich hoffe, jetzt, wo ich hier bin, vergeht es wieder; auf jeden Fall kommt es nur alle drei Tage.«

Sie sah ihn an, ohne etwas zu sagen, und das Herz zog sich ihr zusammen, als sie ihn so blaß und abgemagert sah.

»Und wirst du auch auf den hohen Ästen stehen können?« fragte sie ihn.

»Dafür wird Gott sorgen!« erwiderte Janu. »Leb wohl, ich kann den Fuhrmann nicht mehr warten lassen, er hat mich auf seinem Fuhrwerk mitgenommen, vom Tiefland bis hierher. Bald sehen wir uns wieder!« und er rührte sich nicht vom Fleck. Als er schließlich doch wegging, begleitete sie ihn bis zur Hauptstraße und sah ihm, ohne eine Träne zu weinen, nach, wie er sich entfernte, obschon es ihr schien, als stünde sie da, um ihn für immer weggehen zu sehen; ihr Herz wurde noch einmal zusammengepreßt wie ein Schwamm, der noch nicht ganz ausgewrungen war, sonst nichts. Und als er an der Wegbiegung angelangt war, sagte er ihr Lebewohl, wobei er sie mit ihrem Namen nannte.

Drei Tage später hörte sie auf der Straße ein lautes Stimmengewirr. Sie blickte über das Mäuerchen und sah auf der Straße mitten in einem Haufen Bauern und Gevatterinnen Janu bleich wie ein frisch gewaschener Lappen und mit einem blutgetränkten Tuch um den Kopf auf einer Sprossenleiter liegen. Auf dem Leidensweg bis zu seinem Haus hielt er ihre Hand und erzählte ihr, daß er, durch das Fieber geschwächt, von einem hohen Wipfel gestürzt war und sich dabei so zugerichtet hatte. »Dir hat es das Herz schon vorausgesagt«, murmelte er mit einem traurigen Lächeln. Ihre großen Augen weit aufgerissen und so blaß wie er, hörte sie ihm zu und hielt ihm die Hand. Am Tag darauf starb er.

Als Nedda dann spürte, wie sich in ihr etwas bewegte, das ihr der Tote als traurige Erinnerung hinterlassen hatte, wollte sie in die Kirche laufen und zu der Heiligen Jungfrau für ihn beten. Vor dem Eingang begegnete sie dem Pfarrer, der von ihrer Schande wußte; da verbarg sie ihr Gesicht in ihrem Tuch und ging wieder nach Haus, von allen verlassen.

Wenn sie jetzt Arbeit suchte, lachte man ihr ins Gesicht, nicht um das schuldige Mädchen zu verhöhnen, sondern weil es als arme Mutter nicht mehr wie früher arbeiten konnte. Nachdem man sie ein paarmal weggeschickt und ein paarmal ausgelacht hatte, traute sie sich nicht mehr weiterzusuchen und schloß sich in ihr Häuschen ein wie ein verwundeter Vogel, der sich in sein Nest verkriecht. Die wenigen Soldi, die sie in ihrem Strumpf gesammelt hatte, verschwanden einer nach dem anderen und hinter ihnen her das schöne neue Kleid und das schöne seidene Tuch. Onkel Giovanni unterstützte sie, so gut er mit dem wenigen, das er hatte, konnte, in seiner nachsichtigen und erlösenden Nächstenliebe, ohne die die ganze Moral des Pfarrers ungerecht und unfruchtbar ist, und verhinderte dadurch, daß sie verhungerte. Sie brachte ein rachitisches, kümmerliches kleines Mädchen zur Welt: Als sie ihr sagten, es sei kein Junge, weinte sie so, wie sie an dem Abend geweint hatte, als sie die Tür abgeschlossen hatte und ihre Mutter nicht mehr da war, aber sie wollte das Kind nicht ins Findelhaus geben.

»Meine arme Kleine, du sollst wenigstens so spät wie möglich zu leiden anfangen«, sagte sie. Die Gevatterinnen nannten sie eine dreiste Person, da sie nicht heuchlerisch gewesen und jetzt nicht unmenschlich war. Der armen Kleinen fehlte die Milch, weil ihrer Mutter das Brot fehlte. Es ging schnell mit ihr bergab, und vergeblich versuchte Nedda zwischen die hungrigen kleinen Lippen das Blut aus ihrer Brust zu drücken. Und eines Winterabends gegen Sonnenuntergang, als der Schnee auf das Dach fiel und der Wind an der schlecht schließenden Tür rüttelte, wurde die arme Kleine eiskalt und bläulich, und ihre Händchen verkrampften sich, sie starrte gläsernen Blickes in die glühenden Augen ihrer Mutter, zuckte auf und rührte sich nicht mehr.

Nedda schüttelte sie, drückte sie mit wildem Ungestüm an ihre Brust, versuchte sie mit ihrem Atem und ihren Küssen zu wärmen, und als sie merkte, daß die Kleine wirklich tot war, legte sie sie auf das Bett, in dem ihre Mutter geschlafen hatte, und kniete mit trockenen und übermäßig aufgerissenen Augen vor ihr nieder.

»Selig ihr beiden, die ihr tot seid!« rief sie aus. »Seid gelobt, Heilige Jungfrau, die Ihr mir meine Kreatur genommen habt, damit sie nicht soviel leiden mußte wie ich!«

Träumerei

Einmal, als der Zug an Aci-Trezza vorüberfuhr, seid Ihr ans Wagenfenster getreten und habt ausgerufen: »Da unten möchte ich einen Monat bleiben!«

Wir kehrten zurück und verbrachten dort zwar nicht einen Monat, aber immerhin achtundvierzig Stunden. Die Einheimischen sperrten die Augen auf, als sie Eure riesigen Koffer sahen, und glaubten sicherlich, Ihr würdet einige Jahre bleiben. Am Morgen des dritten Tages aber wart Ihr es müde, immerzu nur Grün und Blau zu sehen und die Karren zu zählen, die auf der Straße vorüberfuhren. Ihr standet am Bahnhof, spieltet ungeduldig mit der dünnen Kette Eures Riechfläschchens und recktet den Hals, um einen Eisenbahnzug zu entdecken, der niemals auftauchen wollte. In jenen achtundvierzig Stunden führten wir all das aus, was man in Aci-Trezza unternehmen kann: Wir wanderten durch den Staub der Straße und kletterten auf die Klippen. Unter dem Vorwand, rudern zu lernen, zogt Ihr Euch unter dem Handschuh kleine Blasen zu, die zu Küssen herausforderten. Wir verbrachten eine äußerst romantische Nacht auf dem Meer und warfen Netze aus, nur um etwas zu tun, was es den Ruderknechten der Mühe wert erscheinen ließ, sich Rheumatismus zuzuziehen. Und die Morgendämmerung überraschte uns hoch oben auf dem Riff; ein bescheidenes und blasses Dämmern, das ich noch jetzt vor Augen habe, über einem dunkelgrünen Meer, durchzogen von breiten, violetten Streifen, und das wie eine Liebkosung über der Gruppe von kleinen Häusern schwebte, die eng aneinandergeschmiegt am Strand lagen und schliefen, während hoch oben auf der Klippe, vor dem durchsichtigen und tiefen Himmel, sich Eure zarte Gestalt klar abhob, mit den klug ausgedachten Linien, die Eure Schneiderin Euch verlieh, und mit dem feinen und eleganten Profil, das Ihr selbst hinzufügtet. – Ihr trugt ein graues Kleidchen, das eigens dazu gemacht schien, mit den Farben der Dämmerung übereinzustimmen. – Ein schönes Bildchen, fürwahr! Und man erriet, daß auch Ihr darum wußtet, an der Art, wie Ihr Euch in Euren Schal hülltet und mit großen, weit geöffneten und müden Augen diesem seltenen Schauspiel und zugleich der sonderbaren Tatsache, daß Ihr nun da wart, zulächeltet. Was ging wohl damals in Eurem Köpfchen vor, angesichts der aufgehenden Sonne? Fragtet Ihr sie vielleicht, in was für einem andern Erdteil sie Euch in einem Monat wiederfinden würde? Ihr sagtet nur harmlos: »Ich verstehe nicht, wie man hier ein ganzes Leben verbringen kann.«

Und doch – seht Ihr –, die Sache ist einfacher, als sie zu sein scheint. Es genügt schon, das ist das Wichtigste, daß man nicht hunderttausend Lire Einkünfte besitzt, sondern dafür – zwischen jenen riesigen Klippen, die sich ins Blau fügen und die Euch vor Bewunderung in die Hände klatschen ließen – ein wenig von allen Mühsalen des Lebens erduldet. So wenig braucht es, damit die armen Teufel, die uns schlaftrunken im Boot erwarteten, zwischen ihren baufälligen und malerischen Hütten – die Euch, so aus der Ferne betrachtet, seekrank zu sein schienen – all das finden, was Ihr in Paris, in Nizza und in Neapel vergeblich sucht.

Es ist dies etwas Seltsames. Aber vielleicht ist es gut, daß es so ist, für Euch und für alle Euresgleichen. Jenes Häufchen von Hütten wird von Fischern bewohnt, von »Seeleuten«, sagen sie, so wie andere »Amtsleute« sagen würden, und bei jenen ist die Haut härter als das Brot, das sie essen, wenn sie überhaupt welches zu beißen bekommen, denn das Meer ist nicht immer so sanft wie damals, als es Eure Handschuhe küßte. An seinen dunklen Tagen, an denen es rollt und braust, muß man sich damit begnügen, es vom Strand aus zu betrachten, untätig, oder ausgestreckt auf dem Bauch liegend, und das ist noch besser für den, der nichts gegessen hat. An solchen Tagen stehen viele Leute unter der Tür der Schenke, aber es klingen nur wenige Geldstücke auf das Blech des Schanktischs, und die Gassenjungen, die im Dorf so zahlreich sind, als wäre das Elend ein Dünger, schreien und prügeln sich, als hätten sie den Teufel im Leib.

Von Zeit zu Zeit kommen Typhus oder Cholera, eine Mißernte oder die Sturmflut und reißen große Lücken in jenes Gewimmel von Menschen, von denen man glauben könnte, sie würden sich nichts Besseres wünschen, als ausgetilgt zu werden und zu verschwinden. Und doch vermehren sie sich am selben Ort immer wieder, und ich vermöchte Euch nicht zu sagen, wie und weshalb.

Ist es Euch nie passiert, daß Ihr nach einem Herbstregen einen Zug von Ameisen gestört habt, wenn Ihr gedankenlos den Namen Eures augenblicklichen Verehrers in den Sand des Pfades schriebt? Manches von den armen Tierchen wird von der Spitze Eures Schirms getroffen worden sein und sich in Krämpfen gewunden haben. Aber die andern alle werden nach fünf Minuten Panik und Hin- und Herrennens von neuem mit dem Mut der Verzweiflung ihren kleinen braunen Hügel erklommen haben. Ihr würdet vermutlich nicht dorthin zurückgekehrt sein; ich auch nicht. Aber um solche Hartnäckigkeit, die in gewissem Sinn etwas Heroisches hat, verstehen zu können, müssen auch wir uns ganz klein machen, unsern Horizont auf ein paar Erdschollen beschränken und mit dem Mikroskop die winzigen Ursachen ergründen, welche die kleinen Herzen schlagen lassen. Wollt auch Ihr einen Blick durch diese Linse werfen? Ihr, die Ihr das Leben von der andern Seite des Fernrohrs her betrachtet? Das Schauspiel wird Euch sonderbar erscheinen und Euch deshalb vielleicht ergötzen.

Wir sind sehr befreundet gewesen, erinnert Ihr Euch? Und Ihr habt mich gebeten, Euch ein paar Seiten zu widmen. Weshalb? *A quoi bon?* wie Ihr sagt. Was könnte das, was ich schreibe, jemandem bedeuten, der Euch kennt? Und für jemanden, der Euch nicht kennt, was seid Ihr da? Nun gut: ich habe mich eines Tages an Eure Laune erinnert, als ich jene arme Frau wieder sah, der Ihr – unter dem Vorwand, ihre Orangen zu kaufen, die in einer Reihe auf dem Bänklein vor der Tür lagen – ein Almosen zu geben pflegtet. Das Bänklein steht nicht mehr dort; man hat den Mispelbaum im Hof umgehauen, und das Haus hat ein neues Fenster bekommen. Nur die Frau hatte sich nicht verändert; sie saß ein wenig weiter abseits und streckte den Fuhrleuten die Hand hin und kauerte auf dem Steinhaufen, der den alten Grenzwachtposten von der Straße absperrt. Und ich, der ich mit der Zigarre im Mund vorbeispazierte, ich habe daran gedacht, daß auch sie, arm wie sie ist, Euch eines Tages weiß und stolz hat vorüberwandeln sehen.

Geratet nicht in Zorn darüber, daß ich auf solche Weise und bei dieser Gelegenheit an Euch dachte. Außer den frohen Erinnerungen, die Ihr in mir zurückgelassen habt, besitze ich hundert andere, undeutliche, verworrene, sich widersprechende, da und dort entstandene, ich weiß nicht mehr wo – vielleicht sind einige davon Erinnerungen aus Träumen, die ich mit offenen Augen träumte. Und in dem Durcheinander, das sie in meinem Geist verursachten – während ich auf jenem Feldweg ging, wo so viele frohe und schmerzliche Dinge vorüberzogen –, beschwor das über ihre Schultern geworfene Tuch jener fröstelnden, kleinen, zusammengekauerten Frau irgend etwas Trauriges herauf, das mich an Euch denken ließ, die Ihr übersättigt seid von allem, sogar von den Schmeicheleien, die eine Modezeitschrift Euch vor die Füße wirft, wenn sie Euch dann und wann wegen Eurer Eleganz erwähnt – die Ihr so übersättigt seid, daß Ihr den launigen Wunsch erfinden mußtet, Euren Namen auf den Seiten eines Buches zu sehen.

Während ich dies Buch schreibe, denkt Ihr vielleicht schon nicht mehr daran. Und doch werden Euch die Erinnerungen, die ich Euch sende und die – in jedem Sinn des Wortes – so weit von Euch, die Ihr trunken seid von Festen und Blumen, entfernt sind, in den glühenden Nächten Eures immerwährenden Karnevals wie ein sanfter Windhauch berühren. An dem Tag, da Ihr dorthin zurückkehrt – wenn Ihr es überhaupt jemals tut – und wir wiederum Seite an Seite sitzen und mit den Fußspitzen nach Steinchen stoßen und mit den Gedanken an Träume rühren, an jenem Tag werden wir vielleicht von jenen andern Trunkenheiten sprechen, die das Leben anderswo bereit hält. Ihr könnt Euch auch ausdenken, daß meine Gedanken sich in jenen der Welt unbekannten Winkel zurückgezogen haben – nur weil Ihr Euren Fuß dorthin gesetzt habt –

oder um meine Augen von dem Glitzern zu lösen, das Euch überallhin folgt, von Edelsteinen oder von Fiebergluten – oder weil ich Euch an allen Orten, wo die Mode ein frohes Dasein schafft, umsonst gesucht habe. Ihr seht, daß Ihr Euch immer noch an erster Stelle befindet, hier wie im Theater!

Erinnert Ihr Euch noch an den Alten, der am Steuer unseres Bootes saß? Ihr schuldet ihm diesen Tribut Eurer Dankbarkeit, denn er hat es zehnmal verhindert, daß Eure schönen blauen Strümpfe naß wurden. Jetzt ist er dort unten im Stadtspital gestorben, der arme Teufel, in einem weiten, ganz weißen Saal, zwischen weißen Leintüchern, und hat weißes Brot gegessen, das ihm von den weißen Händen der mildtätigen Schwestern dargereicht wurde, deren einziger Fehler es war, daß sie die unbeholfenen Klagen nicht verstehen konnten, die der Ärmste in seinem halbwilden Dialekt vorbrachte.

Allein, wenn er sich etwas hätte wünschen dürfen, würde er in jenem dunklen Winkel haben sterben wollen, nahe beim Feuer, wo so viele Jahre lang sein Lager gewesen war, »unter seinem Dach«, und so sehr hätte er sich das gewünscht, daß er weinte, als sie ihn wegbrachten, und winselte, wie alte Leute das tun. Er hatte immer zwischen jenen vier Mauern gelebt, angesichts des schönen und so heimtückischen Meeres, mit dem er tagtäglich kämpfen mußte, um ihm so viel abzuringen, daß er sein Leben fristen konnte, ohne ihm seine Gebeine überlassen zu müssen. Und doch, in den Augenblicken, in denen er sich ruhig und gelassen am Sonnenglanz erfreute, zusammengekauert auf der Ruderbank, die Knie zwischen den Armen, in jenen Augenblicken würde er den Kopf nicht nach Euch umgewendet haben, um Euch anzusehen, und Ihr hättet in seinen erstaunten Augen umsonst nach dem stolzen Widerschein Eurer Schönheit gesucht, wie Ihr es gewohnt seid, wenn so manche hochmütige Stirnen sich neigen, um Euch in den glänzenden Salons zu huldigen, und Ihr Euch in den neidischen Blicken Eurer besten Freundinnen spiegelt.

Das Leben ist reich, wie Ihr seht, in seiner unerschöpflichen Vielfalt. Und Ihr könnt ohne Gewissensbisse auf

Eure Weise jenen Teil des Reichtums genießen, der Euch zugefallen ist. Jenes Mädchen zum Beispiel, das hinter den Töpfen mit dem Basilienkraut auftauchte, als das Rauschen Eures Gewandes das Gäßchen in Aufruhr versetzte – wenn jenes Mädchen ein anderes, ihm so gut bekanntes Gesicht am gegenüberliegenden Fenster erblickte, lächelte es, als wäre es ebenfalls mit Seide bekleidet. Wer weiß, von was für bescheidenen Freuden es an seinem Fensterbrett hinter dem duftenden Basilienkraut träumte, wenn sein Blick eifrig nach dem andern Haus hinüberspähte, das mit Weinlaub umkränzt war! Und das Lachen seiner Augen hätte nicht in so bitterem Weinen geendet – dort, in der großen Stadt, fern von dem harten Boden, der es hatte zur Welt kommen sehen und der es kannte –, wenn sein Großvater nicht im Spital gestorben wäre und sein Vater nicht den Tod in den Wellen gefunden hätte und seine ganze Familie nicht wie von einem Windstoß, der über sie hinwegblies, zerstreut worden wäre – von einem unheilvollen Windstoß, der einen seiner Brüder bis in das Gefängnis von Pantelleria brachte, »ins Elend!«, wie sie dort unten sagen.

Ein milderes Schicksal erfuhren die, welche starben: der eine, der älteste, bei Lissa; es war jener, der Euch wie ein bronzener David vorkam, aufrecht, mit seiner Harpune in der Faust, im hellen Schein der Bootslampe. Groß und stark, wie er war, geriet auch er in Glut, wenn Ihr ihn mit Euren kecken Augen ansaht. Und dennoch ist er als guter Seemann gestorben, auf dem Fockbaum, aufrecht im Takelwerk, während er seine Mütze emporreckte und die Fahne ein letztes Mal mit dem männlichen und wilden Schrei des Inselbewohners grüßte. Und der andere, jener, der es auf dem kleinen Inselchen nicht wagte, Euren Fuß zu berühren, als er ihn von den Schlingen befreite, die er für die Kaninchen ausgelegt und in denen Ihr Euch, unachtsam wie Ihr seid, verfangen hattet – er kam in einer dunklen Winternacht um, ganz allein in den entfesselten Wogen, während zwischen der Barke und dem Strand, wo die Seinen auf ihn warteten und wie verrückt hin und her liefen, sechzig Meilen Finsternis und Sturm lagen. Ihr hättet Euch nicht vorstellen können, welch verzweifelten und finsteren Mutes er fähig war, um gegen einen solchen Tod anzukämpfen, jener Mann, der sich von dem Meisterwerk Eures Schuhmachers einschüchtern ließ.

Besser haben die es, die gestorben sind und nicht »des Königs Brot« essen, wie der Ärmste, der in Pantelleria geblieben ist, oder jenes andere Brot verzehren, wie die Schwester – sie alle, die nicht mehr herumgehen müssen, wie jene Frau mit den Orangen, und von der Gnade Gottes leben, einer Gnade, die Aci-Trezza ziemlich karg zugeteilt ist. Jene Toten brauchen wenigstens nichts mehr! Das sagte auch der Knabe der Gastwirtin, als er zum letztenmal ins Spital ging, um nach dem Alten zu fragen und ihm insgeheim von den gebackenen Muscheln zu bringen, die so gut zum Aussaugen sind, wenn man keine Zähne mehr hat, und dann das Bett mit straff gezogenen Decken leer fand. Worauf er heimlich in den Hof entwischte und sich vor eine ganz mit zerfetztem Papier beklebte Tür stellte und durch das Schlüsselloch in einen großen leeren Saal hineinblickte, der auch im Sommer weit und kühl war und wo er das Ende eines langen Marmortisches erspähte, auf dem ein Leintuch starr und steif über etwas ausgebreitet lag. Und wie er so daran dachte, daß diese Toten da wenigstens nichts mehr brauchen, begann er zum Zeitvertreib eine Muschel nach der andern auszuschlürfen, denn jetzt waren sie ja überflüssig geworden. Ihr, die Ihr den Muff aus Blaufuchsfellen an Eure Brust drückt, Ihr werdet Euch mit Wohlgefallen daran erinnern, daß Ihr ihm einst hundert Lire geschenkt habt, dem armen Alten.

Nun bleiben noch jene Straßenjungen, die Euch begleiteten wie Schakale und dabei die Orangen nicht aus den Augen ließen. Sie streifen noch immer um die Bettlerin und streichen ihr um die Kleider, als hielte sie Brot darunter verborgen, und lesen Kohlstrünke und Orangenschalen und Zigarrenstummel auf, alle die Dinge, die man zu Boden fallen läßt, die aber dennoch irgendeinen Wert haben müssen, da es arme Leute gibt, die davon leben. Und diese Armen schlagen sich so gut durch, daß jene rundbakkigen und immer hungrigen kleinen Bettler im Schlamm und im Staub der Straße aufwachsen und groß und stark werden wie ihr Vater und wie ihr Großvater und später Aci-Trezza wiederum mit weiteren kleinen Bettlern bevölkern, die sich mit ihren Zähnen fröhlich so lange wie irgend möglich durchs Leben beißen werden, wie der alte Großvater, und die sich nur eines wünschen und Gott nur darum bitten: daß sie die Augen dort schließen dürfen, wo sie sie aufgetan haben, unter den Händen des Dorfarztes, der jeden Tag auf seinem Esel geritten kommt wie Christus, um den redlichen Leuten, die aus dieser Welt gehen, zu helfen.

»Alles in allem das Ideal einer Auster!« werdet Ihr sagen. Genau das Ideal einer Auster! Und wir haben durchaus keinen Grund, es lächerlich zu finden, außer dem, daß wir selbst nicht ebenfalls als Austern zur Welt gekommen sind. Übrigens scheint mir die zähe Anhänglichkeit dieser armen Leute an die Klippen, auf die das Schicksal sie geworfen hat, während es hierhin Prinzen und dorthin Herzoginnen säte – diese mutige Entsagung in einem Leben voller Mühsal und dieser Kult für Familienzusammengehörigkeit, der sich auf das Handwerk, das Haus und die Felsen überträgt, die es umgeben –, dies alles scheint mir – vielleicht nur für diese Viertelstunde – etwas sehr Ernstes und Verehrungswürdiges zu sein. Es ist mir, als ob die Unruhe der schweifenden Gedanken sachte zur Ruhe käme in dem reinen Frieden dieser sanften, einfachen Gefühle, die sich still und unverändert von Generation zu Generation vererben. Es ist mir, als könnte ich Euch vorbeifahren sehen, hinter dem eiligen Trab Eurer Pferde, mit dem fröhlichen Geklingel ihres Zaumzeuges, und als könnte ich Euch ruhig grüßen.

Vielleicht habe ich allzusehr versucht, den Tumult zu ergründen, der Euch umgibt und Euch folgt; deshalb scheint es mir jetzt, als erkenne ich eine schicksalshafte Notwendigkeit in der zähen Liebe der Schwachen, in dem Instinkt, den die Geringen für das Zusammenhaltenmüssen besitzen, damit sie den Stürmen des Lebens widerstehen können. Und deshalb habe ich mich bemüht, das bescheidene und unbekannte Drama zu entziffern, das die Schauspieler aus dem Volk, die wir zusammen kennenlernten, weggefegt haben muß. Ein Drama, das ich Euch vielleicht eines Tages erzählen werde und dessen Tragik mir in Folgendem zu bestehen scheint: Wenn einer dieser einfachen Menschen, der vielleicht schwächer, unvorsichtiger oder egoistischer ist als die andern, sich von den Seinen lösen will, sei es aus Sehnsucht nach dem Unbekannten oder aus dem Wunsch nach etwas Besserem oder aus der Neugier heraus, die Welt kennenzulernen, dann wird diesen die Welt, als der gefräßige Fisch, der sie ist, verschlingen und seine Nächsten mit ihm. Wenn Ihr es unter diesem Gesichtswinkel betrachtet, werdet Ihr sehen, daß das Schauspiel nicht uninteressant ist. Für die Austern aber muß die interessanteste Stelle jene sein, die von der Hinterlist des Krebses handelt oder von dem Messer des Tauchers, das die Muschel vom Felsen löst.

Jeli, der Hirte

Jeli, der Pferdehüter, war dreizehn Jahre alt, als er Don Alfonso, den Sohn seines Herrn, kennenlernte. Aber damals war Jeli noch so klein, daß er der alten Stute Bianca, welche die große Herdenglocke trug, nicht einmal bis zum Bauch reichte. Immer sah man ihn entweder hier oder dort, auf den Bergen und in der Ebene, wo seine Tiere weideten, aufrecht und unbeweglich auf einer Erhöhung sitzen oder auf einem großen Felsblock kauern. Wenn sein Freund, Don Alfonso, in den Ferien auf dem Lande weilte, kam er ihn alle Tage, die Gott über Tebidi aufgehen ließ, besuchen, und die beiden teilten das Stück Schokolade des jungen Herrn miteinander und das Gerstenbrot des kleinen Hirten oder die Früchte, die sie dem Nachbarn gestohlen hatten. Anfangs nannte Jeli den jungen Herrn »Exzellenz«, wie dies in Sizilien üblich ist; aber nachdem sie sich einmal tüchtig an den Haaren gezogen hatten, war ihre Freundschaft eine beschlossene Sache. Jeli lehrte seinen Freund, wie man zu den Nestern der Elstern hinaufklettert, bis in die Wipfel der Nußbäume, die höher waren als der Kampanile von Licodia; wie man einen Sperling im Flug mit einem Stein trifft oder wie man sich mit einem Sprung auf den ungesattelten Rücken der noch nicht gezähmten Stuten schwingt, wobei man die erste, die vorbeigaloppiert, an der Mähne packt, ohne sich durch das zornige Wiehern der wilden Fohlen und durch ihre verzweifelten Sprünge verwirren zu lassen. Ach, die herrlichen Ritte mit fliegender Mähne über Stoppelfelder! Die sonnigen Frühlingstage, wenn der Wind das grüne Gras zu Wogen ballte und die Pferde auf der Weide wieherten! Die schönen Mittage im Sommer, an denen das Land grellweiß unter dem dunklen Himmel schwieg und die Grillen zwischen den Erdschollen lärmten, daß es klang, als knisterten die Stoppeln im Feuer. Und der wundervolle Winterhimmel zwischen dem kahlen Geäst der Mandelbäume, das im Nordwind erschauerte, und der schmale Weg, wenn er gefroren unter dem Hufschlag der Pferde aufklang! Und dann die Lerchen, die hoch in der blauen Luft, wo es warm war, trillerten! Die schönen Sommerabende, die ganz sachte, wie Nebel, aufstiegen; der gute Geruch des Heus, in das sich tief die Ellbogen eingruben; und das wehmütige Summen der abendlichen Insekten; und jene beiden Töne aus Jelis Schalmei, immer dieselben: iuh! iuh! iuh!, die an ferne Dinge denken machten: an das Fest von San Giovanni, an die Weihnachtsnacht, an die Morgenfrühe eines Ausflugstages, an all die großen vergangenen Ereignisse, die so aus der Ferne traurig schienen und einen mit feuchten Augen emporblicken ließen zu den Sternen, die am Himmel aufglühten, als wollten sie sich ins Herz senken und es weit machen!

Jeli aber litt nicht unter solchen Stimmungen. Er kauerte mit aufgeblasenen Backen auf einer Anhöhe, ganz seinem Flötenspiel hingegeben: iuh! iuh! iuh! Dann sammelte er die Herde mit Rufen und Steinwürfen und trieb sie in den Stall hinter dem Poggio alla croce.

Keuchend kletterte er den Abhang jenseits des Tales hinauf, und manchmal schrie er dabei seinem Freund Alfonso zu: »Ruf den Hund her! Heh! Ruf den Hund her!« Oder: »Wirf mir eine Handvoll Steine nach dem Braunen, der vornehm tut, nur langsam nachtrottet und da unten im Gestrüpp herumtändelt!« Oder: »Bring mir morgen früh eine dicke Nadel mit, eine, wie Frau Lia sie braucht!«

Mit einer Nadel konnte er eine Menge Sachen anfertigen: Er hatte einen Knäuel Lappen in seiner leinenen Hirtentasche, um nötigenfalls seine Hosen und die Ärmel seines Kittels zu flicken. Er verstand es auch, Zöpfe aus Roßhaar zu flechten; und sein Taschentuch, das er sich um den Hals band, wenn er fror, wusch er selbst mit der Schlemmkreide des Tales. Kurz – wenn er nur seinen Sack quer über die Schulter hängen hatte, brauchte er niemanden auf der Welt, ob er sich nun in dem Gehölz von Resecone befand oder sich im Grund der Ebene von Caltagirone verlor. Frau Lia pflegte zu sagen: »Seht ihr den Hirten Jeli? Er ist immer allein auf den Feldern gewesen, als hätten ihn seine Pferde zur Welt gebracht, und daher kommt es, daß er sich mit beiden Händen zu helfen weiß!«

Es ist wahr: Jeli brauchte niemanden, aber alle auf dem Gutshof hätten gern etwas für ihn getan, denn er war ein dienstbeflissener Junge, und es war immer möglich, von ihm etwas zu bekommen. Frau Lia buk ihm aus Nächstenliebe sein Brot, und er schenkte ihr dafür schöne, aus Weidenzweigen geflochtene Körbchen für die Eier oder Garnwinden aus Schilfrohr und andere Kleinigkeiten. »Wir machen es wie seine Tiere«, sagte Frau Lia, »die reiben auch gegenseitig die Hälse aneinander.«

In Tebidi kannten ihn alle schon, als er noch so klein war, daß man ihn kaum zwischen den Schwänzen der Pferde sah, wenn sie auf der Ebene des Lettighiere weideten. Und er war sozusagen unter ihren Augen aufgewachsen, obwohl ihn nie jemand erblickte und er seine Herde immer bald da und bald dort herumführte! »Er war vom Himmel heruntergefallen, und die Erde hatte ihn aufgenommen«, wie das Sprichwort sagt. Er war eben einer von denen, die weder Haus noch Verwandte besitzen. Seine Mutter diente in Vizzini und sah ihn nur einmal im Jahr, wenn er mit den Fohlen zum Jahrmarkt von San Giovanni zog. Am Tag, da sie starb, kamen sie ihn holen – an einem Samstagabend –, und am Montag kehrte Jeli zu seiner Herde zurück; so verlor der Mann, der ihn beim Hüten vertrat, nicht einmal einen Arbeitstag. Allein, der arme Bursche kam so erschüttert zurück, daß er einigemal sogar die Fohlen in die bestellten Felder laufen ließ. »Heh! Jeli!« rief ihm da Pächter Agrippino von der Tenne aus zu, »willst du die Peitsche kosten, elender Kerl?« Jeli rannte hinter den ausgebrochenen Füllen her und trieb sie verdrossen gegen den Hügel zu. Aber vor seinen Augen stand noch immer das Bild seiner Mutter, deren Kopf mit einem weißen Tuch umwunden war und die nicht mehr sprach.

Sein Vater war Kuhhirte in Ragoleti, hinter Licodia, »wo man die Malaria schneiden kann«, wie die Bauern in der Umgebung sagten. Aber in Malariagegenden sind die Weiden fett, und die Kühe bekommen das Fieber nicht. Jeli war also das ganze Jahr auf den Feldern, entweder in

Donferrante oder auf den Weiden der Commenda oder im Tal von Jacitano, und Jäger oder Wanderer, welche die Abkürzungen benutzten, sahen ihn immer wieder da und dort, wie einen herrenlosen Hund. Er litt nicht darunter, denn er war es gewohnt, mit den Pferden zusammen zu sein, die vor ihm hergingen, Schritt für Schritt, und den Klee fraßen, und auch mit den Vögeln, die in Schwärmen rings um ihn her flogen, die ganze Zeit über, während die Sonne ihre Bahn langsam durchlief, bis die Schatten länger wurden und dann verschwanden. Er hatte Zeit, zuzusehen, wie sich die Wolken nach und nach ballten und Berge und Täler bildeten. Er wußte, wie der Wind bläst, wenn er ein Gewitter bringt, und von welcher Farbe die Wolken sind, wenn es schneien will. Jedes Ding hatte seine Gestalt und seine Bedeutung, und es gab immer etwas zu sehen und zu hören, zu allen Stunden des Tages. Gegen Abend, wenn der Hirte auf der Holunderpfeife zu spielen begann, näherte sich ihm die schwarze Stute, kaute unlustig an ihrem Klee und betrachtete ihn ihrerseits mit ihren großen, nachdenklichen Augen.

Nur in den öden Steppen von Passanitello litt er ein wenig unter der Traurigkeit, denn dort wächst kein Busch und kein Strauch, und in den heißen Monaten fliegt dort kein Vogel vorbei. Dann ließen die Pferde die Köpfe hängen und drängten sich im Kreis aneinander, um sich gegenseitig Schatten zu spenden. Und an den langen Tagen, in denen gedroschen wurde, strahlte die weite, schweigende Helle sechzehn Stunden lang immer gleichmäßig und glühend herab.

Allein, wo die Tiere reichlich Nahrung fanden und die Pferde gerne verweilten, beschäftigte sich der Junge auch mit anderen Dingen: Er verfertigte Käfige aus Schilfrohr für die Grillen, schnitzte Pfeifen und flocht Binsenkörbchen. Er verstand es auch recht gut, sich mit ein paar Zweigen ein Schutzdach zu errichten, wenn der Nordwind die Krähen in langen Zügen durch die Täler trieb oder wenn die Zikaden die Flügel regten, während die Sonne die Stoppeln versengte. Auch briet er Eicheln in der Glut von Essigbaumzweigen, und es war ihm, als esse er heiße Kastanien. Oder er röstete dicke Brotschnitten, wenn sie anfingen schimmlig zu werden. Denn wenn er im Winter in Passanitello blieb, waren die Wege so schlecht, daß manchmal vierzehn Tage verstrichen, bis er wieder eine lebende Seele vorbeiziehen sah.

Don Alfonso, der von seinen Eltern in Watte gepackt wurde, beneidete seinen Freund Jeli um die leinene Hirtentasche, in der er alles hatte, was er besaß: das Brot, die Zwiebeln, das Fläschchen Wein, das Halstuch gegen die Kälte, den Knäuel Lappen mit dem Zwirn und den dicken Nadeln, die Blechbüchse mit dem Zunder und den Feuerstein. Er beneidete ihn auch um die herrliche gefleckte Stute mit dem Büschel struppiger Haare über der Stirn; ein Tier mit tückischen Augen, das die Nüstern blähte wie ein zähnefletschender Bluthund, sobald jemand es besteigen wollte. Den Jeli aber ließ es aufsitzen und sich von ihm hinter den Ohren kraulen; ihn liebte und beschnupperte es, um zu erfahren, was er ihm sagen wollte. »Laß die Gefleckte in Ruhe«, riet ihm Jeli, »sie ist nicht böse, aber sie kennt dich nicht.«

Nachdem Scordu, der Pferdemetzger, die Kalabreser Stute weggeführt hatte, die er am San-Giovanni-Tag unter der Bedingung gekauft hatte, daß man sie bis zur Weinlese in der Herde behalte, wollte das Fohlen, das verwaist zurückgeblieben war, keine Ruhe geben und rannte mit langgezogenem, wehklagendem Gewieher und mit den Nüstern im Wind über die Hügelkämme. Jeli lief hinterdrein und rief laut nach ihm; und das Fohlen stand still, um zu lauschen, reckte den Hals, bewegte die Ohren und peitschte sich die Flanken mit dem Schweif. »Es tut so, weil sie ihm die Mutter fortgenommen haben und weil es nun nicht mehr weiß, was es machen soll«, bemerkte der Hirte. »Jetzt muß man es im Auge behalten, denn es wäre imstande, sich in den Abgrund zu stürzen. Auch ich wußte nicht mehr, wo aus und ein, als meine Mutter gestorben war.«

Dann, als das Fohlen wieder anfing, am Klee zu schnuppern und unwillig ein paar Maulvoll abzuraufen: »Siehst du, nach und nach beginnt es zu vergessen. Und doch wird man es ebenfalls auf den Markt bringen. Pferde sind dazu da, um verkauft zu werden, so wie die Lämmer zur Welt kommen, damit man sie zur Schlachtbank führt, und wie die Wolken den Regen bringen. Nur die Vögel haben nichts anderes zu tun, als den ganzen Tag zu singen und herumzufliegen.«

Die Gedanken kamen ihm nicht klar und geläufig einer hinter dem andern, denn nur selten hatte er jemanden gehabt, mit dem er hätte sprechen können. Er hatte es daher nicht eilig, sie hervorzubringen und sie in seinem Kopf zu entwirren. Er war es gewohnt zu warten, bis sie nach und nach zum Vorschein kamen und sich entfalteten, wie die Knospen an den dünnen Zweigen es im Licht der Sonne tun. »Auch die Vögel«, fügte er hinzu, »müssen sich ihr Futter suchen, und wenn der Schnee die Erde zudeckt, sterben sie.«

Dann dachte er weiter darüber nach. »Du bist wie die Vögel. Aber wenn der Winter kommt, kannst du am Feuer sitzen und brauchst nichts zu tun.«

Don Alfonso jedoch antwortete, er müsse zur Schule gehen und lernen. Jeli riß daraufhin die Augen auf und war ganz Ohr, wenn der junge Herr zu lesen anfing, und betrachtete das Buch und ihn selbst mit mißtrauischem Blick und hörte mit jenem leichten Zwinkern der Augenlider zu, das als Zeichen ungeteilter Aufmerksamkeit bei jenen Tieren zu bemerken ist, die dem Menschen am nächsten stehen. Ihm gefielen die Verse, die seinem Gehörsinn mit der Harmonie eines unverständlichen Liedes schmeichelten; oft runzelte er die Stirn und reckte das Kinn. Es war, als ob er in seinem Innern eine gewaltige Arbeit vollbrächte. Dann nickte er wieder und wieder mit einem schlauen Lächeln und kratzte sich in den Haaren. Doch wenn der junge Herr erst zu schreiben begann, um zu zeigen, auf wie mancherlei Dinge er sich verstand, hätte Jeli ihm tagelang zusehen mögen. Mit einemmal aber konnte es geschehen, daß er mißtrauisch aufblickte. Er vermochte es sich nicht zu erklären, daß man auf dem Papier Worte wiederholen konnte, die er oder Don Alfonso gesagt hatte, ja sogar Dinge, die er nicht ausgesprochen hatte. Und schließlich endete es damit, daß er wieder sein schlaues Lächeln aufsetzte.

Jeder neue Gedanke, der seine Stirn streifte, um eingelassen zu werden, machte ihn mißtrauisch, und es war, als beschnuppere er ihn mit dem gleichen instinktiven Argwohn, wie ihn seine gefleckte Stute besaß. Trotzdem zeigte er sich über nichts in der Welt verwundert: Wenn man ihm gesagt hätte, in der Stadt führen die Pferde in Wagen, würde er auch das hingenommen haben, und zwar mit jener Maske asiatischer Unerschütterlichkeit, welche die Würde des sizilianischen Bauern ausmacht. Es war, als verschanze er sich unbewußt hinter seiner Unwissenheit, als wäre sie die Stärke der Armut. Jedesmal, wenn er nichts zu entgegnen wußte, wiederholte er: »Ich verstehe nichts davon. Ich bin arm.« Und dies mit seinem beharrlichen Lächeln, das schlau sein sollte.

Er hatte seinen Freund Alfonso gebeten, ihm den Namen »Mara« auf ein Stück Papier zu schreiben, das er irgendwo gefunden hatte, denn er sammelte alles, was er am Boden fand. Dann hatte er es in sein Lappenbündel gesteckt. Eines Tages war er ziemlich schweigsam gewesen, hatte nachdenklich um sich geschaut und endlich sehr ernsthaft gesagt: »Ich habe ein Mädchen.«

Alfonso riß, obwohl er lesen konnte, die Augen auf.

»Ja«, wiederholte Jeli, »Mara, die Tochter von Pächter Agrippino, der hier war. Jetzt wohnt er in Marineo, in dem großen Gebäude in der Ebene, das man von dort oben, von den Weiden des Lettighiere aus, sieht.«

»Also wirst du heiraten?«

»Gewiß, wenn ich groß bin und im Jahr sechs Unzen Lohn bekomme. Mara weiß noch nichts davon.«

»Weshalb hast du es ihr nicht gesagt?«

Jeli wiegte den Kopf hin und her und dachte nach. Dann packte er seine Lappen aus und entfaltete das Papier, auf das er sich den Namen hatte schreiben lassen.

»Es bedeutet tatsächlich ›Mara‹; auch Don Gesualdo, der Feldhüter, hat es gelesen und Frater Cola, als er herunterkam, um Bohnen zu holen. Jemand, der schreiben kann«, bemerkte er darauf, »ist wie einer, der die Worte in einer stählernen Kassette aufbewahrt, sie bei sich in der Tasche trägt und sie auch da- und dorthin schicken kann.«

»Was willst du nun mit diesem Fetzen Papier anfangen, du, der du nicht lesen kannst?« fragte ihn Alfonso.

Jeli zuckte die Achseln, fuhr jedoch fort, sein beschriebenes Papier sorgfältig wieder mit den Lappen zu umwikkeln.

Die Mara kannte er von Kind auf. Es hatte damit angefangen, daß sie sich tüchtig verprügelt hatten, als sie sich einmal im Tal beim Brombeerpflücken begegnet waren. Das kleine Mädchen, das sich dort »auf eigenem Grund und Boden« wußte, hatte Jeli wie einen Dieb am Kragen gepackt. Eine Weile hatten sie sich gegenseitig den Rükken mit den Fäusten bearbeitet, wie der Küfer es tut, wenn er auf die Faßreifen schlägt. Als sie jedoch müde waren, beruhigten sie sich nach und nach, hielten sich aber noch immer an den Haaren.

»Du, wer bist du?« fragte Mara.

Und als Jeli, der scheuer war als sie, nicht sagen wollte, wer er sei: »Ich bin Mara, die Tochter von Pächter Agrippino, und der ist Aufseher über all diese Felder hier.«

Da ließ Jeli, ohne ein Wort zu sagen, das kleine Mädchen los, und es begann die Brombeeren zusammenzulesen, die zu Boden gefallen waren. Dabei richtete es verstohlen von Zeit zu Zeit einen neugierigen Blick auf seinen Gegner.

»Dort drüben, jenseits der Brücke, in den Gartenhekken, gibt es viele sehr große Beeren«, fügte die Kleine hinzu, »und die Hühner fressen sie.«

Jeli aber entfernte sich leise und geduckt. Mara blieb stehen und folgte ihm mit den Blicken; und erst als sie ihn im Eichenwald kaum mehr sah, wandte auch sie sich um und rannte nach Hause.

Allein von dem Tag an begannen sie miteinander vertraut zu werden. Mara ging, ihr Werg auf dem Geländer der kleinen Brücke zu spinnen, und Jeli drängte die Herde ganz sachte gegen die Abhänge des Poggio del bandito zu. Zunächst hielt er sich noch abseits, streifte nur um Mara herum, blickte aus der Ferne mit argwöhnischen Augen zu ihr hinüber und näherte sich ihr nur nach und nach in der vorsichtigen Haltung eines Hundes, der gewohnt ist, mit Steinen beworfen zu werden. Als sie endlich nebeneinander standen, verweilten sie stundenlang, ohne den Mund aufzumachen. Jeli schaute aufmerksam auf die verzwickte Strickarbeit, die Maras Mutter ihr aufgetragen hatte; und sie sah zu, wie er schöne Zickzacklinien auf Stäbe aus

Mandelholz schnitzte. Dann gingen sie auseinander, eines hierhin und das andere dorthin, wortlos, und das Mädchen begann, sobald es das Haus erblickte, zu laufen, daß der Rock über den roten Beinchen flog.

Zur Zeit, wenn die Früchte der Feigenkakteen reif waren, hielten sie sich im dichten Laub des Gestrüpps auf und schälten den ganzen lieben langen Tag Früchte. Sie streiften miteinander unter den jahrhundertealten Nußbäumen umher, und Jeli schlug so viele Nüsse herunter, daß sie dicht wie Hagelkörner herabzuregnen schienen. Das kleine Mädchen mühte sich jubelnd, so viel zusammenzulesen, wie es nur konnte, und dann entfloh es flink, hielt die beiden Zipfel seiner ausgespannten Schürze fest und wiegte sich wie eine kleine Erwachsene.

Den Winter über wagte es Mara nicht, das Näschen ins Freie zu stecken, denn es herrschte große Kälte. Doch sah man oft gegen Abend den Rauch der Feuerchen aufsteigen, die Jeli aus den Zweigen des Essigbaumes auf der Ebene des Lettighiere oder auf der Maccahöhe angezündet hatte, damit er nicht erfror wie die Meisen, die er am Morgen hinter einem Felsen oder im Schutz einer Scholle fand. Auch den Pferden gefiel es, beim Feuer ein wenig mit dem Schweif zu wedeln, und sie drängten sich aneinander, um es wärmer zu haben.

Im März kehrten die Lerchen in die Ebene und die Spatzen auf die Dächer zurück. Auch die Blätter und die Vogelnester in den Hecken waren wieder da. Mara streifte wieder draußen herum, und Jeli begleitete sie durch das weiche Gras, zwischen den blühenden Sträuchern hindurch, unter den noch kahlen Bäumen, an denen grüne Knospen anfingen aufzubrechen. Jeli zwängte sich zwischen die Dornhecken wie ein Spürhund, um Amselnester zu entdecken, und die Vögel blickten ihn mit erschrockenen, pfefferkorndunklen Augen an. Oft trugen die beiden Kinder an der Brust kleine, eben aus ihrer Höhle aufgescheuchte, fast noch nackte, die langen Ohren aber schon unruhig hin und her bewegende Kaninchen. Oder sie streiften durch die Felder hinter den Pferdeherden her, traten auf die Stoppeln hinter den Mähern, und die Herde folgte ihnen Schritt für Schritt und hielt jedesmal an, wenn eine Stute stehenblieb, um ein Maulvoll Gras abzuraufen. Am Abend kehrten die Kinder zum Brücklein zurück und gingen, ohne sich Lebewohl zu sagen, auseinander, das eine hierhin und das andere dorthin.

So verbrachten sie den ganzen Sommer. Inzwischen begann die Sonne hinter dem Poggio alla croce unterzugehen. Die Rotkehlchen flogen ihr entgegen den Bergen zu, wenn es dunkler wurde, und folgten dem Licht, das durch das Dickicht der Feigenkakteen drang. Die Grillen und Zikaden verstummten. In solchen Stunden breitete sich in der Luft etwas wie eine große Traurigkeit aus.

Zu jener Zeit kehrte Jelis Vater, der Kuhhirte, heim. In Ragoleti hatte er die Malaria erwischt. Auf dem Esel, der ihn brachte, konnte er sich kaum aufrecht halten. Jeli zündete rasch ein Feuer an, dann lief er »zu den Häusern«, um ein paar Hühnereier zu holen. »Breite lieber ein wenig Streu neben dem Feuer aus«, sagte sein Vater zu ihm, »ich fühle, daß das Fieber wiederkommt.«

Die Fieberschauer waren so heftig, daß Gevatter Menu unter seinem großen Mantel und darüber den Packsattel und Jelis Tasche zitterte wie die Blätter im November, und das dicht vor der lodernden Glut. Sein Gesicht wurde ganz weiß, wie das eines Toten. Die Bauern vom Gutshof kamen und fragten ihn: »Wie fühlt Ihr Euch, Gevatter Menu?« Der Ärmste antwortete nur mit einem Klagelaut, wie ein junger Hund. »Es ist ein Malariaanfall, einer von denen, die sicherer töten als ein Büchsenschuß«, sagten die Freunde und wärmten sich die Hände über dem Feuer.

Man holte wohl den Arzt, aber es war nutzlos hinausgeworfenes Geld, denn die Krankheit war eindeutig zu bestimmen und so bekannt, daß selbst ein Knabe sie hätte behandeln können. Wenn das Fieber nicht tödlich war, würde es mit Sulfat sofort besser werden. Menu gab Unsummen für Sulfat aus, aber es war, als hätte man das Geld in einen Brunnen geworfen. »Nehmt einen starken Absud von Eukalyptus, der kostet nichts«, riet Pächter Agrippino, »und wenn er nichts nützt, wie das Sulfat, so ruiniert Ihr Euch wenigstens nicht mit Ausgaben.« Man probierte auch den Absud von Eukalyptus, aber das Fieber stieg trotzdem immer wieder, und sogar noch höher als vorher. Jeli pflegte den Vater, so gut er es verstand. Jeden Morgen stellte er ihm, ehe er mit den Fohlen auszog, den Absud hin, den er in einem irdenen Napf gekocht hatte, legte ein Bündel Reisig in Reichweite und Eier in die heiße Asche. Und am Abend kehrte er schon früh heim, mit frischem Holz für die Nacht, einem Fläschchen Wein und einem kleinen Stück Schaffleisch. Bis nach Licodia war er gegangen, um es kaufen zu können. Der arme Knabe tat das alles voller Eifer, wie eine tüchtige Hausfrau. Und der Vater begleitete ihn mit müdem Blick bei all seinem Tun, wenn er im Hause hierhin und dorthin ging, und lächelte von Zeit zu Zeit bei dem Gedanken, daß der Knabe sich zu helfen wissen werde, wenn er allein zurückbleiben müsse.

An den Tagen, an denen das Fieber für ein paar Stunden fiel, stand Menu taumelnd auf, setzte sich, den Kopf mit einem Tuch umwickelt, unter die Tür und wartete auf Jeli, solange die Sonne noch warm schien. Wenn Jeli dann sein Holz neben der Tür hinwarf und den Wein und die Eier auf den Tisch legte, sagte er zu ihm: »Setz den Eukalyptus für die Nacht aufs Feuer!« Oder: »Denk daran, daß der Goldschmuck deiner Mutter bei Tante Agata aufbewahrt liegt, für den Fall, daß ich einmal nicht mehr da bin.« Und Jeli nickte.

»Es ist alles umsonst«, wiederholte Pächter Agrippino jedesmal, wenn er kam, um nach dem fieberkranken Menu zu sehen. »Das Blut ist jetzt ganz verseucht.« Gevatter Menu hörte zu, ohne mit der Wimper zu zucken, und sein Gesicht war weißer als seine Mütze.

Jetzt konnte er schon nicht mehr aufstehen. Jeli begann zu weinen, wenn seine Kraft nicht reichte, dem Vater beim Sichumwenden von einer Seite auf die andere zu helfen. Schließlich vermochte Menu nicht einmal mehr zu sprechen. Die letzten Worte, die er zu seinem Knaben sagte, waren: »Wenn ich tot bin, dann geh zu dem Herrn, dem die Kühe in Ragoleti gehören, und laß dir die drei Unzen und die zwölf Scheffel Getreide geben, die ich noch vom Mai her guthabe.«

»Nein«, sagte Jeli, »es sind nur zwei Unzen und fünfzehn Scheffel, denn Ihr habt die Kühe schon vor mehr als einem Monat verlassen, und die Rechnung mit dem Herrn muß richtig beglichen werden.«

»Du hast recht«, bestätigte Menu und schloß die Augen.

Jetzt bin ich ganz allein auf der Welt; wie ein verirrtes Fohlen, das die Wölfe zerreißen können! dachte Jeli, als sie den Vater zum Kirchhof in Licodia getragen hatten.

Auch Mara war zum Totenhaus gekommen, erfüllt von jener ruhelosen Neugier, die das Unheil in den Menschen auslöst. »Siehst du, wie allein ich geblieben bin«, sagte Jeli zu ihr. Das kleine Mädchen wich erschrocken zurück, als fürchte es, er könnte es in das Haus eintreten heißen, wo der Tote gelegen hatte.

Jeli ging und holte das Geld des Vaters und zog mit der Herde nach Passanitello, wo das Gras schon hoch auf der Weide stand und wo es reichlich Futter gab. Daher verweilten die Fohlen dort längere Zeit. Inzwischen war Jeli gewachsen. Auch Mara muß größer geworden sein, dachte er oft, wenn er auf seiner Schalmei blies. Und als er nach einiger Zeit nach Tebidi zurückkehrte und die Pferde vorsichtig durch die schlüpfrigen Gäßchen der Fontana dello zio Cosimo vor sich hertrieb, suchte er mit den Augen das Brücklein und die Häuser im Tal von Jacitano und das Dach der großen Höfe, über denen immer noch die Tauben hin und her flatterten. Aber zu jener Zeit hatte der Herr Pächter Agrippino schon entlassen, und Maras ganze Familie wollte eben wegziehen. Jeli fand das Mädchen, das herangewachsen und stattlich geworden war, unter dem Hoftor, wie es auf die Sachen achtgab, die auf den Wagen geladen wurden. Das leere Zimmer sah jetzt noch düsterer und rauchgeschwärzter aus als früher. Vom Tisch, von dem Bett, der Truhe und den Bildern der Heiligen Jungfrau und des heiligen Joseph und selbst von den Nägeln, an denen man die ausgehöhlten Kürbisse mit dem Saatgut aufgehängt hatte, waren Spuren an den Wänden, an denen sie so viele Jahre gehangen hatten, zurückgeblieben. »Wir ziehen fort«, sagte Mara, als sie sah, daß er alles anstarrte. »Wir ziehen hinunter nach Marineo, dorthin, wo in der Ebene der große Gutshof liegt.«

Jeli begann Pächter Agrippino und seiner Frau Lia zu helfen, ihre Sachen auf den Karren zu laden. Und als nichts mehr übrigblieb, das aus den Zimmern getragen werden mußte, setzte er sich mit Mara auf den Rand des Futtertroges. »Auch die Häuser«, sagte er zu ihr, als der letzte Korb auf den Wagen geladen worden war, »auch die Häuser scheinen nicht mehr dieselben zu sein, wenn man die Dinge aus ihnen fortträgt.«

»In Marineo«, antwortete Mara, »werden wir eine schönere Stube haben; die Mutter hat es gesagt, eine große, so groß wie ein Käsespeicher.«

»Jetzt, da du nicht mehr hier wohnst, will ich nicht mehr herkommen. Beim Anblick dieser verschlossenen Tür würde es mir scheinen, als sei der Winter wieder da.«

»In Marineo werden wir andere Leute kennenlernen. Die rote Pudda und die Tochter des Feldhüters. Dort wird es lustig sein: Zur Ernte werden mehr als achtzig Mäher kommen, mit einem Dudelsack, und auf der Tenne wird man tanzen.«

Pächter Agrippino und sein Weib hatten sich mit dem Karren auf den Weg gemacht, und Mara lief fröhlich hinterher und trug den Korb mit den Tauben. Jeli wollte das Mädchen bis zum Brücklein begleiten. Und als sie im Begriff war, in die Schlucht einzubiegen, rief er sie zurück: »Mara! Oh! Mara!«

»Was willst du?« fragte Mara.

Aber er wußte nicht, was er wollte. »Du, was wirst du hier so allein tun?« fragte ihn das Mädchen.

»Ich bleibe bei den Pferden.«

Mara entfernte sich hüpfend; er blieb dort stehen, solange er das Geräusch des Wagens, der über die Steine holperte, noch hören konnte. Die Sonne berührte die hohen Felsen des Poggio alla croce, die grauen Kronen der Oliven verschwammen in der Dämmerung, und über die weiten Felder hörte man in der Ferne nichts anderes als die Herdenglocke der Bianca durch die Stille, die sich immer mehr ausbreitete.

Nachdem Mara nach Marineo gezogen war, unter neue Menschen und zu den Vorbereitungen für die Weinlese, vergaß sie ihn. Aber Jeli dachte immer noch an sie, denn er hatte nichts anderes zu tun an den langen Tagen, die er damit zubrachte, die Schweife seiner Tiere zu betrachten.

Jetzt hatte er keinen Grund mehr, ins Tal jenseits des Brückleins hinabzusteigen, und auf dem Gutshof sah ihn niemand mehr. So erfuhr er lange nichts davon, daß Mara sich verlobt hatte, denn inzwischen war viel Wasser unter dem Brücklein durchgeflossen. Er sah das Mädchen erst am Tag von San Giovanni wieder, als er mit den Pferden zum Verkauf auf den Jahrmarkt zog. An diesem Festtag verwandelte sich ihm alles in Gift, und er verlor sein tägliches Brot; denn einem der Pferde seines Herrn passierte ein Unglück; Gott bewahre uns davor!

Am Markttag erwartete der Verwalter die Tiere seit der Morgenfrühe. Er ging mit seinen gewichsten Stiefeln hinter den Pferden und Maultieren, die zu beiden Seiten der Straße standen, auf und ab. Der Markt war schon beinahe zu Ende, und noch immer erschien Jeli nicht mit seinen Tieren bei der Wegbiegung. Auf den versengten Hängen des Calvario und des Mulino a vento weilten noch ein paar Schafherden. Die Tiere standen dicht zusammengedrängt, mit erloschenen Augen, und ließen das Maul zur Erde hängen. Ein paar Ochsen gab es noch, mit langhaarigem Fell, von jenen, die man verkauft, um den Pachtzins für Grund und Boden bezahlen zu können. Unbeweglich warteten sie unter der glühend heißen Sonne. Weiter unten, im Tal, läutete die Glocke von San Giovanni zur großen Messe, begleitet vom Platzen der Schwärmer. Dann schien der Jahrmarktplatz zu erzittern, und ein Rufen erfüllte ihn, das sich zwischen den an der Salita dei Galli aufgereihten Hökerzelten weiterpflanzte, durch die Straßen des Dorfes hinabstieg und vom Tal, wo die Kirche stand, wieder heraufzufluten schien: »Es lebe San Giovanni!«

»Zum Teufel!« brüllte der Verwalter, »dieser Schurke von Jeli macht, daß ich den ganzen Jahrmarkt verpasse!«

Die Schafe hoben verdutzt die Köpfe und fingen alle mit einemmal zu blöken an, und auch die Ochsen machten langsam ein paar Schritte und schauten mit ihren großen, aufmerksamen Augen in die Runde.

Der Verwalter war deshalb so in Zorn geraten, weil er an jenem Tag den Pachtzins für die großen Gehege zu entrichten hatte. »An San Giovanni«, besagte der Kontrakt.

Und der Verwalter hatte mit dem Verkauf der Fohlen gerechnet, um die Summe vollzumachen. Inzwischen aber gab es Füllen, Pferde und Maultiere, so viele der Herrgott hatte zur Welt kommen lassen, die alle, gestriegelt und glänzend und geschmückt mit großem Gepränge und mit Quasten und Glöcklein, mit den Schweifen wedelten, um sich die Langeweile zu vertreiben, wobei sie den Kopf nach jedem Vorübergehenden wandten, wie wenn sie eine barmherzige Seele erwarteten, die Mitleid mit ihnen hätte.

»Er wird sich schlafen gelegt haben, der Elende!« fuhr der Verwalter fort zu schelten. »Und mir läßt er die Fohlen auf dem Hals!«

Jeli aber war die ganze Nacht gewandert, damit die Fohlen munter zum Jahrmarkt kämen und bei der Ankunft einen guten Platz eroberten. Er war schon beim Piano del Corvo angekommen, als das Sternbild der drei Könige noch nicht untergegangen war und mit seinem leuchtenden Kreuz über dem Monte Arturo strahlte. Auf der Straße kamen immerfort Karren vorbei und Reiter, die zum Fest pilgerten. Der junge Mann hielt daher seine Augen offen, damit die Fohlen, die von dem ungewohnten Hin und Her erschreckt waren, nicht ausbrächen, sondern schön hintereinander am Rand der Straße gingen, allen voran die Bianca, die aufrecht und ruhig mit ihrer Glocke am Hals dahinschritt. Von Zeit zu Zeit, wenn die Straße den Kamm eines Hügels überquerte, vernahm man selbst dort oben die Glocken von San Giovanni, denn sogar bis ins Dunkel und in die Stille der Felder hinein reichte das Fest; und auf der langen Hauptstraße, weithin, überall dort, wo Fußgänger oder Reiter hinzogen, um nach Vizzini zu gelangen, hörte man rufen: »Es lebe San Giovanni!« Und Raketen stiegen steil und leuchtend hinter den Bergen der Canziria empor, wie Sternschnuppen am Augusthimmel.

»Wie am Weihnachtsabend!« sagte Jeli zu dem Knaben, der ihm die Herde führen half. »Auf allen Höfen feiert man heute; alles ist beleuchtet, und über das ganze Land verstreut sind Feuer zu sehen.«

Der Knabe ging halb im Schlaf, setzte langsam und träge

ein Bein vor das andere und antwortete nichts. Aber Jeli, der fühlte, wie sein Blut von den Glockentönen erregt wurde, konnte nicht stumm bleiben. Es war, wie wenn alle Raketen, die schweigend und blitzend vor dem dunklen Himmel hinter dem Berg emporstiegen, ihm aus der Seele aufglühten.

»Auch Mara wird zum Fest von San Giovanni gegangen sein«, sagte er. »Sie geht alle Jahre hin.«

Und ohne sich darum zu kümmern, daß Alfio, der Junge, nicht antwortete: »Weißt du es nicht? Jetzt ist Mara so groß, daß sie ihrer Mutter, die sie geboren hat, über den Kopf gewachsen ist. Und als ich sie wiedersah, schien es mir nicht möglich, daß sie wirklich dieselbe sei, mit der ich Früchte von den Feigenkakteen gepflückt und Nüsse heruntergeschlagen hatte.«

Und er begann mit lauter Stimme alle Lieder zu singen, die er kannte.

»O Alfio, schläfst du?« rief er dem Jungen zu, als er geendet hatte. »Paß auf, daß die Bianca immer hinter dir hergeht, paß auf!«

»Ich schlafe gar nicht!« antwortete Alfio mit rauher Stimme.

»Siehst du das Siebengestirn, das uns von dort oben grüßt, gegen Granvilla zu, als ließen sie auch in Santa Domenica Raketen aufsteigen? Es muß bald Morgen sein. Wir werden zeitig zum Jahrmarkt kommen und einen guten Platz finden. Heh! Morellino, du wirst neues Zaumzeug bekommen, mit roten Quasten, dem Jahrmarkt zu Ehren! Und auch du, Stellato!«

So wanderte er und redete dabei mit diesem und jenem Fohlen, damit sie Mut faßten, wenn sie im Dunkeln seine Stimme hörten. Aber es tat ihm leid, daß der Stellato und der Morellino zum Verkauf auf den Jahrmarkt getrieben werden mußten.

»Wenn sie verkauft sind, werden sie mit dem neuen Besitzer fortziehen. Man wird sie nicht mehr in der Herde sehen, und es wird sein, wie es damals mit Mara war, als sie nach Marineo zog.

Ihrem Vater geht es wohl dort unten in Marineo, denn als ich sie besuchen ging, stellten sie mir Brot, Wein, Käse und allerlei gute Sachen hin. Dort ist der Vater so etwas wie Verwalter und hat die Schlüssel zu allen Schränken, und ich hätte das ganze Gut aufessen können, wenn ich gewollt hätte. Mara kannte mich kaum mehr, so lange hatten wir uns nicht gesehen, und fing an zu rufen: ›Oh, schaut! Es ist Jeli! Der Pferdehüter! Der von Tebidi!‹ Es ist, wie wenn einer von weither zurückkehrt; er braucht nur die Spitze eines Berges zu erblicken, so erkennt er sogleich das Dorf wieder, wo er aufgewachsen ist. Frau Lia wollte nicht, daß ich Mara noch duze, jetzt, da sie erwachsen ist, weil die unwissenden Leute leicht zu klatschen beginnen. Mara aber lachte, und es schien, als hätte sie soeben Brot in den Ofen geschoben, so rot war sie. Sie deckte den Tisch und breitete ein Tischtuch darüber aus und schien bei alledem gar nicht mehr dieselbe zu sein. ›Sag, erinnerst du dich nicht mehr an Tebidi?‹ fragte ich sie, sobald Frau Lia hinausgegangen war, um frischen Wein zu zapfen. ›Doch, doch, ich erinnere mich‹, sagte sie zu mir. ›In Tebidi gab es eine Glocke und einen Kampanile, der aussah wie der Griff eines Salzfasses, und man läutete vom Turmkranz aus, und es gab dort auch zwei steinerne Katzen, die auf dem Gartentor schnurrten.‹ Ich sah alles das, als wäre es in mir drin, da sie es so aufzählte. Mara schaute mich vom Kopf bis zu den Füßen mit großen Augen an und wiederholte: ›Wie groß du geworden bist!‹ Dann begann sie zu lachen und gab mir einen leichten Schlag auf den Kopf.«

Auf diese Weise verlor Jeli, der Pferdehüter, sein Brot. Denn gerade in jenem Augenblick tauchte plötzlich ein Wagen auf, den man nicht hatte hören können, weil er den Abhang langsam heraufgekommen war. Jetzt aber, auf der Hochfläche, setzten sich die Pferde in Trab, und zwar unter großem Peitschengeknall und Schellengeläute, als führe der Teufel daher. Die Fohlen stoben erschreckt und blitzschnell auseinander. Es war wie bei einem Erdbeben, und es brauchte viel Rufen und Schreien und »Ohe! Ohe! Ohe!« von Jeli und dem Knaben, bevor sie alle wieder um die Bianca, die unlustig mit der Glocke am Hals dahertrottete, versammelt waren.

Kaum hatte Jeli seine Tiere gezählt, bemerkte er, daß der Stellato fehlte. Da fuhr er sich mit den Händen ins

Haar. Denn an jener Stelle lief die Straße an einer Schlucht entlang. Und in dieser Schlucht lag der Stellato und hatte sich das Rückgrat gebrochen, ein Fohlen, das zwölf Unzen wert war, zwölf, wie die Engel im Paradies! Weinend und rufend ging Jeli das Fohlen suchen: »Hohoo! Hohoo! Hohoo!«, denn man sah nichts, weil es noch dunkel war. Der Stellato antwortete endlich mit einem wehklagenden Wiehern aus der Tiefe der Schlucht. Es war, als hätte er sprechen können, das arme Tier!

»Ach, Mutter Gottes!« begannen Jeli und der Knabe zu schreien. »Ach, welch ein Unglück! Heilige Mutter Gottes!«

Die Reisenden, die zum Fest zogen und die beiden in der Finsternis so weinen hörten, fragten, was sie verloren hätten. Und als sie erfuhren, um was es sich handelte, zogen sie ihre Straße weiter.

Der Stellato blieb mit von sich gestreckten Gliedern regungslos liegen, wo er hingefallen war, und während Jeli ihn rundum betastete und dazu weinte und mit ihm redete, als könnte das arme Tier ihn verstehen, reckte es mühsam den Hals und wandte Jeli den Kopf zu, so daß man den vom Todeskampf erstickten Atem hörte.

»Er muß sich etwas gebrochen haben!« wimmerte Jeli, verzweifelt darüber, daß er im Dunkeln nichts sehen konnte. Das Fohlen, das starr war wie ein Stein, ließ den Kopf schwer niederfallen. Alfio, der auf der Straße geblieben war, um die Herde zu bewachen, faßte sich zuerst wieder und zog sein Brot aus dem Sack. Der Himmel war nun weißlich, und ringsum tauchten die Berge einer nach dem andern auf, schwarz und hoch. Von der Biegung des Weges aus begann man die Landschaft zu erkennen, mit dem Monte del Calvario und dem Mulino a vento, die sich vom weißen Himmel abhoben, noch dunkel und mit den hellen Flecken der Schafherden besät. Man sah, wie die Ochsen, welche auf dem Kamm der Hügel vor dem Blau weideten, hierhin und dorthin gingen, und es war, als ob der Umriß des Berges selbst sich zu regen und lebendig zu werden beginne. Die Glocke war in der Tiefe der Schlucht nicht mehr zu hören; die Reisenden kamen seltener vorbei, und die wenigen, die vorüberzogen, hatten es eilig, auf den Markt zu gelangen. Der arme Jeli wußte nicht, an welchen Heiligen er sich in dieser Verlassenheit wenden sollte. Alfio allein konnte ihm wenig nützen; langsam aß dieser in kleinen Bissen sein Brot auf.

Endlich sah man den Verwalter herreiten. Schon von weitem schrie und fluchte er, als er beim Näherkommen sah, daß die Tiere auf der Straße stillstanden; Alfio nahm schleunigst gegen den Hügel zu Reißaus. Aber Jeli entfernte sich nicht vom Stellato. Der Verwalter ließ sein Maultier auf der Straße zurück, stieg ebenfalls in die Schlucht hinunter und suchte das Fohlen zum Aufstehen zu bewegen, indem er es am Schwanz zog. »Laßt es liegen!« sagte Jeli, der im Gesicht so weiß war, als hätte *er* sich das Rückgrat gebrochen. »Laßt es liegen! Seht Ihr denn nicht, daß es sich nicht rühren kann, das arme Tier?«

Der Stellato ließ denn auch bei jeder Bewegung, bei jeder Anstrengung, zu der man ihn veranlaßte, ein Stöhnen hören, als wäre er ein Mensch. Der Verwalter ließ all seine Wut mit Tritten und Schlägen an Jeli aus und rief sämtliche Engel und Heiligen des Paradieses als Zeugen auf. Inzwischen hatte sich Alfio beruhigt und war auf die Straße zurückgekehrt, um die andern Tiere nicht ohne Aufsicht zu lassen. Es lag ihm daran, sich von aller Schuld reinzuwaschen: »Ich bin unschuldig. Ich bin mit der Bianca vorausgegangen.«

»Da ist nichts mehr zu machen«, sagte der Verwalter endlich, nachdem er sich überzeugt hatte, daß alles nur noch Zeitverschwendung war. »Hier kann man nichts anderes mehr gebrauchen als das Fell, solange es noch gut ist.«

Jeli begann wie Laub zu zittern, als er sah, wie der Verwalter die Flinte vom Sattel seines Maultiers losschnallte. »Scher dich fort von hier, Nichtsnutz!« brüllte der Verwalter ihn an. »Ich weiß nicht, was mich davon abhält, dich neben diesem Fohlen niederzustrecken, das mehr wert war als du mit deiner ganzen elenden Taufe, die der Schurke von einem Pfaffen an dich vergeudet hat!«

Der Stellato konnte sich nicht mehr bewegen. Er wandte nur den Kopf mit den großen, starren Augen, als verstünde er alles, und sein Fell kräuselte sich in Wellen längs der Flanken. Es war, als ob ein Schauder darunter hinliefe.

So tötete der Verwalter den Stellato an Ort und Stelle, um wenigstens das Fell zu bekommen. Den dumpfen Knall, den der dicht an der Haut abgefeuerte Schuß in dem lebendigen Fleisch verursachte, fühlte Jeli, als träfe er ihn im Innersten.

»Nun, wenn du meinen Rat hören willst«, warf ihm der Verwalter hin, »laß den noch ausstehenden Lohn sein und mach, daß dich der Herr nicht mehr zu sehen bekommt; er würde ihn dir gepfeffert auszahlen.«

Und der Verwalter machte sich mit Alfio und mit den übrigen Fohlen auf den Weg. Diese wandten nicht einmal den Kopf, um zu sehen, wo der Stellato bliebe, sondern zogen, das Gras am Straßenrand abraufend, weiter. Und der Stellato blieb allein in der Schlucht zurück und wartete darauf, daß man ihm das Fell abziehe. Seine Augen waren noch weit geöffnet, und er streckte alle viere von sich. Es war gut so; jetzt mußte er nicht mehr leiden. Und Jeli, der gesehen hatte, mit welcher Kaltblütigkeit der Verwalter auf das Fohlen gezielt und den Schuß abgefeuert hatte, während das arme Tier den Kopf mühsam nach ihm wandte, wie wenn es ein vernünftiges Wesen wäre – Jeli hörte auf zu weinen. Er blieb dort und betrachtete den Stellato mit starrem Blick. Er setzte sich auf einen Felsblock und wartete, bis die Männer kamen, die das Fell holen würden.

Nun konnte er spazierengehen, das Fest genießen oder sich den ganzen Tag auf dem Platz herumtreiben. Er konnte den vornehmen Leuten zusehen, wie sie ins Kasino gingen – ganz wie es ihm gefiel, denn er hatte nun keinen Verdienst mehr und kein Dach über dem Kopf und mußte sich einen neuen Herrn suchen, wenn ihn überhaupt noch einer wollte, nach dem Unglück mit dem Stellato.

Das ist der Lauf der Welt: Während Jeli auf die Suche nach einem neuen Herrn ging, den Sack quer über die Schulter gehängt und den Stecken in der Hand, spielte die Musikkapelle auf dem Platz ihre munteren Weisen, und die Musikanten hatten Federbüsche am Hut und standen mitten in einer Menge weißer Mützen, die sich dicht aneinander drängten. Und die Herren vergnügten sich damit, das Schauspiel vom Kasino aus zu genießen. Alle hatten ihren Festschmuck; ähnlich den Tieren auf dem Markt. Und in einer Ecke des Platzes stand eine Frau in kurzem Rock und mit fleischfarbenen Strümpfen, so daß es aussah, als hätte sie nackte Beine, und schlug auf die große Trommel vor einer bemalten Leinwand, auf der man ein Schlachtgemetzel sehen konnte, bei dem das Blut in Strömen floß. In der Menge, die mit offenem Munde zusah, befand sich auch Pächter Cola, der Jeli kannte, seit er in Passanitello war, und der sagte ihm, er wüßte einen neuen Herrn für ihn, denn der Gevatter Isidoro Macca suche einen Schweinehirten. »Aber du brauchst ihm nichts von dem Stellato zu erzählen«, riet ihm Pächter Cola. »Ein solches Unglück kann zwar jedem auf der Welt passieren. Doch ist es besser, man spricht nicht davon.«

Sie gingen daher Gevatter Macca aufsuchen, der am Tanz teilnahm. Und während Pächter Cola als Vermittler hineinging, wartete Jeli draußen auf der Straße, mitten unter der Menge, welche gaffend vor der Saaltür stand. In dem Raum befanden sich eine Menge Leute, die tanzten und sich vergnügten; alle waren rot und erhitzt, und alle stampften mit ihren Schuhen so laut auf die Fliesen, daß man nicht einmal mehr das Schrumm-Schrumm der Baßgeige hörte. Und kaum war ein Musikstück zu Ende – es kostete jedesmal einen Batzen –, hoben sie schon die Finger zum Zeichen, daß sie ein weiteres hören wollten. Und der mit der Baßgeige malte mit Kohle ein Kreuz an die Wand, damit er sich an die Anzahl der Tänze erinnerte, und begann von neuem. »Die geben ihr Geld aus, ohne sich Gedanken darüber zu machen«, sagte Jeli vor sich hin. »Das bedeutet, daß sie alle Taschen voll davon haben und nicht in der Klemme sind wie ich, der ich keinen Herrn mehr habe. Sie schwitzen und mühen sich ab beim Tanzen, nur so zu ihrem Vergnügen, als hätten sie es im Taglohn!« Pächter Cola kehrte zurück und berichtete, Gevatter Macca brauche keinen Schweinehirten. Da drehte ihm Jeli den Rücken zu und ging niedergeschlagen davon.

Mara wohnte in der Gegend von Sant'Antonio, wo die Häuser am Abhang des Berges stehen, dem Tal der Canziria gegenüber. Dort ist alles grün von Feigenkakteen, und die Mühlräder gehen im Talgrund und schäumen im Wasser des Wildbachs. Aber Jeli hatte nicht den Mut, in jene Richtung zu gehen, jetzt, da man ihn nicht einmal als Schweinehirten mehr brauchen konnte. So wanderte er planlos unter der Menge umher, die ihn stieß und schob, ohne sich um ihn zu kümmern. Es war ihm, als sei er jetzt einsamer als vorher mit den Pferden in den Steppen von Passanitello. Am liebsten hätte er geweint. Schließlich traf er auf dem Platz Pächter Agrippino. Der schlenderte überall herum, schlenkerte die Arme, genoß das Fest und begann hinter Jeli herzurufen: »He! Jeli! Heh!« Und er nahm ihn mit sich nach Hause. Mara trug ihr Festkleid und so große Ohrringe, daß sie die Wangen berührten. Sie stand unter der Tür, hatte die ringbeschwerten Hände auf den Bauch gelegt und wartete auf die Dunkelheit, um sich das Feuerwerk ansehen zu können.

»Ah!« sagte Mara zu ihm, »bist du auch zum Fest von San Giovanni gekommen?«

Jeli wagte es kaum, näherzutreten, weil er schlecht gekleidet war. Aber Pächter Agrippino schob ihn an den Schultern vorwärts und sagte ihm, sie sähen sich ja nicht zum erstenmal, und man wisse, daß er mit den Fohlen seines Herrn zum Markt gekommen sei. Frau Lia schenkte ihm ein großes Glas Wein ein, und alle wollten sie ihn zur Festbeleuchtung im Ort mitnehmen, zusammen mit den andern Gevattern und Nachbarn.

Als Jeli auf den Platz kam, blieb er mit offenem Munde vor all dem Wunderbaren stehen. Ringsum war alles in ein Feuermeer getaucht, wie wenn die Steppen brennen, so viele Raketen ließen die Gläubigen zu Ehren des Heiligen aufsprühen, der in einer Nische der Rosenkranzkapelle stand, ganz schwarz unter seinem silbernen Baldachin. Die Gläubigen kamen und gingen im Feuerschein hin und her wie lauter Teufel, und es war sogar eine Frau darunter, mit unordentlichen Kleidern und ungekämmt, und die Augen traten ihr aus dem Kopf, und auch sie zündete Raketen an. Und ein Priester war dabei, und seine Soutane flog im Wind, und er hatte keinen Hut auf und sah aus wie ein Besessener.

»Das dort ist der Sohn von Pächter Neri, dem Verwalter der Salonia, und er gibt mehr als zehn Lire für Raketen aus!« sagte Frau Lia und zeigte auf einen Burschen, der auf dem Platz herumging und zwei Raketen auf einmal in der Hand hielt, wie zwei Kerzen, so daß alle Frauen ihn mit den Augen verschlangen und ihm zuriefen: »Hoch lebe San Giovanni!«

»Sein Vater ist ein reicher Mann, er besitzt mehr als zwanzig Stück Vieh«, fügte Pächter Agrippino hinzu.

Und Mara wußte, daß er bei der Prozession die große Fahne getragen hatte, kerzengerade, so stark und schön sei er.

Es war, als hätte der Sohn von Pächter Neri die Worte gehört und als zünde er die Raketen für Mara an, als er sie vor ihr aufsteigen ließ. Und als sie versprüht waren, schloß er sich ihnen an und führte sie zum Tanz und ins Panorama, wo man die Alte Welt und die Neue Welt sehen konnte, und natürlich bezahlte er alles, auch für Jeli, der hinter der Gesellschaft herging wie ein herrenloser Hund und zusah, wie der Sohn von Pächter Neri mit Mara tanzte, die sich im Kreise drehte und sich niederkauerte wie ein verliebtes Täubchen und anmutig einen Zipfel ihrer Schürze festhielt. Und er, der Sohn von Pächter Neri, hüpfte wie ein Füllen, so schön, daß Frau Lia vor Rührung weinte und Pächter Agrippino mit dem Kopf nickte, was bedeutete, die Sache sei auf guten Wegen.

Als sie endlich müde waren, gingen sie auf der Promenade hin und her, von der Menge vorwärtsgetrieben wie in einem Strom, und schauten sich die beleuchteten Transparente an, auf denen zu sehen war, wie San Giovanni geköpft wurde, was selbst seinen Henkern, den Türken, hätte Mitleid einflößen können, denn der Heilige zappelte mit den Beinen wie ein Zicklein unter dem Beil. In der Nähe spielte die Musikkapelle unter einem großen, hell erleuchteten hölzernen Dach. Und auf dem Platz drängte sich eine so dichte Menge, daß man noch nie so viele Menschen auf einem Jahrmarkt beisammen gesehen hatte.

Mara ging am Arm des Sohnes von Pächter Neri wie eine Dame und flüsterte ihm etwas ins Ohr und lachte laut auf vor Vergnügen. Jeli konnte kaum mehr stehen vor

Müdigkeit, setzte sich auf den Randstein und schlief ein, bis ihn der erste Knall des Feuerwerks weckte. Auch jetzt war Mara noch immer an der Seite des Sohnes von Pächter Neri und stützte sich mit verschlungenen Händen auf seine Schulter. Und beim Licht der bengalischen Feuer erglühte sie bald weiß und bald rot. Als aber die letzten Raketen alle auf einmal am Himmel versprühten, wandte sich der Sohn von Pächter Neri, im Gesicht ganz grün beleuchtet, ihr zu und gab ihr einen Kuß.

Jeli sagte nichts. Allein, in diesem Augenblick verwandelte sich ihm das ganze Fest, das er bis dahin genossen hatte, in lauter Gift, und seine Gedanken kehrten zu seinem Unglück zurück, das ihm aus dem Gedächtnis entschwunden war: daß er keinen Herrn mehr hatte und nicht wußte, was er tun und wo er hingehen sollte, und daß er keinen Verdienst und kein Dach mehr über dem Kopf besaß – kurz, daß es besser wäre, sich in die Schlucht zu stürzen, wie der Stellato, den jetzt die Hunde verzehrten.

Unterdessen war es dunkel geworden, und die Leute um ihn herum waren immer noch vergnügt. Mara tanzte mit den andern und sang auf dem steinigen Gäßchen, als sie alle heimkehrten.

»Gute Nacht! Gute Nacht!« riefen die Gefährtinnen eine nach der andern, als sie auf der Straße Abschied nahmen.

Mara wünschte ihnen gute Nacht, daß es klang, als singe sie, so froh war ihre Stimme. Und der Sohn von Pächter Neri schien wie närrisch und wollte sie nicht mehr loslassen, während Pächter Agrippino und Frau Lia sich beim Öffnen der Haustür stritten. Niemand achtete auf Jeli, nur Pächter Agrippino erinnerte sich seiner und fragte ihn: »Und nun, wohin gehst du jetzt?«

»Ich weiß nicht«, sagte Jeli.

»Komm morgen zu mir, dann will ich dir helfen, eine Unterkunft zu finden. Für heute nacht kannst du auf dem Dorfplatz bleiben, wo wir die Musikkapelle gehört haben, irgendeinen Platz auf einer Bank wirst du schon finden, und ans Übernachten unter freiem Himmel wirst du ja gewöhnt sein.«

Gewiß, das war er gewohnt. Aber was ihn schmerzte,

war, daß Mara nichts mit ihm redete und ihn unter der Tür stehenließ wie einen Bettler. Daher sagte er am folgenden Tag, als er wieder zu Pächter Agrippino ging – kaum daß er sie im Hause einen Augenblick allein sah –, zu ihr: »Ach, Jungfer Mara, wie bald Ihr Eure Freunde vergeßt!«

»Oh, du bist es, Jeli!« sagte Mara. »Nein, ich habe dich nicht vergessen. Aber ich war so müde nach dem Feuerwerk!«

»Habt Ihr ihn wenigstens gern, den Sohn von Pächter Neri?« fragte er und wandte und drehte seinen Stecken in den Händen.

»Was sagt Ihr da?« entgegnete Mara barsch. »Meine Mutter ist nebenan und hört alles.«

Pächter Agrippino fand eine Stelle für ihn, als Schafhirte in der Salonia, wo Pächter Neri Verwalter war. Aber da Jeli wenig Erfahrung mit diesen Tieren hatte, mußte er sich mit viel weniger Lohn zufrieden geben.

Nun hütete er seine Schafe und lernte, wie man Quark bereitet und Molken und Käse und all die andern Dinge aus der Käserei. Aber wenn abends im Hof die andern Hirten und Bauern miteinander plauderten, während die Frauen Bohnen für die Suppe enthülsten, und man auf den Sohn von Pächter Neri zu sprechen kam, der sich die Mara von Pächter Agrippino zur Frau nehmen wollte, sagte Jeli nichts mehr. Ja, er wagte es nicht einmal, den Mund aufzumachen. Einmal, als der Feldhüter ihn neckte und sagte, Mara habe scheint's nichts mehr von ihm wissen wollen, nachdem es doch eine Zeitlang geheißen hätte, sie würden einander heiraten, antwortete Jeli, der auf den Kessel achtgab, in welchem die Milch kochte, wobei er das Lab sachte zum Gerinnen brachte: »Mara ist jetzt, da sie erwachsen ist, viel schöner geworden. Sie ist nun wie eine Dame.«

Doch da er geduldig und arbeitsam war, lernte er bald alles in seinem Beruf besser als mancher, der darin aufgewachsen war. Und weil er gut mit Tieren umzugehen verstand, liebte er seine Schafe, wie wenn er sie selbst zur Welt gebracht hätte. Daher vermochten die Seuchen nicht so viel über die Salonia, und die Herde gedieh, daß es für

Pächter Neri jedesmal, wenn er auf den Gutshof kam, ein Vergnügen war. Er entschloß sich daher zu Anfang des neuen Jahres, den Herrn dazu zu bringen, Jelis Lohn zu erhöhen, und so kam es dahin, daß dieser fast soviel verdiente, wie er als Pferdehüter bekommen hatte. Und es war gut angelegtes Geld, denn Jeli scheute keine Mühe und wanderte viele Meilen weit, um die besten Weideplätze für seine Tiere zu finden; und wenn die Schafe Junge zur Welt brachten oder krank waren, führte er sie in der Satteltasche des Maultieres zur Weide, und die Lämmer legte er sich über die Schulter, so daß sie ihm ins Gesicht blökten oder das Maul aus dem Sack herausstreckten und ihm die Ohren leckten. Bei dem berüchtigten Schneefall in der Nacht auf Santa Lucia, als der Schnee vier Handhoch im Lago morto der Salonia fiel und man, als der Tag anbrach, ringsum meilenweit nichts als Schnee auf allen Fluren sah – damals wäre Pächter Neri zugrunde gerichtet gewesen, wie so manche andere im Lande, wenn Jeli nicht in der Nacht drei- oder viermal aufgestanden wäre, um die Schafe in der Hürde herumzujagen. So konnten sich die armen Tiere den Schnee vom Rücken schütteln und wurden nicht, wie so viele aus benachbarten Herden, begraben. Das sagte auch Pächter Agrippino, als er kam, um einen Blick auf einen Bohnenacker zu werfen, den er in der Salonia besaß. Und weiterhin sagte er, an jener andern Geschichte, wonach der Sohn von Pächter Neri seine Tochter Mara heiraten wolle, sei nichts Wahres, denn Mara habe ganz andere Sachen im Kopf.

»Man hat erzählt, sie würden an Weihnachten heiraten«, sagte Jeli.

»Daran ist kein wahres Wort. Niemand heiratet. Alles Geschwätz von neidischen Menschen, die sich in anderer Leute Angelegenheiten mischen«, antwortete Pächter Agrippino.

Aber der Feldhüter wußte mehr, denn er hatte gehört, was man auf dem Dorfplatz gesprochen hatte, als er am Sonntag dorthin gegangen war. Und er erzählte die Sache, nachdem Pächter Agrippino weggegangen war, so, wie sie sich in Wirklichkeit verhielt: Die beiden heirateten nicht, weil der Sohn von Pächter Neri erfahren hatte, daß die

Mara von Pächter Agrippino es mit Don Alfonso hielt, mit dem jungen Herrn, der Mara schon als Kind gekannt habe. Und Pächter Neri habe gesagt, sein Sohn wolle so geachtet werden, wie sein Vater geachtet worden sei, und wolle nicht, daß jemand in seinem Hause Hörner trage, außer seinen Ochsen.

Jeli war dabei. Er saß im Kreis mit den andern beim Morgenessen und schnitt sich gerade eine Scheibe Brot ab. Er sagte nichts, aber er verlor für diesen Tag den Appetit.

Während er die Schafe auf die Weide führte, kehrten seine Gedanken immer wieder zu Mara und zu der Zeit zurück, als sie noch ein kleines Mädchen war und sie beide den ganzen Tag beisammen waren und in das Tal von Jacitano gingen und auf den Poggio alla croce und sie den Kopf in den Nacken legte, wenn sie ihm zuschaute, wie er in die Wipfel der Bäume kletterte, um Vogelnester auszunehmen. Und er dachte auch an Don Alfonso, der ihn, wenn er in dem nahen Landhaus weilte, besuchen kam, und wie sie sich damals auf den Bauch ins Gras legten und mit einem Stecken in den Grillennestern herumstocherten. All diese Dinge überdachte er stundenlang, wenn er am Rand des Grabens saß und seine Knie mit den Armen umschlungen hielt. Er dachte auch an die hohen Nußbäume in Tebidi, an das dichte Gebüsch im Tal, an die grünen, mit Essigbäumen bewachsenen Hügel, an die grauen Olivenhaine, die sich im Tal wie Nebel ausbreiteten, an die roten Dächer der Häuser und an den Kampanile, der aussah »wie der Griff eines Salzfasses«, dort zwischen den Orangenbäumen hinter dem Garten. Hier dehnte sich das Land öde vor ihm aus, verlassen und mit Flecken von versengtem Gras, und verlor sich schweigend in der unendlichen Schwüle.

Im Frühling – die Schoten der Bohnen begannen sich bereits zu neigen – kam Mara zur Salonia und mit ihr der Vater, die Mutter, ein Knabe und das Maultier. Sie kamen, um Bohnen zu pflücken, und schliefen alle miteinander in dem Verwaltungsgebäude. Drei oder vier Tage – solange die Ernte dauerte – wollten sie dableiben. Jeli hatte so Gelegenheit, das Mädchen morgens und abends zu sehen, und oft saßen sie nebeneinander auf dem Mäuerchen beim

Schafstall und plauderten, während der Jüngling die Schafe zählte. »Mir ist, als wären wir wieder in Tebidi«, sagte Mara, »als wir noch klein waren und auf der kleinen Brücke standen.«

Auch Jeli erinnerte sich noch an alles, obwohl er nichts sagte, denn er war immer ein verständiger und wortkarger Bursche gewesen.

Als die Ernte zu Ende war, kam Mara am Abend vor ihrer Abreise noch einmal, um ihm Lebewohl zu sagen. Er bereitete gerade den Käse und war sehr eifrig dabei, die Molke mit einem Löffel abzuschöpfen. »Jetzt sage ich dir Lebewohl«, begann sie, »denn morgen kehren wir nach Vizzini zurück.«

»Wie ist es euch mit den Bohnen ergangen?«

»Schlecht ist es uns ergangen. Der Rost hat sie dies Jahr alle aufgefressen.«

»Das kommt daher, daß es nur spärlich geregnet hat«, sagte Jeli. »Denk dir, wir haben sogar die Lämmer schlachten müssen, weil sie nicht genug zu fressen hatten. In der ganzen Salonia ist das Gras kaum drei Finger hoch gewachsen.«

»Dir macht das ja nichts aus. Du bekommst deinen Lohn immer, in guten und in schlechten Jahren.«

»Ja, das ist wahr«, sagte er, »aber es tut mir weh, die armen Tiere in die Hand des Metzgers geben zu müssen.«

»Weißt du noch, wie du zum Fest von San Giovanni gekommen bist, damals, als du keinen Herrn hattest?«

»Ja, das weiß ich noch.«

»Es war mein Vater, der dich hier bei Pächter Neri unterbrachte.«

»Und du, warum hast du ihn nicht geheiratet, den Sohn von Pächter Neri?«

»Weil es nicht Gottes Wille war... Mein Vater hat Unglück gehabt«, fuhr sie nach einer Weile fort. »Seit wir nach Marineo gezogen sind, ist alles schiefgegangen, mit den Bohnen, der Saat und dem Stückchen Rebland, das wir dort oben hatten. Dann mußte mein Bruder zu den Soldaten, und schließlich ist sogar das Maultier gestorben, das vierzig Unzen wert war.«

»Ich weiß«, antwortete Jeli, »das braune Maultier.«

»Jetzt, da wir alles verloren haben, wer sollte mich da noch heiraten wollen?«

Mara zerpflückte einen Dornzweig. Sie hatte das Kinn auf die Brust gesenkt und sprach mit niedergeschlagenen Augen, und mit dem Ellbogen berührte sie wie von ungefähr ein wenig Jelis Ellbogen. Aber auch Jeli hatte die Augen gesenkt, sah in das Butterfaß und antwortete nichts. Da fuhr sie fort:

»In Tebidi sagte man, wir würden einmal Mann und Frau werden, weißt du noch?«

»Ja«, sagte Jeli und legte den Löffel auf den Rand des Fasses. »Aber ich bin ein armer Schafhirt und darf nicht an die Tochter eines Pächters denken, wie du eine bist.«

Mara schwieg eine Weile und sagte dann: »Wenn du mich gern hast – was mich betrifft, ich würde dich wohl nehmen.«

»Wirklich?«

»Ja, wirklich!«

»Und Pächter Agrippino, was würde er dazu sagen?«

»Mein Vater sagt, daß du dein Handwerk jetzt verstehst. Und daß du keiner von denen bist, die ihren Lohn vergeuden, sondern daß du aus einem Soldo zwei machst. Und daß du fast nichts ißt, um das Brot zu sparen, und es dahin bringen wirst, selbst Schafe zu haben und reich zu werden.«

»Wenn es so steht«, schloß Jeli, »nehme auch ich dich gern.«

»Nun denn!« sagte Mara – denn inzwischen war es dunkel geworden, und die Schafe hatten aufgehört zu blöken –, »wenn du einen Kuß haben möchtest, will ich ihn dir jetzt geben, weil wir ja doch Mann und Frau werden.«

Jeli nahm ihn ruhig entgegen, und da er nicht wußte, was er sonst noch sagen sollte, fügte er hinzu: »Ich habe dich immer gern gehabt, auch damals, als du mich wegen des Sohnes von Pächter Neri verlassen wolltest...« Aber er besaß nicht den Mut, auch jenen andern zu erwähnen.

»Siehst du? Wir waren füreinander bestimmt«, schloß Mara.

Pächter Agrippino sagte tatsächlich ja, und Frau Lia

nähte in aller Eile eine neue Jacke und ein Paar Samthosen für den Schwiegersohn. Mara war schön und blühend wie eine Rose in ihrem weißen Schal und sah aus wie das Osterlamm mit ihrer Bernsteinkette, die ihren Hals noch weißer scheinen ließ, so daß Jeli, wenn er an ihrer Seite durch die Straßen ging, kerzengerade einherschritt, ganz in Tuch und Samt gekleidet, und es nicht wagte, sich die Nase mit dem Taschentuch aus roter Seide zu schneuzen, um nicht aufzufallen. Aber die Nachbarn und alle diejenigen, welche die Geschichte von Don Alfonso wußten, lachten ihm ins Gesicht. Als Mara ihr »Ja« gesprochen und der Priester ein großes Kreuz über ihnen geschlagen und sie zusammengegeben hatte, führte Jeli sie nach Hause, und es schien ihm, als hätte man ihm alles Gold der Madonna gegeben und alle Ländereien, die er mit seinen Augen je gesehen hatte.

»Jetzt, da wir Mann und Frau sind«, sagte er zu ihr, als sie zu Hause angekommen waren und er ihr gegenübersaß und sich ganz klein machte, »jetzt, da wir Mann und Frau sind, kann ich es dir sagen, daß ich es fast nicht glauben kann, daß du mich gewollt hast... Wo du doch so viele Bessere als mich hättest haben können... So schön, wie du bist...«

Der arme Kerl wußte ihr nichts anderes zu sagen. Und in all seinen neuen Kleidern konnte er es aus lauter Freude nicht fassen, Mara bei sich im Hause zu sehen, wie sie alles zurechtmachte und anrührte und die Hausfrau spielte. Deshalb fiel es ihm auch so schwer, wieder zur Tür hinauszugehen und in die Salonia zurückzukehren. Und als es Montag geworden war, band er nur zögernd die Säcke, den Mantel und das Tuch gegen den Regen auf dem Sattel des Esels fest. »Eigentlich solltest auch du in die Salonia kommen«, sagte er zu der Frau, die ihm von der Schwelle aus zusah. »Du solltest mit mir kommen.« Aber die Frau begann zu lachen und antwortete ihm, sie sei nicht dazu geschaffen, als Schafhirtin zu leben, und habe in der Salonia nichts zu suchen.

In der Tat, Mara war nicht zur Schafhirtin geboren. Sie war den Nordwind im Januar nicht gewohnt, wenn die Hände über dem Hirtenstab vor Kälte steif werden und wenn es ist, als ob einem die Fingernägel abfielen. Sie war auch nicht an die heftigen Regengüsse gewöhnt, bei denen das Wasser einem bis auf die Knochen dringt, und nicht an den erstickenden Staub der Straße, wenn die Schafe unter der glühenden Sonne dahinziehen, und nicht an ein hartes Lager und an schimmliges Brot und an die langen schweigsamen und einsamen Tage, an denen man auf dem versengten Feld nichts anderes sieht als hin und wieder von weitem einen Bauern, der – schwarzgebrannt von der Sonne – stumm sein Eselchen auf den weißen, endlosen Straßen vor sich hertreibt. Wenigstens wußte Jeli, daß Mara im Warmen unter der Bettdecke lag oder vor dem Feuer mit den Nachbarinnen zusammen spann oder sich auf dem Balkon an der Sonne freute, wenn er müde und durstig oder durchnäßt vom Regen von der Weide heimkehrte, oder wenn der Wind den Schnee bis in die Hütte wehte und das Feuer aus Essigbaumzweigen auslöschte. Mara ging jeden Monat den Lohn beim Herrn holen, und es fehlte ihr weder an Eiern im Hühnerhof noch an Öl in der Lampe oder an Wein in der Flasche. Zweimal im Monat kam Jeli sie besuchen, und sie erwartete ihn auf dem Balkon, mit der Spindel in der Hand. Wenn er dann im Stall den Esel angebunden, ihm den Sattel vom Rücken genommen, den Hafer in die Krippe geschüttet und wenn er das Holz unter dem Vordach im Hof aufgeschichtet oder etwas davon in die Küche gebracht hatte, half ihm Mara den Mantel am Nagel aufhängen und die nassen Gamaschen vor dem Feuer ausziehen und schenkte ihm Wein ein, während die Suppe lustig brodelte. Und nachher deckte sie den Tisch, ganz ruhig und umsichtig, wie eine tüchtige Hausfrau, während sie von dem und jenem erzählte: von der Bruthenne, die sie auf die Eier gesetzt habe, von der Leinwand, die auf dem Webstuhl sei, von dem Kalb, das sie aufzogen, und das alles, ohne darüber ihre Hausgeschäfte zu vergessen, so daß es Jeli dünkte, er habe es besser als der Papst.

Allein, in der Nacht auf Santa Barbara kam er zu ungewohnter Stunde nach Hause. Alle Lichter im Gäßchen waren schon ausgelöscht, und die Uhr am Kirchturm schlug Mitternacht. Es war eine Nacht, in der die Wölfe heulen. Und wirklich war ihm ein Wolf ins Haus geschlichen, während er um des Verdienstes willen durch Regen und Wind gezogen, weil die Stute des Herrn krank geworden war und schnellstens ein Hufschmied zur Stelle sein mußte. Er klopfte und schlug an die Tür und rief laut nach Mara, während das Wasser von der Dachtraufe über ihn herabfloß bis zu den Schuhen. Endlich kam seine Frau und machte ihm die Tür auf und begann ihn auszuschelten, als sei sie es gewesen, die bei diesem Hundewetter übers Feld hätte laufen müssen, und dabei machte sie ein Gesicht, daß er fragte: »Was ist? Was hast du?«

»Du hast mir Angst gemacht, zu so später Stunde! Ist das eine Zeit für einen vernünftigen Menschen? Ich werde morgen krank sein.«

»Geh und leg dich hin. Das Feuer will ich anzünden.«

»Nein, ich muß erst Holz holen.«

»Ich werde gehen.«

»Nein, sage ich dir!«

Als Mara mit dem Holz im Arm zurückkam, sagte Jeli zu ihr: »Warum hast du die Tür nach dem Hof zu aufgemacht? War denn kein Holz mehr in der Küche?«

»Nein, ich habe es unter dem Vordach holen müssen.«

Sie ließ sich küssen, war eisigkalt und drehte den Kopf auf die andere Seite.

»Seine Frau läßt ihn vor der Tür naß werden«, sagten die Nachbarn, »wenn der Krammetsvogel im Haus ist!«

Aber Jeli wußte von nichts, weder daß er ein Hahnrei war, noch daß die andern sich hüteten, es ihm zu sagen, weil ihm nichts daran gelegen war und weil er die Frau so, wie sie war, genommen, nachdem der Sohn von Pächter Neri sie weggeschickt hatte, als er die Geschichte mit Don Alfonso vernommen. Jeli aber lebte glücklich und zufrieden in seiner Schande und ließ es sich wohl sein, denn »Hörner sind mager, aber sie machen das Haus fett«.

Endlich sagte es ihm der Hüterbub ins Gesicht, als sie einmal wegen ein paar Stücken Käse, die verschwunden waren, in Streit gerieten. »Nun, da Don Alfonso Euch die Frau weggenommen hat, meint Ihr wohl, Ihr seid sein Schwager, und seid stolz geworden und denkt, Ihr seid ein gekrönter König, mit den Hörnern, die Ihr auf dem Kopf habt!«

Der Verwalter und der Feldhüter dachten, auf diese Worte hin werde Blut fließen. Aber Jeli schwieg, als hätte er nichts gehört oder als ginge ihn die ganze Sache nichts an, und sein Gesicht sah so einfältig aus, daß die Hörner ihm wahrlich gut standen.

Dann nahte das Osterfest, und der Verwalter schickte alle Männer auf dem Gutshof zur Beichte, in der Hoffnung, sie würden aus Gottesfurcht alsdann nicht mehr stehlen. Auch Jeli ging hin, und beim Verlassen der Kirche suchte er den Buben auf, dem die bösen Worte entfahren waren, legte ihm den Arm um den Hals und sagte zu ihm: »Dein Beichtvater hat mir geboten, dir zu vergeben. Aber ich zürne dir ohnehin nicht wegen des Unsinns, den du geschwatzt hast. Wenn du nur den Käse nicht mehr verschneidest, dann mache ich mir nichts aus dem, was du mir im Zorn gesagt hast.«

Von da an gaben sie ihm den Spitznamen »Goldhorn«, und der Name blieb an ihm hängen, an ihm und all den Seinen, auch dann noch, als er sich die Hörner längst mit Blut reingewaschen hatte.

Mara war ebenfalls beichten gegangen und kehrte, in ihren Schal gehüllt, mit niedergeschlagenen Augen aus der Kirche zurück, so daß sie aussah wie die heilige Magdalena. Jeli erwartete sie schweigend vor der Tür, und als er sie kommen sah, so, als trüge sie den Herrn im Leibe, schaute er sie erbleichend vom Kopf bis zu den Füßen an, als sähe er sie zum erstenmal oder als hätte man sie ihm verändert, seine Mara. Aber dann wagte er nicht, die Augen zu ihr zu erheben, als sie das Tischtuch ausschüttelte und die Schüsseln auf den Tisch stellte, ruhig und ordentlich wie bisher.

Erst als er eine Weile darüber nachgedacht hatte, fragte er sie in kaltem Ton: »Ist es wahr, daß du mit Don Alfonso etwas hast?«

Mara schaute ihm mit ihren schönen klaren Augen mitten ins Gesicht und bekreuzigte sich. »Weshalb wollt Ihr mich an diesem Tag zu einer Sünde veranlassen?« rief sie aus.

»Nein, ich will es nicht glauben! Don Alfonso und ich waren immer zusammen, als wir Knaben waren, und es verging kaum ein Tag, an dem er nicht nach Tebidi kam, genau wie ein Bruder... Und dann ist er doch reich und hat Geld, soviel er nur will, und wenn er eine Frau braucht, kann er sich verheiraten, an Besitz dazu fehlt es ihm ja nicht, und Brot hat er genug zu essen.«

Mara aber wurde zornig und begann ihm böse Worte zu geben, so daß er den Blick nicht mehr vom Teller zu heben wagte.

Damit aber die Gottesgabe, die sie aßen, sich nicht in Gift verwandle, änderte Mara das Gespräch und fragte ihn, ob er daran gedacht habe, das bißchen Lein zu harken, das sie ins Bohnenbeet gesät hatten.

»Ja«, antwortete Jeli, »und der Lein wird sehr schön wachsen.«

»In diesem Fall«, sagte Mara, »will ich dir für den kommenden Winter zwei neue Hemden weben, die dich vor der Kälte schützen sollen.«

Kurz – Jeli begriff noch nicht, was es bedeutete, ein Hahnrei zu sein, und wußte noch nicht, was Eifersucht war. Alles Neue hatte Mühe, in seinen Kopf einzudringen, und gerade das mit Mara war so unbegreiflich, daß es einer ungeheuren Anstrengung bedurfte, bis es in seinen Kopf eindrang, vor allem, wenn er seine Mara vor sich sitzen sah, die so schön war, so weiß, so sauber, die ihn selbst gewollt, die er so geliebt und an die er die ganze Zeit über gedacht hatte, lange Jahre hindurch, seit er ein Knabe war, so daß er damals, als man ihm gesagt, sie werde sich mit einem andern verheiraten, den ganzen Tag über nicht mehr den Mut gehabt hatte, zu essen und zu trinken. Und auch wenn er an Don Alfonso dachte, konnte er nicht an einen Verrat glauben. Es war ihm, als sähe er ihn noch vor sich, mit seinen schönen neuen Kleidern, dem Lockenhaar und dem weißen, glatten Gesicht wie das eines Mädchens, wenn er nach Tebidi kam und ihm jedesmal Süßigkeiten und Weißbrot mitbrachte. Und da er ihn nicht wiedergesehen hatte, weil er ein armer Schafhirte war und das ganze Jahr über auf dem Felde zubrachte, hatte er den Freund immer mit diesen Zügen im Herzen bewahrt.

Aber das erstemal, als Jeli unglücklicherweise Don Alfonso als erwachsenen Mann wiedersah, fühlte er etwas wie einen Schlag gegen die Brust. So schön und stattlich war Don Alfonso geworden, daß er gar nicht mehr der von damals schien. Mit dieser goldenen Kette über der Weste und der Samtjacke und dem gepflegten Bart, der gelockt war wie sein Haar. Aber er erkannte Jeli sogleich wieder und klopfte ihm sogar auf die Schulter und grüßte ihn und nannte ihn beim Namen. Er war mit dem Gutsherrn gekommen und mit einer ganzen Gesellschaft von Freunden, die zur Zeit der Schafschur einen Ausflug machten. Unvermutet war auch Mara aufgetaucht, mit dem Vorwand, sie sei guter Hoffnung und habe Lust auf frische Molken.

Es war ein schöner, warmer Tag über den goldenen Feldern, die Hecken blühten, und die Reben standen in langen, grünen Reihen. Die Schafe hüpften und blökten vor Freude, als sie sich von der dicken Wolle befreit fühlten. Und in der Küche entfachten die Frauen ein schönes Feuer, um all das Essen zu kochen, das der Herr zum Mittagsmahl mitgebracht hatte. Die Herren, die darauf warteten, setzten sich unterdessen in den Schatten der Johannisbrotbäume und ließen kleine Trommeln und Dudelsäcke erklingen und tanzten mit den Frauen vom Gutshof, wenn die Lust dazu sie ankam. Jeli, der mittlerweile fortfuhr, die Schafe zu scheren, spürte, ohne eigentlich zu wissen weshalb, wie es in ihm wühlte: wie ein Dorn, wie ein eingedrungener Nagel, wie eine feine Schere, die sich in seinem Herzen sachte und zögernd bemerkbar machte, schlimmer als Gift. Der Herr hatte befohlen, zwei Zicklein zu schlachten und dazu einen einjährigen Hammel, ein paar Hühner und einen Truthahn. Kurz, er wollte ein richtiges Fest veranstalten. Er knauserte nicht, denn er gedachte vor seinen Freunden Ehre einzulegen. Und während all die Tiere, die man schlachtete, vor Schmerz schrien und die Zicklein unter dem Messer mekkerten, fühlte Jeli, wie ihm die Knie zitterten; und einige Male war es ihm, als ob die Wolle, die er schor, und das Gras, in welchem die Schafe herumhüpften, von Blut dampften.

»Geh nicht!« sagte er zu Mara, als Don Alfonso rief, sie solle mit den andern tanzen. »Geh nicht, Mara!«

»Weshalb?«

»Ich will nicht, daß du gehst. Geh nicht!«

»Du hörst doch, daß sie mich rufen.«

Er sagte nichts Verständliches mehr, wurde nur finster wie das Unheil und beugte sich tief über die Schafe, die er schor. Mara zuckte die Achseln und ging tanzen. Sie war rot und fröhlich, mit schwarzen Augen, die wie zwei Sterne leuchteten, und sie lachte, daß man ihre weißen Zähne sah. Und all das Gold, das sie angehängt hatte, klirrte und blitzte auf ihren Wangen und auf ihrer Brust. Sie glich ganz und gar der Madonna. Jeli hatte sich aufgerichtet. Er hielt die lange Schere in der Faust und war sehr blaß im Gesicht, so blaß wie einst sein Vater, der Kuhhirte, gewesen war, als er im Fieber neben dem Feuer in der ärmlichen Hütte gezittert hatte. Plötzlich, als er sah, wie Don Alfonso mit dem hübschen, gelockten Bart, der samtenen Jacke und der goldenen Kette über der Weste Mara bei der Hand nahm und sie zum Tanz aufforderte, erst als er sah, wie jener den Arm ausstreckte, als wolle er sie an seine Brust ziehen, und sie es geschehen ließ, warf er sich auf ihn und schnitt ihm die Kehle mit einem einzigen Ruck durch, genau wie einem Zicklein.

Später, als sie ihn gebunden, gebrochen, ohne daß er es gewagt hätte, ihnen den geringsten Widerstand entgegenzusetzen, vor den Richter führten:

«Wie!« sagte er. »Nicht einmal töten hätte ich ihn sollen?... Wenn er mir doch die Mara weggenommen hat!...«

Der Rotschopf

Rotschopf hieß er, weil er rote Haare hatte; und rote Haare hatte er, weil er ein tückischer und böser Junge war, der ein nettes Früchtchen zu werden versprach. Deshalb nannten ihn alle in der Sandgrube Rotschopf; und sogar seine Mutter hatte, da sie ihn nicht anders nennen hörte, seinen Taufnamen fast vergessen.

Übrigens sah sie ihn nur am Samstagabend, wenn er mit den wenigen Batzen, die er die Woche über verdient hatte, heimkehrte. Und da er eben ein Rotschopf war, mußte man befürchten, daß er ihr ein paar davon unterschlug. Im Zweifelsfall, um nicht fehlzugehen, verabreichte ihm seine ältere Schwester als Quittung jeweils ein paar Ohrfeigen.

Allein, der Besitzer der Sandgrube hatte bestätigt, daß es so und so viele Batzen waren und nicht mehr. Und eigentlich waren es zu viele für den Rotschopf, einen Lausejungen, den niemand um sich haben mochte, den alle wie einen räudigen Hund mieden und mit Fußtritten begrüßten, wenn er sich in Reichweite befand.

Er war wirklich ein häßlicher Kerl: finster, mürrisch und wild. Zur Mittagszeit, wenn alle andern Arbeiter aus der Grube miteinander ihre Suppe aßen und sich ein wenig ausruhten, kauerte er mit seinem Korb zwischen den Beinen in einem Winkel und nagte an seinem acht Tage alten Brot, wie es die Tiere seiner Art tun. Und die Männer neckten ihn alle und stichelten und warfen mit Steinen nach ihm, bis ihn der Vorarbeiter mit einem Fußtritt wieder an die Arbeit schickte. Er aber gedieh unter den Fußtritten und ließ sich mehr aufladen, als man einem Esel zu tragen geben konnte, ohne je den Mut zu haben, sich zu beklagen. Er war immer zerlumpt und schmutzig vom roten Sand, denn seine Schwester, die verlobt war, hatte andere Sachen im Kopf und dachte nicht daran, ihn am Sonntag zu waschen. Nichtsdestoweniger war er im ganzen Monserrato und in der Carvana so bekannt wie ein bunter Hund, so daß man sogar die Sandgrube, in der er arbeitete, die Rotschopfgrube nannte. Dies ärgerte den Besitzer nicht wenig, und eigentlich behielt er den Jungen dort nur aus Mitleid und weil Meister Misciu, sein Vater, in derselben Grube umgekommen war.

Das hatte sich folgendermaßen zugetragen: An einem Samstag hatte er eine bestimmte Arbeit beenden wollen, die er im Akkord übernommen hatte, und zwar an einem Pfeiler, den man früher als Stütze des Grubenganges hatte stehen lassen. Als der Pfeiler überflüssig geworden war, hatte Misciu ihn mit dem Besitzer auf schätzungsweise fünfunddreißig bis vierzig Karren voll Sand berechnet. Doch Meister Misciu grub nun schon seit drei Tagen, und es blieb ihm noch so viel zu tun übrig, daß es für den halben Montag reichte. Es war ein mageres Geschäft, und nur ein Dummkopf wie Meister Misciu hatte sich auf diese Weise vom Besitzer übertölpeln lassen können. Man nannte ihn denn auch allgemein Meister Misciu Rindvieh; er war der Lastesel der ganzen Grube. Der arme Teufel aber ließ die andern reden und war zufrieden, wenn er mit seinen Fäusten sein Brot erarbeiten konnte, anstatt sie gegen seine Mitarbeiter zu erheben und mit ihnen Streit anzufangen. Der Rotschopf machte ein Gesicht, wie wenn alle diese Ungerechtigkeiten auf seine Schultern fielen, und so klein er war, sah er so böse aus seinen Augen, daß die andern sagten: »Du wirst einmal nicht in deinem Bett sterben wie dein Vater!«

Doch nicht einmal sein Vater starb in seinem Bett, obwohl er ein guter Teufel war. Onkel Mommu, der Krüppel, hatte gesagt, er hätte jenen Pfeiler nicht einmal für zwanzig Unzen übernommen, so gefährlich sei er. Aber anderseits ist in den Sandgruben alles gefährlich, und wenn man auf jede Dummheit hören wollte, die erzählt wird, dann wäre es überhaupt besser, man würde Advokat werden.

Am Samstagabend kratzte also Meister Misciu noch an seinem Pfeiler herum, nachdem das Ave-Maria schon eine Weile verklungen war. Alle seine Gefährten hatten ihre Pfeifen angezündet und ihm im Weggehen dazu, daß er für seinen Herrn das Nachsehen habe, viel Vergnügen gewünscht; aber er solle aufpassen, daß er nicht zerquetscht werde wie eine Maus. Er aber war an Spott gewöhnt und schenkte ihnen kein Gehör. Er antwortete ihnen nur mit den dumpfen Schlägen seiner gutgeführten Hacke und murmelte dazu: »Das da ist für das Brot! Und das da ist für den Wein! Und das da ist für das Kleid für Nunziata!« Und so rechnete er aus, wie er den Lohn seiner Pachtarbeit ausgeben wollte, der Akkordarbeiter.

Draußen über der Grube war der Himmel voller Sterne; und unten rauchte die Laterne und drehte sich wie ein Haspel. Der dicke rote Pfeiler, der von Hieben unterhöhlt war, wand und neigte sich wie ein Bogen, als hätte er Bauchschmerzen und würde dazu ächzen: »Ahi!« Der Rotschopf säuberte den Platz ringsum und brachte die Hacke, den leeren Sack und die Weinflasche in Sicherheit. Der Vater, der ihn gut leiden mochte, der Ärmste, sagte von Zeit zu Zeit zu ihm: »Geh auf die Seite!« oder: »Paß auf! Paß auf, wenn kleine Steine oder große Sandbrocken von oben herunterfallen, dann lauf weg!« Mit einemmal sagte er nichts mehr, und Rotschopf, der sich abgewandt hatte, um das Werkzeug in den Korb zu legen, hörte ein dumpfes Geräusch, wie der Sand es verursacht, wenn er mit einemmal herunterstürzt. Dann ging das Licht aus.

Der Ingenieur, der die Arbeiten in der Grube leitete, war an jenem Abend, als sie kamen und ihn eilends holten, im Theater und hätte seinen Sitz nicht mit einem Königsthron vertauschen mögen, denn er war ein großer Liebhaber der dramatischen Kunst. Rossi spielte den *Hamlet*, und es war eine großartige Aufführung. An der Tür fand er sich von sämtlichen Frauen von Monserrato umringt, die schrien und sich die Brust schlugen, um das große Unglück kundzutun, das der Gevatterin Santa widerfahren war. Sie, die Ärmste, war die einzige, die nichts sagte; nur ihre Zähne klapperten, als hätte sie das Wechselfieber. Als sie dem Ingenieur sagten, das Unglück habe sich vor ungefähr vier Stunden zugetragen, fragte er, was sie nach vier Stunden denn noch bei ihm wollten. Nichtsdestoweniger ging er mit Leitern und Fackeln hin, aber es vergingen weitere zwei Stunden, und nun waren es schon sechs.

Und der Krüppel sagte, um die eingestürzten Massen zu beseitigen, brauche man wenigstens eine Woche Zeit.

Von wegen vierzig Karren! Ein Berg von Sand war heruntergefallen, ganz feiner und von der Lava verbrannter Sand. Man hätte ihn mit den Händen einrühren können, mit doppelt soviel Kalkerde als sonst. Es lag so viel da, daß man wochenlang Karren damit füllen konnte. Das war das schöne Geschäft von Meister Rindvieh!

Der Ingenieur kehrte ins Theater zurück und kam noch rechtzeitig zu Ophelias Begräbnis. Die andern Grubenarbeiter zuckten die Achseln und gingen einer nach dem andern wieder nach Hause. Im allgemeinen Gewirr und Durcheinanderrufen hatten sie nicht auf eine Knabenstimme geachtet, die nichts Menschliches mehr hatte und die schrie: »Grabt doch! Grabt doch hier! Schnell!« »Da!« sagte endlich der Krüppel, »da ist der Rotschopf!« »Woher ist der denn gekommen? Wenn es nicht der Rotschopf gewesen wäre, würde er nicht so glimpflich davongekommen sein...« Die andern fingen an zu lachen, und einer sagte, der Rotschopf habe eben den Teufel auf seiner Seite, ein anderer, er habe neun Leben wie die Katzen. Der Rotschopf antwortete nichts. Er weinte nicht einmal. Er grub mit den Nägeln dort im Sand, im Loch; deshalb hatte ihn zunächst keiner bemerkt. Und als sie sich mit dem Licht näherten, sahen sie ein so verstörtes Gesicht, mit glasigen Augen und Schaum vor dem Mund, daß es Angst einflößte. Seine Nägel waren abgerissen und hingen ihm von den blutigen Händen. Ihn von dort wegzubringen war ein Stück Arbeit. Da er nicht mehr kratzen konnte, biß er wie ein wütender Hund, und man mußte ihn bei den Haaren packen und ihn mit Gewalt fortschleppen.

Nach einigen Tagen kehrte er schließlich zur Arbeit in der Sandgrube zurück. Seine Mutter führte ihn leise weinend an der Hand hin. Denn das Brot, das man ißt, ist eben nicht überall zu finden. Von da an wollte er sich nicht mehr von jenem Stollen trennen und grub voller Erbitterung, als hebe er jeden Korb voll Sand von der Brust seines Vaters. Manchmal, wenn er schaufelte, blieb er plötzlich mit erhobenem Werkzeug stehen. Sein Gesicht war finster, und er rollte die Augen. Es war, als lausche er auf etwas, das ein Dämon ihm von der andern Seite des herabgestürzten Sandberges her ins Ohr flüstere. An solchen Tagen war er tückischer und bösartiger als sonst; so sehr, daß er kaum aß und sein Brot dem Hund hinwarf, als wäre es keine Gottesgabe. Der Hund mochte ihn gern, denn Hunde schauen auf nichts anderes als auf die Hand, die ihnen Brot gibt. Der Esel aber, das arme, krumme und magere Tier, erlitt all die Wutausbrüche und Bosheiten des Rotschopfs. Dieser schlug mitleidlos mit dem Stiel der Hacke auf ihn ein und brummte dazu: »So wirst du schneller krepieren!«

Seit dem Tode des Vaters war es, als sei ihm der Teufel in den Leib gefahren. Er arbeitete wie jene wilden Büffel, die man an einem eisernen Nasenring festhalten muß. Er wußte, daß er ein Rotschopf war, und so schickte er sich drein, der Schlimmste zu sein, den es geben konnte; und wenn ein Unglück geschah oder wenn ein Arbeiter das Werkzeug nicht mehr fand, ein Esel sich ein Bein brach oder ein Teil des Stollens einstürzte, dann wußte man immer, daß der Rotschopf daran schuld war. Er nahm denn auch die Schläge auf sich, ohne je zu widersprechen, genauso, wie die Esel sie über sich ergehen lassen, die zwar den Rücken krümmen, aber in ihrem störrischen Tun verharren. Mit den andern Jungen aber war er geradezu grausam. Es schien, als wolle er sich an den Schwachen für all die Unbill rächen, die, wie er glaubte, die andern ihm und seinem Vater zugefügt hatten. Sicherlich empfand er eine sonderbare Lust dabei, sich an jede einzelne Mißhandlung und an all die Gewalttaten zu erinnern, die man seinem Vater angetan, und an die Art, wie sie ihn hatten zugrunde gehen lassen. Und wenn er allein war, brummte er: »Auch an mir handeln sie so! Und meinen Vater nannten sie Rindvieh, weil er nicht ebenso handelte!« Einmal, als der Besitzer der Sandgrube vorbeikam, verfolgte er ihn mit einem scheelen Blick: »Der ist schuld daran, mit seinen fünfunddreißig Batzen!« Und ein andermal zischte er hinter dem Krüppel her: »Und der auch! Der hat dazu gelacht. Ich habe es gehört, an jenem Abend!«

Aus einer besonders durchtriebenen Bosheit heraus tat er so, als habe er es auf sich genommen, einen armen kleinen Jungen zu beschützen, der seit einiger Zeit in der Grube arbeitete. Dieser Knabe war von einem Gerüst heruntergefallen und hatte sich die Hüfte ausgerenkt, deshalb konnte er nicht mehr als Bauhandlanger arbeiten. Der Ärmste hinkte – wenn er seinen Korb voll Sand auf dem Rücken trug – in einer Weise, daß alle in der Grube lachen mußten und dies ihm den Spitznamen Frosch eingetragen hatte. Aber da er unter der Erde arbeitete, konnte er sich, als der Frosch, der er war, doch noch sein Brot verdienen. Der Rotschopf gab ihm hie und da noch von seinem Brot dazu – um sich ein Vergnügen daraus zu machen, ihn nachher um so mehr zu quälen, sagten die andern.

Tatsächlich peinigte er ihn auf tausenderlei Arten. Das eine Mal schlug er ihn ohne Grund und ohne Mitleid, und wenn der Frosch sich nicht verteidigte, schlug er ihn noch mehr und mit größerer Erbitterung und sagte dazu: »Da, du Vieh! Rindvieh, das du bist! Wenn du keinen Mut hast, dich gegen mich zu wehren, der ich es gut mit dir meine, dann heißt das, daß du dich auch von jedem andern ins Gesicht hauen lassen würdest.«

Oder, wenn der Frosch sich das Blut abwischte, das ihm aus Mund und Nase floß: »So wie dich der Schmerz dieser Schläge hart machen wird, so wirst du es lernen, auch welche auszuteilen!« Wenn er einen beladenen Esel den steilen Weg unter der Erde vor sich hertrieb und sah, wie das Tier erschöpft seine Hufe gegen den Boden stemmte, sich unter der Last durchbog und mit erloschenem Blick keuchte, dann schlug er es erbarmungslos mit dem Stiel der Hacke, und die Schläge tönten spröde auf den Knochen und den Rippen, die unter dem Fell sichtbar waren. Manchmal krümmte sich das Tier unter den Schlägen, vermochte aber, aller Kräfte beraubt, keinen Schritt mehr zu tun und fiel in die Knie; einer der Esel war schon so viele Male gestürzt, daß er zwei Wunden an den Beinen hatte. Dann pflegte der Rotschopf zum Frosch zu sagen: »Der Esel wird geschlagen, weil er nicht selbst schlagen kann. Wenn der sich wehren könnte, würde er uns unter seine Füße treten und uns das Fleisch mit seinen Zähnen zerreißen.« Oder: »Wenn du dazu kommst, jemandem

Schläge auszuteilen, dann achte darauf, daß du sie ihm so fest gibst, wie du nur irgend kannst. Die andern werden sich das merken, und du selbst wirst weniger Hiebe bekommen.«

Wenn er mit der Pike oder der Hacke arbeitete, rührte er die Hände voller Erbitterung, wie einer, der seine Wut am Sande ausläßt. Mit zusammengebissenen Zähnen und mit Ausrufen, wie sein Vater sie getan hatte, schlug er immer wieder zu. »Der Sand ist tückisch«, sagte er leise zum Frosch. »Er gleicht all den andern, die dich ins Gesicht schlagen, wenn du schwächer bist als sie; und nur wenn du stärker bist oder wenn du mit vielen zusammenspannst, wie es der Krüppel tut, läßt er sich besiegen. Mein Vater hieb immer auf ihn ein – auf nichts anderes als auf den Sand –, deshalb nannten sie ihn Rindvieh. Und der Sand hat ihn hinterrücks verschlungen, weil er der Stärkere war.«

Jedesmal, wenn dem Frosch eine zu schwere Arbeit aufgebürdet wurde und der Junge wehklagte wie ein kleines Mädchen, stieß ihn der Rotschopf in den Rücken und schalt ihn aus: »Schweig, Küken!« Und wenn der Frosch nicht aufhören wollte, half er ihm und sagte mit einem gewissen Stolz: »Laß mich machen, ich bin stärker als du.« Oder er gab ihm die Hälfte seiner Zwiebel und war mit trockenem Brot zufrieden, zuckte die Achseln dazu und meinte: »Ich bin es gewohnt.«

Er war an alles gewöhnt: an Ohrfeigen, an Fußtritte, an Schläge mit dem Stiel der Schaufel oder mit dem Sattelriemen. Er war es gewohnt, von allen geschmäht und verspottet zu werden und auf den Steinen zu schlafen, wenn seine Arme und sein Rücken von vierzehnstündiger Arbeit wie zerbrochen waren. Er war es auch gewohnt zu fasten, wenn der Herr ihn strafte und ihm das Brot oder die Suppe entzog. Er sagte, was er noch immer bekommen habe vom Herrn, sei seine Ration Prügel; aber eben – Schläge kosteten nichts. Doch beklagte er sich nie. Er rächte sich hinterrücks, heimtückisch, mit Streichen, so daß es schien, der Teufel habe dabei die Hand im Spiel. Deshalb bekam immer er die Strafen, auch dann, wenn er gar nicht der Schuldige war. Denn wenn er es nicht gewesen war, so hätte er es doch sein können; und er rechtfertigte sich nie. Übrigens wäre das ganz und gar umsonst gewesen. Manchmal, wenn der Frosch ihn erschrocken beschwor und unter Tränen bat, die Wahrheit zu sagen und seine Unschuld zu beweisen, sagte er: »Was nützt es? Ich bin ein Rotschopf!« Und niemand hätte sagen können, ob das Neigen seines Kopfes und seiner Schultern ein Ausdruck stolzen Hochmuts oder verzweifelter Ergebung sei, ja man hätte nicht einmal zu sagen gewußt, ob es bei ihm Wildheit oder Schüchternheit war. Eines stand fest: Nicht einmal seine Mutter hatte je eine Liebkosung von ihm bekommen, und daher schenkte auch sie ihm keine Zärtlichkeiten.

Am Samstagabend – kaum war er mit seinem von Sommersprossen und rotem Sand bedeckten Gesicht und seinen zerfetzten Kleidern, die überall an ihm herunterhingen, heimgekehrt – nahm die Schwester, wenn sie ihn in diesem Aufzug unter der Tür entdeckte, den Besenstiel in die Hand, denn ihr Bräutigam hätte davonlaufen können, wenn er gesehen hätte, mit was für Leuten er im Begriff war sich zu verschwägern. Die Mutter war immer bei irgendeiner Nachbarin. Und so kauerte er sich auf seinem Sack zusammen wie ein kranker Hund. Am Sonntag schien er denn auch – wenn alle andern Jungen aus der Nachbarschaft ein sauberes Hemd anzogen, um zur Messe zu gehen oder im Hof herumzuscherzen – kein anderes Vergnügen zu haben, als zwischen den Gärten umherzustreifen und Steine nach Eidechsen und andern armen Tieren zu werfen, die ihm nichts zuleide getan hatten, oder durch die Feigenkaktushecken zu kriechen. Denn die Scherze und die Steinwürfe der andern Knaben mochte er nicht leiden.

Die Witwe von Meister Misciu war verzweifelt darüber, einen solchen Taugenichts, wie sie ihn alle nannten, zum Sohn zu haben. Und tatsächlich war er wie einer jener Hunde geworden, die vor lauter Tritten und Steinwürfen von allen Seiten schließlich nur noch den Schwanz zwischen die Beine klemmen und beim Anblick der ersten lebendigen Seele davonlaufen und hungrig, räudig und wild werden wie Wölfe. Wenigstens drunten unter der Erde, in der Sandgrube, verspotteten sie ihn – häßlich, zerlumpt und schmierig, wie er war – nicht mehr. Er schien denn auch für diesen Beruf wie geschaffen, und das bis in die Farbe seiner Haare hinein und bis in die Katzenaugen, die blinzelten, wenn sie die Sonne sahen. Von der gleichen Art gibt es Esel, die Jahr um Jahr in den Gruben arbeiten, ohne jemals herauszukommen, und die in jene unterirdische Welt, in die ein Schacht senkrecht hinunterführt, an Seilen hinabgelassen werden und drunten bleiben, solange sie leben. Es sind alte Esel, das ist wahr, man kann sie für zwölf oder dreizehn Lire kaufen, wenn sie auf die Plaja zum Töten gebracht werden sollen. Aber für die Arbeit, die sie dort unten zu leisten haben, sind sie noch gut genug. Und der Rotschopf galt sicher nicht mehr als sie. Wenn er am Samstagabend aus der Grube heraufkam, so geschah es, weil er Hände hatte, mit denen er sich an den Seilen emporarbeiten konnte, und weil er seiner Mutter den Wochenlohn heimbringen mußte.

Sicher wäre er lieber Handlanger gewesen wie der Frosch und hätte auf den Gerüsten, hoch droben mitten im Blau des Himmels, singen und arbeiten mögen, wo einem die Sonne auf den Rücken schien; oder Karrenführer, wie Gevatter Gaspare, der den Sand aus der Grube fortbrachte, sich schläfrig auf den Wagendeichseln wiegte, die Pfeife im Mund hatte und den ganzen Tag über auf den schönen Straßen über Land zog; oder lieber noch hätte er ein Bauer sein mögen, der sein Leben auf den Feldern zubringt, mitten im Grünen, unter den dichtbelaubten Johannisbrotbäumen, mit dem dunkelblauen Meer im Hintergrund und dem Gesang der Vögel über seinem Kopf. Allein, das hier war der Beruf seines Vaters gewesen, und in diesen Beruf war er hineingeboren worden. Und während er an all das dachte, erzählte er dem Frosch von dem Pfeiler, der dem Vater über dem Rücken zusammengebrochen war, und davon, daß von diesem Pfeiler immer noch der feine, versengte Sand stamme, den der Karrenführer jetzt, die Pfeife im Mund und sich auf den Wagendeichseln wiegend, fortschaffe. Und dann sagte er ihm, daß man, wenn sie mit dem ganzen Sandberg fertig seien, auch den Leichnam des Vaters, mit noch fast neuen Barchenthosen bekleidet, finden würde. Der Frosch hatte Angst, aber der

Rotschopf hatte keine, er nicht. Er erzählte, daß er, der Rotschopf, immer, von Kindheit an, hier gelebt und stets dieses schwarze Loch gesehen hatte, das unter die Erde führte und in das der Vater ihn an der Hand hineinzugeleiten pflegte. Dann streckte er die Arme rechts und links aus und beschrieb, wie das verzweigte Labyrinth der Schächte sich unter ihren Füßen fortsetzte, unendlich weit, in viele Richtungen, bis dahin, wo man die schwarze und öde Lava sehen konnte, die fleckig war von versengtem Ginster. Und er erzählte, wie so viele Männer dort unten geblieben seien, zermalmte oder solche, die sich in der Finsternis verirrt hätten und die nun jahrelang wanderten und immerzu wanderten, ohne jemals die Öffnung des Schachtes zu finden, durch den sie hinabgestiegen seien, und ohne die verzweifelten Schreie ihrer Kinder zu vernehmen, die vergeblich nach ihnen suchten.

Aber einmal, als man die Körbe füllte, fand man einen der Stiefel von Meister Misciu, und da wurde der Rotschopf von einem solchen Zittern befallen, daß man ihn mit Seilen an die frische Luft hinaufziehen mußte, genau wie einen Esel, der sich ans Sterben machen will. Doch es gelang nicht, die fast neuen Hosen zu finden, noch das, was von Meister Misciu übriggeblieben war; obschon die Erfahreneren behaupteten, daß ebendas die Stelle sein müsse, wo der Pfeiler über ihn gestürzt sei. Und irgendein Arbeiter, der im Beruf noch neu war, bemerkte verwundert, wie launisch der Sand doch sei, daß er Misciu Rindvieh so in alle Richtungen habe schlagen können, daß die Schuhe nach der einen Seite und die Füße nach irgendeiner andern geschleudert worden seien.

Seit man diesen Stiefel gefunden hatte, war der Rotschopf von solcher Furcht gepackt, es könnte im Sand mit einemmal der nackte Fuß seines Vaters erscheinen, daß er nie mehr mit der Hacke ausholen wollte. Mochten sie ihm auch eins mit der Hacke über den Kopf geben. Darauf arbeitete er an einer andern Stelle des Schachtes und wollte nicht mehr an den früheren Platz zurück. Zwei oder drei Tage später fand man denn auch den Leichnam von Meister Misciu. Er trug noch die Hosen und lag auf dem Bauch, als wäre er einbalsamiert gewesen.

Onkel Mommu bemerkte, er habe wohl sehr gelitten, ehe er gestorben sei, denn der Pfeiler war genau über seinem Rücken zusammengestürzt und hatte ihn lebendig begraben. Man konnte auch noch sehen, daß Meister Rindvieh instinktiv versucht hatte, sich, im Sand grabend, zu befreien: Seine Hände waren aufgerissen und die Nägel abgebrochen. »Genau wie sein Sohn, der Rotschopf!« sagte der Krüppel immer wieder. »Er grub hier; sein Junge dort.« Doch sagten sie dem Knaben nichts davon, denn sie wußten, daß er boshaft und rachsüchtig war.

Der Karrenführer brachte den Leichnam von Meister Misciu weg, auf die gleiche Art und Weise, wie er den herabgefallenen Sand und die toten Esel fortführte, nur handelte es sich diesmal – abgesehen von dem Gestank des Leichnams – um einen Gefährten und um getauftes Fleisch. Die Witwe nähte die Hosen und das Hemd enger und paßte sie dem Rotschopf an, so daß dieser zum erstenmal sozusagen neu bekleidet war. Nur die Stiefel wurden aufbewahrt für die Zeit, da er erwachsen sein würde, denn Schuhe konnte man nicht enger machen, und der Bräutigam der Schwester hatte sie nicht gewollt, die Stiefel eines Toten.

Der Rotschopf befühlte die Barchenthosen, die noch fast neu waren, und es schien ihm, sie seien weich und glatt wie die Hände seines Vaters, mit denen er ihm so oft übers Haar gestrichen hatte, obwohl sie eigentlich rauh und voll Schwielen gewesen waren. Die Stiefel hängte er an einen Nagel über den Strohsack, als wären sie die Pantoffeln des Vaters, und am Sonntag nahm er sie in die Hand, wichste sie und probierte sie an. Dann stellte er sie auf den Boden, einen neben den andern, und betrachtete sie stundenlang, wobei er den Ellbogen auf die Knie stützte und das Kinn in die Hände legte. Und dabei wälzte er Gott weiß was für Gedanken in seinem Kopf.

Er hatte sonderbare Ideen, der Rotschopf! Da er auch die Pike und die Hacke seines Vaters geerbt hatte, gebrauchte er nun diese, obwohl sie für sein Alter zu schwer waren. Und als man ihn fragte, ob er sie verkaufen wolle, man würde sie ihm bezahlen, wie wenn es neue wären, antwortete er: »Nein!« Sein Vater hatte die Stiele so glatt und glänzend gemacht mit seinen Händen, und er, der Rotschopf, hätte neues Werkzeug nicht glatter und glänzender zu machen vermocht, als das alte es war, auch wenn er hundert und aber hundert Jahre damit hätte arbeiten können.

Zu jener Zeit war der graue Esel an Mühsal und Altersschwäche zugrunde gegangen, und der Karrenführer hatte ihn weit fortgebracht und in die Lavaschlucht geworfen. »So macht man das«, brummte der Rotschopf, »Werkzeug, das zu nichts mehr taugt, wirft man weg.« Er ging hin, um das Gerippe des Grauen, das in der Tiefe der Schlucht lag, anzusehen, und führte mit Gewalt auch den Frosch dorthin. Dieser hatte sich zunächst geweigert, aber der Rotschopf sagte ihm, auf dieser Welt müsse man sich daran gewöhnen, allen Dingen ins Gesicht zu sehen, schönen und häßlichen. Er betrachtete denn auch mit der unverhohlenen Neugier eines Gassenjungen die Hunde, die von allen Höfen in der Umgebung herbeigekommen waren, um einander das Fleisch des Grauen streitig zu machen. Die Hunde liefen heulend weg, als die Knaben auftauchten, und streiften winselnd an den gegenüberliegenden Abhängen umher, aber der Rotschopf ließ es nicht zu, daß der Frosch sie mit Steinen wegjagte. »Siehst du dort die schwarze Hündin«, sagte er zu ihm, »jene, die keine Angst vor deinen Steinwürfen hat? Sie fürchtet sich nicht, weil sie hungriger ist als die andern. Siehst du, wie ihr die Rippen hervorstehen?« Jetzt litt er nicht mehr, der graue Esel, er lag still da, streckte alle viere von sich und ließ es geschehen, daß die Hunde sich daran gütlich taten, ihm die tiefen Augenhöhlen auszulecken und die weißen Knochen bloßzulegen. Unter den Zähnen, die ihm jetzt die Eingeweide zerfleischten, krümmte er den Rücken nicht mehr wie unter den Schlägen mit der Schaufel, die auf ihn herunterhagelten, um ihm ein wenig Energie einzupeitschen, wenn er den steilen Weg hinaufgetrottet war. So geht es! Auch der Graue hatte Schläge mit der Hacke und Wunden bekommen. Auch er hatte, wenn er unter der Last beinahe zusammenbrach oder wenn ihm der Atem zum Weitergehen fehlte, jenen Blick, der – während man ihn schlug – zu sagen schien: »Nicht mehr! Nicht mehr!« Aber jetzt wurden seine Augen von den Hunden gefressen, und jetzt lachte er mit seinem nur noch aus Zähnen bestehenden Maul über die Schläge und Wunden. Doch es wäre besser gewesen, wenn er nie zur Welt gekommen wäre.

Die Lava dehnte sich düster und öde aus, soweit der Blick reichte, stieg an und senkte sich wieder, in Höhen und Schluchten, schwarz und zerklüftet, ohne daß eine Grille zirpte oder ein Vogel sang. Man hörte nichts, nicht einmal die Schläge der Piken derer, die unter der Erdoberfläche arbeiteten. Und immer wiederholte der Rotschopf, die Erde dort unten sei ganz ausgehöhlt von den Schächten, überall, gegen den Berg zu und gegen das Tal hin, so sehr, daß einmal einer von den Bergleuten als junger Mann hinuntergestiegen und mit weißen Haaren wieder heraufgekommen sei; und ein anderer, dessen Kerze ausgelöscht sei, habe vergeblich jahrelang um Hilfe geschrien. »Nur er allein hört sein Rufen!« sagte er, und bei diesem Gedanken zitterte er, obwohl sein Herz härter war als das Lavagestein.

»Der Herr schickt mich oft weit hinunter, weil die andern sich fürchten, dorthin zu gehen. Ich aber bin ein Rothaariger, und wenn ich nicht mehr zurückkehre, wird mich niemand suchen.«

Dennoch leuchteten in den schönen Sommernächten die hellen Sterne auch über der Lava, und die umliegenden Felder waren schwarz, so wie die Lava. Und der Rotschopf, der müde war von seinem langen Arbeitstag, warf sich auf seinen Sack, wandte das Gesicht zum Himmel und genoß die Ruhe und die Festbeleuchtung dort in der Höhe. Aber er haßte die Mondnächte, in denen das Meer glitzerte und funkelte und die Fluren sich da und dort undeutlich abzeichneten. Denn dann schien die Lava noch öder und verlassener. Für uns, die wir geboren sind, unter der Erde zu leben, dachte der Rotschopf, sollte es immer und überall dunkel sein. Das Käuzchen schrie über der Lava und flog hierhin und dorthin. Er aber dachte: Auch das Käuzchen ahnt die Toten, die hier unten liegen, und es verzweifelt, daß es nicht zu ihnen hinunter kann.

Der Frosch hatte Angst vor Käuzchen und vor Fledermäusen. Aber der Rotschopf schalt ihn aus, denn wenn einer dazu gezwungen ist, allein zu sein, darf er vor nichts Angst haben. Nicht einmal der Graue hatte mehr Angst vor den Hunden, die ihn zerfleischten, nun, da sein Körper den Schmerz der Wunden nicht mehr fühlte, welche die Hundezähne ihm schlugen.

»Du warst es gewohnt, auf die Dächer zu steigen wie die Katzen«, sagte er zu ihm, »und damals war das etwas anderes. Aber nun, da du unter der Erde leben mußt wie die Mäuse, darfst du keine Angst mehr haben vor Mäusen und Fledermäusen, die eigentlich nur alte Mäuse mit Flügeln sind. Und die Mäuse sind gern da, wo die Toten liegen.« Der Frosch aber fand Vergnügen daran, ihm zu erklären, was die Sterne dort oben täten, und erzählte ihm, in der Höhe sei das Paradies, wo die Toten weilten, die fromm gewesen waren und ihren Eltern keinen Kummer bereitet hatten. »Wer hat dir das gesagt?« fragte der Rotschopf. Und der Frosch antwortete, seine Mutter habe es ihn so gelehrt.

Da kratzte sich der Rotschopf im Haar und entgegnete ihm mit der lachenden Grimasse eines boshaften Lausbuben, der Bescheid weiß: »Deine Mutter sagt dir solche Sachen, weil du eigentlich anstatt Hosen Röcke tragen müßtest.« Und nachdem er ein wenig darüber nachgedacht hatte: »Mein Vater war ein guter Mann und tat niemandem etwas zuleid, so daß sie ihn Rindvieh nannten. Jetzt aber liegt er dort unten, und man hat sogar das Werkzeug gefunden und diese Hosen hier, die ich anhabe.«

Kurze Zeit darauf wurde der Frosch, dem es seit einiger Zeit schlechtging, so krank, daß man ihn am Abend auf einem Maultier aus der Sandgrube fortbringen mußte. Er lag zwischen den Körben und zitterte im Fieber wie ein naß gewordenes Küken. Ein Arbeiter sagte, der Knabe könne in diesem Beruf nicht alt werden, und um in einer Grube arbeiten zu können, ohne dabei das Leben zu lassen, müsse man dafür geboren sein. Der Rotschopf fühlte bei diesen Worten etwas wie Stolz, daß er dafür geboren und daß er so gesund und kräftig geblieben war in der ungesunden Luft und bei all der harten Arbeit. Er nahm den Frosch auf seine Schultern und machte ihm auf seine Weise Mut, indem er ihn ausschalt und schlug. Aber einmal, als er ihm eins auf den Rücken gab, spuckte der Frosch Blut. Der Rotschopf schaute ihm erschrocken und eilig in die Nase und in den Mund, um zu sehen, was er ihm angetan, und schwor dabei, er könne ihm mit seinem Hieb, so wie er ihn geführt, nicht sehr weh getan haben. Und um es ihm zu beweisen, schlug er sich mit einem Stein in der Faust auf die Brust und auf den Rücken. Ja, ein Arbeiter, der zugegen war, mußte ihm einen starken Fußtritt in den Rücken geben, einen Fußtritt, der klang wie auf einer Trommel, aber der Rotschopf rührte sich nicht, und erst, als der Arbeiter weggegangen war, meinte er: »Siehst du. Er hat mir nichts getan! Und er hat viel stärker zugeschlagen als ich, das schwöre ich dir!«

Allein, der Frosch erholte sich nicht, sondern spuckte weiterhin Blut und hatte alle Tage Fieber. Da nahm der Rotschopf ein paar Soldi von seinem Wochenlohn und kaufte Wein und warme Suppe und schenkte dem Frosch seine noch fast neuen Hosen, die besser wärmten. Doch der Frosch hustete weiter, und ein paarmal sah es aus, als wolle er ersticken. Abends war es nun nicht mehr möglich, das Fieber zu dämpfen, auch nicht, wenn man ihn mit Säcken und Stroh zudeckte oder ihn vor das Herdfeuer brachte. Der Rotschopf saß still und reglos in sich zusammengekauert da, mit den Händen auf den Knien, und schaute ihn mit seinen weit offenen Augen an, als wolle er ein Bild von ihm zeichnen. Und wenn er ihn leise stöhnen hörte und sein verzerrtes Gesicht und den erloschenen Blick sah, genau wie bei dem grauen Esel, wenn er am Ende seiner Kraft war und unter seiner Last keuchte, während er den Weg hinauftrottete, dann murmelte der Rotschopf: »Es ist besser, wenn du schnell zugrunde gehst. Wenn du so leiden mußt, ist es besser, wenn du krepierst.« Und der Herr sagte, der Rotschopf sei fähig, dem Jungen den Schädel einzuschlagen, und man müsse auf ihn aufpassen.

Schließlich, an einem Montag, kam der Frosch nicht mehr zur Sandgrube, und der Herr war froh darüber, denn in dem Zustand, in dem er sich nun befand, war er mehr ein Hindernis als eine Hilfe. Der Rotschopf erkundigte sich, wo er wohne, und am Samstag ging er ihn besuchen.

Der arme Frosch war schon halb im Jenseits. Seine Mutter weinte und war am Verzweifeln, als wäre ihr Sohn einer von denen, die in der Woche zehn Lire verdienten.

Das konnte der Rotschopf nicht verstehen, und er fragte den Frosch, weshalb seine Mutter so schreie, da er ja doch seit zwei Monaten nicht einmal mehr sein Essen verdient habe. Aber der arme Frosch gab ihm keine Antwort. Er schien darauf bedacht, die Balken am Dache zu zählen. Da begann der Rote zu vermuten, die Mutter schreie so, weil ihr Sohn immer schwach und kränklich gewesen sei und sie ihn um sich gehabt habe wie einen Säugling, der nie entwöhnt worden ist. Er selbst war gesund und kräftig und hatte rotes Haar, und seine Mutter hatte seinetwegen noch nie geweint, denn sie hatte nie Angst gehabt, ihn zu verlieren.

Kurz darauf erzählte man in der Grube, der Frosch sei gestorben, und der Rotschopf dachte, nun schreie das Käuzchen in der Nacht auch für seinen Freund. Er suchte das blanke Skelett des Grauen in der Schlucht auf, wohin er mit dem Frosch so oft gegangen war. Vom Grauen war nichts mehr übrig als die verstreuten Knochen; auch dem Frosch würde es nun so gehen. Seine Mutter würde ihre Tränen trocknen, wie auch die Mutter des Rotschopfs die ihren getrocknet hatte, nachdem Meister Misciu gestorben war. Und jetzt hatte sie noch einmal geheiratet und war mit ihrer ebenfalls verheirateten Tochter nach Cifali gezogen, und die Tür ihres Hauses hatten sie verschlossen. Jetzt kümmerte es sie nicht mehr, wenn man ihn schlug, und ihn auch nicht, denn wenn er sein würde wie der Graue und wie der Frosch, so würde er nichts mehr fühlen.

Um jene Zeit kam einer in die Sandgrube, den man noch nie gesehen hatte und der sich, so gut er konnte, verborgen hielt. Die andern Arbeiter sagten untereinander, er sei aus dem Gefängnis entwichen, und wenn man ihn erwische, würde man ihn zurückbringen und ihn wieder viele Jahre lang eingesperrt halten. Der Rotschopf erfuhr bei dieser Gelegenheit, daß das Gefängnis ein Ort sei, wo man Diebe und Taugenichtse, wie er einer sei, einschließe. Dort halte man sie dann immer eingesperrt und bewache sie.

Von diesem Augenblick an ergriff ihn eine heftige Neugier für jenen Mann, der im Gefängnis gewesen und entwichen war. Nach wenigen Wochen aber erklärte der Flüchtling rundheraus, er habe dieses Maulwurfsleben satt und sei es zufrieden, wenn er sein Dasein im Gefängnis verbringen dürfe, denn das Gefängnis sei im Vergleich zu dieser Grube ein Paradies, und er wolle lieber freiwillig dorthin zurückkehren. »Weshalb lassen sich denn nicht alle, die in einer Grube arbeiten, ins Gefängnis stecken?« fragte der Rotschopf.

»Weil sie nicht rothaarig sind wie du!« erwiderte der Krüppel. »Aber hab keine Angst, denn du wirst bestimmt hinkommen und dort enden!«

Allein, er endete in der Sandgrube, der Rotschopf, wie sein Vater, nur auf andere Weise. Eines Tages sollte ein Gang erforscht werden, der vielleicht in den großen Schacht zur Linken mündete, gegen das Tal zu, und wenn das so war, konnte man sich ein großes Stück Arbeit beim Herausschaufeln des Sandes ersparen.

Doch falls das nicht so war, bestand die Gefahr, daß man sich verirrte und nie mehr zurückkehrte. Daher wollte kein Familienvater es wagen, und keiner von ihnen erlaubte, daß einer seiner Söhne es versuche, nicht um alles Gold der Welt.

Der Rotschopf aber hatte nicht einmal jemanden, der alles Gold der Welt für seine Haut eingetauscht hätte, auch wenn seine Haut tatsächlich so viel wert gewesen wäre. Daher übertrugen sie ihm immer die gefährlichsten Arbeiten, und wenn er auf niemanden Rücksicht nahm, so nahmen sie gewiß erst recht keine auf ihn. Als sie ihn in den Gang hinunter schickten, erinnerte er sich an den Bergmann, der sich verirrt hatte, vor so vielen, vielen Jahren, und der immer noch im Finstern umherwanderte und um Hilfe rief, ohne daß jemand ihn hören konnte. Aber er sagte nichts. Übrigens, wozu hätte es genützt? Er nahm das Werkzeug seines Vaters: die Pike, die Hacke, die Laterne, den Sack mit dem Brot, die Flasche voll Wein und ging. Und dann erfuhr man nichts mehr von ihm.

So gingen schließlich sogar die Gebeine des Rothaarigen verloren; und die jungen Leute in der Sandgrube sprechen mit leiser Stimme, wenn sie von ihm reden, unter der Erde, denn sie haben Angst, ihn plötzlich erscheinen zu sehen, mit seinen roten Haaren und den bösen grauen Augen.

Cavalleria rusticana

Turiddu Macca, der Sohn der Nunzia, brüstete sich, als er vom Militärdienst heimkehrte, jeden Sonntag auf dem Dorfplatz mit seiner Bersaglieriuniform und seiner roten Mütze, die aussah wie die des Wahrsagers, wenn er seinen Stand mit dem Käfig voller Kanarienvögel aufrichtet. Die Mädchen verschlangen ihn mit den Augen, wenn sie – das Näschen im Überwurf verborgen – zur Messe gingen; und die Buben umschwärmten ihn wie Fliegen. Er hatte auch eine Pfeife mitgebracht, und auf dem Pfeifenkopf war der König zu Pferd zu sehen, als wäre er lebendig; und die Streichhölzer zündete er auf seinem Hosenboden an, wobei er das Bein hob, als wolle er jemandem einen Fußtritt versetzen. Aber trotz alldem hatte sich Lola, die Tochter von Gevatter Angelo, weder in der Messe noch auf dem Balkon blicken lassen, denn sie war mit einem aus Licodia verlobt, und der war Fuhrmann und hatte vier Maulesel aus Sortino im Stall stehen. Zuerst, als Turiddu es vernahm – Hölle und Teufel! –, wollte er dem Kerl die Gedärme aus dem Leib reißen! Ja, ihm die Gedärme aus dem Leib reißen, dem Kerl aus Licodia! Doch dann unternahm er gar nichts, sondern machte sich nur dadurch Luft, daß er alle ihm bekannten Hohn- und Spottlieder unter dem Fenster der Schönen sang.

»Hat er denn nichts zu tun, Turiddu, der Sohn der Nunzia«, sagten die Nachbarn, »daß er seine Nächte mit Singen verbringt wie ein einsamer Sperling?«

Schließlich begegnete er Lola, die von einer Wallfahrt zur Madonna del Pericolo heimkehrte. Als sie ihn sah, wurde sie weder blaß noch rot, ganz so, als ginge die Sache sie gar nichts an.

»Der hat Glück, der Euch sieht!« sagte er zu ihr.

»Oh, Gevatter Turiddu, man hat mir gesagt, Ihr seid schon am Ersten des Monats heimgekehrt.«

»Mir hat man noch ganz andere Dinge erzählt!« entgegnete er. »Sagt, ist es wahr, daß Ihr Gevatter Alfio, den Fuhrmann, heiratet?«

»Wenn es Gottes Wille ist!« antwortete Lola und knüpfte die beiden Zipfel ihres Kopftuches straffer unters Kinn.

»Mit dem Willen Gottes nehmt Ihr es nicht so genau; gerade wie es Euch gefällt! Und der Wille Gottes war es wohl auch, daß ich von so weither heimkehren mußte, um diese schönen Neuigkeiten zu vernehmen, Jungfer Lola!«

Der Ärmste versuchte noch immer, tapfer zu scheinen; allein seine Stimme war heiser geworden. Er ging hinter dem Mädchen her und schwenkte die Quaste seiner Mütze, die ihm bald rechts und bald links auf der Schulter tanzte. Ihr tat es insgeheim leid, ihn mit solch einem langen Gesicht zu sehen, aber sie hatte den Mut nicht, ihm mit schönen Worten Hoffnung zu machen.

»Hört, Gevatter Turiddu«, sagte sie schließlich zu ihm, »laßt mich zu meinen Gefährtinnen gehen. Was würde man im Dorf sagen, wenn man mich mit Euch sähe?...«

»Ihr habt recht«, antwortete Turiddu, »nun, da Ihr den Gevatter Alfio heiratet, der vier Maulesel im Stall stehen hat, darf man die Leute nicht zum Klatschen bringen. Meine Mutter aber, die Ärmste, mußte während der Zeit, da ich Soldat war, unser braunes Maultier verkaufen und das Stückchen Rebland an der Hauptstraße. Die alten Zeiten sind vorbei, und Ihr denkt nicht mehr an jene Tage, da wir vom Fenster zum Hof hinunter miteinander plauderten und Ihr mir, bevor ich wegzog, ein Taschentuch schenktet. Und nur Gott weiß, wie viele Tränen ich hineingeweint habe, als ich fort mußte, so weit, daß man dort nicht einmal mehr den Namen unseres Dorfes kannte. Nun denn, lebt wohl, Jungfer Lola, das Regenwetter ist jetzt vorbei, wie man zu sagen pflegt, und unsere Freundschaft hat auch ein Ende.«

Lola heiratete den Fuhrmann; und des Sonntags setzte sie sich auf den Balkon, mit den Händen über dem Bauch gefaltet, damit alle die breiten goldenen Ringe sehen konnten, die ihr Mann ihr geschenkt hatte. Turiddu fuhr fort, in dem Gäßchen hin und her zu gehen, mit der Pfeife im Mund und den Händen in den Taschen, als sei ihm alles gleichgültig, und schielte nach den Mädchen. Aber es nagte an ihm, daß Lolas Mann all das Gold besaß und daß sie tat, als sähe sie ihn, Turiddu, nicht, wenn er vorüberkam. »Ich will es ihr unter ihren Augen heimzahlen, dieser Treulosen!« brummte er.

Gevatter Alfio gegenüber wohnte Cola, der Weinbauer, von dem man sagte, er sei steinreich. Der hatte eine Tochter im Hause. Turiddu redete und verhandelte, bis er als Feldarbeiter bei Bauer Cola eintrat; und er begann, im Hause herumzuscharwenzeln und dem Mädchen Schmeichelworte zu sagen.

»Weshalb geht Ihr nicht zu Frau Lola und sagt *ihr* diese schönen Dinge?« entgegnete Santa. »Frau Lola ist jetzt eine große Dame! Frau Lola hat jetzt einen König mit einer Krone geheiratet!«

»Könige sind nichts für mich.«

»Ihr seid mehr wert als hundert Lolas, und ich kenne einen, der Lola und ihren Heiligen nicht anschauen würde, wenn Ihr dabei wäret. Denn Frau Lola ist es nicht wert, Euch die Schuhe zuzubinden; nicht wert ist sie das.«

»Als der Fuchs die Trauben nicht erlangen konnte...«

»Sagte er: ›Wie schön bist du, meine süße kleine Traube.‹«

»Hände weg, Gevatter Turiddu!«

»Habt Ihr Angst, ich könnte Euch auffressen?«

»Angst habe ich keine, weder vor Euch noch vor Eurem Gott.«

»Eh! Eure Mutter stammte aus Licodia, das wissen wir alle. Ihr habt zänkisches Blut! Uh, ich möchte Euch mit den Augen fressen.«

»Freßt mich immerhin mit den Augen; das gibt keine Brosamen. Doch inzwischen richtet mir dieses Reisigbündel auf.«

»Für Euch würde ich das ganze Haus aufrichten, jawohl, das würde ich!«

Um nicht zu erröten, warf sie ein Holzscheit nach ihm, das sie zur Hand hatte, und verfehlte ihn nur wie durch ein Wunder.

»Beeilen wir uns; mit dem Plaudern allein bindet man kein Reisig.«

»Wenn ich reich wäre, würde ich mir eine Frau suchen, wie Ihr eine seid, Jungfer Santa.«

»Ich will keinen König mit einer Krone heiraten wie die Frau Lola. Aber meine Mitgift habe auch ich, wenn der Herrgott mir jemanden schickt.«

»Wir wissen, daß Ihr reich seid, wir wissen es.«

»Wenn Ihr es wißt, dann beeilt Euch, denn der Vater muß bald kommen, und ich will nicht, daß er mich im Hof trifft.«

Der Vater fing an, das Gesicht zu verziehen; aber das Mädchen tat, als merke es nichts. Denn die Quaste an der Mütze des Bersagliere hatte sich in Santas Herzen verfangen und tanzte ihr immer vor den Augen. Als der Vater Turiddu vor die Tür setzte, öffnete ihm das Mädchen dafür das Fenster und plauderte jeden Abend mit ihm, bis man in der ganzen Nachbarschaft von nichts anderem mehr sprach.

»Ich werde noch verrückt wegen dir«, sagte Turiddu, »und verliere den Schlaf und den Appetit.«

»Geschwätz!«

»Ich möchte der Sohn Viktor Emanuels sein, um dich heiraten zu können!«

»Geschwätz!«

»Bei der Madonna, ich möchte dich essen wie Brot!«

»Geschwätz!«

»Ah, bei meiner Ehre!«

»Ah, du meine Güte!«

Lola hörte jeden Abend, hinter dem Topf mit dem Basilienkraut verborgen, dem Gespräch zu. Sie wurde blaß und rot, und eines Tages rief sie Turiddu.

»Nun, Gevatter Turiddu, grüßt man die alten Freunde nicht mehr?«

»Ach!« seufzte der Bursche. »Glücklich, wer Euch grüßen darf!«

»Wenn Ihr mich grüßen wollt, Ihr wißt ja, wo ich wohne!« antwortete Lola.

Turiddu begann sie wieder so oft zu grüßen, daß Santa es bemerkte und ihm das Fenster vor der Nase zuschlug. Die

Nachbarn nickten einander lächelnd zu, wenn der Bersagliere vorbeikam. Lolas Gatte zog mittlerweile mit seinen Mauleseln von einem Jahrmarkt zum andern.

»Am Sonntag will ich beichten gehen, denn heute nacht habe ich von schwarzen Trauben geträumt!« sagte Lola.

»Laß es bleiben! Laß es bleiben!« bat Turiddu.

»Nein, jetzt, da Ostern nahe ist, würde mein Mann wissen wollen, weshalb ich nicht beichten gegangen bin.«

»Ah!« murmelte Santa, die Tochter des Bauern Cola, während sie, vor dem Beichtstuhl kniend, darauf wartete, bis die Reihe an sie kam. Vor ihr wusch sich Lola von ihren Sünden rein. »Bei meiner Seele, ich sorge schon dafür, daß du mir deine Sünden büßt.«

Gevatter Alfio kam mit seinen Mauleseln heim, reich beladen mit Goldstücken, und brachte seiner Frau als Geschenk ein schönes neues Sonntagskleid mit.

»Ihr tut gut daran, ihr Geschenke heimzubringen«, sagte die Nachbarin Santa zu ihm, »denn während Ihr fort seid, schmückt Euch Eure Frau das Haus!«

Gevatter Alfio gehörte zu jenen Fuhrleuten, die ihre Mütze schief über dem Ohr tragen, und als er in solcher Art und Weise von seiner Frau sprechen hörte, wechselte er die Farbe, als hätte man ihn mit einem Messer gestochen. »Hölle und Teufel!« rief er aus, »wenn Ihr nicht richtig gesehen habt, braucht Ihr nicht mehr zu weinen. Ich reiß' Euch die Augen aus! Euch und Eurer ganzen Verwandtschaft!«

»Ich bin es nicht gewohnt, zu weinen!« antwortete Santa. »Ich habe nicht einmal geweint, als ich mit diesen meinen Augen gesehen habe, wie Turiddu, der Sohn der Nunzia, des Nachts in das Haus Eurer Frau hineinging.«

»Es ist gut«, entgegnete Gevatter Alfio. »Ich danke Euch!«

Nun, da der Kater wieder im Haus war, schlenderte Turiddu tagsüber nicht mehr durch die Gasse, sondern vertrieb sich die Langeweile mit Freunden im Wirtshaus. Am Abend vor Ostern stand eine große Platte voll Wurst auf dem Tisch. Als Gevatter Alfio eintrat, begriff Turiddu schon aus der Art, wie jener ihn ansah, weshalb er gekommen war, und legte die Gabel auf den Teller zurück.

»Habt Ihr mir etwas aufzutragen, Gevatter Alfio?« sagte er zu ihm.

»Nichts Derartiges, Gevatter Turiddu. Es ist eine Weile her, seit ich Euch zum letztenmal gesehen habe, und ich möchte von jener Sache mit Euch reden, die Ihr wißt.«

Zuerst wollte Turiddu ihm ein Glas anbieten, aber Gevatter Alfio schlug es aus. Da stand Turiddu auf und sagte zu ihm: »Ich stehe Euch zur Verfügung, Gevatter Alfio.«

Der Fuhrmann legte ihm die Arme um den Hals.

»Wenn Ihr morgen früh in die Feigenkaktushecken der Canziria kommen wollt, können wir dort über die Sache reden, Gevatter Turiddu.«

»Erwartet mich bei Sonnenaufgang an der Hauptstraße, wir können zusammen hingehen.«

Mit diesen Worten wechselten sie den Kuß der Herausforderung. Turiddu biß ins Ohr des Fuhrmanns und gab ihm damit das feierliche Versprechen, nicht auszubleiben.

Die Freunde hatten die Wurst in aller Stille liegen lassen und begleiteten Turiddu nach Hause. Nunzia, die Ärmste, wartete jeden Abend bis spät in die Nacht auf ihn.

»Mutter«, sagte Turiddu zu ihr, »erinnert Ihr Euch, als ich zu den Soldaten ging und Ihr dachtet, ich werde nie mehr zurückkommen? Gebt mir einen festen Kuß, wie damals, denn morgen früh ziehe ich weit weg.«

Noch vor Tagesanbruch nahm er sein Klappmesser, das er im Heu versteckt hatte, als er einberufen worden war, und machte sich auf den Weg nach den Feigenkakteen der Canziria.

»Oh, Jesus Maria! Wohin eilt Ihr so?« jammerte Lola erschrocken, als ihr Gatte sich zum Weggehen rüstete.

»Ich gehe nicht weit«, antwortete Gevatter Alfio, »aber für dich wäre es besser, ich käme nicht mehr zurück.«

Lola kniete im Nachthemd am Fußende des Bettes nieder und betete. Sie drückte den Rosenkranz, den ihr Fra Bernardino aus dem Heiligen Land mitgebracht hatte, an die Lippen und sagte alle Ave-Maria her, die darauf Platz hatten.

»Gevatter Alfio«, begann Turiddu, nachdem sie beide

ein Stück Wegs nebeneinander hergegangen waren – Alfio schweigend und mit der Mütze über den Augen –, »so wahr es einen Gott gibt, ich weiß, ich habe Unrecht getan, und ich würde mich töten lassen. Aber bevor ich hierherkam, habe ich meine Alte gesehen, die, unter dem Vorwand, sie müsse nach dem Hühnerhof schauen, aufgestanden war, um mir nachzusehen. Als ob ihr Herz es ihr gesagt hätte. Und so wahr es einen Gott gibt: ich werde Euch töten wie einen Hund, damit meine Alte nicht wird weinen müssen.«

»So ist's recht«, entgegnete Gevatter Alfio und zog sein Wams aus. »So werden wir alle beide kräftig dreinschlagen.«

Die zwei waren tüchtige Fechter. Turiddu bekam den ersten Stoß und war rasch genug, ihn mit dem Arm aufzufangen. Als er den Hieb zurückgab, tat er es mit großer Sicherheit und traf den Gegner in die Leistengegend.

»Ah! Gevatter Turiddu! Ihr wollt mich wirklich töten!«

»Ich habe es Euch gesagt. Seit ich meine Alte im Hühnerhof gesehen habe, ist mir, als sähe ich sie immer noch vor mir.«

»Macht sie weit auf, Eure Augen!« schrie ihm Gevatter Alfio zu, »denn ich werde mit guter Münze zurückzahlen.«

Während er sich wachsam niederkauerte, die Linke auf die schmerzende Wunde preßte und mit dem Ellbogen fast die Erde berührte, raffte er rasch eine Handvoll Sand auf und warf sie dem Gegner in die Augen.

»Ah!« heulte Turiddu geblendet auf. »Ich bin verloren!«

Er versuchte sich zu retten und tat ein paar verzweifelte Sprünge nach rückwärts. Aber Gevatter Alfio traf ihn mit einem zweiten Stoß in den Magen und mit einem dritten in den Hals.

»Und drei! Der ist für das Haus, das du mir geschmückt hast. Jetzt wird deine Mutter die Hühner in Ruhe lassen.«

Turiddu stolperte ein Stück weit durch die Feigenkakteen und fiel dann wie ein Stein zu Boden. Das Blut gurgelte ihm schäumend in der Kehle. Er konnte nicht einmal mehr die Worte hervorbringen: »Ah, Mutter, Mutter!«

Die Wölfin

Sie war groß und mager; nur hatte sie wie viele dunkelhaarige Frauen eine feste, starke Brust, und dabei war sie nicht mehr jung. Ihr Gesicht war blaß, wie wenn sie immer Malaria hätte, und über dieser Blässe glühten zwei große Augen, und die Lippen waren frisch und rot, als wollten sie in etwas hineinbeißen.

Im Dorf nannte man sie die Wölfin, denn sie bekam niemals genug – von nichts. Die Frauen schlugen das Kreuz, wenn sie sie vorbeigehen sahen, einsam wie eine wilde Hündin, mit dem schleichenden und mißtrauischen Gang einer hungrigen Wölfin. Mit ihren roten Lippen saugte sie den Söhnen und Männern in einem Augenblick das Blut aus und zog sie hinter sich her, wenn sie sie mit ihren Satansaugen nur ansah, und hätten sie auch vor dem Altar der heiligen Agrippina gekniet. Zum Glück kam die Wölfin nie in die Kirche, weder an Ostern noch an Weihnachten, weder zur Messe noch zur Beichte. Der Pater Angiolino von Santa Maria di Gesù, ein gläubiger Diener Gottes, hatte ihretwegen seine Seele verloren.

Maricchia, die Ärmste – ein gutes und tüchtiges Mädchen –, weinte heimlich. Sie war die Tochter der Wölfin, und niemand würde sie zur Frau nehmen wollen, obwohl sie eine schöne Aussteuer in der Truhe und ein gutes Stück Land unter dem Himmel liegen hatte, wie jedes andere Mädchen im Dorf auch.

Einmal verliebte sich die Wölfin in einen schönen jungen Mann, der aus dem Heeresdienst zurückgekehrt war und mit ihr das Gras auf dem Gut des Notars mähte. Und es war tatsächlich, was man »Verliebtsein« nennt, so, daß sie dabei das Fleisch unter dem Barchent des Mieders brennen fühlte und, wenn sie ihm in die Augen sah, einen Durst verspürte, wie man ihn nur an den heißen Junitagen in der Tiefebene erlebt. Er aber fuhr ruhig zu mähen fort, beugte sich über die Mahden und sagte zu ihr: »Was ist,

Gevatterin Pina?« Auf den unendlich weiten Feldern, wo nur die davonspringenden Grillen im Gras knisterten, wenn die Sonne glühendheiß herniederbrannte, schichtete die Wölfin Heuhaufen neben Heuhaufen, legte Garbe neben Garbe, ohne je müde zu werden, ohne sich einen Augenblick lang aufzurichten, ohne die Lippen an die Flasche zu legen – nur, um dem Nanni immer auf den Fersen bleiben zu können, der vor ihr mähte und mähte und sie von Zeit zu Zeit fragte: »Was wollt Ihr, Gevatterin Pina?«

Eines Abends, als die Männer, müde von dem langen Arbeitstag, in der Scheune eingeschlummert waren und die Hunde in der weiten nachtschwarzen Ebene heulten, sagte sie es ihm: »Dich will ich! Dich, der du schön bist wie die Sonne und süß wie der Honig. Dich will ich!«

»Ich aber will Eure Tochter, die jung ist«, antwortete Nanni lachend.

Die Wölfin vergrub die Hände in ihren Haaren, zerkratzte sich die Schläfen, ohne ein Wort zu sagen, und ging davon. Danach erschien sie nicht mehr in der Scheune. Aber im Oktober sah sie Nanni wieder, zur Zeit, als man das Öl auspreßte, denn er arbeitete neben ihrem Hause, und das Kreischen der Ölpresse ließ sie die ganze Nacht nicht schlafen.

»Nimm den Sack mit den Oliven«, sagte sie zu ihrer Tochter, »und komm mit mir.«

Nanni schüttete die Oliven mit der Schaufel unter die Mahlsteine und rief dem Maultier »Hüh!« zu, damit es nicht stehenblieb. »Willst du sie, meine Tochter Maricchia?« fragte ihn Pina. »Was gebt Ihr Eurer Tochter Maricchia mit in die Ehe?« gab Nanni zurück. »Sie besitzt die Sachen von ihrem Vater, und darüber hinaus gebe ich ihr mein Haus. Mir genügt es, wenn Ihr mir einen Winkel in der Küche überlaßt, damit ich mir dort ein wenig Streu aufschütten kann.« »Wenn dem so ist, dann können wir an Weihnachten wieder darüber reden«, sagte Nanni. Der Bursche war ganz verschmiert und schmutzig von Schweiß und vom Öl und den Oliven, die zu gären begannen, und Maricchia wollte ihn um keinen Preis zum Mann haben. Aber ihre Mutter packte sie bei den Haaren, zerrte sie zum Herd und sagte mit zusammengebissenen Zähnen: »Wenn du ihn nicht nimmst, werde ich dich töten!«

Die Wölfin ging herum, als wäre sie krank, und die Leute sagten untereinander, im Alter werde sogar der Teufel zum Einsiedler. Sie ging nirgends mehr hin. Sie setzte sich auch nicht mehr – mit jenen Augen einer Besessenen – auf die Schwelle. Wenn sie ihren Schwiegersohn mit solchen Augen ansah, begann er zu lachen und zog das Bildchen der Madonna hervor, um sich zu bekreuzigen. Maricchia blieb im Hause und stillte ihre Kinder, und ihre Mutter ging auf die Felder hinaus, um dort mit den Männern zu arbeiten, gerade wie ein Mann, zu jäten, zu hacken, das Vieh zu versorgen, die Reben zu schneiden, und das beim eisigen Nord- und Ostwind im Januar wie beim Schirokko im August, wenn die Maultiere die Köpfe träge hängen ließen und die Männer an der Nordseite der Mauer auf dem Bauch lagen und schliefen. Zu jener Stunde zwischen dem Abendläuten und dem Erklingen der Betzeitglocke, wenn keine anständige Frau ausgeht, war Pina die einzige lebende Seele, die man über die Äcker oder über die glühendheißen Steine der Wege irren sah, zwischen den versengten Stoppeln der endlosen Felder, die sich in der schwülen Luft verloren, gegen den dunstumhüllten Ätna zu, wo der Himmel sich schwer auf den Horizont herabsenkte.

»Wach auf!« sagte die Wölfin zu Nanni, der im Graben neben der staubigen Hecke den Kopf in die Arme gelegt hatte und schlief. »Wach auf! Ich habe dir Wein mitgebracht, damit du deine Kehle erfrischen kannst.«

Nanni riß die Augen verwundert auf, schaute zwischen Schlafen und Wachen umher und fand sie aufrecht vor sich stehen, blaß, mit hochgereckter Brust und mit Augen, die so schwarz waren wie Kohlen. Er streckte taumelnd die Hände aus.

»Nein! Zu dieser Stunde geht keine anständige Frau aus!« schluchzte Nanni, während er das Gesicht wieder tief in das trockene Gras des Grabens preßte und die Nägel in sein Haar krallte. »Geht fort! Geht fort! Kommt nie mehr in die Scheune!«

Sie ging wirklich fort, die Wölfin, steckte sich die herrlichen Zöpfe wieder auf und starrte vor sich hin, in die heißen Stoppeln, mit Augen, die so schwarz waren wie Kohlen.

Aber in die Scheune kam sie doch wieder, und Nanni sagte nichts mehr dagegen. Wenn sie sich verspätete, in jener Abendstunde, erwartete er sie sogar auf dem höchsten Punkt des weißen verlassenen Weges, und Schweiß bedeckte seine Stirn. Und nachher barg er die Hände in seinen Haaren und sagte immer wieder: »Geht fort! Geht fort! Kommt nicht mehr in die Scheune zurück!« Maricchia weinte Tag und Nacht und blickte ihrer Mutter mit Augen ins Gesicht, die vor Tränen und Eifersucht brannten. Auch sie schien jetzt eine junge Wölfin, jedesmal, wenn sie ihre Mutter blaß und stumm von den Feldern heimkehren sah. »Verräterin!« sagte sie zu ihr. »Ruchlose Mutter!«

»Schweig!«

»Diebin! Diebin!«

»Schweig!«

»Ich werde zur Polizei laufen, das werde ich!«

»So geh!«

Und sie ging wirklich mit den Kindern auf dem Arm, ohne Furcht und ohne eine Träne zu vergießen, wie eine Irre, denn jetzt liebte sie ihn auch, diesen Gatten, den man ihr mit Gewalt gegeben hatte, verschmiert und schmutzig von den Oliven, die zum Gären bereit waren.

Der Wachtmeister ließ Nanni rufen. Er drohte ihm sogar mit Gefängnis und Galgen. Nanni begann zu schluchzen und sich die Haare zu raufen. Er leugnete nichts, versuchte nicht einmal, sich von der Schuld reinzuwaschen. »Es ist die Versuchung!« sagte er, »die Versuchung der Hölle!« Er warf sich dem Wachtmeister zu Füßen und flehte, man möge ihn ins Gefängnis stecken.

»Seid barmherzig, Herr Wachtmeister, befreit mich aus dieser Hölle! Laßt mich töten, sperrt mich ins Gefängnis! Macht, daß ich sie nie mehr sehen muß, nie mehr, nie mehr!«

»Nein!« antwortete aber die Wölfin dem Wachtmeister. »Ich habe einen Winkel in der Küche für mich behalten, um dort schlafen zu können, als ich ihm mein Haus als

Mitgift gab. Das Haus gehört mir. Ich will nicht daraus fortgehen!«

Bald darauf erhielt Nanni von einem Maultier einen Hufschlag vor die Brust, und es schien mit ihm zu Ende zu gehen. Allein der Pfarrer weigerte sich, ihm die Sakramente zu bringen, wenn die Wölfin das Haus nicht verlasse. Die Wölfin ging, und ihr Schwiegersohn konnte sich darauf vorbereiten, als guter Christ aus dieser Welt zu scheiden. Er beichtete und nahm die Kommunion mit solchen Zeichen der Reue und der Zerknirschung, daß alle Nachbarn und die Neugierigen, die herbeigekommen waren, am Bett des Sterbenden zu weinen begannen. Und es wäre besser für ihn gewesen, wenn er an jenem Tag hätte sterben können, bevor, nachdem er genesen war, der Teufel zurückkehrte, um ihn zu versuchen und sich wieder in seiner Seele und in seinem Körper einzunisten. »Laßt mich in Frieden!« sagte er zur Wölfin. »Um der Barmherzigkeit willen, laßt mich in Frieden! Ich bin dem Tod schon begegnet. Die arme Maricchia ist am Verzweifeln. Jetzt weiß es das ganze Dorf! Es ist besser für Euch und für mich, wenn ich Euch nicht mehr sehe...«

Und er hätte sich die Augen ausreißen mögen, um jene der Wölfin nicht mehr sehen zu müssen, die, wenn sie sich in die seinen senkten, seine Seele und seinen Körper wieder ins Verderben zogen. Er wußte nicht mehr, was tun, um sich ihrem Bann zu entziehen. Er bezahlte Messen für die Seelen im Fegefeuer und bat den Pfarrer und den Wachtmeister um Hilfe. An Ostern ging er zur Beichte und leckte als Buße das Pflaster vor der Kirche sechs Spannen weit mit der Zunge, vor allen Leuten. Und dann, als ihn die Wölfin von neuem versuchen wollte: »Hört!« sagte er zu ihr, »kommt nicht mehr in die Scheune, denn wenn Ihr wieder hinkommt und mich aufsucht, werde ich Euch umbringen, so wahr es einen Gott gibt!«

»Töte mich«, antwortete die Wölfin, »das kümmert mich wenig. Aber ohne dich will ich nicht sein.«

Als er sie von weitem bemerkte, inmitten der grünen Saaten, hörte er auf, in den Reben zu hacken, und griff nach dem Beil an der Ulme. Die Wölfin sah ihn blaß, mit starren Augen, auf sich zukommen, mit dem Beil, das in der Sonne blitzte. Aber sie wich keinen Schritt zurück, noch senkte sie den Blick. Sie ging ihm unaufhaltsam entgegen, die Arme voll Büschel roten Mohns, und sie verschlang ihn mit ihren schwarzen Augen. »Ah! Fluch über Eure Seele!« stammelte Nanni.

Die Geliebte des Gramigna

Lieber Farina, hier übergebe ich Dir nicht eine Erzählung, sondern den Entwurf zu einer Erzählung. Er wird wenigstens das Gute haben, daß er kurz ist und daß die Geschichte sich tatsächlich zugetragen hat – ein menschliches Dokument, wie man heutzutage sagt –, es wird vielleicht Dich und alle jene, die im großen Buch des Herzens lesen, interessieren. Ich will Dir die Geschichte so wiedergeben, wie ich sie auf meinen Wanderungen über Feld gehört habe, ungefähr mit den gleichen einfachen und bildhaften Worten, mit denen das Volk erzählt. Und Du wirst sicher froh sein, Dich den nackten Tatsachen gegenüber zu sehen, ohne sie zwischen den Zeilen des Buches und durch das Vergrößerungsglas des Schriftstellers suchen zu müssen. Das einfache menschliche Geschehen stimmt stets nachdenklich. Es hat immer die Wirkungskraft des *wirklich Gewesenen,* der echten Tränen, der Fieber und Erregungen, die durch lebendiges Fleisch und Blut gegangen sind. Der geheimnisvolle Vorgang, durch den die Leidenschaften sich verknüpfen, sich verflechten, reifen und sich in ihrem unterirdischen Lauf, in ihren Windungen, die oft so widerspruchsvoll scheinen, entwikkeln, wird noch lange Zeit die mächtige Anziehungskraft jenes psychologischen Phänomens darstellen, das den Gegenstand einer Erzählung bildet und das die moderne Analyse mit wissenschaftlicher Genauigkeit zu erforschen bemüht ist. Von dem, was ich Dir heute erzählen möchte, schildere ich Dir nur den Anfang und den Schluß; Dir wird es genügen. Und eines Tages wird es vielleicht sogar allen genügen.

Wir gestalten heute das künstlerische Verfahren, dem wir so viele herrliche Werke verdanken, auf andere Art: mehr den Einzelheiten und inneren Verhältnissen nachgehend. Wir opfern die Wirkung der Katastrophe gern der logischen, notwendigen Entwicklung von Leidenschaften und Tatsachen; weshalb die Katastrophe selbst weniger unvorhergesehen, weniger dramatisch vielleicht, aber nicht weniger schicksalshaft eintritt. Wir sind bescheidener, wenn nicht sogar demütiger. Doch ist das Aufzeigen der dunklen Zusammenhänge zwischen Ursachen und Wirkungen für die Kunst der Zukunft gewiß nicht unwichtig. Wird man im Erforschen der Leidenschaften jemals so weit kommen, daß es unnötig sein wird, das Studium der Menschenseele weiterzutreiben? Wird die Kenntnis des menschlichen Herzens, welche die Frucht der neuen Kunst sein wird, alle Mächte der Vorstellungskraft so allgemein entwickeln, daß in Zukunft die einzigen Romane, die man noch schreiben wird, aus einzelnen Tatsachenberichten bestehen?

Ich glaube, der Roman, das vollständigste und menschlichste aller Kunstwerke, wird seinen Gipfel erreicht haben, wenn der Zusammenhang und die Übereinstimmung aller Teile einmal so vollständig sind, daß der Gestaltungsprozeß ein Geheimnis bleibt wie der Verlauf menschlicher Leidenschaften, wenn die Harmonie der Formen so vollkommen sein wird, die Echtheit ihrer Wirklichkeit so augenscheinlich, ihre Art und ihr Daseinsgrund so notwendig, daß die Hand des Künstlers durchaus unsichtbar bleibt und der Roman die Prägung des wirklich Geschehenen hat. Dann wird das Kunstwerk wie aus sich selbst heraus *entstanden* erscheinen, gereift und spontan hervorgegangen wie etwas Natürliches, ohne mehr irgendeinen Berührungspunkt mit seinem Schöpfer aufzuweisen. In seinen lebendigen Formen wird keine Spur mehr des Geistes sein, in dem es reifte, des Auges, das es erblickte, des Mundes, der die ersten Worte des schöpferischen *Es werde* murmelte. Es wird aus sich heraus sein, allein weil es so ist, wie es sein muß, und es muß so bebend lebendig und unveränderlich sein wie eine Bronzestatue, deren Schöpfer den göttlichen Mut hatte, sich davonzumachen und in seinem Werk zu verschwinden.

Es ist jetzt einige Jahre her, da machten sie dort unten, in der Gegend des Simeto, Jagd auf einen Räuber, einen gewissen Gramigna, wenn ich nicht irre, ein Name, der verflucht ist wie das Unkraut, das ihn trägt. Dieser Gramigna hatte von einem Ort der Provinz zum andern den Schrecken seines Rufs verbreitet. Carabinieri, Soldaten und Berittene verfolgten ihn seit zwei Monaten, ohne daß es ihnen gelungen wäre, ihn festzunehmen. Er war allein, aber er galt soviel wie zehn, und das Unkraut drohte sich einzuwurzeln. Hinzu kam, daß sich die Erntezeit näherte; das Heu lag gemäht auf den Wiesen, die Ähren nickten mit schweren Köpfen den Schnittern zu, die schon die Sense in der Hand hatten, aber kein Bauer wagte es, den Fuß aufs offene Land zu setzen, aus Furcht, daß Gramigna in einer Ackerfurche liegen könnte, den Karabiner zwischen den Beinen, bereit, jeden zu erschießen, der ihm ins Gehege kam. Die Klagen waren allgemein. Der Präfekt ließ daher alle Männer der Polizei rufen, Carabinieri und Soldaten aus dem Heer, und redete ein Wörtchen mit ihnen, daß ihnen die Ohren schlackerten. Tags darauf war die Hölle los; überall Patrouillen und Truppen und Posten in jedem Graben und hinter jedem Mäuerchen. Sie jagten ihn wie ein bösartiges Tier durch die ganze Provinz, Tag und Nacht, zu Fuß, zu Pferd, mit dem Telegraphen. Gramigna schlüpfte ihnen aus den Händen oder antwortete mit Schüssen, wenn sie ihm allzu dicht auf den Fersen waren. Auf den Feldern, in den Dörfern, auf den Gutshöfen, unter den Wirtshausschildern, an den Orten geselliger Zusammenkünfte sprach man von nichts anderem mehr als von ihm, von Gramigna, von dieser verbissenen Jagd, von dieser verzweifelten Flucht. Die Pferde der Carabinieri brachen erschöpft zusammen; die Soldaten warfen sich in den Ställen wie tot auf den Boden; die Patrouillen schliefen im Stehen ein. Nur er, Gramigna, war niemals müde, schlief nie, kämpfte unentwegt, kletterte die steilsten Abhänge empor, streifte durch die Kornfelder, rannte auf allen vieren durch das dichte Gestrüpp der Feigenkakteen und entwischte heimlich wie ein Wolf durch das trockene Flußbett eines Wildbachs. In jedem Gespräch, wo man auch vor den Haustüren des Dorfes zusammenstand, war immer wieder von dem furchtbaren Durst die Rede, der den Verfolgten verzehren mußte, dort draußen, in der unendlichen Ebene, die unter der Julihitze glühte.

Peppa, eines der schönsten Mädchen von Licodia, sollte zu jener Zeit Gevatter Finu, »Talglicht« genannt, heiraten, der eigenes Land unter dem Himmel und ein braunes Maultier im Stall hatte und ein Bursche war, groß und schön wie die Sonne, und die Standarte der heiligen Margherita trug, als wäre er eine Säule, ohne den Rücken zu beugen.

Peppas Mutter weinte vor Wonne über das große Glück, das ihrer Tochter widerfahren war. Sie verbrachte ihre Zeit damit, in den Truhen die ganze Aussteuer der Braut hin und her zu wenden, lauter Weißzeug, vierfach, wie das einer Königin, und Ohrgehänge, die bis auf die Schultern herabhingen, und goldene Ringe für alle zehn Finger. Gold besaß Peppa – die heilige Margherita konnte nicht mehr davon haben. Und am Tag der heiligen Margherita sollte sie auch heiraten, im Juni, unmittelbar nach der Heuernte. Talglicht ließ, wenn er am Abend vom Feld heimkehrte, das Maultier vor Peppas Tür stehen und trat ein, um ihr zu sagen: die Saaten stünden, daß es eine Pracht sei, wenn nur Gramigna sie nicht in Brand stecke; die Scheune werde nicht genügen, um all das Korn zu fassen, und es scheine ihm noch tausend Jahre zu währen, bis er seine Braut endlich auf dem Sattel des braunen Maultieres heimführen dürfe. Aber eines schönen Tages sagte ihm Peppa: »Das Maultier könnt Ihr zu Hause lassen, denn ich will nicht heiraten.«

Talglicht, der Arme, blieb mit offenem Mund stehen, und die Alte raufte sich die Haare, als sie hörte, daß ihre Tochter die beste Partie des Dorfes ausschlug. »Ich liebe Gramigna«, sagte ihr das Mädchen. »Und ich will keinen andern heiraten als ihn!«

»Ah!« schrie die Mutter durch das Haus, mit ihren zerrauften grauen Haaren, daß sie aussah wie eine Hexe. »Ah, dieser böse Geist ist bis hierher gekommen und hat mir meine Tochter behext!«

»Nein!« antwortete Peppa, und ihre Augen waren hart und glänzend wie Stahl. »Nein, er ist nicht hierher gekommen.«

»Wo hast du ihn denn dann gesehen?«

»Ich habe ihn nicht gesehen. Ich habe von ihm sprechen hören. Ja, so ist es! Aber ich fühle ihn hier drinnen, daß es wie Feuer brennt!«

Im Dorf erregte die Sache Aufsehen, sosehr sie auch versuchten, sie verborgen zu halten. Die Nachbarinnen, die Peppa um die vielversprechenden Saaten, um das braune Maultier und um den schönen Mann, der die Standarte der heiligen Margherita trug, ohne den Rücken zu beugen, beneidet hatten, streuten allerlei häßliche Geschichten aus: daß Gramigna das Mädchen des Nachts in der Küche besuchen komme und daß man ihn unter dem Bett versteckt gesehen hätte. Die arme Mutter hatte ein Lämpchen für die Seelen im Fegefeuer angezündet, und sogar der Pfarrer war in Peppas Haus gekommen und hatte sie über dem Herzen mit der Stola berührt, um den teuflischen Geist Gramignas auszutreiben, der von ihr Besitz ergriffen hatte. Allein, sie sagte immer wieder, sie kenne ihn nicht einmal vom Sehen, jenen Menschen. Aber sie sehe ihn des Nachts im Traum, und am Morgen stehe sie mit versengten Lippen auf, als habe sie den gleichen schrecklichen Durst erlitten wie er.

Da schloß die Alte sie ins Haus ein, damit sie nicht mehr von Gramigna sprechen höre, und tapezierte alle Ritzen der Tür mit Heiligenbildern. Peppa aber horchte auf das, was man hinter den geweihten Bildern auf der Straße redete, und wurde bleich und rot, als ob der Teufel ihr die ganze Hölle ins Gesicht bliese.

Schließlich vernahm sie, daß man Gramigna im Feigenkaktusgestrüpp von Palagonia aufgestöbert habe. »Er hat zwei Stunden lang geschossen!« sagten sie. »Ein Carabiniere ist tot, und wenigstens drei Freiwillige sind verwundet. Aber sie haben einen solchen Hagel von Geschossen hinter ihm drein geschickt, daß sie diesmal dort, wo er gewesen, eine Lache Blut fanden.«

Da bekreuzigte sich Peppa vor dem Bett der Alten und entfloh durchs Fenster.

Gramigna hielt sich im Kaktusdickicht von Palagonia auf. In diesem Kaninchenbau hatten sie ihn nicht aufstöbern können. Er war zerlumpt, blutüberströmt, bleich von zwei Tagen ohne Essen und glühte vor Fieber; seinen Karabiner aber hielt er schußbereit. Als er sie im trüben

Morgenschein daherkommen sah, entschlossen, mitten durch das dichte Gestrüpp, dachte er einen Augenblick daran zu schießen. »Was willst du?« fragte er sie. »Was suchst du hier?«

»Ich will bei dir bleiben«, sagte sie und blickte ihn unverwandt an. »Du bist doch Gramigna?«

»Ja, ich bin Gramigna. Wenn du kommst, um dir die zwanzig Unzen Kopfgeld zu verdienen, hast du dich verrechnet.«

»Nein, ich komme, um bei dir zu bleiben!« antwortete sie.

»Geh«, sagte er. »Bei mir kannst du nicht bleiben, und ich will niemanden! Wenn du Geld suchst, hast du dich verrechnet, sag' ich dir; ich habe nichts, sieh! Seit zwei Tagen habe ich nicht einmal mehr ein Stück Brot gehabt.«

»Jetzt kann ich nicht mehr nach Hause zurück«, antwortete sie. »Die Straße ist voller Soldaten.«

»Was kümmert das mich. Geh! Jeder denkt an seine Haut!«

Als sie sich abwandte wie ein Hund, den man mit Fußtritten weggejagt hat, rief Gramigna: »Hör, hol mir eine Flasche voll Wasser dort unten am Bach; wenn du bei mir bleiben willst, mußt du deine Haut riskieren.«

Peppa ging, ohne ein Wort zu sagen. Als Gramigna die Schüsse hörte, lachte er laut auf und sagte zu sich: »Die galten mir.« Aber als er kurz darauf das Mädchen mit der Flasche im Arm zurückkehren sah, blutend und bleich, stürzte er ihm entgegen, um ihm die Flasche zu entreißen, und dann, als er atemlos getrunken hatte, sagte er: »Bist du entwischt? Wie hast du das geschafft?«

»Die Soldaten waren am anderen Ufer, und das Gestrüpp hier ist dicht.«

»Aber sie haben dir eins aufgebrannt. Blutest du unter dem Kleid?«

»Ja.«

»Wo bist du verwundet?«

»An der Schulter.«

»Das macht nichts. Gehen wirst du können.«

So erlaubte er ihr, bei ihm zu bleiben. Und sie folgte ihm, ganz zerfetzt, vom Wundfieber geschüttelt, ohne

Schuhe, und lief, um ihm eine Flasche voll Wasser oder ein Stück Brot zu suchen. Kehrte sie, von den Schüssen gefährdet, mit leeren Händen zurück, dann schlug sie ihr Geliebter, den Hunger und Durst verzehrten. Eines Nachts schien der Mond, und fern in der Ebene hörte man die Hunde bellen. Da sprang Gramigna mit einemmal auf die Füße und sagte zu ihr: »Sie kommen!« Er hieß sie, im Schutz der Felswand zu bleiben, unten in der Schlucht, dann entfloh er in die andere Richtung. Im Gestrüpp näherten sich die Schüsse, und da und dort zuckte der Schatten vereinzelter Flammen auf. Plötzlich hörte Peppa Schritte in ihrer Nähe und sah Gramigna, der sich mit einem verletzten Bein zu ihr zurückschleppte und sich auf die Kaktusstümpfe stützte, um den Karabiner wieder zu laden. »Es ist zu Ende!« sagte er ihr. »Jetzt packen sie mich.« Und was ihr mehr als alles andere das Blut gefrieren ließ, war das Funkeln in seinen Augen, wie bei einem Wahnsinnigen. Kaum hatte er sich wie ein Reisigbündel auf die dürren Zweige fallen lassen, stürzten die Soldaten alle miteinander über ihn her.

Am Tag darauf schleppten sie ihn durch die Straßen des Dorfes, auf einem Karren, blutend und mit zerfetzten Kleidern. Die Leute drängten sich herzu, um ihn zu sehen, und fingen an zu lachen, so klein, bleich und häßlich war er, der reinste Hanswurst. Wegen dem da hatte Peppa Gevatter Finu »Talglicht« aufgegeben! Talglicht, der Ärmste, versteckte sich, als sei er derjenige, der sich schämen müsse, und Peppa führten die Soldaten ab, in Handschellen, auch sie wie eine Diebin, sie, die so viel Gold besessen hatte wie die heilige Margherita! Die arme Mutter mußte all das Weißzeug von Peppas Aussteuer verkaufen und das goldene Ohrgehänge und die Ringe für alle zehn Finger, damit sie die Anwälte für ihre Tochter bezahlen und diese endlich wieder ins Haus aufnehmen konnte, arm, krank, entehrt, auch sie häßlich wie Gramigna und mit dem Kind von Gramigna am Hals. Doch als sie ihr nach dem Prozeß die Tochter wieder herausgaben, betete sie laut ein Ave-Maria in der kahlen, schon dunklen Kaserne mitten unter den Carabinieri. Es war ihr, als hätten sie ihr einen Schatz geschenkt, der armen Alten, die nichts mehr besaß, und sie weinte heiße Freudentränen. Peppa hingegen schien keine Tränen mehr zu haben und sagte kein Wort. Im Dorf sah man sie nicht mehr, obwohl die beiden Frauen sich mit Tagelöhnerarbeit ihr Brot verdienten. Die Leute sagten, Peppa habe da draußen im Wald das Handwerk gelernt und ginge nachts stehlen. Tatsache war aber, daß sie zusammengekauert in der Küche saß wie ein wildes Tier und erst vors Haus trat, als die Alte über all den Entbehrungen gestorben war und das Haus verkauft werden mußte.

»Seht!« sagte Talglicht zu ihr, der sie immer noch lieb hatte. »Ich könnte Euch den Kopf zwischen zwei Steinen zermalmen wegen all dem, was Ihr Euch und den andern angetan habt.«

»Es ist wahr!« antwortete Peppa, »ich weiß! Es ist halt Gottes Wille gewesen.«

Nachdem das Haus und die wenigen Gerätschaften, die ihr noch blieben, verkauft worden waren, ging sie aus dem Dorf fort, in der Nacht, wie sie gekommen war, ohne sich nach dem Dach umzuwenden, unter dem sie so lange Zeit geschlafen hatte, und sie ging Gottes Willen in der Stadt erfüllen. Mit ihrem Knaben suchte sie das Zuchthaus auf, wo Gramigna eingesperrt war. Sie sah nur die düsteren Läden auf der großen stummen Fassade, und die Wachen jagten sie weg, wenn sie stehenblieb, um mit den Blicken zu suchen, wo er sein könnte. Schließlich sagten sie ihr, daß er schon seit geraumer Zeit nicht mehr da sei, daß sie ihn fortgebracht hätten, über das Meer, in Handschellen und mit einem Bündel um den Hals. Sie sagte nichts. Und sie blieb dort, denn sie wußte nicht, wohin sie hätte gehen sollen, und niemand wartete mehr auf sie. Sie fristete ihr Leben durch kleine Dienstleistungen für die Soldaten und die Gefängniswärter, als gehörte sie jetzt selbst zu jenem großen, finsteren stillen Gebäude, und für die Carabinieri, die ihr im Kaktusfeigendickicht Gramigna genommen und ihm das Bein zerschossen hatten, empfand sie nachgerade eine Art ehrerbietiger Zärtlichkeit, die rohe Bewunderung der Stärke. An Festtagen, wenn sie sie mit dem Federbusch und den funkelnden Epauletten steif und stramm in ihrer Galauniform sah, verschlang sie sie mit den Augen, und sie trieb sich immer in der Kaserne herum, wo sie die Schlafsäle ausfegte und die Stiefel putzte, so daß man sie schließlich den »Putzlumpen der Carabinieri« nannte. Nur wenn sie sie mitten in der Nacht die Waffen laden und paarweise aufbrechen sah, mit aufgekrempelten Hosen und umgeschnalltem Revolver, oder wenn sie aufsaßen und der Karabiner im Schein der Straßenlampe aufblitzte und sie hörte, wie sich der Hufschlag der Pferde und das Klirren der Säbel im Dunkel verloren, wurde sie jedesmal bleich und erschauerte, während sie die Stalltür schloß. Und wenn ihr Balg mit den andern Gassenjungen auf dem freien Platz vor dem Zuchthaus spielte und den Soldaten zwischen die Beine lief und die Kinder ihm nachschrien »du Sohn von Gramigna, Sohn von Gramigna!«, wurde sie zornig und verfolgte sie mit Steinwürfen.

Krieg der Heiligen

Plötzlich – während San Rocco unter dem Baldachin ruhig seines Weges zog, vor sich die Hunde am Koppelriemen, ringsum eine Menge brennender Kerzen, hinter sich die Musikkapelle, die Prozession und eine Schar von Gläubigen – entstand ein Tumult, ein hastiges Fliehen, ein Höllenlärm: Priester flüchteten mit wehender Soutane und bekamen Trompeten und Klarinetten ins Gesicht, Frauen kreischten, Blut floß in Strömen, und es hagelte Hiebe wie überreife Birnen, dicht unter den Augen des gebenedeiten San Rocco. Der Amtsrichter, der Bürgermeister, die Gendarmen eilten herbei. Gebrochene Glieder wurden ins Hospital gebracht, die Streitsüchtigsten mußten im Gefängnis übernachten, der Heilige kehrte mehr im Laufschritt als in würdiger Prozession in die Kirche zurück, und das Fest endete wie eine Pulcinellafarce.

Und all das aus Neid derer vom Sprengel von San Pasquale. Denn in jenem Jahr hatten die Gläubigen von San Rocco ihr Letztes hergegeben, um ein großes Fest veranstalten zu können. Die Musikkapelle aus der Stadt war gekommen. Mehr als zweitausend Böllerschüsse waren abgefeuert worden, und es gab sogar eine neue Fahne, ganz mit Gold bestickt – es hieß, sie wiege mehr als einen Zentner –, und sie leuchtete inmitten der Menge wie Goldschaum. All das ging den Gläubigen von San Pasquale verflucht auf die Nerven, bis schließlich einer die Geduld verlor und blaß vor Ärger zu schreien begann: »San Pasquale lebe hoch!« Daraufhin hatten sie sich zu prügeln begonnen.

Gewiß: dem San Rocco persönlich ein »San Pasquale lebe hoch!« ins Gesicht zu rufen war eine unbestreitbare Herausforderung. Das war wie einem ins Haus spucken oder die Frau kneifen, die du im Arm hast. In einem solchen Fall gibt es weder Getaufte noch Ungetaufte. Und man tritt das bißchen Ehrfurcht mit den Füßen, das man für die andern Heiligen hat, da sie ja schließlich alle unter sich sind. Wenn man in der Kirche ist, fliegen die Bänke in die Luft; bei einer Prozession regnet es Wachskerzenstücke wie Fledermäuse; und bei Tisch fliegen die Schüsseln.

»Hölle und Teufel!« schrie Gevatter Nino, ganz verbeult und übel zugerichtet, »ich will doch sehen, wer den Mut hat, noch einmal ›San Pasquale lebe hoch!‹ zu rufen!«

»Ich!« entgegnete zornig Turi, der Lohgerber, der sein Schwager werden sollte. Er war außer sich, weil er beim Streit einen Fautschlag bekommen hatte, der ihn halb blind machte. »San Pasquale lebe hoch bis in den Tod!«

»Um Gottes willen! Um Gottes willen!« schrie seine Schwester Saridda und warf sich zwischen den Bruder und den Bräutigam, denn bis zu jenem Augenblick waren sie alle drei in friedlicher Eintracht nebeneinander gegangen.

Gevatter Nino, der Bräutigam, rief spottend: »Meine Stiefel sollen hochleben! Es lebe der heilige Stiefel!«

»Da!« heulte Turi mit Schaum vor dem Mund und mit einem Auge, das geschwollen und schwarz war wie eine Tollkirsche. »Da, für den San Rocco, du mit deinen Stiefeln! Nimm das da!«

So gingen sie aufeinander los, mit Schlägen, die einen Ochsen hätten töten können, bis es den Freunden mit Stößen und Fußtritten gelang, sie auseinanderzubringen. Saridda war nun ihrerseits in Hitze geraten und schrie: »San Pasquale lebe hoch!« Und beinahe gerieten sich die beiden Verlobten in die Haare, als wären sie schon Mann und Frau.

In solchen Fällen geraten Eltern und Kinder sich in die Haare, und die Frauen trennen sich von ihren Männern, wenn unglücklicherweise eine aus dem Sprengel von San Pasquale mit einem aus dem von San Rocco verheiratet ist.

»Ich will nichts mehr von diesem Menschen wissen!« lärmte Saridda und stemmte die Fäuste in die Hüften, als die Nachbarinnen kamen und fragten, wieso die Verlobung in die Brüche gegangen sei. »Nicht einmal mehr, wenn man ihn mir in Gold und Silber gekleidet bringt, hört ihr!«

»Meinetwegen kann Saridda verschimmeln!« sagte seinerseits Gevatter Nino, während sie ihm in der Wirtschaft das blutverschmierte Gesicht wuschen. »Eine Bande von Bettlern und Faulpelzen, in diesem Lohgerbersprengel. Ich muß betrunken gewesen sein, als es mir einfiel, dort meine Braut zu suchen!«

»Da es nun einmal so ist«, sagte der Bürgermeister schließlich, »und da man einen Heiligen nicht mehr ohne Prügeleien durch die Straßen tragen kann, was eine richtige Schweinerei ist, will ich keine Feste mehr und keine Feiern. Und wenn jemand auch nur ein Kerzenstümpflein herausträgt, stecke ich euch alle miteinander ins Gefängnis.«

Die Angelegenheit hatte sich daraufhin ins Große ausgewachsen, weil der Bischof der Diözese den Domherren von San Pasquale das Vorrecht eingeräumt hatte, das Mäntelchen zu tragen, und weil jene von San Rocco, deren Priester kein solches hatten, bis nach Rom gepilgert waren, um sich dem Heiligen Vater zu Füßen zu werfen, mit Dokumenten in der Hand, Stempelpapier und allem, was dazu gehört. Allein, alles war umsonst gewesen, denn ihre Gegner aus dem unteren Sprengel, von denen doch jedermann wußte, daß sie früher barfuß herumgelaufen waren, hatten sich infolge der neuen Industrie der Lohgerberei unverschämt bereichert. Und man weiß ja, daß man auf dieser Welt die Gerechtigkeit kaufen und verkaufen kann wie die Seele des Judas.

Beim Fest des San Pasquale erwarteten sie den Abgeordneten des Monsignore, der ein Mann von Grundsätzen war und der – wie man deutlich gesehen hatte – zwei Silberspangen, von denen jede ein halbes Pfund wog, auf den Schuhen trug. Dieser sollte den Domherren die Mäntelchen bringen. Deshalb hatte man auch eine Musikkapelle bestellt, um dem Abgeordneten des Monsignore entgegenzuziehen, drei Meilen weit außerhalb der Ortschaft. Und man erzählte, am Abend würde auf dem Platz ein Feuerwerk stattfinden; und dazu – in Riesenbuchstaben – »San Pasquale lebe hoch!«.

Unter den Bewohnern des oberen Sprengels war daher ein großer Aufruhr entstanden, und einige, die besonders aufgebracht waren, schälten gewisse Birn- und Kirschbaumknüttel, dick wie Schlagbäume, und brummten: »Wenn es schon Musik geben soll, dann muß man auch den Takt dazu schlagen.«

Der Abgeordnete des Bischofs lief große Gefahr, mit zerschlagenen Knochen aus seinem triumphalen Einzug hervorzugehen. Aber Hochwürden war ein Schlaukopf, ließ die Musikkapelle draußen vor der Ortschaft warten, schlich auf Umwegen sachte und heimlich zu Fuß ins Haus des Pfarrers und ließ dort die Anführer der beiden Parteien zusammenkommen.

Als die Ehrenmänner sich nach so langer Zeit des Kampfes von Angesicht zu Angesicht gegenüberstanden, begannen sie sich in die Augen zu blicken, als fühlten sie das heiße Verlangen, sie sich gegenseitig auszukratzen; und es bedurfte der ganzen Autorität von Hochwürden – welcher zu der Gelegenheit seinen weiten Mantel aus neuem Stoff angezogen hatte –, damit das Gefrorene und andere Erfrischungen ohne Zwischenfälle serviert werden konnten.

»So ist's gut!« nickte der Bürgermeister und steckte die Nase ins Glas. »Wenn ihr mich braucht, um Frieden zu stiften, findet ihr mich immer dazu bereit!«

Der Abgeordnete bestätigte denn auch, daß er gekommen sei, um eine Versöhnung herbeizuführen, mit dem Ölzweig im Mund sozusagen, wie die Taube Noahs; und während er ihnen zuredete, lächelte er nach allen Seiten, drückte jedem die Hand und sagte: »Die Herren werden die Güte haben, sich in die Sakristei zu bemühen, um dort zu Ehren des Festes die Schokolade zu trinken.«

»Lassen wir das Fest!« sagte der Vizeamtsrichter. »Sonst entstehen wieder neue Wirren.«

»Wirren entstehen, wenn man sich Übergriffe erlaubt, so daß einer nicht mehr darüber bestimmen kann, wie er sich die Zeit vertreiben und sein Geld ausgeben soll!« rief Bruno, der Kärrner.

»Ich wasche meine Hände in Unschuld. Die Befehle der Obrigkeit sind eindeutig. Wenn ihr ein Fest veranstaltet, lasse ich die Polizei kommen. Ich will Ordnung haben.«

»Für Ordnung bin *ich* verantwortlich«, sagte der Bürgermeister spitz, klopfte mit dem Regenschirm auf den Boden und schaute ringsum.

»Bravo! Als ob wir nicht wüßten, daß der, welcher Euch im Rat unterstützt, Euer Schwager Bruno ist!« gab der Vizeamtsrichter zurück.

»Und Ihr macht Opposition, weil Ihr erbost seid über das Verbot wegen der Wäsche, das Ihr nicht schlucken wollt.«

»Meine Herren! Meine Herren!« beschwichtigte der Abgeordnete. »So werden wir nichts ausrichten.«

»Wir werden Revolution machen! Jawohl, das werden wir!« rief Bruno und hob die Fäuste.

Zum Glück hatte der Pfarrer die Tassen und Gläser geschickt in Sicherheit gebracht, und der Sigrist war Hals über Kopf davongeeilt, um die Musikkapelle zu entlassen, die, als sie von der Ankunft des Abgeordneten hörte, herbeilief, um ihn mit Hörnern und Trompeten zu empfangen.

»So kommen wir nirgends hin!« brummte der Abgeordnete, und es ärgerte ihn, daß die Ernte schon ohne ihn gereift war, während er mit Gevatter Bruno und dem Vizeamtsrichter, die sich am liebsten zerfleischt hätten, seine Zeit verloren hatte. »Was ist denn das für eine Geschichte mit dem Verbot wegen der Wäsche?«

Übergriffe. Wie gewohnt. Jetzt kann man kein Taschentuch mehr zum Fenster hinausschütteln, ohne eine Buße zu erwischen. Die Frau des Vizeamtsrichters pflegte, im Vertrauen darauf, daß ihr Mann eine Amtsperson sei – bisher hatte man immer noch ein wenig Respekt vor der Obrigkeit –, auf der kleinen Terrasse die Wochenwäsche zum Trocknen aufzuhängen, man weiß ja ... Das bißchen Zeug! ... Aber jetzt, mit dem neuen Gesetz, ist es eine Todsünde, und selbst Hunde und Hühner und alle andern Haustiere sind verboten, die bisher – mit Verlaub – die Straße rein hielten. Beim ersten Regen dürfen wir Gott danken, wenn wir nicht im Dreck versinken. In Wirklichkeit hat Bruno etwas gegen den Vizeamtsrichter, weil der nämlich eine Verordnung erlassen hat, die ihm nicht paßte.

Der Abgeordnete blieb, um die Seelen zu versöhnen, vom Morgen bis zum Abend wie ein Käuzlein im Beichtstuhl eingenistet, und alle Frauen wollten zu ihm beichten gehen. Er besaß die unumschränkte Absolution für alle Arten von Sünden, fast, als wäre er der Monsignore in höchsteigener Person.

»Vater!« sagte Saridda und drückte das Näschen an das Gitter des Beichtstuhles, »Gevatter Nino verführt mich jeden Sonntag dazu, in der Kirche zu sündigen.«

»Auf welche Art und Weise, meine Tochter?«

»Dieser Mensch hätte mein Mann werden sollen, bevor im Dorf jener Streit ausbrach. Jetzt aber, da die Verlobung aufgelöst ist, stellt er sich in die Nähe des Hochaltars und schaut mich an und lacht während der ganzen Messe mit seinen Freunden.«

Und als Hochwürden versuchte, Gevatter Nino zuzureden, antwortete dieser: »Und sie dreht mir den Rücken zu, sobald sie mich sieht, als wäre ich ein Bettler.«

Er aber tat, als sei er gut Freund mit dem Polizeiwachtmeister oder mit irgendeinem andern großen Herrn, wenn Saridda am Sonntag über den Platz kam, und als bemerke er sie gar nicht. Saridda wieder war eifrig dabei, kleine Lampions aus buntem Papier anzufertigen, und stellte sie vor seiner Nase in einer Reihe auf dem Fensterbrett auf, unter dem Vorwand, sie trocknen lassen zu müssen. Und als sie miteinander an einer Taufe teilnahmen, grüßten sie sich nicht einmal, als hätten sie sich nie gesehen, ja Saridda tat sogar schön mit dem Gevatter, der dem Kind Pate stand.

»Ein Prachtpate!« grinste Nino. »Ein richtiger Pate für ein Mädchen! Wenn ein Mädchen zur Welt kommt, nimmt man eben vorlieb.«

Doch Saridda tat, als rede sie mit der Wöchnerin: »Nicht alles Übel gereicht uns zum Schaden. Manchmal muß einer, wenn er glaubt, einen Schatz verloren zu haben, Gott und San Pasquale dafür danken; denn um einen Menschen gut kennenzulernen, muß man sieben Maß Salz mit ihm essen.«

»Ja, das Unglück muß man nehmen, wie es kommt. Das Schlimmste ist, wenn man sich das Blut vergiftet um

Dinge, die es gar nicht wert sind. Stirbt ein Papst, wird ein anderer gewählt.«

»Den Kindern ist es vorherbestimmt, wie sie auf die Welt kommen, es ist wie bei den Ehen; denn es ist besser, einen zu heiraten, der einen liebt und keine Hintergedanken dabei hat, auch wenn er keinen Besitz, keine Ländereien, keine Maulesel und auch sonst nichts hat.«

Auf dem Platz wurde die Trommel geschlagen, welche die Leute zusammenrief. »Der Bürgermeister sagt, das Fest werde stattfinden«, flüsterte man in der Menge.

»Ich werde prozessieren bis ans Ende der Welt! Und wenn ich mich zugrunde richte, bis ich arm bin und nur noch ein Hemd habe wie der heilige Hiob; aber die fünf Lire Buße bezahle ich nicht, und wenn ich es testamentarisch festlegen müßte.«

»Zum Teufel! Was für ein Fest wollen sie denn veranstalten, wenn wir dieses Jahr alle vor Hunger sterben?« rief Nino aus.

Seit dem Monat März hatte es nicht einen Tropfen geregnet, und die Saaten standen gelb und knisterten wie Zunder und »starben vor Durst«. Aber Bruno, der Kärrner, sagte, sobald man San Pasquale zu einer Prozession heraustrüge, würde es sicher regnen. Allein, was kümmerte ihn der Regen, ihn, den Kärrner, und die andern alle, die Lohgerber von seiner Partei?... Tatsächlich trugen sie San Pasquale in einer Prozession in alle Himmelsrichtungen und stellten ihn auf den Hügel, damit er die Felder segne. Es war an einem drückenden Maitag, der Himmel stand voller Wolken – einer jener Tage, an denen die Bauern sich angesichts der »verbrannten« Felder die Haare raufen und an denen die Ähren die Köpfe neigen, als stürben sie.

»Verfluchter San Pasquale!« schrie Nino, spuckte in die Luft und lief wie ein Verrückter durch die Saaten. »Ihr habt mich zugrunde gerichtet, San Pasquale, Dieb, der Ihr seid! Ihr habt mir nichts übriggelassen als die Sichel, mit der ich mir den Hals abschneiden kann!«

Im oberen Sprengel herrschte Verzweiflung. Es war eines jener langen Jahre, in denen das Hungern schon im Juni beginnt und in denen die Frauen ungekämmt und untätig mit starrem Blick unter den Türen stehen. Als Saridda vernahm, daß man auf dem Platz das Maultier Ninos verkaufe, damit er die Pacht für den Boden bezahlen könne, der nichts eingetragen hatte, fühlte sie mit einemmal, wie sie vor Zorn kochte, und schickte in aller Hast ihren Bruder Turi mit den Batzen, die sie erspart hatten, um dem Nino zu helfen.

Nino stand mit verlorenem Blick in einer Ecke des Platzes und hielt die Hände in den Taschen vergraben, während man sein Maultier mit all den Quasten und dem neuen Halfter verkaufte.

»Ich will nichts«, antwortete er finster. »Meine Arme sind mir noch geblieben, Gott sei Dank! Ein schöner Heiliger, dieser San Pasquale, fürwahr!«

Turi kehrte ihm den Rücken, um es nicht zum Ärgsten kommen zu lassen, und machte sich davon. Aber Tatsache war, daß die Seelen aufgebracht waren, da man den San Pasquale in einer Prozession überallhin getragen hatte und nun das Ergebnis vor Augen sah. Das Schlimmste war, daß viele aus dem Sprengel von San Rocco sich hatten verführen lassen, an der Prozession teilzunehmen. Dabei hatten sie sich um der Saaten willen wie Esel gegeißelt, mit der Dornenkrone auf dem Kopf. Jetzt machten sie sich mit Vorwürfen Luft, so daß sich der Abgeordnete des Bischofs zu Fuß und ohne Musikkapelle hatte davonmachen müssen, wie er gekommen war.

Der Vizeamtsrichter aber, der am Kärrner Rache nehmen wollte, telegraphierte, die Gemüter seien erregt und die öffentliche Ordnung sei bedroht. So vernahm man eines schönen Tages die Neuigkeit, in der Nacht seien Soldaten angekommen, und jeder könne sie in den Stallungen ansehen gehen.

»Sie sind wegen der Cholera gekommen«, sagten indes andere. »Dort drunten in der Stadt sterben die Leute wie die Fliegen.«

Der Apotheker legte die Kette vor seine Ladentür, und der Doktor floh als erster von allen, damit sie ihn nicht erschlügen.

»Es wird nichts sein«, sagten die wenigen, die im Ort zurückblieben, weil sie nicht irgendwo auf dem Lande

Zuflucht finden konnten. »San Rocco wird sein Dorf beschützen! Und dem ersten, der in der Nacht herumstreicht, werden wir das Fell gerben!«

Auch die aus dem unteren Sprengel waren barfuß in die Kirche von San Rocco gelaufen. In kurzer Zeit jedoch mehrten sich die Cholerafälle, so wie große Tropfen ein Gewitter anzeigen. Und von dem einen sagten die Leute, er sei ein Schwein gewesen und habe sterben müssen, weil er zu viele Kaktusfrüchte gegessen habe. Und von einem andern sagten sie, er sei in stockdunkler Nacht von den Feldern heimgekehrt. Kurzum, die Cholera war richtig ausgebrochen, trotz der Wachposten und unter den Augen von San Rocco, und obwohl eine Alte, die im Geruch der Heiligkeit stand, geträumt hatte, San Rocco habe ihr persönlich verkündet: »Habt keine Angst vor der Cholera, dafür sorge ich, ich bin nicht wie jener Taugenichts von einem San Pasquale.«

Nino und Turi hatten sich seit der Sache mit dem Maultier nicht wieder gesehen. Aber kaum hörte der Bauer, Bruder und Schwester seien krank geworden, eilte er in ihr Haus und fand Saridda schwarz und fast unkenntlich im hintersten Winkel des Zimmers neben ihrem Bruder, dem es besser ging, der sich aber die Haare raufte und nicht wußte, was er tun sollte.

»Oh! San Rocco, du Dieb!« jammerte Nino. »Das hatte ich nicht erwartet! Ach, Jungfer Saridda, kennt Ihr mich denn nicht mehr? Ich bin Nino, Euer einstiger Bräutigam!«

Saridda schaute ihn aus solch eingesunkenen Augen an, daß man diese beinahe mit der Lampe suchen mußte, und dem Nino stand das helle Wasser in den Augen. »Ah, San Rocco!« sagte er. »Dieser Streich ist ärger als jener, den San Pasquale uns gespielt hat!«

Allein, Saridda genas, und als sie unter der Tür stand, den Kopf in ein Tuch eingehüllt, gelb wie Wachs, sagte sie zu ihm: »San Rocco hat ein Wunder an mir getan, und Ihr müßt kommen und ihm zu seinem Fest eine Kerze mitbringen.«

Nino, dem das Herz schwer war, nickte mit dem Kopf. Aber mittlerweile wurde auch er krank; und es schien, als müsse er sterben. Saridda zerkratzte sich das Gesicht und sagte, sie wolle mit ihm sterben und sie wolle sich das Haar abschneiden und es ihm mit ins Grab geben, damit niemand mehr sie ansehe, solange sie lebe.

»Nein, nein!« entgegnete Nino mit entstelltem Gesicht. »Die Haare werden wieder wachsen. Aber wer dich nicht mehr ansehen wird, das bin ich, denn ich werde tot sein.«

»Ein schönes Wunder hat San Rocco an dir getan!« sagte Turi zu ihm, um ihn zu trösten.

Und die beiden warfen sich als Genesende, während sie sich an der Sonne wärmten, mit hageren Gesichtern, die Schultern an die Mauer gelehnt, San Rocco und San Pasquale an den Kopf.

Einmal kam Bruno, der Kärrner, vorbei, der wieder heimgekehrt war, weil die Cholera im Abflauen war, und sagte: »Wir wollen ein großes Fest veranstalten, um San Pasquale zu danken, daß er uns vor der Cholera gerettet hat. Von nun an wird es keine Volksaufwiegler mehr geben und keine Widersacher, jetzt, da der Vizeamtsrichter gestorben ist, der den Streit im Testament hinterlassen hat.«

»Ja, wir werden ein Fest veranstalten für die, welche gestorben sind!« lachte Nino.

»Bist du vielleicht wegen San Rocco am Leben geblieben?«

»Wollt ihr wohl aufhören«, sprang Saridda auf, »oder soll noch einmal die Cholera ausbrechen, bis ihr endlich Frieden gebt?«

Pentolaccia

Da wir hier wie vor dem Diorama stehen, wenn Jahrmarkt im Dorf ist, wo man das Auge an das Guckloch legt und, einen nach dem andern, Garibaldi und Viktor Emanuel vorüberziehen sehen kann, kommt jetzt Pentolaccia, der »große Topf«, an die Reihe. Auch er ist ein prächtiges Original und stellt etwas vor unter den vielen Narren, die ihrem Verstand Valet gesagt und gerade das Gegenteil von dem getan haben, was einer tut, wenn er sein Brot in Frieden essen will.

Müßten wir all denen das Gewissen erforschen, die sich die Freiheit genommen haben, von sich reden zu machen, auf der Tenne, im Plauderstündchen nach dem Essen, und müßten wir es halten wie der Verwalter am Samstagabend, der den einen fragt: »Was steht dir zu für deine Arbeit?« und den andern: »Und du, was hast du die Woche über getan?«, so könnten wir es Pentolaccia nicht ersparen, ihm seine Schuld vorzuhalten, wahrhaft eine häßliche Sache, und wegen dieser häßlichen Geschichte hatte er ja auch seinen schönen Spitznamen bekommen.

Man weiß zwar, daß die Eifersucht ein Laster ist, an dem wir alle kranken, der eine mehr, der andere weniger, schon die jungen Hähne rupfen sich deswegen untereinander die Federn aus, noch bevor ihnen der Kamm wächst, und die Maultiere verpassen sich deswegen im Stall Huftritte. Aber wenn einer dieses Laster nie gekannt und immer seelenruhig den Kopf geduckt hat – der heilige Isidor möge uns davor bewahren –, dann ist es einfach unbegreiflich, wie er auf einmal, ganz plötzlich, vor Wut außer sich geraten kann, wie ein Stier im Juli, und sich toll gebärdet, wie einer, der vor Zahnweh rasend geworden; und es ist ja mit diesen Dingen wie mit den Zähnen, die einen quälen, daß man den Verstand verlieren könnte, wenn man sie bekommt, aber danach nicht mehr weh tun und dazu dienen, das tägliche Brot zu kauen. Und er kaute so ausgiebig, daß er einen Bauch angesetzt hatte wie ein Herr und ein Kanonikus zu sein schien. Deshalb nannten ihn die Leute Pentolaccia, weil er nämlich alle Tage seinen Kochtopf an dem Feuer hatte, das ihm seine Frau Venera mit Don Liborio unterhielt.

Er hatte die Venera mit aller Gewalt heiraten wollen, obwohl er kein König war und kein Königreich besaß und sich auf seine Arme verlassen mußte, wenn er sein Brot verdienen wollte. Vergeblich sagte seine Mutter, die Ärmste, zu ihm: »Laß die Venera in Frieden, sie ist nichts für dich; sie trägt das Tuch nur halb über dem Kopf und läßt die Füße sehen, wenn sie über die Straße geht.« Die Alten wissen mehr als wir, und wir sollten zu unserem Besten auf sie hören.

Er aber hatte immer jenen kleinen Schuh und jene flinken Augen im Kopf, die unter dem Tuch hervor nach einem Gatten Ausschau hielten. Deshalb nahm er sie, ohne auf die Warnungen zu hören, und die Mutter verließ das Haus, in dem sie dreißig Jahre lang gewohnt hatte, denn Schwiegermutter und Schwiegertochter beieinander – das ist wie Hund und Katze. Die Schwiegertochter mit ihrem honigsüßen Mündchen sagte und tat so vieles, daß die arme mürrische Alte ihr das Feld räumen und sich in einer Hütte zum Sterben legen mußte. Und zwischen Mann und Frau kam es auch noch zu Zänkereien, sobald die monatliche Miete für die Hütte fällig war. Als die arme Alte schließlich ausgelitten hatte und der Sohn, als er vernahm, man habe ihr die Sakramente gebracht, zu ihr eilte, konnte er weder den Segen der Sterbenden empfangen noch das letzte Wort aus ihrem Mund hören, denn der Tod hatte ihr schon im Winkel der Hütte, wo es bereits dunkel zu werden begann, die Lippen versiegelt und das Gesicht entstellt; und nur die Augen lebten noch, mit denen sie ihm so vieles noch sagen zu wollen schien. »Eh? ... Eh? ...« Wer seine Eltern nicht ehrt, wird sein eigenes Unglück verursachen und ein übles Ende nehmen.

Die arme Alte starb aus Kummer über den schlechten Ausgang, den es mit der jungen Frau ihres Sohnes genommen hatte. Und Gott verlieh ihr eine Gnade, als er sie aus dieser Welt schickte, so daß sie mit sich nehmen konnte, was ihr alles gegen die Schwiegertochter auf dem Magen lag, denn sie wußte, daß es ihrem Sohn im Herzen weh getan hätte. Kaum war Venera Herrin des Hauses und hatte die Zügel in Händen, trieb sie es so toll, daß die Leute ihren Mann fortan nicht mehr anders nannten als mit seinem Spitznamen; und als er selbst davon hörte und es wagte, sich darüber bei seiner Frau zu beklagen, sagte sie zu ihm: »Glaubst du das?«, nichts weiter. Und er glaubte es nicht und war es ganz zufrieden.

Er war eben so geartet, der Ärmste, und soweit tat er ja auch niemandem etwas zuleide. Selbst wenn er mit eigenen Augen etwas gesehen hätte, würde er gesagt haben, es sei nicht wahr. Vielleicht hatte er sich wegen des Fluchs seiner Mutter Venera aus dem Herzen gerissen und dachte nicht mehr an sie; oder vielleicht war sie auch, weil er das ganze Jahr über draußen bei der Feldarbeit war und sie nur noch am Samstag abend sah, unfreundlich und grob gegen ihren Mann geworden, und er hatte aufgehört, ihr gut zu sein, und wenn einem eine Sache nicht mehr gefällt, scheint es einem, sie könne auch die andern nicht mehr verlocken, und es kümmert einen nicht mehr, wer sie sich nimmt. Kurz, die Eifersucht wollte ihm einfach nicht in den Kopf, nicht einmal mit dem Setzholz hätte man sie ihm einpflanzen können, und er hätte noch hundert Jahre so weitergemacht und wäre, wenn ihn seine Frau schickte, immer weiter selbst gegangen, um den Arzt zu rufen, und der war Don Liborio. Don Liborio war auch sein Geschäftspartner; sie hatten ein Stück Land auf Halbpacht genommen, hielten sich dreißig Schafe, pachteten miteinander Weiden, und Don Liborio gab sein Wort als Bürge, wenn sie zum Notar gingen. Pentolaccia brachte ihm die ersten Bohnen und die ersten Erbsen, er spaltete ihm das Holz für die Küche und kelterte ihm die Trauben in der Presse. Dafür fehlte es ihm an nichts, weder an Korn in der Scheune noch an Wein in den Fässern noch an Öl im Krug. Seine Frau, weiß und rosig wie ein Apfel, prunkte mit neuen Schuhen und seidenen Tüchern. Don Liborio ließ sich seine Besuche nicht bezahlen und stand bei der Taufe eines der Kinder Pate. Kurz, sie führten das Haus gemeinsam, und er nannte Don Liborio »Herr Gevatter« und arbeitete gewissenhaft – was das anging, verdiente er den Namen Pentolaccia nicht –, um die Gemeinschaft mit dem »Herrn Gevatter«, der aber auch seinen Vorteil dabei hatte, gedeihen zu lassen, und so waren sie alle drei zufrieden. Manchmal ist der Teufel nicht so häßlich, wie er an die Wand gemalt wird.

Nun aber geschah es, daß sich dieser Engelsfriede in einen Teufelsspuk verwandelte, und zwar ganz plötzlich, in einem einzigen Tag, ja in einem einzigen Augenblick; und zwar, als die andern Bauern, die auf dem Feld arbeiteten, zur Vesperstunde zusammenkamen und im Schatten plauderten und ihm auf diese Weise zufällig klaren Wein einschenkten, über ihn und seine Frau, ohne zu bemerken – keiner hatte ihn gesehen –, daß Pentolaccia sich zum Schlafen hinter die Hecke gelegt hatte. Daher pflegt man denn auch zu sagen: »Wenn du ißt, schließ die Tür, und wenn du sprichst, schau um dich.«

Diesmal schien es wirklich, als sei der Teufel in Person gekommen, um den schlafenden Pentolaccia zu sticheln und ihm den Schimpf, den sie von ihm erzählten, ins Ohr zu flüstern und ihn mit einem Nagel in seine Seele zu heften. »Und dieser Hahnrei von Pentolaccia«, sagten sie, »der den halben Don Liborio aufknabbert! und im Fetten sitzt und es sich wohl sein läßt! und dabei dick wird wie ein Schwein!«

Da sprang er auf, als hätte ihn ein toller Hund gebissen, und rannte zum Dorf. Er sah nichts mehr; selbst Gras und Steine schienen ihm rot zu sein wie Blut. Auf der Schwelle seines Hauses traf er Don Liborio, der soeben ruhig fortgehen wollte und sich mit seinem Strohhut Luft zufächelte. »Hört, Herr Gevatter«, sagte er zu ihm, »wenn ich Euch noch einmal in meinem Hause sehe, so wahr es einen Gott gibt, ich bringe Euch um!«

Don Liborio blickte dem Pentolaccia in die Augen, als rede dieser türkisch, und es schien ihm, als sei er in der großen Hitze übergeschnappt; denn er konnte sich wirklich nicht vorstellen, daß es dem Pentolaccia von einem Augenblick zum andern eingefallen sei, eifersüchtig zu werden, nachdem er so lange Zeit die Augen geschlossen gehalten hatte und der beste Mensch und Gatte gewesen war, den es auf der Welt geben konnte.

»Was ist Euch heute, Gevatter?« fragte er ihn.

»Mir ist – daß, wenn ich Euch noch ein einziges Mal in meinem Hause sehe, so wahr es einen Gott gibt, ich Euch umbringe!«

Don Liborio zuckte die Achseln und ging lachend fort. Pentolaccia aber trat mit verzerrtem Gesicht ins Haus und wiederholte vor seiner Frau: »Wenn ich den ›Herrn Gevatter‹ noch ein einziges Mal in meinem Hause sehe, bringe ich ihn um, so wahr es einen Gott gibt!«

Venera stützte die Fäuste in die Hüften und begann ihn auszuschelten und ihm Vorwürfe zu machen. Er aber fuhr hartnäckig fort, mit dem Kopf zu nicken, gegen die Wand gelehnt wie ein Ochse, den die Mücken belästigen und der keine Vernunft annehmen will. Die Kinder schrien, als sie dieses neue Gehaben sahen. Schließlich nahm die Frau eine Stange und jagte ihn aus der Tür, damit er ihr aus den Augen komme; dabei sagte sie, in ihrem Hause sei *sie* die Herrin und könne tun und lassen, was ihr gefalle und was sie gut dünke.

Pentolaccia konnte nicht mehr auf dem Feld arbeiten. Immerzu mußte er an dieselbe Sache denken, und dabei hatte er einen Basiliskenblick, den niemand an ihm kannte. Am Samstag steckte er noch vor dem Dunkelwerden die Hacke in den Boden und ging weg, ohne sich seinen Wochenlohn auszahlen zu lassen. Als seine Frau sah, daß er ohne Geld ankam und dazu noch zwei Stunden früher als gewöhnlich, schalt sie ihn wieder aus und wollte ihn auf den Platz hinausschicken, damit er ihr gesalzene Sardellen kaufe, denn – sagte sie – sie spüre etwas wie eine Gräte im Hals. Er aber wollte sich nicht von der Stelle rühren, sondern hielt eines der Kinder zwischen den Knien, so daß das Ärmste sich nicht zu bewegen wagte und leise vor sich hin weinte, weil der Vater ihm mit seinem bösen Gesicht Angst einflößte. Venera hatte an jenem Abend den Teufel im Leib, und das schwarze Huhn, das auf der Treppe saß, hörte nicht auf zu gackern, als ob ein Unheil unterwegs wäre.

Don Liborio pflegte nach seinen Krankenbesuchen ins

Haus zu kommen, bevor er ins Café ging, um eine Partie Karten zu spielen. An jenem Abend sagte Venera, sie wolle sich den Puls fühlen lassen, denn sie habe wegen ihrer Halsschmerzen den ganzen Tag über Fieber gehabt. Pentolaccia aber saß schweigend da und rührte sich nicht von der Stelle. Als man jedoch in dem stillen Gäßchen den langsamen Schritt des Doktors hörte, der träge und gemächlich einherkam, ein wenig müde von seinen Krankenbesuchen und laut atmend, weil es sehr heiß war, und der sich mit dem Strohhut Luft zufächelte, ging Pentolaccia hin und holte die Stange, mit der seine Frau ihn aus dem Hause zu jagen pflegte, wenn er überflüssig war. Dann stellte er sich hinter der Tür auf. Unglücklicherweise bemerkte Venera nichts davon, denn sie war in jenem Augenblick in die Küche gegangen, um einen Armvoll Holz unter den Kessel mit dem kochenden Wasser zu legen. Kaum setzte Don Liborio den Fuß ins Zimmer, hob sein Gevatter die Stange und ließ sie mit aller Wucht auf den Hinterkopf des Doktors fallen, so daß er ihn wie einen Ochsen erschlug und kein Arzt und kein Apotheker mehr etwas ausrichten konnte.

So kam es, daß Pentolaccia im Zuchthaus endete.

Hochwürden

Hochwürden trug den langen Bart nicht mehr, noch das Skapulier der Barfüßermönche, jetzt, da er sich jeden Sonntag rasieren ließ, in seiner schönen Soutane aus feinem Tuch spazierenging und den Mantel mit seidenen Aufschlägen über dem Arm trug. Wenn er, mit den Händen in den Taschen und der Pfeife im Mund, seine Felder betrachtete, seine Weinberge, seine Herden und seine Bauern, und wenn er sich dann an die Zeit zurückerinnerte, da er den Kapuzinern die Schüsseln gewaschen und sie ihm dafür aus Mitleid die Kutte gegeben, hätte er sich mit der Linken bekreuzigen mögen.

Wenn sie ihn aber nicht gelehrt hätten, die Messe zu halten und zu lesen und zu schreiben, wäre es ihm auch nicht gelungen, in den ersten Häusern des Ortes Eingang zu finden und in seine Rechnungen die Namen all jener Halbpächter einzutragen, die für ihn arbeiteten und Gott um ein gutes Jahr für ihn anflehten und die dann wie Türken fluchten, wenn sie mit ihm abrechnen mußten. »Schau, wer ich bin, und nicht, aus welchem Hause ich stamme«, sagt ein Sprichwort. Woher er stammte, das wußten alle, denn seine Mutter führte ihm noch immer den Haushalt. Hochwürden besaß keinen Familiendünkel, gewiß nicht; und wenn er mit der Baronin ein Spielchen machte, ließ er seinen eigenen Bruder mit einer großen Laterne in der Hand im Vorzimmer warten.

Wenn er Gutes tat, begann er bei den Seinen, wie Gott selbst es befiehlt. Er hatte daher eine Nichte ins Haus genommen, ein schönes Kind, das aber arm war wie eine Kirchenmaus und niemals einen Mann gefunden hätte. Und er unterhielt es, ja er hatte ihm sogar das schöne Zimmer mit den Scheiben vor den Fenstern und mit dem Himmelbett gegeben, und er hielt es nicht, damit es schufte und sich die Hände mit irgendeiner groben Arbeit verderbe. Deshalb schien es allen wie eine Strafe Gottes, als die Ärmste von Gewissensbissen erfaßt wurde – wie es Frauen passiert, die nichts anderes zu tun haben und ihre Tage in der Kirche zubringen und sich an die Brust schlagen wegen einer Todsünde –, nur dann nicht, wenn der Onkel dort war, denn er gehörte nicht zu den Priestern, die sich in großem Ornat am Altar von der Geliebten bewundern lassen. Den Frauen pflegte er außer Hause nur mit zwei Fingern über die Wange zu streichen, ganz väterlich, oder auch vom Fensterchen des Beichtstuhles aus, nachdem sie ihr Gewissen gereinigt und den Sack mit den eigenen Sünden oder denen der andern geleert hatten; denn etwas Nützliches, das des Segens wert war, vernahm dabei einer, der in ländlichen Geschäften spekulierte, immer.

Großer Gott! er gab nicht vor, ein heiliger Mann zu sein, nein, gewiß nicht! Die Heiligen sterben Hungers, wie der Vikar, der die Messe auch zelebrierte, wenn er nichts dafür bezahlt bekam, und der mit einer so zerfetzten Soutane die Häuser der Bettler besuchte, daß es für die Religion eine Schande war. Hochwürden wollte vorwärts kommen. Und er *kam* vorwärts, mit viel Wind in den Segeln. Zuerst ein wenig langsam, wegen dieser heiligen Kutte, die ihm lästig war, so sehr, daß er, um sie im Klostergarten von sich zu werfen, sogar beim königlichen Gerichtshof vorgesprochen hatte. Und die Klosterbrüder hatten ihm geholfen, sie abzulegen, denn seitdem er im Kloster war, flogen im Refektorium bei jeder Provinzwahl Bänke und Schüsseln. Den Pater Battistino, einen Diener Gottes, so kräftig wie ein Maultiertreiber, hatten sie dabei halb erschlagen, und Pater Giammaria, der Pförtner, hatte all seine Zähne drangeben müssen. Hochwürden aber saß still in seiner Zelle, nachdem er das Feuer geschürt hatte, und auf diese Weise war es ihm gelungen, *Hochwürden* zu werden und alle seine Zähne zu behalten, und er wußte sich ihrer zu bedienen. Und vom Pater Giammaria, der sich selbst diesen Skorpion in den Ärmel gesetzt hatte, sagten alle: »Es geschieht ihm recht!«

Aber der Pater Giammaria, ein gutmütiger Mensch, antwortete, indem er sich mit dem zahnlosen Kiefer auf die Lippen biß: »Was wollt ihr? Der war nicht zum Kapuziner geboren. Er ist einer wie der Papst Sixtus, der es vom Schweinehirten zu dem brachte, was er nachher war. Habt ihr nicht gesehen, was er schon als Knabe zu werden versprach?«

So war Pater Giammaria einfacher Pförtner bei den Kapuzinern geblieben, ohne Hemd und ohne einen Batzen im Sack, und nahm für Gottes Lohn die Beichten ab und kochte die Suppe für die Armen.

Hochwürden aber hatte schon als Knabe – wenn er seinen Bruder sah, jenen mit der großen Laterne, wie er sich beim Hacken den Rücken krumm schuftete, und wenn er die Schwestern sah, die kein Mann haben wollte, nicht einmal geschenkt, und die Mutter, die im Dunkeln spann, um das Öl zu sparen – gesagt: »Ich will Priester werden!« Sie hatten das Maultier verkauft und das Äckerchen, um ihn zur Schule schicken zu können, denn sie hofften, wenn es ihnen gelänge, einen Priester in der Familie zu haben, hätten sie etwas Besseres als ein Haus und ein Maultier. Aber um ihn aufs Seminar zu schicken, dazu reichte es nicht. So begann der Knabe um das Kloster herumzustreichen, in der Hoffnung, sie würden ihn als Novizen aufnehmen. Und eines Tages, als man den Vorsteher erwartete und es in der Küche zu tun gab, riefen sie ihn, er solle Hand anlegen. Pater Giammaria, der ein gutes Herz hatte, sagte zu ihm: »Gefällt es dir hier? Nun gut, du kannst bleiben.« Und der Frater Carmelo, der Pförtner, der sich in seinen endlosen Mußestunden, wenn er auf dem Klostermäuerchen saß und seine Sandalen gegeneinander schlug, langweilte, flickte ihm so etwas wie ein Skapulier aus den Stücken einer alten Kutte zusammen, die als Vogelscheuche am Feigenbaum hing. Die Mutter, der Bruder und die Schwester wollten nichts davon wissen, denn wenn er Klosterbruder würde, dann wäre für sie alles aus und auch das Schulgeld verloren, denn kein einziges Geldstück würden sie mehr aus ihm herausbringen. Er aber hatte den Priester im Blut, zuckte die Achseln und entgegnete: »Schaut zu, ob einer der Berufung zu widerstehen vermag, wenn Gott ihn berufen hat!«

Der Pater Giammaria hatte ihn liebgewonnen, weil er in der Küche flink war wie eine Katze und auch sonst bei allen niederen Geschäften mithalf, ja bei der Messe assistierte, als hätte er in seinem Leben nie etwas anderes getan, mit niedergeschlagenen Augen und verschlossenen Lippen wie ein Engel. Auch jetzt, da er keine Messe mehr las, hatte er immer noch diese niedergeschlagenen Augen und diese verschlossenen Lippen, wenn es sich um eine schwierige Sache mit den Besitzern handelte, etwa beim Versteigern von Gemeindeland oder beim Beschwören der Wahrheit vor dem Amtsrichter.

Einen dieser wichtigen Eide mußte er im Jahre 1854 leisten, am Altar, vor dem Kelch, während er die heilige Messe las, denn die Leute klagten ihn an, er verbreite die Cholera, und wollten es ihm heimzahlen.

»Bei der geweihten Hostie, die ich in der Hand halte«, sagte er zu den Gläubigen, die vor ihm knieten, »ich bin unschuldig, meine Kinder! Übrigens verspreche ich euch, daß die Gottesgeißel innerhalb einer Woche von euch weichen wird. Habt nur Geduld!«

Gewiß hatten sie Geduld! Sie mußten sie notgedrungen haben. Denn er steckte unter einer Decke mit dem Richter und dem Hauptmann, und der »Bombenkönig« schickte ihm zu Ostern und zu Weihnachten – um sich der Verbindlichkeiten zu entledigen, sagte man – Kapaune; und er habe ihm auch ein Gegengift geschickt, falls das Unheil jemals über ihn kommen sollte.

Eine alte Tante, die er hatte ins Haus nehmen müssen, damit die Nächsten nichts zu munkeln hätten, und die zu nichts anderem mehr nütz war, als das Brot anderer zu essen, hatte versehentlich aus einer falschen Flasche getrunken und sogleich die Cholera erwischt. Aber der Neffe hatte ihr, um die Leute nicht mißtrauisch zu machen, kein Gegengift verabreichen können. »Gib mir das Gegengift! Gib mir das Gegengift!« flehte die Alte, die schon kohlschwarz war, ohne auf den Arzt und den Notar zu achten, die dabei standen und sich verlegen anschauten. Hochwürden aber zuckte die Achseln und murmelte mit unbewegtem Gesicht, als ginge ihn die ganze Sache nichts an: »Hört nicht auf sie, sie spricht im Fieber!« Denn das Gegengift, wenn er es überhaupt besaß, hatte ihm der König unter dem Siegel des Beichtgeheimnisses gesandt, und er konnte es niemandem geben. Der Richter war höchstpersönlich hingegangen, um ihn auf den Knien für seine sterbende Frau darum zu bitten; aber auch er mußte sich von Hochwürden sagen lassen: »Verfügt über mein Leben, lieber Freund, aber in dieser Angelegenheit kann ich Euch wirklich nicht dienen.«

Das war eine Geschichte, von der alle wußten, und da sie auch wußten, daß er es durch Ränkespiele und Geschicklichkeit dazu gebracht hatte, der intime Freund des Königs, des Richters und des Hauptmanns, der die Polizei unter sich hatte, zu werden, und daß seine Berichte nach Neapel gelangten, ohne in die Hände des Statthalters zu fallen, wagte es niemand, gegen ihn aufzutreten. Und wenn er die Augen auf ein Landgut geworfen hatte, das zu verkaufen war, oder ein Anteil des Gemeindelandes zur Versteigerung gebracht wurde und die mächtigsten Herren des Dorfes es wagten, sich mit ihm darum zu streiten, so taten sie es nur mit vielen Bücklingen und indem sie ihm eine Prise Tabak anboten. Einmal – mit dem Baron – dauerte das Seilziehen sogar einen vollen halben Tag. Der Baron spielte den Liebenswürdigen, und Hochwürden saß ihm mit zwischen den Knien gerafftem Mantel gegenüber und bot ihm bei jedem höheren Angebot die silberne Tabaksdose an und seufzte: »Was wollen Sie, Herr Baron? Da ist der Esel gefallen, und wir müssen ihn aufrichten.« Und schließlich erreichte er die gerichtliche Zuerkennung, und der Baron zog die Preise hoch, grün vor Ärger.

Das billigten die Bauern, denn die großen Tiere streiten sich immer untereinander, wenn ein ergiebiger Knochen da ist, und den Armen bleibt ja doch niemals etwas zum Abnagen übrig. Was sie aber reizte, war, daß sie dieser Diener Gottes, wenn sie mit ihm zu tun hatten, schlimmer als der Antichrist aussaugte und daß er sich keine Gewissensbisse machte, nach dem Besitz des Nächsten zu greifen, denn er hielt ja das Werkzeug der Beichte in Händen, und wenn er eine Todsünde beging, so konnte er sich die Absolution selbst erteilen. »Es käme nur darauf an, einen Priester in der Familie zu haben!« seufzten sie. Und die Vermögendsten unter ihnen sparten sich das Brot vom Mund ab, um einen Sohn ins Seminar schicken zu können.

»Wenn einer Landmann sein will, dann muß er es ganz sein«, sagte Hochwürden und entschuldigte damit sein rücksichtsloses Vorgehen. Und selbst die Messe las er nur an Sonntagen, wenn er nichts anderes zu tun hatte, denn er gehörte nicht zu jenen Priesterchen, die hinter den drei Batzen für die Messe herlaufen. Er hatte das nicht nötig. Auch wenn es schließlich so weit kam, daß der Bischof, als er während eines Hirtenbesuches im Pfarrhaus das Gebetbuch mit einer Staubschicht bedeckt fand, mit dem Finger »Deo gratias!« darauf schrieb. Allein, Hochwürden hatte andere Dinge im Kopf, als seine Zeit mit Lesen im Brevier zu verlieren, und er lachte über den Vorwurf des Bischofs. Wenn auch sein Gebetbuch mit Staub bedeckt war, so waren dafür seine Ochsen saubere Tiere, die Schafe trugen dicke Wolle, und die Saaten standen mannshoch, so daß seine Pächter sich wenigstens am Anblick erfreuen und ihre Luftschlösser bauen konnten, bevor sie mit ihrem Herrn abrechneten. Die Ärmsten waren gerührt: »Saaten, daß es ein Wunder scheint! Da ist des Nachts der Herrgott daran vorbeigegangen! Man sieht, daß es der Boden eines Dieners Gottes ist, und es ist gut, für ihn zu arbeiten, denn er hält die Messe und den Segen in seiner Hand!« Im Mai, zur Zeit, in der sie den Himmel betrachteten, um jede Wolke zu beschwören, die vorüberzog, wußten sie, daß ihr Herr die Messe für die Ernte las, und das galt mehr als Heiligenbilder und geweihte Brote, die bösen Zauber und Mißernten vertreiben sollten. Daher wollte auch Hochwürden nicht, daß sie geweihtes Brot unter die Saat streuten, denn es taugt zu nichts anderem als dazu, Spatzen und andere schädliche Vögel anzulocken. Und von Heiligenbildern hatte er alle Taschen voll, denn er konnte in der Sakristei davon nehmen, soviel er nur wollte, und zwar von den wirksamen, ohne einen Batzen dafür ausgeben zu müssen, und er schenkte sie seinen Bauern.

Zur Erntezeit aber kam er hoch zu Roß, zusammen mit seinem Bruder, der sein Feldhüter war, und trug das Gewehr über der Schulter und rührte sich nicht mehr vom

Fleck, sondern schlief dort, in der fieberversuchten Luft, um sein Eigentum zu verteidigen, und kümmerte sich nicht einmal mehr um Christus. Und den armen Teufeln, die in der schönen Jahreszeit die harten Wintertage vergessen hatten, blieb der Mund offenstehen, wenn sie die Litanei ihrer Schulden vernahmen. »Soundsoviel Maß Bohnen hat deine Frau geholt, als der Schnee kam.« »Soundsoviel Bündel Rebhölzer habe ich deinen Söhnen geliefert.« »Soundsoviel Scheffel Korn hast du für die Saat vorgestreckt bekommen – zusammen mit den Früchten – zu soundsoviel im Monat. Da, rechne es nach!« Es war eine betrügerische Rechnung. Im Hungerjahr, als Onkel Carmenio seinen Schweiß und seine Gesundheit für die Felder von Hochwürden dahingegeben hatte, mußte er zur Erntezeit auch noch seinen Esel hergeben, um die Schulden begleichen zu können. Und er ging mit leeren Händen weg und fluchte so gräßlich, daß Erde und Himmel erbebten. Hochwürden aber, der diesmal nicht da war, um die Beichte abzunehmen, ließ ihn fluchen und zog den Esel in seinen Stall.

Nachdem er reich geworden war, hatte er für seine Familie, die früher nie genügend Brot gehabt hatte, gewisse Anrechte auf eine fette Pfründe entdeckt, die so groß war wie ein Klosterbesitz, und zur Zeit der Aufhebung des Verkaufsverbots von Gütern hatte er die Freigabe verlangt und hatte sich das Gut endgültig gesichert. Ihn reute nur das Geld, das er für die Freigabe bezahlen mußte, und er schalt die Regierung einen Dieb, weil sie die Pfründe dem nicht gratis überließ, dem sie gehörte.

Wegen dieser Geschichte mit der Regierung hatte er viel Galle schlucken müssen, seit dem Jahre 1860, als die Revolution ausgebrochen war und er sich in einer Höhle wie eine Maus hatte verstecken müssen, weil alle die Bauern, die Streitigkeiten mit ihm gehabt hatten, ihm das Fell über die Ohren ziehen wollten. Nachher waren die endlosen Steuern gekommen, die er immer wieder zahlen mußte, und wenn er nur daran dachte, so verwandelte sich ihm der Tischwein in Gift. Jetzt rückten sie dem Heiligen Vater auf den Leib und wollten ihn seiner weltlichen Rechte berauben. Als aber der Papst den Kirchenbann über all die verhängte, die Güter erwarben, als die Unveräußerlichkeit aufgehoben wurde, fühlte sich Hochwürden auf den Fuß getreten und brummte: »Was braucht der Papst sich in meine Angelegenheiten zu mischen? Das hat doch nichts zu tun mit der weltlichen Gewalt.« Und er fuhr fort, die Messe zu zelebrieren, besser als bisher.

Die Bauern gingen hin und hörten seine Messe an; aber ohne es zu wollen, dachten sie an die Diebereien des Priesters, und das ließ ihre Gedanken abschweifen. Ihre Frauen konnten nicht anders, als ihm, wenn sie beichten gingen, ins Ohr zu posaunen: »Vater, ich klage mich an, daß ich von Euch, der Ihr ein Diener Gottes seid, übel geredet habe, denn in diesem Winter haben wir Euretwegen keine Bohnen und kein Korn gehabt.« »Meinetwegen? Mache ich etwa das schöne Wetter, oder lasse ich ein schlechtes Jahr werden? Oder soll ich Grund und Boden besitzen, damit ihr darauf sät und euren Nutzen daraus zieht? Habt ihr denn kein Gewissen und keine Gottesfurcht? Weshalb kommt ihr dann zur Beichte? Das ist der Teufel, der euch versucht, damit ihr des Sakramentes der Reue verlustig geht. Wenn ihr eure Kinder in die Welt setzt, denkt ihr da nicht daran, daß es alles Münder sind, die essen wollen? Was kann ich dafür, wenn ihr dann nicht genügend Brot habt? Bin ich etwa Ursache für all diese Kinder? Ich bin Priester geworden, damit ich keine habe.«

Zwar erteilte er die Absolution, wie es seine Pflicht war, aber trotzdem blieb in den Köpfen dieser einfachen Menschen eine Verwirrung zurück. Da war der Priester, der die Hand erhob, um im Namen Gottes zu segnen; und da war der Herr, der die Rechnungen präsentierte. Und der die Leute vom Gut wegjagte, mit leerem Sack und mit der Sichel unter dem Arm.

»Da ist nichts zu machen, da ist nichts zu machen«, murmelten die Ärmsten und schickten sich drein. »Der Krug ist nicht so hart wie der Stein, und mit Hochwürden kann man nicht streiten, denn er kennt das Gesetz.«

Und ob er es kannte! Wenn sie mit dem Advokaten vor dem Richter standen, verschloß er allen den Mund mit den Worten: »So ist das Gesetz!« Und es war immer zu seinem Vorteil. Früher lachte er über Feinde und Neider. Sie hatten Lärm geschlagen, waren zum Bischof gelaufen, hatten ihm selbst die Sache mit der Nichte, mit dem Pächter Carmenio und den unrecht erworbenen Gütern ins Gesicht geschleudert und hatten ihm die Messe und die Beichte wegnehmen lassen wollen. Nun? Und dann? Er brauchte keinen Bischof und niemanden. Er hatte das Seine und war geachtet wie die, welche im Dorf den Ton angeben. Er verkehrte im Hause der Baronin, und je mehr Lärm sie seinetwegen schlugen, um so schlimmer war der Skandal für sie. Die Großen kann man nicht angreifen, nicht einmal der Bischof kann es, und man tut besser daran, aus Klugheit und aus Liebe zum Frieden die Mütze vor ihnen zu ziehen. Doch als – nach der Revolution – die Ketzerei obenaufkam, was nützte ihm da all das? Die Bauern lernten lesen und schreiben und verstanden nun besser zu rechnen als irgendeiner. Die Parteien, die sich um die Regierung stritten, teilten das Schlaraffenland untereinander. Der erste beste Bettler konnte nun umsonst eine Verteidigung erhalten, und wenn er einen Streit mit jemandem hatte, mußte der andere ganz allein die Gerichtskosten bezahlen! Ein Priester zählte nicht mehr; weder beim Richter noch beim Hauptmann. Jetzt konnte er einen nicht mehr mit einem Wörtlein ins Gefängnis werfen lassen, wenn der ihm den Respekt verweigerte, und er war gerade noch gut genug, als Diener des Volkes die Messe zu lesen und die Beichte abzunehmen. Der Richter hatte Angst vor den Zeitungen, vor der öffentlichen Meinung, vor dem, was Hinz und Kunz sagen würden, und sprach Recht wie Salomo. Sogar den Besitz, den er sich im Schweiß seines Angesichts erworben hatte, machten sie ihm streitig und hängten ihm den bösen Blick und den Fluch an. Das wenige, was er bei Tisch noch aß, verursachte ihm große Mühsal bei Nacht, während sein Bruder, der ein hartes Leben hatte und Brot und Zwiebeln aß, besser verdaute als ein Straßenvogel und wußte, daß in ein paar Jahren, nach seinem Tod, er sein Erbe und reich sein würde, ohne daß er einen Finger dazu zu rühren brauchte. Die Mutter, die Ärmste, war zu nichts mehr zu gebrauchen und lebte nur noch sich und andern zur Last und lag gelähmt auf ihrem Bett, und man mußte sie bedienen und pflegen. Und sogar die Nichte, die, gut genährt, gut gekleidet und mit allem versehen, nichts anderes zu tun hatte, als zur Kirche zu gehen, quälte ihn, wenn es ihr in den Sinn kam, sie sei im Stand der Todsünde, als ob er zu jenen Ketzern gehörte, die den Heiligen Vater entmachtet hatten, und sie hatte den Bischof dazu gebracht, ihm das Messelesen zu untersagen.

»Es gibt keine Religion mehr, keine Gerechtigkeit und nichts!« brummte Hochwürden, als er alt wurde. »Jetzt will jeder seine Meinung sagen. Wer nichts hat, möchte euch das Eure wegnehmen: Geh weg da, ich will das machen! Wer nichts anderes zu tun hat, kommt euch ins Haus und sucht nach Flöhen. Die Priester möchten sie zu Sigristen herabwürdigen; sie sollen Messen lesen und die Kirche fegen. Gottes Willen schert die nicht mehr, das ist es!«

Was der König ist

Gevatter Cosimo, der Sänftenführer, hatte seine Maultiere versorgt, das Halfter auf die Nacht hin ein wenig gelockert, ein bißchen Streu unter die Hufe des braunen Maultiers geschüttet, weil es bei diesem langanhaltenden Regen zweimal auf dem nassen Pflaster der Gäßchen von Grammichele ausgeglitten war, und dann hatte er sich mit den Händen in den Taschen unter die Stalltür gestellt und den Leuten, die gekommen waren, um den König zu sehen, ins Gesicht gegähnt. Es war damals ein solches Hin und Her auf den Straßen von Caltagirone, daß man hätte meinen können, man feiere das Fest von San Giacomo. Doch spitzte er die Ohren und ließ seine Tiere, die gemächlich ihre Gerste kauten, nicht aus den Augen, damit sie nicht gestohlen wurden.

Gerade in jenem Augenblick kamen sie, um ihm zu sagen, der König wolle ihn sprechen. In Wahrheit war es natürlich nicht der König selbst, der mit ihm reden wollte, denn der König spricht mit niemandem; sondern es war einer von denen, durch deren Mund der König spricht, wenn er etwas zu sagen hat. Und jener verkündete ihm, Seine Majestät wünsche am folgenden Morgen früh seine Sänfte, um sich nach Catania zu begeben, und der König wolle weder dem Bischof noch dem Unterintendanten verpflichtet sein, sondern ziehe es vor, aus eigener Tasche, wie irgendein anderer Sterblicher, zu bezahlen.

Gevatter Cosimo hätte glücklich darüber sein sollen, denn es war sein Beruf, Sänften zu führen, und er wartete ja gerade darauf, daß jemand käme, um seine Sänfte zu mieten. Und der König gehörte nicht zu denen, die um einen Batzen mehr oder weniger feilschen, wie so viele andere es tun. Allein, Cosimo wäre lieber mit der leeren Sänfte nach Grammichele zurückgekehrt, so viel Kopfzerbrechen bereitete es ihm, den König in seiner Sänfte zu führen, und das Fest war ihm verdorben, wenn er nur daran dachte, und er freute sich nicht mehr, weder über die Festbeleuchtung noch über die Musikkapelle, die auf dem Dorfplatz spielte, und auch nicht über den Triumphwagen, der mit dem Bildnis des Königs und der Königin durch die Straßen fuhr, noch über die beleuchtete Kirche von San Giacomo, die Flammen sprühte und vor der man das Allerheiligste ausgestellt hatte und wo die Glocken zu Ehren des Königs läuteten.

Im Gegenteil – je großartiger das Fest wurde, um so mehr wuchs in ihm die Angst davor, daß gerade er den König in seiner Sänfte führen sollte. Die Raketen, die Menge, die Lichter und das Glockengeläute – alles legte sich ihm auf den Magen, und er konnte die ganze Nacht kein Auge schließen; er verbrachte sie damit, die Hufeisen des Braunen nachzusehen, die Maultiere zu striegeln und sie mit Gerste vollzustopfen, damit sie kräftig genug wären; als wäre der König doppelt so schwer wie alle andern Leute. Der Stall war voll von Kavalleristen, die große Sporen an den Stiefeln hatten und sie nicht einmal auszogen, wenn sie sich auf den Bänken zum Schlafen ausstreckten, und an allen Nägeln in den Stützbalken hingen Säbel und Pistolen, so daß es dem armen Onkel Cosimo vorkam, als wollten sie ihm damit den Kopf abschneiden, wenn unglücklicherweise eines seiner Maultiere auf den nassen Pflastersteinen ausglitte, während es den König trüge. Und gerade jetzt, in diesen Tagen, fiel so viel Regen vom Himmel, daß die Leute richtig verrückt sein mußten, bei diesem Unwetter bis nach Caltagirone zu reisen, nur um den König zu sehen. Was ihn betraf, so hätte er es, bei Gott, vorgezogen, in seiner Hütte zu sitzen, wo die Maultiere dicht beieinander im Stall standen und wo man vom Bett aus hörte, wie sie ihre Gerste kauten, und er hätte gern die zwei Unzen drangegeben, die er durch den König verdienen würde, wenn er bei geschlossener Tür in seinem Bett liegen und, die Nase unter der Decke, hätte zusehen können, wie seine Frau mit dem Licht in der Hand alles für die Nacht bereit machte.

Im Morgengrauen schreckte ihn die Trompete der Soldaten aus seinem Halbschlaf. Sie lärmte wie ein Hahn, der die Stunden anzeigt, und brachte die ganze Stallung auf die Beine. Die Fuhrleute hoben die Köpfe vom Sattel, der ihnen als Kopfkissen diente, die Hunde bellten, und die Wirtin trat noch ganz schlaftrunken aus dem Heuschober und kratzte sich im Haar. Es war noch dunkel wie um Mitternacht, aber die Leute liefen auf der Straße hin und her, als wäre es Weihnachten, und die Händler beim Feuer hatten Papierlaternen vor sich und klopften mit den großen Messern auf die Bänke, um ihre Süßigkeiten anzupreisen. Ach, wie diese Leute alle das Fest genießen mußten, die jetzt Süßigkeiten kauften und sich träge und schläfrig durch die Straßen bewegten, um auf den König zu warten; und als sie die Sänfte vorbeiziehen sahen mit ihren Schellen und Wollquasten, sperrten sie die Augen auf und beneideten Gevatter Cosimo, der den König zum Greifen nahe sehen würde, was bis jetzt noch niemandem vergönnt gewesen war, obwohl die Menge schon seit achtundvierzig Stunden auf der Straße stand, Tag und Nacht, bei dem Regen, der unaufhörlich herabfiel, wie Gott ihn schickte. Die Kirche von San Giacomo sprühte noch Funken und Flammen und erwartete hoch über der nicht enden wollenden Treppe den König, um ihm gute Fahrt zu wünschen. Mit allen ihren Glocken läutete sie, um ihm kundzutun, es sei Zeit, abzureisen. Würde man die Lichter denn nie mehr auslöschen? Hatte der Sigrist einen eisernen Arm, daß er Tag und Nacht so unaufhörlich läuten konnte? Inzwischen dämmerte düster in der Ebene von San Giacomo der Morgen, und das Tal war nichts als ein Nebelmeer. Und doch drängten sich die Leute schon so dicht wie Fliegen, steckten die Nasen in die Mäntel, und kaum sahen sie die Sänfte nahen, wollten sie Gevatter Cosimo und seine Maultiere schier erdrücken, da sie glaubten, der König sitze schon darin.

Aber der König ließ noch eine Weile auf sich warten. Zu dieser Stunde schlüpfte er vielleicht erst in die Hosen oder trank sein Gläschen Schnaps, um sich die Kehle auszuspülen. Daran hatte Gevatter Cosimo an diesem Morgen gar nicht gedacht, so sehr war ihm der Hals wie zugeschnürt. Eine Stunde später kam die Reiterei mit gezogenem Säbel und schuf eine Gasse. Hinter der Reiterei wälzte sich eine

Menge von Menschen, dann kam die Musikkapelle und dann Herren und Damen mit kleinen Hüten und mit von der Kälte geröteten Nasen. Sogar die Händler kamen mit den Bänken auf dem Kopf herbeigelaufen, um ihre Stände aufzuschlagen und noch von ihren Süßigkeiten zu verkaufen, so daß auf dem großen Platz nicht einmal mehr eine Nadel hätte zu Boden fallen und die Maulesel sich nicht einmal mehr die Fliegen hätten abwehren können, wenn nicht die Reiterei wieder Platz geschaffen hätte. Mit der Kavallerie kam aber auch ein Schwarm von Pferdefliegen, von denen, welche die Maultiere, die eine Sänfte tragen sollen, zur Raserei bringen, so daß Gevatter Cosimo sich bei jeder, die er unter dem Bauch seiner Tiere fing, Gott und den Seelen im Fegefeuer anbefahl.

Endlich hörte man das Geläute anschwellen, als wären die Glocken toll geworden, und Böllerschüsse krachten zu Ehren des Königs, und es kam ein neuer Strom von Menschen, und dann erschien der Wagen des Königs, und es war, als schwebe er mitten in der Menge über den Köpfen. Da erklangen die Trompeten und Trommeln, und die Böllerschüsse begannen von neuem, so daß die Maultiere – Gott helfe uns! – das ganze Geschirr zu zerreißen drohten und ausschlugen. Die Soldaten zogen die Säbel, die sie bereits wieder eingesteckt gehabt, und die Menge schrie: »Die Königin! Die Königin! Dort die Kleine, neben ihrem Gatten; es ist fast nicht zu glauben!«

Der König hingegen war ein stattlicher Mann, groß und fest, mit roten Hosen und dem Säbel an der Seite. Und hinter ihm kamen der Bischof und der Bürgermeister und der Unterintendant und nochmals ein Schwarm von Herren mit Handschuhen und weißen Halsbinden, schwarz gekleidet und vor Kälte zitternd im Nordwind, der den Nebel aus der Ebene von San Giacomo trieb. Der König sprach diesmal, bevor er zu Pferd stieg, während sich seine Gattin in die Sänfte setzte, mit diesem und jenem, als ginge ihn alles nichts an. Er näherte sich auch Gevatter Cosimo, klopfte ihm mit der Hand auf die Schulter und sagte ihm ganz einfach in seinem neapolitanischen Dialekt: »Paß auf, du führst deine Königin!«, so daß Gevatter Cosimo die Knie weich wurden, um so mehr, als man in diesem Moment einen verzweifelten Schrei hörte. Die Menge wogte wie ein Kornfeld, und dann erblickte man ein junges Mädchen in Nonnenkleidern, das sich, weiß im Gesicht, zu Füßen des Königs warf und ausrief: »Gnade!« Es bat um Gnade für seinen Vater, der die Hand dazu gereicht hatte, den König zu stürzen, und der nun dazu verurteilt war, geköpft zu werden. Der König sprach ein Wort zu einem, der neben ihm stand, und das genügte, damit der Vater des Mädchens nicht geköpft wurde. Da ward das Mädchen sehr froh, und man mußte es wegtragen, denn vor lauter Freude war es ohnmächtig geworden.

Das bedeutete, daß der König mit einem Wort bewirken konnte, daß einer enthauptet wurde, wenn es dem Herrscher gefiel. Auch Gevatter Cosimo, sollte ein Maultier seiner Sänfte etwa stolpern und die Königin, so klein, wie sie war, umwerfen.

Der arme Gevatter Cosimo hatte all das vor Augen, während er neben dem Braunen herging, die Hand auf der Tragstange und die der Madonna geweihte Medaille im Mund; und er befahl sich Gott, als müsse er gleich sterben, während sich der ganze Zug mit dem König, der Königin und den Soldaten in Bewegung setzte, unter dem Rufen und dem Glockengeläute und dem Knallen der Schüsse, die man weithin bis in die Ebene hinaus hörte. Und als sie im Tal unten ankamen, sah man oben auf dem Berg die dunkle Menge noch in der Sonne durcheinanderwimmeln, als sei in San Giacomo Jahrmarkt.

Was aber nützten dem Gevatter Cosimo die Sonne und der schönste Tag? In seinem Herzen war es noch düsterer als unter dem schwärzesten Wolkenhimmel, und er wagte es nicht, die Augen vom Pflaster zu heben, auf das die Maultiere ihre Hufe setzten, als gingen sie auf Eiern. Er wagte es auch nicht, umherzublicken, wie die Saaten stünden, oder sich daran zu freuen, die Oliventrauben herabhängen zu sehen, die längs der Hecken wuchsen; noch dachte er an all das Gute, das der Regen dieser Woche gebracht hatte, denn ihm schlug das Herz wie ein Hammer, im Gedanken daran, der Wildbach könnte angeschwollen sein und sie müßten hindurchwaten! Er traute sich auch nicht, rittlings auf den Stangen zu sitzen, wie er es sonst zu tun pflegte, wenn er nicht die Königin führte, und den Kopf auf die Brust sinken zu lassen und ein Schläfchen zu machen, unter der warmen Sonne und auf der ebenen Straße, welche die Maultiere im Schlaf kannten. Diese aber, die keine Vernunft hatten und nicht wußten, wen sie trugen, genossen die Ebene und die trokkene Straße, die warme Sonne und die grünen Felder und wedelten mit den Schwänzen und schüttelten fröhlich die Schellen, und am liebsten wären sie im Trott gegangen; und dem Gevatter Cosimo schlug das Herz im Halse vor Angst, als er sah, wie munter seine Tiere wurden und sich weder um die Königin noch um irgend etwas auf der Welt scherten.

Die Königin aber plauderte eifrig mit einer andern Dame, die man zu ihr in die Sänfte gesetzt hatte, damit ihr die Zeit nicht zu lang werde, und zwar in einer Sprache, von der kein Mensch ein Wort verstand. Sie betrachtete das Land mit Augen, die so blau waren wie Flachsblüten, und sie hatte eine Hand auf den Schlag gelegt, die so klein war, daß sie gerade dazu gemacht schien, nichts tun zu müssen. Und es war nicht der Mühe wert gewesen, die Maultiere mit Gerste vollzustopfen, damit sie dieses Nichts von einer Königin trugen! Sie aber konnte jemandem den Hals abschneiden lassen mit einem einzigen Wort, so klein wie sie war, und die Maultiere, die sich keine Rechenschaft darüber gaben, was ihre leichte Last bedeutete, und die den Bauch voll Gerste hatten, verspürten große Lust, auf der Straße zu hüpfen und zu tanzen und zu bewirken, daß dem Gevatter Cosimo der Kopf abgeschnitten würde.

Der Ärmste tat daher auf dem ganzen Weg nichts anderes, als Vaterunser und Ave-Marias zu murmeln, und befahl sich den Toten, denen, die er kannte, und denen, die er nicht kannte, bis man endlich ans Ziel kam. Dort stand abermals eine große Menge, die den König sehen wollte, und vor jedem Wirtshaus hing ein für das Fest enthäutetes Stück Schweinefleisch. Als Gevatter Cosimo nach Hause kam, nachdem er die Königin heil und ganz hatte aussteigen lassen, konnte er es noch gar nicht richtig fassen, und er küßte den Rand der Krippe, als er die Maultiere anband.

Dann legte er sich, ohne gegessen und getrunken zu haben, ins Bett und wollte nicht einmal mehr das Geld sehen, das die Königin ihm gegeben hatte. Er hätte es – wer weiß wie lange – in der Tasche seiner Jacke gelassen, wenn seine Frau es nicht herausgenommen und in den Strumpf unters Bettstroh gesteckt hätte.

Die Freunde und Bekannten, die neugierig waren, zu erfahren, wie der König und die Königin aussahen, kamen und fragten ihn nach der Fahrt, unter dem Vorwand, sich zu erkundigen, ob er die Malaria bekommen habe. Er aber wollte nichts erzählen und bekam das Fieber, wenn er nur davon zu sprechen anfing, und der Arzt mußte am Morgen und am Abend kommen und nahm fast die Hälfte des Geldes mit, das von der Königin stammte.

Erst viele Jahre später, als sie kamen und ihm im Namen des Königs die Maultiere pfändeten, weil er seine Schulden nicht hatte bezahlen können, empörte sich Gevatter Cosimo bei dem Gedanken, daß es gerade diese Maultiere gewesen waren, welche die Königin gesund und heil ans Ziel gebracht hatten, die armen Tiere. Und damals gab es noch keine befahrbaren Straßen, und die Königin hätte sich den Hals brechen können, wenn nicht er mit seiner Sänfte gewesen wäre. Und die Leute sagten, der König und die Königin seien seinerzeit extra deswegen nach Sizilien gekommen, um Straßen bauen zu lassen, die es damals – es war eine Schande – noch nicht gab. Aber damals blühte das Gewerbe der Sänftenführer; und Gevatter Cosimo hätte seine Schulden wohl bezahlen können, und man hätte ihm die Maultiere nicht pfänden müssen, wenn nicht der König und die Königin gekommen wären, um befahrbare Straßen bauen zu lassen.

Und später, als sie ihm seinen Sohn Orazio wegholten, den man den Türken nannte, so schwarz und stark war er, und ihn in die Artillerie steckten und Cosimos arme Alte weinte wie ein Brunnen, kam es ihm wieder in den Sinn, wie damals das Mädchen gekommen war und sich dem König zu Füßen geworfen und »Gnade!« gerufen und wie der König es mit einem Wort froh gemacht hatte. Er wollte auch nicht begreifen, daß der jetzige König ein anderer war und daß sie den früheren aus dem Sattel heruntergeworfen hatten. Er sagte, wenn der damalige König da wäre, würde der auch ihn befriedigt von dannen ziehen lassen, ihn und sein Weib, denn der König mit seinen roten Hosen und dem Säbel am Gurt über dem Bauch habe ihm auf die Schulter geklopft und kenne ihn und habe ihn von Angesicht zu Angesicht gesehen; und er könne mit einem Wort den Leuten den Hals abschneiden und auch die Maultiere pfänden lassen, wenn einer seine Schulden nicht bezahle, und die Söhne wegnehmen und unter die Soldaten stekken, wenn es ihm gefalle.

Don Licciu Papa

Die Gevatterinnen saßen in der Sonne und spannen, und die Hühner scharrten im Kehricht vor den Türen, als mit einemmal ein Geschrei ertönte und ein Hin- und Herrennen anhub in dem Gäßchen, denn von fern sah man Onkel Masi nahen, den Schweinefänger, mit der Schlinge in der Hand. Die Hühner stoben alle gackernd auseinander, als kennten sie ihn.

Onkel Masi bekam von der Gemeinde fünfzig Centesimi für jedes Huhn und drei Lire für jedes Schwein, das er auf der Straße überraschte. Er hatte die Schweine lieber. Und als er das Ferkel der Gevatterin Santa sah, das gerade vor der Tür ruhig mit seinem Rüssel im Schlamm wühlte, warf er ihm den Strang um den Hals.

»Ah, heilige Madonna! Was tut Ihr, Onkel Masi!« schrie Santa, blaß wie eine Tote. »Habt Erbarmen, Onkel Masi, legt mir keine Buße auf! Ihr richtet mich zugrunde!«

Onkel Masi, der Verräter, lud sich gemächlich das Ferkel auf die Schulter und gab ihr mittlerweile schöne Worte: »Schwester, was kann ich dafür? Befehl des Bürgermeisters. Schweine auf der Straße duldet er nicht mehr. Wenn ich Euch das Ferkel lasse, verliere ich mein Brot!«

Gevatterin Santa lief ihm nach wie eine Verrückte, raufte sich das Haar und kreischte immerzu: »Ah, Onkel Masi! Wißt Ihr nicht, daß das Ferkel mich vierzehn Tarì gekostet hat, am Tag von San Giovanni? Und daß ich es hüte wie meinen Augapfel! Laßt mir das Ferkelchen, Onkel Masi, bei den Seelen Eurer Toten! An Neujahr wird es mit Gottes Hilfe zwei Unzen wert sein!«

Onkel Masi schwieg mit gesenktem Kopf. Sein Herz war härter als Stein, und er gab nur acht, wo er die Füße hinsetzte, um nicht im Kot auszugleiten, mit dem Ferkel über der Schulter, das zum Himmel hinauf grunzte. Da gab ihm Gevatterin Santa aus Verzweiflung und um das Ferkel zu retten einen kräftigen Fußtritt und brachte ihn zu Fall.

Kaum sahen die Nachbarinnen den Schweinefänger im Schlamm, fielen sie mit Spinnrocken und Pantoffeln über ihn her, um ihn für all die Schweine und Hühner zu verprügeln, die er auf dem Gewissen hatte. Aber in diesem Augenblick kam Don Licciu Papa gelaufen, mit dem Säbelgehänge über dem Bauch, und schrie schon von weitem, noch außer Reichweite der Spinnrocken, wie ein Besessener: »Platz da der Gerechtigkeit! Platz da der Gerechtigkeit!«

Die Gerechtigkeit verurteilte Gevatterin Santa zu Buße und Unkosten. Ja, um dem Gefängnis zu entgehen, mußte sie sich sogar unter den Schutz des Barons stellen, dessen Küchenfenster gegenüber auf das Sträßchen hinausschaute. Dieser rettete sie wie durch ein Wunder, indem er der Obrigkeit bewies, daß der Tatbestand einer Widersetzlichkeit nicht vorliege, weil der Schweinefänger an jenem Tag seine Mütze mit dem Abzeichen des Bürgermeisters nicht aufgehabt habe.

»Seht ihr!« riefen die Frauen im Chor. »Man braucht den Schutz der Heiligen, um ins Paradies zu kommen. Das mit der Mütze wußte niemand von uns!«

Aber der Baron mahnte: »Schweine und Hühner müssen runter von der Gasse. Der Bürgermeister hatte recht, es sah aus wie ein Schweinestall.« Von da an murrte niemand mehr, wenn der Diener des Barons den Nachbarn den Kehrricht auf den Kopf warf. Es tat ihnen nur leid, daß die Hühner, die im Haus eingesperrt bleiben mußten, damit man der Strafe entging, nicht mehr so viele Eier legten. Und die Schweine, die mit einem Bein ans Bett gebunden waren, glichen Seelen im Fegefeuer. Früher fraßen sie wenigstens die Sträßchen sauber.

»All der Dünger wäre Goldes wert für den Grillenacker!« seufzte Pächter Vito. »Wenn ich noch mein braunes Maultier hätte, würde ich die Straße mit meinen Händen kehren.«

Aber auch hier hatte sich Don Licciu Papa eingemischt. Er war mit dem Gerichtsdiener gekommen, um das Maultier zu pfänden, denn vom Gerichtsdiener allein hätte sich Pächter Vito das Tier nicht aus dem Stall holen lassen, nicht einmal, wenn man ihn getötet hätte. Eher hätte er ihm die Nase abgebissen wie ein Stück Brot. Doch als ihn Pächter Venerando zur Begleichung der Pachtschuld zitierte, wußte er vor dem Richter, der an einem Tischchen saß, als wäre er Pontius Pilatus, nichts zu antworten. Der Grillenacker war nur gut, um Grillen zu fangen. Der Dumme war er, der aus der Ernte mit leeren Händen hervorgegangen war, und Pächter Venerando hatte recht, wenn er ohne viel Gerede und Aufschub bezahlt sein wollte; deshalb hatte er einen Advokaten mitgebracht, der für ihn sprach. Als der aber fertig war und Pächter Venerando munter fortging und sich in seinen großen Stiefeln wiegte wie eine fette Ente, konnte Pächter Vito sich nicht enthalten, den Gerichtsdiener zu fragen, ob es wahr sei, daß man ihm das Maultier verkaufe.

»Ruhe!« unterbrach ihn der Richter und schneuzte sich die Nase, bevor er zur nächsten Sache überging.

Don Licciu Papa erwachte plötzlich auf seiner Bank und rief ebenfalls: »Ruhe!«

»Wenn Ihr mit einem Advokaten gekommen wäret, hätte man Euch noch reden lassen«, sagte Gevatter Orazio, um ihn zu trösten.

Auf dem Platz vor der Treppe zum Gemeindehaus verkaufte der Ausrufer das Maultier. »Fünfzehn Unzen für das Maultier von Gevatter Vito Gnirri! Fünfzehn Unzen für ein schönes braunes Maultier! Fünfzehn Unzen!«

Gevatter Vito saß auf den Stufen, das Kinn in die Hände gestützt, und wollte nicht sagen, daß das Maultier alt sei und daß es seit mehr als sechzehn Jahren für ihn arbeite. Das Tier stand dort mit seinem neuen Zaumzeug, glücklich wie eine Braut. Aber kaum führten sie das Maultier wirklich weg, verlor Vito den Kopf, denn er dachte daran, daß dieser Wucherer von Pächter Venerando ihm fünfzehn Unzen für ein einziges Jahr Pacht abknöpfte, daß der Grillenacker nicht so viel wert war, daß er ohne Maultier das Land nicht mehr bestellen konnte und daß er im neuen Jahr wieder den Buckel voll Schulden haben würde. Da begann er wie ein Verzweifelter dem Pächter Venerando ins Gesicht zu schreien: »Was werdet Ihr mir pfänden lassen, wenn ich nichts mehr habe? Antichrist, der Ihr seid!« Und er hätte ihn nicht schlecht verprügelt, wäre nicht Don Licciu Papa dagewesen, mit dem großen Säbel und der gallonierten Mütze. Dieser wich zurück und fing zu schreien an: »Achtung vor der Gerechtigkeit! Achtung vor der Gerechtigkeit!«

»Was Gerechtigkeit!« zeterte Gevatter Vito und kehrte mit dem Zaumzeug nach Hause zurück. »Die Gerechtigkeit ist für die da, die Geld haben.«

Das erfuhr auch der Schafhirte Arcangelo; denn als er es mit Hochwürden zu tun hatte wegen der Hütte, die ihm Hochwürden mit Gewalt abkaufen wollte, hatten alle gesagt: »Seid Ihr verrückt, daß Ihr es mit Hochwürden aufnehmen wollt? Das ist die Geschichte vom Krug und dem Stein. Hochwürden mit seinem Geld kauft sich den redegewandtesten Advokaten und macht Euch arm und elend.«

Hochwürden hatte, seit er reich geworden war, die väterliche Hütte nach allen Seiten hin vergrößert, wie es das Stachelschwein macht, wenn es sich bläht, um die Nachbarn aus der Höhle zu vertreiben. Jetzt hatte er das Fenster verbreitert, das auf das Dach von Hüter Arcangelo hinausschaute, und er sagte, er brauche dessen Haus, um eine Küche daraufzubauen und das Fenster in eine Tür zu verwandeln. »Seht, Gevatter Arcangelo, ohne Küche kann ich nicht leben. Ihr müßt vernünftig sein.«

Gevatter Arcangelo war aber nicht vernünftig und beharrte darauf, in dem Hause sterben zu wollen, in dem er geboren worden sei. Zwar kam er nur einmal, am Samstag, dorthin, aber jene Steine kannten ihn, und wenn er auf den Weiden von Carramone an das Dorf dachte, sah er es nicht anders als mit dieser ausgebesserten Tür und diesen Fenstern ohne Scheiben. »Gut, gut«, sagte sich Hochwürden; »Bauernköpfe! Man muß ihnen die Vernunft mit Gewalt eintrichtern!«

Und aus Hochwürdens Fenster regnete es auf das Dach von Hüter Arcangelo irdene Scherben, Steine und Spülwasser; und die Ecke, wo das Bett stand, wurde schlimmer als ein Saustall. Begehrte Hüter Arcangelo auf, so schrie Hochwürden über das Dach hin lauter als der andere. Dürfe er denn keinen Blumentopf mit Basilikum auf dem Fensterbrett haben? Stehe es ihm nicht frei, seine Blumen zu begießen?

Der Hüter Arcangelo aber war sturer als seine Böcke und nahm Zuflucht zum Gericht. Es kamen der Richter, der Gerichtsdiener und Don Licciu Papa, um zu konstatieren, ob Hochwürden die Freiheit habe, seine Blumen zu begießen, die an jenem Tag nicht mehr unter dem Fenster standen; und Hochwürden hatte die einzige Unannehmlichkeit, sie jedesmal, wenn die Gerechtigkeit kam, wegzunehmen und sie wieder hinzustellen, sobald die Obrigkeit abgezogen war. Der Richter konnte nicht seine ganze Zeit damit zubringen, auf das Dach des Hüters Arcangelo achtzugeben oder auf dem Sträßchen auf und ab zu spazieren. Jeder Besuch kostete schweres Geld.

Es blieb noch die Frage zu lösen, ob das Fenster von Hochwürden ein Gitter haben müsse oder keines; und der Richter, der Gerichtsdiener und alle schauten mit der Brille auf der Nase hinauf und nahmen Maß, als ob dieses flache, schimmlige kleine Dach das eines Barons wäre. Und Hochwürden zog gewisse alte Rechte ans Licht für Fenster ohne Gitter und für ein paar alte Ziegel, die über das Dach hinausragten, bis man gar nichts mehr begriff. Der arme Hüter Arcangelo schaute ebenfalls in die Höhe, um herauszufinden, was für Schuld sein Dach eigentlich habe. Dabei verlor er seinen Schlaf und sein Lachen, verblutete sich in Ausgaben und mußte die Herde dem Hütebuben überlassen, um hinter dem Richter und dem Gerichtsdiener herlaufen zu können. Dazu starben ihm die Schafe bei der ersten Winterkälte wie Fliegen, denn Gott strafte ihn, weil er sich mit der Kirche eingelassen hatte, sagte man.

»Nehmt mein Haus«, sagte er schließlich zu Hochwürden; denn nach all den Streitigkeiten und Ausgaben blieb ihm nicht einmal mehr das Geld, um sich einen Strick zu kaufen, an dem er sich hätte aufhängen können. Er wollte sich seinen Sack aufladen und mit seiner Tochter zu den Schafen gehen, und das verfluchte Haus wollte er sein Lebtag nicht mehr sehen.

Da aber trat der Baron auf, der andere Nachbar, der ebenfalls Fenster und Ziegel hatte, die auf das Dach des Hüters

Arcangelo hinausschauten. Und wenn Hochwürden sich eine Küche bauen lassen wollte, so mußte sich der Baron die Speisekammer vergrößern lassen, so daß der arme Ziegenhirte nicht mehr wußte, wem sein Haus eigentlich gehöre. Aber Hochwürden fand Mittel und Wege, den Streit mit dem Baron beizulegen, und die beiden teilten als gute Freunde das Haus von Hüter Arcangelo miteinander, und da dieser zudem im Dienst des Barons stand, drückte der ihm den Preis um ein gutes Viertel herab.

Nina, die Tochter von Hüter Arcangelo, wollte, als sie das Haus verlassen und aus dem Dorf ziehen mußten, nicht aufhören zu weinen, so als hafte ihr Herz an diesen Mauern und an den Nägeln in der Wand. Ihr Vater, der Ärmste, versuchte sie zu trösten, so gut er es konnte, und sagte ihr, dort unten, in den Höhlen von Carramone, würden sie wie Fürsten wohnen, ohne Nachbarn und ohne Schweinefänger. Aber die Nachbarinnen, welche die ganze Geschichte kannten, zwinkerten einander zu und flüsterten: »In Carramone wird der junge Herr sie nicht mehr besuchen können, am Abend, wenn Gevatter Arcangelo bei den Schafen ist. Deshalb weint die Nina wie ein Brunnen.«

Als Gevatter Arcangelo es erfuhr, begann er zu fluchen und zu schreien: »Unglückselige! Mit wem soll ich dich jetzt verheiraten?«

Aber Nina dachte gar nicht daran, sich zu verheiraten. Sie wollte nur weiterhin dort bleiben, wo der junge Herr war, denn sie hatte ihn bisher alle Tage vom Fenster aus gesehen, sobald sie aufgestanden war, und ihm Zeichen gegeben, wenn er am Abend zu ihr kommen konnte. So war Nina zu Fall gekommen, weil sie den jungen Herrn alle Tage am Fenster gesehen hatte und er ihr von Anfang an zugelacht, Handküsse zugeworfen und den Pfeifenrauch entgegengeblasen hatte, bis die Nachbarinnen vor Neid fast geplatzt waren. Dann war nach und nach die Liebe gekommen, und auf keinen Einwand achtend, hatte das Mädchen seinem Vater ein- für allemal erklärt: »Ihr könnt hingehen, wohin Ihr wollt, ich aber bleibe hier, wo ich bin.« Und der junge Herr hatte ihr versprochen, er werde für sie sorgen.

Hüter Arcangelo aber wollte davon nichts wissen und wollte den Don Licciu Papa zu Hilfe rufen, damit er ihm die Tochter mit Gewalt wegführe. »Wenigstens wird niemand etwas von unserem Unglück erfahren, wenn wir von hier fort sind«, sagte er. Aber der Richter antwortete ihm, Nina sei volljährig und könne tun und lassen, was ihr gefalle.

»Ah, sie kann tun und lassen, was ihr beliebt?« murmelte Hüter Arcangelo. Auch ich kann tun und lassen, was mir gefällt.« Und sobald er den jungen Herrn, der ihm den Pfeifenrauch entgegenblies, zu Gesicht bekam, spaltete er ihm mit einem Stockhieb den Kopf wie eine Nußschale.

Als man ihn gut gefesselt hatte, lief Don Licciu Papa herbei und schrie: »Platz da der Gerechtigkeit! Platz da der Gerechtigkeit!«

Vor Gericht gaben sie ihm sogar einen Advokaten, damit er sich verteidigen könne. »Wenigstens kostet mich diesmal das Gericht nichts«, sagte Gevatter Arcangelo; und das gereichte ihm zum Vorteil. Denn dem Advokaten gelang es, so klar wie vier und vier acht gibt, zu beweisen, daß Hüter Arcangelo es nicht vorsätzlich getan habe und daß er nicht versucht habe, den jungen Herrn mit dem Knüttel aus Birnholz zu töten; denn der Knüttel gehöre zu seinem Handwerk, und er gebrauche ihn, um den Schafen eines zwischen die Hörner zu geben, wenn sie keine Vernunft annehmen wollten.

So wurde er nur zu fünf Jahren verurteilt. Nina blieb bei dem jungen Herrn, der Baron erweiterte seine Speisekammer, und Hochwürden baute sich ein schönes neues Haus über dem alten des Hüters Arcangelo, mit einem Balkon und zwei grünen Fenstern.

Das Mysterienspiel

Jedesmal, wenn er die folgende Geschichte erzählte, kamen Onkel Giovanni die Tränen, obwohl das kaum glaubhaft schien, bei seinem Schergengesicht.

Das Theater hatte man auf dem Platz vor der Kirche aufgebaut: Myrten, Eichenstämmchen und sogar ganze Olivenzweige, mit allem Laub daran; denn keiner hatte sich geweigert, von dem Seinigen für das heilige Mysterienspiel beizusteuern.

Als Onkel Memmo sah, wie der Küster in seinem, Memmos, Garten ganze Äste abriß und verstümmelte, fühlte er jene Axtschläge, als träfen sie ihn selbst, und rief von weitem: »Seid Ihr denn kein Christenmensch, Gevatter Calogero? Oder hat Euch der Priester nicht mit heiligem Öl gesalbt, daß Ihr so unbarmherzig auf diesen Ölbaum einhaut?«

Aber seine Frau, wenn auch mit Tränen in den Augen, versuchte, ihn zu beruhigen: »Es ist für das Mysterienspiel. Laß ihn machen. Gott wird uns dafür ein gutes Jahr schenken. Siehst du nicht, daß die Saaten vor Durst fast umkommen?«

Ganz gelb waren sie, von jenem grünlichen Gelb, die ärmsten, wie bei kranken Kindern. Unter ihnen war die Erde weiß und hart wie eine Kruste und verzehrte sie und ließ einem in der Kehle einen brennenden Durst entstehen, wenn man sie nur ansah.

»Das alles ist das Werk von Don Angelino«, brummte der Mann, »damit er seinen Vorrat an Holz bekommt und die Almosengelder behalten kann.«

Don Angelino, der Landpfarrer, hatte acht Tage lang mit dem Küster wie ein Dienstmann geschuftet, hatte Löcher gegraben, Pfähle aufgerichtet, Lampions aus rotem Papier aufgehängt und im Hintergrund den neuen großen Vorhang des jungverheirateten Pächters Nunzio befestigt, so daß es eine Pracht war mit dem Wald und den Lampions davor.

Das Mysterienspiel führte die *Flucht nach Ägypten* auf. Die Rolle der Heiligen Jungfrau hatte man Gevatter Nanni gegeben, der klein war von Gestalt und sich zu dieser Gelegenheit den Bart hatte scheren lassen. Sowie er mit dem Jesuskind auf dem Arm, dem Söhnchen der Gevatterin Menica, auftrat und zu den Häschern sagte: »Das ist mein Blut!«, schlugen sich die Leute mit Steinen an die Brust und begannen alle miteinander zu rufen: »Erbarme dich unser, Heilige Jungfrau!«

Aber Janu und Meister Cola, welche die Häscher darstellten und falsche Bärte aus Lammfell umgehängt hatten, ließen sich nicht erweichen, sondern wollten ihr das heilige Kind rauben, um es dem Herodes auszuliefern. Er hatte sie auszuwählen gewußt, der Landpfarrer, diese Häscher! Wahre Herzen aus Stein hatten sie! So daß Pinto, der mit Gevatter Janu wegen eines Feigenbaumes im Streit lag, ihm in Zukunft vorhielt: »Ihr seid der Häscher aus der *Flucht nach Ägypten*!«

Don Angelino, mit dem Text in der Hand, wiederholte hinter dem Vorhang von Pächter Nunzio: »Umsonst, o Frau, ist dein Flehen. Mitleid fühle ich keines! Mitleid fühle ich keines! – Ihr seid dran, Gevatter Janu!« Denn die beiden Gauner hatten sogar ihre Rolle vergessen, solche Leute waren das. Die Jungfrau Maria hatte gut bitten und beschwören, und in der Menge murmelten sie: »Gevatter Nunzio tut nur so einfältig, weil er als Heilige Jungfrau verkleidet ist. Sonst würde er sie alle beide mit dem Klappmesser, das er in der Tasche hat, aufspießen.«

Als aber der heilige Joseph mit seinem weißen Bart aus Baumwolle auftrat und seine Gattin in einem Wald suchte, der ihm bis zur Brust reichte, konnte die Menge nicht mehr ruhig bleiben, denn Häscher, Madonna und heiliger Joseph hätten sich mit den Händen greifen können, wenn es das Mysterienspiel nicht verlangt hätte, daß sie hintereinander herliefen, ohne sich erreichen zu können. Das eben war das Mysterium. Denn wenn es den Bösewichtern gelungen wäre, die Madonna und den heiligen Joseph zu erwischen, hätten sie gepökelten Fisch aus ihnen gemacht, und auch aus dem Jesuskind. Gott sei uns gnädig!

Gevatterin Filippa, deren Mann im Gefängnis war, weil er den Nachbarn seines Weinberges, der ihm die Kaktusfeigen stahl, mit der Hacke erschlagen hatte, weinte wie ein Brunnen, als sie sah, wie der heilige Joseph ärger als ein Kaninchen von den beiden Häschern verfolgt wurde, denn sie mußte an ihren Mann denken, wie er in das Rebhäuschen gekommen war, ganz erschöpft, und wie ihm die Gendarmen auf den Fersen gewesen waren und er zu ihr gesagt hatte: »Gib mir einen Schluck Wasser. Ich kann nicht mehr.«

Dann hatten sie ihn gebunden, wie Jesus im Ölberg, und in den eisernen Käfig eingeschlossen und ihm einen Prozeß gemacht. Er hatte seine Mütze in den Händen gedreht, und seine Haare waren wie eine graue Wildnis gewesen, nach all den Monaten im Gefängnis; sie sah ihn jetzt noch vor Augen, wie er den Richtern und den Zeugen zugehört hatte mit seinem gelben Sträflingsgesicht. Und als sie ihn übers Meer geführt hatten – er war vorher nie auf dem Meer gewesen, der Ärmste –, mit dem Korb auf dem Rücken und mit seinen Gefährten zusammengebunden, in einer Reihe, wie Zwiebeln, hatte er sich umgedreht und sie mit diesem Gesicht noch einmal angesehen, bis er sie nicht mehr hatte erblicken können, denn vom Meer kehrt niemand zurück, und seither hatte man nichts mehr von ihm gehört.

»Ihr wißt es, wo er jetzt ist, Schmerzensmutter!« flüsterte die Witwe des Lebenden und betete kniend für den Ärmsten, so daß es ihr war, sie sähe ihn dort in der Ferne im Dunkeln. Nur sie allein wußte, welche namenlose Angst im Herzen der Madonna sein mußte, in dem Augenblick, da die Häscher nahten, um den heiligen Joseph am Mantelzipfel zu packen.

»Jetzt seht ihr den Kampf des Patriarchen Joseph mit den Schurken«, sagte Don Angelino und trocknete sich den Schweiß mit dem Taschentuch. Und Trippa, der Metzger, schlug auf die Pauke – zum! zum! zum! –, um anzudeuten, daß die Häscher und der heilige Joseph aneinandergeraten waren. Die Frauen begannen zu kreischen, und die Männer hoben Steine auf, um den beiden Gaunern, dem Janu und dem Gevatter Cola, den Schädel einzuschlagen, und schrien: »Laßt den Patriarchen, den heiligen Joseph, in Ruhe! Schurken, die ihr seid!« Und auch Pächter Nunzio, der für seinen Vorhang fürchtete, schrie, damit sie ihm den Stoff nicht zerrissen. Da streckte Don Angelino den Kopf aus seinem Loch. Sein Bart war acht Tage alt; und er gab sich alle Mühe, die Zuschauer mit Händen und mit Worten zu beschwichtigen: »Laßt sie machen! Laßt sie machen! So steht es im Text!«

Einen schönen Text hatte er da geschrieben! Und er sagte noch, alles sei seine Erfindung! Er hätte sogar eigenhändig Christus ans Kreuz geschlagen, um die drei Tarì für die Messe zu bekommen. Oder hatte er etwa nicht Gevatter Rocco, einen Vater von fünf Kindern, ohne Leichenbegängnis begraben lassen, weil er nichts aus ihm herauspressen konnte? Dort, unter den Steinen der Kirche, am Abend, im Dunkeln, daß man nicht sah, wie sie ihn ins Grab senkten für alle Ewigkeit? Und hatte er nicht dem Onkel Menico das Haus weggenommen, weil es auf dem Boden gebaut war, welcher der Kirche gehörte, und daher eine Steuer von zwei Tarì im Jahr darauf lastete, die Onkel Menico nie hatte bezahlen können? Damals, als er das kleine Haus gebaut hatte und er, froh und zufrieden, die Steine mit seinen Händen herbeigetragen hatte, da war es ihm nicht in den Sinn gekommen, daß der Pfarrer ihm früher oder später, wegen der zwei Tarì Zins, das Haus verkaufen lassen würde. Was sind schließlich schon zwei Tarì im Jahr? Die Schwierigkeit bestand darin, sie zur Verfallszeit beieinander zu haben, denn Don Angelino antwortete ihm stets achselzuckend: »Was kann ich dafür, Bruder? Der Grund und Boden gehört nicht mir, er gehört der Kirche.«

Genau wie Meister Calogero, der Küster, der immer wieder sagte: »Dem Altar dienst du, der Altar gibt dir das Brot!« Jetzt hatte er sich ans Glockenseil gehängt und läutete aus allen Kräften, während Trippa auf die Pauke schlug und die Frauen schrien: »Ein Wunder! Ein Wunder!«

Hier fühlte Onkel Giovanni, wie sich ihm die alten Haare auf dem Kopf sträubten, wenn er daran dachte.

Genau ein Jahr später, auf den Tag genau, am Vorabend des Karfreitags, gerieten Nanni und Meister Cola an jenem selben Ort, bei Nacht, aneinander. Es war Vollmond vor Ostern, und man sah auf dem Platz so gut wie am Tage.

Nanni stand geduckt hinter dem Glockenturm, um dem Mann aufzulauern, der zur Gevatterin Venera ging; denn zwei oder drei Male hatte er sie ganz aufgeregt und kaum bekleidet überrascht und hatte gehört, wie jemand aus dem Gartenpförtchen schlich. »Wer war bei dir? Es ist besser, wenn du es mir sagst. Wenn du einen andern gern hast, gehe ich fort, und allen gute Nacht. Aber du weißt, diese Dinger da auf dem Kopf will ich nicht haben.«

Sie beteuerte, es sei nicht wahr, schwor bei der Seele ihres Gatten und rief den Herrgott und die Madonna, die über dem Bett hingen, zu Zeugen auf und küßte mit kreuzweise übereinandergelegten Händen jenen himmelblauen baumwollenen Rock, den sie Gevatter Nanni geliehen hatte, als er die Maria spielte. »Denk daran. Denk gut an das, was du mir sagst!« Er wußte nicht, daß Venera sich in Meister Cola verliebt hatte, als sie ihn im Mysterienspiel als Häscher mit dem Bart aus Lammfell gesehen hatte. Nun gut, dachte er, hier muß man sich auf die Lauer legen wie ein Jäger, der ein Kaninchen fangen will, damit man sich mit seinen eigenen Augen von der Sache überzeugen kann. Zu dem anderen hatte die Frau gesagt: »Hütet Euch vor Gevatter Nanni. Er führt etwas im Schild, man merkt es daran, wie er mich ansieht und wie er jedesmal das Haus durchstöbert, wenn er herkommt!« Cola hatte für seine Mutter zu sorgen, die von seiner Hände Arbeit lebte, und getraute sich daher nicht mehr, zur Gevatterin Venera zu gehen, wenigstens einen Tag lang oder zwei oder drei, bis der Teufel ihn wieder versuchte mit dem Mondlicht, das durch die Ritzen der Läden auf sein Bett herabschien und das ihm alle Augenblicke das verlassene Gäßchen und die Tür der Witwe vor Augen führte, dort bei der Biegung des Platzes, gegenüber dem Glockenturm. Nanni wartete im Schatten, allein inmitten des Platzes, der ganz weiß war vom Mondlicht und in einem Schweigen dalag, daß man jede Viertelstunde die Glocke der Kirchturmuhr von Viagrande schlagen hörte und sogar das Trotten der Hunde vernahm, die in jedem Winkel schnüffelten und mit der Nase im Abfall wühlten. Endlich hörte man den Laut eines Schrittes, der längs der Mauer daherkam und vor der Tür von Veneras Haus stehenblieb. Dann klopfte jemand leise, ein-, zweimal, dann leichter und rascher, wie einer, dem das Herz vor Verlangen und vor Angst pocht: Nanni verspürte diese Schläge in seiner eigenen Brust. Dann ging die Tür auf, ganz sachte, die Öffnung schien noch schwärzer im Dunkeln. Und dann vernahm man einen Schuß.

Meister Cola stürzte und schrie: »Mutter! Man ermordet mich!«

Niemand hatte – aus Furcht vor dem Gericht – etwas gesehen oder gehört. Selbst Gevatterin Venera sagte, sie habe geschlafen. Nur die Mutter fühlte sich, als sie den Schuß hörte, selbst getroffen, und laut rufend lief sie, wie sie war, um Cola von der Tür der Witwe wegzuholen: »Mein Sohn! Mein Sohn!« Die Nachbarn kamen mit Lichtern herbeigelaufen, und nur die Tür blieb verschlossen, vor der die verzweifelte Mutter Verwünschungen ausstieß: »Verruchte! Verruchte! Du hast mir meinen Sohn getötet!«

Die Mutter kniete neben dem Bett des Verwundeten und betete zu Gott. Sie preßte die Hände zusammen, so stark sie es vermochte, und ihre Augen waren trocken, sie sah wie eine Irre aus. »O Gott! O Gott! Mein Sohn, o Gott!« Ah, was für unheilvolle Ostern hatte Gott ihr gesandt! Gerade am Karfreitag, während die Prozession vorbeizog, mit der Trommel und mit Don Angelino, der mit Dornen gekrönt war. Ah, wie dunkel war es in ihrem Hause! Und durch die geöffnete Tür sah man draußen die Sonne und die schönen Saaten, denn diesmal hatten es die Leute nicht nötig gehabt, Gott um ein gutes Jahr zu bitten, und sie ließen Don Angelino sich allein die Schultern mit der Rute schlagen. Ja, als der Küster Zweige abschneiden wollte, unter dem Vorwand, er brauche sie für das Mysterienspiel, hatten sie ihm gedroht, sie würden ihm mit Steinwürfen die Beine kaputtschlagen, wenn er sich nicht schleunigst aus dem Staub mache. – Nur in ihrem Hause wurde geweint! Jetzt, wo alle froh waren! Nur in ihrem Hause allein! Sie lag dort vor jenem Bett wie ein Haufen Lumpen, aufgelöst, mit einemmal alt geworden, mit grauem Haar, das ihr allenthalben übers Gesicht hing. Und sie hörte niemanden von all den Menschen, die aus Neugier hereingekommen waren. Sie sah nichts anderes als die verschleierten Augen ihres Sohnes und seine Nase, die immer schmaler wurde. Man hatte den Arzt kommen lassen, man hatte Gevatterin Barbara gerufen, jene, die weissagte, und die arme Mutter hatte sich drei Tarì vom Herzen gerissen, damit Don Angelino eine Messe lesen könne. Der Arzt schüttelte den Kopf. »Hier braucht es etwas anderes als eine Messe von Don Angelino!« sagten die Nachbarinnen. »Hier müßte man die geweihte Kutte des Fra Sanzio, des Einsiedlers, haben oder die Kerze der Madonna von Valverde, die überall Wunder tut.« Der Verwundete, dem man die geweihte Kutte auf den Leib gelegt hatte und die Kerze vor das gelbe Gesicht hielt, riß die verschleierten Augen auf und schaute die Nachbarn einen nach dem andern an und versuchte, seiner Mutter mit bleichen Lippen zuzulächeln, um ihr zu verstehen zu geben, es gehe ihm mit der wundertätigen Kutte auf dem Leib wirklich besser. Er nickte mit dem traurigen Lächeln, wie Sterbende es haben, die andeuten wollen, es gehe ihnen besser. Der Arzt aber sagte, nein, der Verwundete würde die Nacht nicht überstehen.

Und Don Angelino, um nicht den kürzeren zu ziehen, wiederholte: »Es braucht den Glauben, um Wunder zu vollbringen. Wenn kein Glaube da ist, dann ist es, als wüsche man einem Esel den Kopf. Die Heiligen, die Reliquien, die geweihte Kutte, das alles sind nur nützliche Dinge, wenn man den Glauben hat.« Die arme Mutter besaß so viel Glauben, daß sie mit den Heiligen und der Madonna ganz vertraut war; und rasch und hastig sagte sie vor der heiligen Kerze mit zusammengebissenen Zähnen: »Hergott! Herrgott! Ihr werdet mir gnädig sein! Ihr werdet mir meinen Sohn lassen, Herrgott!« Und der Sohn hörte zu, aufmerksam, mit starr auf die Kerze gerichteten Augen, und versuchte zu lächeln und mit dem Kopf zu nicken.

Das ganze Dorf war in Aufregung über dem Herumdeuten an der Geschichte. Wer aber das Richtige traf, das war allein Venera. Ja, es wäre ihr schlechthin alles aufgegangen, wenn sie auch das Blut, das man auf dem Platz vorgefunden hatte, in Betracht gezogen hätte. Denn Meister Cola war, irre redend und taumelnd, eben an der Stelle zu Boden gestürzt, auf der er im Jahr zuvor den Häscher in dem Mysterienspiel gespielt hatte. Doch Gevatterin Venera mußte aus dem Dorf auswandern, weil niemand mehr das Brot bei ihr kaufte, und man nannte sie die »Sünderin«. Gevatter Nanni schlug sich noch eine Weile draußen auf den Weiden und bei den Pferchen durch, abcr als im Winter die Hungerszeit begann, erwischte man ihn eines Nachts, bei den ersten Häusern des Dorfes, wo er einen Knaben erwartete, der ihm heimlich Brot zu bringen pflegte. Man machte ihm den Prozeß und führte ihn dann übers Meer, wie den Gatten der Gevatterin Filippa.

Auch ihm, dem Nanni, wäre es nicht so ergangen, wäre es ihm nicht eingefallen, den Rock der »Sünderin« anzuziehen, um die Heilige Jungfrau zu spielen!

Malaria

Es ist so, daß ihr meint, die Luft mit den Händen greifen zu können – wie Dampf, der aus der fetten Erde aufsteigt, dort, überall, ringsum, bis zu den Bergen, die sie einschließen, von Agnone zum schneebedeckten Mongibello, sie lastet in der Ebene gleich der schweren Schwüle im Juli. Dort geht die Sonne glühend auf und unter, und der bleiche Mond und das Siebengestirn scheinen in einem Meer von Dunst zu schwimmen. Und die Vögel und die weißen Margeriten im Frühling, und dann der glühende Sommer. Die Wildenten kommen in langen schwarzen Zügen mit den Herbstwolken vorbei, und der Fluß leuchtet, als wäre er aus Metall, zwischen den breiten und verlassenen Ufern, die weiß sind, aufgerissen und von Kieseln übersät. Und im Hintergrund liegt der Lentinisee, wie ein Teich, mit flachem Strand, ohne ein Boot, ohne einen Baum am Ufer, glatt und unbeweglich. Auf dem Kiesgrund weiden träge ein paar Ochsen, voll Schlamm bis zur Brust, mit struppigem Fell. Wenn ihre Herdenglocke im Schweigen aufklingt, fliegen die Bachstelzen lautlos weg, und der Hirte, auch er gelb vom Fieber und weiß vom Staub, öffnet einen Augenblick die geschwollenen Augenlider und hebt im Schatten der trockenen Binsen den Kopf.

Die Malaria dringt euch dort mit dem Brot, das ihr eßt, in die Knochen, ja sogar, wenn ihr den Mund auftut zum Sprechen, dieweil ihr die Straßen entlanggeht, die im Staub und in der Sonne ersticken. Und ihr fühlt, wie eure Knie wanken, und ihr duckt euch auf dem Sattel des Maultiers, das mit gesenktem Kopf im Paßgang geht. Umsonst suchen Lentini, Francofonte und Paternò sich wie verirrte Schafe an die ersten Hügel zu klammern, die aus der Ebene aufsteigen, und umsonst umgeben sie sich mit Orangenhainen, mit Weinbergen, mit immergrünen Gärten – die Malaria packt die Bewohner auf den leeren Straßen und nagelt sie, unter dem weiten Mantel und mit den Bettdecken auf den Schultern im Fieber zitternd, vor den Türen ihrer von der Sonne versengten Häuser fest.

Dort unten in der Ebene sind die Häuser vereinzelt und sehen traurig aus, wie sie so am Rand der geborstenen Straßen stehen, zwischen zwei Haufen rauchenden Düngers, angelehnt an die zerfallenen Schuppen, wo mit erloschenen Augen, an leere Krippen gebunden, die Wechselpferde warten. Am Ufer des Sees, wo ein zerbrochenes Wirtshausschild über der Tür des Gasthauses hängt, die großen, leeren Säle gähnen und der Wirt auf der Schwelle kauert und eingenickt ist. Er hat sich ein Tuch um den Kopf gebunden und späht bei jedem Aufwachen umher und schaut übers weite, öde Feld, ob nicht irgendein durstiger Wanderer nahe. Oder wie Kisten aus weißem Holz, die von vier mageren, grauen Eukalyptusbäumen überwachsen sind, längs der Eisenbahnlinie, welche die Ebene wie mit einem Axthieb in zwei Teile trennt und wo die Lokomotive rast und pfeift wie der Herbstwind und in der Nacht glühende Funken sprüht. Oder schließlich da und dort, an den roh behauenen Grenzsteinen zwischen den Feldern, von außen gestützte Dächer und schief hängende Läden vor der geborstenen Tenne, wo im Schatten der hohen Strohschober die Hühner mit dem Kopf unter den Flügeln schlafen und der Esel den Kopf sinken läßt, während ihm das Stroh noch zum Maul heraushängt, und der Hund sich mißtrauisch aufrichtet und mit rauher Stimme einen Stein anbellt, der sich aus dem Mauerbewurf löst, oder eine Eidechse, die vorbeistreicht, oder ein Blatt, das sich auf der sonst reglosen Flur bewegt.

Am Abend, wenn die Sonne untergeht, versammeln sich die sonnenverbrannten Männer vor den Türen. Sie tragen große Strohhüte und weite Leinenhosen, gähnen und dehnen ihre Glieder. Halbnackte Frauen mit braunen Schultern stillen blasse und jetzt schon abgezehrte Kinder, von denen man nicht recht weiß, wie sie groß und dunkel werden und wie sie auf dem Gras herumspringen sollen, wenn der Winter kommt und die Weide wiederum grün wird und der Himmel dunkelblau und die Fluren rings in der Sonne lachen. Und man weiß auch nicht, wo alle diese Leute wohnen und weshalb sie da sind, die am Sonntag zur

Messe in die einsamen, von Feigenkakteen umgebenen Kirchen laufen, wohl zehn Meilen in der Runde, denn so weit hört man die zersprungenen Glocken über die Ebene, die nirgends aufzuhören scheint.

Und doch – wo die Malaria herrscht, ist der Boden von Gott gesegnet. Im Juni neigen sich die Ähren unter ihrer eigenen Last, und die Furchen dampfen, als hätten sie Blut in den Adern, sobald der Pflug im November hindurchzieht. Dann aber muß auch der, welcher sät und erntet, fallen wie eine reife Ähre, weil der Herr gesagt hat: »Im Schweiße deines Angesichtes sollst du dein Brot essen.« Wenn das hitzige Fieber einen tot auf das Maisstroh niederstreckt und weder Sulfat noch Eukalyptusabsud mehr nötig sind, dann lädt man ihn auf einen Heukarren oder quer auf einen Maultiersattel oder auf eine Leiter, wie es eben am besten geht, mit einem Sack über dem Gesicht, und legt ihn vor dem einsamen Kirchlein nieder, unter das dornige Kaktusgestrüpp, dessen Früchte niemand ißt. Die Frauen weinen in Gruppen, und die Männer stehen da und sehen zu und rauchen.

So hatte man den Feldhüter von Valsavoia, den Pächter Croce, fortgetragen, und er hatte dreißig Jahre lang Sulfat und Eukalyptusabsud geschluckt. Im Frühling ging es ihm jeweils besser, aber im Herbst, wenn die Wildenten vorbeizogen, legte er sich sein Taschentuch auf den Kopf und ließ sich nur noch alle zwei Tage unter seiner Tür blicken. Schließlich war er nur noch Haut und Knochen und hatte einen Bauch, der so dick war wie eine Trommel, weshalb sie ihn Rospo, die Kröte, nannten; auch weil er so rauh und ungesellig war und seine Augen, trübe geworden, aus dem Kopf hervortraten. Bevor er starb, sagte er immer wieder: »Habt keine Angst, an meine Kinder wird der Gutsherr schon denken.« Und mit seinen starren Augen schaute er einem nach dem andern ins Gesicht, wie sie um sein Bett herumstanden, am letzten Abend, als sie ihm die Kerze unter die Nase hielten. Onkel Menico, der Ziegenhirte, der etwas davon verstand, sagte, er müsse eine steinharte Leber haben, wohl anderthalb Maß schwer. Doch einer fügte hinzu: »Jetzt ist ihm das einerlei. Denn er ist dick und reich geworden auf Kosten seines Gutsherrn, und seine Kinder haben niemanden nötig. Meint ihr, er habe nur wegen der schönen Augen des Herrn all das Sulfat eingenommen und immer wieder die Malaria erduldet, dreißig Jahre lang?«

Gevatter Carmine, der Wirt am See, hatte auf solche Art alle seine fünf Kinder verloren, eines nach dem andern, drei Söhne und zwei Töchter. Die Töchter, das ginge noch an! Aber die Söhne starben gerade dann, als sie erwachsen waren und in einem Alter, da sie sich ihr Brot hätten verdienen können. Jetzt wußte er es; und als das Fieber den einen Knaben hinraffte, nachdem es ihn zwei oder drei Jahre gepeinigt hatte, gab er keinen Soldo mehr aus, weder für Sulfat noch für Absude. Er zapfte guten Wein an und begann all die Fischgerichte zu bereiten, die er kannte, damit der Kranke wieder Appetit bekäme. Er fuhr mit dem Boot am frühen Morgen hinaus, um zu fischen, und kehrte mit einem Netz voll Fische und mit armdicken Aalen zurück, und dann sagte er zu dem Sohn und stand dabei aufrecht und mit Tränen in den Augen vor dem Bett: »Da, iß!« Was übrigblieb, nahm Nanni, der Karrenführer, und verkaufte es in der Stadt. »Der See gibt, und der See nimmt auch wieder!« sagte Nanni, als er Gevatter Carmine heimlich weinen sah. »Was wollt Ihr dagegen tun, Bruder?« Der See hatte ihm immer guten Verdienst gebracht. Und zu Weihnachten, wenn man die Aale teuer verkaufen konnte, saßen sie im Haus am Seeufer fröhlich vor dem Feuer und aßen Makkaroni, Wurst und alle guten Gaben Gottes, während der Wind draußen heulte wie ein Wolf, der Hunger hat und friert. So trösteten sich die, welche dageblieben waren, über den Verlust der Toten. Aber nach und nach wurde die Familie immer kleiner und kleiner, und die Mutter wurde krumm wie ein Haken vor lauter Herzeleid, und der Vater, dick und groß, stand meistens unter der Tür, damit er die leeren Zimmer nicht ansehen mußte, in denen seine Kinder früher gesungen und gespielt hatten. Der letzte Knabe, der übriggeblieben war, wollte durchaus nicht sterben und weinte und verzweifelte, wenn ihn das Fieber packte, und er stürzte sich sogar in den See, vor lauter Todesangst. Aber der Vater konnte schwimmen und fischte ihn wieder heraus und schalt ihn aus: dieses kalte Bad werde das Fieber wieder ansteigen lassen, schlimmer als vorher. »Ach«, schluchzte der Junge und vergrub die Hände in seinen Haaren, »für mich gibt es keine Hoffnung mehr! Für mich gibt es keine Hoffnung!« »Ganz wie seine Schwester Agata, die auch nicht hatte sterben wollen, weil sie verlobt war!« bemerkte Gevatter Carmine zu seiner Frau, als er ihr gegenüber auf dem Bett saß. Und sie, die schon seit einer Weile nicht mehr weinte, nickte mit dem Kopf und war krumm wie ein Haken.

Ganz eingeschrumpft war sie, und ihr Mann war dick und groß, aber beide waren aus zähem Leder und blieben allein zurück, um das Haus zu hüten. Die Malaria rafft nicht alle dahin. Manchmal lebt einer hundert Jahre lang, wie zum Beispiel Cirino, der Einfältige, der weder König war noch ein Reich besaß, der zu nichts taugte, der weder Vater noch Mutter hatte, noch ein Haus, um drin zu schlafen, und kein Brot, um davon zu leben, und den vierzig Meilen weit in der Runde alle kannten, denn er reiste von einem Gutshof zum andern und half die Ochsen hüten und den Mist aufs Feld fahren, die toten Tiere enthäuten und die niedrigste Arbeit tun. Und er bekam Fußtritte dafür und ein Stück Brot und schlief in den Gräben und auf den Hügeln im freien Feld, hinter den Hecken und unter den Stalldächern und lebte von Barmherzigkeit und irrte umher wie ein herrenloser Hund, ohne Hemd und ohne Schuhe, mit einem Paar zerfetzter Hosen, die ein Strick über den mageren und schwarzen Beinen zusammenhielt. Und er ging, aus vollem Halse singend, unter der Sonne, die ihm auf den bloßen Kopf brannte, und war gelb wie Safran. Er nahm nichts mehr ein, weder Sulfat noch andere Medikamente, und bekam auch das Fieber nicht mehr. Hundertmal hatten sie ihn schon wie tot aufgelesen, irgendwo auf der Straße. Schließlich hatte die Malaria ihn verlassen, weil sie nicht mehr wußte, was mit ihm anfangen; und nachdem sie ihm erst das Hirn und dann die Muskeln an den Beinen weggezehrt hatte und ihm in den geschwollenen Bauch gekrochen war, daß er wie ein Vielfraß aussah, hatte sie ihn zurückgelassen, glücklich, zufrieden und lauter in der Sonne singend als die Grillen. Der Einfältige hielt sich am liebsten vor den Stallungen von Valsavoia auf, weil dort Menschen vorbeikamen, denen er meilenweit folgte und »uuh! uuh!« nachrief, bis sie ihm zwei Centesimi hinwarfen. Der Wirt nahm ihm die Centesimi wieder ab und ließ ihn dafür unter dem Dach, auf einem Streulager, bei den Pferden schlafen, und wenn diese ausschlugen, lief Cirino und weckte den Herrn und schrie: »uuh!«, und am Morgen striegelte er die Pferde und fütterte sie.

Später tat es ihm die Eisenbahn an, die dort in der Nähe gebaut wurde. Die Kutscher und die Wanderer waren seltener geworden auf den Straßen, und der Einfältige wußte nicht, was er denken sollte, schaute stundenlang in die Luft nach den Schwalben, die dort oben flogen, und blinzelte in die Sonne, um darüber ins reine zu kommen. Das erstemal, als er all die Leute erblickte, die, in den Eisenbahnwagen eingepfercht, am Bahnhof vorbeifuhren, schien es, als begreife er. Und von da an erwartete er jeden Tag den Zug und kam nie auch nur eine Minute zu spät; es war, als hätte er eine Uhr im Kopf. Und wenn die Bahn an ihm vorbeifuhr und ihm Rauch und Lärm ins Gesicht schleuderte, begann er hinter ihr herzulaufen, wobei er die Arme in die Luft warf und zornig und drohend aufheulte: »uuh! uuh!...«

Auch der Wirt wurde jedesmal, wenn er den Zug in der Ferne durch die Malariaebene vorbeischnauben sah, still und spuckte ihm nach und schüttelte den Kopf unter dem verödeten Dach und vor den leeren Krügen. Früher hatte er so gute Geschäfte gemacht, daß er vier Frauen genommen hatte, eine nach der andern, so daß man ihn schließlich den »Frauentöter« nannte und von ihm sagte, er habe sich daran gewöhnt und sei entschlossen, sich eine fünfte zu nehmen. Aber die Tochter von Pächter Turi Orichiazza hatte ihm antworten lassen: »Gott bewahre! Nicht einmal, wenn er aus Gold wäre, dieser Mensch! Er frißt seine Nächsten auf wie ein Krokodil!« Aber es war nicht wahr, daß er abgehärtet war, denn als ihm die Gevatterin Santa gestorben war – und das war seine dritte Frau gewesen –, hatte er bis zum Abend nicht einen einzigen Bissen Brot gegessen und auch keinen Schluck Wasser getrunken und hatte hinter dem Schanktisch richtige Tränen geweint.

»Diesmal will ich eine nehmen, die an die Malaria gewöhnt ist«, hatte er nachher gesagt. »Ich will keine solchen Schmerzen mehr leiden.«

Denn die Malaria hatte ihm seine Frauen getötet, eine nach der andern, ihn aber hatte sie unversehrt zurückgelassen, alt und runzlig, so daß ihr euch nicht hättet vorstellen können, daß dieser Mann einen richtigen Mord auf dem Gewissen hatte, obwohl er schon nach der vierten Frau Ausschau hielt. Er suchte sich immer junge und appetitliche Frauen aus, denn ohne eine Wirtin kann eine Wirtschaft nicht bestehen, und die Gäste waren schon langsam ausgeblieben. Jetzt kam nur noch Gevatter Mommu, der Bahnwärter dort in der Nähe, ein Mann, der nie ein Wort sagte und der zwischen zwei Zügen sein Gläschen trank und sich auf die Bank neben der Tür setzte und die Schuhe in den Händen hielt, damit seine Füße ausruhen konnten. Solche wie diesen da nimmt sie sich nicht, die Malaria! dachte der »Frauentöter«, ebenfalls ohne den Mund aufzumachen. Wenn die Malaria alle wie die Fliegen hätte umfallen lassen, dann wäre niemand mehr dagewesen, der die Eisenbahn dort drüben hätte abfahren lassen. Der Ärmste – seitdem er sich den einzigen Menschen aus den Augen geschafft, der ihm sein Dasein vergiftet hatte, besaß er nur noch zwei Feinde auf der Welt: die Eisenbahn, die ihm die Gäste wegstahl, und die Malaria, die ihm die Frauen raubte. Alle andern in der Ebene, soweit das Auge reichte, hatten Augenblicke des Glücks, auch wenn sie jemanden im Bett liegen hatten, der langsam starb, oder wenn das Fieber sie vor die Tür warf, mit dem Taschentuch auf dem Kopf und dem schweren Mantel über den Schultern. Sie erquickten sich, wenn sie die Saaten anschauten, die dicht und grün wie Samt hervorkeimten, oder das Korn, das wie ein Meer wogte, oder wenn sie dem langhingezogenen Gesang der Mäher lauschten, die wie eine Reihe Soldaten einherschritten, und wenn sie in jedem Gäßchen den Dudelsack hörten, hinter dem ganze Schwärme von Bauern aus Kalabrien zur Ernte herkamen, staubbedeckt und gebückt unter dem schweren Mantelsack, voran die Männer und hinterher die Frauen, hinkend und mit verbrannten, müden Gesichtern auf die lange Straße vor sich blickend. Und an jedem Grabenrand, hinter jedem Aloegebüsch erklang zur Stunde, in welcher sich der Abend wie ein grauer Schleier herabsenkte, die Flöte des Hüters inmitten der reifen Ähren, die, beim Nachlassen des Windes reglos geworden, ebenfalls vom Schweigen der Nacht überwältigt schienen. Das ist es! dachte der »Frauentöter«. Alle diese Leute dort, wenn es ihnen gelingt, am Leben zu bleiben und nach Hause zurückzukehren, so tun sie es mit Geld im Sack.

Er hingegen hatte das alles nicht! Er wartete weder auf die Ernte noch sonst auf etwas und hatte auch keine Lust zum Singen. Der Abend sank so traurig herab auf den leeren Stall und die dunkle Wirtschaft. Zu dieser Stunde fuhr der Zug in der Ferne pfeifend vorbei, und Gevatter Mommu stand mit der Signalflagge in der Hand neben seinem Häuschen. Aber selbst bis dort hinauf hörte man, wenn der Zug sich in der Finsternis verlor, Cirino, den Einfältigen, der schreiend hinterherlief und »uuh!...« heulte. Und der »Frauentöter« stand unter der Tür der dunklen und leeren Wirtschaft und dachte, für jene beiden gebe es keine Malaria.

Schließlich, als er die Miete für die Wirtschaft und den Stall nicht mehr bezahlen konnte, schickte ihn sein Herr nach den siebenundfünfzig Jahren, die er dort gelebt hatte, weg, und der »Frauentöter« mußte sich ebenfalls bei der Bahn eine Stelle suchen und die Fähnchen in der Hand halten, wenn der Zug vorbeifuhr.

Jetzt sah er, müde vom Hinundherlaufen neben den Geleisen während des ganzen Tages und erschöpft von all den Jahren und den Unglückszeiten, zweimal am Tag die lange Reihe der Eisenbahnwagen voller Menschen vorbeifahren: die fröhlichen Scharen von Jägern, die sich in der Ebene verstreuten; manchmal auch ein Bäuerlein, das mit gesenktem Kopf Drehorgel spielte und auf einer Bank in der dritten Klasse zusammengekauert saß; schöne Frauen, die zum Fenster hinausblickten und den Kopf mit einem Schleier umwunden hatten; Silber und polierten Stahl, die an den Koffern und Reisesäcken unter den geschliffenen Lampen aufleuchteten; und die hohen gepolsterten und mit Spitzen bedeckten Rücklehnen. Ah, wie gut mußte es sein, dort drin zu reisen, wenn man ein wenig eingeschlummert war! Es schien, ein Stück Stadt führe dort vorbei, mit Lichtern in den Straßen und funkelnden Kaufläden. Dann verlor sich der Zug im Abendnebel, und der Ärmste zog sich einen Augenblick die Schuhe aus, saß noch eine Weile auf der Bank und murmelte: »Ah, für die dort gibt es eben keine Malaria!«

Die Verwaisten

Die Kleine trat unter die Tür, drehte den Zipfel ihrer Schürze zwischen den Fingern und sagte: »Ich bin da!«

Dann, als niemand auf sie achtgab, begann sie scheu die Gevatterinnen, die Brot kneteten, eine nach der andern zu betrachten und wiederholte: »Man hat mir gesagt: Geh zur Gevatterin Sidora.«

»Komm her, komm her!« rief, rot wie eine Tomate, Gevatterin Sidora vom Herdloch herüber. »Wart, ich will dir einen schönen Fladen backen.«

»Das bedeutet, daß man Gevatterin Nunzia die Letzte Ölung bringt, wenn sie das Kind weggeschickt haben«, bemerkte eine aus Licodia.

Eine andere, die das Brot kneten half, wandte den Kopf, fuhr aber fort, mit den Fäusten im Backtrog zu arbeiten. Ihre Arme waren nackt bis zum Ellbogen, und sie fragte das Kind: »Wie geht es deiner Stiefmutter?«

Das Kind, das die Frau nicht kannte, blickte sie mit großen Augen an. Dann senkte es den Kopf wieder, drehte den Zipfel der Schürze rascher zwischen den Fingern und murmelte halblaut: »Sie liegt im Bett.«

»Hört ihr nicht, daß sie die Sakramente bringen?« entgegnete die aus Licodia. »Jetzt haben die Frauen vor der Tür zu klagen begonnen.«

»Wenn ich das Brot im Ofen habe«, sagte Gevatterin Sidora, »will auch ich für einen Augenblick hinübergehen, um zu sehen, ob sie nichts brauchen. Gevatter Menu verliert seine rechte Hand, wenn ihm auch diese Frau noch wegstirbt.«

»Manche haben kein Glück mit ihren Frauen, ähnlich wie die, welche Unglück haben mit dem Vieh. So viele sie auch nehmen mögen, so viele verlieren sie wieder. Denkt an Gevatterin Angela!«

»Gestern abend«, fügte die aus Licodia hinzu, »habe ich Gevatter Meno unter der Tür stehen sehen. Er war vom

Weinberg heimgekommen, schon vor dem Ave-Maria, und schneuzte sich die Nase mit dem Taschentuch.«

»Aber«, fügte die, welche das Brot knetete, hinzu, »der ist nicht schlecht im Frauenumbringen. In weniger als drei Jahren sind es jetzt zwei Töchter von Feldhüter Nino, die er verbraucht hat, eine nach der andern! Innerhalb kurzer Zeit wird er auch die dritte verschlingen und den ganzen Besitz von Feldhüter Nino an sich reißen.«

»Und dieses Kind da – ist es von der Gevatterin Nunzia oder von der ersten Frau?«

»Von der ersten. Doch die zweite hatte es gern, wie wenn sie seine eigene Mutter gewesen wäre, denn das mutterlose Kind war ihre Nichte.«

Als die Kleine hörte, daß von ihr die Rede war, begann sie in einer Ecke leise vor sich hin zu weinen, um sich das schwere Herz zu erleichtern, das sie bis jetzt beschwichtigt hatte, indem sie mit dem Zipfel der Schürze spielte.

»Komm her, komm her!« begann Gevatterin Sidora von neuem. »Der Fladen ist fertig. Geh, weine nicht, deine Mutter ist jetzt im Paradies.«

Da trocknete sich das Kind die Augen mit den Fäusten, auch weil Gevatterin Sidora sich jetzt anschickte, den Ofen aufzumachen.

»Arme Gevatterin Nunzia«, sagte die Nachbarin und näherte sich der Tür. »Da kommen die Totengräber. Eben sind sie vorbeigegangen.«

»Weiche von mir! Ich bin die Tochter der Heiligen Jungfrau!« riefen die Gevatterinnen und schlugen das Kreuz.

Gevatterin Sidora zog den Fladen aus dem Ofen, reinigte ihn von der Asche und reichte ihn noch ganz heiß dem Kind, das ihn in seine Schürze wickelte und langsam wegging, indem es über den Fladen blies.

»Wohin gehst du?« rief ihm die Gevatterin Sidora nach. »Bleib, wo du bist. Zu Hause ist der böse Mann mit dem schwarzen Gesicht, der die Leute mit sich nimmt.«

Das Waisenkind hörte ernsthaft zu und riß die Augen auf. Dann sagte es mit demselben hartnäckigen, singenden Tonfall wie vorher: »Ich will den Fladen der Mutter bringen.«

»Deine Mutter ist nicht mehr da. Bleib hier«, wiederholte eine Nachbarin. »Iß du ihn.«

Da kauerte sich das Kind ganz traurig auf die Treppenstufen vor der Tür, in der Hand den Fladen, und rührte ihn nicht an.

Mit einemmal sah es seinen Vater kommen. Froh stand es auf und lief ihm entgegen. Gevatter Meno trat ein, ohne ein Wort zu sagen, setzte sich in einen Winkel und ließ die Hände zwischen den Knien hängen. Sein Gesicht war verstört und die Lippen weiß wie Papier, denn seit dem Vortag hatte er vor Jammer keinen Bissen Brot essen können. Er sah die Gevatterinnen an, als wollte er sagen: »Ich Ärmster!«

Als die Frauen ihn mit dem schwarzen Tuch um den Hals sahen, bildeten sie einen Kreis um ihn, so, wie sie waren, mit mehligen Händen, und bemitleideten ihn im Chor.

»Sprecht nicht davon, Gevatterin Sidora!« sagte er immer wieder und schüttelte den Kopf und zuckte mit den breiten Schultern. »Das ist ein Stachel, den mir niemand mehr aus dem Herzen reißt! Eine wahre Heilige war sie, diese Frau! Ohne Euch wehtun zu wollen, aber ich hatte sie nicht verdient! Bis gestern ist sie, obwohl es ihr so schlechtging, noch aufgestanden, um das eben entwöhnte Füllen zu besorgen. Und sie wollte nicht, daß ich einen Arzt rufe, um kein Geld auszugeben und Medizin kaufen zu müssen. Eine Frau wie diese finde ich nicht mehr. Das sage ich Euch. Laßt mich weinen, ich habe Grund dazu!«

Und er schüttelte wieder den Kopf und zog die Schultern in die Höhe, als laste sein Unglück schwer auf ihm.

»Wenn Ihr wieder eine Frau finden wollt«, meinte die aus Licodia, um ihm Mut zu machen, »so braucht Ihr nur eine zu suchen.«

»Nein, nein!« sagte Gevatter Meno und senkte den Kopf wie ein Maultier. »Eine Frau wie diese finde ich keine mehr. Diesmal bleibe ich Witwer! Das sage ich Euch!«

Gevatterin Sidora fiel ihm ins Wort: »Sagt keine Dummheiten, das ist nicht gut. Ihr müßt Euch wieder eine Frau suchen, schon wegen dieses Waisenkindes. Denn wer sollte sonst zu ihm schauen, wenn Ihr auf dem Feld seid? Wollt Ihr es auf der Straße lassen?«

»Findet mir wieder eine Frau wie diese! Sie wusch sich nicht, um das Wasser nicht schmutzig zu machen. Und im Haus diente sie besser als ein Bursche, liebevoll und treu. Sie hätte mir keine Handvoll Bohnen aus der Vorratskammer gestohlen, und sie tat nie den Mund auf, um zu sagen: ›Gebt mir!‹ Und dazu hatte sie eine schöne Mitgift gebracht, lauter Sachen, die Goldes wert waren! Und nun muß ich das alles zurückgeben, da sie keine Kinder hatte. Eben hat es mir der Küster gesagt, als er mit dem Weihwasser kam. – Wie hatte sie sie gern, diese Kleine hier, die sie an ihre arme Schwester erinnerte! Eine andere Frau, die nicht ihre Tante gewesen wäre, würde es scheel angesehen haben, dieses Waisenkind!«

»Wenn Ihr die dritte Tochter des Feldhüters Nino nehmt, würde sich das alles von selbst ergeben, auch für das Waisenkind und wegen der Mitgift«, bemerkte die aus Licodia.

»Das meine ich auch. Aber redet mir nicht davon, denn ich habe einen bitteren Geschmack im Munde, wie von lauter Galle.«

»Es ist unschicklich, jetzt davon zu reden«, bekräftigte Gevatterin Sidora. »Eßt lieber einen Bissen, Gevatter Meno, Ihr seid ganz durcheinander.«

»Nein, nein!« wiederholte Gevatter Meno. »Sagt nichts vom Essen. Es ist, als hätte ich einen Knoten im Hals.«

Gevatterin Sidora legte ein frischgebackenes Brot auf die Bank vor ihm hin, dunkle Oliven und ein Stück Schafskäse; dann stellte sie die Weinflasche daneben. Und der Ärmste begann nach und nach etwas zu essen und murmelte dabei mit traurigem Gesicht vor sich hin.

»So gutes Brot«, bemerkte er weich, »wie es die Selige machte, kann niemand backen. Es schien ganz aus Weißmehl zu bestehen. Und mit einer Handvoll wilden Fenchels machte sie eine Suppe, nach der man sich die Finger leckte. Jetzt werde ich das Brot im Laden kaufen müssen, bei Meister Puddo, diesem Dieb. Und heiße Suppe werde ich keine mehr vorfinden, wenn ich naß wie ein Küken nach Hause komme. Ich werde mit leerem Magen zu Bett gehen müssen. Noch letzte Nacht, als ich bei ihr wachte, nachdem ich den ganzen Tag am Hang oben umgegraben hatte, und mich selbst schnarchen hörte, während ich an ihrem Bett saß, so müde war ich, sagte sie zu mir: ›Geh und iß ein paar Löffel. Ich habe die Suppe extra in die Wärme auf den Herd gestellt.‹ Sie dachte immer an mich, an das Haus, an das, was es zu tun gab, an dies und jenes, und sie konnte nicht aufhören, zu mir zu sprechen und mir die letzten Ratschläge zu geben, wie jemand, der auf eine weite Reise geht; so hörte ich sie zwischen Wachen und Schlafen immerzu murmeln. Und sie ging froh in die andere Welt! Mit dem Kruzifix auf der Brust und die Hände darüber gefaltet. Sie hat keine Messen und keinen Rosenkranz nötig, diese Heilige. Das Geld für den Priester wäre hinausgeworfenes Geld!«

»Oh, Jammertal!« rief die Nachbarin aus. »Auch der Gevatterin Angela hier nebenan stirbt der Esel, an Krämpfen!«

»Mein Schmerz ist größer«, schloß Gevatter Meno und wischte sich den Mund mit dem Handrücken. »Nein, zwingt mich nicht mehr zum Essen, denn die Bissen liegen mir im Magen, als wären sie aus Blei. Iß lieber du, armes, unschuldiges Ding, das nichts von alldem versteht. Jetzt hast du niemanden mehr, der dich wäscht und kämmt. Jetzt hast du keine Mutter mehr, die dich unter ihre Fittiche nimmt wie eine Henne, und bist verlassen wie ich. Ich hatte eine für dich gefunden, aber eine Stiefmutter, wie sie eine war, wirst du nicht mehr bekommen, mein Kind!«

Die Kleine schob kläglich wieder die Unterlippe vor und drückte die Fäuste an die Augen.

»Nein, so könnt Ihr nicht weiterfahren«, wiederholte Gevatterin Sidora. »Wir müssen eine andere Frau für Euch finden, aus Rücksicht auf dieses arme Waisenkind, das sonst auf der Straße läge.«

»Und ich, wie stehe ich da? Und mein Füllen? Und mein Haus? Und wer soll auf die Hühner aufpassen? Laßt mich weinen, Gevatterin Sidora! Es wäre besser gewesen, ich hätte anstelle der guten Seele sterben können.«

»Seid still, Ihr wißt nicht, was Ihr sagt! Und Ihr wißt nicht, was das heißt: ein Haus ohne Vorstand.«

»Das ist wahr!« bemerkte Gevatter Meno, getröstet.

»Denkt lieber an die arme Gevatterin Angela! Zuerst ist ihr der Mann gestorben, dann der älteste Sohn. Und jetzt stirbt ihr auch noch der Esel!«

»Den Esel wird man an der Seite zur Ader lassen müssen, wenn er Krämpfe hat«, sagte Gevatter Meno.

»Geht hin, Ihr versteht etwas davon«, meinte die Nachbarin. »Ihr tut damit ein gutes Werk für die Seele Eurer Frau.«

Gevatter Meno stand auf und ging zur Gevatterin Angela hinüber, und die Waise lief hinter ihm drein wie ein Küken, denn jetzt hatte sie niemanden mehr auf dieser Welt als ihren Vater. Gevatterin Sidora, eine gute Hausfrau, ermahnte: »Und das Haus? Wie laßt Ihr das zurück, jetzt, da niemand mehr dort ist?«

»Ich habe es geschlossen; übrigens wohnt die Base Alfia gegenüber, die hat ein Auge auf das Haus.«

Der Esel der Gevatterin Angela lag ausgestreckt mitten im Hof, mit kaltem Maul und hängenden Ohren. Er fuchtelte von Zeit zu Zeit mit den vier Beinen in der Luft herum, wenn ihm die Krämpfe die Weichen wie einen Blasebalg zusammenzogen. Die Witwe saß vor ihm auf den Steinen, die Hände in den grauen Haaren vergraben, mit trockenen, verzweifelten Augen, und schaute, bleich wie eine Tote, auf das Tier.

Gevatter Meno ging um den Esel herum, berührte seine Ohren, schaute ihm in die erloschenen Augen, und als er sah, daß das Blut ihm noch aus der Bauchader floß, schwarz, Tropfen um Tropfen, und auf dem borstigen Fell gerann, fragte er: »Haben sie ihn zur Ader gelassen?«

Die Witwe schaute ihn mit trüben Augen wortlos an und nickte mit dem Kopf.

»Dann ist nichts mehr zu machen«, schloß Gevatter Meno. Und er blickte auf den Esel nieder, der auf den Steinen ausgestreckt lag, steif, mit struppigem Fell, wie eine tote Katze.

»Es ist Gottes Wille, Schwester!« sagte er, um sie zu trösten. »Wir sind beide am Ende.«

Er hatte sich neben die Witwe auf die Steine gesetzt und hielt sein kleines Mädchen zwischen den Knien. So saßen sie alle da und schauten auf das arme Tier, das von Zeit zu Zeit mit den Beinen in der Luft zuckte, gerade wie ein Sterbender.

Als die Gevatterin Sidora mit Brotbacken fertig war, kam auch sie in den Hof, mit der Base Alfia, die ihr seidenes Kleid angezogen und ein seidenes Tuch auf dem Kopf hatte. Sie kamen ein wenig zu plaudern, und Gevatterin Sidora zog Gevatter Meno beiseite und sagte zu ihm: »Der Feldhüter Nino will Euch seine letzte Tochter nicht mehr geben, da sie bei Euch sterben wie die Fliegen und er die Mitgift verlöre. Übrigens ist die Santa zu jung, und es bestünde Gefahr, daß sie Euch das Haus mit Kindern füllt.«

»Wenn es Jungen wären, ja dann! Aber es könnten ja auch Mädchen kommen. Ich bin so vom Unglück verfolgt!«

»Da wäre die Base Alfia. Die ist nicht mehr jung und hat etwas: das Haus und ein Stück Rebland.«

Gevatter Meno schaute zur Base Alfia hinüber, und diese tat, als blicke sie mit über dem Bauch gefalteten Händen auf den Esel. Gevatter Meno bemerkte: »Wenn es so steht – man könnte darüber sprechen. Aber ich bin so vom Unglück verfolgt!«

Gevatterin Sidora fiel ihm ins Wort: »Denkt an die, welche noch unglücklicher sind als Ihr. Denkt daran!«

»Es gibt keine Unglücklicheren, das sage ich Euch! Ich finde keine Frau mehr, wie jene eine war. Ich werde sie nie vergessen können, und wenn ich mich noch zehnmal verheiraten würde. Und auch diese arme Waise hier wird sie nie vergessen.«

»Beruhigt Euch, Ihr werdet sie vergessen. Auch das Kind wird sie vergessen. Hat es nicht auch seine leibliche Mutter vergessen können? Schaut lieber die Nachbarin Angela an, jetzt, da ihr der Esel stirbt! Sie hat außer ihm nichts mehr! Sie, gewiß, wird immer an ihn zurückdenken, sie schon!«

Die Base Alfia sah, daß es Zeit war, näherzutreten. Sie tat es mit betrübtem Gesicht; und auch sie begann wieder die Tote zu loben. Sie habe sie mit ihren eigenen Händen in den Sarg gebettet und ihr ein weißes Tuch aus feinem Leinen auf das Gesicht gelegt; denn Weißzeug, nebenbei bemerkt, besitze sie genügend. Da wandte sich Gevatter Meno, weich geworden, an die Nachbarin Angela, die sich nicht bewegte und dasaß, als wäre sie aus Stein.

»Worauf wartet Ihr noch mit dem Enthäuten des Esels? So bekommt Ihr wenigstens das Geld für das Fell!«

Der Besitz

Der Reisende, wenn er dem wie ein Stück totes Meer ausgebreiteten Lentinisee folgte, dann über die versengten Stoppeln der Ebene von Catania wanderte und unter die immergrünen Orangenbäume von Francofonte und die grauen Korkbäume von Resecone kam und über die öden Weiden von Passaneto und Passanitello, und wenn er – um sich die Langeweile der langen staubigen Straße unter dem heißen dunklen Himmel zu vertreiben, zu der Stunde, in der die Schellen der Sänften traurig durch die unabsehbar weite Landschaft klingen und die Maultiere Köpfe und Schwänze hängen lassen und der Sänftenführer sein melancholisches Lied singt, um nicht vom malariabringenden Schlaf überwältigt zu werden –, wenn er dann fragte: »Wem gehört das alles?«, dann vernahm er die Antwort: »Dem Mazzarò!« Und wenn er bei einem Gutshof vorbeikam, groß wie ein Dorf, mit Speichern, so groß wie Kirchen, und mit Scharen von Hühnern im Schatten des Brunnens und mit Frauen, welche die Hände über die Augen legten, um zu sehen, wer vorbeikäme – wenn er da wieder fragte: »Und wem gehört das?« »Dem Mazzarò!« Und wenn er wanderte und wanderte, während die Fieberluft auf den Augenlidern lastete, und plötzlich das Bellen eines Hundes aufklang, wenn er durch einen Weinberg kam, der nicht mehr enden wollte und sich über Hügel und Ebenen erstreckte, reglos, als drücke ihn der Staub nieder, und der Hüter, der bäuchlings auf seiner Flinte am Talrand lag, schlaftrunken den Kopf hob und ein Auge auftat, um zu sehen, wer da sei: »Dem Mazzarò.« Dann ein Olivenhain, dicht wie ein Wald, wo nie Gras wuchs und die Ernte bis in den März hinein dauerte: Es waren die Olivenbäume des Mazzarò. Und gegen Abend, wenn die Sonne rot wie Feuer unterging und das Land sich in Trauer hüllte, die langen Reihen der Pflüge des Mazzarò, die gemächlich vom Brachland zurückkehrten, und die Ochsen, die träge die Furt passierten, mit dem Maul im dunklen Wasser. Und auf den fernen Weiden der Canziria, an den kahlen Abhängen, die riesigen weißlichen Flecken der Herden des Mazzarò und das Echo der Pfiffe der Hirten in den Schluchten und hin und wieder die Herdenglocke und der sich im Tal verlierende einsame Gesang. »Alles Besitz von Mazzarò.« Es war, als gehörten ihm sogar die untergehende Sonne, die schwirrenden Grillen, die Vögel, die sich flatternd hinter den Schollen bargen, und das Pfeifen des Käuzchens im Walde. Es schien, als sei Mazzarò überall, so weit die Erde reichte, und als schreite man über seinen Leib. Allein, er selbst war ein kleines Männlein, wie der Sänftenführer sagte, und auf den ersten Blick hättet ihr ihm nicht einen Batzen gegeben. Dick war nur sein Bauch, und man wußte nicht, wie er es machte, ihn zu füllen, denn er aß nichts anderes als ein bißchen Brot. Und doch war er steinreich. Aber er hatte einen klugen Kopf, der Mann.

Und in der Tat – mit dem klugen Kopf hatte er all diese Güter zusammengebracht, auf denen er früher von morgens bis abends gehackt, geschnitten und gemäht hatte; in der Sonnenglut, bei Regen und bei Wind; ohne Schuhe an den Füßen und ohne einen Fetzen von einem Mantel. Und alle erinnerten sich daran, ihm Tritte in den Hintern versetzt zu haben, alle die, welche ihn jetzt Exzellenz nannten und die Mütze in die Hand nahmen, wenn sie mit ihm sprachen. Doch war er nicht hochmütig geworden, auch jetzt nicht, da alle die Exzellenzen im Land rundum seine Schuldner waren. Und er sagte, der Titel Exzellenz bedeute, daß einer ein armer Teufel und ein schlechter Zahler sei. Auch trug er noch die Mütze, nur war sie jetzt aus schwarzer Seide; sein einziger Luxus. Allerdings war er in neuester Zeit dazu übergegangen, sich einen Filzhut aufzusetzen, weil der weniger kostete als eine seidene Mütze. Sein Besitz dehnte sich so weit aus, wie der Blick reichte, und sein Blick reichte weit. Überallhin, nach rechts und nach links, nach vorn und nach hinten, auf das Gebirge und in die Ebene. Mehr als fünftausend Münder, ohne die Vögel des Himmels und die Tiere der Erde zu zählen, nährten sich auf seinem Grund und Boden, und dies, ohne seinen eigenen Mund dazuzuzählen, der weniger als alle andern aß und sich mit ein wenig Brot am Tag begnügte und mit einem Stück Käse, das er hastig und eilig im Stehen verschlang, in einem Winkel des Speichers, der so groß war wie eine Kirche, mitten im dichten Staub des Kornes, daß man kaum etwas sah, wenn die Bauern die Säcke abluden. Oft aß er auch hinter einem Strohschober, wenn der Wind zur Zeit der Aussaat über das eisige Land fegte, oder mit dem Kopf in einem Korb, während der heißen Erntetage. Er trank keinen Wein, er rauchte nicht, er kaute keinen Tabak, obwohl Tabak in seinen Gärten am Flußufer angebaut wurde, mit Blättern, die breit und hoch wuchsen wie ein Kind und den man zu fünfundneunzig Lire verkaufte. Er kannte kein Laster, weder Spiel noch Frauen. Für Frauen hatte er nie zu sorgen gehabt, außer für seine Mutter, die ihn zwölf Tarì gekostet hatte, als er sie auf den Friedhof hatte bringen lassen müssen.

Er hatte immer und immer wieder darüber nachgedacht, was Besitz bedeute, als er noch barfuß den Boden bearbeitete, der jetzt ihm gehörte; und er hatte es erlebt, was es heißt, im Monat Juli drei Tarì am Tag zu verdienen und vierzehn Stunden lang mit gebeugtem Rücken zu arbeiten, den Aufseher zu Pferd hinter sich, der einem Peitschenhiebe verabfolgte, wenn man einen Augenblick den Rücken streckte. Daher hatte er keine Minute seines Lebens verstreichen lassen, ohne etwas zu erwerben. Und jetzt waren seine Pflüge so zahlreich wie die langen Züge der Raben, die im November herkommen. Und er besaß auch ganze Züge von Mauleseln, die nicht mehr aufzuhören schienen, wenn sie das Saatgut trugen. Die Frauen, die vom Oktober bis zum März im Schlamm kauerten, um seine Oliven zu ernten, konnte man nicht mehr zählen, wie man auch die Elstern nicht zählen kann, die sie stehlen kommen. Und zur Zeit der Weinlese kamen ganze Dorfschaften in seine Rebberge; und wo man auf dem Land singen hörte, waren es die Winzer des Mazzarò. Zur Erntezeit glichen die Mäher des Mazzarò einem Heer Soldaten; und um all die Leute zu ernähren, mit Zwieback am Morgen, mit Brot und bitteren Orangen zum Mittag, mit dem Imbiß und abends mit Nudeln, brauchte man

Geld, haufenweise; und die Nudeln kochte man in Trögen, so groß wie Badewannen. Wenn er daher jetzt hinter dem Zug der Mäher herritt, mit der Peitsche in der Hand, dann verlor er keinen einzigen aus den Augen und wiederholte unablässig: »Bücken wir uns, Burschen!« Das ganze Jahr über griff er in die Taschen, um Geld auszugeben, und allein schon an Bodensteuern zog der König von ihm so viel ein, daß Mazzarò allemal Fieber davon bekam.

Doch jedes Jahr füllten sich seine Speicher, die groß waren wie Kirchen, mit Korn, und man mußte das Dach abdecken, damit alles untergebracht werden konnte. Jedesmal, wenn Mazzarò den Wein verkaufte, brauchte man mehr als einen Tag, um das Geld zu zählen, alles in Silbertalern von zwölf Tarì, denn er wollte kein schmutziges Papiergeld für seine Ware. Schmutziges Papiergeld kaufte er nur, wenn er den König oder andere Leute zu bezahlen hatte. Und auf den Jahrmärkten bedeckten die Herden Mazzaròs den ganzen Platz und versperrten die Straßen, so daß es einen halben Tag dauerte, bis alle vorübergezogen waren, und selbst der Heilige in der Prozession, mit der Musikkapelle, mußte manchmal ausweichen und ihnen den Vortritt lassen.

All diesen Besitz hatte er sich selbst erworben, mit seinen Händen und mit seinem Kopf, mit schlaflosen Nächten, unter Fieberanfällen, mit Herzklopfen und Malaria; er scheute keine Mühsal von morgens bis abends und lief unablässig unter der Sonne und unter dem Regen herum, Stiefel und Maulesel abnutzend. Nur er allein verbrauchte sich nicht, weil er an seinen Besitz dachte, der ihm alles war, was er auf der Welt hatte. Er besaß weder Söhne noch Enkel, noch Verwandte: nichts als seinen Reichtum. Wenn einer so geartet ist, dann bedeutet das, daß er zum Besitz ausersehen ist.

Der Besitz war aber auch für ihn ausersehen. Es schien, als habe Mazzarò einen Magnet; denn Reichtum will bei dem bleiben, der ihn zu halten weiß und ihn nicht verzettelt, wie jener Baron, der zuerst Mazzaròs Herr gewesen war und ihn aus Barmherzigkeit nackt und bloß auf seinen Feldern aufgelesen hatte und der Herr über all das Land gewesen war, über all die Wälder, Weinberge und Herden und der, wenn er zu Pferd und mit den Feldhütern im Gefolge auf seine Güter kam, ein König zu sein schien. Und man hielt ihm auch seine Unterkunft bereit und sein Mahl, dem Dummkopf, so daß jeder die Stunde und den Augenblick seiner Ankunft wußte und sich nicht mit den Händen in den Taschen überraschen ließ. »Der will mit Gewalt beraubt werden!« sagte Mazzarò und platzte fast vor Lachen, wenn der Baron ihn von hinten mit Fußtritten traktierte, und rieb sich den Rücken mit den Händen und murmelte: »Wer ein Dummkopf ist, sollte zu Hause bleiben!« oder: »Der Besitz gehört nicht dem, der ihn hat, sondern dem, der ihn zu erwerben weiß!« Er aber schickte – nachdem er seinen Besitz erworben hatte – sicherlich niemanden voraus, um verkünden zu lassen, er komme, die Ernte zu beaufsichtigen oder die Weinlese, und wann und wie. Sondern er kam unvermutet, zu Fuß oder auf dem Maultier, ohne Feldhüter, nur mit einem Stück Brot in der Tasche; und er schlief neben seinen Garben, mit offenen Augen und mit der Flinte zwischen den Beinen.

Auf diese Weise wurde Mazzarò nach und nach Herr über all die Güter des Barons. Dieser mußte zuerst den Olivenhain preisgeben, dann das Rebland, dann die Weiden, dann die Gutshöfe und am Ende sogar sein Herrenhaus. Und es verging kein Tag, an dem er nicht Stempelpapier unterschreiben mußte, und Mazzarò machte wakker sein Kreuz darunter. Dem Baron blieb nichts als das steinerne Wappen, das über seinem Portal angebracht gewesen war; es war das einzige, was er nicht hatte verkaufen wollen: »Das allein von meinem ganzen Besitz«, sagte er zu Mazzarò, »paßt nicht zu dir.« Und so war es auch. Mazzarò hätte nicht gewußt, was er damit anfangen sollte, und er hätte nicht zwei Kreuzer dafür bezahlt. Der Baron sagte noch du zu ihm, aber er gab ihm nun keine Fußtritte mehr.

»Es muß herrlich sein, so reich zu sein wie Mazzarò!« sagten die Leute. Denn sie wußten nicht, was es gebraucht hatte, um den ganzen Besitz zu erwerben: wie viele Sorgen, wieviel Mühsal, wie viele Lügen, wie viele Risiken, ins Gefängnis zu kommen. Niemand wußte, wie der kluge Kopf Mazzaròs Tag und Nacht gearbeitet hatte, härter als ein Mühlstein, um den Besitz zusammenzubringen. Und wenn der Besitzer eines angrenzenden Grundstückes sich weigerte, es auszuliefern, oder den Mazzarò gar beim Kragen nehmen wollte, so mußte dieser eine List ersinnen, um jenen zum Verkauf zu zwingen und ihn trotz aller bäurischen Schlauheit in die Falle zu locken. Er ging zum Beispiel zu einem hin und lobte die Fruchtbarkeit eines Grundstückes, das nicht einmal Lupinen hervorbrachte, und es gelang ihm, den Mann glauben zu machen, es sei verheißenes Land, so daß der arme Teufel es pachtete, um darauf zu spekulieren, und das Pachtgeld verlor und das Haus und das Gut dazu, und Mazzarò es für ein Stück Brot ergattern konnte. Und wieviel Ärger Mazzarò hatte erdulden müssen! Die Pächter, die kamen, um sich über ein Fehljahr zu beklagen; die Schuldner, die ihre Frauen in Scharen schickten, damit sie sich die Haare rauften und an die Brust schlugen, um ihn zu beschwören, sie nicht durch die Pfändung des Maultieres oder des Eselchens so zu ruinieren, daß sie nichts mehr zu essen hätten.

»Seht ihr, was ich esse?« erwiderte er. »Brot und Zwiebeln! Obwohl ich die Speicher voll Korn habe und Herr über all diesen Besitz bin.« Und wenn sie ihn um eine Handvoll Bohnen baten, von all diesem Reichtum, sagte er: »Wie? Meint ihr, ich habe sie gestohlen? Wißt ihr nicht, wieviel es kostet, sie zu setzen, zu harken, zu pflücken?« Und wenn sie ihn um einen Batzen baten, entgegnete er, er habe keinen.

Und er hatte tatsächlich keinen. In der Tasche trug er keine zwölf Tarì; so teuer war es, all den Besitz in Gang zu halten. Und das Geld kam herein in sein Haus und floß wieder hinaus wie ein Strom. Im übrigen kümmerte er sich nicht um Geld; er sagte, es sei kein Besitz. Und kaum hatte er eine kleine Summe beisammen, kaufte er rasch ein Stück Land. Denn er wollte dahin gelangen, so viel Grund und Boden zu besitzen wie der König und mehr zu sein als der König, denn dieser kann sein Land nicht verkaufen und auch nicht sagen, es sei sein.

Nur etwas bekümmerte ihn: daß er anfing alt zu werden. Denn das Land mußte er dort lassen, wo es war. Dies ist eine Ungerechtigkeit Gottes, denn wenn einer sein

Leben geschunden hat, Besitztümer zu erwerben, und dann endlich soweit ist, sie wirklich zu haben, und noch mehr davon haben möchte – dann muß er sie wieder verlassen. Und so saß er stundenlang auf dem Korb, das Kinn in die Hand gestützt, und blickte über sein Rebland, das unter seinen Augen grünte, und über die Felder, deren Ähren wogten wie ein Meer, und über die Olivenhaine, die wie Nebel den Berg einhüllten. Und wenn ein halbnackter Knabe an ihm vorüberging, gebückt unter seiner Last, wie ein müder Esel, warf er ihm aus lauter Neid seinen Stekken zwischen die Beine und brummte: »Seht, wer noch ein langes Leben vor sich hat! Dieser da, der nichts besitzt!«

Und als man ihm sagte, es sei Zeit für ihn, seinen Besitz zu verlassen und an seine Seele zu denken, lief er torkelnd auf den Hof hinaus wie ein Irrer und tötete mit Stockschlägen seine Enten und seine Truthähne und schrie: »Mein Besitz, komm jetzt mit mir!«

Die Geschichte vom Esel des heiligen Joseph

Sie hatten ihn auf dem Jahrmarkt von Buccheri gekauft, als er noch ein Füllen war. Kaum sah er eine Eselin, rannte er hin und suchte ihre Zitzen. Deshalb bekam er Schläge auf den Kopf und Hiebe auf den Rücken, und man hatte gut rufen: »Mach, daß du wegkommst!« Als Gevatter Neli das Füllen so aufgeweckt und eigensinnig sah, wie es sich nach den Prügeln das Maul leckte und die Ohren schüttelte, sagte er: »Das ist es, was ich brauche!« Und ging geradewegs zum Besitzer und hielt dabei die Hand mit den fünfunddreißig Lire in der Tasche.

»Das Füllen ist schön«, sagte der Besitzer, »und es ist mehr als fünfunddreißig Lire wert. Achtet nicht darauf, daß es dieses schwarzweiße Fell hat wie eine Elster. Ich zeige Euch jetzt seine Mutter, die wir dort hinten bei den Bäumen angebunden haben, weil das Füllen sonst den Kopf immer an ihren Zitzen hat. Ihr werdet sehen, was das für ein schönes schwarzes Tier ist! Es arbeitet besser als ein Maultier und hat mehr Junge zur Welt gebracht, als es Haare im Fell hat. Bei meiner Seele! Ich weiß nicht, woher das Füllen diese gescheckte Zeichnung hat. Aber das Knochengerüst ist gut gebaut, das sage ich Euch. Auch die Menschen schätzt man nicht nach ihrem Kleid ein. Seht diesen Brustkorb! Und diese Säulen von Beinen! Seht, wie es die Ohren stellt! Einen Esel, der die Ohren so steif hält, den könnt Ihr an einen Karren oder vor einen Pflug spannen, wenn Ihr wollt, und könnt ihn vier Scheffel Roggen tragen lassen, besser als einen Maulesel. Beim heiligen Fest, das heute stattfindet! Fühlt diesen Schwanz! An den könnt Ihr Euch dranhängen, Euch und Eure ganze Verwandtschaft!«

Gevatter Neli wußte das alles so gut wie der andere, aber er war kein Dummkopf und sagte nicht ja, sondern wartete, mit den Händen in den Taschen, zuckte die Achseln und rümpfte die Nase, während der Besitzer des Esels das Tier vor ihm hin und her führte.

»Hm!« brummte Gevatter Neli. »Mit diesem Fell sieht er aus wie der Esel des heiligen Joseph! So gescheckte Tiere sind alle feige; und wenn Ihr durchs Dorf reitet, lachen Euch die Leute aus. Was soll ich Euch für den Esel des heiligen Joseph schenken?«

Da wandte sich der Besitzer wütend ab und schrie, daß, wenn man nichts von Tieren verstehe oder kein Geld habe, welche zu kaufen, es besser sei, überhaupt nicht auf den Jahrmarkt zu kommen, um einem die Zeit an diesem heiligen Tag zu stehlen.

Gevatter Neli ließ ihn fluchen und ging mit seinem Bruder weg, der ihn am Rockärmel zupfte und ihm sagte, wenn er sein Geld für dieses scheußliche Vieh wegwerfe, würde er ihm einen Tritt geben.

Allein, verstohlen ließen sie weder den Esel des heiligen Joseph noch seinen Besitzer aus den Augen, der tat, als enthülse er grüne Bohnen, und mit dem Halfterstrick zwischen den Knien dasaß, während Gevatter Neli zwischen den Kruppen der Maultiere und Pferde umherging und hie und da stehenblieb, um sich schaute und bald dieses und bald jenes der besten Tiere in Augenschein nahm, ohne jedoch die Faust aufzumachen, die er in der Tasche über den fünfunddreißig Lire geschlossen hielt, als habe er genug, um den halben Jahrmarkt zu kaufen. Aber sein Bruder zeigte mit dem Kopf auf den Esel des heiligen Joseph und flüsterte: »Der ist unser!«

Die Besitzerin des Esels kam von Zeit zu Zeit gelaufen, um zu sehen, was inzwischen geschehen sei. Als sie ihren Mann mit dem Halfter in der Hand dasitzen sah, sagte sie zu ihm: »Schickt uns die Madonna denn heute keinen, der das Füllen kauft?«

Und der Mann antwortete jedesmal: »Noch nicht! Einer war da, um zu verhandeln, und das Tier gefiel ihm. Aber er kann nicht viel ausgeben und ist wieder gegangen. Siehst du, der dort mit der weißen Mütze, hinter dem Rudel Schafe. Bis jetzt hat er noch nichts gekauft. Das heißt, er wird wiederkommen.«

Die Frau hätte sich am liebsten in der Nähe auf einen Stein gesetzt, um zu sehen, ob sie den Esel verkaufen könnten. Aber der Mann sagte zu ihr: »Geh! Wenn sie sehen, daß du wartest, schließen sie den Handel nicht ab!«

Das Füllen aber hörte mittlerweile nicht auf, mit dem Maul zwischen den Beinen der vorüberziehenden Eselinnen nach Milch zu suchen, um so mehr, als es Hunger hatte. Aber der Herr trieb es mit Stockschlägen zurück, sobald es das Maul auftat, um zu schreien, weil die Eselinnen nichts von ihm wissen wollten.

»Es ist noch dort!« flüsterte Gevatter Neli seinem Bruder ins Ohr und tat, als kehre er zum Verkäufer mit den gerösteten Erbsen zurück. »Wenn wir bis zum Ave-Maria warten, können wir es um fünf Lire billiger bekommen als zum angebotenen Preis.«

Die Maisonne war heiß. Daher entstand von Zeit zu Zeit mitten in dem Stimmengewirr und dem Gewimmel des Jahrmarktes mit einemmal eine tiefe Stille, als wäre niemand mehr da. Die Besitzerin des Esels kam zu ihrem Mann zurück und ermahnte ihn: »Versteif dich nicht auf fünf Lire mehr oder weniger, denn sonst haben wir heute abend kein Geld, um einzukaufen. Und du weißt, für fünf Lire frißt uns das Füllen in einem Monat, wenn es uns auf dem Halse bleibt.«

»Wenn du jetzt nicht weggehst«, antwortete ihr Mann, »gebe ich dir einen Tritt, einen von denen, die sitzen!«

So verstrichen die Stunden auf dem Jahrmarkt. Aber keiner von denen, die bei dem Esel des heiligen Joseph vorbeikamen, blieb stehen, um ihn anzusehen; und das, weil der Besitzer den bescheidensten Platz ausgesucht hatte, mitten unter den billigen Tieren, damit der Esel mit dem elsternfarbenen Fell von den schönen braunen Maultieren und den glänzenden Pferden nicht absteche. Es mußte schon einer kommen wie Gevatter Neli, um den Esel des heiligen Joseph kaufen zu wollen, denn alle auf dem Jahrmarkt lachten, wenn sie das Tier ansahen. Das Füllen, das so lange in der Sonne gestanden hatte, ließ den Kopf und die Ohren hängen, und auch sein Herr saß traurig auf den Steinen, die Hände, in denen er das Zaumzeug hielt, zwischen den Knien. Dabei schaute er da- und dorthin und sah, wie mit der untergehenden Sonne die Schatten der

Beine all der Tiere, die keinen Käufer gefunden hatten, auf dem Pflaster immer länger wurden. Da kam Gevatter Neli mit seinem Bruder und einem Freund, den sie für diese besondere Gelegenheit hinzugezogen hatten, wieder vorbei und schaute in die Luft. Der Besitzer des Esels reckte ebenfalls den Kopf, damit es nicht aussähe, als sitze er da, um zu warten. Und der Freund von Gevatter Neli sagte so nebenbei mit einem schiefen Blick, als sei ihm gerade ein Gedanke gekommen: »Oh, seht doch den Esel des heiligen Joseph! Weshalb kauft Ihr nicht den, Gevatter Neli?«

»Ich habe schon heute vormittag deswegen verhandelt; aber er ist zu teuer. Und dann würde ich die Leute ja doch nur zum Lachen bringen mit diesem schwarzweiß gefleckten Esel. Ihr seht, niemand hat ihn bisher gewollt.«

»Das ist wahr. Aber die Farbe tut nichts zur Sache, für den Zweck, für den Ihr ihn braucht.«

Und er fragte den Besitzer: »Wieviel sollen wir Euch für den Esel des heiligen Joseph schenken?«

Als die Besitzerin des Esels des heiligen Joseph sah, daß die Unterhandlungen wiederaufgenommen wurden, trat sie ganz leise näher und verschränkte die Hände unter ihrem Schultertuch.

»Fangt mir nicht wieder damit an!« rief Gevatter Neli aus und lief über den Platz hinweg davon. »Fangt mir nicht wieder damit an, ich will nichts davon wissen.«

»Wenn er ihn nicht will, so laßt ihn gehen«, antwortete der Besitzer. »Wenn er ihn nicht nimmt, nimmt ihn eben ein anderer. Schlecht ist der dran, der nach dem Jahrmarkt nichts mehr zu verkaufen hat.«

»Aber ich will, daß man auf mich hört, Hölle und Teufel!« schrie der Freund. »Weshalb sollte ich nicht auch sagen dürfen, was ich denke?«

Und er lief hin und packte Gevatter Neli beim Rockzipfel. Dann kehrte er zurück, legte dem Besitzer, der durchaus mit seinem Eselchen heimkehren wollte, die Arme um den Hals und flüsterte ihm zu: »Hört! Fünf Lire mehr oder weniger – wenn Ihr ihn heute nicht verkauft –, einen Dummkopf wie meinen Gevatter findet Ihr als Käufer für Euer Tier, das keine Zigarre wert ist, nicht so bald wieder.«

Und er umarmte auch die Besitzerin und flüsterte ihr etwas zu, um sie auf seine Seite zu bringen. Sie aber zuckte die Achseln und antwortete mit finsterem Gesicht: »Das sind Sachen, die meinen Mann angehen. Ich habe nichts damit zu tun. Aber wenn er Euch das Tier für weniger als vierzig Lire gibt, ist er ein Dummkopf, bei meiner Seele! Uns kostet es mehr!«

»Heute früh war ich so verrückt, fünfunddreißig Lire zu bieten!« gab Gevatter Neli zurück. »Hat er etwa inzwischen einen andern Käufer gefunden, der ihm diesen Preis bezahlt hätte? Auf dem ganzen Jahrmarkt gibt es nur noch vier räudige Hammel und den Esel des heiligen Joseph. Also: dreißig Lire, wenn Ihr wollt.«

»Nehmt sie!« flüsterte die Frau ihrem Mann mit Tränen in den Augen zu. »Wir haben sonst heute abend kein Geld, und Turiddu hat wieder Fieber. Wir brauchen Sulfat!«

»Hölle und Teufel!« brüllte der Mann. »Wenn du jetzt nicht weggehst, zieh' ich dir eins mit dem Halfter über!«

»Zweiunddreißigeinhalb, denn!« schrie endlich der Freund und packte beide heftig am Kragen. »Das ist gerecht! Diesmal soll mein Wort gelten, bei allen Heiligen im Paradies! Ich will nicht einmal ein Glas Wein! Seht Ihr, wie die Sonne untergeht? Worauf wartet Ihr denn noch, Ihr zwei?«

Und er riß dem Besitzer das Halfter aus der Hand, während Gevatter Neli fluchend die Faust mit den fünfunddreißig Lire aus der Tasche zog und ihm das Geld gab, ohne es anzusehen, als risse man ihm das Herz aus dem Leibe. Der Freund trat mit der Frau beiseite und zählte das Geld auf einen Stein, während der Besitzer des Esels über den Marktplatz lief wie ein Füllen und dabei fluchte und sich mit Fäusten schlug.

Dann aber wartete er auf seine Frau, die das Geld ganz langsam nochmals in ihr Tuch nachzählte, und fragte sie: »Stimmt's?«

»Ja, es stimmt. Gelobt sei San Gaetano! Jetzt geh' ich zum Apotheker.«

»Ich habe sie schön übers Ohr gehauen. Ich hätte ihnen das Tier auch für zwanzig Lire gegeben. Esel, die so gescheckt sind, sind feige.«

Gevatter Neli aber zog das Tier hinter sich bergab und sagte: »Wahrhaftig, bei Gott, ich habe ihm das Füllen gestohlen. Die Farbe macht nichts aus. Schaut diese Säulen von Beinen an, Gevatter! Das Tier ist unbesehen seine vierzig Lire wert.«

»Wenn ich nicht dabei gewesen wäre«, antwortete der Freund, »hättet Ihr nichts erreicht. Hier habe ich noch zweieinhalb Lire von Euch. Und wenn es Euch recht ist, wollen wir dafür auf die Gesundheit des Esels anstoßen!«

Jetzt war es am Füllen, gesund zu bleiben, um die zweiunddreißigeinhalb Lire, die es gekostet hatte, wieder einzubringen, und das Stroh, das es fraß, dazu. Vorerst jedoch hüpfte es hinter Gevatter Neli her und suchte wie zum Spiel mit den Zähnen dessen Rock zu fassen, als wisse es, daß dies die Jacke seines neuen Herrn sei. Als mache es ihm nichts aus, den Stall für immer zu verlassen, in dem es bis jetzt gewesen war und es warm gehabt hatte neben der Mutter, wo es die Nase am Rand der Krippe gescheuert oder dem Widder Kopfstöße gegeben und Luftsprünge gemacht hatte und wo es das Schwein aus seinem Winkel aufzustöbern pflegte. Und seine ehemalige Besitzerin, die vor dem Ladentisch des Apothekers noch einmal das Geld in ihrem Tuch zählte, dachte auch nicht mehr daran, daß sie das Füllen hatte zur Welt kommen sehen, weiß und schwarz gefleckt mit seidig glänzendem Fell, und wie es damals noch kaum auf den Beinen stehen konnte und in der Sonne im Hof lag und daß all das Gras, wodurch es groß und fest geworden, durch ihre Hand gegangen war. Die einzige, die noch an das Füllen dachte, war die Stute, die den Hals schreiend nach der Stalltür reckte. Aber als sie keine Milch mehr hatte, vergaß auch sie das Füllen.

»Dieses Tier«, sagte Gevatter Neli, »Ihr werdet sehen, das trägt mir vier Scheffel Weizen, besser als ein Maultier. Und zur Erntezeit lasse ich es dreschen.«

Beim Dreschen trottete das Füllen, das am Hals mit andern Tieren zusammengebunden war – mit alten Maultieren und hinkenden Pferden – von morgens bis abends auf den Garben herum, bis es müde war und keine Lust mehr verspürte, in den Strohhaufen zu beißen, auf dem man es im Schatten ausruhen ließ, sobald sich der leichte Wind erhob, die Bauern das Stroh beiseite schafften und »Viva Maria!« riefen.

Da ließ es das Maul und die Ohren hängen wie ein bejahrter Esel; sein Blick war erloschen, als sei es müde, die weiten weißen Felder zu betrachten, die da und dort vom Staub der Tennen rauchten und aussahen, als seien sie zu nichts anderem bestimmt, als einen vor Durst umkommen und auf Garben trotten zu lassen. Am Abend kehrte es mit vollen Säcken ins Dorf zurück, und der Knabe des neuen Besitzers hörte nicht auf, es in den Widerrist zu stoßen, die Hecken entlang, die den Pfad säumten und die lebendig schienen vom Zwitschern der Meisen und vom Duft der Bergmelisse und des Rosmarins. Der Esel hätte gern ein Maulvoll davon genommen, wenn man ihn nicht immerzu weitergetrieben hätte, bis sich ihm das Blut in den Beinen sammelte und man ihn zum Hufschmied bringen mußte. Aber das kümmerte den Herrn wenig, denn die Ernte war gut gewesen, und das Füllen hatte die zweiunddreißigeinhalb Lire wieder eingebracht. Der Herr sagte: »Seine Arbeit hat es jetzt getan, und wenn ich es auch nur für zwanzig Lire verkaufe, verdiene ich immer noch dabei.«

Der einzige, der das Füllen gern hatte, war der Knabe, der es auf dem Feldweg vorwärts trieb, wenn sie von der Tenne zurückkamen. Er weinte, als der Hufschmied dem Füllen die Beine mit glühenden Eisen sengte, so daß es sich krümmte, mit hocherhobenem Schwanz und aufgerichteten Ohren, wie damals, als es auf dem Marktplatz herumstrich, und es sich aus den Schlingen des Strickes zu befreien suchte, die ihm die Lefzen zusammenschnürten, und die Augen vor Schmerz verdrehte, als hätte es Verstand, als der Knecht des Hufschmieds mit neuen Eisen kam, die feuerrot waren, und das Fell rauchte und zischte wie ein Fisch in der Pfanne. Aber Gevatter Neli rief dem Knaben zu: »Dummkopf! Weshalb weinst du? Seine Arbeit hat es getan, und weil die Ernte gut war, werden wir es verkaufen und ein Maultier dafür erhandeln, das uns besser dient.«

Die Kinder begreifen gewisse Dinge nicht. Nachdem man das Füllen dem Pächter Cirino aus Licodia verkauft hatte, ging der Sohn von Gevatter Neli es im Stall besuchen, streichelte sein Maul und seinen Hals, und der Esel drehte sich um und schnaubte, als hinge sein Herz an dem Knaben, während Esel doch dazu da sind, dort angebunden zu werden, wo der Herr sie haben will, und ihr Los sich ändert wie die Ställe. Pächter Cirino aus Licodia hatte den Esel des heiligen Joseph für wenig Geld gekauft, denn dieser hatte die Narben noch an den Fesseln; und die Frau von Gevatter Neli sagte, als sie den Esel mit seinem neuen Herrn vorbeiziehen sah: »Der war unser Glücksesel; sein schwarzweißes Fell hat Fröhlichkeit auf die Tennen gebracht. Jetzt werden die Jahre schlechter; wir haben auch das Maultier verkaufen müssen.«

Pächter Cirino hatte den Esel vor den Pflug gespannt, zusammen mit dem alten Gaul, neben dem er ging, als wäre er dafür gemacht. Er zog seine Furchen den ganzen Tag hindurch, Meile um Meile, vom Augenblick an, da die Lerchen in der weißen Morgendämmerung zu trillern begannen, bis zu der Stunde, in der sich die Rotkehlchen eilig hinter den nackten Sträuchern bargen, zitternd vor Kälte, flatternd und traurig zwitschernd in dem Nebel, der emporstieg wie ein Meer. Nur hatte man, da der Esel kleiner war als das Pferd, Strohkissen auf den Sattel und unter das Joch gelegt, und so hatte er mehr Mühe, die gefrorenen Schollen zu lockern, weil er es mit den Schultern tun mußte. »Der Esel entlastet mir das alte Pferd«, sagte Pächter Cirino. »Er hat ein Herz, so groß wie die Ebene von Catania, dieser Esel des heiligen Joseph; man würde es nicht meinen.«

Und zu seiner Frau, die ihm in ein Tuch gehüllt folgte und sparsam die Körner ausstreute, sagte er: »Wenn ihm ein Unglück zustößt – hoffentlich geschieht ihm nichts! –, sind wir in diesem Jahr, so wie es sich anläßt, zugrunde gerichtet.«

Die Frau besah sich das Jahr, das sich schlecht anließ, in dem steinigen, kargen Äckerchen, wo die Erde weiß und rissig war, denn es hatte lange nicht geregnet, und das Wasser verdampfte zu Nebel, der die Saaten frißt. Und als es Zeit war, die Felder zu harken, sahen sie aus wie des Teufels Bart, so karg und gelb waren sie, als hätte man sie mit Zündhölzern verbrannt. »Und dabei hatten wir das Brachfeld dafür vorbereitet!« sagte Pächter Cirino mit weinerlicher Stimme und zog sich die Jacke aus. »Und dieser Esel hat doch seine Haut wie ein Maultier darangegeben! Ein Unglücksesel!«

Der Frau war der Hals wie zugeschnürt, als sie das versengte Saatgut sah, und sie sagte, während ihr die Tränen aus den Augen liefen: »Der Esel kann nichts dafür. Dem Gevatter Neli hat er ein gutes Jahr gebracht. Wir sind es, die das Unglück verfolgt!«

So bekam der Esel des heiligen Joseph zum andernmal einen neuen Herrn, da Pächter Cirino sich mit der Sense auf der Schulter vom Feld abwandte, denn es war nicht nötig, es in diesem Jahr zu mähen, obwohl man Heiligenbilder auf Stäbe gesteckt und zwei Tarì ausgegeben hatte, um es vom Pfarrer segnen zu lassen. »Den Teufel braucht es hier!« fluchte Pächter Cirino angesichts der Ähren, die aufrecht wie Federbüsche dastanden und die nicht einmal der Esel fressen wollte; und er spuckte in die Luft, nach dem dunkelblauen Himmel, aus dem kein Tropfen Wasser herabfiel. Da fragte Gevatter Luciano, der Karrenführer, als er Pächter Cirino mit dem Esel und den leeren Säcken traf: »Was wollt Ihr für den Esel des heiligen Joseph?«

»Gebt mir, was Ihr wollt! Er und der Heilige, der ihn geschaffen hat, sollen verflucht sein!« antwortete Pächter Cirino. »Jetzt haben wir kein Brot mehr zu essen und auch keine Gerste, um sie dem Vieh zu geben.«

»Ich gebe Euch fünfzehn Lire, weil Ihr ruiniert seid. Doch der Esel ist nicht soviel wert. Er wird es kaum noch ein halbes Jahr lang machen. Seht Ihr, wie mager er ist?«

»Ihr hättet mehr dafür verlangen sollen!« begann die Frau von Pächter Cirino aufzubegehren, als der Handel abgeschlossen war. »Dem Gevatter Luciano ist das Maultier verendet, und er hat kein Geld, sich ein neues zu kaufen. Wenn er nun den Esel des heiligen Joseph nicht hätte erstehen können, hätte er nicht gewußt, was mit seinem Karren und seinem Gerät anfangen; Ihr werdet sehen, dieser Esel wird ihm zu Reichtum verhelfen!«

Der Esel lernte es nun, einen Karren zu ziehen, dessen Deichseln für ihn zu hoch hingen und dessen Gewicht ihm auf den Schultern lag, so daß es nicht einmal sechs Monate dauerte, bis Gevatter Luciano dem Tier beim Bergaufstolpern Prügel geben mußte, um ihm ein bißchen Leben einzuhauchen. Bergab war es noch schlimmer, weil ihm die ganze Last nach vorn rutschte und es so vorwärtstrieb, daß es einen Buckel machen und die armen versengten Beine in den Boden stemmen mußte. Wenn die Leute es so sahen, fingen sie an zu lachen; und wenn es hinfiel, brauchte man alle Engel des Paradieses, bis man es wieder auf die Beine gebracht hatte. Aber Gevatter Luciano wußte, daß der Esel ihm drei Zentner besser trug als ein Maultier, und für den Zentner Säumerlast bekam er fünf Tarì bezahlt. »Jeder Tag, den der Esel des heiligen Joseph übersteht, bedeutet einen Gewinn von fünfzehn Tarì«, sagte er , »und was das Fressen betrifft, kostet er mich weniger als ein Maultier.« Manchmal rieten ihm die Leute, die langsam zu Fuß hinter dem Karren hinaufstiegen, wenn sie das arme Tier so sahen, wie es die Beine kraftlos vorwärtssetzte und den Rücken krümmte und sich mit keuchendem Atem und verzagtem Blick vorwärtsschleppte: »Legt ihm einen Stein unter die Räder und laßt das arme Vieh Atem schöpfen!« Aber Gevatter Luciano entgegnete: »Wenn ich es gewähren lasse, verdiene ich keine fünfzehn Tarì pro Tag. Ich muß meine Haut mit der seinen erhalten. Wenn es einmal gar nicht mehr kann, verkaufe ich es dem Gipsbrenner, denn es ist ein braves Tier und für ihn gut genug. Und es ist gar nicht wahr, daß die Esel des heiligen Joseph feige sind. Ich habe ihn für ein Stück Brot von Pächter Cirino bekommen, jetzt, da er verarmt ist.«

Auf diese Weise fiel der Esel des heiligen Joseph in die Hände des Gipsbrenners. Dieser hatte etwa zwanzig Esel, alle mager und dem Tode nahe, die ihm seine kleinen Gipssäcke trugen und von den Grasbüscheln lebten, die sie am Wegrand abrupfen konnten. Der Brenner wollte ihn zuerst nicht, denn er war mehr als alle seine andern Tiere mit Narben bedeckt, seine Beine waren von den

Eisen versengt, die Schultern vom Brustkorb an abgewetzt, der Rist vom Sattelzeug des Pfluges wund und die Knie vom häufigen Fallen zerschlagen. Aber auch wegen des schwarzweißen Felles, das nicht unter die andern dunkelfarbenen Tiere paßte. »Das macht nichts«, antwortete Gevatter Luciano. »Es wird Euch im Gegenteil helfen, Eure Esel von weitem zu erkennen.« Und er ging noch zwei Tarì unter die sieben, die er verlangt hatte, um den Handel abzuschließen. Doch nicht einmal die Frau, die den Esel des heiligen Joseph hatte zur Welt kommen sehen, hätte ihn mehr erkannt, so hatte er sich verändert, wenn er den Kopf zur Erde hängen und die Ohren als Regenschutz baumeln ließ und so unter den Gipssäcken hertrottete und den Rücken unter den Schlägen des Knaben krümmte, der den Zug anführte. Allein, auch seine frühere Herrin war zu jener Zeit nicht mehr wie ehedem, denn es war ein schlechtes Jahr gewesen, und sie hatte Hunger gelitten, und alle in der Ebene hatten sie das Fieber bekommen, sie, ihr Mann und ihr Turiddu, denn sie hatten kein Geld mehr gehabt, Sulfat zu kaufen; nicht alle Tage hat man einen Esel des heiligen Joseph zu verkaufen, nicht einmal für fünfunddreißig Lire.

Im Winter, wenn es weniger Arbeit gab und das Feuerholz, um den Gips zu sieden, spärlich geworden und weit entfernt war, wenn die Pfade gefroren waren und kein Blatt mehr an den Hecken hing und kein Maulvoll Stoppeln mehr längs des vereisten Grabens zu finden war, dann war das Leben für die armen Tiere noch härter. Der Herr wußte denn auch, daß der Winter die Hälfte von ihnen hinwegraffte; daher pflegte er sich im Frühling genügend neue Tiere anzuschaffen. Des Nachts blieb die Herde im Freien, in der Nähe des Ofens, und die Tiere schützten sich, indem sie sich aneinanderdrängten. Aber das Funkeln der Sterne, die wie Schwerter blitzten, drang ihnen trotz ihrer dicken Haut durch Mark und Bein, und alle ihre Wunden schauerten und zitterten vor Kälte, als könnten sie reden.

Und doch gibt es viele Menschen, denen es nicht besser geht und die nicht einmal einen Fetzen von einem Mantel haben, wie der Hüterjunge einen trug, wenn er zusammengekauert vor dem Ofen schlief. Ganz in der Nähe wohnte eine arme Witwe in einer Hütte, die armseliger war als die Gipsbrennerei und in der die Sterne durch das Dach hineinblitzten wie Klingen. Es war wie im Freien, und der Wind ließ die paar Lumpen von Decken flattern. Zuerst war die Frau Wäscherin gewesen, aber das war ein magerer Verdienst, denn die Leute waschen ihre Lumpen selbst, wenn sie sie überhaupt waschen. Und jetzt, da ihr Sohn größer war, lebte sie davon, daß sie im Dorf Holz verkaufte. Niemand hatte je ihren Mann gekannt, und niemand wußte, woher sie das Holz nahm, das sie verkaufte. Nur der Knabe wußte es, denn er las es da und dort zusammen und lief dabei Gefahr, vom Feldhüter angeschossen zu werden. »Wenn Ihr einen Esel hättet«, sagte der Gipsbrenner zu ihr, denn er wollte das Tier des heiligen Joseph verkaufen, weil es nichts mehr taugte, »dann könntet Ihr größere Holzbündel ins Dorf bringen, nun, da Euer Knabe älter geworden ist.« Die arme Frau hatte ein paar Lire in ein Taschentuch geknüpft und ließ sich diese von dem Brenner abschwatzen, denn ein Sprichwort sagt: »Das Unnützgewordene endet im Haus eines Narren!«

Wenigstens hatte so der arme Esel des heiligen Joseph in seinen letzten Tagen noch ein besseres Leben. Denn die Witwe hielt ihn wie einen Schatz, wegen der Soldi, die er sie gekostet hatte, und verschaffte ihm des Nachts Stroh und Heu und hielt ihn im Haus neben dem Bett, das er wie ein Feuerchen erwärmte. So wäscht auf dieser Welt eine Hand die andere. Während die Frau den Esel vor sich her trieb, der einen solchen Berg Holz trug, daß man nicht einmal mehr die Ohren sah, baute sie Luftschlösser, und der Knabe kroch durch die Hecken und wagte sich bis an den Waldrand, um die Bündel zusammenzubringen, denn Mutter und Sohn glaubten jetzt, sie würden bei diesem Beruf noch reich werden. Schließlich aber ertappte der Feldhüter des Barons den Knaben auf frischer Tat und richtete ihn mit einer Tracht Prügel übel zu. Der Arzt, der den Knaben behandelte, verzehrte die letzten Soldi aus dem Taschentuch, den Holzvorrat und alles, was die beiden verkaufen konnten, und das war nicht viel, so daß die Mutter eines Nachts, als der Knabe im Fieber delirierte und sein glühendes Gesicht der Wand zukehrte und kein Bissen Brot mehr im Hause war, wie wahnsinnig hinausstürzte und mit sich selbst redete, als hätte auch sie Fieber; worauf sie hinging und einen Mandelbaum in der Nähe brach, daß es kaum zu glauben war, und ihn am Morgen dem Tier auflud, um ihn zu verkaufen. Allein der Esel fiel unter diesem Gewicht beim Aufstieg in die Knie, gerade wie der Esel des heiligen Joseph vor dem Jesuskind, und wollte nicht mehr aufstehen.

»Alle ihr Heiligen!« murmelte die Frau, »helft mir dieses Fuder Holz tragen!«

Und die Vorübergehenden zogen den Esel am Schwanz und bissen ihn in die Ohren, um ihn zum Aufstehen zu zwingen.

»Seht Ihr denn nicht, daß er am Sterben ist?« sagte schließlich der Karrenführer. Da ließen sie ihn in Frieden, denn der Esel hatte schon Augen wie ein toter Fisch und ein kaltes Maul. Und über seine Haut lief ein Schauer.

Die Frau aber dachte an ihren Knaben, der mit hochrotem Gesicht im Fieber irre redete, und stammelte: »Was sollen wir denn jetzt tun? Was sollen wir denn jetzt tun?«

»Wenn Ihr mir den Esel mit all dem Holz verkauft, gebe ich Euch fünf Tarì«, sagte der Karrenführer, der einen leeren Wagen bei sich hatte. Und als die Frau ihn mit irrem Blick ansah, fügte er hinzu: »Ich kaufe nur das Holz, denn seht, was der Esel noch wert ist!« Und er gab dem Kadaver einen Fußtritt, daß es klang wie eine eingeschlagene Trommel.

Schwarzbrot

Kaum hatte Gevatter Nanni die Augen geschlossen – der Priester stand noch da mit der Stola –, als schon Streit unter den Söhnen ausbrach darüber, wer die Ausgaben für das Begräbnis zu bezahlen hätte; den Priester schickten sie fort, mit dem Weihwasserwedel unter dem Arm.

Denn Nannis Krankheit war eine von den langwierigen gewesen, eine von denen, die einem das Fleisch von den Knochen und das Zeug aus dem Hause stehlen. Jedesmal, wenn der Arzt den Bogen Papier auf den Knien ausbreitete, um ein Rezept zu schreiben, beobachtete Gevatter Nanni dessen Hände mit bittenden Augen und murmelte: »Um Gottes willen, Euer Gnaden schreibt es wenigstens kurz!«

Der Arzt tat seine Pflicht. Alle auf dieser Welt tun ihre Pflicht. Pächter Nanni hatte bei Ausübung der seinen das Fieber erwischt, dort in der Lamia, dem von Gott gesegneten Boden, der die Saat mannshoch emporwachsen läßt. Die Nachbarn konnten lange sagen: »Gevatter Nanni, auf der Pacht in der Lamia werdet Ihr noch Euer Leben lassen!« »Als ob ich ein Baron wäre«, antwortete er, »der tun oder lassen kann, was ihm gut scheint!«

Die Brüder waren zu Lebzeiten des Vaters wie Finger an einer Hand. Jetzt aber mußte jeder an seine eignen Angelegenheiten denken. Santo hatte Frau und Kinder zu unterhalten; Lucia blieb ohne Mitgift sitzen; und wenn Carmenio Brot essen wollte, mußte er es sich außerhalb des Elternhauses verschaffen und sich einen Herrn suchen. Was die Mutter betraf, die alt und kränklich war, wußte man noch nicht, wem es unter den dreien, die nichts besaßen, zukäme, sie zu erhalten. Es ist etwas Schönes, wenn man seine Toten beweinen kann, ohne an etwas anderes denken zu müssen!

Die Ochsen, die Schafe, der Getreidevorrat, all das war mit dem Herrn gegangen. Es blieb nur das düstere Haus, mit dem leeren Bett, und die ebenfalls düsteren Gesichter der Waisen. Santo brachte seine Sachen dorthin, zusammen mit der Roten, und sagte, er wolle die Mutter zu sich nehmen. »So muß er die Miete für das Haus nicht mehr bezahlen«, sagten die andern. Carmenio schnürte sein Bündel und ging als Hirte zum Aufseher Vito, der ein Stück Weideland am Camemi besaß. Lucia wollte nicht bei der Schwägerin bleiben und drohte, lieber gehe sie irgendwo in Dienst.

»Nein!« sagte Santo. »Man soll nicht sagen, meine Schwester müsse bei andern Leuten Dienstmädchen sein.« »Er möchte natürlich lieber, ich würde es bei der Roten sein!« murmelte Lucia.

Es verhielt sich so, daß die Schwägerin in die Familie eingedrungen war wie ein Nagel. »Was kann ich dagegen tun, jetzt, wo ich sie habe?« seufzte Santo und zuckte die Achseln. »Man hätte dem Vater selig Gehör schenken sollen, als es noch Zeit dazu war!«

Der Vater hatte ihm gepredigt: »Laß die Nena sein, sie hat keine Mitgift, weder ein Dach über dem Kopf noch Grund und Boden unter den Füßen.«

Aber die Nena wich ihm nicht von der Seite: In Castelluccio, wenn er hackte oder mähte, las sie ihm die Ähren oder die Steine unter den Füßen auf; und wenn er beim Tor des Gehöftes ausruhte und die Schultern an die Mauer lehnte, am Abend, wenn die Sonne über den Feldern sank und alles schwieg: »Gevatter Santo, so Gott will, werdet Ihr dieses Jahr Eure Mühe nicht umsonst gehabt haben!«

»Gevatter Santo, wenn die Ernte gut wird, müßt Ihr die große Weide übernehmen, jene in der Ebene; dort sind Schafe gewesen, und sie ruht seit zwei Jahren aus.«

»Gevatter Santo, wenn ich diesen Winter Zeit habe, will ich Euch ein Paar dicke Strümpfe stricken, die Euch warm halten sollen.«

Santo hatte die Nena kennengelernt, als er in Castelluccio arbeitete. Sie war ein Mädchen mit rotem Haar, die Tochter des Feldhüters, die niemand haben wollte. Deshalb war sie, die Ärmste, zu jedem freundlich, der vorbeikam, und sparte sich das Brot vom Munde ab, um Gevatter Santo die schwarzseidene Mütze schenken zu können, jedes Jahr zum Fest der heiligen Agrippina, und um ihm eine Flasche Wein oder ein Stück Käse aufzustellen, wenn er nach Castelluccio kam. »Nehmt das, mir zuliebe, Gevatter Santo. Es ist vom Wein, den der Herr trinkt.« Oder: »Ich habe gedacht, letzte Woche hättet Ihr nichts zum Brot gehabt.«

Er konnte nicht nein sagen und steckte alles ein. Mehr aus Höflichkeit sagte er: »Das geht doch nicht, Gevatterin Nena, daß Ihr es Euch vom Mund abspart, um es mir zu geben.«

»Mir ist es lieber, wenn Ihr es habt.«

Doch jeden Samstagabend, wenn Santo nach Hause kam, wiederholte der Vater: »Laß die Nena sein: sie hat dieses nicht. Laß die Nena sein: sie hat jenes nicht!«

»Ich weiß, daß ich nichts habe«, sagte die Nena, wenn sie auf dem Mäuerchen saß und der untergehenden Sonne nachsah. »Ich besitze weder ein Haus noch Grund und Boden, und das bißchen Weißzeug, das mein ist, habe ich mir vom Mund absparen müssen. Mein Vater ist ein armer Feldhüter und lebt auf Kosten des Herrn; niemand möchte sich die Last einer Frau ohne Mitgift aufladen.«

Aber sie hatte einen weißen Nacken, wie die Rothaarigen ihn haben. Und wenn sie den Kopf neigte, mit allen ihren Sorgen darin, ließ die Sonne hinter ihren Ohren die goldfarbenen Haare aufleuchten, und die Wangen hatten einen zarten Flaum wie Pfirsiche. Santo blickte ihr in die gleich Flachsblüten hellblauen Augen und sah auf die Brust, die das Mieder ausfüllte und wogte wie die Saat. »Ängstigt Euch nicht, Gevatterin Nena«, sagte er zu ihr. »An Männern wird es Euch nicht fehlen.«

Sie schüttelte verneinend den Kopf, und die korallenroten Ohrringe streichelten ihre Wangen. »Nein, nein, Gevatter Santo. Ich weiß, daß ich nicht schön bin und daß mich keiner haben will.«

»Schaut!« sagte er plötzlich, denn ihm flog ein Gedanke durch den Kopf. »Schaut, wie verschieden die Meinungen doch sind!... Da sagen sie, rotes Haar sei häßlich. Aber so, wie Ihr es habt, kommt es mir gar nicht so vor.«

Als der Vater sah, daß der Sohn in Nena so verliebt

war, daß er sie heiraten wollte, sagte er eines Sonntags zu ihm: »Du willst die Rote mit aller Gewalt? Sag, willst du sie wirklich mit aller Gewalt?«

Santo, die Schultern an die Mauer gelehnt und die Hände hinter dem Rücken verschränkt, wagte es nicht, den Kopf zu heben. Aber er nickte: Ja, ja; er wisse nicht, was er ohne die Rote machen solle, und es sei der Wille Gottes.

»Du mußt es dir überlegen, wenn du eine Frau erhalten willst. Du weißt, daß ich dir nichts geben kann. Wir wollen dir nur eines sagen, ich und deine Mutter hier: Bevor du dich verheiratest, denk daran, daß das Brot knapp ist und daß bald Kinder kommen können.«

Die Mutter, zusammengekauert auf einem Klappstuhl, zog ihn an der Jacke und sagte mit bekümmertem Gesicht leise zu ihm: »Such dich in die Witwe von Pächter Mariano zu verlieben; die ist reich, und sie wird nicht viel Ansprüche machen, weil sie gelähmt ist.«

»Ach was!« brummte Santo. »Ach was! Die Witwe von Pächter Mariano wird sich ausgerechnet mit einem Bettler, wie ich einer bin, zufriedengeben!...«

Gevatter Nanni war auch der Meinung, daß die Witwe von Pächter Mariano einen Mann suche, der so reich sei wie sie, obwohl sie hinke. Und dann wäre noch die andere Gefahr da, daß hinkende Enkel zur Welt kommen könnten.

»Du mußt es dir gut überlegen«, sagte er nochmals zu seinem Sohn. »Denk daran, daß das Brot knapp ist und daß bald Kinder kommen könnten.«

Dann, am Tag der heiligen Brigida, gegen Abend, traf Santo zufällig die Rote, die am Wegrand Spargel stach und errötete, sobald sie ihn sah, als hätte sie nicht gewußt, daß er dort vorbeikommen mußte, wenn er nach Hause gehen wollte. Sie ließ den Zipfel ihres Rockes herabfallen, den sie am Gürtel hochgesteckt hatte, um gebückt durch die Feigenkakteen gehen zu können. Der junge Mann sah sie an; auch er war rot im Gesicht und sagte nichts. Schließlich erzählte er ihr, er habe seine Wochenarbeit beendet und gehe nach Hause. »Habt Ihr mir keinen Auftrag für jemanden im Dorf mitzugeben, Gevatterin Nena? Ich mache es gern.«

»Wenn ich den Spargel verkaufen ginge, käme ich mit Euch, und wir hätten den gleichen Weg«, sagte die Rote. Und als er einfältig mit dem Kopf »ja, ja« nickte, senkte sie das Kinn auf die wogende Brust und fügte hinzu: »Aber Ihr würdet mich nicht wollen, denn Frauen sind hinderlich.«

»Ich würde Euch auf den Händen tragen, Gevatterin Nena, das würde ich!«

Da begann Gevatterin Nena am Zipfel des roten Tuches zu kauen, das sie um den Kopf gebunden trug. Und auch Gevatter Santo wußte nicht mehr, was er sagen sollte. Er sah sie an und sah sie an und schob den Sack von einer Schulter zur andern, als könne er die rechte Seite nicht finden. Die Bergmelisse und der Rosmarin blühten, und der Abhang des Berges droben zwischen den Feigenkakteen lag ganz rot im Licht der untergehenden Sonne. »Jetzt müßt Ihr gehen«, sagte die Nena, »Ihr müßt gehen, denn es ist schon spät.« Und dann hörte sie den jubelnden Meisen zu. Aber Santo rührte sich nicht von der Stelle. »Geh jetzt, denn man könnte uns sehen, hier so allein.«

Gevatter Santo, der sich endlich zum Gehen anschicken wollte, kehrte zu seinem früheren Gedanken zurück, rückte den Sack auf den Schultern zurecht und sagte, er würde sie auf den Händen tragen, das würde er, wenn sie den Weg zusammen gingen. Und er blickte Nena in die Augen, die ihn flohen und zu dem Spargel zwischen den Steinen zurückkehrten, und ins Gesicht, das glühte, wie wenn die untergehende Sonne darauf schiene.

»Nein, Gevatter Santo, geht Ihr allein, denn ich bin ein armes Mädchen ohne Mitgift.«

»Lassen wir die Vorsehung walten, lassen wir sie walten...«

Sie sagte immerzu nein, sie sei nicht für ihn da, und diesmal sagte sie es mit düsterem und finsterem Gesicht. Da schob sich Gevatter Santo entmutigt den Sack auf die andere Schulter und schickte sich an, mit gesenktem Kopf davonzugehen. Die Rote aber wollte ihm wenigstens den Spargel noch mitgeben, den sie für ihn gestochen hatte. Es gäbe ein schönes Gericht, wenn er damit einverstanden wäre, ihn ihr zuliebe zu essen. Und sie streckte ihm die beiden Zipfel ihrer vollen Schürze entgegen. Santo legte einen Arm um sie und küßte sie auf die Wange, und das Herz zerschmolz ihm dabei.

In diesem Augenblick tauchte der Vater auf, und das Mädchen entfloh erschrocken. Der Feldhüter trug das Gewehr über der Schulter und sagte, er wüßte nicht, wer ihn zurückhalten könnte, Gevatter Santo umzubringen, der ihm diesen Streich spielte.

»Nein, so etwas tue ich nicht!« antwortete Santo mit verschränkten Händen. »Ich will wirklich Eure Tochter heiraten. Nicht aus Furcht vor dem Gewehr, aber ich bin der Sohn eines redlichen Mannes, und die Vorsehung wird uns helfen, da wir ja nichts Böses tun.«

So wurde denn am darauffolgenden Sonntag Hochzeit gehalten, mit der festlich gekleideten Braut und ihrem Vater, dem Feldhüter in neuen Stiefeln, in denen er herumwatschelte wie eine Ente. Der Wein und die gerösteten Bohnen versetzten auch Gevatter Nanni in fröhliche Stimmung, obwohl er damals schon die Malaria im Leibe hatte. Und die Mutter zog aus einer Truhe einen Ballen Leinwand, den sie für die Mitgift Lucias beiseite gelegt hatte, die bereits achtzehn Jahre alt war und sich jeden Sonntag, ehe sie zur Messe ging, eine halbe Stunde lang kämmte und sich im Wasser der Waschschüssel spiegelte.

Santo hatte alle zehn Fingerspitzen in die Taschen seiner Jacke gesteckt, freute sich und betrachtete die roten Haare seiner Braut, die Leinwand und all die fröhliche Geselligkeit, die ihm dieser Sonntag brachte. Der Feldhüter mit seiner roten Nase hüpfte in seinen Stiefeln und wollte alle der Reihe nach küssen.

»Mich nicht!« sagte Lucia, die erzürnt war, weil man ihr die Leinwand wegnahm. »Das ist kein Wasser für meinen Mund.« Sie saß in einem Winkel und machte ein gekränktes Gesicht, als wisse sie schon, was auf sie warte, wenn der Vater die Augen schließen würde.

Jetzt mußte sie tatsächlich das Brot backen und die Stuben kehren für die Schwägerin, die, sobald Gott es Tag werden ließ, mit dem Gatten aufs Feld ging, obwohl sie wieder schwanger war, denn im Kinderkriegen war sie schlimmer als eine Katze. Jetzt waren andere Dinge vonnöten als kleine Geschenke zu Ostern und zum Fest der heiligen Agrippina; anderes als schöne Worte, wie sie sie mit Gevatter Santo getauscht hatte, wenn sie sich in Castelluccio gesehen hatten. Dieser Gauner von einem Feldhüter hatte sein eigenes Interesse im Auge gehabt, als er die Tochter ohne Mitgift verheiratete, und nun mußte Gevatter Santo daran denken, sie zu erhalten. Seit er die Nena hatte, sah er, daß ihm das Brot für beide fehlte, und so mußten sie es im Schweiße ihres Angesichtes aus dem Boden von Licciardo herausholen.

Während sie mit den Säcken über den Schultern nach Licciardo gingen und sich den Schweiß mit dem Hemdärmel abtrockneten, hatten sie immer die Saat im Kopf und vor Augen und sahen nichts anderes mehr zwischen den Steinen des Weges. Wie die Sorge um einen Kranken, die einem immerzu schwer auf dem Herzen liegt, beschäftigte sie jene Saat: Zuerst war sie gelb, im Schlamm erstickt vom langen Regen; dann, als sie Atem zu holen begann, vom Unkraut überwuchert. Und Nena hatte sich beide Hände jämmerlich zugerichtet, als sie es einzeln auszureißen suchte, wobei sie auf den Knien lag, mit ihrem dicken Bauch, den Rock über die Knie hinaufgeschoben, um keinen Schaden anzurichten. Sie fühlte die Last der Schwangerschaft nicht und ebensowenig den Schmerz in den Lenden. Es war, als ob sie mit jedem grünen Hälmchen, das sie vom Unkraut befreite, ein Kind zur Welt brächte. Und wenn sie sich endlich schwer atmend am Rand niederkauerte und sich mit beiden Händen die Haare hinter die Ohren strich, dann war es ihr, als sähe sie schon die hohen Ähren im Juni, wie sie sich, im Winde wogend, eine an die andere lehnen. Und sie und ihr Mann rechneten, während er die nassen Gamaschen aufnestelte und die Hacke am Grasbord säuberte: So viel hatten sie ausgesät, so viel würde man ernten können, wenn die Ähren zwölffach, zehnfach oder auch nur siebenfach trügen. Die Stengel waren nicht sehr kräftig, aber die Saat stand dicht. Es genügte, daß der März nicht allzu trocken war und daß es nur regnete, wenn es sollte. Die heilige Agrippina mußte dafür sorgen! Der Himmel war klar, und die Sonne verweilte goldfarben auf den grünen

Feldern, die nach Westen zu ganz feurig glänzen, von wo die Lerchen singend auf die Schollen herabstiegen wie schwarze Punkte. Der Frühling fing überall an zu sprießen, in den Feigenkakteen, in den Sträuchern längs der Wege, zwischen den Steinen, auf den Dächern der Hütten, grün wie die Hoffnung. Und Santo schritt schwer hinter seiner Gefährtin her, die unter dem Sack voll Streu fürs Vieh gebückt ging, mit ihrem schweren Leib, und er fühlte, wie ihm das Herz vor Zärtlichkeit für die Ärmste schwoll, und er plauderte mit ihr, mit einer Stimme, die von der Anstrengung des Anstiegs erstickt war, von all dem, was er zu tun gedachte, wenn der Herrgott die Saat bis zuletzt segnen würde. Jetzt sprachen sie nicht mehr von rotem Haar und ob es schön oder häßlich sei und von andern Nichtigkeiten. Und als dann der trügerische Mai kam und all die Mühsal und Hoffnungen des Jahres zunichte machte mit seinen Nebeln, dann saßen Mann und Frau wiederum am Rande des Ackers und schauten über das Feld, das zusehends gelber und gelber wurde, wie ein Kranker, der in die andere Welt hinübergeht, und sprachen kein Wort, sondern saßen da, mit den Ellbogen auf den Knien und mit starren Augen in den bleichen Gesichtern.

»Das ist die Strafe Gottes!« murmelte Santo. »Der Vater hatte es mir vorausgesagt.«

Und in die Hütte des Armen drang die Übellaunigkeit des schwarzen, kotigen Gäßchens. Mann und Frau drehten sich verdrossen den Rücken zu, stritten sich jedesmal, wenn die Rote Haushaltsgeld haben wollte oder wenn der Mann spät nach Hause kam oder wenn kein Holz da war für den Winter oder wenn die Frau langsam und träge wurde von der Schwangerschaft. Dann gab es verärgerte Gesichter, böse Worte und oft auch Schläge. Santo packte die Nena an ihren roten Haaren, und sie zerkratzte ihm mit den Fingernägeln das Gesicht. Die Nachbarn eilten herbei, und die Rote schrie, dieser Heide wolle sie das Kind verlieren machen und es sei ihm gleichgültig, eine Seele in die Vorhölle zu schicken. Dann aber, wenn Nena gebar, schlossen sie Frieden, und Gevatter Santo trug das Kind auf den Armen, als hätte er eine Prinzessin gezeugt, und lief und zeigte es voller Freude den Eltern und Freunden.

Der Frau kochte er, solange sie im Wochenbett lag, die Suppe, fegte die Stube und schälte den Reis und blieb bei ihr, damit es ihr an nichts fehle. Dann stellte er sich unter die Tür mit dem Kind auf dem Arm, wie eine Amme, und wenn einer beim Vorübergehen ihn fragte, antwortete er: »Ein Mädchen, Gevatter! Das Unglück verfolgt mich auch hier. Es ist mir ein Mädchen geboren worden. Meine Frau kann nichts anderes machen.«

Wenn die Rote von ihrem Mann geprügelt wurde, ließ sie ihren Zorn an der Schwägerin aus und klagte, diese unternehme nichts, um ihr im Hause zu helfen. Und Lucia gab zurück: Ohne verheiratet zu sein, müsse sie die Beschwerden ertragen, welche die Kinder der andern ihr machten. Die Schwiegermutter, die Ärmste, suchte bei solchen Streitigkeiten Frieden zu stiften und sagte immer wieder: »Ich bin schuld, denn ich bin zu nichts mehr nütze. Ich esse euch nur noch das Brot weg.«

Sie war in der Tat zu nichts anderem mehr nütze als dazu, all das Unheil mitanzusehen und darüber zu brüten: die Sorgen Santos, das Jammern seiner Frau, den Gedanken an den andern Sohn, der fern weilte und der ihr schwer auf der Seele lag, die schlechte Laune Lucias, die keinen Fetzen von einem Kleid für die Festtage hatte und nicht einmal einen Hund unter ihrem Fenster vorbeigehen sah. Am Sonntag, wenn man sie einlud, mit den Gefährtinnen im Schatten zum Plaudern zusammenzukommen, antwortete sie achselzuckend: »Was soll ich dort tun? Das Seidenkleid zeigen, das ich nicht habe?«

Zum Plaudern bei den Nachbarinnen kam auch dann und wann Pino der Kauz, der mit den Fröschen. Doch tat er den Mund nicht auf und hörte nur zu, lehnte sich mit dem Rücken an die Mauer, steckte die Hände in die Taschen und spuckte hierhin und dorthin. Niemand wußte, was er da suchte; aber wenn Gevatterin Lucia unter die Tür trat, betrachtete Pino sie verstohlen, während er vorgab, sich abzuwenden, um zu spucken. Am Abend, wenn dann die Türen alle geschlossen waren, wagte er es sogar, ihr vor den Fenstern Lieder zu singen, wozu er selbst den Baß markierte: »Huum! huum! huum!« Manchmal erkannten ihn die Burschen, die spät nach Hause zurückkehrten, an der Stimme und ahmten das Quaken der Frösche nach, um ihn zu foppen.

Lucia aber tat, als hätte sie im Hause noch zu tun. Sie ging mit gesenktem Kopf umher und vermied dabei den Lichtkreis, damit man ihr Gesicht nicht sehen konnte. Aber wenn die Schwägerin brummte: »Jetzt beginnt die Musik!«, wandte sie sich wie eine Schlange um und gab zurück: »Sogar die Musik ist Euch zuviel! Eben, in diesem Gefängnis soll gar nichts sein dürfen, weder für die Augen noch für die Ohren.«

Die Mutter hörte alles und lauschte ebenfalls, sah die Tochter an und sagte, ihr hingegen bringe die Musik Freude ins Herz. Lucia tat, als merke sie nichts. Aber jeden Tag zur Stunde, da jener von den Froschsümpfen vorbeikam, verfehlte sie es nicht, sich mit der Spindel in der Hand unter die Tür zu stellen. Der Kauz kehrte vom Fluß zurück, streifte durchs Dorf, war immer wieder in der Nähe, mit seiner Froschachel in der Hand, und rief: »Frösche! Frösche!«, wie wenn die Armen in jenen Gäßchen Frösche hätten kaufen können.

»Sie sollen gut sein für die Kranken!« sagte Lucia, die sich sehnlichst wünschte, mit dem Kauz zu unterhandeln. Aber die Mutter wollte nicht, daß man für sie etwas ausgebe.

Als der Kauz sah, daß Lucia ihn verstohlen mit dem Kinn auf der Brust anblickte, verlangsamte er seinen Schritt vor ihrer Tür, und am Sonntag faßte er Mut und trat ein wenig näher, bis er sich auf die Treppenstufen des Vorbaues nebenan setzte und die Hände zwischen den Schenkeln niederhängen ließ. Und wenn alle zusammensaßen, erzählte er, wie man es anstelle, Frösche zu fangen, und daß es dazu eine teuflische Schlauheit brauche. Er selbst, Pino der Kauz, war schlau, schlimmer als ein roter Esel, und er wartete, bis die andern fort waren, dann sagte er zu Lucia: »Es sollte Regen kommen, wegen der Saat!« Oder: »Die Oliven werden dieses Jahr spärlich wachsen.«

»Was kümmert das Euch? Ihr lebt doch von den Fröschen«, sagte Lucia zu ihm.

»Hört, Schwester, wir sind alle wie die Finger an einer

Hand. Wie die Dachziegel; einer reicht dem andern das Wasser. Wenn man kein Korn erntet und kein Olivenöl, so kommt kein Geld ins Land, und niemand kauft mir meine Frösche ab. Begreift Ihr?«

Dem Mädchen ging das »Schwester« ein wie süßer Honig, und es dachte den ganzen Abend lang daran, während es still neben dem Licht saß und spann. Und seine Gedanken kreisten wie die schwirrende Spindel.

Die Mutter schien es ihr an der Spindel abzulesen, und da man seit ein paar Wochen am Abend keine Lieder mehr gehört hatte und auch den nicht mehr vorbeikommen sah, der Frösche verkaufte, sagte sie zu ihrer Schwiegertochter: »Wie traurig dieser Winter ist! Man hört keine Seele mehr in der Nachbarschaft!«

Jetzt mußte die Tür der Kälte wegen verschlossen bleiben, und durch den Laden sah man nichts anderes als das gegenüberliegende Fenster, schwarz vom Regen, oder irgendeinen Nachbarn, der heimkehrte unter seinem nassen Mantel. Aber Pino der Kauz ließ sich nicht mehr blicken. »Und wenn ein armer Kranker ein wenig Froschsuppe nötig hätte«, sagte Lucia, »so wüßte er nicht, wie es anstellen.«

»Er wird sich sein Brot auf irgendeine andere Art verdienen«, antwortete die Schwägerin. »Das ist ein armseliges Handwerk und nur für einen, der nichts anderes kann.«

Santo, der eines Samstagabends dem Geschwätz zugehört hatte, stellte seine Schwester deswegen zur Rede: »Mir gefällt die Sache mit dem Kauz nicht. Das wäre eine feine Partie für meine Schwester! Einer, der von Fröschen lebt und mit seinen Beinen den ganzen Tag im Schlamm steht! Du mußt dir einen Bauern suchen, der, auch wenn er nichts besitzt, doch aus dem gleichen Stoff gemacht ist wie du.«

Lucia blieb schweigend mit gesenktem Kopf und gerunzelten Brauen sitzen. Dann und wann biß sie sich auf die Lippen, um nicht herauszuschreien: »Wo find' ich ihn, deinen Bauern?« Wie wenn es an ihr läge, jemanden zu finden! Der einzige, den sie gefunden hätte, ließ sich nun nicht mehr blicken, vielleicht, weil die Rote ihm irgend etwas gesteckt hatte, neidisch und schwatzhaft, wie sie war. Santo redete doch immer seiner Frau das Wort, und diese sagte, der mit den Fröschen sei ein Nichtstuer, und sicher war das dem Pino zu Ohren gekommen.

Daher brach bei jeder Gelegenheit zwischen den beiden Schwägerinnen Streit aus: »Hier bin nicht ich die Hausfrau!« brummte Lucia. »In diesem Hause ist diejenige die Herrin, die es verstanden hat, meinen Bruder einzufangen und ihn zum Mann zu gewinnen.«

»Wenn ich gewußt hätte, was nachher kommen würde, hätte ich ihn mir nicht gekapert, Euren Bruder, nein! Denn wenn ich zuerst nur ein Brot brauchte, so sind jetzt fünf nötig.«

»Was kümmert es Euch, ob der mit den Fröschen ein Handwerk hat oder nicht? Wenn er mein Mann wäre, müßte *er* daran denken, mich zu erhalten.«

Die Mutter, die Ärmste, legte sich mit guten Worten ins Mittel. Aber sie war eine stille Frau und wußte nichts anderes zu tun, als von einer zur andern zu laufen, mit den Händen in den Haaren, und zu stammeln: »Um Gottes willen! Um Gottes willen!« Allein, die Frauen schenkten ihr nicht einmal Gehör und zerkratzten sich das Gesicht mit den Nägeln, seit die Rote einmal das böse Wort »Närrin!« hervorgestoßen hatte.

»Du bist die Närrin! Du, die du mir den Bruder gestohlen hast!«

Da trat Santo dazwischen und schlug sie alle beide, um Frieden zu schaffen, und die Rote brummte weinend: »Ich wollte ihr nur zum Guten reden. Denn wenn eine sich arm verheiratet, kommt das Unglück schnell.«

Und zu der Schwester, die schrie und sich die Haare raufte, sagte er, um sie zu beschwichtigen: »Was soll ich denn tun, jetzt, da sie meine Frau ist? Aber sie meint es gut mit dir und redet zu deinem Besten. Siehst du denn nicht, was für ein gutes Geschäft wir mit unserer Heirat gemacht haben?«

Lucia beklagte sich bei der Mutter.

»Ich möchte wohl das gleiche Geschäft machen wie sie! Lieber will ich irgendwo in Dienst gehen als dableiben. Wenn sich einmal ein Mensch hier sehen läßt, dann jagen sie ihn davon.« Und sie dachte an den mit den Fröschen, der sich nicht mehr blicken ließ.

Später erfuhr man, daß er hingegangen war, um mit der Witwe von Pächter Mariano zu leben. Ja, sie wollten sogar heiraten. Gewiß, ein Handwerk hatte er nicht, aber er war ein prächtiger Bursche, ohne Fehl, gut gewachsen: der heilige Vito in Fleisch und Blut. Und die Hinkende besaß genug, um sich einen Mann zu nehmen, wie er ihr paßte und gefiel.

»Schaut her, Gevatter Pino«, sagte sie zu ihm, »das hier ist alles Weißzeug, das sind alles Ohrringe und Ketten aus Gold; in dieser Flasche sind zwölf Maß Olivenöl, und dieser Korb ist voll Bohnen. Wenn Ihr nur wollt, könnt Ihr mit den Händen über dem Bauch leben und habt es nicht mehr nötig, mit den Beinen bis zu den Knien im Sumpf zu stehen und Frösche zu fangen.«

»Ich wäre es schon zufrieden«, sagte der Kauz. Aber er dachte an die schwarzen Augen Lucias, die ihn unter dem Fensterladen hindurch suchten, und an die Hüften der Hinkenden, die sich, wenn sie durchs Haus ging, um ihm all ihren Reichtum zu zeigen, wie die der Frösche bewegten. Allein, als er einst drei Tage lang nichts hatte fangen können und im Hause der Witwe hatte bleiben müssen, um zu essen und zu trinken und zuzusehen, wie es draußen regnete, entschloß er sich, um des Brotes willen ja zu sagen.

»Um des Brotes willen, ich schwöre es Euch!« sagte er mit verschlungenen Händen, als er zurückkam, um Gevatterin Lucia vor der Tür aufzusuchen. »Wenn es nicht wegen des schlechten Jahres gewesen wäre, hätte ich die Hinkende nicht geheiratet, Gevatterin Lucia.«

»Geht und erzählt das der Hinkenden!« antwortete ihm das Mädchen, blaß vor Wut. »Nur das will ich Euch sagen: Hierher habt Ihr Euren Fuß nicht mehr zu setzen.«

Und die Hinkende sagte es ihm auch, er dürfe seinen Fuß nicht mehr dorthin setzen, sonst werde sie ihn aus ihrem Hause jagen, nackt und hungrig, wie sie ihn aufgenommen habe. »Weißt du nicht, daß du vor Gott *mir* das Brot verdankst, das du ißt?«

Ihrem Gatten ließ sie es an nichts fehlen: Er ging gut

gekleidet, gut genährt, mit Schuhen an den Füßen und hatte nichts anderes zu tun, als den ganzen Tag auf dem Platz herumzulungern, zum Gärtner zu gehen, zum Metzger, zum Fischer, mit den Händen auf dem Rücken, mit vollem Bauch, und zuzusehen, wie man um die Ware feilschte. »Das ist sein Beruf, herumzustreichen!« sagte die Rote. Und Lucia gab zurück, er mache nichts, weil er eine Gattin habe, die reich sei und ihn erhalte. »Wenn er mich geheiratet hätte, würde er arbeiten müssen, um die Frau zu erhalten.« Santo, den Kopf in die Hände gestützt, dachte darüber nach, daß seine Mutter ihm geraten hatte, er sollte sich die Hinkende zur Frau nehmen, und daß es sein Fehler gewesen sei, wenn er den Brocken vom Munde hatte wegschwimmen lassen.

»Wenn wir jung sind«, predigte er der Schwester, »haben wir alle die gleichen Grillen im Kopf wie du jetzt, und alle suchen wir nur das, was uns gefällt, ohne an das Nachher zu denken. Frag doch jetzt die Rote, ob wir das wiederholen würden, was wir gemacht haben!...«

Die Rote kauerte auf der Schwelle und nickte mit dem Kopf, während ihre Kleinen um sie herum schrien und sie am Rock und an den Haaren zogen. »Wenigstens müßte uns der Herrgott nicht auch noch das Kreuz mit den Kindern schicken!« klagte sie.

Von den Kleinen nahm sie jeden Morgen so viele, wie sie konnte, mit aufs Feld, wie eine Stute ihre Füllen; das Kleinste im Sack auf der Schulter, und das Größte hielt sie an der Hand. Aber die andern drei mußte sie wohl oder übel zu Hause lassen, und dort brachten sie die Schwägerin zur Verzweiflung. Dasjenige im Sack und das andere, das stolpernd hinter ihr her zottelte, schrien auf dem ganzen Weg in der Kälte der grauen Morgendämmerung um die Wette, und die Mutter mußte von Zeit zu Zeit stillstehen; dann kratzte sie sich am Kopf und seufzte: »Ach, Herrgott!« und wärmte mit ihrem Hauch die bläulichen Händchen der Kleinen oder zog den Säugling aus dem Sack, um ihm im Weitergehen die Brust zu reichen. Ihr Mann ging voraus, gebückt unter der Last, und wandte sich kaum zurück, um ihr Zeit zu lassen, ihn mühsam, das Kind hinter sich herziehend, und mit nackter Brust, wieder einzuholen. Er schaute nicht mehr nach den Haaren der Roten oder nach ihrer Brust, die im Mieder wogte, wie in Castelluccio. Jetzt entblößte die Rote sie an der Sonne und bei Frost, wie etwas, das zu nichts anderem mehr taugt, als um Milch zu geben, genau wie bei einer Stute. Ein richtiges Arbeitstier – in dieser Hinsicht konnte sich ihr Mann nicht beklagen –, gut zum Hacken, zum Mähen und zum Säen, besser als ein Mann, wenn sie die Röcke hochband und mit braunen Beinen bis unters Knie in der Saat stand. Sie war jetzt siebenundzwanzig Jahre alt und hatte anderes zu tun, als sich um feine Schuhe und blaue Strümpfe zu kümmern. »Wir sind alt«, sagte ihr Mann, »und müssen an die Kinder denken.« Wenigstens halfen sie sich gegenseitig, wie zwei Ochsen im selben Joch. Das war nun das Verheiratetsein!

»Das weiß ich leider auch!« brummte Lucia. »Ich, die ich die Mühe mit den Kindern habe, ohne einen Mann zu besitzen. Wenn einmal die Alte die Augen zumacht und sie mir dann noch ein Stück Brot geben wollen, so werden sie es tun. Aber wenn sie es nicht wollen, setzen sie mich einfach auf die Straße.«

Die Mutter, die Ärmste, wußte nicht, was sie antworten sollte; sie hörte nur zu, saß neben dem Bett, mit dem Tuch auf dem Kopf und dem von der Krankheit gelben Gesicht. Tagsüber saß sie unter der Tür an der Sonne, und dort blieb sie still und ruhig, bis zur Stunde, in welcher der Tag über den dunklen Dächern des gegenüberliegenden Hauses verblaßte und die Nachbarinnen die Hühner zusammentrieben.

Nur wenn der Arzt sie besuchen kam und die Tochter die Kerze nahe an ihr Gesicht hielt, fragte sie den Doktor mit einem scheuen Lächeln: »Um Gottes willen, Euer Gnaden ... Ist es eine lange Sache?«

Santo, der ein goldenes Herz hatte, antwortete: »Es macht mir nichts aus, Arzneien zu kaufen, solange die arme Alte hier ist und ich weiß, daß ich sie in ihrem Winkel wiederfinde, wenn ich nach Hause komme. Denn auch sie hat zu ihrer Zeit ihr Teil gearbeitet, und wenn wir einmal alt sind, werden unsere Kinder das gleiche für uns tun.«

Doch geschah es, daß auch Carmenio im Camemi das

Fieber erwischte. Wenn sein Herr reich gewesen wäre, hätte er ihm Arzneien gekauft. Aber der Hüter Vito war ein armer Teufel, der von der kleinen Herde lebte, und den Knaben behielt er wirklich nur aus Barmherzigkeit bei sich, denn seine paar Schafe hätte er auch selbst hüten können, wenn er nicht Angst vor der Malaria gehabt hätte. Er wollte aber auch ein gutes Werk tun, indem er dem Waisenkind von Gevatter Nanni Brot verschaffte, um sich so um die Vorsehung verdient zu machen, die helfen mußte, bestimmt, wenn es eine Gerechtigkeit im Himmel gab. Was konnte er tun, wo er nur dieses kleine Stück Weideland im Camemi besaß, auf dem die Malaria liegen blieb wie der Schnee, und Carmenio das Wechselfieber aufgelesen hatte? Eines Tages, als der Knabe spürte, wie das Fieber seine Glieder lähmte, und er sich vom Schlaf überwältigen ließ, hinter einem Felsblock, der seinen dunklen Schatten über den staubigen Weg warf, während die Mücken in der Maihitze summten, brachen die Schafe in die Saaten des Nachbarn ein – ein armes Brachfeld, so groß wie ein Taschentuch, das von der Hitze schon halb versengt war. Unbemerkt von Onkel Cheli, der es, zusammengekauert unter einem Laubdach, wie seinen Augapfel hütete, dieses Feld, das ihn so viel Schweiß kostete und das für ihn die Hoffnung des ganzen Jahres bedeutete. Als er die Schafe sah, die darauf herumliefen, rief er: »Ah, essen die denn kein Brot, diese Menschen?« Und Carmenio erwachte von den Schlägen und Fußtritten Onkel Chelis, der daraufhin wie verrückt, weinend und heulend, hinter den ausgebrochenen Schafen herrannte. Wahrhaftig, diese Tracht Prügel hatte Carmenio wirklich noch gefehlt, wo ihm doch das Fieber schon alle Knochen gebrochen hatte! Aber ersetzten vielleicht sein Schreien und sein Weh und Ach den Schaden, den der Nachbar erlitten hatte? »Ein Jahr ist verloren, und meine Kinder haben im nächsten Winter kein Brot! Das hast du angerichtet, Schurke! Wenn ich dir die Haut abzöge, so würde das noch nicht genügen!«

Onkel Cheli suchte Zeugen, um sie mit den Schafen des Hüters Vito vor den Richter zu bringen. Als diesen die Aufforderung traf, war das wie ein Schicksalsschlag für ihn und seine Frau. »Ah, dieser Gauner von Carmenio hat uns ganz und gar zugrunde gerichtet. Geh einer hin und tue Gutes, und sie vergelten es ihm auf solche Weise! Konnte ich vielleicht in die Malariafelder gehen, um meine Schafe selbst zu hüten? Jetzt bringt es Onkel Cheli fertig, uns in Armut und Elend zu stürzen!« Der Ärmste lief über Mittag zum Camemi und sah nicht aus den Augen vor lauter Verzweiflung über all das Unglück, das über ihn hereingebrochen war, und bei jedem Fußtritt und jedem Hieb, den er dem Carmenio verabreichte, stammelte er keuchend: »Du hast uns aufs Stroh gebracht! Du hast uns zugrunde gerichtet, Räuber!« »Seht Ihr denn nicht, wie es mir geht?« versuchte Carmenio zu antworten, während er die Schläge abwehrte. »Was kann ich dafür, wenn ich vor lauter Fieber nicht mehr auf den Füßen zu stehen vermochte? Es überfiel mich heimtückisch, dort hinter dem großen Felsen!« Aber trotzdem mußte er sogleich sein Bündel schnüren und auf seine zwei Unzen verzichten, die ihm der Hüter Vito noch schuldete. Dann verließ er die Herde. Daß den Hüter Vito das Fieber später selbst wieder packte, vermehrte sein Unglück.

Zu Hause sagte Carmenio nichts, als er halbnackt und ohne Lohn mit dem Bündel, das er an seinem Stecken über der Schulter trug, ankam. Nur die Mutter sorgte sich, als sie ihn so bleich und abgemagert sah, und wußte nicht, was sie denken sollte. Erst später erfuhr sie alles von Don Verando, der in der Nähe wohnte und ebenfalls ein Stück Weideland im Camemi besaß, das an das Brachfeld von Onkel Cheli angrenzte.

»Sag niemandem den Grund, weshalb dich Onkel Vito weggeschickt hat!« riet die Mutter dem Knaben, »sonst nimmt dich niemand mehr als Hüterbuben.« Und Santo fügte noch hinzu: »Sag niemandem, daß du das Fieber hast, denn es nimmt dich keiner, wenn er erfährt, daß du krank bist.«

Doch Don Venerando nahm ihn für seine Herde in Santa Margherita, wo der Hüter ihn frech bestahl und ihm mehr Schaden zufügte, als Schafe in einem Saatfeld es tun können. »Ich werde dir die Arzneien geben. So wirst du keinen Vorwand haben, dich schlafen zu legen und die Schafe laufen zu lassen, wohin sie wollen.« Don Venerando hatte begonnen, der ganzen Familie sein Wohlwollen entgegenzubringen, und zwar wegen Lucia, die er von seinem Balkon aus sah, wenn er nach dem Mittagessen ein bißchen frische Luft schöpfte. »Wenn ihr mir auch das Mädchen geben wollt, zahle ich ihr sechs Tarì im Monat.« Und er sagte, Carmenio könne mit der Mutter nach Santa Margherita gehen, denn der Alten ging es von Tag zu Tag schlechter, und bei der Herde würde es ihr wenigstens nicht an Eiern, an Milch und an der Suppe fehlen, die man aus Schaffleisch bereitete, wenn eines der Tiere einging. Die Rote gab her, was sie konnte, um ein Bündel mit Wäsche zusammenzubringen. Jetzt kam die Zeit der Saat, sie konnten nicht alle Tage von Licciardo herkommen, und die Vorräte wurden auf den Winter hin immer spärlicher. Lucia sagte diesmal tatsächlich, sie wolle ins Haus des Don Venerando in Dienst gehen.

Sie setzten die Alte auf ein Maultier. Santo ging auf der einen Seite und Carmenio auf der andern; den Sack banden sie auf die Kruppe. Und die Mutter, die alles mit sich geschehen ließ, sagte zur Tochter, indem sie sie mit ernsten Augen aus dem gelben Gesicht heraus anschaute: »Wer weiß, ob wir uns wiedersehen? Wer weiß, ob wir uns wiedersehen? Sie haben gesagt, ich würde im April zurückkommen. Lebe du gottesfürchtig im Hause deines Herrn. Dort wird es dir wenigstens an nichts fehlen.«

Lucia schluchzte in ihre Schürze. Und auch die Rote, die Ärmste. In jenem Augenblick hatten sie Frieden geschlossen, hielten sich umschlungen und weinten miteinander. »Die Rote hat ein gutes Herz«, sagte ihr Mann. »Das Unheil liegt nur darin, daß wir nicht reich sind, um uns immer gut zu sein. Wenn die Hühner im Hof nichts zu picken finden, dann picken sie sich untereinander.«

Lucia war nun im Hause Don Venerandos gut versorgt und sagte, sie wolle es erst nach ihrem Tode wieder verlassen, wie man das zu tun pflegt, um dem Herrn seine Dankbarkeit zu bezeugen. Sie hatte Brot und Suppe, soviel sie nur wollte, jeden Tag ein Glas Wein und am Sonntag und an

Feiertagen ihren Teller Fleisch. Mittlerweile blieb ihr Monatslohn in ihrer Tasche, so wie sie ihn bekam, und am Abend hatte sie Zeit, sich ihr eigenes Weißzeug für die Aussteuer zu spinnen. Ihre Partie hatte sie im Hause selbst schon unter den Augen: Brasi war es, der Bursche, der die Küche besorgte und auch auf dem Feld half, wenn es nötig war. Der Herr war auf die gleiche Art reich geworden, als er im Dienste des Barons gestanden hatte, und jetzt hieß er Don und besaß Güter und Vieh im Überfluß. Lucia hatte man, weil sie aus einer achtbaren, nur eben vom Unglück verfolgten Familie kam und man von ihr wußte, daß sie rechtschaffen war, die weniger harten Arbeiten angewiesen, wie Tellerspülen, in den Keller hinuntergehen und den Hühnerhof überwachen. Sie schlief in einem Raum unter der Treppe, der fast ein Zimmerchen zu nennen war, und sie hatte ein Bett und eine Truhe und alles, was sie brauchte. Deshalb wollte Lucia das Haus erst nach ihrem Tode verlassen. Inzwischen aber warf sie Brasi verliebte Blicke zu und vertraute ihm an, in zwei oder drei Jahren würde sie hübsche Ersparnisse beisammen haben und könne »in die Welt hinausziehen«, wann es Gott gefiele.

Brasi hörte schlecht auf jenem Ohr. Aber Lucia gefiel ihm mit ihren kohlschwarzen Augen und all dem Liebreiz, mit dem Gott sie ausgestattet hatte. Ihr aber gefiel Brasi auch; er war klein, hatte gelocktes Haar und das feine, schlaue Gesicht eines Spitzes. Während sie Teller spülten oder Holz unter den Wasserkessel legten, erfand er allerlei Späße, über die sie lachte, als hätte er sie gekitzelt. Er spritzte ihr Wasser in den Nacken und steckte ihr Endivienblätter zwischen die Zöpfe. Lucia schrie leise auf, damit es die Herrschaften nicht hörten; sie kauerte sich in den Winkel beim Herd, rot im Gesicht wie die Glut, und warf ihm Lappen und Reisigstücke an den Kopf, während sie wegen des an ihrem Rücken herunterrieselnden Wassers vor Lust erschauerte.

»Mit Fleisch macht man Klöße – nun macht Ihr den Euren, ich habe meinen gemacht.«

»Ich nicht!« antwortete Lucia. »Mir gefallen solche Scherze nicht.«

Brasi tat, als sei er gekränkt. Er raffte das Endivienblatt, das sie ihm ins Gesicht geworfen hatte, auf und steckte es sich an die Brust, unter das Hemd, während er murmelte: »Das gehört mir. Ich rühre Euch nicht an. Das gehört mir und muß hier bleiben. Wenn Ihr Euch etwas von mir an denselben Platz stecken wollt, so ist das Eure Sache!« Und er tat, als wolle er sich ein Büschel Haare ausreißen, um es ihr anzubieten; dabei streckte er ihr die Zunge heraus.

Sie schlug ihn mit den handfesten Faustpüffen einer Bäuerin, daß er sich krümmte und die ihn, wie er sagte, des Nachts nicht schlafen ließen. Sie packte ihn an den Haaren wie einen jungen Hund und empfand ein gewisses Vergnügen daran, die Finger in diese weiche und gelockte Wolle zu vergraben.

»Nur weiter! Nur weiter! Ich bin nicht so übelnehmerisch wie Ihr und würde mich von Euren Händen gern wie eine Wurst kneten lassen.«

Einmal überraschte Don Venerando sie bei diesen Spielereien und machte einen Mordskrach deswegen. Liebeleien wolle er keine in seinem Hause, sonst werde er sie alle beide mit Fußtritten fortjagen. Wenn er jedoch das Mädchen allein in der Küche fand, nahm er es beim Kinn und wollte es mit zwei Fingern liebkosen.

»Nein! Nein!« gab Lucia zurück. »Mir gefallen solche Scherze nicht. Sonst packe ich meine Sachen und gehe fort.«

»Von ihm läßt du sie dir gefallen! Von ihm! Und von mir, der ich dein Herr bin, nicht? Was soll das heißen? Weißt du nicht, daß ich dir Ringe und Goldbehänge schenken und dir eine Aussteuer verschaffen kann, wenn ich Lust dazu habe?«

Tatsächlich könne er das – bezeugte Brasi. Denn der Herr hatte Geld, soviel er nur wollte, und seine Frau trug einen seidenen Mantel wie eine Dame, jetzt, da sie mager und alt war, schlimmer als eine Mumie. Daher stieg auch ihr Mann in die Küche hinunter, um mit dem Mädchen zu scherzen. Dann kam er wieder, um nach seinen Sachen zu sehen, wieviel Holz im Herd brannte und wieviel Fleisch man aufs Feuer setzte. Er war reich, gewiß, aber er wußte, was es brauchte, um reich zu werden, und stritt den ganzen Tag mit seiner Frau, die große Rosinen im Kopf hatte, jetzt, da sie die Dame spielte und sich über den Rauch des Feuers und über den schlechten Geruch der Zwiebeln beklagte.

»Meine Aussteuer will ich mir mit meinen eigenen Händen schaffen«, gab Lucia zurück. »Die Tochter meiner Mutter will ein ehrbares Mädchen sein, sollte jemals einer sie zu seiner Frau begehren.«

»Bleib du nur ehrbar!« antwortete der Herr. »Du wirst sehen, was für eine schöne Aussteuer du damit zusammenbekommst; und wie viele kommen werden, um sie zu suchen, deine Tugendhaftigkeit!«

Wenn die Makkaroni zu lange gekocht waren, wenn Lucia zwei Spiegeleier auf den Tisch brachte, die angebrannt waren, schalt Don Venerando sie tüchtig aus; in Gegenwart seiner Frau. Da war er ein ganz anderer Mann, mit vorgestrecktem Bauch und lauter Stimme: Glaubten sie eigentlich, Schweinefutter zu kochen? Und das mit zwei Bediensteten, die einen zu Lebzeiten auffraßen! Ein andermal werde er ihr diese Gottesgabe an den Kopf werfen! – Die Dame, die Gute, wollte kein Geschrei wegen der Nachbarn und schickte das Mädchen hinaus, indem sie ihm mit schriller Stimme nachschrie: »Geh in die Küche! Mach, daß du fortkommst, Schlampe! Nichtsnutz!«

Lucia ging hinunter und weinte im Ofenwinkel, aber Brasi tröstete sie mit seinem pfiffigen Gesicht: »Was kümmert das Euch? Laßt sie schimpfen! Wenn wir auf die Herrschaften hören wollten, was wären wir für arme Geschöpfe! Die Eier rochen angebrannt? Das geschieht ihnen recht! Ich konnte nicht das Holz im Hof spalten und gleichzeitig die Eier umwenden. Sie haben mich als Koch und zugleich als Hausburschen angestellt und wollen wie Könige bedient sein! Warum erinnern sie sich nicht mehr daran, wie er noch unter einem Olivenbaum Brot und Zwiebeln aß und sie ihm die Ähren auf dem Feld zusammenlas?«

Dann vertrauten sich das Mädchen und der Koch ihr »böses Geschick« an, erzählten sich, daß sie selbst von »guten Familien« abstammten und daß ihre Eltern einst reicher gewesen seien als der Herr. Der Vater des Brasi war sogar Wagenbauer gewesen, nichts weniger als das! Und die Schuld lag beim Sohn, der diesen Beruf nicht hatte erlernen wollen und es sich in den Kopf gesetzt hatte, auf den Jahrmärkten hinter dem Karren des Krämers herumzustreichen; bei ihm hatte er kochen und mit dem Vieh umgehen gelernt.

Lucia begann die Litanei ihrer eigenen Leiden herzusagen: der Vater, das Vieh, die Rote, die Hungerjahre. Sie beide, sie und Brasi, in dieser Küche, sie schienen wie füreinander geschaffen.

»Die Geschichte Eures Bruders mit der Roten?« antwortete Brasi. »Nein, danke!« Doch wollte er ihr nicht zu nahe treten. Es kümmerte ihn wenig, daß sie eine Bäuerin war. Er wies sie nicht aus Hochmut zurück. Sie waren beide arm, und es wäre das beste gewesen, wenn sie sich mit einem Stein am Hals in den Brunnen gestürzt hätten.

Lucia schluckte all dies Bittere hinunter, ohne ein Wort zu sagen, und wenn sie weinen wollte, ging sie hin und versteckte sich unter der Treppe oder im Ofenwinkel, dann, wenn Brasi fort war. Sie hatte diesen Kerl, durch das ständige Beisammensein vor dem Herd, liebgewonnen. Die derben Verweise, die Scheltworte des Herrn nahm sie alle auf sich, und dem Brasi ließ sie die besten Speisen, das vollste Glas Wein und ging in den Hof, um Holz für ihn zu spalten. Sie hatte auch gelernt, die Eier in der Pfanne zu wenden und die Makkaroni zum richtigen Zeitpunkt aus der Pfanne zu nehmen. Wenn Brasi sah, wie sie, die Schüssel auf den Knien, das Kreuz schlug, bevor sie mit dem Essen begann, sagte er zu ihr: »Habt ihr noch nie eine Gottesgabe gesehen?«

Er beklagte sich immer und über alles: es sei Sträflingsarbeit, und daß ihm abends nur drei Stunden blieben, um spazieren oder in die Wirtschaft zu gehen. Und wenn Lucia es manchmal wagte, ihm mit gesenkter Stirn und rot im Gesicht zu sagen: »Weshalb geht Ihr ins Wirtshaus? Laßt es doch sein, es paßt nicht zu Euch.«

»Da sieht man, daß Ihr eine Bäuerin seid!« antwortete er. »Ihr glaubt alle, in der Wirtschaft sei der Teufel. Ich bin der Sohn von Geschäftsleuten, meine Liebe. Ich bin kein Bauer!«

»Ich meine es zu Eurem Besten. Ihr gebt Geld aus; und

dann besteht immer die Gefahr, mit irgend jemandem in Streit zu geraten.«

Brasi fühlte sich weich werden bei solchen Worten und unter diesen Augen, die es vermieden, ihn anzusehen. Aber er freute sich darüber: »Oh, was geht das Euch an?«

»Es geht mich nichts an. Ich sage es Euretwegen.«

»Aber langweilt Ihr Euch denn nicht, wenn Ihr hier so den ganzen Tag im Hause sitzt?«

»Nein, ich danke Gott dafür, daß es mir so geht, und ich wollte, meine Verwandten hätten es so gut wie ich, denn mir mangelt es an nichts.«

Sie war dabei, Wein abzuzapfen, und kauerte mit dem Krug zwischen den Knien auf dem Boden. Brasi war mit ihr in den Keller hinuntergestiegen und leuchtete ihr. Der Keller war groß und dunkel wie eine Kirche, und man hörte keine Fliege hier unter der Erde. Sie waren ganz allein, Brasi und Lucia, und er legte ihr einen Arm um den Hals und küßte sie auf den korallenroten Mund.

Die Ärmste duldete es erschrocken. Sie beugte sich noch tiefer und hielt die Augen auf den Krug geheftet, und beide schwiegen. Sie hörte auf seinen raschen Atem und auf das Gurgeln des Weins. Dann aber stieß sie einen erstickten Schrei aus und wich bebend zurück, so daß ein wenig roter Weinschaum auf den Boden floß.

»Was ist denn?« rief Brasi aus. »Als hätte ich Euch eine Ohrfeige gegeben! Es ist also nicht wahr, daß Ihr mich gern habt?«

Sie wagte es nicht, ihm ins Gesicht zu sehen, und wünschte es doch so sehr. Sie sah auf den Wein, den sie verschüttet hatte, und stammelte verlegen: »Ach, ich Arme! Ach, ich Arme! Was habe ich getan? Der Wein des Herrn!«

»Ach was! Laßt den laufen, er hat so viel Wein, der Herr. Gebt mir lieber Antwort. Ihr mögt mich also nicht gern? Sagt es mir, ja oder nein?«

Diesmal überließ sie ihm ihre Hand, ohne jedoch zu antworten, und als Brasi sie bat, sie möge ihm den Kuß zurückgeben, gab sie ihn ihm, wobei sie nicht nur vor Scham errötete.

»Habt Ihr denn noch nie geküßt?« fragte Brasi lachend.

»Wahrhaftig, Ihr zittert ja, als hätte ich gedroht, Euch umzubringen.«

»Doch, ich habe Euch auch gern!« antwortete sie. »Und ich wünschte so sehr, es Euch zu sagen. Wenn ich immer noch zittere, so achtet nicht darauf. Es geschah, weil ich Angst hatte wegen des Weins.«

»Da schaut! Ihr also auch? Und seit wann? Warum habt Ihr es mir nicht gesagt?«

»Seit damals, als wir davon sprachen, daß wir eines für das andere bestimmt seien.«

»Ach so!« sagte Brasi und kratzte sich am Kopf. »Kommt hinauf, der Herr könnte erscheinen.«

Lucia war nach diesem Kuß sehr glücklich, es schien ihr, Brasi habe es ihr damit auf den Mund versprochen, daß er sie heiraten werde. Aber er redete nie davon, und wenn das Mädchen an die Angelegenheit rührte, antwortete er: »Was hast du es denn so eilig? Es ist doch unnötig, sich das Joch auf den Hals zu laden, wenn wir beieinander sein können, als wären wir verheiratet.«

»Nein, das ist nicht dasselbe. Jetzt leben wir getrennt. Aber wenn wir verheiratet sein werden, sind wir eins.«

»Eins, wahrlich! Aber wir sind nicht aus demselben Teig gemacht. Geduld! Wenn du wenigstens ein bißchen Mitgift hättest.«

»Ah, was für ein hartes Herz! Nein. Ihr habt mich nie gern gehabt.«

»Doch, das habe ich. Ich bin für Euch da; vorausgesetzt, daß Ihr nicht vom andern sprecht.«

»Nein. Von solchem Brot esse ich nicht! Laßt mich in Frieden und seht mich nicht mehr an!«

Jetzt wußte sie, wie die Männer waren! Alles Lügner und Verräter! Sie mochte nicht mehr davon reden hören. Lieber wollte sie sich kopfüber in den Brunnen werfen; oder Nonne werden; oder ihren guten Namen nehmen und ihn zum Fenster hinauswerfen! Was nützte er ihr, wenn sie keine Mitgift hatte? Sich den Hals brechen mit diesem alten Kerl, ihrem Herrn, und sich die Mitgift mit ihrer Schande erkaufen. Jetzt!... Jetzt gleich!... Don Venerando strich immer um sie herum, bald mit bösen und bald mit guten Worten. Er wahrte dabei sein Interessen und spähte, ob sie zuviel Holz aufs Feuer legten und wieviel Öl sie brauchten für den Braten. Er schickte Brasi weg, damit er ihm Tabak kaufe, und suchte Lucia am Kinn zu packen. Er lief ihr nach durch die ganze Küche, auf den Zehenspitzen, damit seine Frau es nicht höre, und warf dem Mädchen vor, es habe nicht genügend Respekt vor ihm, weil es ihn so laufen mache! »Nein! Nein!« Das Mädchen glich einer wild gewordenen Katze. Lieber packe es seine Sachen und ginge weg! »Und was willst du essen? Und wo findest du einen Mann, wenn du keine Aussteuer hast? Schau dir diese Ohrringe an! Ich will dir auch zwanzig Unzen schenken für die Aussteuer. Für zwanzig Unzen läßt sich Brasi beide Augen ausstechen.«

Ach, Brasi hatte ein hartes Herz! Er ließ sie in den groben Händen des Herrn, die sie zitternd abtasteten! Er ließ sie da, mit dem Gedanken an die Mutter, die nicht mehr lange leben würde, an das verödete Haus, das so voll Unglück war, an Pino den Kauz, der sie hatte sitzen lassen, um das Brot der Witwe essen zu können. Er ließ sie da, mit der Versuchung, mit den Ohrringen und den zwanzig Unzen im Kopf!

Und eines Tages trat sie mit ganz entstelltem Gesicht in die Küche, und das Ohrgehänge baumelte ihr um die Wangen. Brasi sperrte die Augen auf und sagte: »Wie schön Ihr seid, so geschmückt, Gevatterin Lucia!«

»Ach, gefalle ich Euch so? Dann ist es gut; dann ist es gut!«

Seit Brasi die Ohrringe sah und all das andere, gab er sich alle erdenkliche Mühe, dienstfertig und voller Eifer zu sein, als wäre sie seine zweite Herrin geworden. Er überließ ihr den gefülltesten Teller und den besten Platz am Feuer. Er schüttete ihr sein Herz aus: sie seien beide arm, und es tue der Seele wohl, die eigenen Schmerzen einem Menschen anvertrauen zu können, den man gern habe. Wenn er seine zwanzig Unzen besitze, wolle er eine kleine Schenke aufmachen und heiraten. Er in der Küche und sie am Schanktisch. So würde man nicht mehr von den andern abhängig sein. Wenn der Herr ihnen Gutes tun wolle, könne er das ohne weiteres, denn zwanzig Unzen seien für ihn wie eine Prise Tabak. Und Brasi würde nicht zimperlich sein, gewiß nicht! Eine Hand wäscht die andere. Und es war nicht sein Fehler, wenn er sich sein Brot zu verdienen suche, so gut er es eben könne. Armut sei keine Sünde.

Aber Lucia wurde rot und blaß, ihre Augen waren vom Weinen geschwollen, und sie barg das Gesicht in ihrer Schürze. Nach einiger Zeit ließ sie sich nicht mehr blikken, weder draußen vor dem Haus noch in der Messe, noch bei der Beichte, weder an Ostern noch an Weihnachten.

In der Küche flüchtete sie sich in den dunkelsten Winkel und saß mit gesenktem Gesicht dort, in dem neuen weiten Kleid, das ihr der Herr geschenkt hatte.

Brasi tröstete sie mit guten Worten. Er legte ihr den Arm um den Hals, betastete den feinen Stoff des Kleides und lobte ihn. Diese Ohrringe schienen wie für sie gemacht. Jemand, der gut gekleidet ist und Geld in der Tasche hat, brauche sich nicht zu schämen und die Augen niederzuschlagen. Besonders nicht, wenn die Augen so schön seien wie die der Gevatterin Lucia. Die Ärmste faßte Mut und blickte ihm, noch immer ganz verwirrt, ins Gesicht und stammelte: »Wirklich, Meister Brasi? Mögt Ihr mich noch?«

»Ganz gewiß, das tue ich!« antwortete Brasi und legte die Hand aufs Herz. »Aber ist es meine Schuld, wenn ich nicht so reich bin, um Euch heiraten zu können? Wenn Ihr zwanzig Unzen zur Aussteuer mitbrächtet, würde ich Euch blindlings heiraten.«

Don Venerando hatte begonnen, sich auch gegen Brasi wohlwollend zu zeigen, und schenkte ihm abgelegte Kleider und zerrissene Stiefel. Wenn er in den Keller hinunterkam, gab er ihm einen Schluck Wein zu trinken und sagte: »Da, trink auf mein Wohl!«

Und sein Bauch bebte vor lauter Lachen, wenn er die Grimassen sah, die Brasi schnitt, und wenn er hörte, wie dieser, blaß wie ein Toter, zu Lucia sagte: »Der Herr ist ein Ehrenmann, Gevatterin Lucia! Laßt die Nachbarn schwatzen; es sind alles neidische Leute, die vor Hunger umkommen und gern an Eurer Stelle wären.«

Santo, der Bruder, hörte einige Monate später auf dem Dorfplatz von der Sache. Er rannte atemlos zu seiner Frau.

Arm waren sie immer gewesen, arm, aber ehrbar. Die Rote erschrak ebenfalls und lief aufgeregt zur Schwägerin, die kein Wort herausbrachte. Aber als sie zu ihrem Mann nach Hause zurückkehrte, war sie eine ganz andere, strahlend und mit rosigen Wangen.

»Wenn du das gesehen hättest! Eine Truhe, so hoch, voll von Weißzeug! Und Ringe, Ohrgehänge und goldene Ketten! Und darüber hinaus noch zwanzig Unzen für die Aussteuer! Eine wahre Gottesgabe!«

»Trotzdem!« warf der Bruder hin und wieder dazwischen; er konnte es nicht begreifen. »Wenn sie wenigstens gewartet hätte, bis die Mutter die Augen geschlossen hat!...«

Das geschah im Jahr mit dem vielen Schnee, in dem zahlreiche Dächer einstürzten und in dem überall im Land ein großes Viehsterben einsetzte, Gott sei's geklagt!

Als man in der Lamia und auf den Bergen von Santa Margherita damals jenen trüben Abend herabsinken sah, schwer von unheilverkündenden Wolken, so daß die Ochsen sich mißtrauisch umdrehten und brüllten, versammelten sich die Leute vor den Häusern und schauten gegen das Meer hinaus, mit der Hand über den Augen, ohne ein Wort zu sagen. Die Glocke des alten Klosters über dem Dorf läutete, um die Unheilsnacht zu beschwören, und am Abhang des Kastells war ein graues Durcheinander von Frauen, die sich schwarz vom bleichen Horizont abhoben und die hinaufgestiegen waren, um am Himmel den »Drachenschwanz« zu sehen, einen pechfarbenen Streifen, der, wie sie sagten, nach Schwefel roch und eine schlimme Nacht ankündigte. Die Frauen bannten ihn mit den Fingern, den Drachen, wiesen ihm das Bildchen der Madonna auf der nackten Brust und spuckten gegen ihn aus. Sie schlugen das Kreuz bis über den Nabel und baten Gott und die Seelen im Fegefeuer und die heilige Lucia – es war der Abend vor ihrem Festtag –, sie möchten die Felder, die Tiere und auch die Männer, die auswärts waren, beschützen. Carmenio war zu Anfang des Winters mit der Herde nach Santa Margherita gezogen. Der Mutter ging es an jenem Abend nicht gut; sie bewegte sich auf ihrem Lager unruhig hin und her, hatte die Augen weit geöffnet und wollte nicht mehr, wie früher, still liegenbleiben. Sie bat bald um dies, bald um jenes, verlangte aufzustehen oder daß man sie auf die andere Seite lege. Carmenio war da- und dorthin gelaufen, um ihre Wünsche zu erfüllen und um nur irgend etwas zu tun. Dann hatte er sich verzweifelt mit den Händen in den Haaren vor das Bett gestellt.

Das Haus stand auf der andern Seite des Wildbaches, hinten im Tal, zwischen zwei großen Felsblöcken, die über das Dach hinausragten. Drüben begann der steile Abhang im Dunkel, das aus dem Talgrund heraufstieg, zu versinken, öde und schwarz von Steinen, zwischen denen sich die weißliche Linie des Pfades verlor. Beim Sonnenuntergang waren die Nachbarn, die ihre Herde bei den Feigenkakteen hatten, herübergekommen, um zu sehen, ob die Kranke etwas brauche; aber sie regte sich nicht mehr auf ihrem Lager, sondern sah mit starrem Gesicht und rußschwarzer Nase in die Luft.

»Ein schlechtes Zeichen!« hatte der Hüter Decu gesagt. »Wenn ich nicht die Schafe droben hätte, bei diesem Wetter, das heraufzieht, würde ich dich heute nacht nicht allein lassen. Ruf mich, wenn es nötig sein sollte.«

Carmenio nickte, den Kopf an den Türpfosten gelehnt. Als er aber sah, wie der andere sich Schritt für Schritt entfernte und sich in der Nacht verlor, hatte er große Lust, hinter ihm herzulaufen, zu schreien, sich die Haare zu raufen – er wußte nicht, was.

»Wenn es nötig sein sollte«, rief ihm der Hüter Decu von weitem noch zu, »dann lauf bis zur Herde bei den Feigenkakteen, dort droben sind Leute!«

Man sah die Herde noch auf dem Felsen, gegen den Himmel, bei dem schwachen Licht der Dämmerung, das sich auf den Berggipfeln sammelte und das Gebüsch der Feigenkakteen durchbrach. Weit weg, in der Lamia und gegen die Ebene zu, hörte man die Hunde aufheulen: Auuuh!... Auuuh!... Auuuh!... Der Ton erreichte die Höhe kaum; und er flößte Furcht ein. Die Schafe drängten sich in Rudeln ins Gehege und schienen von einer rasenden Angst gepackt, als spürten sie den Wolf in der Nähe; und bei dem ungestümen Geläute der Herdenglocken war es, als ob im Dunkeln ringsum zahllose glühende Augen auftauchten. Dann blieben die Schafe unbeweglich stehen, dicht aneinandergedrängt, mit zur Erde gesenkten Köpfen, und das Bellen des Hundes, der sich auf seine Hinterpfoten niedergelassen hatte, endete in einem langgezogenen und klagenden Winseln.

»Wenn ich das gewußt hätte!« dachte Carmenio. »Vielleicht wäre es besser gewesen, den Hüter Decu zu bitten, mich nicht allein zu lassen.«

Draußen, in der Finsternis, hörte man von Zeit zu Zeit die Glocken der Herde aufklingen. Von innen sah man das Viereck der Tür, schwarz wie die Öffnung eines Ofens. Sonst nichts. Und der Abhang gegenüber und das tiefe Tal und die Ebene von Lamia, alles tauchte unter in dieser bodenlosen Schwärze, so daß es schien, als sei nur noch das Brausen des Baches da, das dort unten, gewaltig und drohend, zum Haus anstieg.

Wenn er auch dies gewußt hätte! Noch bevor es Nacht wurde, wäre er ins Dorf gelaufen, um den Bruder zu holen, und sicherlich wäre der in dieser Stunde bei ihm geblieben, und auch Lucia und die Schwägerin.

Da begann die Mutter zu sprechen, aber es war nicht zu verstehen, was sie sagte, und ihre abgezehrten Hände tasteten auf der Decke herum.

»Mutter, Mutter! Was wollt Ihr« fragte Carmenio. »Sagt es mir, ich bin hier bei Euch!«

Aber die Mutter antwortete nicht. Sie bewegte nur den Kopf hin und her, als wolle sie sagen: Nein, nein, sie wolle nicht. Der Junge hob ihr die Kerze unter die Nase und begann vor Angst zu weinen.

»O Mutter, meine Mutter!« klagte er vor sich hin. »Ach, ich bin so allein und kann Euch nicht helfen.«

Er öffnete die Tür, um die Leute, die bei der Herde hinter den Feigenkakteen waren, zu rufen. Aber niemand hörte ihn.

Überall herrschte eine dichte Helligkeit. Am Abhang, im Tal, dort unten in der Ebene – eine Stille, wie aus Baumwolle gewoben. Plötzlich drang der erstickte Ton einer Glocke herüber, von weither: »Dingdong! dingdong!« Es schien, als erwürge ihn der Schnee.

»Oh, allerheiligste Madonna!« schluchzte Carmenio. »Was kann nur diese Glocke bedeuten? Oh, ihr, bei der Herde, hinter den Feigenkakteen, zu Hilfe! O ihr Christenmenschen, helft! Helft, ihr Christenmenschen!« begann er zu schreien.

Endlich hörte man auf der Höhe des Berges hinter den Feigenkakteen eine Stimme, die so weit entfernt schien wie die Glocke von Francofonte.

»Oooh!... Was giiibt's? Was giiibt's?...«

»Zu Hilfe, Leute! Zu Hilfe, hier beim Hüter Decuuu!...«

»Ooooh!... Treib die Schafe zusammen! ... Treib sie zusammen!...«

»Nein! Nein! Es sind nicht die Schafe... die sind es nicht!« In diesem Augenblick flog ein Käuzchen vorüber und setzte sich schreiend auf das Dach der Hütte.

»Da!« murmelte Carmenio und bekreuzigte sich. »Jetzt hat das Käuzchen den Totengeruch gespürt. Jetzt stirbt die Mutter!«

Wie er so allein in der Hütte war, mit der Mutter, die nicht mehr sprach, hatte er Lust zu weinen. »Mutter, was habt Ihr? Mutter, antwortet doch! Mutter, ist Euch kalt?« Sie gab keinen Laut von sich, ihr Gesicht war dunkel. Er zündete zwischen den beiden Steinen des Herdes das Feuer an und begann zuzusehen, wie die Zweige brannten, bis sie eine hohe Flamme bildeten und prasselten, als ob sie miteinander redeten.

Als sie noch auf den Weiden von Resecone waren, hatte einer von Francofonte des Abends immer Geschichten erzählt von Hexen, die auf Besen ritten und die Flamme im Herd beschworen. Carmenio erinnerte sich noch jetzt an die Leute auf dem Gutshof, die alle gespannt und mit großen Augen zuhörten, vor dem kleinen Licht, das am Pfeiler des dunklen, weiten Kellerraumes hing; und wie keiner den Mut hatte, an solchen Abenden in seinen Winkel schlafen zu gehen.

Das Bildchen der Madonna trug er unter dem Hemd und um das Handgelenk ein Reliquienbändchen der heiligen Agrippina, das mit der Zeit ganz schwarz geworden war. In der Hirtentasche hatte er auch seine Rohrflöte, die ihm die

Sommerabende in Erinnerung rief – »Juh! Juh!« –, wenn man die Schafe in die Stoppelfelder laufen ließ, die weithin gelb waren wie Gold. Und die Grillen schwirrten zur Mittagsstunde, und die Lerchen stiegen trillernd herab und verbargen sich hinter den Schollen, wenn die Sonne unterging, und man wachte auf vom Duft der Bergmelisse und des Rosmarins. »Juh! Juh! Das Jesuskind!« An Weihnachten, wenn er ins Dorf gegangen war, sangen sie so bei den Novenen, vor dem erleuchteten und mit Orangenzweigen geschmückten kleinen Altar, und vor jeder Haustür spielten die Kinder Murmeln, und die schöne Dezembersonne schien ihnen auf den Rücken. Dann hatten sie sich jeweils aufgemacht, um zur Mitternachtsmesse zu gehen, zusammen mit all den Nachbarn, und hatten einander lachend in den dunklen Straßen gestoßen. Ah, weshalb hatte er jetzt diesen Stachel im Herzen? Und die Mutter, die stumm vor ihm lag. Bis Mitternacht war es noch lange. Zwischen den Steinen der Mauern ohne Bewurf schienen aus jedem Loch viele Augen hereinzuschauen, zum Herd herüber, eisige schwarze Augen.

Auf einer Matratze in einem Winkel lag eine Jacke, lang hingeworfen, und es war, als blähten sich ihre Ärmel. Und der Teufel des Erzengels Michael auf dem Bild, das über dem Bett hing, bleckte die weißen Zähne und raufte sich das Haar mitten in den zackigen roten Höllenflammen.

Am nächsten Morgen kamen, totenblaß, Santo, die Rote mit den Kindern und Lucia, die in all dem Jammer nicht daran dachte, ihren Zustand zu verbergen. Am Bett der Toten rauften sie sich die Haare und schlugen sich das Gesicht, ohne an etwas anderes zu denken. Dann, als Santo die Schwester bemerkte, hochschwanger, daß es eine Schande war, sagte er mitten in das Weinen hinein: »Wenigstens hätte sie die arme Alte vorher die Augen schließen lassen sollen, wenigstens das!...«

Und Lucia ihrerseits: »Wenn ich es nur gewußt hätte, wenn ich es nur gewußt hätte! Ich würde es ihr weder am Arzt noch am Apotheker haben fehlen lassen, jetzt, da ich zwanzig Unzen besitze.«

»Sie ist im Paradies und bittet Gott für uns arme Sünder«, schloß die Rote. »Sie weiß, daß Ihr jetzt die Mitgift habt, und ist beruhigt, die Ärmste. Jetzt wird Meister Brasi Euch sicher heiraten.«

Die Herren

Sie können schreiben – da liegt das Übel! Der Reif der düsteren Morgenfrühe und die Hundstagehitze zur Erntezeit, die kommen über sie wie über alle andern armen Teufel, denn auch sie sind aus Fleisch und Blut gemacht wie ihre Mitmenschen, wenn sie hinausgehen, um aufzupassen, daß diese ihnen die Zeit und den Gewinn des Tages nicht stehlen. Aber wenn ihr mit ihnen zu tun habt, haken sie euch mit der Spitze ihrer Feder euren Namen und Zunamen und noch den eures Erzeugers fest, und ihr entwischt ihren großen Büchern nicht mehr und bleibt an die Schuld geheftet.

»Du schuldest mir noch zwei Scheffel Korn vom vergangenen Jahr.«

»Herr, die Ernte war schlecht.«

»Bin ich daran schuld, wenn es nicht regnet? Ich hätte dir wohl die Saat mit meinem Trinkglas gießen sollen?«

»Herr, ich habe mein Blut für Euren Grund und Boden gegeben!«

»Dafür bezahle ich dich, Schurke! Mit Menschenblut. Ich verblute mich mit Ausgaben für die Pflanzungen, und wenn dann ein schlechtes Jahr kommt, kündigt ihr mir die Halbpacht und geht mit der Sichel unter dem Arm davon!«

Oder sie sagen: »Ein Bettler ist mehr wert als ein Reicher.« Denn man kann ihm seiner Schulden wegen nicht die Haut über den Kopf ziehen. Daher muß derjenige, der nichts hat, den Boden teurer bezahlen als die andern – der Herr setzt viel mehr aufs Spiel –, und wenn die Ernte schlecht ausfällt, verliert der Pächter nichts und kann davongehen mit der Sichel unter dem Arm. Allein, so wegzugehen ist auch nichts Schönes, nach einem Jahr voll Mühsal und mit der Aussicht auf einen langen Winter ohne Brot.

Unglücksjahre jagen einem jeden den Teufel in den Leib. Einmal, zu einer Erntezeit, die von Gott verlassen schien, kam der Bettelmönch gegen Mittag auf das Gut des Don Piddu, stieß sein schönes braunes Maultier mit den Holzschuhen in die Flanken und rief schon von weitem: »Hoch sollen leben Jesus und Maria!«

Don Piddu saß auf einem durchlöcherten Korb und betrachtete traurig die leere Scheune inmitten der versengten Stoppeln, unter dem brennenden Himmel, dessen Glut er in seiner Verzweiflung nicht einmal mehr auf seinem bloßen Kopf spürte.

»Oh! Was für ein schönes Maultier Ihr habt, Bruder Giuseppe! Das ist mehr wert als meine vier mageren Schindmähren da, die nichts zu dreschen und nichts zu fressen haben!«

»Es ist das Maultier für die Spendensammlung«, antwortete Bruder Giuseppe. »Die Barmherzigkeit des Nächsten sei gelobt! Ich komme wegen des Almosens.«

»Selig seid Ihr, die Ihr erntet, ohne zu säen, und beim Klang der Glocke ins Refektorium hinuntersteigt und die Barmherzigkeit des Nächsten verzehrt! Ich habe fünf Kinder und muß daran denken, wie ich ihnen Brot verschaffe. Schaut, was für eine prächtige Ernte! Im vergangenen Jahr habt Ihr mir ein halbes Maß Korn abgenommen, damit der heilige Francesco mir ein gutes Jahr schicke, und als Geschenk dafür regnet es seit drei Monaten vom Himmel nichts anderes als Feuer!«

Bruder Giuseppe trocknete sich den Schweiß mit seinem Taschentuch von der Nase. »Ist Euch heiß, Bruder Giuseppe? Ich werde Euch gleich eine Erfrischung geben lassen!«

Und er ließ sie ihm mit Gewalt geben, von vier Bauern, die ebenso wütend waren wie er selbst. Diese zogen dem Bruder die Kutte über den Kopf und schütteten ihm das grünliche Wasser der Tränke kübelweise über den Rükken.

»Hölle und Teufel!« schrie Don Piddu. «Da es nicht einmal mehr etwas nützt, wenn man Christum ein Almosen gibt, will ich es diesmal dem Teufel geben!«

Seither wollte er keine Kapuziner mehr auf seiner Tenne sehen und begnügte sich damit, daß dafür die Mönche von San Francesco di Paola kamen, um das Almosen zu erbitten.

Bruder Giuseppe aber vergaß die Schmach nicht. »Ah! Ihr habt meine Unterhosen sehen wollen, Don Piddu? Ich werde Euch noch Euer letztes Hemd mitsamt den Unterhosen ausziehen!«

Er war ein großer, starker Mönch, mit riesigem Bart und mit einem dunklen und breiten Nacken wie ein Stier von Modica, daher war er in den Gäßchen und in allen Höfen das Orakel der Gevatterinnen und der Bauern.

»Mit Don Piddu habt Ihr nichts mehr zu schaffen! Denn seht, er ist von Gott verlassen, und sein Grund und Boden ist mit Fluch beladen!«

Wenn die Mönche in den letzten Tagen des Karnevals kamen, um die geistlichen Übungen der Fastenzeit zu leiten, und einen Sünder oder ein liederliches Frauenzimmer oder auch nur lustige Leute fanden, gingen sie in einer Prozession und mit der Zuchtrute um den Hals für die Sünden anderer hin und predigten ihnen vor der Tür. Und Bruder Giuseppe zeigte auf das Haus des Don Piddu, dem nun alles mißglückte: schlechte Ernte, das Viehsterben, die kranke Frau und deren heiratsfähige Töchter, die ungeduldig wurden. Donna Saridda, die älteste, war fast dreißig Jahre alt, und man nannte sie noch Donna Saridda, damit sie nicht so alt scheine. Beim Fest des Bürgermeisters, am Dienstag vor Ostern, hatte sie sich endlich einen Bräutigam ergattert; denn Pietro Macca aus der Gesindestube hatte gesehen, wie sie und Don Giovannino einander die Hand drückten, während sie sich beim Kontretanz trafen. Don Piddu hatte sich das Brot vom Munde abgespart, um seine Tochter in einem seidenen Kleid, das einen herzförmigen Ausschnitt hatte, zum Fest führen zu können. Wer weiß! Währenddessen predigten die Mönche vor dem Tor des Bürgermeisters gegen die Versuchungen und gegen all die Sünden, die drinnen begangen wurden; und man mußte die Fenster beim Bürgermeister verschließen, sonst hätte das Volk von der Straße her mit Steinen alle Scheiben eingeworfen.

Donna Saridda kam ganz glücklich nach Hause, als hätte sie das große Los in der Tasche. In jener Nacht schlief sie nicht, sondern dachte an Don Giovannino, ohne zu wissen, daß Bruder Giuseppe zu ihm sagen würde: »Ihr seid nicht bei Trost, Euer Gnaden, das Haus Don Piddus zu betreten, wo man bald pfänden wird!«

Don Giovannino lag nichts an einer Mitgift. Aber die Schande einer Pfändung war doch etwas anderes! Die Leute stauten sich vor dem Tor des Don Piddu, um zu sehen, wie man ihm die Schränke und Truhen forttrug, die jedesmal ein Stück weiße Wand zurückließen, dort, wo sie so lange Zeit gestanden hatten. Und die Töchter, bleich wie Wachs, hatten viel zu tun, um der Mutter, die im Bett lag, zu verbergen, was draußen vor sich ging. Sie, die Ärmste, tat, als merke sie nichts. Vorher war sie selbst mit dem Gatten beim Notar und beim Richter gewesen und hatte gebeten und sie beschworen: »Wir werden morgen bezahlen, wir werden übermorgen bezahlen!« Doch dann waren sie beide im Schatten der Häuserwände nach Hause zurückgekehrt, und die Frau hatte das Gesicht im Mantel verborgen, denn in ihren Adern floß adliges Blut! Am Tag der Pfändung hatte Donna Saridda mit Tränen in den Augen alle Fenster geschlossen, weil diejenigen, die mit dem Teufel »Don« geboren worden sind, auch dazu die Schande empfinden. Don Piddu, den man zur Zeit der Ernte, als die Malaria die Leute auffraß, aus Barmherzigkeit als Aufseher bei den Gehegen des Fiumegrande anstellte, machte die Malaria nichts aus. Ihn schmerzte es nur, daß die Bauern, wenn sie mit ihm zu tun hatten, das »Don« wegließen und mit ihm auf du und du verkehrten.

Ein armer Teufel findet, wenigstens solange er seine Arme hat und gesund ist, immer etwas, womit er sein Brot verdienen kann. Das sagte Don Marcantonio Malerba, als er in Armut geriet, mit der großen Schar Kinder und seiner Frau, die immer schwanger war und die nun selbst das Brot backen, die Suppe zubereiten, die Wäsche waschen und die Zimmer reinigen mußte. Die Herren haben dagegen so viele andere Dinge nötig und sind an anderes gewöhnt. Die Kinder des Don Marcantonio sagten kein Wort, wenn sie einen ganzen Tag lang mit leerem Bauch herumlaufen mußten. Der Größte ging, wenn der Vater ihn ein Brot auf Borg holen oder ein Bündel Lattich kaufen hieß, beim Dunkelwerden und mit gesenktem Kopf und verbarg seine Einkäufe unter seinem geflickten Mantel.

Der Vater gab sich alle Mühe, etwas zu ergattern, und nahm ein Stück Land in Miete oder auf Halbpacht. Er kehrte zu Fuß vom Feld zurück, später als alle andern, in jenen Fetzen von einem Schal gehüllt, der seiner Frau gehörte und den sie Pled nannte; und auch er leistete ein tüchtiges Tagewerk mit Hacken, wenn niemand des Wegs kam.

Dann am Sonntag ging er und spielte den Herrn zusammen mit den andern, die plaudernd im Kasino saßen, mischte sich unter sie, mit den Händen in den Taschen und der Nase im Mantelkragen, oder spielte »Tressette«, mit dem Stock zwischen den Knien und dem Hut auf dem Kopf. Wenn es Mittag schlug, gingen sie eilig auseinander, die einen dahin, die andern dorthin, und er ging nach Hause, wie wenn auch für ihn ein Mittagessen bereit stünde. »Was kann ich anderes tun?« sagte er. »Als Tagelöhner kann ich mich nicht verdingen, mit den Kindern!« Auch die Buben wurden rot und stammelten, als wären sie erwachsen, wenn der Vater sie ausschickte, damit sie irgendwo, beim Onkel Masi oder bei Pächter Pinu, ein halbes Maß Roggen für die Aussaat borgen sollten oder ein Maß Bohnen für die Suppe.

Als die Lava vom Mongibello herunterfloß und Weinberge und Olivenhaine zerstörte, da mußte, wer Arme zum Arbeiten hatte, wenigstens nicht Hungers sterben. Aber für die Herren, die Ländereien auf jener Seite des Berges besaßen, wäre es besser gewesen, wenn die Lava sie mit ihren Grundstücken zusammen begraben hätte, sie, ihre Kinder und alles. Die Leute, die es nichts anging, rannten vors Dorf hinaus, um das Feuer anzuschauen, und steckten dabei die Hände in die Taschen. Heute hatte es den Weinberg dieses Herrn getroffen, morgen würde die Lava in die Felder eines andern einbrechen. Jetzt bedrohte sie die Brücke, über welche die Straße führte, später würde sie das kleine Haus zur Rechten umzingeln. Wer nicht nur zuschaute, mühte sich, Ziegel, Läden und Möbel wegzutragen und die Zimmer auszuräumen, zu retten, was noch zu retten war, und verlor dabei den Kopf in der Eile und Verzweiflung. Die Menschen liefen durcheinander wie Ameisen in einem zerstörten Ameisenhaufen.

Dem Don Marco brachten sie die Nachricht, als er mit seiner Familie vor den Tellern mit Makkaroni bei Tisch saß. »Herr Don Marco, die Lava ist nach Eurer Seite hin geflossen, und in kurzem werdet Ihr das Feuer in Eurem Weinberg haben.« Dem Unglücklichen fiel die Gabel aus der Hand. Der Hüter des Weinbergs trug die Geräte aus dem Kelterraum fort, die Faßdauben der Bottiche und all das, was man retten konnte; und seine Frau ging und steckte an der Grenze des Weinbergs Rohre mit den Heiligenbildern ein, die den Weinberg beschützen sollten, und betete den Rosenkranz.

Don Marco ritt keuchend, das Eselchen antreibend, in die dunkle Wolke, aus der der Aschenregen fiel. Vom kleinen Hof vor dem Kelterraum aus sah man die schwarzen Massen, die sich um den Weinberg herum auftürmten, rauchten, da und dort einstürzten, mit einem Geklirr, wie wenn ein Haufen Geschirr zerbräche, und sich öffneten, um das Feuer sehen zu lassen, das innen rot glühte. Von weitem schon, noch bevor der Feuersturm sie erreichte, bewegten sich die höchsten Bäume und rauschten in der stillen Luft. Dann rauchten und knisterten sie, und plötzlich loderten sie und bildeten eine einzige Flamme. Es schienen Fackeln zu sein, die sich eine an der andern im Dunkel der schweigenden Landschaft längs des Lavastroms entzündeten. Die Frau des Weinberghüters versetzte die Rohre mit den geweihten Bildern weiter nach einwärts, weil auch sie sich nach und nach wie Streichhölzer entzündeten. Und sie weinte erschrocken bei all dem Untergang, denn sie dachte daran, daß nun der Herr keinen Hüter mehr brauche und daß er sie beide entlassen würde. Und der Hund des Hüters heulte ebenfalls vor dem brennenden Weinberg. Der Kelterraum, weit geöffnet, ohne Dach, mit all dem Zeug, das man in den Hof geworfen hatte, mitten in der aufgeschreckten Gegend, schien vor Angst zu beben, während man ihn, ehe man ihn verließ, ausräumte.

»Was tut Ihr da?« fragte Don Marco den Hüter, der die Fässer und die Geräte aus dem Kelterraum retten wollte. »Laßt es sein! Jetzt habe ich nichts mehr und weiß nicht, was ich in die Fässer füllen sollte.«

Und er küßte das Gittertor des Weinbergs ein letztes Mal, bevor er ihn verließ, und dann wandte er sich ab und zog das Eselchen am Zaum hinter sich her.

Bei Gott! Auch die Herren haben ihre Sorgen und sind aus Fleisch und Blut wie ihre Nächsten. Donna Marina ist ein Beispiel, die zweite Tochter des Don Piddu, die sich an den Stallknecht wegwarf, als sie die Hoffnung aufgegeben hatte, sich je verheiraten zu können, und sie durch die Not gezwungen waren, auf dem Land zu leben im Unglück. Die Eltern ließen sie den geringsten Fetzen eines neuen Kleides entbehren, und kein Hund bellte nach ihr. Am Nachmittag eines heißen Julitages, als die Mücken auf der verlassenen Tenne summten und die Eltern versuchten, mit dem Gesicht zur Wand zu schlafen, war sie aufgestanden und hatte hinter dem Strohschober den Burschen aufgesucht, der jedesmal rot wurde und zu stottern begann, wenn sie die Augen auf ihn richtete, und hatte ihn an den Haaren gezogen, weil sie einen Kuß von ihm haben wollte.

Don Piddu wäre vor Scham umgekommen. Nach der Pfändung, nach dem Elend, hätte er nicht mehr geglaubt, noch tiefer fallen zu können. Die arme Mutter erfuhr es bei der Kommunion an Ostern. Sie, eine Heilige! Don Piddu befand sich, zusammen mit all den andern Herren, im Kapuzinerkloster in Klausur, um die geistlichen Übungen mitzumachen. Die Herren kamen mit ihren Bauern zusammen zur Beichte und zur Predigt. Ja, sie zahlten ihnen sogar die Kosten für die Verpflegung, in der Hoffnung, die Burschen möchten in sich gehen, wenn sie gestohlen hätten, und das geraubte Gut wieder herausgeben. In jenen acht Tagen der geistlichen Übungen wurden Herren und Bauern wieder zu Brüdern wie zur Zeit Adams und Evas. Und die Herren bedienten aus Demut die Burschen bei Tisch mit ihren Händen, und jene verschluckten sich aus Verlegenheit an der Gottesgabe. Das Refektorium glich wegen des Lärms all dieser kauenden Kinnbacken einem Viehstall, während die Mönche Hölle und Fegefeuer predigten. In jenem Jahr hatte Don Piddu nicht hingehen wollen, weil er nichts hatte, um seinen Anteil zu bezahlen; auch konnten ihm die Knechte nichts mehr stehlen. Allein der Richter ließ ihn holen und machte ihn mit Gewalt zum Büßer, damit er nicht ein schlechtes Beispiel gäbe. Jene acht Tage waren ein Segen für den, der im Hause eines armen Teufels etwas vorhatte, denn er brauchte nicht zu befürchten, der Gatte könne unvermutet vom Felde heimkehren und das Fest stören. Die Klosterpforte war für alle geschlossen, aber die jungen Leute, die genug Geld besaßen, schlichen sich gleich nach Anbruch der Nacht hinaus und kamen erst vor der Morgendämmerung zurück.

Nachdem Don Piddu allerlei Klatsch zu Ohren gekommen war, den sich Bruder Giuseppe hatte entschlüpfen lassen, schlich er sich eines Nachts heimlich hinaus, als wäre er zwanzig Jahre alt oder hätte eine Geliebte, die ihn erwartete. Doch erfuhr man nie, was er in seinem Hause entdeckt hatte. Sicher ist nur, daß er, als er vor der Morgendämmerung zurückkehrte, blaß war wie ein Toter und um hundert Jahre gealtert schien. Doch diesmal war die Verschwörung aufgedeckt worden, und als die Schürzenjäger ins Kloster zurückkehrten, fanden sie den Pater hinter der Tür knien und für die Sünden der andern beten. Don Piddu warf sich ebenfalls auf die Knie, um dem Pater zu beichten, und weinte dabei alle Tränen, die er in seinen Augen hatte.

Ah, was hatte er dort entdeckt, in seinem Hause! In jenem Kämmerchen seiner Tochter, in das nicht einmal die Sonne Eingang fand!... Den Stallburschen, der aus dem Fenster sprang, und Marina, blaß wie eine Tote, die es trotzdem wagte, ihm ins Gesicht zu sehen, und sich mit den Armen verzweifelt an die Türpfosten klammerte, um den Geliebten zu verteidigen. Da waren vor seinen Augen die andern Töchter erschienen, die kranke Frau, die Richter und die Polizei, alles in einem Meer von Blut. »Du! Du!« stammelte er. Sie zitterte, die Ruchlose, aber sie antwortete nicht. Dann fiel sie mit gefalteten Händen auf die Knie, als läse sie in seinem Gesicht den Mord. Darauf entfloh er mit den Händen vor der Stirn.

Aber der Beichtiger, der ihm riet, Gott diesen Kummer darzubringen, hätte sagen müssen: »Seht, Euer Gnaden, auch die Armen, wenn einem von ihnen das gleiche Unglück widerfährt ... die schweigen, weil sie arm sind und nicht lesen können, und weil sie sich nicht anders Luft machen können, als daß sie ins Zuchthaus kommen!«

Freiheit

Vom Glockenturm wehte ein dreifarbiges Tuch, die Glokken läuteten Sturm, und auf dem Platz fingen sie an zu schreien: »Es lebe die Freiheit!«

Wie ein brausendes Meer! Die Menge wogte vor dem Kasino der Herren, vor dem Rathaus, auf den Treppenstufen vor der Kirche: ein Meer von weißen Bauernmützen. Die Beile und Sicheln blitzten. Dann brach alles in eine Seitenstraße ein.

»Dir gilt's zuerst, Baron! Du hast die Leute von deinen Feldhütern peitschen lassen!« Allen voran eine alte Hexe mit wirrem grauen Haar, als einzige Waffe ihre Fingernägel. »Dann dir, Teufelspriester! Die Seele hast du uns ausgesaugt!« »Dir, reicher Prasser! Nicht einmal mehr entfliehen kannst du uns, so fett bist du vom Blut der Armen!« »Dir, Häscher! Nur die, die nichts hatten, zogst du vors Gericht!« »Dir, Waldhüter! Dein Fleisch und das Fleisch deines Nächsten hast du für zwei Kreuzer am Tag verkauft!«

Und das Blut dampfte und machte trunken. Die Sicheln, die Hände, die Lumpen, die Steine, alles rot von Blut! »Auf, gegen die Herren, gegen die mit den Hüten! Mordet! Schlagt sie tot! Alle die mit den Hüten!«

Don Antonio schlich auf dem kürzesten Weg nach Hause. Der erste Schlag ließ ihn mit blutüberströmtem Gesicht auf den Gehsteig stürzen. »Weshalb? Weshalb ermordet ihr mich?« »Auch du! Geh zum Teufel!« Ein hinkender Straßenjunge haschte nach dem schmierigen Hut und spuckte hinein. »Nieder mit den Hüten! Es lebe die Freiheit!« »Du, auch du!« Dem Pfarrer gilt es, der den Armen, die Brot stahlen, von der Hölle predigte. Er kehrte mit der geweihten Hostie im Bauch von der Messe heim. »Tötet mich nicht, ich lebe in einer Todsünde!« Jungfer Lucia, das war die Todsünde; Lucia, die der Vater ihm verkauft hatte, als sie vierzehn Jahre alt war, in jenem

Hungerwinter, und die das Findelhaus und die Straße mit hungrigen Kindern füllte. Wenn dieses hündische Fleisch zu etwas gut gewesen wäre – jetzt hätten sie sich sättigen können, während sie es auf den Türschwellen vor den Häusern in Stücke rissen und auf den Pflastersteinen der Straßen mit Axthieben zerhackten. Auch der Wolf, wenn er hungrig in eine Herde einbricht, denkt nicht mehr nur daran, sich den Bauch zu füllen, sondern würgt aus Wut. Das Söhnchen der gnädigen Frau, das herbeigeeilt kam, um zu sehen, was es gebe – den Apotheker, während er dabei war, in aller Eile seinen Laden zu schließen – Don Paolo, der, auf seinem Maultier reitend, vom Weinberg heimkehrte, mit den mageren Sattelsäcken auf dem Rükken des Tieres. Denn er hatte ein altes Käppchen auf dem Kopf, das sein Mädchen ihm vor langer Zeit gestickt hatte, als das Unglück noch nicht über den Weinberg gekommen war. Seine Frau sah ihn vor dem großen Tor fallen, während sie mit den fünf Kindern auf die karge Suppe wartete, deren Zutaten sich in den Satteltaschen ihres Gatten befanden. »Paolo! Paolo!« Der erste traf ihn mit einem Axthieb zwischen die Schultern. Ein anderer machte sich mit der Sichel über ihn her und schlitzte ihm den Bauch auf, während Don Paolo sich mit dem blutigen Arm am Türklopfer festklammerte.

Allein, das Schlimmste geschah, als der kleine Sohn des Notars, ein elfjähriger Knabe, blond wie Gold – man weiß nicht wie –, in der Menge zertrampelt wurde. Sein Vater hatte sich noch zwei- oder dreimal aufgerichtet, bevor er sich zum Kehrichthaufen schleppte, um dort zu verenden, und hatte ihm zugerufen: »Neddu! Neddu!« Neddu floh vor Entsetzen, mit weit geöffneten Augen und aufgerissenem Mund, ohne schreien zu können. Sie stießen ihn zu Boden. Da richtete auch er sich auf ein Knie wie sein Vater. Die Sturmflut aber brauste über ihn hinweg. Einer hatte ihm seinen großen Stiefel auf die Wange gesetzt und hatte sie ihm zerquetscht. Trotzdem bat das Kind noch immer mit den Händchen um Gnade. Es wollte nicht sterben, nein, nicht so, wie sie seinen Vater ermordet hatten. Der Anblick zerriß einem das Herz! Der Holzfäller gab ihm schließlich aus Mitleid einen Hieb mit der Axt, mit beiden

Händen, als wolle er eine fünfzigjährige Eiche umschlagen – und er zitterte dabei wie ein Blatt. Ein anderer rief: »Ach was! Auch der wäre Notar geworden wie sein Vater!«

Gleichviel! Nun, da sie sich die Hände mit diesem Blut befleckt hatten, mußte alles übrige auch vergossen werden. Alle, alle Hüte mußten fallen! – Es war nicht mehr der Hunger, waren nicht mehr die Stockhiebe, die Ungerechtigkeiten, welche die Wut zum Sieden brachten. Es war das unschuldige Blut. Die Weiber waren die wildesten von allen; sie warfen die abgemagerten Arme hoch und kreischten gellend vor Zorn, trotz des zarten Fleischs unter den Fetzen ihrer Kleider. »Du, die du den lieben Gott in seidenen Kleidern anflehen kamst!« »Du, der es ein Greuel war, neben den armen Leuten niederzuknien!« »Und du!« »Und du!« In den Häusern, auf den Treppen, in den Alkoven zerrissen sie die Seide und die feine Leinwand. Wieviel Ohrschmuck auf blutigen Gesichtern! Und wie viele goldene Ringe an Händen, welche die Axthiebe aufzufangen suchten!

Die Baronin hatte das große Tor verbarrikadieren lassen: Balken, Leiterwagen, volle Fässer türmten sich dahinter; und die Feldhüter schossen aus den Fenstern, um ihre Haut so teuer wie möglich zu verkaufen. Die Menge duckte bei den Salven die Köpfe, denn sie hatte keine Waffen, um auf die Schüsse zu antworten. Bisher war es bei Todesstrafe verboten gewesen, Feuerwaffen zu besitzen. »Es lebe die Freiheit!« Und sie erstürmten das Portal. Im Hof und auf den Treppen stiegen sie über die Verwundeten hinweg. Die Feldhüter ließen sie vorerst sein. »Die Feldhüter nachher!« Zuerst wollten sie das Fleisch der Baronin, das mit Rebhühnern und gutem Wein genährte Fleisch. Sie lief mit dem Säugling an der Brust von Zimmer zu Zimmer, völlig aufgelöst – und der Zimmer waren viele. Man hörte die Menge in den Gängen heulen, der Lärm kam immer näher, wie das Tosen eines Flusses. Der älteste Sohn, sechzehn Jahre alt, und auch er hatte noch ganz weißes Fleisch, hielt mit bebenden Händen die Tür zu und rief: »Mama! Mama!« Beim ersten Stoß warfen sie die Tür über ihn. Er klammerte sich an die Beine, die ihn niedertraten; er schrie nicht mehr. Seine Mutter hatte sich auf den Balkon geflüchtet, das Kind an sich gedrückt, den Mund preßte sie ihm mit der Hand zu, damit es nicht schreie. Sie war wie wahnsinnig. Der zweite Sohn wollte sie mit seinem Körper verteidigen, wie von Sinnen; es war, als hätte er hundert Hände, um all die Beile an der Schneide aufzufangen. Sie trennten die beiden sofort. Einer packte die Baronin an den Haaren, ein anderer an den Hüften, ein dritter an den Kleidern; so hoben sie sie über die Brüstung. Der Köhler riß ihr den Säugling aus den Armen. Der jüngere Bruder sah nichts mehr; nur noch schwarz und rot. Sie zertraten ihn, sie zermalmten ihm die Knochen mit ihren eisenbeschlagenen Absätzen. Er hatte sich in eine Hand verbissen, die ihn am Hals würgte, und ließ sie nicht mehr los. Die Beile konnten nicht in den Knäuel hineinhauen und blitzten in der Luft.

Und an jenem rasenden Karneval im Monat Juli, mitten unter den trunkenen Schreien der hungrigen Menge, läuteten die Glocken Gottes immerzu Sturm, bis in den Abend hinein, ohne Mittagsläuten, ohne Ave-Maria-Läuten, wie bei den Heiden. Dann begann sich die Menge zu zerstreuen; müde vom Blutbad, kleinlaut floh jeder seinen Gefährten. Noch ehe die Nacht hereinbrach, waren alle Türen geschlossen, angstvoll zugeriegelt, und in jedem Hause wachte ein Licht. In den Gassen hörte man nichts anderes mehr als die Hunde, die in den Winkeln stöberten. Nur ein trockenes Splittern von Knochen unter dem klaren Mondlicht, das alles beleuchtete und die aufgerissenen Tore und Fenster der verödeten Häuser zeigte.

Dann wurde es Tag. Ein Sonntag brach an: ohne Menschen auf dem Platz und ohne das Geläute zur Messe. Der Küster hatte sich verkrochen. Priester waren keine mehr da. Die ersten, die sich auf dem Platz versammelten, musterten sich mißtrauisch. Jeder dachte an das, was der Nachbar auf dem Gewissen haben mochte. Dann, als viele beisammen standen, begannen sie zu flüstern. Ohne Messe konnten sie an einem Sonntag nicht bleiben, sie waren doch keine Hunde! Das Kasino der Herren war verbarrikadiert, und man wußte nicht, wo man hingehen sollte, um ihre Befehle für die kommende Woche entgegenzunehmen. Am Glockenturm hing noch immer das dreifarbige Tuch, schlaff in der gelben Julihitze.

Und als die Schatten auf dem Platz vor der Kirche langsam kürzer wurden, drängte sich die Menge in einer Ecke zusammen. Zwischen zwei großen Häusern am Platz, am Ende eines Sträßchens, das steil hinabstieg, sah man die gelblichen Felder in der Ebene, die dunklen Wälder an den Abhängen des Ätna. Jetzt mußten sie diese Wälder und diese Felder unter sich verteilen. Jeder zählte an seinen Fingern ab, was ihm zukommen würde, und blickte den Nachbarn argwöhnisch an. Freiheit bedeutete, daß für alle gleich viel da sein sollte! Dieser Nino Bestia hier und dort der Ramurazzo, hieß es, hätten vorgeschlagen, wie bisher unter der Vorherrschaft der Hüte weiterzuleben. Wenn kein Sachverständiger mehr da war, um die Erde auszumessen, und kein Notar mehr, um die Maße zu Papier zu bringen, würde jeder einfach nehmen, soviel er bekommen könnte! Aber wenn du deinen Teil im Wirtshaus bekommen hast, ist es dann nötig, daß alles von vorn beginnt? Du bist ein Dieb, und ich bin ein Dieb! Jetzt, da die Freiheit herrschte, sollte es dem, welcher für zwei essen wollte, nicht besser gehen als den Herren! Der Holzfäller warf die Arme in die Luft, als schwänge er noch immer die Axt.

Tags darauf hörte man, der General komme, um die Gerechtigkeit wiederherzustellen; der General, vor dem die Leute zitterten. Man sah die roten Hemden seiner Soldaten langsam durch die Schlucht gegen das Dorf heraufkommen. Es hätte genügt, Steine von oben herabrollen zu lassen, um sie alle zu zerschmettern. Aber niemand rührte sich. Die Frauen kreischten und rauften sich die Haare. Jetzt saßen die Männer, schwarz und mit langen Bärten, auf dem Berg, ließen die Hände zwischen den Schenkeln hängen und sahen die müden jungen Leute herankommen, die unter den rostigen Gewehren gebückt gingen, und jenen kleinen General auf seinem schwarzen Pferd, allen voran, ganz allein.

Der General ließ Stroh in die Kirche tragen und schickte seine Burschen schlafen wie ein Vater. Am Morgen, noch vor Tagesanbruch, würde er, wenn sie nicht beim Trompetenklang aufstünden, zu Pferd in die Kirche reiten und wie ein Türke fluchen. Solch ein Mann war das! Und er befahl sogleich, daß fünf oder sechs erschossen würden, Pippo, der Zwerg, und Pizzanello – die ersten besten. Der Holzfäller mußte bei der Friedhofsmauer niederknien. Er weinte wie ein Kind, um gewisser Worte willen, die seine Mutter zu ihm gesagt hatte, und wegen des Schreis, den sie ausgestoßen, als sie ihn aus ihren Armen gerissen hatten. Von weitem, in den entfernteren Straßen des Dorfes, hinter den Türen, hörte man die Schüsse der Reihe nach knallen, wie die Böllerschüsse eines Festes.

Nachher kamen die amtlichen Richter, Herren mit Brillen. Sie saßen auf ihren Maultieren, von der Reise erschöpft, und beklagten sich noch über die Mühsale, während sie die Angeklagten, die im Refektorium des Klosters entlang den Wänden auf Bänken saßen, verhörten. Und sie jammerten: »Autsch!« jedesmal, wenn sie sich regten. Es gab einen langen, einen ewig langen Prozeß. Die Schuldigen wurden in die Stadt geführt, zwei und zwei mit Ketten aneinandergefesselt, zwischen zwei Reihen Soldaten mit schußbereitem Gewehr. Die Frauen folgten ihnen längs der langen Landstraßen, sie liefen zwischen den Furchen, durch das Gestrüpp der Feigenkakteen, durch Weinberge, durch das goldfarbene Korn, außer Atem und stolpernd. Und jedesmal, wenn die Straße eine Biegung machte und sie die Gefangenen sehen konnten, riefen sie ihre Männer beim Namen. In der Stadt sperrte man die Häftlinge in das große Gefängnis, das hoch und weit war wie ein Kloster und dessen Fassaden durchlöchert waren von vergitterten Fenstern. Und wenn die Frauen ihre Männer sehen wollten, konnten sie das nur an einem Montag in Gegenwart der Wachtsoldaten und hinter einem Eisengitter. Die Ärmsten wurden immer bleicher in dem immerwährenden Dunkel, weil sie die Sonne nie mehr sahen. Jeden Montag waren sie schweigsamer, antworteten kaum, beklagten sich weniger. An den andern Tagen, wenn die Frauen auf dem Platz vor dem Gefängnis herumstrichen, wurden sie von den Wachtsoldaten mit Gewehren bedroht. Die Frauen wußten bald nicht mehr, was sie tun sollten, wo sie in der Stadt Arbeit finden oder wie sie sich Brot verschaffen konnten. Das Strohlager in den Stallungen kostete zwei Soldi. Das weiße Brot konnte man mit einem einzigen Bissen verschlingen, und es füllte den Magen nicht. Wenn sie sich zusammenkauerten und eine Nacht unter dem Kirchenportal zubrachten, kamen die Wachen und verhafteten sie. Nach und nach kehrten sie in die Heimat zurück; zuerst die Gattinnen, dann die Mütter. Ein hübsches Mädchen verschwand in der Stadt, und man hörte nichts mehr von ihm. Die andern im Dorf waren zur Arbeit zurückgekehrt, die sie vorher getan hatten. Die Herren konnten schließlich ihre Erde nicht mit ihren eigenen Händen bearbeiten, und die armen Leute konnten ohne die Herren nicht leben. So schlossen sie Frieden. Der verwaiste Sohn des Apothekers raubte sich die Frau des Neli Pirru, und es war ihm eine Genugtuung, sich auf diese Weise an dem zu rächen, der den Vater totgeschlagen hatte. Zu der Frau, die von Zeit zu Zeit Angst bekam, ihr Mann könnte ihr das Gesicht zerschneiden, wenn er aus dem Gefängnis herauskäme, sagte er immer wieder: »Sei ruhig, er kommt nicht mehr zurück.« Niemand glaubte jetzt mehr daran, nur noch hie und da eine Mutter oder ein alter Vater, wenn ihre Augen sich nach der Ebene wandten, wo die Stadt lag, oder am Sonntag, wenn sie die andern sahen, die ruhig mit den Herren vor dem Versammlungssaal von ihren Geschäften sprachen. Und alle waren immer mehr davon überzeugt, daß altes Zeug zu Fetzen wird.

Der Prozeß dauerte drei Jahre, keinen Tag weniger! Drei Jahre Gefängnis, ohne je die Sonne mehr zu sehen! Daher sahen die Angeklagten aus wie Tote, die aus Gräbern kamen, jedesmal, wenn man sie gefesselt vor die Richter führte. Alle, die irgendwie konnten, waren aus dem Dorf herbeigeeilt. Zeugen, Verwandte, Neugierige – wie zu einem Fest, um die einstigen Dorfgenossen nach so langer Zeit wiederzusehen, eingepfercht wie Kapaune – und zu Kapaunen wurde man wahrhaftig dort drin! Und Neli Pirru mußte neben seiner Frau die Nase des Apothekers erblicken, der hinterrücks mit ihm verwandt geworden war.

Sie mußten einer nach dem andern aufstehen! »Ihr, wie heißt Ihr?« Und jeder hörte sich seinen Namen und Zunamen sagen und das, was er begangen hatte. Die Advokaten fuchtelten im allgemeinen Lärm mit weiten, hängenden Ärmeln herum und ereiferten sich, bekamen Schaum vor dem Mund und trockneten ihn sich sogleich mit weißen Taschentüchern wieder ab, worauf sie eine Prise Tabak nahmen. Die Richter nickten ein hinter ihren Brillengläsern, die das Herz zu Eis erstarren ließen. Gegenüber saßen in einer Reihe zwölf Herren; müde und gelangweilt gähnten sie, kraulten sich den Bart oder schwatzten leise miteinander. Gewiß sprachen sie unter sich von dem Glück, nicht unter den Herren jenes Dorfes dort oben gewesen zu sein, als dort die Freiheit eingeführt worden war. Und die Ärmsten versuchten in ihren Gesichtern zu lesen. Dann zogen sich jene zur Beratung zurück, und die Angeklagten warteten bleich und richteten ihre starren Blicke auf die verschlossene Tür. Als sie zurückkamen, war ihr Anführer, einer, der mit der Hand auf dem Bauch dastand, wenn er sprach, fast so blaß wie die Angeklagten und sagte: »Bei meiner Ehre und bei meinem Gewissen! ...«

Als sie kamen und dem Köhler die Handschellen wieder anlegten, stammelte er: »Wohin führt ihr mich? Ins Gefängnis? Aber weshalb? Ich habe nicht einmal eine Handbreit Erde bekommen! Wo sie doch gesagt hatten, jetzt beginne die Freiheit! ...«

Jenseits des Meeres

Sie hörte, in ihren Pelz gehüllt, zu und lehnte sich mit dem Rücken an die Wand der Kabine, während sie die großen, nachdenklichen Augen auf die wogende Dunkelheit des Meeres gerichtet hielt. Die Sterne blinkten über ihren Häuptern, und ringsum hörte man nichts als das dumpfe Dröhnen der Maschine und das Brausen der Wellen, die sich in unbegrenzte Weiten verloren. Auf dem vorderen Teil des Schiffes trällerte hinter ihnen eine Stimme, die von weither zu kommen schien, leise ein Volkslied zu einer Drehorgel.

Vielleicht dachte sie an die heiße Erregung, die sie am Abend vorher bei der Vorstellung im San Carlo empfunden hatte; oder an den von Lichtern funkelnden Strand von Chiaia, den sie hinter sich zurückgelassen hatten. Weich hatte sie seinen Arm genommen, mit der Hingabe der Abgeschiedenheit, in der sie sich nun befanden. Sie hatte sich an die Brüstung gelehnt und schaute auf den phosphoreszierenden Streifen hinaus, den das Schiff zog und in dem die Schiffsschraube unerforschte Abgründe aufriß, als suche sie das Geheimnis eines andern unbekannten Daseins zu ergründen. In der entgegengesetzten Richtung, in dem Land, auf das sich Orion hinabneigte, pochten andere unbekannte und geheimnisvolle Leben und empfanden – wer weiß? – bescheidene Freuden und Schmerzen, die jenen glichen, von denen er erzählt hatte. Die Frau dachte unbestimmt mit zusammengepreßten Lippen daran und richtete die Blicke ins Dunkel des Horizonts.

Bevor sie sich trennten, blieben sie noch eine Weile bei der Tür der Kabine stehen, unter dem schwankenden Schein der Lampe, die hin und her schaukelte. Der Kellner schlief, von Müdigkeit überwältigt, zusammengekauert auf der Treppe und träumte vielleicht von seinem Häuschen in Genua. Im hinteren Teil des Schiffes erhellte das Licht des Kompasses kaum die gedrungene Gestalt des

Steuermannes, der unbeweglich dastand, die Augen auf den Quadranten geheftet, und mit seinen Gedanken wer weiß wo war. Vom vorderen Teil her hörte man noch immer den sanften sizilianischen Gesang, der auf seine Weise von Freuden, von Schmerzen oder von bescheidenen Hoffnungen erzählte, inmitten des unveränderten Rauschens des Meeres und des regelmäßigen, gleichmütigen Stampfens der Maschine.

Es schien, als könne sich die Frau nicht dazu entschließen, die Hand des Mannes loszulassen. Endlich hob sie die Augen und lächelte ihm traurig zu: »Morgen!« seufzte sie.

Er neigte wortlos den Kopf.

»Werdet Ihr Euch immer an diesen letzten Abend erinnern?«

Er antwortete nicht. »Ich sicherlich!« fügte die Frau hinzu.

Beim Morgengrauen sahen sie sich auf Deck. Ihr zartes Gesicht schien von Schlaflosigkeit angegriffen. Der Meerwind zauste ihr die weichen schwarzen Haare. Schon tauchte Sizilien wie eine Wolke am Rand des Horizontes empor. Dann flammte der Ätna mit einemmal in Gold und Rubinrot auf, und die weiße Küste gliederte sich hier und dort in Buchten und dunkle Vorgebirge. An Bord begann die Geschäftigkeit der frühen Morgenarbeit. Die Reisenden kamen einer nach dem andern auf Deck, blaß, übernächtigt, in verschiedene Schals eingehüllt, an einer Zigarre kauend, mit unsicheren Schritten. Der Kran begann zu kreischen, und das Lied der Nacht schwieg jetzt wie verschreckt und verwirrt in all dem Hin und Her. Auf dem dunkelblauen, leuchtenden Meer zogen große, geblähte Segel hinter dem Schiff vorbei, über dicken, schwankenden Schiffsbäuchen, die leer schienen, nur vereinzelte Männer standen an Bord und legten die Hand über die Augen, um den herrlichen Dampfer vorbeifahren zu sehen. Weiter hinten tauchten wie schwarze Punkte noch andere kleinere Barken auf und die schaumgekrönten Küsten. Links Kalabrien; rechts der vorspringende Sandstrand mit dem Leuchtturm; und Charybdis streckte die weißen Arme nach dem felsigen, stolzen Skylla aus.

Mit einemmal öffnete sich in der langen Linie der Küste,

die vorher zusammenhängend zu sein schien, die Meerenge wie ein dunkelblauer Fluß, und jenseits davon tat sich die See von neuem auf, unendlich weit. Die Frau brach in einen Ruf des Erstaunens aus. Dann wollte sie, daß er ihr die Berge von Licodia und die Ebene von Catania zeige oder den Biviere von Lentini mit dem flachen Strand. Er wies ihr von weitem, hinter den blauen Bergen, die breiten und melancholischen Linien der weißen Ebene, die weichen, grauen Hänge der Olivenhaine, die steilen Felsen mit den Feigenkakteen und die grasigen, duftenden Gebirgspfade. Es schien, als ob jene Orte sich mit Personen aus seinen Erzählungen belebten, während er sie ihr – einen nach dem andern – beschrieb. Dort die Malariagegend; an jenen Abhängen des Ätna das Dörfchen, wo die Freiheit hereinbrach wie eine Rache; dort unten die einfachen Begebenheiten des Mysterienspiels und die ironische Gerechtigkeit des Don Licciu Papa. Sie hörte ihm zu und vergaß sogar das erregende Drama, in das sie beide verflochten waren. Doch als Messina mit dem weiten Halbrund seiner Paläste immer näherkam, erbebte sie und murmelte: »Da ist er!«

Vom Ufer löste sich ein Boot, und ein weißes Taschentuch flatterte darin zum Gruß, wie eine Möwe im Sturm.

»Lebwohl!« flüsterte der junge Mann.

Die Frau antwortete nicht; sie neigte das Haupt. Dann drückte sie ihm unter dem Pelz heftig die Hand und trat einen Schritt von ihm weg.

»Nicht Lebwohl! Auf Wiedersehen!«

»Wann?«

»Ich weiß es nicht. Aber nicht Lebwohl!«

Dann sah er, wie sie dem Mann, der sie mit dem Boot abholen gekommen war, die Lippen bot. Und durch seinen Geist zogen düstere Gespenster, die Geister der Gestalten aus seinen Erzählungen, mit schiefem Blick und dem Messer in der Hand.

Ihr blauer Schleier verschwand gegen das Ufer zu, inmitten des Gewimmels von Barken und Ankerketten.

Monate vergingen. Endlich schrieb sie ihm, er könne sie besuchen.

»In einem einsamen Häuschen – mitten in den Weinbergen –, mit Kreide wird ein Kreuz auf die Tür gezeichnet sein. Ich werde den Pfad zwischen den Feldern entlang kommen. Erwartet mich. Laßt Euch nicht blicken, sonst bin ich verloren.«

Es war noch Herbst, aber es regnete schon, und der Wind blies wie im Winter. Er stand hinter der Tür verborgen, sehnsüchtig, mit klopfendem Herzen, und spähte begierig, ob die Streifen des Regens, die am Fenster herabliefen, sich zerteilten. Die dürren Blätter wurden gegen die Schwelle geweht; es klang wie das Rascheln eines Kleides. Was tat sie? Würde sie kommen? Die Uhr sagte immerzu: nein, nein; bei jedem Viertelstundenschlag, der vom nahen Dorf herüberklang. Schließlich drang ein Sonnenstrahl durch die Spalte eines zerbrochenen Ziegels. Das Land leuchtete auf. Die Johannisbrotbäume rauschten über dem Dach, und in einiger Entfernung, hinter den aufgeweichten Wegen, tat sich ein mit Blumen umsäumter Pfad auf, voll gelber und weißer Margeriten. Dort würde ihr heller Schirm auftauchen, dort, oder über dem Mäuerchen zur Rechten. Eine Wespe summte durch den goldenen Streifen, der durch die Ritze eindrang, und flog gegen die Läden, als wolle sie sagen: »Sie kommt! Sie kommt!« Plötzlich stieß jemand unvermutet das Türchen zur Linken auf. Wie ein Stoß ging es durchs Blut! Sie war es! In Weiß, ganz in Weiß, vom Kleid bis zu dem blassen Gesicht. Beim ersten Blick fiel sie in seine Arme und preßte ihren Mund auf den seinen.

Wie viele Stunden vergingen in diesem armseligen, verrauchten Raum? Wie viele Dinge sagten sie sich? Der unermüdliche Holzwurm nagte gleichmäßig im alten Dachgebälk. Die Uhr aus dem nahen Dorf ließ die Stunden fallen, eine nach der andern. Durch ein Loch in der Mauer konnten sie den Widerschein bewegter Blätter sehen; Schatten und grünes Licht wechselten wie auf dem Grund eines Sees.

Das ist das Leben. Plötzlich strich sie erregt mit den Händen über die Augen und öffnete die Tür, um die Sonne untergehen zu sehen. Dann schlang sie ihm entschlossen die Arme um den Hals und sagte: »Ich lasse dich nicht mehr.«

Zu Fuß erreichten sie Arm in Arm den nahen, in der Ebene verlorenen kleinen Bahnhof. Keine Trennung mehr! Welch grenzenlose, zitternde Freude! Sie gingen durch die stillen Felder, eines ans andere geschmiegt, schweigend, wie bestürzt in der Schwermut des Abends.

Insekten summten über dem Wegrand. Aus der aufgesprungenen Erde stieg ein schwerer, trauriger Nebel auf. Nicht eine menschliche Stimme, nicht einmal das Bellen eines Hundes. In der Ferne blinkte ein einsames Licht durch die Finsternis. Endlich kam der Zug, keuchend und rauchend. Sie reisten zusammen ab, fuhren weit weg, mitten in jene geheimnisvollen Berge hinein, von denen er ihr erzählt hatte, und ihr schien, als kenne sie sie schon.

Für immer!

Für immer. Sie standen bei Tagesgrauen auf, streiften durch die Felder, beim ersten Tau, saßen mittags im dichten Laub, im Schatten der Fichten, deren weiße Nadeln zitterten, ohne daß ein Wind sich regte, glücklich, daß sie in dem großen Schweigen allein waren. Sie verweilten abends lange, um zu sehen, wie der Tag auf den Berggipfeln schwand, wenn mit einemmal Fenster aufblitzten und ferne Hütten verrieten. Die Schatten stiegen längs der in Traurigkeit versinkenden Wege im Tal empor. Dann blieb der goldfarbene Streifen einen Augenblick lang auf einem Strauch über dem Mäuerchen liegen. Auch dieser Strauch hatte seine Stunde und seinen Sonnenstrahl. Winzige Insekten umsummten ihn im warmen Licht. Im Winter würde der Strauch verschwunden sein; und Tage und Nächte würden sich wieder auf nackten, traurigen, regennassen Steinen ablösen. So waren die Hütte des Gipsbrenners verschwunden und der Gasthof des »Frauentöters« auf dem einsamen Hügel. Nur zerbröckelnde Trümmer hoben sich schwarz vom Purpur des Sonnenuntergangs ab. Der Biviere dehnte sich noch immer auf dem Grund der Ebene aus wie ein verschleierter Spiegel. Etwas näher breiteten sich die weiten Felder des Mazzarò, die dichten, grauen Olivenhaine, auf die sich die Dämmerung schon düsterer herabsenkte, und die grünen Weinberge, die endlosen Weiden, die sich im Strahlenkranz über den Kuppen der Berge verloren. Andere Menschen zeigten sich an den Türen der Gutshöfe, die groß wie Dörfer waren, um wieder andere Reisende vorbeiziehen zu sehen. Niemand wußte mehr etwas von Cirino, von Gevatter Carmine, von den andern. Die Masken waren vorbeigezogen. Nur die Landschaft blieb feierlich und unverändert, mit weiten, östlich anmutenden Konturen, in warmen, starken Tönen. Eine geheimnisvolle Sphinx, die flüchtige Träume versinnbildlichte, mit einem Zug schicksalshafter Notwendigkeit. Im Dorf hatten die Söhne der Opfer mit den blinden, blutigen Werkzeugen der Freiheit Frieden geschlossen. Der Hirte Arcangelo verbrachte mühselig seine späten Tage auf Kosten seines jungen Herrn. Eine Tochter von Gevatter Santo hatte sich mit einem aus der Familie von Meister Cola verheiratet. Im Wirtshaus am Biviere bellte ein räudiger und halbblinder Hund – die verschiedenen aufeinanderfolgenden Herren hatten ihn an der Tür vergessen – traurig die seltenen Reisenden an, die vorbeikamen. Dann welkte auch der Strauch nach und nach, und das Käuzchen begann im fernen Wald zu schreien.

Lebt wohl, ihr Sonnenuntergänge im fernen Lande! Lebt wohl, einsame Tannen, unter deren Schatten sie so manchesmal den Geschichten gelauscht, die er ihr erzählt hatte; ihr Fichten, die ihr rauschtet, wenn sie vorüberkamen; die ihr so viele Menschen gesehen habt und die ihr so manchesmal erblickt habt, wie die Sonne aufging und unterging! Lebt wohl! Auch das ist nun vergangen.

Eines Tages kam aus der Stadt eine böse Nachricht. Das Wort eines entfernt lebenden Mannes, von dem sie nicht sprechen konnte, ohne zu erbleichen und die Stirn zu neigen, hatte genügt. Verliebt, jung, reich alle beide, hatten sie sich gegenseitig versprochen, für immer beieinander zu bleiben; und doch hatte ein Wort jenes Mannes genügt, um sie zu trennen. Es war nicht Mangel des täglichen Brotes, wie es bei Pino dem Kauz der Fall gewesen war; auch nicht das Messer eines Eifersüchtigen, das sie trennte. Etwas viel Feineres und Stärkeres trennte sie. Es war das Leben, das sie lebten und dessen Geschöpfe sie waren. Die Liebenden verstummten und neigten die Häupter vor dem Willen des Gatten. Jetzt schien es, als fürchte und fliehe sie den andern. In der Stunde, als sie ihn verließ, weinte sie alle ihre Tränen, die er gierig trank; aber sie reiste ab. Wer weiß, wie oft sie noch an jene Zeit zurückdenken, inmitten der wechselvollen Vergnügungen, fiebrigen Feste, im wirbelnden Kommen und Gehen der Ereignisse, bei den herben Anforderungen des Lebens? Wie oft wird sie sich des fernen Dorfes erinnern, der Einsamkeit, in der sie mit ihrer Liebe allein gewesen waren, jenes Wurzelstockes, in dessen Schatten sie das Haupt auf seine Schulter gelegt und lächelnd zu ihm gesagt hatte: »Kamelien!«

Kamelien gab es viele und herrliche in dem prächtigen Gewächshaus, in das die frohen Laute des Festes gedämpft hineinklangen, lange Zeit danach, als ein anderer für sie eine Kamelie brach, die rot war wie Blut, und sie ihr ins Haar steckte. Lebt wohl, ferne Sonnenuntergänge im fernen Lande! Auch er hob oft müde den Kopf, um im Lampenschein die Masken der Vergangenheit zu betrachten. Wie viele Bilder und wie viele Erinnerungen! Da und dort in der Welt, in der Einsamkeit der Felder und im Wirbel der großen Städte! Wie viele Dinge waren vorbeigegangen! Und wieviel hatten sie noch erlebt, die beiden Herzen, eines vom andern entfernt!

Schließlich sahen sie sich wieder, im Trubel eines Karnevals. Er war zu dem Fest gegangen, um sie wiederzusehen, mit mattem und angsterfülltem Herzen. Sie war tatsächlich dort, strahlend, umringt und von allen Seiten umschmeichelt. Doch auch ihr Gesicht war müde und ihr Lächeln traurig und zerstreut. Ihre Augen trafen sich und leuchteten auf. Mehr nicht. Später fanden sie sich wie zufällig nebeneinander, im Schatten der großen, regungslosen Palmen. »Morgen!« sagte sie zu ihm. »Morgen, zu der und der Stunde und an dem und dem Ort. Mag kommen, was will! Ich will Euch wiedersehen!« Die weiße, zarte Brust pochte unter den durchsichtigen Spitzen, und der Fächer zitterte in ihren Händen. Dann neigte sie den Kopf mit starrem und abwesendem Blick. Ein leichtes, flüchtiges Erröten lief über ihren magnolienweißen Nakken. Wie stark schlug sein Herz! Wie herrlich und erregend war die Freude jenes Augenblickes! Als sie sich aber am nächsten Tag wiedersahen, war es nicht mehr dasselbe. Wer vermöchte zu sagen weshalb? ... Sie hatten von der vergifteten Frucht der Künste dieser großen Welt genossen. Sie kannten die raffinierte Lust eines Blickes und eines inmitten von zweihundert Menschen heimlich ausgetauschten Wortes, eines Versprechens, das mehr bedeutete als die Wirklichkeit, weil es hinter einem Fächer geflüstert wurde und inmitten duftender Blüten, beim Glitzern von Edelsteinen und erregender Musik. Als sie sich gegenseitig in die Arme fielen, als sie sich von Mund zu Mund sagten, daß sie sich liebten, dachten beide mit leiser und heftiger Sehnsucht an den flüchtigen Augenblick des Abends zuvor, da sie sich halblaut, ohne sich anzusehen, beinahe ohne Worte, gesagt hatten, wie sehr ihre Herzen bewegt waren, wenn sie nebeneinander standen. Als sie sich trennten und sich auf der Schwelle die Hand drückten, waren sie beide traurig; und nicht nur darüber, daß sie sich Lebewohl sagen mußten – es war, als fehle ihnen etwas. Doch hielten sie sich noch lange bei den Händen, und beiden drängte sich instinktiv die Frage auf: Weißt du noch? Aber sie wagten es nicht auszusprechen. Sie hatte ihm gesagt, daß sie am nächsten Morgen mit dem ersten Zug fahren würde, und er ließ sie abreisen.

Er hatte ihr nachgesehen, wie sie sich auf der verlassenen Straße entfernte; er blieb zurück und lehnte die Stirn gegen die Stäbe des Fensterladens. Der Abend brach herein. Eine Drehorgel erklang in der Ferne vor der Tür einer Schenke.

Sie reiste am nächsten Morgen mit dem ersten Zug ab. Sie hatte zu ihm gesagt: »Ich muß mit *ihm* gehen!« Auch er hatte ein Telegramm bekommen, das ihn fortrief. Auf dieses Blatt hatte sie geschrieben: »Für immer.« Und daneben ein Datum. Das Leben trug sie beide fort, eines hierhin und das andere dorthin, unwiderruflich. Am Abend darauf stand auch er am Bahnhof, traurig und allein. Leute umarmten sich und sagten sich Lebewohl. Brautpaare reisten lächelnd miteinander ab. Eine Mutter, ein armes, altes Weiblein vom Lande, schleppte sich weinend hinter ihrem Sohn her, der, ein kräftiger junger Mann in der Uniform der Bersaglieri, mit dem Tornister auf dem Rücken, von Tür zu Tür den Ausgang suchte.

Der Zug setzte sich in Bewegung. Zuerst verschwand die Stadt mit den von Lichtern glänzenden Straßen, darauf die Vorstädte mit ihren frohen, festlichen Menschengrüppchen. Dann begann blitzartig die verlassene Landschaft vorbeizufliegen, offene Felder und kleine Flüsse, die im Dunkeln aufleuchteten. Von Zeit zu Zeit ein Haus mit rauchendem Kamin und Leute, die vor der Tür saßen. Auf das Mäuerchen eines kleinen Bahnhofs, wo der Zug einen Augenblick verschnaufend stehenblieb, hatten zwei Liebende groß mit Kohle ihre fremden Namen geschrieben. Er dachte daran, daß auch sie am Morgen da vorbeigekommen war und jene beiden Namen gesehen haben mochte.

In weiter Ferne, sehr viel später, in der riesigen, nebligen, traurigen Stadt, erinnerte er sich noch manchmal an die beiden bescheidenen unbekannten Namen, mitten im Hin und Her der hastig eilenden Menge, in dem unaufhörlichen Getöse, im Fieber der allgemeinen, ungeheuren, mühseligen und unerbittlichen Geschäftigkeit der prunkvollen Wagen, der Menschen, die im Straßenkot vorübergingen, zwischen zwei Bretterwänden, die mit Plakaten bedeckt waren, vor glänzenden Schaufenstern, die von Edelsteinen funkelten, neben Trödlerauslagen, wo menschliche Schädel und alte Schuhe nebeneinander aufgereiht waren. Von Zeit zu Zeit hörte er das Pfeifen eines Zuges, der unter der Erde oder auf hohen Brücken dahinfuhr und sich in der Ferne gegen blasse Horizonte verlor, als treibe ihn die Sehnsucht nach sonnigen Ländern. Dann kamen ihm wieder die Namen der beiden Unbekannten in den Sinn, welche die Geschichte ihrer einfachen Freuden auf die Mauer eines Hauses geschrieben hatten, vor dem so viele Leute vorbeigingen. Zwei blonde junge Menschen spazierten ruhig und langsam durch die breiten Wege der Anlagen und hielten sich bei der Hand. Der junge Mann hatte dem Mädchen einen Strauß purpurroter Rosen geschenkt, um die er eine Viertelstunde lang eifrig mit einer zerlumpten, mürrischen Alten gefeilscht hatte. Das junge Mädchen trug die Rosen an der Brust, schritt wie eine

Königin einher und entfernte sich mit ihrem Gefährten von der Menge der Reiterinnen und der prachtvollen Wagen. Allein unter den mächtigen Bäumen am Fluß, setzten sie sich nebeneinander und sprachen miteinander in der friedlichen Vertrautheit ihrer Liebe.

Die Sonne ging am blassen Westhimmel unter. Und auch dorthin, in die einsamen Straßen, drang der Ton einer Drehorgel, mit der sich ein Bettler aus fernen Ländern sein Brot in einer fremden Sprache verdiente.

Lebt wohl, sanfte Schwermut der Sonnenuntergänge, verschwiegene Schatten und weite, einsame Horizonte des fernen Landes. Lebt wohl, duftende Wege, auf denen es so schön zu gehen war, während man sich umschlungen hielt. Lebt wohl, arme unbekannte Leute, die ihr mit großen Augen schautet, als die beiden Glücklichen vorübergingen.

Manchmal, wenn ihn beim Gedanken an diese Dinge eine stille Trauer überkam, erinnerte er sich an die bescheidenen Akteure der schlichten Dramen mit einer unbestimmten und unbewußten Sehnsucht nach Frieden und Vergessen und an jenes Datum und die beiden Worte »Für immer«, die sie ihm in einem Augenblick des Bangens zurückgelassen hatte und die in seiner Erinnerung und in seinem Herzen lebendiger geblieben waren als jede andere fiebrige Freude. Dann hätte er ihren Namen auf eine Buchseite oder auf einen Stein schreiben mögen; wie jene beiden Unbekannten, die die Erinnerung an ihre Liebe auf die Mauer eines fernen Bahnhofs geschrieben hatten.

Beim Maskenball

Er war hingegangen, um einen Korb voll Flaschen – es waren die mit dem versilberten Hals – in die Loge der Gräfin zu bringen, und unter dem Vorwand, er warte darauf, bis sie ausgetrunken wären, war er dort geblieben; alle würden sie bestimmt nicht leerkriegen, denn sie waren nur zu fünft in der kleinen Loge, und auch auf den Tellern würde etwas übrigbleiben. Daher hatte er zu seinen Frauen gesagt: »Wartet auf mich am Theatereingang, wo die Leute stehen und sich die Herrschaften ansehen, wenn sie vorüberkommen.«

Die Pfaffengesichter vor dem Logeneingang musterten ihn grimmig, so stocksteif und aufgeblasen wie diese Diener in ihren nagelneuen Livreen waren ja nicht einmal die Herrschaften selbst da drinnen in der Loge, wie er sie durch das Fensterchen erspäht hatte.

Herren mit weißer Krawatte und Blume im Knopfloch – wie die Lakaien der Galakutschen – schwärmten in der Loge ein und aus, es war wie in einem Bienenstock. Und jedesmal, wenn die Tür aufging, wehten wie ein Windstoß Musik und Fröhlichkeit heraus, und er sah die Lichtergirlande der Logen gegenüber und ein Gewimmel von roten, weißen und dunkelblauen Farbtupfern, nackten Schultern und Armen und weißen Hemdbrüsten. Auch die Gräfin hatte nackte Schultern, und sie kehrte sie dem Theater zu, um zu zeigen, daß ihr all das gleichgültig sei. Ein Herr, der hinter ihr stand und mit der Nase fast ihre Schultern berührte, redete ernst auf sie ein und rührte sich nicht mehr vom Fleck, so wohl mußte ihm dort sein. Die andere Freundin, eine schöne Blondine, knabberte dagegen an ihrem Fächer herum, wobei sie nach allen Seiten aus der Loge hinausblickte, als suchte sie das große Los, und ihre blauen Augen und das niedliche rosige Frätzchen immer wieder zur Gangtür wandte, so daß der arme Pinella ganz rot anlief, als ob auch er in irgendeiner Weise mit der Sache zu tun hätte.

So schön war ihm Luisina, die jetzt da draußen unter den Leuten stand, nie vorgekommen, nicht einmal, als er immer sonntags in der Via Sant'Antonio vor der Haustür ihrer Herrschaft auf sie wartete, wo er sich einmal mit dem Diener vom unteren Stockwerk geprügelt hatte, der sich einbildete, Luisina müsse auf ihn hören, nur weil er einen Überzieher mit Silberknöpfen hatte.

Der Kerl mit dem Pfaffengesicht, der so stocksteif neben der Logentür stand, sagte zu ihm: »Und Sie? Worauf warten Sie denn noch?«

»Ich warte auf die Flaschen«, antwortete Pinella.

»Auf die Flaschen? Die bekommen Sie später, die Flaschen; nach dem Abendessen. Das hat Zeit, das hat noch viel Zeit.«

»Ich bin doch nicht verrückt«, dachte Pinella und drückte sich den Gang entlang, »und werde jetzt hier weggehen!«

Er hatte gesehen, daß sein Hausherr zehn Lire Eintritt bezahlt hatte, um in das Theater zu kommen; schnaubend und keuchend in seinem Fett, puterrot in seinem schäbigen langen Pelz, hatte er mit seinen kurzen Fingern die Geldscheine aus seiner Brieftasche hervorgeklaubt. Ein Glück, daß er Pinella nicht gesehen hatte, sonst hätte er ihm an Ort und Stelle das Geld für die Miete abverlangt.

Zweimal war er schon mit pfeifendem Atem in den fünften Stock hochgestiegen, um es zu kassieren. Aber Luisina hatte sich an einem Bein Rheumatismus geholt, sie stand ja auch nachts immer am Eingang zur Galerie und hielt ihren Kaffee feil, und die paar Groschen, die Carlotta mit dem Verkauf ihrer Lampenschirme in den Cafés und auf den Straßen verdiente, waren in dem Monat, den die Mama im Bett gelegen hatte, alle draufgegangen.

Auch auf den Treppen und in den Korridoren wimmelte es von Leuten. Maskierte kreischten und liefen hintereinander her; junge Männer mit dem Hut unter dem Arm lauerten Damen mit Kapuzen auf, um mit ihnen in einem dunklen Winkel zu tuscheln. Pinella glückte es, sich in einem Gang zwischen den Brettern der Bühne hinter einer großen bemalten Leinwand zu verstecken, die eigens zum Durchschauen ein paar Löcher zu haben schien. Das war ein großartiges Plätzchen. Es war wie eine Laterna magica. Man sah das ganze Theater, zum Bersten voll, selbst die Wände hoch, fünf Stockwerke. Lichter, Edelsteine, weiße Krawatten, seidene Kleider, Goldstickereien, nackte Arme, nackte Beine, ganz schwarze Leute, Gekreisch, Paukenschläge, Trompetengeschmetter, Korkengeknall, ein Gewimmel, ein Gewirr.

»Schön, was?« zischelte hinter seinem Ohr ein großer Bursche, der sich auch eingeschmuggelt hatte wie er.

»Und wie!« rief Pinella, »und zehn Lire lassen sie sich das Vergnügen kosten!« Dort vorne saßen auf einer Bank dicht an der Bühne zwei Masken, die auch allein sein wollten, denn sie hatten einander eine Menge zu sagen. Er, der junge Mann, ließ seine Worte ihren Hals – weiß und zart war er – hinunterströmen, so daß die Löckchen auf ihrem Nacken zitterten, als würden sie frieren, und auch die Schultern zusammenschauderten und erröteten, während sie den Kopf senkte und nicht einmal mehr daran dachte, daß sie ja eine Maske vor dem Gesicht hatte.

»Die geht ihm auf den Leim, die geht ihm auf den Leim!« jauchzte Pinellas Nachbar. Der arme Pinella aber bemerkte in dem Moment, daß das Mädchen schmächtig war und braunes Haar hatte wie seine Carlotta. Und der Kerl redete und redete, und sein heißer Atem legte sich auf ihren Hals, der glühte, daß man sich fast an ihm hätte wärmen können, und sie zog langsam ihre Satinstiefelchen unter die Bank zurück, als wollte sie ihre unbedeckten Beine in dem rosenfarbenen, da und dort glitzernden Trikot verbergen, das mit ihr zu erröten schien.

Aber Carlotta wartete ja draußen in der Kälte, doch so war es Pinella lieber. »Die geht mit! Die hat er!« jubelte sein Nachbar weiter. Das Mädchen war aufgestanden, notgedrungen, das Kinn hing ihr auf die Brust, und ihr Busen zog sich unter der falschen Goldstickerei zusammen wie ein Blasebalg. Der Kerl hatte sie am Arm genommen und zog und zog. Sie ließ sich ziehen, Schritt vor

Schritt, und ihre nackten Beine schleppten zögernd über den Boden. »Gewonnen!« schrie der Bengel hinter ihnen her. Und sie verschwanden in der Menge.

Pinella ging auch weg, es war ihm schwer ums Herz geworden bei dem Gedanken, daß er Carlotta einmal überrascht hatte, als sie auf der Piazza della Rosa mit einem jungen Mann plauderte, genau wie diese hier, mit roten Wangen und auf die Brust gesenktem Kinn. Sie hatte die Ausrede erfunden, der junge Mann sei ein Kunde, der für seine Wohnung ein Dutzend Lampenschirmchen brauche.

Rittlings sah man auf dem Geländer einer Loge in der ersten Reihe ein Mädchen sitzen, das ungefähr so angezogen war, wie es seine Mutter zur Welt gebracht hatte; es trug auch keine Maske vor dem Gesicht, das bildschön war, und brauchte nichts zu verbergen. Mit ihren Beinen, die sie aus der Loge baumeln ließ, drohte die Schöne allen, die in ihre Nähe kamen, den Jungen, den Alten, den Herren oder was sie sonst waren, und wenn einer den Kopf nicht beugen wollte, wenn er bei ihr vorbeikam, dann zwang sie ihn dazu. Man konnte ihr auch nicht böse sein, so schön und so lustig war sie mit ihrem Glas in der Hand und ihren hoch erhobenen weißen Armen; und sie kannte und duzte alle und rief jeden einzelnen beim Namen. Einem schönen jungen Mann, der ihr aufrecht und stolz unter der Loge stehend zulächelte, goß sie ihr Champagnerglas über den Kopf.

»Der hat gerade erst geheiratet«, sagte einer in der Menge, »noch keinen Monat ist es her, und die junge Frau schaut zu, dort in der zweiten Reihe.«

Ganz weiß mit ihrem Kindergesicht saß die junge Frau in der zweiten Reihe und wartete todernst und mit großen, aufmerksamen Augen.

»Jetzt«, dachte Pinella, »wird es Zeit, daß ich die Flaschen bei der Gräfin abhole.«

In der Loge mit den herabgelassenen roten Vorhängen war alle Lustigkeit vorbei, man war ernst und schweigsam geworden, konnte es kaum erwarten wegzugehen und hatte die Ellbogen auf den Tisch gestützt, der mit Lichtern und Silberzeug beladen war, die Blumensträuße für hundert Lire hatte man in eine Ecke geworfen.

In der Kammer gegenüber aßen die Diener in aller Eile, während sie den Tisch abräumten, und sowie sie nicht mehr in der Loge waren, führten sie die Flaschen wie Trompeten zum Mund und fuhren mit den Handschuhen in Soßen und Süßigkeiten; sie glänzten vor Vergnügen wie feiste Brunnenmasken. Der mit dem Pfaffengesicht, der aufgeblasene, fing, als er Pinella sah, sofort zu schreien an: »Herrgott noch mal!«, und wollte ihn wegschicken. Aber ein ganz weißhaariger, zusammengeschrumpfter Alter in einer braunen Livree sagte: »Nein, nein, so laßt ihn doch bleiben. Es reicht für alle, und außerdem ist Karneval, drum freut euch und seid lustig!«

Er schnitt ihm auch gleich ein schönes Stück Pastete ab, und ein anderer brummte mit vollem Mund: »Kostet hundert Lire.«

Der kleine Alte richtete sich zu seiner ganzen Größe auf und fügte hinzu: »Als ich noch beim Herzog in der Loge war, wurden für mehr als tausend Lire Flaschen entkorkt, bei jedem Ball!«

»Schnell, schnell«, sagte das Pfaffengesicht beim Hereinkommen, während es sich in aller Eile das Kinn mit einem schmutzigen Tischtuch abwischte. »Die Herrschaften haben schon die Kutschen bestellt.«

Pinella aber schien es, als gingen sie, wo doch das Fest erst richtig schön wurde, und während er die Flaschen einsammelte, konnte er sich nicht genug wundern, daß man so viel Geld und so viele Pasteten für hundert Lire verschwendete, wenn man sich dann so bald langweilte. Jetzt, da er getrunken hatte, war auch ihm warm geworden, und er empfand eine freudige Erregung. Die Logen leerten sich allmählich, und durch die offenen Türen sah man währenddessen die Menge wieder ins Parkett stürzen; da strömten sie mit glühenden Gesichtern, zerrauftem Haar, aufgeknöpften Kleidern, hängenden Trikots, schief sitzenden Krawatten, eingedrückten Hüten, kreischend, zappelnd, drängend, grölend unter dem tobenden Lärm der Posaunen und der Paukenschläge; überall dumpfe Luft, Hitze und Raserei, und eine dichte Staubwolke verschleierte alles, legte sich wie Nebel über den Galopp, der immer wieder rund herum wirbelte, und ein wenig abseits in einem Kreis von blassen, aufmerksamen, erwartungsvollen Herren mit weißer Krawatte, die Platz machten, um zuzusehen, tanzte ein Paar, das ausgelassener war als alle anderen, Augen wie glühende Kohlenstücke sprühten hinter der Maske hervor, weiße Zähne, Grinsen, ein bleiches Gesicht, ein eingezogener Kopf, Oberarme schnellten vom Rumpf los, nackte Beine schlangen sich mit weichen Verdrehungen der Hüften ineinander. Und dort oben in der zweiten Reihe stand die schöne junge Frau mit dem Kindergesicht, ganz weiß, aufrecht an der Brüstung, mit weit aufgerissenen, neugierigen Augen innehaltend, während ihr Mann ihr das Cape um die Schultern legte, und zuckte bei der Berührung mit seinen Handschuhen zusammen.

Luisina und Carlotta warteten am Theatereingang, standen mit roten Gesichtern auf dem verschneiten Platz, stampften mit den Füßen und hauchten sich die Finger an, mitten unter den vielen Leuten, die mit großen Augen zusahen, wie die schönen Damen in ihre weißen Pelze gehüllt hinter den glitzernden Fenstern in den Kutschen saßen und vorbeifuhren. Und bei jeder bescheidenen Mietkutsche, die daherschwankte, sah Carlotta nach den geheimnisvollen Paaren, die einstiegen, und folgte den Beinen im rosenfarbenen Trikot mit den gleichen gierigen und neugierigen Augen wie die weiße junge Frau in der zweiten Reihe.

Der Kanarienvogel von Nr. 15

Da die Portierwohnung ein finsteres Loch war, das nie Sonne bekam, und die Portierfamilie eine rachitische Tochter hatte, wurde diese immer in die Fensterecke gesetzt, wo man sie den lieben langen Tag sitzen ließ, so daß sie die Nachbarn »den Kanarienvogel von Nr. 15« nannten.

Malia sah die Leute vorbeigehen; sah, wie abends die Lichter angingen; und wenn jemand hereinkam und nach einem Mieter fragte, antwortete sie anstelle ihrer Mutter, Sora Giuseppina, die am Feuer saß oder die Zeitungen der Hausbewohner las.

Solange es noch ein wenig hell war, arbeitete sie mit ihren langen bleichen Fingern an einer Spitze, und ein junger Mensch aus der Druckerei gegenüber, der immer hinter dem Fenster das zarte, feine Gesicht mit den tiefen, blauen Ringen unter den Augen sah, hatte sich, wie man so sagt, in sie verliebt. Dann aber erfuhr er die Geschichte von dem Kanarienvogel und daß sie nur eine halbe Person war, tot bis zur Gürtellinie, und er sah nicht mehr hinauf, wenn er in die Druckerei ging oder sie verließ.

Ihr war er auch aufgefallen: Es sah sie ja nie jemand an! Und das bißchen Blut, das ihr geblieben war, färbte ihr bleiches Gesicht wie eine Rose, sooft sie seinen Schritt auf dem Pflaster hörte. Die feuchte, finstere Gasse erschien ihr fröhlich und heiter mit dem Stengel des mageren Pflänzchens, das vom Balkon des ersten Stocks herunterhing, und den großen finsteren Fenstern der Druckerei gegenüber, wo sich den ganzen Tag die Rollen drehten und lange, endlos lange Lederriemen liefen, die ihre Gedanken mit sich im Kreis zogen. An der Wand hingen große, bedruckte Blätter, die sie immer wieder las, obwohl sie schon alle auswendig konnte; nachts in der Dunkelheit erschienen sie ihr wieder vor ihren weit aufgerissenen Augen, weiß, rot und blau, wenn der Vater nach Hause kam und sie ihn mit heiserer Stimme singen hörte: »Oh, Beatrice, il cor mi dice.«

Auch sie, Malia, spürte, wie sich ihr bei dem Lied das Herz weitete, wenn die Gassenjungen singend und mit ihren Holzschuhen über das gefrorene Pflaster klappernd im dichten Nebel vorbeiliefen. Sie horchte und horchte, das Kinn auf die Brust gesenkt, und probierte mit leiser Stimme immer wieder die Weise, wirklich einem Kanarienvogel ähnlich, der seinen Part übt.

Sie wurde sogar kokett. Bevor man sie morgens ans Fenster setzte, glättete sie sich ihr Haar und steckte mit ihren abgezehrten Fingern eine Nelke hinein, wenn sie eine hatte. Wenn Gilda, ihre Schwester, sich aufputzte, um in die Schneiderei zu gehen, und, das schwarze Schleierhütchen schelmisch aufgesetzt, in ihrem über und über mit Firlefanz behängten Kleidchen munter umherschwänzelte, dann sah sie der Schwester mit einem sanften, melancholischen Lächeln auf den bleichen Lippen nach, winkte sie mit dem Kopf zu sich und wollte ihr einen Kuß geben. Als ihr Gilda eines Tages eine abgelegte Haarschleife schenkte, errötete sie vor Freude. Manchmal erstarb ihr auf den Lippen die Frage, ob in den Zeitungen nichts von einem Heilmittel für sie stünde.

Die Arme wurde es nicht müde, darauf zu warten, daß der junge Mann wieder zu ihrem Fenster hinaufschaute. Sie wartete und wartete, die Augen auf die Gasse geheftet, und die Garnspule lief durch ihre abgezehrten Hände. Aber dann sah sie, wie er mit Gilda daherkam, Schritt für Schritt neben ihr herging, die Hände in den Taschen, und wie die beiden, noch ein wenig plaudernd, unter der Haustür stehenblieben.

Zu sehen waren nur sein Rücken, während er voll Feuer auf sie einredete, und Gilda, die nachdenklich mit der Spitze ihres Schirmes über das Pflaster kratzte. Schließlich sagte sie: »Hier nicht, wo Malia aufpaßt, das ist mir unangenehm.«

Dann kam der junge Mann eines Samstags mit Gilda ins Haus, und sie plauderten mit Sora Giuseppina, die Kastanien in die heiße Asche legte. Er hieß Carlini, war Junggeselle, Schriftsetzer und Drucker von Beruf und verdiente sechsunddreißig Lire die Woche. Bevor er wieder wegging, sagte er auch Malia guten Abend, die im Dunkeln am Fenster saß.

Von da an begann er häufig zu kommen, dann beinahe jeden Abend. Sora Giuseppina hatte ihn bald ins Herz geschlossen, weil er so gute Manieren hatte, und nie mit leeren Händen kam: Zuckermandeln, Mandarinen, heiße Maroni, manchmal auch eine versiegelte Flasche. Dann blieb auch der Papa des Mädchens, Sor Battista, zu Hause und plauderte mit Carlini wie ein Vater und sagte, den ersten neuen Anzug wolle er ihm nähen, wenn er einen brauche. Er hatte Schneidertisch und -schere im Haus, auch das Bügeleisen, den Kleiderständer und den Spiegel für die Kunden. Den Spiegel brauchte jetzt Gilda. Während der junge Mann auf seine Liebste wartete, unterhielt er sich mit Malia; er sprach von ihrer Schwester, sagte, wie gern er sie habe und daß er schon anfange, Geld auf die Sparkasse zu legen. Sobald Gilda wiederkam, setzten sie sich in eine Ecke und tuschelten Mund an Mund und nahmen einander bei den Händen, sobald die Mama ihnen den Rücken zukehrte.

Eines Abends gab er ihr einen dicken Kuß hinters Ohr, während Sora Giuseppina ins Herdfeuer gähnte und Carlini glaubte, niemand sähe sie, manchmal ging er sogar weg, ohne überhaupt daran zu denken, daß Malia auch da war, und sagte ihr nicht einmal gute Nacht. Eines Sonntags kam er voll Freude mit der Neuigkeit an, er habe jetzt die passende Wohnung gefunden: zwei Zimmerchen bei der Porta Garibaldi; er stehe auch in Verhandlung wegen der Möbel, die er dem jetzigen Mieter abkaufen wolle; der arme Teufel müsse ausziehen und habe wegen der Miete den Gerichtsvollzieher am Hals. Carlini freute sich so, daß er zu Malia sagte: »Schade, daß Sie nicht zum Anschauen mitkommen können.«

Das Mädchen wurde rot, antwortete jedoch: »Gilda wird sich bestimmt freuen.«

Aber Gilda schien sich nicht besonders zu freuen. Oft wartete Carlini umsonst auf sie und beschwerte sich bei Malia über ihre Schwester, die ihn nicht so gern hatte wie er sie und mit lieben Worten und auch mit allem übrigen geizte. Dann fand sein Gejammer kein Ende mehr; alles erzählte er nach Strich und Faden: welche Freude ihr ein bestimmtes Wort gemacht hatte, welch hübsche Grimasse sie beim Lächeln machte, wie sie sich den oder jenen Kuß hatte geben lassen. Es tröstete ihn wenigstens, wenn er sich mit Malia aussprechen konnte. Beinahe kam es ihm vor, als spräche er mit Gilda, so sehr ähnelte Malia, im Schatten sitzend, ihrer Schwester, wenn sie ihm zuhörte und ihn mit solchen Augen ansah. Manchmal kam es sogar so weit, daß er ihre Hand nahm und vergaß, daß sie halbtot war, wie sie da auf ihrem Stuhl saß.

»Sehen Sie«, sagte er zu ihr, »ich wollte, *Sie* wären Gilda, Sie haben ein so gutes Herz.«

Stundenlang saß er da, die Hände auf den Knien, bis Gilda nach Hause kam. Zumindest hörte er das flinke Getrippel ihrer Absätze und sah sie, das hübsche Gesicht von der Kälte gerötet, ankommen und mit ihren schönen Augen fragend das Kämmerchen absuchen, wenn sie eintrat. Gilda war gefallsüchtig und wollte hoch hinaus; sie hatte ihm verboten, sie in seinem dunkelblauen Arbeiterhemd zu begleiten, wenn sie durch die Straßen stolzierte. Eines Abends sah Malia, wie sie in Begleitung eines jungen Herrn nach Hause kam, dessen glänzender Zylinder ganz nahe am Fensterbrett vorbeistrich, und sie blieb mit ihm unter der Haustür stehen wie vorher mit Carlini. Dem aber sagte sie nichts davon.

Der Arme hatte sich übernommen. Die Miete für die Wohnung, die Möbel waren zu bezahlen, dazu die kleinen Geschenke für das Mädchen, die Zeit, die er vertat: so daß der Direktor der Druckerei zu ihm gesagt hatte: »Was spielen wir denn hier?« Er schüttete sein Herz wieder bei Malia aus und bat sie: »Sie sollten einmal mit Ihrer Schwester darüber sprechen!«

Gilda zuckte mit den Achseln und antwortete Malia: »Nimm ihn doch du!«

Zu Neujahr brachte Carlini als Geschenk einen schönen Halbwollstoff mit roten Streifen; so rot, daß Gilda lauthals herauslachte und sagte, der passe für die Bäuerinnen aus Desio oder Gorla, die sie am Piazzale Loreto gesehen hatte. Beschämt stand der junge Mann mit seinem Bündel in der Hand da, dann faltete er den Stoff wieder zusammen und bot ihn Malia an, wenn sie ihn wolle.

Es war das erste Geschenk, das Malia bekam, und es schien ihr eine ganz große Sache. Sora Giuseppina, die Gildas Bemerkung entschuldigen wollte, sagte dann, das Mädchen hätte einen so feinen Geschmack wie eine Dame und fände nie etwas, das für sie schön genug wäre. »Um das Mädchen mache ich mir keine Sorgen«, pflegte sie zu sagen.

Gilda kam nämlich mit allerlei Sachen nach Hause, bald war es ein neues Schultertuch, dessen dichte Fransen ihr den Busen schwellen ließen, bald ein Paar Stiefelchen, die ihr die Füße einschnürten, bald ein breitkrempiger, flauschiger Hut, der ihre Augen beschattete, die blitzten wie zwei Sterne. Einmal brachte sie ein Armband aus vergoldetem Silber mit einem haselnußgroßen Amethyst heim, das in der ganzen Nachbarschaft von Hand zu Hand ging. Die Mama jauchzte und posaunte aus, wie viele Ersparnisse ihre Tochter bei der Schneiderin zusammenbrachte. Auch Malia wollte sehen, und der Papa war dabei, seine Hand auszustrecken, und wollte sich das Stück für einen Abend ausleihen, um es seinen Freunden beim Tabakhändler und beim Schnapshändler zu zeigen. Aber Gilda begehrte auf. Da fing Sor Battista an zu schimpfen, wenn sie spät nach Hause kam, und schüttete Carlini sein Herz aus, der seine Zeit verschwende und seine Geschenke einer Undankbaren mache, die nicht einmal für ihre eigenen Eltern ein Herz habe. Eines schönen Tages befreite ihn Gilda von der leidigen Warterei.

Trotz Sor Battistas Großtuereien herrschte Trauer im Haus. Sora Giuseppina schimpfte und stritt in einem fort mit ihrem Mann, den ganzen Abend lang. Sor Battista ging mit einem Rausch ins Bett. Malia hörte bis zum Morgengrauen Carlini, der wartend in der Gasse auf und ab ging.

Dann kam Sora Carolina, die an der Ecke Zeitungen verkaufte, und erzählte, daß jemand die Gilda, wie eine Dame gekleidet, in der Galerie gesehen hätte. Der Papa schwor, er wolle am Sonntag mit Carlini nach seinem

Fleisch und Blut suchen gehen, und man brachte ihn nach Hause, weil er nicht mehr auf seinen eigenen Füßen stehen konnte.

Carlini hatte sich mit Sor Battista angefreundet. Er arbeitete nur noch, wenn es unbedingt sein mußte, da und dort in kleineren Druckereien, und begleitete ihn ins Wirtshaus, von wo sie Arm in Arm zurückkamen. Es war nun, als gehöre er zur Familie, einfach aus Gewohnheit. Er machte das Feuer an oder das Gaslicht im Treppenhaus, pumpte Wasser, hielt das Schneidergerät in Ordnung, falls es gebraucht werden sollte, und fegte auch den Hof, um Sora Giuseppina etwas abzunehmen, da ja ihr Mann nicht viel im Hause war. Aus Dankbarkeit wollte Sora Giuseppina ihn glauben machen, daß Gilda ihn immer noch gern hätte und eines Tages zurückkommen würde. Er schüttelte den Kopf; aber er redete gern darüber mit der Alten oder mit Malia, die ihrer Schwester sehr ähnlich sah. Es kam ihm vor, als würde ihm dadurch leichter ums Herz, wenn sie ihm, im Halbschatten sitzend, zuhörte und ihre Augen auf ihn heftete. Und einmal, als er aus dem Wirtshaus kam und vor Zärtlichkeit ganz durcheinander war, gab er ihr sogar einen Kuß.

Malia schrie nicht: Aber sie fing an zu zittern wie Espenlaub. So etwas war sie nicht gewohnt; und wegen ihr paßte die Mutter nicht auf. Am nächsten Tag war Carlini mit ausgeschlafenem Kopf wieder gekommen, um wie gewöhnlich sorglos und gleichgültig mit ihr zu plaudern. Aber das arme Mädchen spürte immer noch seinen Kuß auf den Lippen und seinen scharfen Atem, die ganze Nacht hatte sie daran gedacht. Dann begann Malia am Frühlingsanfang, als ob der Kuß ein lebendiges Feuer gewesen wäre, sich langsam zu verzehren und zu vergehen. Die Mama sagte immer wieder zu Sora Carolina und zur Portierfrau von nebenan, daß die Krankheit von den Beinen in den ganzen Körper hochstieg. Der Arzt hätte es ihr gesagt.

Der März war regnerisch. Den ganzen Tag hörte man, wie das Wasser aus der Dachrinne auf das Glasdach der Druckerei prasselte und wie die Leute auf der Gasse durch den Schlamm schlurften. Ab und zu hielt vor dem

Haus eine wassertriefende Kutsche, eilig wurden die Schläge und die große Haustür zugeworfen.

»Das ist Gilda«, rief die Mama. Malia hielt bleich die Augen auf die Tür geheftet und sagte nichts, aber wurde immer spitzer im Gesicht. Dann kam die melancholische Stunde, in der auch das Fenster dunkel wurde und man von draußen die klagende Stimme des Zeitungsverkäufers hörte: »Secolo! Il Secolo!« wie eine Melancholie, die ständig wuchs. Und Gilda kam nicht.

Da zum Sankt-Georgs-Tag das Wetter wieder schön geworden war, hatte die Zeitungsfrau von nebenan mit andern Nachbarn einen Ausflug aufs Land geplant. Carlini, der nunmehr zum Haus gehörte, war mit von der Partie. Am Abend stiegen sie alle angesäuselt aus der Straßenbahn, die Hände voller Maßliebchen und anderer Wiesenblumen. Carlini hatte, in einer Anwandlung von Galanterie, all die vielen Blumen, mit denen er nicht wußte wohin, Malia geschenkt. Die arme Kranke freute sich so darüber, als hätte man ihr ein Stück Land ins Haus gebracht. Von ihrem Krankenbett aus hatte sie den schönen Tag gesehen: vor dem Fenster, wo die Mauer gegenüber heller aussah und die kleine Balkonpflanze die ersten Blättchen bekam. Sie wollte, daß man ihr die Blümchen in ein wenig Erde pflanzte, damit sie nicht sterben sollten, in der Küche mußte doch eine Menge alte Steintöpfe dafür da sein. Die Laune einer Sterbenden, das kennt man ja. Die anderen antworteten lachend, das wäre, wie wenn man einen Toten zum Gehen bringen wollte. Damit sie zufrieden war, stellten sie ihr ein paar Blumen in einem Glas Wasser auf die Truhe, und um sie bei guter Laune zu halten, fingen sie von dem Kleid zu reden an, das sich Malia aus dem schwarz und rot gestreiften Stoff machen lassen würde, sobald es ihr wieder besser ginge. Der Papa hatte ja schließlich Schere, Zwirn und das ganze Schneiderzeug schon bereit liegen. Das arme Ding hörte ihnen zu, sah nacheinander jedem einzelnen ins Gesicht und lächelte wie ein Kind. Anderntags waren die Blumen in dem Glas gestorben. In dem finsteren Loch fehlte die Luft zum Leben.

Der Sommer ging voran. Tag und Nacht mußte man

wegen der großen Hitze das Fenster weit offen lassen. Die Mauer gegenüber war gelb und runzelig geworden. Wenn der Mond schien, fiel sein heller, fahler Strahl bis in die Gasse hinunter. Man hörte die Mütter und die Nachbarn vor den Hauseingängen plaudern.

Am 15. August trank sich Sor Battista von seinen Trinkgeldern einen märchenhaften Rausch an, und zwischen ihm und Sora Giuseppina kam es zu einer Prügelei. Carlini, der Frieden stiften wollte, bekam einen Faustschlag ins Auge verabreicht, der ihn halb blind machte.

Malia ging es an dem Abend schlechter; und dazu kam nun noch dieser Schrecken, so daß der Arzt, der im ersten Stock einen Besuch machte, klipp und klar sagte, sie hätte bald ausgelitten, das arme Mädchen.

Auf diese Nachricht hin versöhnten sich Papa und Mama, und auch Gilda kam, ganz in Seide gekleidet, ohne daß man wußte, wer es ihr gesagt hatte.

Malia aber glaubte, es ginge ihr besser, und bat, man möge ihr den Kleiderstoff von Carlini aufs Bett breiten, »zum Dranfreuen«, wie sie sagte. Sie saß an die Kissen gelehnt aufrecht im Bett und half sich zum Atmen mit ihren abgezehrten Armen wie ein kleiner Vogel mit seinen Flügeln.

Sora Carolina sagte, man müsse den Priester holen, und der Papa, der diesen Blödsinn im Einvernehmen mit dem »Secolo« immer verachtet hatte, ging zum Zeichen des Protests ins Wirtshaus. Sora Giuseppina zündete zwei Kerzen an und breitete ein Tischtuch über die Truhe. Als Malia diese Vorbereitungen sah, verzerrten sich ihre Züge vor Entsetzen, aber sie beichtete dem Priester alles, auch den Kuß von Carlini, und nachher wollte sie, daß ihre Mama und ihre Schwester sie nicht mehr allein ließen.

Sie warteten natürlich auf den Papa. Sora Giuseppina war auf dem Kanapee eingeschlummert, und Gilda unterhielt sich am Fenster halblaut mit Carlini, im Glauben, Malia schliefe. So verschied die Arme, ohne daß es jemand bemerkte, und die Nachbarn sagten, sie sei gestorben, genau wie ein Kanarienvogel stirbt.

Der Papa heulte anderntags wie ein Schloßhund, und seine Frau seufzte: »Armer Engel! Sie hat ausgelitten!

Aber wir waren es gewohnt, daß sie dort am Fenster saß wie ein Kanarienvogel. Und wir werden uns jetzt ganz verlassen fühlen, mutterseelenallein.«

Gilda versprach, oft vorbeizukommen, und hinterließ Geld für die Beerdigung. Aber nach und nach wurden auch Carlinis Besuche seltener, und als er nach San Michele umgezogen war, sah man ihn überhaupt nicht mehr.

An das Fenster ließ der Papa, um sein Leben zu ändern, eine Holztafel annageln mit der Aufschrift »Schneider«, die blieb dann genauso an ihrem Platz wie der Kanarienvogel von Nr. 15.

Das Wirtshaus »Zur guten Freundschaft«

Das erste Mal, als sie Tonino auf die Polizeiwache brachten, war an einem Faschingssamstag, wegen der Weiber in der Via San Vittorello; der Schieler hatte ihn nämlich mitsamt seinem Wochenlohn zum Feiern abgeschleppt. Zum Glück wurde der schwere Schlüssel, mit dem er den Kurzwarenhändler Magnocchi halbtot geschlagen hatte, nicht bei ihm gefunden.

Sie waren zusammen im Wirtshaus »Zur guten Freundschaft« in der Via San Calimero beim Essen und Trinken gewesen, und der Schieler hatte auch noch Basletta und Marco, den Zwerg, aufgelesen – zahlen tat Tonino.

Die Brust noch geschwellt ob der bezahlten Zeche, sagte er nachher: »Gehen wir noch ins Carcano?«, wo an dem Abend Maskenball war. Aber sofort kam er wieder zu sich, seine voreilige Bemerkung reute ihn, und er zählte langsam in der Hosentasche nach, wieviel Geld ihm geblieben war.

Die anderen hänselten ihn. »Hast wohl Angst vor der Mama, was? Oder vor Barberina, die dir den Hintern versohlt wie einem Kind?« Die drei bezahlten freilich, wenn sie auf den Maskenball gingen, den Eintritt mit Puffen und Schieben, sie hatten Mut genug, den Zigarrenstummel im Mund, unter den Augen der Aufpasser vorbeizugehen. Und als sie dann drin waren, betatschten und zwickten sie die maskierten Mädchen, weiter hatten sie nichts im Sinn; so kam es, daß der Zwerg und Basletta schon wieder unsanft vor die Tür gesetzt wurden, als Tonino gerade eine Wilde zum Trinken aufgefordert hatte, die ständig Streit mit den Bütteln bekam, wegen ihres Federröckchens, das sie wie eine Fahne flattern ließ. Im Café hatten sie einander, beide mit den Ellbogen auf dem Tischchen, ein paar Dummheiten erzählt, und die Wilde lachte dazu, daß ihr vor Vergnügen die Brust hervorhopste. Tonino hätte ihr den halben Laden gekauft, solange er was in der Tasche hatte, so diebisch waren die kohlschwarz gefärbten Augen und die Stoffblume im Haar, daß er wie betrunken davon war. Er bot ihr das an, er bot ihr jenes an, schließlich verstand er sich darauf und war sozusagen vom Fach als Tischkellner im Café »Zur Rose« am Corso San Celso. Der Schieler, der einen Festschmaus witterte, sagte, Tonino sei der Sohn der ersten Gemüsefrau des Verziere und brauche nicht zu sparen. Aber das Mädchen wollte wieder tanzen, was sagst du da! Sie war ja zum Maskenball gekommen. Außerdem hatte sie keinen Durst mehr; vielen Dank; ein andermal. Tonino entflammte noch mehr: »Noch einen Walzer, meine Schöne!« Und er legte sich ins Zeug mit den liebenswürdigen Manieren eines Cafékellners und seiner Lockenfrisur, ließ seinen Oberkörper hin und her wippen, und seine Beine und die ihren schlangen sich ineinander, und dicht vor seiner Nase hatte er ihre Brust, die ihm den Anzug puderte. »Lassen Sie mich jetzt gehen, mein Lieber, auf Ehrenwort! Ich habe doch meinen Tänzer dabei, der hat auch mein Kostüm bezahlt, der Türke dort ist's, der so böse schaut. Wenn Sie mich besuchen wollen, dann wissen Sie ja, wo ich wohne, in der Via San Vittorello, fragen Sie nach Assunta.«

Tonino, rot wie ein Gockel, hätte dem Türken am liebsten die Nase abgebissen, meiner Seele! Der Schieler, der ihm nicht von der Seite wich, weil er sonst nichts zu tun hatte, beruhigte ihn folgendermaßen: »Jetzt hör auf, und gehen wir einen trinken!«

Draußen warteten schon Marco, der Zwerg, und Basletta, an einem Zigarrenstummel kauend und die Hände in den Hosentaschen. Um sich aufzuwärmen, gingen sie alle miteinander zum »Gaina«. Tonino, dem vom Trinken und vor Eifersucht das Blut kochte, und auch, weil sie von dem redeten, was seine Schwester unter ihren Röcken habe, grölte, er wollte einmal in seinem Leben verrückt spielen, verflucht noch mal! Hingehen wollte er und vor der Haustür in der Via San Vittorello auf Assunta warten, dem Türken zum Trotz! Und die anderen, Marco, der Zwerg, und Basletta, lachten ihm ins Gesicht.

Um zu zeigen, daß er bei Sinnen war, hätte er sich auch von vier Mann nicht zurückhalten lassen. »Laß doch sein, hör auf! Um die Zeit macht dir doch keiner mehr auf. Laß uns lieber zum Malacarne gehen, der hat einen guten Valpolicella!« Tonino, von einem Moment auf den anderen wieder fügsam, vergaß alles und ließ sich hinführen, wo sie wollten, dabei sang er mit lauter Stimme die »Mariettina«, und sowie ihnen Masken begegneten, riefen sie ihnen Schweinereien nach.

Der Zwerg, dem der Wein die Weiber in den Sinn brachte, fing wieder von Assunta zu reden an, ein schönes Weibsbild, hol's der Teufel, die Wilde mit ihrem Federröckchen! Da fiel Tonino wütend über die Freunde her, die ihn nicht nach seinem Wunsch und Willen gehen ließen, wohin er wollte, und ihn wirklich wie ein kleines Kind behandelten. So gingen sie streitend und mit schwerer Zunge, ohne es zu merken, durch den Corso San Celso und die Via Maddalena, bis Tonino an der Ecke die Via San Vittorello hinunterzurennen begann und verlangte, man solle ihm unbedingt öffnen, denn oben brannte noch Licht. Als die Frauen hörten, daß Steinchen an die Fenster prasselten und jemand mit den Füßen gegen die Haustür schlug, fingen sie an zu schreien, als wollte sie einer totschlagen und weiter nichts.

Magnocchi, der oben noch mit seinen Freunden beisammensaß, ging hinunter auf die Straße. Was sie denn hier zu suchen hätten. Ob sie vielleicht einen Aderlaß brauchten, für den Wein, den sie im Leib hätten. »Den Aderlaß, den kriegst du von mir, du Ganove!«

Im Handgemenge hörte man schreien: »Au, au, die bringen mich um!« Und der Schieler konnte gerade noch rechtzeitig den Schlüssel wegwerfen, mit dem Tonino dem anderen den Kopf eingeschlagen hatte, denn der Junge war totenbleich und wußte nicht wohin, und schon hörte man die Stiefel der Gendarmen auf dem Pflaster.

Den Verwandten sagten sie's erst am nächsten Tag, als Sora Gnesa den Stand aufräumte und Barberina vor dem Stand unruhig dahin und dorthin schaute, ob nicht irgendwo der Bruder auftauchte, denn der Besitzer des Cafés hatte schon nach ihm geschickt. Es war Adele, das Mädchen aus dem Barbierladen, das gekommen war, um zu sehen, ob sie noch für ein paar Groschen Radieschen zum Nachtisch hätten, und das es im Laden gehört hatte. »Der

Schleifenverkäufer von der Via San Vittorello ist umgebracht worden, und Tonino soll bei der Rauferei dabei gewesen sein.« Zum Glück war Magnocchi nicht tot; aber die Frauen, Mutter und Tochter, fingen an zu kreischen, Tonino habe sie ruiniert. In einem Augenblick war der ganze Gemüsemarkt in Aufruhr. Barberina raffte ihre Röcke und rannte fort, um den Vater zu holen, der nämlich heiligte den Faschingssonntag bei Ambrogio, dem Erstgeborenen, der in der Via della Signora einen Lebensmittelladen hatte. »Tonino ist verhaftet worden, in der Via San Vittorello!«

Sor Mattia nahm, obzwar noch etwas schwach auf den Beinen, seinen Hut und eilte zur Piazza San Fedele auf die Wache, und desgleichen Ambrogio, der seine Schwester beschwor, sie solle sich beruhigen und ihm nicht das Geschäft verderben. Auf der Polizeiwache empfing man die beiden überhaupt nicht, weder den Vater noch den Sohn, man ließ sie draußen auf der Bank warten, und niemand kümmerte sich darum, daß der Kaufmann ausgerechnet an diesem Tag mit dem Hut in den Händen dasaß und seine Zeit vertat. Der Wachtmeister, der ihn kannte, sagte barsch zu ihm: »Kommen Sie morgen wieder! Ein schlimmes Früchtchen von Bruder haben Sie, wissen Sie!«

Dann kam Tonino wieder auf freien Fuß, das Hütchen schräg aufgesetzt wie ein Schieber. Der Sora Gnesa, die greinte und schimpfte, maulte er nach: »Jetzt hör doch auf, Mama! Mir reicht es.«

Und er zündete sich sein Pfeifchen an. Barberina aber wollte noch nicht aufhören. Er sei ihr Ruin, kreischte sie ihm in die Ohren, und sie würden unter der Plane am Gemüsemarkt verfaulen, um den jungen Herrn im Gefängnis zu ernähren und für seine Laster aufzukommen. So daß er ihr schließlich zwei saftige Ohrfeigen verabreichen und ihr das Klatschbasengesicht mit ihrem eigenen Salat abreiben wollte, richtig abreiben! In dem Augenblick kam der Vater, und er steckte kleinlaut seine Pfeife wieder in die Tasche.

»Du Bandit!« fing Sor Mattia an. »Du Früchtchen, du! Siehst du denn nicht, wie wir alle arbeiten, deine Mutter, deine Schwester und Ambrogio? Meinst du vielleicht, wir müssen für deine Laster aufkommen? Bevor dich die Büttel erschlagen, erwürge ich dich noch mit meinen eigenen Händen! Sämtliche Knochen will ich dir brechen!«

»Um Gottes willen!« rief Tonino bleich wie ein Laken und ging unter seinen Ellbogen in Deckung. »Um Gottes willen! Laß die Hände aus dem Spiel, Vater! Laß die Hände aus dem Spiel!«

Sora Gnesa kreischte schriller als eine Gans, und Barberina ließ den ganzen Gemüsemarkt zusammenlaufen. Der Vater erzählte allen, was er zu dieser Geschichte meinte. Um Tonino eine Position zu verschaffen, hatte er ihn als Kellner im Café »Zur Rose« untergebracht, eines der ersten am Platz, der Besitzer war ein Freund von ihm. Wenn er dann ausgelernt gehabt hätte, hätten sie selbst etwas aufgemacht; Ambrogio in seinem Lebensmittelladen, die Frauen am Gemüsestand und er hinter der Theke, so hatte er sich's ausgedacht, und der Lump hatte nun alles ruiniert! Sor Mattia erstickte schier an seiner Galle. Um sich nicht zu einer unbedachten Tat hinreißen zu lassen, ging er wieder in die Via della Signora.

Ambrogio suchte eilends den Cafébesitzer auf und bat ihn, er möge Tonino wieder nehmen, er habe alles bereut und verspreche, Vernunft anzunehmen.

»Mein Lieber, das geht nicht! Bei einem Geschäft wie meinem ist das eine ernste Sache. Jetzt, wo man in der Gendarmerie ein Auge auf Ihren Bruder geworfen hat, möchte ich die Gesichter nicht den ganzen Tag hier in meinem Laden sehen, wenn sie in der Küche und hinter der Theke nach ihm herumschnüffeln. Das geht auf Kosten meines Geschäfts. Würden Sie ihn denn nehmen?«

Ambrogio wollte seinen Bruder auch nicht bei sich im Laden sehen, seitdem ihm ein Gendarm auf die Schulter geklopft hatte wie einem alten Freund.

Die Frauen, der Vater und alle ließen nun ihre Wut an dem Unglücksraben, dem Tunichtgut, aus, der der Familie zur Last fiel, und niemand wollte ihn haben. »Als ich die vielen Trinkgelder nach Hause brachte, da war ich euch recht!« schimpfte der große Junge; man ließ es ihm nämlich selbst an dem fehlen, was man gemeinhin das Nötigste nennt, und hielt ihn im eigenen Hause wie einen Bettler.

Eines Tages traf ihn Basletta, wie er auf dem Markt zwischen den Ständen herumlungerte, und rief: »Na so was! Da bist du? Es ist schon einige Zeit her, daß man dich nicht mehr sieht. Spendierst du mir einen?«

Tonino antwortete, er habe kein Geld. Seine Leute hätten ihm Szenen gemacht wegen der Geschichte in der Via San Vittorello. Als sie beim Stand der Sora Gnesa vorbeikamen, schielte Basletta nach Barberina, die gerade mit ihren schönen, roten, bis zum Ellbogen entblößten Armen Blattgemüse bündelte.

»Laß das!« brummte Tonino. »Diese Art Späße mit meiner Schwester mag ich nicht.«

»Schau mal an! Empfindlich ist er geworden, seit er vor Gericht war. Ich fresse sie dir nicht auf, deine Schwester. Ein freundlicher Empfang ist das!«

Er wollte ihn mitnehmen zu den anderen Freunden, sie hatten ihn ja alle ewig nicht mehr gesehen. Tonino zögerte. »Dummkopf! So wie dich deine Verwandten behandeln! Laß die doch einfach sitzen. Los!«

Im Wirtshaus »Zur guten Freundschaft« trafen sie den Schieler, der Tonino auch wiedersehen wollte und in einer Ecke mit ein paar Fuhrleuten Briskola spielte. Auf dem Gemüsemarkt ließ er sich nicht mehr blicken, weil ihn Sora Gnesa bezichtigte, er würde ihr ihren Sohn verderben, und Barberina ihn ausschimpfte. »An dem Mädchen ist ein Gendarm verlorengegangen!« Dann sagten sie, sie wollten nach dem Zwerg sehen, der die »Gute Freundschaft« mied, seitdem ihm der Wirt keinen Kredit mehr gab.

Bevor sie den Ort aufgespürt hatten, wo der Zwerg vor Anker gegangen war, mußten sie ein halbes Dutzend Wirtshäuser absuchen. Marco war bald da, bald dort, seit er der »Guten Freundschaft« den Rücken gekehrt hatte. Der Schieler hatte beim Briskolaspielen gewonnen und stiftete zwei Runden. Dann umarmten und küßten sie den Zwerg, als ob sie alle gerade frisch aus dem Gefängnis gekommen wären; die nächste Runde stiftete der Zwerg.

»Ihr laßt euch euer Geld immer noch von dem Kerl ›Zur guten Freundschaft‹ stehlen«, sagte er abschließend. »Eine saubere Freundschaft nenne ich das! Abends nichts als verkleidete Gendarmen!«

Um es kurz zu machen, sie traten auf die Straße, als die Gaslaternen schon brannten, und Basletta mußte noch den halben Montag bei seinem Prinzipal ableisten, der in der Via dei Bigli auf ihn wartete – es waren Teppiche zu legen, noch vor dem Abend, weil dann die Herrschaften kamen. »Macht nichts!« antwortete der Zwerg. »Die kommen auch ohne Teppiche an, und der Prinzipal muß warten. Ich hab' den meinen auch versetzt, nehme zu Haus Arbeiten an, wenn es etwas gibt, als Kunsttischler. Leider braucht man eben Kapital. Aber ich will arbeiten, wie es mir paßt.«

Der Schieler machte sich nichts daraus, denn seinen Tageslohn hatte er sich beim Briskolaspielen verdient. Er hatte keinen festen Beruf. Er machte alles: Dienstmann, Hundescherer, Stallknecht, Makler. So verdiente er mehr und war frei wie der Vogel in der Luft. »Es lebe die Freiheit!« rief Basletta. Wenn die Republik kommt, wird's keine Gehilfen mehr geben und keine Prinzipale.

Und sie schlenderten alle vier die Bastei entlang, sangen aus vollen Kehlen und versuchten einander abwechselnd in den Graben zu schubsen.

Bevor sie zur Porta Romana kamen, sahen sie in der Dunkelheit die Plaketten von Carabinierimützen funkeln. Sie kämen gerade von der Arbeit, antworteten sie. Tonino verabschiedete sich.

»Geh nur heim, Kleiner! Sonst versohlt dir deine Barberina den Hintern!« schrien sie ihm nach.

»Seit der Junge in San Fedele war, ist er ein Waschlappen«, sagte der Schieler. Aber Tonino hörte nicht auf sie. Dem Schieler, der am meisten stichelte, gab er einen Stoß mit dem Ellbogen, so daß er beinahe in den Graben gepurzelt wäre.

Zu Hause half er den Frauen bei ihrer Arbeit. Nachts stand er auf, um die Fuhrwerke der Gärtner abzuladen, baute den Stand auf und schürte den Kessel für die gerösteten Kastanien an. Später tauschte er mit den Nachbarständen ein paar Witze aus, balgte ein wenig mit den Dienstmädchen herum, pfiff den vorbeigehenden Mädchen nach. Dann gähnte er und streckte sich. Jeden Tag stritt er mit seiner Schwester, die ihm den Groschen für seine Pfeife nicht herausrückte.

»Den braucht er für die Weiber in der Via Pantano, die ihm hinter den Fensterläden etwas zuzischeln!« schimpfte Barberina. Sie hätte keinen Kohlkopf auf Kredit hergegeben, nicht einmal dem Sor Domenico, dem Weinhändler an der Ecke, einem begüterten gestandenen Mann, der sie einmal heiraten würde. Nur das Geschäft hatte das Mädchen im Sinn! Selbst Sor Domenico bekam manchmal Mitleid mit dem Lausejungen und gab ihm lachend einen Groschen. Tonino, rot wie eine Tomate, nahm ihn an, denn er würde ja später einmal sein Schwager werden; aber drinnen brannte es, verflucht noch mal!

»So arbeitete doch was!« hielt ihm Sor Mattia vor. »Mach das, was wir alle machen, Faulpelz, übler!« Und nicht für tausend Lire hätte er sich von seinem Platz neben dem Ladentisch in der Via della Signora wegbewegt, wo er, die Hände über dem Stock gekreuzt, zu sitzen pflegte.

Sooft ihn seine Freunde trafen, sagten sie zu ihm: »Du Trottel, die halten dich schlechter als einen Hund, merkst du denn das nicht? An deiner Stelle würde ich sie alle sitzenlassen mitsamt ihrem täglichen Brot, für das du so schwitzen mußt.«

Der Schieler fügte noch hinzu, er wolle sich ja nicht einmischen, denn Barberina drohe ihm die Augen auszukratzen, wenn sie ihn mit ihrem Bruder sähe.

Eine Plage, dieses Mädchen! Was ihn betraf, so versuchte er jetzt in Frieden zu leben. Er war seit kurzem Lastenträger in einer Drogerie. Ein guter Posten, nichts zu tun und oft was in die Tasche zu stecken. Tonino schwor, er hätte Mut genug, ihr in die Schnauze zu treten, seiner Schwester, wie einer Katze. Sie würden es schon noch sehen.

Eine Schande war es, in der »Guten Freundschaft« immer auf die anderen angewiesen zu sein; oder, wenn sie um einen Liter Wein Morra spielten und er zahlen mußte, gezwungen zu sein, seine Schulden mit Kohle an die Wand zu schreiben. Man gab ihm Kredit, weil man wußte, welcher Leute Kind er war, und daß er am Ende doch bezahlen würde. Außerdem war er beim Kartenspielen, bei der Briskola oder Zecchinetta, so erfinderisch, daß es manchmal mit Faustschlägen und Fußtritten endete und der Wirt sie alle hinausjagte, damit der Ruf seiner Wirtschaft nicht leide. Die Gendarmen hatten ohnehin schon ein Auge auf sie, wegen der Gesichter, die dort ein und aus gingen, und sooft eine Razzia zu machen war, kämmten sie zuerst »Zur guten Freundschaft« durch.

Der Zwerg hatte schon recht, wenn er sagte, das sei ein schlimmerer Ort als der Wald der Merlata. Man wußte nie sicher, ob man die Nacht in seinem eigenen Bett schlafen würde, wenn man den Abend in dieser Kneipe verbrachte. Aber er selbst war wieder dorthin zurückgekehrt, sonst hätte er's vor Schwermut nicht mehr ausgehalten. Dort kamen sie alle zusammen, der Schieler, Basletta und andere Freunde mit dem gleichen Lebenswandel, manchmal brachten sie auch Frauen mit, dann ging es lustig zu, lausige Welt!

Den Basletta besuchte öfters die Lippa, braunhaarig und gar nicht groß, aber den Teufel im Leib, es hieß, er müsse sie noch einmal in extremis heiraten. Basletta murrte, wenn sie ihn gerade beim Abendessen erwischte; aber sie fuhr mit den Fingern in seinen Teller, ohne lange um Erlaubnis zu bitten, und als ob dies nicht schon reichte, zog sie manchmal auch noch die Blonde mit, ein klapperdürres Gestell, die man schubsen und schieben mußte, bis sie endlich hereinkam, und die mit den Augen alle Teller leer aß. Sogar Tonino hatte sie aus Mitleid einmal eingeladen, und so waren sie miteinander bekannt geworden. Nachher gingen sie noch im Freien auf der Bastei spazieren.

»Meiner Schwester will es nicht in den Kopf, daß ich in meinem Alter auch Geld brauche!« schimpfte er vor sich hin. »Die meint, alle haben nur das Geschäft im Sinn wie ihr Weinhändler.«

»Laß dir doch was einfallen!« antwortete ihm der Schieler. Marco, der Zwerg, hatte in jenen Tagen ein Geschäft gemacht; er kam nämlich immer mit vollen Taschen an, und die anderen sprachen im Flüsterton darüber. Die Gendarmen hatten Lunte gerochen; sooft sie kamen und sahen, daß man schnell von etwas anderem redete oder schwieg, klopften sie Tonino auf die Schulter und sagten: »Paß nur auf, du kommst schon noch mal zurück nach San Fedele.«

Wenn sie auf der Bastei stritten, weil Tonino eifersüchtig war, sagte die bleichgesichtige Blonde zu ihm: »Du hast schon recht, aber ich bin ein armes Mädchen und muß mich eben durchschlagen!«

Es fraß an ihm, wenn er es so unter die Nase gerieben bekam, wenn sie mit gelassener Stimme so zu ihm redete und ihn unter der Straßenlaterne ruhig mit ihren grauen Augen anblickte. Oft waren sie zu viert, er, der Schieler, Marco, der Zwerg, und die Blonde, alle vier besoffen, und jedesmal, wenn die anderen die Hände nach der Blonden ausstreckten, hätte Tonino am liebsten einen Totschlag verübt. Und wenn er allein war, grübelte er über Barberinas Vorwürfe nach, er mußte sich eben in erster Linie etwas einfallen lassen.

Und es fiel ihm etwas ein. Nur wußte Barberina nicht, daß ihm ausgerechnet mit ihrer Schublade etwas einfallen sollte, als eines Nachts alle im Geschäft schliefen und er mit einem umgebogenen Nagel am Ladentisch herumhantierte. Nachdem er den Coup gemacht hatte, riß er die Ladentür auf und schrie: »Haltet den Dieb!«, als ob man Barberina so einfach hätte hintergehen können. Im Nachthemd, wie sie war, packte sie ihn am Kragen und wollte ihn ins Gefängnis bringen, ohne darauf zu hören, daß er hoch und heilig schwor, er wisse von nichts. Dann eilten Mama, Ambrogio und Sor Mattia herbei und hörten nicht auf, bis er alles herausgerückt hatte; darauf jagten sie ihn, wie er war, aus dem Haus, so daß die Blonde, als sie ihn mit seiner Leichenbittermiene daherkommen sah, es nicht übers Herz brachte, ihm die Tür vor der Nase zuzuschlagen.

Der Schieler, der inzwischen ein Hausfreund geworden war, predigte: »Du wirst dich doch nicht von dem armen Mädchen aushalten lassen, du Schwein!«

Ihr war es auch lästig, ihn immer am Rockzipfel zu

haben, er ließ ihr nämlich keine halbe Stunde Ruhe mit seiner Eifersucht; und daher schickte sie ihn zur Arbeit. Er hatte den Verdacht, es wäre nur, damit sie es sich mit dem Schieler wohl sein lassen konnte.

»Ich habe nur dich gern, das schwör' ich dir!« antwortete sie. »Aber was soll ich denn tun, ich bin doch keine vornehme Dame!«

Und er ging aus dem Haus, und sein Herz krampfte sich zusammen.

Eines schönen Tages verhaftete man den Zwerg und Basletta, weil in der Drogerie, wo der Schieler arbeitete, ein paar Pakete Kerzen gestohlen worden waren, und auch Tonino, unter dem Vorwand, er hätte an der Ecke Via Armorari Schmiere gestanden. Er und sein Rechtsanwalt schworen, er habe etwas ganz anderes zu tun gehabt und sei in einer persönlichen Angelegenheit zufällig dort gewesen. Aber es nützte nichts: Er wurde zu Gefängnis verurteilt. Im Gefängnis aber erzählte man sich, die Blonde gehe jetzt mit dem Schieler und habe Tonino hingehängt, um ihn loszuwerden und die drei Lire für die Anzeige einzustecken.

Tonino wollte es nicht glauben; Papa, Mama, sein Bruder Ambrogio und sogar Barberina hatten ihn jedoch im Gefängnis besucht und ihm natürlich vorgehalten, sie hätten's ihm ja vorausgesagt. Aber trotzdem waren sie gekommen! Er weinte, und es wurde ihm leichter ums Herz. Aber die Blonde kam nicht!

Es hieß, man hätte den Schieler mit Toninos Klamotten gesehen, mit einer karierten Jacke, die noch bei der Blonden im Schrank hing, als Tonino schon verhaftet worden war.

Kameraden

Malerba? »Hier!« »Da fehlt ein Knopf, wo ist er?« »Weiß ich nicht, Herr Gefreiter!« »Ausgangssperre.« So war es immer: Der Mantel hing wie ein Sack an ihm, die Handschuhe waren ihm lästig, er wußte nicht mehr, was er mit seinen Händen anfangen sollte, und sein steinharter Schädel sträubte sich gegen alles: Drill und Exerzierplatz. Etwas Wildes hatte er an sich! Von all den schönen Städten, wo er in Garnison war, sah er sich gar nichts an: weder die Straßen noch die Häuser, noch die Jahrmärkte, nicht einmal die Schaubuden oder die Holzkarusselle. Wenn sie Ausgang hatten, ging er vor die Stadt hinaus und streunte dort mit tatenlos herunterhängenden Armen auf den Wegen herum, oder er sah den Frauen zu, die auf der Piazza Castello, am Boden kauernd, Gras rupften; oder er pflanzte sich vor dem Karren mit den Kastanien auf, ohne je einen Groschen auszugeben. Seine Kameraden machten sich hinterrücks über ihn lustig. Gallorini zeichnete sein Abbild mit Kohle an die Wand und schrieb seinen Namen darunter. Er ließ sie gewähren. Aber wenn sie zum Spaß die Zigarettenstummel stahlen, die er in seinem Gewehrlauf versteckt hatte, wurde er fuchsteufelswild, und einmal mußte er ins Gefängnis, weil er dem Lucchesen mit der Faust beinahe ein Auge ausgeschlagen hätte – man sah noch den schwarzen Fleck – und er, starrsinnig wie ein Maultier, immer wieder sagte: »Das ist nicht wahr.« »Wer hat dann dem Lucchesen mit der Faust ins Gesicht geschlagen?« »Weiß ich nicht.« Dann blieb er, das Kinn in den Händen, auf seiner Pritsche sitzen. »Wenn ich wieder heimkomme in mein Dorf!« war das einzige, was er sagte.

»Sag's doch endlich. Hast du ein Liebchen in deinem Dorf?« fragte Gallorini. Er musterte ihn argwöhnisch und wiegte den Kopf hin und her. Weder ja noch nein. Dann blickte er in die Ferne. Mit einem Bleistiftstummel machte er jeden Tag ein Kreuz in einem kleinen Kalender, den er in der Tasche hatte.

Gallorini aber hatte eine Geliebte. Ein Riesenweib mit einem Schnurrbart, mit dem sie ihn eines Sonntags im Café vor einem Bier hatten sitzen sehen, und sie hatte die Zeche bezahlen wollen. Das hatte der Lucchese bemerkt, als er sich mit seiner Gegia, die ihn nie einen roten Heller kostete, dort in der Nähe herumtrieb. Mit seinem anmutigen Plauderton fand er überall seine Gegias, und damit sie ihm nicht böse waren, wenn er sie selbst noch mit dem Namen alle in einen Topf warf, sagte er, es sei in seinem Dorf Sitte, daß man eine, die man gerne mag, Gegia nenne, ganz gleich, ob ihr Name nun Teresa, Assunta oder Bersabea sei.

In jener Zeit hieß es dann immer häufiger, sie müßten gegen die Deutschen in den Krieg. Soldaten kamen und gingen, eine Menschenmenge war auf den Straßen, und die Leute sahen bei den Übungen auf dem Exerzierplatz zu. Wenn das Regiment unter Blasmusik und Händeklatschen durch die Stadt zog, marschierte der Lucchese so aufgebläht, als gelte der ganze Jubel nur ihm, und Gallorini brachte vor lauter Grüßen den Arm nicht mehr herunter, tot oder als Offizier wollte er zurückkehren, so sagte er.

»Gehst du denn nicht gern in den Krieg?« fragte er Malerba, als sie am Bahnhof die Gewehre kreuzweise aufstellten.

Malerba zuckte die Achseln und fuhr fort, die Leute anzusehen, die »Hurra« schrien und brüllten.

Der Lucchese sah auch die Gegia, die mitten in der Menge neugierig aus der Ferne zusah und einen Pfeife rauchenden jungen Mann im Arbeitskittel an der Seite hatte. »Für schlechte Zeiten vorsorgen nennt man so was!« brummte der Lucchese, der seine Reihe nicht verlassen durfte, und Gallorini fragte er, ob sich die Seine zu den Grenadieren gemeldet hätte, um sich nicht von ihm trennen zu müssen.

Es war wie ein Festtag überall, wo sie vorbeikamen. Fahnen und Festbeleuchtung, die Bauern liefen den Bahndamm entlang, um den Zug voller Käppis und Gewehre vorbeifahren zu sehen. Manchmal aber am Abend, wenn die Trompeten den Zapfenstreich bliesen, wurden sie melancholisch und sehnten sich nach der Gegia, nach ihren Freunden und allem, was jetzt fern war. Sobald die Post ins Lager kam, liefen sie haufenweise und streckten ihre Hände aus. Nur Malerba stand blöde abseits, wie einer, der für sich nichts erwartet. Und immer zeichnete er das Kreuz in seinen Kalender, Tag für Tag. Dann hörte er aus der Ferne der Kapelle zu und dachte an weiß Gott was.

Eines Abends schließlich geriet das ganze Lager in Bewegung. Offiziere kamen und gingen, der Troß fuhr vorbei in Richtung Fluß. Zwei Stunden nach Mitternacht wurde zum Wecken geblasen; trotzdem mußten sie schon Essen fassen und die Zelte abbrechen. Dann machte sich das Regiment auf den Marsch.

Der Tag versprach heiß zu werden. Malerba, der sich da auskannte, spürte es an den Windstößen, die den Staub aufwirbelten. Dann waren einige dicke Regentropfen gefallen. Sowie der Regenguß jeweils zu Ende war und die Maisfelder nicht mehr rauschten, fingen rechts und links der Chaussee auf den Äckern die Grillen ganz laut zu zirpen an. Der Lucchese, der hinter Malerba dahinmarschierte, machte sich über ihn lustig: »Zieh die Hammelbeine lang, Kamerad! Was hast du denn, daß du nichts sagst? Denkst du vielleicht an dein Testament?«

Malerba rückte sich mit einem Achselzucken den Tornister zurecht und brummte: »Hör auf!« »Laß ihn in Ruhe«, sagte Gallorini, »er denkt an sein Mädchen, die nimmt sich nämlich einen anderen, wenn ihn die Deutschen umbringen.«

»Mach, daß du weitergehst, du auch!« antwortete Malerba.

Plötzlich, mitten in der Nacht, trabte ein Pferd zwischen den zwei Reihen des Regiments, die auf den beiden Straßenseiten marschierten, hindurch, und man hörte einen Säbel klirren.

»Gute Reise!« sagte dann der Lucchese, der Spaßvogel der Kompanie, »und viele Grüße an die Deutschen, wenn Sie ihnen begegnen.«

Rechts schimmerten in einem großen dunklen Fleck

ein paar weiße Häuser. Der Wachhund kläffte wütend und rannte die Hecke entlang.

»Das ist ein deutscher Hund«, bemerkte Gallorini, der auch einen Witz machen und es dem Lucchesen gleichtun wollte. »Hörst du es nicht am Bellen?«

Es war noch stockdunkel. Links ging wie über einer schwarzen Wolke, die in Wirklichkeit aber ein Hügel sein mußte, ein glänzender Stern auf.

»Wieviel Uhr wird es denn sein?« fragte Gallorini. Malerba reckte die Nase in die Luft und antwortete hurtig: »Es dauert mindestens noch eine Stunde, bis die Sonne aufgeht.« »So ein Quatsch«, brummte der Lucchese. »Lassen die uns so früh aufstehen für nichts und wieder nichts!«

»Halt!« befahl eine Stimme kurz.

Das Regiment trampelte noch ein wenig wie eine Schafherde, die sich sammelt. »Und auf wen warten wir jetzt?« brummte der Lucchese nach einiger Zeit. Wieder kam ein Trupp Reiter vorbei. Diesmal sah man im Morgengrauen die Wimpel der Lanzenreiter wehen und an der Spitze einen General, die Mütze goldbetreßt bis oben hin und die Hände in den Taschen seines Spenzers. Die Landstraße begann weiß und schnurgerade zwischen den noch dunklen Feldern zu schimmern. Es war, als tauchten die Hügel einer nach dem anderen aus der unsicheren Dämmerung empor; ganz unten sah man ein Feuer brennen, ein paar Holzfäller vielleicht oder Bauern, die vor dem Schwall der Soldaten Reißaus genommen hatten. Durch das Gemurmel erwachten die Vögel und zwitscherten in den Zweigen der Maulbeerbäume, die sich im Morgengrauen abzeichneten.

Kurz darauf hörte man – je heller es wurde, um so lauter – von links, wo sich der Horizont golden und rosenfarben leuchtend weitete, ein finsteres Brummen, das wie Donner klang und sich bei dem wolkenlosen Himmel schaurig anhörte. Es konnte das Gemurmel des Flusses sein oder das Geräusch der marschierenden Artillerie. Und auf einmal hieß es: »Die Kanone!« Und alle drehten sich um und blickten zu dem goldfarbenen Horizont hinauf.

»Ich bin müde«, murrte Gallorini. »Jetzt wäre es an der

Zeit, einmal haltzumachen!« unterstützte ihn der Lucchese.

Das Geplauder erstarb, je weiter die Soldaten zwischen den Streifen braunen Erdreichs und grüner Saaten, zwischen Weinbergen, die auf den Hügeln blühten, und den schnurgeraden Reihen der Maulbeerbäume, die sich hinzogen, so weit das Auge reichte, in den heißen Tag vorrückten. Da und dort sah man verlassene Häuser und Bauernhöfe. Als sie an einem Brunnen einen Schluck Wasser tranken, sahen sie an der Einfahrt eines Gutshofes Gerätschaften auf der Erde liegen, und eine Katze erschien zwischen den zerschlagenen Türflügeln und miaute.

»Schau!« bemerkte Malerba, »bei denen ist der Weizen schon reif, die armen Teufel!«

»Wetten, daß du von dem Brot nicht essen wirst?« sagte der Lucchese.

»Sei doch still, du Unke!« antwortete Malerba. »Ich hab' das Muttergottesröckchen.« Und beschwörend streckte er Zeigefinger und kleinen Finger vor.

In dem Moment hörte man es auch links zur Ebene hin donnern. Zuerst hallte nur hin und wieder ein Schuß vom Berg zurück. Dann folgte ein Geknatter wie bei einem Feuerwerk, beinahe so, als würde im Dorf ein Fest gefeiert. Der Kirchturm ragte ruhig über das Grün, das den Berggipfel krönte, in den blauen Himmel hinein.

»Nein, der Fluß ist das nicht«, sagte Gallorini.

»Und auch keine Wagen, die unterwegs sind.«

»Hört nur, hört nur!« rief Gallorini, »dort unten ist alles in vollem Gang.«

»Halt!« wurde wieder befohlen. Der Lucchese horchte mit hochgezogenen Brauen, er sagte nichts mehr. Malerba hatte einen Prellstein in der Nähe, auf den setzte er sich, das Gewehr zwischen den Beinen.

Das Kanonenfeuer mußte unten in der Ebene sein. Man sah bei jedem Schuß den Rauch aufsteigen, dichte kleine Wölkchen, die kaum höher waren als die Reihen der Maulbeerbäume und langsam auseinanderstieben. Ruhig dehnten sich die Wiesen bis in die Ebene hinunter, da und dort sangen Wachteln zwischen den Schollen.

Hoch zu Roß verhandelte der Oberst mit einer Gruppe

Offiziere am Straßenrand und schaute ab und zu mit einem Feldstecher in die Ebene. Sowie er sich in Trab setzte, schmetterten die Trompeten des Regiments alle auf einmal: »Vorwärts!«

Rechts und links sah man unbebaute Äcker liegen. Dann noch hie und da ein Maisfeld. Dann Weinberge, Wasserläufe, schließlich nur noch Zwergbäume. Die ersten Häuser eines Dorfes tauchten auf; Troß und Fuhrwerke versperrten die Straße. Ein Geschrei und ein Durcheinander sondergleichen.

Im Galopp traf ein leichter Reiter ein, von unten bis oben weiß, voller Staub. Sein Pferd, ein gedrungener Rappe mit buschigem Schweif und buschiger Mähne, hatte rote, dampfende Nasenlöcher. Darauf ritt ein Generalstabsoffizier durch, der wie ein Besessener brüllte, man solle die Straße freimachen, und mit seinem Säbel nach rechts und nach links auf die armen noch unmilitärischen Maultiere einschlug. Zwischen den Ulmen am Straßenrand sah man schwarze Bersaglieri mit wehenden Federn vorbeilaufen.

Jetzt waren sie auf einem Weg, der nach rechts abbog. Die Soldaten stapften mitten in die frische Saat, was Malerba in der Seele wehtat. Auf einem Bergrücken sahen sie eine Gruppe Offiziere zu Pferd, die als Garde Lanzenreiter hinter sich hatten, und die spitzen Ecken der Kopfbedeckungen der Carabinieri. Drei oder vier Schritte weiter vorne saß hoch zu Roß, die Faust in die Hüfte gestemmt, ein großes Tier, dem die Generäle mit der Hand an der Mütze antworteten und vor dem die Offiziere, wenn sie an ihm vorbei mußten, mit dem Säbel salutierten.

»Wer ist denn das?« fragte Malerba.

»Viktor«, antwortete der Lucchese, »kennst du den nicht, ist doch auf jedem Geldstück drauf, du Dummkopf!«

Die Soldaten wandten sich um und schauten, solange es ging. Nachher sagte Malerba vor sich hin: »Aha, das ist also der König.«

Weiter vorne kamen sie zu einem ausgetrockneten Gießbach. Sein jenseitiges Ufer war von niedrigem Buschwerk bedeckt und zog sich den Berg hinauf, wo verstreut gestutzte Ulmen standen. Das Kanonenfeuer war nicht mehr zu hören. Es war so friedlich, daß eine Amsel angefangen hatte, in den hellen Morgen hinein zu pfeifen.

Auf einmal brach es los wie ein Orkan. Die Anhöhe, der Kirchturm, alles war in Rauch gehüllt. Äste knackten, bei jeder Kanonenkugel stiegen Staubwolken vom Erdboden hoch. Ein Grüppchen Soldaten wurde von einer Granate hinweggefegt. Von der Anhöhe hörte man hin und wieder ein furchtbares Gebrüll, es klang wie Hurrarufe. »Heilige Muttergottes!« stammelte der Lucchese. Die Feldwebel befahlen, die Tornister abzustellen. Malerba gehorchte schweren Herzens, denn er hatte sein ganzes Zeug und zwei nagelneue Hemden drin.

»Rasch, rasch!« sagten die Feldwebel. Über einen steinigen Pfad kamen im Galopp, dröhnend wie ein Erdbeben, ein paar Artilleriegeschütze daher; vorneweg die Offiziere, die Soldaten, über die zerrauften Mähnen der dampfenden Pferde gebeugt, peitschten, was das Zeug hielt, die Kanoniere klammerten sich an Radnaben und Räder, die sie über den steilen Abhang hinaufschoben.

Mitten im wütenden Krachen der Kanonenschüsse sah man ein verwundetes Pferd zusammenbrechen, das mit hängendem Zügel, wiehernd, Weinreben abbrechend, verzweifelt mit den Hufen ausschlagend über den Bergrücken geflohen war. Weiter unten scharenweise zerlumpte, blutende Soldaten ohne Käppi, die mit den Armen in der Luft herumfuchtelten. Schließlich ganze Abteilungen, die Schritt für Schritt zurückwichen und zwischen den Bäumen manchmal stehenblieben, um vereinzelt Feuer zu geben. Trommeln wirbelten, und Trompeten bliesen zum Angriff. Das Regiment stürzte im Laufschritt den steilen Abhang hinauf, ein Gießbach aus Menschen.

Dem Lucchesen wollte das Herz im Leib zerspringen – wozu diese Hast? Wenn man bedenkt, was uns dort oben erwartet! Gallorini schrie: »Savoyen!« und zu Malerba hin, der schweren Schrittes einherging: »Zieh die Hammelbeine lang, Kamerad!« »Geh nur weiter!« wiederholte Malerba wie zuvor. Kaum waren sie oben an einer steinigen kleinen Wiese angelangt, hatten sie direkt vor sich die Deutschen, die in dichtgedrängter Reihe vorrückten. Ein langes Wetterleuchten lief über das Gewimmel; ein Gewehrschuß krachte vom einen Ende zum anderen. Ein blutjunger Offizier, gerade aus der Schule entlassen, fiel auf der Stelle, mit seinem Säbel in der Hand. Der Lucchese zappelte ein wenig mit ausgebreiteten Armen, als wäre er gestolpert, und fiel dann auch. Aber darauf sah man nichts mehr. Die Männer gerieten aneinander, Brust an Brust, Blut vor den Augen.

»Savoyen! Savoyen!«

Schließlich hatten die Deutschen genug und wichen Schritt für Schritt allmählich zurück. Die Graumäntel waren scharenweise hinter ihnen her. Malerba wurde mitten im Laufen von einem Stein getroffen, so daß er nur noch humpeln konnte. Dann bemerkte er, daß ihm das Blut über das Hosenbein lief. Da stürzte er sich wie ein wild gewordener Ochse mit gesenktem Kopf nach vorne und schlug mit dem Bajonett, wohin er traf. Er sah einen riesigen blonden Teufel, der mit dem Säbel über dem Kopf auf ihn losging, und er sah da auch Gallorini, der den Gewehrlauf auf seinen Rücken richtete.

Die Trompeten bliesen zum Sammeln. Nun lief alles, was vom Regiment noch übrig war, scharenweise, gruppenweise auf das Dorf zu, das mitten im Grünen in der Sonne lachte. Aber schon bei den ersten Häusern sah man, welches Blutbad stattgefunden hatte. Kanonen, Pferde, verwundete Bersaglieri, alles durcheinander. Die Haustüren aufgebrochen, die Fensterläden wie Lumpen in der Sonne hängend. Hinten in einem Hof ein Haufen Verwundeter auf dem Boden und ein noch mit Holz beladener Wagen, dessen Stangen in die Luft ragten.

»Wo ist der Lucchese?« fragte Gallorini atemlos.

Malerba hatte ihn fallen sehen. Trotzdem drehte er sich instinktiv um und sah zum Berg hin, wo es von Männern und Pferden wimmelte. Die Waffen blitzten in der Sonne. Mitten auf dem ebenen Platz standen einige Offiziere, die mit dem Feldstecher in die Ferne spähten. Nacheinander kamen die Kompanien über den Bergrücken herunter, und Blitze liefen ihre Reihen entlang.

Es mochte zehn Uhr sein – zehn Uhr an einem Junitag in der prallen Sonne. Ein Offizier hatte sich wie ausgedörrt auf das Wasser geworfen, in dem die Kanonenwischer gewaschen wurden. Gallorini lag an der Friedhofsmauer und steckte sein Gesicht ins Gras; dort, in den Gräben mit dem dichten Gras, fand er wenigstens ein bißchen Kühlung. Malerba saß auf dem Boden und bemühte sich, mit dem Taschentuch sein Bein abzubinden, so gut es ging. Er dachte an den Lucchesen, den Armen, der auf der Strecke geblieben war, mit dem Bauch nach oben.

»Da kommen sie wieder, da kommen sie wieder!« hörte man schreien. Die Trompete rief zu den Waffen. Ach, diesmal hatte es Gallorini wirklich satt. Keinen Augenblick zum Verschnaufen! Er stand auf wie ein wildes Tier, ganz zerlumpt, und packte sein Gewehr. Bei den ersten Häusern des Dörfchens, hinter den Mauern, an den Fenstern stellte sich die Kompanie in aller Eile auf. Zwei Kanonen ragten mit schwarzem Hals mitten in die Straße hinein. In dicht gedrängten Reihen sah man die Deutschen kommen, ein Bataillon hinter dem anderen, sie nahmen kein Ende mehr.

Da wurde Gallorini getroffen. Eine Kugel brach ihm den Arm. Malerba wollte ihm helfen. »Was hast du?« »Nichts, laß mich in Ruhe.« Dem Oberleutnant ging es nicht anders bei den Schüssen als den einfachen Soldaten, und man mußte ihm schnell behilflich sein. Malerba sagte bei jedem Schuß: »Laßt mich nur machen, das ist mein Geschäft!« Die Deutschen verschwanden aufs neue. Dann wurde der Rückzug befohlen. Das Regiment war am Ende. Gallorini und der Lucchese hatten es besser, die ruhten sich aus. Gallorini hatte sich auf den Boden gesetzt und lehnte an einer Mauer, er wollte sich nicht mehr vom Fleck rühren. Es war ungefähr vier Uhr, seit mehr als acht Stunden schmachteten sie in der sengenden Hitze, die Münder vom Staub ausgedörrt. Aber Malerba hatte Geschmack an der Sache gefunden und fragte: »Und was machen wir jetzt?« Es hörte jedoch niemand auf ihn. Sie stiegen zum Gießbach hinunter, ständig von der Musik begleitet, die die Kanonen oben auf dem Berg abfeuerten. Später sahen sie von weitem, daß es im Dorf von Tuchuniformen wimmelte. Man begriff überhaupt nichts mehr, weder, wohin sie gingen, noch, was geschah. Als sie um eine Böschung herum kamen, stießen sie wieder auf die

Hecke, hinter der der Lucchese gefallen war. Und auch Gallorini war nicht mehr da. Durcheinander in ungeordneten Haufen gingen sie zurück, neue Gesichter, die man nicht kannte, Grenadiere und Infanteristen der vordersten Front hinter den zerlumpten, humpelnden Offizieren, die sich mühsam dahinschleppten, das Gewehr bleiern auf der Schulter.

Überall wurde es Abend in großer Stille.

Allerorts stieß man auf Wagen, Kanonen, Soldaten, die sich in der Dunkelheit bewegten, ohne Trommeln und Trompeten. Als sie jenseits des Flusses waren, erfuhren sie, daß sie die Schlacht verloren hatten.

»Aber wie denn?« sagte Malerba. »Aber wie denn?«, und er konnte es nicht begreifen.

Als dann seine Wehrdienstzeit zu Ende war, kehrte er in sein Dorf zurück, wo seine Marta inzwischen einen anderen geheiratet hatte, sie hatte zu lange warten müssen. Auch er hatte keine Zeit mehr zu verlieren, er nahm eine Witwe, die etwas Geld auf der Seite hatte. Einige Zeit später kam als Arbeiter bei der dortigen Eisenbahn Gallorini in die Gegend, auch er mit Frau und Kindern.

»Da schau, Malerba! Was machst du denn hier? Ich mache Akkordarbeit. Das hab' ich im Ausland gelernt, in Ungarn, wo ich in Gefangenschaft war, weißt du noch? Meine Frau hat ein kleines Kapital mitgebracht... Alles Lug und Trug, oder? Hast du gemeint, ich wäre reich geworden? Unsere Pflicht haben wir getan, aber in der Kutsche fahren die anderen. Da muß man eben den Spaten in die Hand nehmen und die Erde wegschaufeln und noch einmal von vorne anfangen.« Bei seinen Arbeitern wiederholte er sonntags im Wirtshaus dieselben Predigten. Die armen Teufel hörten ihm zu und nickten mit dem Kopf, schlürften ihren sauren Wein und ließen sich wie das Vieh die Sonne auf den Pelz scheinen, genau wie Malerba, der nichts anderes tat als säen, ernten und Kinder zeugen. Diplomatisch wackelte er mit dem Kopf, wenn sein Kamerad redete, aber den Mund machte er nicht auf. Gallorini hingegen war in der Welt herumgekommen, er kannte sich in allem aus, wußte Bescheid, was Recht war und was Unrecht, vor allem kannte er das Unrecht, das ihm selbst geschah, indem er gezwungen wurde, seine Seele dem Teufel zu verkaufen und bald da, bald dort zu arbeiten, die Frau und Kinderschar am Hals, während so viele andere in der Kutsche saßen.

»Du hast keine Ahnung, wie es zugeht in der Welt. Wenn eine Demonstration ist und geschrien wird, es lebe der oder jener, oder nieder mit einem, dann weißt du nicht, was du sagen sollst. Du begreifst nicht, was man braucht auf der Welt.«

Und Malerba nickte immer mit dem Kopf. Jetzt brauchte die junge Saat Wasser. Im nächsten Winter brauchte der Stall ein neues Dach.

Der letzte Tag

Die Reisenden in den ersten Waggons der Zuges nach Como verspürten kurz nach Sesto einen heftigen Ruck, und eine alte Marchesa, die zu ihrem Unglück zwischen einen jungen Mann und einen von jenen Fräulein, die mit Vorliebe breitkrempige Hüte tragen, geraten war, verdrehte die Augen und zog die Nase kraus.

Der junge Herr hatte einen prachtvollen Pelz und wollte diesen, obwohl man schon spät im Frühling war, aus Galanterie mit seiner jüngeren Nachbarin teilen. Die beiden waren noch nicht ganz handelseins, aber nicht mehr weit vom Ziel, als es den Zug plötzlich erschütterte. Glücklicherweise war die Marchesa am Bahnhof von Monza bekannt, und man wies ihr ein separates Coupé zu.

In den Abendausgaben der Zeitungen stand zu lesen: »Heute wurde auf den Schienen der Eisenbahn in der Nähe von Sesto die Leiche eines Unbekannten gefunden. Soweit die Information der Behörden.«

Sonst wußten die Zeitungen nichts. Ein Trüppchen Bauern war auf dem Heimweg vom Dorffest in Gorla buchstäblich über die Leiche gestolpert, die am Rande des Bahndammes lag, und neugierig standen sie im Kreis um sie herum, weil sie sehen wollten, wie der Tote aussah. Einer aus der Gesellschaft sagte, ein Toter am Feiertag bringe Unglück, würde aber von den meisten für die Lottozahlen ausgenutzt.

Der Bahnwärter hatte, um die Schienen freizumachen, die Leiche zwischen niedriges Buschwerk in die Wiese gelegt und ihr eine Handvoll Unkraut übers Gesicht gestreut, das ganz zerschunden war und häßlich anzusehen, wenn jemand vorbeikam. Zwischen zwei Zügen eilten der Amtsrichter, die Gendarmen und die Nachbarn herbei, und da Himmelfahrtstag war, sah man die roten Federbüsche der Carabinieri und die Festtagskleider der Neugierigen auf den grünen Feldern.

Der Tote hatte zerfetzte Hosen, eine abgewetzte Barchentjacke, mit einer Schnur zusammengehaltene Schuhe und in der Tasche einen Lottoschein. Aus seinem fahlen Gesicht blickten die weit aufgerissenen Augen in den blauen Himmel.

Die Justiz versuchte zu ermitteln, ob es sich um einen Raubmord oder einen Mord aus anderen Gründen handelte. Es wurde ein ordnungsgemäßes Protokoll aufgesetzt, nicht mehr und nicht weniger, als wenn der Tote hunderttausend Lire in seinen Taschen gehabt hätte. Nachher wollte man wissen, wer er war und woher er kam; Namen, Heimatort, Abstammung und Beruf. Als Indizien blieben nur der acht Tage alte rote Bart und die schmutzigen, heruntergekommenen Hände: Hände, die nichts getan und schon seit geraumer Zeit Hunger gelitten hatten.

Manche hatten ihn an diesen Merkmalen erkannt. Zum Beispiel auch eine lustige Gesellschaft, die in Loreto ausgelassen feierte. Die Mädchen, die sich mit flatternden Röcken und erhitzten Gesichtern im Tanze drehten, hatten gesagt: »Der dort mag nicht tanzen.«

Er ging seines Weges mit schlaff herunterhängenden Armen und schweren Beinen und hatte seine Plage, das aus dem Leim gegangene Schuhwerk mitzuschleifen. Einen Augenblick war er freilich stehengeblieben, um der Ziehharmonika zuzuhören, als hätte er wirklich Lust zu tanzen, und schaute, ohne ein Wort zu sagen. Dann entfernte er sich die Allee entlang, die sich breit und staubig hinzog, soweit das Auge reichte. Mit gesenktem Kopf ging er auf der rechten Seite unter den Bäumen dahin. Um ein Haar hätte ihn die Pferdebahn überfahren, der Kutscher hatte ihm einen Fluch und einen Peitschenhieb nachgeschickt. Mit einem verzweifelten Satz war er zur Seite gesprungen, um der Gefahr auszuweichen.

Später sah man ihn am Rande eines Anwesens in verdächtiger Haltung auf dem Boden sitzen. Es schien, als wollte er aus dem kleinen Maisfeld die Zukunft herauslesen oder als zählte er die Steinchen im Kanal. Der Bauernknecht kam mit einem Prügel gelaufen und schlich sich an ihn heran. Er wollte sehen, was der Landstreicher da ausbrütete, die Maiskolben waren indes noch lange nicht reif, und auf dem ganzen Feld wäre beim besten Willen überhaupt nichts zu stehlen gewesen. Als er ganz in seiner Nähe war, sah er, daß er sich die Schuhe ausgezogen hatte und sein Kinn in den Händen hielt. Der Knecht fragte ihn, den Prügel hinter dem Rücken, was er da verloren habe, in anderer Hab und Gut; und er schaute ihm argwöhnisch auf die Hände. Der andere stammelte, ohne eine Antwort zu wissen, und zog sich verzagt die Schuhe wieder an. Dann entfernte er sich mit gekrümmtem Rücken wie ein Übeltäter.

Er ging an der Böschung des Kanals entlang, unter den Maulbeerbäumen, an denen die ersten Blätter hervorkamen. Die Wiesen zur Rechten und zur Linken waren ganz grün. Im Schatten floß schwarz das Wasser dahin und schimmerte manchmal in der Sonne, in einer warmen Frühlingssonne, die alle Vögel zum Zwitschern brachte.

Der Knecht sagte auch noch, er habe mehr als eine Stunde im Hinterhalt gewartet, ob der Landstreicher zurückkäme; er hätte nie gedacht, daß einer solche Geschichten machen würde, wenn er dann sowieso unter einer Lokomotive landen wollte. Er hatte ihn an den Schuhen wiedererkannt, die nicht einmal mit der Schnur zusammenhielten und ihm dann von den Füßen geflogen waren und rechts und links vom Bahndamm lagen.

»Das kommt daher, daß diese Füße kräftig zappeln mußten, als die Räder über sie wegrollten«, bemerkte der Kellner im schwarzen Frack, die Serviette über dem Arm, der sein Wirtshaus verlassen hatte und wie eine Krähe dem Leichengeruch nachgelaufen war. Er hatte den Unbekannten gegen Mittag an der Wirtschaft vorbeikommen sehen: eines von den ausgehungerten Gesichtern, die dir im Vorbeigehen mit den Augen die Suppe aus dem Topf stehlen. Sogar die Hunde hatten es gerochen und hinter den zerlumpten Schuhen her gebellt, die im Straßenstaub aufklafften.

Da die Sonne unterging, warf die Leiche, die keine Schuhe an den Füßen hatte, einen längeren Schatten, einer Vogelscheuche gleich, so daß die Vögel still entflogen. Fröhlicher Stimmenklang und das Lied vom Barbapedana kamen aus den nahen Gasthäusern bis hierher. Am Ende des Hofes sah man hinter einer Reihe magerer Sträucher, wie die Mädchen mit aufgelöstem Haar hüpften und tanzten. Und als das Fuhrwerk mit den Überresten des Selbstmörders unter den hell erleuchteten Fenstern vorbeikam, wurden sie ganz dunkel vor lauter Neugierigen, die sich herausbeugten, um etwas zu sehen. Drinnen spielte die Ziehharmonika den Walzer aus *Madame Angot.*

Erst später kam etwas heraus. Bei der Bettenvermieterin an der Porta Tenaglia war der Mann mit dem roten Bart eines regnerischen Abends aufgetaucht, einen Monat mochte es her sein, todmüde und mit einem Bündel unter dem Arm, an dem er gewiß nicht schwer trug. Und sie hatte es mit den Augen abgewogen, um zu sehen, ob die zwei Groschen für das Bett drin waren, bevor sie ja sagte. Er hatte zuerst gefragt, wieviel es koste, im Trockenen zu schlafen. Dann wartete er jeden Tag, an dem Gott die Sonne aufgehen ließ, auf einen Brief; in aller Frühe machte er sich auf den Weg mit seinen zerfetzten Schuhen, seinem gekrümmten Rücken, schon müde, bevor er aufbrach, und suchte nach eben dieser Antwort. Endlich war der Brief gekommen, mit einer Fünf-Centesimi-Marke frankiert. Daß in der Werkstatt kein Platz sei, stand darin. Die Frau hatte ihn auf der Matratze gefunden, denn der Mann war an dem Tag bis spät mit baumelnden Beinen und dem Blatt in der Hand auf dem Bett sitzen geblieben.

Sonst wußte niemand etwas. Er war von weither gekommen. »Mailand«, hatte man ihm gesagt, »ist eine große Stadt, dort werdet Ihr sicher etwas finden.« Er glaubte nicht mehr daran, hatte aber gesucht, solange er noch ein paar Groschen in der Tasche hatte.

Er hatte in den verschiedensten Berufen gearbeitet: als Steinmetz, als Ziegelbrenner und schließlich als Handlanger. Seitdem er sich einen Arm gebrochen hatte, war er nicht mehr der alte; jeder Polier schickte ihn wieder zu einem anderen, um ihn loszuwerden. Als er es dann müde war, sein tägliches Brot zu suchen, legte er sich auf die Schienen der Eisenbahn. Woran er dachte, als er dalag und wartete und in den klaren Himmel und in die Wipfel der grünen Bäume blickte? Am Tag zuvor hatte er, als er mit wankenden Beinen nach Hause kam, gesagt: »Morgen.«

Es war Samstagabend; alle Gastwirtschaften am Foro Bonaparte waren voller Leute, unter den hellen Gaslampen, vor den Buden der Gaukler, dicht gedrängt vor den Ständen der fliegenden Händler standen sie und verloren sich dann im Schatten der Alleen mit verhaltenem, liebkosendem Geflüster. Ein Mädchen in fleischfarbenem Trikot schlug die Trommel unter einem bemalten Pappschild. Weiter vorne umarmte sich ein junges Paar, das mit dem Rücken zur Allee auf einer Bank saß. Ein Bratäpfelverkäufer lockte mit seiner Ware die Mägen.

Er ging an einer halb offenstehenden Werkstatt vorbei; ganz hinten saß eine Frau, die ein Kind stillte, und ein Mann in Hemdsärmeln rauchte unter der Tür. Während er dahinging, schaute er alles an, stehenzubleiben wagte er aber nicht; es kam ihm vor, als schickte man ihn fort, immerzu weiter. Die Christenmenschen schienen schon den Leichengeruch in der Nase zu spüren und gingen ihm aus dem Weg. Nur ein armes Weib, das unter der Last einer großen Kippe gebückt murrend nach Sesto ging, setzte sich neben ihn an den Straßenrand, um sich auszuruhen, und fing an zu schwatzen, zu jammern und plauderte nach Art der alten Leute von ihren armseligen Kümmernissen: Ihre Tochter war im Krankenhaus, und beim Schwiegersohn mußte sie arbeiten wie ein Vieh, mit der Kippe da mußte sie bis nach Monza gehen, und die Schmerzen im Kreuz plagten sie immer, als würde sie ständig von Hunden gebissen. Dann ging auch sie ihres Weges weiter, um für den Schwiegersohn, der schon auf sie wartete, die Polenta zu kochen. Im Dorf läutete es Mittag, und alle Glocken taten sich festlich zusammen, denn es war Himmelfahrt. Als sie verstummten, lag auf einmal ein großer Friede ringsum über dem Land. Plötzlich hörte man den schrillen, bedrohlichen Pfiff des Zuges, der wie ein Blitz vorbeifuhr.

Die Sonne stand hoch, und es war heiß. Jenseits der Straße, auf die Eisenbahn zu, zogen sich, so weit man sehen konnte, unter den schattigen Reihen der Maulbeerbäume die Wiesen und der Kanal hin, dessen Wasser durch die Pappeln schimmerte.

»Gehen wir, auf! Es ist an der Zeit, machen wir Schluß!«

Aber er rührte sich nicht vom Fleck, den Kopf zwischen den Händen. Ein streunender, ausgehungerter Köter kam vorbei, der einzige, der ihn nicht anbellte, er blieb stehen und sah ihn halb zögernd, halb ängstlich an; dann begann er mit dem Schwanz zu wedeln. Als er schließlich merkte, daß er nichts bekam, ging auch er wieder weg; und in der Stille hörte man eine Zeitlang das Getrappel des armen Tieres, das mit magerem Bauch und hängendem Schwanz durch die Gegend strich.

Überall spielte die Ziehharmonika weiter, und das lustige Treiben in den Gasthäusern dauerte bis zum späten Abend. Als dann die Stimmen schwächer wurden und sich die Mädchen müde getanzt hatten, begann man wieder vom Selbstmord des Tages zu sprechen. Eine erzählte von einer Freundin, einem engelschönen Mädchen, das sich aus Liebe erstickt hatte; als man sie fand, hatte sie auf den Lippen das Bild ihres Geliebten, des Treulosen, er hatte sie sitzenlassen und eine Krämerin geheiratet. Sie wußte die Geschichte bis in alle Einzelheiten, denn sie hatten zwei Jahre lang an demselben Nähtisch gesessen. Die anderen Mädchen hatten sich beim Zuhören aufs Kanapee zurücksinken lassen und fächelten sich Luft zu, denn sie waren immer noch rot und erhitzt. Ein junger Kerl sagte, wenn er einen Grund zur Eifersucht hätte, dann würde er beiden den Garaus machen, zuerst ihr und dann ihm, mit dem Schustermesser, das er immer bei sich habe, auch wenn er nicht in der Werkstatt sei – man weiß ja nie! –, und er pflanzte sich, die Hände in den Hosentaschen, vor den Mädchen auf, die ihm aufmerksam zuhörten, denn er war ein hübscher Bursche mit Locken, die sich unter einem winzigen Hütchen hervorringelten. Der Kellner brachte noch ein paar Flaschen, und alle hatten die Ellbogen auf das Tischtuch gestützt, redeten mit schimmernden Augen von Liebesdingen und drückten einander die Hände. »Ja, wenn die Freundschaft nicht wäre und ein bißchen Gernhaben auf dieser lausigen Welt! Es lebe der Frohsinn und die gute Laune! Ein Fläschchen Wein vertreibt dir acht Tage Kummer!« Einige warfen sich zwischen zwei baumstarke Kerle, die einander um der Augen einer kleinen Schwarzen willen, die schamlos vom einen zum anderen gingen, unbedingt totschlagen wollten. »Das ist der Wein! Der ist schuld!« wurde geschrien. »Es lebe der Frohsinn und die gute Laune!« Die Friedensstifter und der Wirt wären sich auch beinahe noch in die Haare geraten, denn es schienen ein paar Flaschen zuviel auf der Rechnung zu stehen. Dann gingen sie alle hinaus in die kühle Luft der späten Nacht. Der Wirt brauchte noch einige Zeit, bis er alle Türen und Fenster verrammelt und in seinem speckigen Heft abgerechnet hatte. Dann ging er zu seiner Frau, die mit dem Kind im Schoß vor der Theke eingeschlummert war. Die Stimmen entfernten sich auf der Straße unter gelegentlichen plötzlichen Heiterkeitsausbrüchen und verhallten in der Ferne. Ringsum machte sich unter dem Sternenhimmel eine große Stille breit, und am Bahndamm begann eine Grille zu zirpen.

Der goldene Schlüssel

Im Haus des Kanonikus in Santa Margherita wurde nach dem Abendessen gerade der Rosenkranz gebetet, als plötzlich ein Flintenschuß durch die Nacht hallte.

Der Kanonikus, den Rosenkranz noch in der Hand, erbleichte, die Frauen bekreuzigten sich und horchten, während die Hunde im Hof wütend bellten. Fast sofort darauf hallte ein zweiter Schuß als Antwort im Tal unterhalb der Rocca wider.

»Jesus Maria! Was ist denn da los?« schrie die Magd unter der Küchentür.

»Seid alle still«, rief der Kanonikus, bleich wie seine Nachtmütze, »damit ich etwas hören kann!«

Und er stellte sich hinter den inneren Fensterladen. Die Hunde hatten sich beruhigt, und draußen hörte man nur den Wind im Tal. Plötzlich setzte das Gebell wieder ein, lauter als zuvor, und dazwischen hörte man, daß in kurzen Abständen mit einem Stein an die Haustür geklopft wurde.

»Nicht aufmachen! Macht niemandem auf!« schrie der Kanonikus und holte eilends seinen Karabiner, der am Fußende des Bettes unter dem Kruzifix hing. Die Hände zitterten ihm. Dann hörte man mitten in dem Krach vor der Tür schreien: »Macht auf, Herr Kanonikus, ich bin's, Surfareddu!« Und als es dem Pächter im Erdgeschoß schließlich gelang, die Hunde zu beruhigen und den Riegel der Haustür zurückzuschieben, trat, finsteren Gesichtes und die noch warme Flinte in der Hand, Surfareddu, der Flurhüter, ein.

»Was ist los, Grippino? Was ist denn geschehen?« fragte der Kanonikus voll Schrecken.

»Daß ich mein Leben aufs Spiel gesetzt habe, Euer Gnaden, für Euer Hab und Gut, das ist geschehen, während Ihr hier schlaft und Euch ausruht«, antwortete Surfareddu.

Und er erzählte, was geschehen war, wobei er unter der Tür stehenblieb und von einem Fuß auf den anderen trat, wie es seine Art war. Wegen der großen Hitze hatte er keinen Schlaf finden können und war ein bißchen vor die Hütte gegangen, dort drüben auf der Anhöhe, als er in der Talsenke unten, wo der Obstgarten ist, ein Geräusch gehört hatte, ein Geräusch, wie es nur seine Ohren kannten und seine Bellina, der kahle, ausgemergelte Köter, der ihm auf Schritt und Tritt folgte. Im Obstgarten wurden mit Stangen Orangen und anderes Obst heruntergeschlagen; dieses Blätterrascheln kam nicht vom Wind; dann war es hin und wieder ganz still, wenn die Säcke gefüllt wurden. Da hatte er seine Büchse von ihrem Platz neben der Hüttentür genommen, seine gute alte Büchse mit der Steinzündung, mit dem langen Lauf und den Messingbeschlägen, die hier, die er noch in der Hand hatte. Und so was nennt man Schicksal! Denn das war die letzte Nacht, die er noch in Santa Margherita zu bleiben hatte. An Ostern hatte er dem Kanonikus gekündigt, im besten Einvernehmen, und zum 1. September mußte er bei seinem neuen Herrn in Vizzini sein. Just den Tag vorher hatte er dem Kanonikus alles übergeben. Und es war der letzte Tag im August: eine dunkle, sternlose Nacht. Bellina ging voraus, die Nase im Wind, still, wie er es ihr beigebracht hatte. Er ging sehr langsam, hob die Füße hoch aus dem dürren Gras, damit man nichts knacken hörte. Und der Hund drehte sich alle zehn Schritte um, um zu sehen, ob er nachkam. Als sie an der Talsenke waren, sagte er leise zu Bellina: »Zurück!« und versteckte sich hinter einem dicken Nußbaum. Dann rief er: »Heda!«

»Dieses Rufen, Gott bewahre«, sagte der Kanonikus, »eine Gänsehaut bekommt man, wenn man hört, daß es Surfareddu ist, denn der hat als Flurhüter schon mehr als einen Totschlag auf dem Gewissen.« »Dann«, antwortete Surfareddu, »schossen sie aus nächster Nähe auf mich – bumm! Zum Glück hab' ich den Schuß noch im selben Augenblick erwidert. Sie waren zu dritt, ich hab' schreien hören. Schaut nur nach im Obstgarten, dort muß er liegen, mein Mann.«

»Ach, was hast du getan, Nichtswürdiger!« zeterte der Kanonikus, während die Frauen durcheinander kreischten. »Jetzt kommen bestimmt der Richter und die Gendarmen; und du läßt mich im Schlamassel!«

»Ist das der Dank, den ich von Euch bekomme, Euer Gnaden?« antwortete Surfareddu schroff. »Wenn sie gewartet hätten, Euch zu bestehlen, bis ich nicht mehr in Euren Diensten bin, wäre es besser gewesen, auch für mich, dann hätte ich nicht noch einmal mit dem Gericht zu tun bekommen.«

»Jetzt mach, daß du wegkommst, in die ›Grilli‹, und dort sag dem Pächter, ich würde dich schicken. Morgen bekommst du dann, was du brauchst. Aber paß auf, daß dich niemand sieht, um Himmels willen, jetzt sind die Kaktusfeigen reif, und die Leute sind alle unterwegs an den Abhängen. Wer weiß, wieviel mich diese Geschichte noch kostet! Es wäre besser gewesen, du hättest ein Auge zugedrückt.«

»Nein, Herr Kanonikus, solange Surfareddu in Euren Diensten steht, duldet er solche Frechheiten nicht. Die haben genau gewußt, daß bis zum 31. August ich der Wächter Eurer Ländereien bin. Das haben sie büßen müssen! Denn ich verschieße mein Pulver nicht umsonst, ich nicht.«

Und er ging mit seiner Büchse auf der Schulter weg und Bellina hinter ihm her, während es noch dunkel war. Niemand tat in dem Häuschen von Santa Margherita in jener Nacht ein Auge zu, weil man sich vor den Dieben fürchtete und an den Mann dachte, der drunten im Obstgarten auf der Erde lag. Als es heller Tag war und auf dem Weg gegenüber, in der Rocca, schon einige Wanderer auftauchten, wagte sich der Kanonikus, bis an die Zähne bewaffnet und alle Bauern im Gefolge, auf den Weg, um nachzusehen, was geschehen war. Die Frauen kreischten: »Geht nicht hin, Euer Gnaden!«

Aber kaum hatten sie den Hof verlassen, hatten sie den kleinen Luigino am Hals, der sich zwischen den Leuten herausgeschlichen hatte.

»Bringt den Jungen weg!« schrie der Kanonikus, sein Onkel. »Nein, ich möchte auch mitgehen und alles sehen!« kreischte der. Und dann blieb ihm sein Leben lang das Schauspiel im Gedächtnis eingeprägt, das er in so zartem Alter gesehen hatte.

Er lag gleich am Anfang des Obstgartens unter einem alten, kranken Ölbaum auf der Erde und hatte schon die Nase eines Sterbenden, schwarz wie Ruß. Auf allen Vieren hatte er sich zu einem Haufen leerer Säcke geschleppt, und dort war er die ganze Nacht geblieben. Die vollen Säcke hatten seine fliehenden Kumpane mitgenommen. In seiner Nähe war das Erdreich wie mit Fingernägeln aufgewühlt und schwarz von Blut.

»Ach, Herr Kanonikus«, stammelte der Sterbende, »wegen einer Handvoll Oliven hat man mich umgebracht.«

Der Kanonikus erteilte die Absolution. Dann kam gegen Mittag der Richter mit den Gendarmen, er wollte sich den Kanonikus vorknöpfen und ihm Fesseln anlegen wie einem gemeinen Gauner. Ein Glück, daß alle Bauern und der Pächter mit seiner Familie als Zeugen da waren. Nichtsdestotrotz fiel der Richter über den Diener Gottes her, denn der hatte das anmaßende Gebaren der alten Feudalherren und ließ Männer wie Surfareddu für sich als Flurhüter arbeiten und wegen einer Handvoll Oliven Leute umbringen. Man solle ihm den Mörder aushändigen, tot oder lebendig; der Kanonikus schwor hoch und heilig, er verstehe nicht, was man von ihm wolle. Worauf ihn der Richter nach einer Weile zum Komplizen und Mandanten erklärte und auch ihn von seinen Schergen fesseln ließ. So schrie man unter den Orangenbäumen im Obstgarten herum und rannte hin und her, während der Arzt und der Gerichtsschreiber bei dem Toten, der auf den leeren Säcken lag, ihres Amtes walteten. Dann stellte man wegen der großen Hitze im Schatten des Obstgartens einen Tisch auf, und die Frauen bewogen den Herrn Richter, eine Kleinigkeit zu essen, da es schon spät war. Die Magd hatte sich alle erdenkliche Mühe gegeben: Makkaroni, Soßen aller Arten, und selbst die Damen hatten sich angestrengt, damit es bei Tisch zu diesem Anlaß an nichts fehlte. Der Herr Richter ließ sich alles wohl schmecken und leckte sich die Finger. Dann schob der Gerichtsschreiber an einer Ecke das Tischtuch ein wenig zurück und setzte in aller Eile ein paar Zeilen Protokoll auf mit der Unterschrift der Zeugen und allem Drum und Dran, während der Richter seinen Kaffee trank, den man ihm eigens mit der Mokkamaschine zubereitet hatte, und aus der Ferne sahen halb hinter den Orangenbäumen versteckt die Bauern zu. Schließlich holte der Kanonikus eigenhändig eine Flasche alten Muskateller, der einen Toten wiederauferweckt hätte. Den anderen hatte man inzwischen unter dem alten, kranken Ölbaum schlecht und recht verscharrt. Beim Abschied ließ sich der Richter den Blumenstrauß der Frauen wohlgefallen, die inzwischen auch dem Maultier des Gerichtsschreibers zwei schöne Körbe mit erlesenem Obst in den Quersack gestellt hatten. Der Kanonikus begleitete die Herren bis an die Grenze seines Gutes.

Am nächsten Tag kam der Amtsbote des Bezirks und richtete aus, der Herr Richter habe im Obstgarten das Schlüsselchen zu seiner Uhr verloren, man solle gründlich suchen, es müsse auf jeden Fall dort sein.

»Gebt mir zwei Tage Zeit, dann werden wir es bestimmt finden«, ließ der Kanonikus zur Antwort geben. Und er schrieb sofort an einen Freund in Caltagirone, er solle ihm einen Uhrschlüssel besorgen. Einen schönen goldenen Schlüssel, der ihn zwei Unzen kostete und den er dann mit folgenden Worten an den Herrn Richter schicken ließ: »Ist das der Schlüssel, den der Herr Richter verloren haben?«

»Jawohl, der ist es«, war die Antwort: und der Prozeß verlief glatt, dann kam ohnehin das Jahr sechzig, und nach Garibaldis Amnestie arbeitete Surfareddu wieder als Flurhüter, bis er schließlich eines Tages bei einem Streit wegen eines Weidelandes von anderen Flurhütern zu Tode gesteinigt wurde. Und jedesmal, wenn der Kanonikus wieder auf die Nacht zu sprechen kam, die ihm so viel zu schaffen gemacht hatte, sagte er von dem damaligen Richter: »Ein ehrenwerter Mann! Denn statt nur den Schlüssel zu verlieren, hätte er mich auch die Uhr mitsamt der Kette suchen lassen können!«

Im Obstgarten, unter dem alten Baum, wo der Olivendieb begraben liegt, werden die Kohlköpfe so groß wie Kinderköpfe.

Wanderelend

Als kleiner Junge kannte Nanni Lasca nichts anderes: Sein Vater, Gevatter Cosimo, zog mit dem Grasbeißer, Ventura und dem Schieler das Seil der Fähre auf dem Simeto; und er streckte die Hand aus, um die Maut zu kassieren. Wagen kamen, Fuhrleute kamen, Leute zu Fuß und Leute zu Pferd kamen aus allen Dörfern und gingen ihrer Wege links vom Fluß und rechts vom Fluß.

Früher war Gevatter Cosimo Sänftenführer gewesen. Und Nanni hatte den Vater auf seinen Reisen über Straßen und Pfade begleitet, stets das lustige Geklingel der Maultiere im Ohr. Aber einmal, als er am Heiligen Abend – einem gezeichneten Tag – mit der leeren Sänfte von Licodia zurückkam, gab man ihm im Biviere die Nachricht, seine Frau komme gerade nieder. »Diesmal bringt Euch die Gevatterin Menica ein schönes kleines Mädchen«, sagten im Wirtshaus alle zu ihm. Und er freute sich wie ein Kind und spannte eiligst die Maultiere an, um noch, bevor es Abend wurde, zu Hause zu sein. Der Braune, der wegen einiger Stangenhiebe, die er sich gemerkt hatte, etwas gegen ihn hatte, spitzte nun, da er ihn so sorglos sah, wie er sich bückte und ihm den Bauchgurt umschnallte, verdächtig die Ohren, und schon hatte er ihm – jiii – einen scharfen Fußtritt verpaßt.

Nanni war noch im Stall, um das bißchen Hafer, das in der Futterkrippe geblieben war, aufzukehren. Als er den Vater sah, wie er in seiner ganzen Länge auf der Tenne lag, sich mit beiden Händen sein Knie hielt und leichenblaß geworden war, wollte er zu heulen anfangen. Aber Gevatter Cosimo stammelte: »Geh lieber und hol frisches Wasser. Ruf den Onkel Carmine, damit er mir hilft.« Da kam außer Atem der Schankbursche herbeigelaufen.

»Was ist Euch geschehen, Gevatter Cosimo?« »Nichts, Misciu, ich fürchte, ich hab' mir das Bein gebrochen. Hol lieber deinen Herrn, damit der mir hilft.«

Onkel Carmine wurde jedesmal fuchsteufelswild, wenn man nach ihm rief: »Was ist los? Was ist denn geschehen? Nicht einen Augenblick hat man seine Ruhe, zum Teufel noch mal!« Schließlich erschien er gähnend in der Tür, die Kapuze über den Augen. »Was ist Euch geschehen? Was wollt Ihr denn jetzt? Laßt mich nur machen, Gevatter Cosimo.«

Der arme Teufel ließ ihn machen, sein Bein hing ihm herunter, als ob es ihm nicht mehr gehören würde. »Das ist was für die Gagliana«, sagte Onkel Carmine abschließend, indem er das Bein ganz sacht wieder auf die Erde legte. Da wurde Gevatter Cosimo himmelangst, und er ließ sich mit verdrehten Augen auf den Grabenrand zurücksinken.

»Sei doch still, zum Teufel! Du bringst ihm noch Unglück, deinem Vater«, herrschte Onkel Carmine Nanni an, der wimmernd auf seinen Fersen hockte.

Fahl und in großer Stille brach die Dämmerung herein. Dann hörte man das Geläute der Kirchen von Francofonte.

»Einen schönen Heiligen Abend hat mir unser Herrgott beschert«, stammelte Gevatter Cosimo mit vor Schmerzen angeschwollener Zunge.

»Hört zu, mein Freund«, sagte schließlich Onkel Carmine, der spürte, wie ihm die Feuchtigkeit des Biviere in die Knochen drang. »Hier können wir nichts für Euch tun. Um Euch in Eurem Zustand von hier wegzubringen, müßten wir ein Joch Ochsen haben.«

»Ihr könnt mich doch nicht einfach so hier liegen lassen, mitten auf der Straße«, fing Gevatter Cosimo an zu jammern.

»Nein, nein, wir sind doch Christenmenschen, Gevatter Cosimo. Wir müssen warten, bis Onkel Mommu kommt und mit anpackt. Inzwischen lasse ich Euch ein Bündel Heu bringen und eine Maultierdecke dazu, wenn Ihr wollt. Die Abendkühle ist tückisch hier im Sumpf, mein Lieber. Dreizehn Jahre lang kaufe ich schon Arzneien.«

»Er hat die Malaria im Hirn, mein Herr«, sagte Misciu, der Stallbursche, als er dann mit dem Heu und der Decke zurückkam. »Von früh bis spät tut er nichts anderes als schlafen.«

Inzwischen tauchte über den Bergen der erste Stern auf;

dann kam wieder einer und wieder einer. Gevatter Cosimo, der in kalten Schweiß gebadet dalag und seine Nase gen Himmel reckte, zählte sie einen nach dem anderen und fing wieder an zu jammern: »Kommt Gevatter Mommu denn gar nicht? Laßt ihr mich heute nacht hier liegen wie einen Hund?«

»Er kommt bestimmt, ganz bestimmt, seid unbesorgt«, antwortete Misciu, der, das Kinn in die Hände gestützt, auf einem Stein hockte.

»Er ist im Biviere auf die Jagd gegangen. Manchmal vergehen Monate und Wochen, ohne daß ihn eine Menschenseele sieht. Aber jetzt, wo Weihnachten ist, muß er ja kommen und seine Sachen abholen.«

Und während der Junge noch so dahinschwatzte, wäre er, in seinen Lumpen zusammengekauert, allmählich beinahe selbst eingeschlummert.

»Er kommt in der Nacht, er kommt bei Tag, je nach seiner Beute. Wenn er auf Entenjagd geht,läßt ihm Onkel Carmine immer den Schlüssel unter der Haustür. Dann schläft er tagsüber oder geht irgendwo sein Wild verkaufen; aber seine Sachen hat er immer hier im Stall über seinem Lager hängen: ein Pflöckchen für sein Gewehr, ein Pflöckchen für seinen Waidsack, jedes Ding an seinem Platz. Es ist schon lange her, daß er sich hier niedergelassen hat. Er war noch ganz jung, sagt Onkel Carmine...«

Als Gevatter Cosimo wieder zu jammern anfing, fuhr der Junge zusammen, als würde er aufgeweckt, und dann murmelte er wieder weiter wie im Traum. Nanni hatte sich ausgeschluchzt und starrte mit weit aufgerissenen Augen in die Dunkelheit. Auf einmal schreckte laut gakkernd ein Huhn auf.

»Der Onkel Mommu!« rief Nanni mit lauter Stimme. Dann legte sich wieder eine große Stille über die Nacht.

»Ich weiß schon«, sagte schließlich Misciu, »er antwortet nicht, um die Enten nicht zu erschrecken, und außerdem ist er es ja so gewohnt, daß er nie redet.«

Man vernahm aber schon das Rascheln des dürren Binsengrases und die dumpfen Tritte von Onkel Mommus Stiefeln, während er sich auf dem Kiesgrund den Schlamm abklopfte.

»Hierher, Onkel Mommu! Dem Gevatter Cosimo ist ein Unglück geschehen.«

Onkel Mommu stand da, steif vor Kälte, mit zuckenden Augenlidern und mit der krummen Nase eines Unglücksboten, und schaute in den schwachen Schein von Gevatter Carmines Laterne. Dann hoben sie den Sänftenführer hoch, und genau wie es Onkel Carmine sie hieß, nahm ihn einer unter den Achseln und der andere bei den Füßen.

»Jesus Maria! Gevatter Cosimo, schwer habt Ihr zu tragen an Euren Knochen!« schnaubte der Wirt, um ihm mit einem Witz gut zuzureden. Und der schmächtige Onkel Mommu schwankte tatsächlich wie ein Betrunkener unter dem Gewicht.

»Ach, was für einen Heiligen Abend hat mir der Herrgott beschert«, sagte Gevatter Cosimo wieder, als er schließlich auf dem Strohsack ausgestreckt lag wie ein Toter.

»Denkt nicht daran, Gevatter Cosimo, denn die Gagliana macht Euch im Handumdrehen wieder gesund. Ihr müßt sie verständigen, Gevatter Mommu, wenn Ihr nach Lentini geht, um Euer Zeug zu verkaufen.«

Der schmächtige Alte gab mit einem Kopfnicken seine Zustimmung, und während er sich zum Weggehen rüstete, sich sein Kopftuch festband und den Doppelsack auf den Schultern zurechtrückte, redete der Wirt weiter: »Sie ist viel besser als ein Chirurg, die Gagliana! Ihr werdet sehen, noch ehe ein Ave-Maria fertig gebetet ist, seid Ihr schon wieder gesund. Seid guten Mutes, Gevatter Cosimo; und wenn Ihr sonst nichts braucht, dann mach' ich mir jetzt auch meinen Heiligen Abend mit ein paar Makkaroni.«

»Und du, willst du nicht auch etwas essen?» fragte der Sänftenführer und wandte sich seinem Jungen zu, der sich nicht vom Fleck rührte und bleich, die Hände in den Taschen und das Gesicht vom Weinen verschmiert, dasaß.

»Nein«, antwortete Nanni, »nein, ich hab' keinen Hunger mehr.«

»Mein armer Sohn, das ist auch für dich ein schlimmer Heiliger Abend!«

Die Gagliana kam, als es schon Tag war, Onkel Cosimo ein erhitztes Gesicht hatte und sein Bein angeschwollen war wie ein voller Schlauch, so daß man ihm die Hosen aufschlitzen mußte, um sie ihm herunterzuziehen, während sich die Gagliana bescheiden mit gesenktem Kopf auf die andere Seite drehte, wo sie inzwischen flink schon alles vorbereitete: Verbandszeug, Schienen, Umschläge aus Wunderkräutern, die nur sie kannte. Dann zog sie ihm das Bein lang wie ein Henkersknecht. Anfangs sagte Gevatter Cosimo nichts, schwitzte nur dicke Tropfen und keuchte, als müßte er sich sehr anstrengen. Aber auf einmal entfuhr ihm ein solcher Schrei, daß allen die Haare zu Berge standen.

»Laßt ihn schreien, das tut ihm gut!«

Gevatter Cosimo verhielt sich gerade so wie ein Tier, dem eine Wunde geätzt wird. So daß schließlich Onkel Carmine aufgestanden war, um mit seinen verschlafenen Augen selbst nachzusehen. Und Nanni kreischte, als würde er umgebracht.

»Ihr kommt mir vor wie ein Kind, Gevatter Cosimo«, sagte der Wirt zu ihm. »Hat man Euch denn nicht gesagt, Ihr sollt Ruhe geben? Ja, wenn Ihr noch unter dem Messer eines Chirurgen wäret, dann...«

»Dann hätte er nichts zu lachen, Gott bewahre!« fuhr die Alte hoch, als hätte sie jemand angestochen. »Zumindest wäre ihm das Bein abgeschnitten worden, dem armen Teufel. Ich hab' mein Lebtag keinem ein Härchen abgeschnitten, Gott sei's gedankt. Das ist die Gnade, die mir der Herrgott gibt. Jetzt könnt Ihr Euch beruhigen, Gevatter Cosimo, denn Ihr habt alles, was Ihr braucht.«

Damit spuckte sie ihm den Kräuterbrei, den sie vorher gekaut hatte, auf das geschwollene Knie; legte ihm die Schienen an, zog den Verband fest zusammen, ohne sich um sein »Au weh, au weh« zu kümmern, und schwatzte weiter wie eine Elster. Und als sie fertig war, putzte sie sich ihre Hände an ihrer grauen, widerborstigen Mähne ab, die wie eine schmutzige Haube ihren Kopf umgab.

»Sieht aus wie ein Teufel, die Hexe!« zwinkerte der Wirt dem Onkel Mommu zu, der mit seiner melancholischen Nase dasaß und schaute, seine Beine vom Strohsack hinunterbaumeln ließ und langsam an seinem Schwarzbrot knabberte.

Onkel Cosimo hatte sich mit schmerzverzerrtem und vor Schweiß glänzendem Gesicht aufs neue zurücksinken lassen; er streichelte seinen Jungen und stammelte dazu, es sei ja nicht so schlimm.

»Und wer bezahlt mich jetzt?« fragte zuletzt die Gagliana.

»Seid unbesorgt, Ihr werdet bestimmt bezahlt«, antwortete der arme Teufel, der mehr tot als lebendig war. »Ich verkaufe das Maultier, wenn es Gott so will, und bezahle Euch, Schwester!«

Da es ein schöner Christtag war und die Sonne schien – sie kam sogar in den Stall hinein genau wie die Hühner, die ein paar Brotbrösel aufpickten –, rasteten die Leute, die in Primosole in der Messe gewesen waren, auf halbem Weg, um einen Schluck zu trinken; und als sie den Gevatter Cosimo im Stall auf einem Strohsack liegen sahen, wollten sie wissen, was geschehen war und wie. Dann warfen sie einen Blick auf die Maultiere, die hinten im Stall standen. Der Wirt zeigte sie ihnen, denn er witterte schon den Maklerlohn.

»Schöne Tiere, gute Tiere. Und lammfromm. Wer die einmal kauft, macht ein gutes Geschäft, wenn Gevatter Cosimo, Gott bewahre, ein Krüppel bleiben sollte.«

Der Braune drehte seinen Kopf nach hinten und reckte das Maul voll Heu in die Luft, als würde er alles verstehen.

»Nein, nein, so weit ist es noch nicht«, ließ sich Gevatter Cosimos Klagestimme von der Lagerstätte aus hören.

»Ich meine ja nur so, Gevatter Cosimo, regt Euch nicht auf. Niemand rührt Euch Euer Zeug an, wenn Ihr es nicht wollt. Hier gibt es Heu und Stroh genug für Eure Maultiere, Ihr könnt sie hundert Jahre hier stehen lassen.«

Der Unglückselige dachte an das, was die Maultiere an Heu und Stallgeld aufzehren würden, und jammerte: »Eine Mitgift für mein kleines Mädchen, das gerade zur Welt gekommen ist, das schaffe ich wohl diesmal nicht mehr.«

»Jetzt müssen wir aber Eurer Frau Nachricht geben. Sobald Onkel Mommu nach Licodia geht, um sein Zeug zu verkaufen.«

So brachte Onkel Mommu Gevatter Cosimos Frau die schlimme Nachricht; er verschluckte dabei die halben Wörter und wippte von einem Bein aufs andere, so daß man im ersten Moment gar nichts verstand, denn das Haus war voller Nachbarinnen, während man den Ehemann zur Taufe erwartete. Gevatterin Menica, die arme, wollte im ersten Aufwallen aus dem Bett springen und so, wie sie war, im Hemd, zum Biviere rennen, wenn nicht der Arzt dagewesen wäre, der sie schalt: »Wie das Vieh seid ihr Bauern! Was ein Kindbettfieber ist, wißt ihr überhaupt nicht!«

»Herr Don Battista! Wie kann ich denn den armen Kerl einfach allein lassen, außer Haus, unter der Obhut anderer Leute, in seinem Zustand?«

»Rührt Euch ja nicht vom Fleck!« verlangte Gevatterin Stefana beharrlich. »Zu Eurem Mann könnt Ihr später. Habt Ihr Angst, er läuft Euch davon?«

»Hört auf den Doktor«, fügte die Cilona hinzu. »Gevatter Cosimo steht unter der Obhut von Christenmenschen. Sehr Ihr denn nicht, der arme Teufel da ist eigens gekommen?«

Und Onkel Mommu nickte, während er so vor dem Bett stehend mit den Augenlidern zuckte und nicht wußte, wie er es anstellen sollte, sich umzudrehen und wieder seiner Wege zu gehen.

Dann folgten Rekonvaleszenz, Stillzeit und die Bedürfnisse der Kinder, und die Zeit verging. Als die Gagliana zu guter Letzt zu Gevatter Cosimo gesagt hatte, er könne nun aufstehen, war er auf einem Stuhl vor der Stalltür sitzen geblieben, er hatte nun ein kürzeres und ein längeres Bein.

»In dem Zustand, in dem es war, hätte es Euch jeder Chirurg abgeschnitten!« sagte die Gagliana, um ihn zu trösten.

Die Maultiere gingen drauf, zur Hälfte für die Gagliana und zur Hälfte für den Stall. Als der arme Krüppel von der Wirtshaustür aus sah, wie Nunzio della Rossa seine Sänfte mitnahm, seufzte er: »Diese Glöckchen werde ich nun nicht mehr hören.«

Da mischte sich Onkel Carmine ein und sagte: »Welchem Teufel weint Ihr denn da nach! Dem Braunen etwa, dem Halunken, der Euch zum Krüppel geschlagen hat?«

Inzwischen mußten sie auch zusehen, wie sie zu ihrem täglichen Brot kamen, er und sein Junge; und jetzt, wo er so übel zugerichtet war, mußte es ein leichtes Geschäft sein, eins von denen mit wenig Mühe und mit wenig Brot. »Wenn du Sorgen hast, mußt du es allen sagen.« Onkel Carmine, der eine gute Haut war, redete mit dem und jenem, und sowie er erfuhr, daß einer von den Fährleuten unten am Simeto, ganz in der Nähe, an Malaria gestorben war, sagte er zu Gevatter Cosimo: »Das ist das Richtige für Euch.«

Und er ließ nicht locker, bis, auch durch die Fürsprache des Onkels Antonio, des Wirtes von Primosole am Simeto, der Fährmeister schließlich weich wurde und selbst auch ja sagte. Und von da an blieb Gevatter Cosimo bei der Fähre und zog das Seil flußauf, flußab; von jedem Bekannten, der vorbeikam, ließ er seiner Frau ausrichten, er würde sie bald besuchen kommen und die Kleine auch. »An Ostern komme ich bestimmt. An Weihnachten komme ich bestimmt.« Immer ließ er dasselbe ausrichten, so daß Gevatterin Menica schon nicht mehr daran glaubte; und Nanni schaute seinem Vater jedesmal in die Augen, um zu sehen, ob er es ernst meinte.

Aber es geschah, daß sie an Ostern und an Weihnachten immer eine große Menge Leute überzusetzen hatten, so daß oft, wenn der Fluß gestiegen war, mehr als fünfzig Fuhrwerke beim Wirtshaus von Primosole warteten. Der Fährenmeister verfluchte den Südwind und den Ostwind, die ihm das tägliche Brot wegstahlen, und seine Leute ruhten sich aus: Der Grasbeißer schlief bäuchlings auf seinen gekreuzten Armen; Ventura saß im Wirtshaus, und der Schieler sang den ganzen Tag, stand vor der Hüttentür, ließ es regnen und blickte mit seinen weißen Augen in den Himmel.

Gevatterin Menica wäre selbst gern nach Primosole gegangen, um ihren Mann wenigstens zu sehen und ihm die kleine Tochter zu zeigen, denn der Vater kannte sie noch nicht einmal, beinahe, als wäre sie nicht sein Fleisch und Blut.

»Ich gehe bestimmt hin, sobald ich das Geld für die gesponnene Wolle habe«, sagte auch sie. »Nach der Olivenernte gehe ich hin, wenn mir ein paar Groschen übrigbleiben.«

So verging die Zeit. Inzwischen bekam Gevatterin Menica eine tödliche Krankheit, vor der Don Battista, der Arzt, sich die Hände in Unschuld wusch wie Pilatus.

»Eure Frau ist krank, schwerkrank«, berichteten ihm Onkel Cheli, Gevatter Lanzara und alle, die von Licodia kamen, und diesmal wollte Gevatter Cosimo wirklich eilends aufbrechen, zu Fuß, so gut er konnte.

»Leiht mir zwei Lire als Weggeld, Meister Mariano.«

»Wartet doch erst, ob Ihr nicht eine gute Nachricht bekommt. Es könnte ja sein, Eure Frau wird gesund, während Ihr unterwegs seid, und Ihr gebt Euer Weggeld umsonst aus.« Der Schieler empfahl dagegen, der Muttergottes von Primosole eine Messe lesen zu lassen, denn sie wirke Wunder. Bis schließlich die Nachricht kam, bei der Gevatterin Menica sei schon der Pfarrer.

»Also hab' ich doch recht gehabt!« rief Meister Mariano aus. »Was hättet Ihr dort tun sollen, wo es nichts mehr zu helfen gab?«

Das kleine Mädchen hatte Gevatterin Stefana zu sich ins Haus genommen, aus Nächstenliebe. Und Gevatter Cosimo war mit seinem Jungen in Primosole geblieben. Der Schieler sagte es ja auch, mit Gottes Hilfe könne er hier bei der Fähre sein Lebtag bleiben, genau wie er selbst, der seit fünfzig Jahren hier sein Brot aß. Und wie viele Leute hatte er vorbeikommen sehen! Bekannte kamen vorbei und Wandersleute, von denen niemand wußte, woher sie kamen, zu Fuß und zu Pferd, jeglicher Herkunft, und sie zogen ihrer Wege links vom Fluß und rechts vom Fluß. So wie das Flußwasser, das immer weiterfloß bis zum Meer, aber dort zwischen den beiden abbröckelnden Ufern aussah, als wäre es immer dasselbe: rechts die kahlen Hügel von Valsavoia, links das rote Dach von Primosole; und wenn es dann regnete, tagelang und wochenlang regnete, sah man nichts anderes als jenes kümmerliche Dach im Nebel. Dann kam das schöne Wetter wieder, und da und dort zwischen den Felsen von Valsavoia, am Wegrand und in der Ebene, so weit das Auge reichte, sproß Grün hervor. Schließlich kam der Sommer und zehrte alles auf: das Grün der Saaten, die Blumen auf dem Felde, das Wasser im Fluß und die Oleanderbüsche, die staubbedeckt an den Flußufern dahinsiechten.

Sonntags war es anders. Onkel Antonio, der Wirt von Primosole, ließ einen Pfarrer kommen, der die Messe las, und Filomena, seine Tochter, mußte die kleine Kirche ausfegen und das Geld für die armen Seelen auflesen, das die Gläubigen durch ein Fensterchen eingeworfen hatten. Zu Fuß und zu Pferd kamen Leute aus der Umgebung, und das Wirtshaus füllte sich. Manchmal kam auch Zanno, der Quacksalber, der in seinen Kästchen und Schächtelchen gegen jedes Übel etwas hatte; oder Don Tinu, der fliegende Händler, mit seinem großen roten Sonnenschirm, der seine Ware – Scheren, Taschenmesser, Bänder und Zwirne in allen Farben – auf den Kirchenstufen ausbreitete. Nanni drängte sich in der Schar der anderen Kinder davor, um etwas zu sehen. Doch sein Vater sagte immer: »Nein, mein Sohn, das sind nur Sachen für Leute, die Geld ausgeben können.«

Die anderen aber kauften: Knöpfe, Tabaksdosen aus Holz, Kämme aus Bein, und Filomena kramte mit ihren schmutzigen Fingern überall herum, ohne daß jemand etwas sagte, denn sie war die Tochter des Wirtes. Im Gegenteil, eines Tages schenkte ihr Don Tinu ein schönes gelbrotes Kopftuch, das von Hand zu Hand ging. »Die schamlose Person!« sagten die Gevatterinnen. »Der Geschenke wegen macht sie allen schöne Augen.« Eines Tages sah sie Nanni beide, wie sie sich hinter dem Hühnerstall in den Armen lagen. Filomena, die aus Angst vor dem Vater auf der Hut war, bemerkte sofort, daß sich zwei scharfe Äuglein durch die Hecke bohrten, und stürzte sich mit dem Pantoffel in der Hand auf ihn. »Was hast du denn hier verloren, du Schnüffler? Erzähl ja nicht, was du hier gesehen hast, sonst geht's dir schlecht.« Don Tinu aber beruhigte sie in sanftem Ton: »Schimpft doch den Jungen nicht aus, Gevatterin Mena, sonst denkt er noch an was Schlimmes.«

Aber Nanni brachte Filomenas rotes Gesicht und Don Tinus Pranken, die sie betatschten, nicht mehr aus dem Kopf. Wenn er zum Weinholen ins Wirtshaus geschickt wurde, pflanzte er sich vor der Theke auf, hinter der ihm das Mädchen mit unverfrorener Miene einschenkte und ihn schalt: »Den schaut an, ihr Christenmenschen! Noch kein Härchen am Kinn, der Rotzbub, aber schon frech dreinschauen, das kann er!«

Mit Grazia, der jungen Magd im Wirtshaus, wollte Nanni das gleiche machen, wenn sie miteinander unten am Fluß die Kräuter für die Suppe pflückten. Aber das Mädchen antwortete: »Nein. Du schenkst mir ja nie was.«

Sie aber brachte ihm, im Ausschnitt versteckt, Käserinden, die den Gästen unter den Tisch gefallen waren, oder ein Stückchen hartes Brot, das sie den Hühnern weggenommen hatte. Sie zündeten zwischen zwei Steinen ein Feuerchen an und spielten Brotzeitmachen. Aber Nanni beendete das Spiel immer damit, daß er das ganze Zeug an sich riß und, so schnell er konnte, davonlief. Das Mädchen blieb mit offenem Mund allein zurück und kratzte sich am Kopf. Am Abend mußte sie dann oft auch noch Filomenas Ohrfeigen einstecken, wenn sie mit leeren Händen zurückkam. Nanni nahm ihr nämlich auch ihre Zichorie und ihren wilden Fenchel weg, so brauchte er sich nicht zu plagen.

Tags darauf schwor er dann mit gekreuzten Händen, er werde es nie mehr tun. Und das arme Ding ging immer wieder mit, kaum sah sie in der Ferne das rote Haar inmitten der gelben Stoppeln auftauchen; ganz sachte machte sie sich an ihn heran und heftete sich wie ein Hund an seine Fersen. Wenn sie dann neben ihm war und immer noch wegen der Schläge plärrte, die sie im Wirtshaus bekommen hatte, sagte Nanni, um sie zu trösten: »Warum reißt du nicht einfach aus und gehst wieder nach Haus zurück?«

Er erzählte, er habe da unten im Dorf auch sein Zuhause, Verwandte und alles; jenseits der dunkelblauen Berge dort; eine gute Tagreise entfernt; eines Tages würde er hingehen.

»Laß doch deine Herrschaft und das Wirtshaus im Stich, reiß aus und geh wieder nach Haus!«

Das Mädchen hörte ihm offenen Mundes zu, während es seine Beine ins trockene Flußbett hinunterbaumeln ließ und verdutzt dorthin blickte, wo Nanni ihr die vielen schönen Sachen zeigte: jenseits der dunkelblauen Berge. Schließlich kratzte sie sich am Kopf und antwortete: »Ich weiß nicht recht. Ich hab' ja dort niemand.«

Er warf inzwischen zum Spaß Steinchen ins Wasser; oder er kitzelte Grazia, damit sie über die Böschung hinunterrutschte. Dann fingen sie an zu laufen, und er warf ihr Erdschollen nach. Oder sie stöberten mit dünnen Stöckchen die Grillen in ihren Höhlen auf oder gingen auf Eidechsenjagd. Nanni verstand sich darauf, sie mit einer Schlinge, die er am Ende eines feinen Binsengrashalms machte, zu fangen; in dem kleinen Kreis der Schlinge erschien ein schöner, funkelnder Tropfen, und die armen Tierchen, die in der Dürre am Verdursten waren, ließen sich ködern.

In der ausgedörrten Ebene versackte der Fluß wie eine riesige Schlucht zwischen seinen aufklaffenden Ufern. »Er zeigt seine Knochen«, schimpften die Fährleute. So daß einige Meilen weiter flußaufwärts ein paar arme Teufel es wagten, zu Fuß hinüberzuwaten. Die paar Groschen fehlten dann den anderen armen Teufeln, die den ganzen Tag mit dem Seil in der Hand unter der sengenden Sonne standen. Und mit leerem Magen untereinander ins Streiten kamen. Für nichts und wieder nichts bekam Nanni dann Fußtritte von seinem Vater, so lendenlahm er war.

Ab und zu kamen Erntearbeiter vorbei, eine mit weißem Staub bedeckte Schar, die wieder zum Meer zurückkehrte; Männer und Frauen zusammen ließen sich mit bloßen Füßen ins Flußbett hinunter und empfahlen sich in ihrem auswärtigen Dialekt ihren sämtlichen Heiligen. Dann sah man auf der schnurgeraden, schwülen Straße in der Ferne die Staubwolke, in der ein Fuhrwerk daherrollte, oder es tauchten auf der anderen Seite schläfrig die Schellen eines Maultiertreibers auf. Der Schieler, der niemanden auf der Welt hatte, aber überall in der Welt herumgekommen war, sagte: »Der kommt aus Catania und der dort aus Syrakus.« Und als einziger immer frohgemut, erzählte er den Männern, die auf dem Bauch dalagen, von den Wunderdingen, die er dort unten, weit, weit weg, gesehen hatte. Und Nanni lauschte gespannt, so wie Grazia den Erzählungen gelauscht hatte, die er auftischte, und Halluzinationen eines Wanderlebens blitzten vor seinen Augen auf, die es müde waren, immer und ewig auf die Wirtschaft von Onkel Antonio zu blicken, die mutterseelenallein ins triste Abendrot hineinrauchte.

Aber wer ihm wirklich den Floh ins Ohr setzte, das war der Zanno, als man ihn einmal für Onkel Carmine in den Biviere rief. Schon seit Pfingsten sagten die Wanderer, die im Stall nächtigten und ihn nicht, wie gewöhnlich, das Stroh aus dem Heuschuppen holen und das Stallgeld kassieren sahen: »Was ist denn los mit Onkel Carmine?« Onkel Mommu wies mit dem Kopf auf den Strohsack, wo er unter einem Haufen Quersäcke ausgestreckt lag; und Misciu, mit seiner Kapuze auf dem Kopf und selbst vom Fieber verzehrt, fügte hinzu: »Er hat das Wechselfieber.« Manchmal, wenn Onkel Carmine jemanden an der Stimme wiedererkannte, antwortete er mit einem Grunzen: »Hier bin ich. Ich bin noch da.«

Es waren fast immer dieselben müden Gesichter, die man unter dem flackernden Lämpchen, das vom Querbalken hing, durchgehen, aus dem Quersack die karge Mahlzeit herausziehen und, auf dem Saumsattel hockend, langsam vor sich hin kauen sah. Onkel Carmine schimpfte nicht mehr, blieb ruhig und still auf seinem Strohsack liegen. Nur wenn er hörte, daß vor der Tür ein Fuhrwerk hielt, reckte er aus Liebe zum Zaster, so gut es ging, seinen Kopf hoch und rief: »He, Misciu!«

Aber sie konnten ihn nicht so dahinsterben lassen wie einen Hund. Ventura, der Grasbeißer und oft auch Gevatter Cosimo mit seinem verkrüppelten Bein kamen eigens von Primosole herüber, standen da und schauten Gevatter

Carmine an, der mit seinem erdfarbenen Gesicht schon wie ein Toter dalag. Schließlich kamen sie überein, die Gagliana zu rufen, jenes alte Weib, das im Umkreis von zwanzig Meilen Wunderdinge tat.

»Ihr werdet sehen, die Gagliana bringt Euch im Handumdrehen wieder auf die Beine«, sagten sie auch zu ihm. »Das Teufelsweib ist besser als ein Doktor. Was meint Ihr, Gevatter Carmine?«

Gevatter Carmine sagte weder ja noch nein, denn er dachte an das Geld, das die Gagliana verschlingen würde. Aber als ihn dann das Fieber wieder plagte, fing er an zu jammern: »Holt mir ruhig die Gagliana, gleich, was es kostet. Laßt mich doch nicht ohne jede Hilfe sterben, Leute!«

Die Gagliana nannte es ein gefährliches Fieber von der Sorte, wo man am besten gleich den Pfarrer holt. Es war an einem Samstag, und Leute kamen vorbei, die ins Dorf zurückkehrten. All das blieb Nanni fest im Gedächtnis eingeprägt, denn auch er war schauen gegangen: die Neugierigen an der Tür, die ihre Hälse nach dem Sterbenden reckten; die Gagliana, die in ihren Taschen schimpfend nach der Arznei suchte, die sie eigens zubereitet hatte; und der Kranke, der mit erschrockenen Augen alle der Reihe nach ansah. Der Schieler fragte die Gagliana, um sie aufzuziehen, weil sie kein Mittel finden konnte: »Was könnt Ihr mir geben, damit ich wieder sehe?«

Onkel Carmine starb noch in derselben Nacht. Schade, denn am Sonntag kam der Zanno vorbei, der gegen jedes Übel ein Mittel in seinen Töpfchen und Kästchen hatte. So führte man ihn eben zu dem Toten. Er befühlte den Bauch, den Puls, die Zunge und schloß dann: »Wäre ich hier gewesen, der Onkel Carmine wäre nicht gestorben.«

Er erzählte auch viel von seinen Wundertaten, die er ebenso vollbracht hatte wie die Gagliana, und von den Dörfern, die er gesehen hatte, und da Nanni offenen Mundes zuhörte, gefiel ihm der Junge, und er sagte zu ihm, während er ihm über das rote Haar strich: »Möchtest du mit mir kommen? Du kannst meinen Sack tragen und ein Mann werden.«

»Der hat einen ganz anderen Sack zu tragen!« seufzte

Gevatter Cosimo; aber gleichzeitig dachte er, daß sein Junge, wenn ihm selbst so etwas zustoßen sollte wie dem Onkel Carmine, allein auf der Straße sitzen würde.

Es war auch der Wirt von Primosole da, der gerade dabei war, Filomena mit Lanzise zu verheiraten, einem biederen, rechtschaffenen Mann, der von nichts wußte; sie kamen eben aus Lentini, wo sie den Vertrag aufgesetzt hatten, das Brautpaar, Gevatter Antonio und noch andere. Lanzise war einer, der was hatte, ein Stück Land, Ochsen und einen kleinen Weinberg bei der Savona, so hieß es.

Die Heirat machte von sich reden. So daß auch Don Tinu kam, um Sachen für die Aussteuer zu verkaufen. Am Abend saß er im Wirtshaus wie gewöhnlich. Man weiß nicht wie, wohl wegen eines Fehlers in der Rechnung, fing er mit Onkel Antonio einen Streit an; und Don Tinu sagte »gehörntes Arschloch« zu ihm.

Gevatter Antonio war ein winziges Männchen, blind auf einem Auge; so, wie er aussah, hätte man keinen roten Heller für ihn gegeben. Es hieß aber, er hätte mehr als einen Toten auf dem Gewissen, und im Umkreis von zwanzig Meilen wurde er von allen respektiert. Als er nun hören mußte, daß Don Tinu mit seiner blöden Schnauze ihm dieses schlimme Wort ins Gesicht sagte, nahm er seine Büchse von ihrem Platz am Kopfende seines Bettes, um sich ebenfalls Luft zu machen, während seine Frau, seit Jahren von der Malaria ans Bett gefesselt, sich im Hemd aufsetzte und kreischte: »Hilfe, die bringen sich um! Heilige Christenmenschen!« Und um die beiden auseinanderzubringen, bewarf Filomena Don Tinu mit Tassen und Tellern und schrie dazu: »Du Halunke, du Dieb, du Antichrist!«

»Handelt so ein Mann, Gevatter Antonio«, antwortete Don Tinu, noch gelber im Gesicht als sonst. »Ich habe nichts bei mir als dieses winzige Taschenmesser.«

»Ihr habt recht«, sagte Onkel Antonio. »Ich will Euch ebenso antworten, wie Ihr sprecht.« Und ohne weitere Worte zu verlieren, legte er seine Büchse weg.

Später kam Nanni ins Gasthaus, um Wein zu holen, da trat ihm ganz verstört Don Tinu entgegen und sah verdächtig um sich.

»Da hast du zwei Groschen«, sagte er zu ihm, »und nun richte dem Gevatter Antonio aus, daß ich hier auf ihn warte; er weiß schon warum. Aber paß auf, daß dich niemand sieht, und nun geh zu!«

Am Abend fand man Gevatter Antonio der Länge nach ausgestreckt hinter einem Kaktusdickicht, sein Hund war bei ihm und leckte ihm die Wunde. »Wer ist es gewesen, Gevatter Antonio? Wer hat Euch das Messer reingestoßen?«

Gevatter Antonio wollte es nicht sagen. »Bringt mich jetzt nur in mein Bett. Wenn ich durchkomme, dann regle ich die Sache selbst; wenn ich sterbe, regelt sie Gott.«

»Das war Don Tinu! Der hat ihn mir umgebracht!« kreischte seine Frau. »Durch Nanni, den Sohn des Lahmen, hat er's ihm sagen lassen.«

Und Filomena fuhr fort mit ihrem »Du Halunke, du Dieb, du Antichrist«.

Auch Gevatter Cosimo, der eine Heidenangst vor der Justiz hatte, war böse auf Nanni, weil er sich in so ein Schlamassel hatte verwickeln lassen.

»Wenn ich dich erwische, breche ich dir sämtliche Knochen«, schrie er.

Und Nanni ging ihm daher aus dem Weg und blieb auf der anderen Seite des Flusses, mit leerem Magen, wie ein wild gewordenes Tier. Grazia sah ihn von ferne, mit seinem roten Haar hinter der leeren Tränke, und lief zu ihm hin.

»Ich gehe jetzt weg von hier, mit dem Zanno«, sagte er, »und zur Fähre komme ich nie mehr zurück.«

Nach und nach faßte er Mut, als er sah, daß kein Onkel Cosimo mit dem Stock hinter der Mauer auftauchte, und er begann vom Rand der Tränke, der voller Ritzen und Sprünge war, Stein um Stein abzubrechen und sie dann weit von sich zu schleudern, während ihm das Mädchen zuschaute. Plötzlich merkten sie, daß die Sonne untergegangen war und aus dem Fluß und der Ebene ringsum der Nebel aufstieg.

»Hörst du?« sagte Grazia, »da ruft der Onkel Cosimo!«

Nanni lief auf und davon, ohne ein Wort zu sagen, und sie mühsam hinter ihm her, wobei ihr das zerfetzte Kleidchen um die nackten, dünnen Beine flatterte. Sie legten ein gutes Stück Weg zurück, und schließlich waren sie allein mitten im dunklen Land, mit klopfenden Herzen, weit weg von der Hütte bei der Fähre, wo man noch den Schieler singen hörte. Es war eine schöne sternklare Nacht, und überall zirpten die Grillen in den Stoppeln. Als Nanni stehenblieb, sah er, daß Grazia ihm nachgelaufen war.

»Wo willst du denn hin?« sagte er.

Sie antwortete nichts. Dann hörten sie wieder den Grillen ringsum zu. Sonst war alles still. Nur das reife Korn rauschte, wenn sie es im Vorübergehen streiften; und sobald sie horchend stehenblieben, senkte sich wieder eine große Stille über alles, und es war beinahe, als legte sich die Dunkelheit wie eine enge Hülle um ihre Kleider. Dann und wann strich schattengleich ein warmer Westwind über das wogende Korn. Da fing Grazia zu weinen an.

Ein Fuhrmann mit Maultieren kam vorbei, und die Kleine schluchzte: »Nehmt uns mit ins Dorf, Euer Gnaden, um Gottes Lohn!«

Der Maultiertreiber, der müde im Saumsattel hing, brummte verschlafen etwas, ohne anzuhalten. Und die beiden Kinder hinter ihm her. Mit ihm kamen sie zu einem Stall, und hinter der Mauer zusammengekauert warteten sie auf den Morgen.

Als es Gott gefiel, wurde es Tag, und ein Hahn krähte freudig auf dem Misthaufen. Auf einem schmalen Pfad zwischen zwei Hecken kam ein alter Mann daher, der einen vollen Quersack auf dem Rücken trug. Er hatte ein gutmütiges Gesicht, und Grazia fragte ihn: »Wo geht es zum Dorf, Euer Gnaden?«

Onkel Mommu nickte mit dem Kopf und ging mit gesenkter Nase weiter seines Weges. Sie folgten ihm ins Dorf, wohin er seine Ware verkaufen ging, und als sie auf dem Marktplatz ankamen, war es bereits heller Tag. Es saß schon ein Weiblein da, das in ein weißes Schultertuch eingemummt war und Gemüse und Kaktusfeigen feilbot. Andere Frauen gingen in die Kirche. Vor dem Stall wurde ein Maultier zur Ader gelassen; und einige Bauern standen mit ihren Kopftüchern, die Hände in den Hosentaschen, fröstelnd dabei und sahen zu. Vom Kirchturm, auf den schon die Sonne schien, läutete es zur Messe.

Sie setzten sich traurig auf den Fußweg, neben den alten Mann, mit dem sie gekommen waren und der nun seine Enten und Sumpfhühner feilbot, die aber niemand kaufte; die beiden warteten auf den Zanno, der aber auch nicht kam. Die Zeit verging; und mittlerweile gingen Leute vorbei, die bei dem Weiblein mit dem Schultertuch Gemüse kauften, das sie in den Händen abwogen. Aus einer Gasse kamen gemächlich zwei Herren mit Zylinder, die stehenblieben und lange verhandelten, wobei sie die Ware mit ihren Stöcken betasteten, ohne etwas zu kaufen. Dann kam die Magd aus der Wirtschaft und wollte eine Schürze voll Tomaten. Das Maultier, das zur Ader gelassen worden war, mußte auf dem Marktplatz hin und her gehen. Der Apotheker schloß seinen Laden, als es Mittag läutete.

Da zog Onkel Mommu ein Schwarzbrot aus seinem Quersack und begann es mit einem Stück Zwiebel ganz langsam zu essen. Als er sah, wie hungrig ihn die beiden ansahen, schnitt er jedem eine große Scheibe ab, ohne ein Wort zu sagen. Schließlich packte er seine Ware zusammen und ging wieder, gesenkten Hauptes, wie er gekommen war.

Jetzt waren sie mutterseelenallein. Sie nahmen einander bei der Hand und gingen bis zum Brunnen am Dorfende. Auf der Straße, die im Zickzack in die Ebene hinunterführte, kamen ständig Leute. Frauen, die Wasser schöpften; Fuhrleute, die ihre Maultiere tränkten; Bauersleute, die laut schwatzend vom Feld zurückkamen und ihre leeren Quersäcke um den Stiel ihrer Hacken gewunden hatten. Dann eine Schafherde mitten in einer Staubwolke. Ein Kapuzinerbruder, auf der Rückkehr von einer Sammelreise, sprang von einem schönen braunen Maultier herunter, das beinahe unter seiner Last zusammengebrochen wäre, bückte sich, um zu trinken, und bespritzte sich den staubigen Vollbart in dem feuerroten Gesicht. Wenn niemand vorbeikam, hüpften die Bachstelzen über die Steine im Schlamm und wippten mit ihren Schwänzen. In der Ferne hörte man den Singsang der Drescher auf den Tennen, der sich in der endlosen Ebene verlor, über die sich allmählich abendliche Dunstschleier legten. Und ganz am Ende lag wie eine beschlagene Spiegelscherbe der Biviere.

»Schau nur, wie weit weg er ist!« sagte Nanni bangen Herzens.

Die Sonne war schon untergegangen; aber sie wußten nicht, wohin sie gehen sollten, und blieben wartend in der Dunkelheit nebeneinander auf dem Mäuerchen sitzen. Zu guter Letzt nahmen sie einander bei der Hand und kehrten ins Dorf zurück. In den Häusern leuchteten noch ein paar Fenster; aber die Hunde bellten, sobald die beiden stehenblieben, und der Hausherr rief mit drohender Stimme: »Wer da?«

Ganz verzagt warf sich das Mädchen Nanni an den Hals.

»Nein, nicht«, sagte er weinerlich, »laß mich in Ruhe.«

Sie fanden eine Hütte mit einem Vordach, und darunter verbrachten sie die Nacht, festumschlungen, um einander zu wärmen. Festliches Glockengeläute weckte sie, als die Sonne schon hoch am Himmel stand. Als sie bereits unterwegs waren und die Leute anschauten, die in Feiertagskleidung aus den Häusern kamen, sahen sie auf dem Marktplatz Don Tinu, den fliegenden Händler, der seine Siebensachen schon unter seinem roten Sonnenschirm ausgebreitet hatte.

»Herr Don Tinu«, sagte Grazia voll Freude zu ihm, »seid willkommen, Euer Gnaden!«

Don Tinus Miene verfinsterte sich, und er erwiderte: »Wer bist du denn? Ich kenne dich nicht.«

Kleinlaut schlich sich das Mädchen beiseite. Don Tinu aber sah den Jungen, der aus der Ferne furchtsam zu ihm hinblickte, und er sagte zu ihm: »Du bist aus der Wirtschaft am Simeto, das weiß ich.«

»Ja, mein Herr, Don Tinu«, antwortete Nanni mit einem unsicheren Lächeln.

Und ausgehungert wie er war, schwirrte er den ganzen Tag auf dem Fußweg um Don Tinu herum. Als er sah, daß dieser seine Ware einpackte und im Begriff war wegzugehen, faßte er sich ein Herz und sagte: »Wenn Ihr mich mitnehmen wolltet, ich könnte Euer Zeug tragen.«

»Gut«, antwortete Don Tinu, »dein Mädchen laß aber sein, denn für zwei reicht das Brot bei mir nicht.«

Verzagt entfernte sich Grazia, Schritt um Schritt, die Hände unter ihrer Schürze verborgen, dann sah sie traurig von der anderen Straßenecke aus zu, wie Nanni, unter der Last gebeugt, hinter dem fliegenden Händler her ging und verschwand.

Ein gutmütiger Kerl, dieser Don Tinu. Immer guter Dinge, auch wenn es einmal einen Fußtritt setzte oder eine Ohrfeige. Unterwegs erzählte er ihm komische Geschichten, um ihn ein wenig gewitzter zu machen und die langen Fußmärsche zu verkürzen. Oder er lehrte ihn auf einer abgelegenen Wiese das Messerwerfen. »Damit du ein Mann wirst«, sagte er zu ihm.

Sie zogen durch die Dörfer, überall, wo ein Jahrmarkt war. Auf einem Bänkchen am Marktplatz breiteten sie die Ware aus und priesen sie kreischend in der Menschenmenge an. Da waren Höker, Vieh und Leute im Feiertagskleid; und der Zanno, der einen Schmerzensmann vorführte und sich abmühte, seine Salben und geweihten Medaillen zu verkaufen, Zähne zu ziehen und die Zukunft vorauszusagen, wobei er in Schweiß gebadet auf einem hohen Gestell saß. Mit offenen Mündern drängten sich die Neugierigen unter der glühenden Sonne um ihn. Dann kam der Heilige mit der Musikkapelle und der Prozession. Danach standen die Frauen den ganzen Tag mit Gold behängt gähnend vor den Haustüren. Am Abend wurde die Festbeleuchtung angezündet und ein Spaziergang durchs Dorf gemacht.

Don Tinu sagte immer wieder: »Hättest du das alles gesehen, sag mal, wenn du bei deinem Vater bei der Fähre geblieben wärest?«

Einmal kamen sie auch in Nannis Dorf, wo er sich, nach so langer Zeit, gar nicht mehr auskannte; und als sie an seinem Haus vorbeikamen, sah er einen Balkon, der früher nicht dort gewesen war, und Leute, die er nicht kannte und die sich keinen Deut um ihn kümmerten. Er suchte auch nach seinen Angehörigen. Sein Bruder Pierantonio war in der Fremde, als Flurhüter in den madonischen Bergen an der Küste unten; und seine Schwester Benedetta hatte geheiratet; Gevatterin Stefana hatte ihr durch eine Mitgift von ihrem Geld eine gute Partie verschafft, und nun lebten sie alle zusammen wie eine Familie in einem schönen, neuen Haus mit einer Veranda und einem Bett mit Baldachin, so daß sie um ein Haar den Landstreicher nicht eingelassen hätten. Doch Donna Stefana ließ ihm aus Klugheit, als sie erfuhr, wer er war, an einer Tischecke etwas zu essen servieren, Brot, Wein und etwas zum Brot, und er sagte gleich danke, denn es kam ihm vor, als zählten ihm die zwei Frauen jeden Bissen in den Mund; seine Schwester stand bei der Tür, die Hände über dem Bauch gefaltet, und horchte, ob nicht etwa der Mann heimkam, wobei sie verstohlen zu Donna Stefana hinübersah, als säße sie auf glühenden Kohlen. »Nein, ja, ja, nein.« Die Wörter fielen aus dem Mund, und so auch das Brot und der Käse. Flüchtig erwähnten sie ihren Vater und ihren Bruder, die beide in der Fremde waren, der eine da, der andere dort, und schwiegen dann sofort wieder, denn sie hatten sich wenig zu sagen, da sie sich so lange nicht gesehen hatten. Benedetta hatte ja den Vater nicht einmal kennengelernt, als wäre sie ein Kind der Sünde.

»Dieses arme Waisenkind«, sagte Donna Stefana mit lauter Stimme, »hatte ja gar niemanden auf der Welt, weder Freunde noch Verwandte. Sag es nur selbst, mein Kind. Wenn ich nicht gewesen wäre, wie wäre es dir ergangen?«

Benedetta nickte mit einem dankbaren Blick. Dann sah sie ihren Bruder an und senkte die Augen. Schließlich fragte sie ihn, ob er vorhabe, lange im Dorf zu bleiben, wobei sie ihn mit »Ihr« anredete und ihn immer noch nicht ansah. Donna Stefana hingegen musterte ihn so unverhohlen, als wollte sie ihm auch unters Hemd schauen, und wachte mit mißtrauischen Blicken über das Besteck. Kaum war er draußen vor der Tür, hörte er, wie man den Riegel hinter ihm zuschob.

»So geht es oft«, sagte später Don Tinu, als er erfuhr, wie der Besuch bei der Schwester verlaufen war. »Die Welt ist groß, und jeder sorgt für sich selbst.«

Sie zogen ihrer Wege, kamen hierhin und dorthin, zu den Jahrmärkten in die Dörfer, immer zu Fuß mit Sack und Pack, und so kamen sie schließlich einmal nach Primosole, nach langer, langer Zeit. »Jetzt zeige ich dir deinen Vater, wenn er noch auf der Welt ist«, sagte Don Tinu. Nanni, zwischen Angst und Scham hin und her gerissen, wollte es nicht; aber der Händler fügte hinzu: »Laß mich nur machen, auf so was verstehe ich mich.«

Und er ging voraus, um Gevatter Cosimo zu verständigen; der war immer noch bei der Fähre, stand auf einem Bein wie ein Kranich. »Nanni, Euer Sohn, ist da, Gevatter Cosimo, eigens gekommen, Euch die Hände zu küssen.«

Gevatter Cosimo hatte das Wechselfieber, stand mit seinem Tuch um den Kopf in der Sonne ans Seil gelehnt und wartete, bis das Fieber wiederkam. »Der Herr möge immer bei dir sein, mein Sohn, und dir beistehen!«

Jetzt, da er am Ende seiner Kräfte war, wurden ihm die Augen feucht, als er sah, zu welch stattlichem Burschen sein Nanni herangewachsen war. Der erzählte dann auch von Benedetta und seinem Bruder und daß er die Schwester besucht hatte; da freute sich der Vater und wiegte mit einfältigem Gesicht den Kopf. Es ging elend zu bei der Fähre: Ventura war weggegangen, um anderswo sein Glück zu versuchen; der Grasbeißer stand mehr denn je unter dem Pantoffel seines Weibsbildes, gehörnt und geprügelt wie je einer, und der Schieler war wie eh und je; ans Seil gewachsen wie eine Auster und munter wie der Vogel in der Luft sang er in das Schweigen der Malaria hinein und sah mit seinen weißen Augen in den Himmel.

»Mit mir kommt Euer Sohn überall herum«, sagte Don Tinu immer wieder. Auch Onkel Antonio, der Arme, war nicht mehr derselbe wie früher, hockte vor der Wirtschaft; gelähmt an seine Bank gefesselt, grüßte er mit seinem Trottelgesicht die Leute, die vorbeikamen, um Kunden anzulocken.

»Seid gegrüßt, Euer Gnaden. Kennt Ihr mich denn nicht mehr, Onkel Antonio?« sagte der Händler und blieb stehen, um ihn zu begrüßen. Onkel Antonio nickte mit dem

Kopf wie ein Hanswurst. Da zog Don Tinu eine schöne Zigarre hervor und legte sie ihm in die Hände, die auf seinen Knien unaufhörlich zitterten.

Aber der andere schüttelte den Kopf, nein, er könne nicht. Don Tinu fragte ihn schließlich aus Höflichkeit nach seiner Frau und nach Gevatterin Filomena, die beide in der menschenleeren Wirtschaft nicht zu sehen waren; und der Alte wies mit seinen zitternden Händen dahin und dorthin, in die Ferne, wo der Friedhof lag und die Stadt. Um einen Schluck zu trinken zu bekommen, mußten sie sich heiser schreien, dann kam endlich aus dem verlotterten Gemüsegarten ein junger Kerl, den Gevatter Antonio ins Haus genommen hatte, damit sich jemand um die Wirtschaft kümmerte, und der wie in einem Sack in einer alten Jacke von Onkel Antonio steckte, die ihm bis zu den Fersen reichte, und sich verschlafen die Augen rieb.

»Wir haben ein gutes Werk getan«, sagte Don Tinu, als er den Wein bezahlte, den sie getrunken hatten. »Gehabt Euch wohl, Gevatter Antonio.«

So war Don Tinu nun einmal, er hatte immer offene Hände, wenn er etwas geben konnte, und ein noch offeneres Herz. Er lachte und verlustierte sich gern, hatte an allen Orten Freunde und Bekannte. Häufig ließ er Nanni im Geschäft, wie er sagte, und lief dahin oder dorthin zu einer Gevatterin, um mit ihr den Festtag zu genießen (und Gevatterinnen hatte er überall). Sobald er in ein Dorf kam, ließ man ihn heimlich rufen, und hinter der Tür wartete ein gedeckter Tisch auf ihn, während der Ehemann der Prozession folgte und sich in Sicherheit wiegte. Bis es einmal in der Karwoche in Spaccaforno geschah, daß Don Tinu auf einer Leiter liegend heimgebracht wurde wie der Schmerzensmann persönlich.

Grazia hatte ihm die Botschaft übermittelt: »Herr Don Tinu, Ihr werdet erwartet, Ihr wißt schon wo.«

Don Tinu zögerte und kratzte sich den Bart. Nicht, daß er Angst gehabt hätte, das nicht. Aber dieses spindeldürre Mädchen brachte ihm Unglück, da wollte er wetten. Grazia blieb indes unter der Ladentür stehen und steckte schüchtern lächelnd ihr Gesicht in das zusammengeflickte Schultertuch. Nanni, der sie länger nicht gesehen hatte, sagte zu ihr: »Wo kommst du denn her?«

»Zu Fuß bin ich gekommen«, antwortete Grazia und freute sich, daß er sie angeredet hatte. »Ich bin zu Fuß von Scordia und Carlentini heraufgekommen, denn dort unten hatte ich nichts zu nagen und nichts zu beißen. Jetzt bin ich hier und helfe aus, wo man mich brauchen kann.«

Sie war groß geworden, und das zerlumpte Kleidchen reichte ihr nicht ganz über die mageren Beine hinunter; sie hatte das ernste, blasse Gesicht einer erwachsenen Frau, die wußte, was Hunger ist: unter ihren Augen zwei tief eingegrabene schwarze Ringe.

Nanni, der gerade mit einem Stück Brot Don Tinus Teller ausleckte, sagte zu ihr: »Da, möchtest du auch was?« Aber Grazia schämte sich, ja zu sagen.

»Ich bin jetzt bei Don Tinu, bin Kurzwarenhändler geworden«, fügte Nanni hinzu.

Auf einmal wurde er ernst und sah sie starr an.

»Komm herein!«

Das Mädchen zögerte, eingeschüchtert durch diesen Blick. Nanni sagte noch einmal: »Komm rein, sag' ich! Du Dumme!«

Er zog sie am Arm herein und schloß die Tür. Sie gehorchte, am ganzen Leib zitternd. Dann warf sie ihm die Arme um den Hals.

»Schon so lange hab' ich dich gern.«

Und sie begann wieder die Geschichte ihres elenden Wanderlebens zu erzählen; sie erzählte vom Hunger, von der Kälte, von den Nächten ohne Obdach, von den Entbehrungen und den Grausamkeiten, die sie erlitten hatte; sie saß auf dem Warenbündel, mit gebeugtem Rücken und den Händen auf den Knien, aber ihre Augen strahlten jetzt vor Zufriedenheit, und eine große Freude breitete sich schließlich über ihr abgespanntes, ausgemergeltes Gesicht aus.

»Weißt du, so lange hab' ich dich schon gern. Weißt du noch, wie wir zwei in Primosole immer Suppenkräuter sammeln gingen? Und die kleine Insel im Fluß, wenn das Wasser zurückging? Und die Nacht, in der wir zusammen hinter einer Mauer geschlafen haben, auf dem Weg nach

Francofonte? Dann bist du mit Don Tinu fortgegangen, und ich hab' nicht gewußt, was tun oder wohin gehen... Die Frau mit den Kaktusfeigen, die sah mich jeden Tag im Abfallhaufen wühlen, zwischen den Obstschalen und den Salatstrünken, sie gab mir einmal eine Brotkruste, ein andermal einen Löffel Suppe. Aber auch sie mußte weggehen, als die Zeit der Kaktusfeigen vorbei war, und ich ging dann mit dem weg, der Leute für die Olivenernte unten in Leone anheuerte. Ich bekam Fieber, und sie schickten mich ins Krankenhaus. Nachher wollten sie mich nicht mehr, weil sie sagten, ich würde mein Brot zu Unrecht essen. Beim Urbarmachen bin ich auch gewesen, beim Boschitello, wo der große Weinberg angelegt worden ist; und wo sie die große Straße bauen, habe ich gearbeitet, und dort wäre ich noch immer und hätte mein tägliches Brot, wenn nicht der Aufseher gewesen wäre...«

Sie stockte, wurde rot und sah Nanni ängstlich an. Dem aber war es vollkommen gleichgültig. Er sagte nur zu ihr: »Jetzt gehst du wieder, weil mein Herr gleich zurückkommt.«

Die Arme ließ sich zur Tür schieben und stammelte mit gesenktem Kopf unter ihrem geflickten Schultertuch: »Ich kann nichts dafür, das schwöre ich dir bei der schmerzhaften Muttergottes! Was hätte ich denn tun sollen? Er war ja der Herr. Und du warst weg!... Und ich wußte nicht einmal, wo du warst...«

»Ja, ja, schon gut. Aber jetzt geh, denn gleich kommt Don Tinu wieder zurück«, sagte er noch einmal, reckte seinen Hals aus der Tür und spähte nach links und nach rechts die Gasse hinunter wie ein Dieb. Das Mädchen ging dann weg, sachte, sachte die Mauer entlang.

Kurz danach wurde der Händler mit zerschlagenen Knochen nach Hause gebracht; denn Onkel Cheli war durch Zufall früher als gewöhnlich heimgekommen und hatte Don Tinu vorgefunden, der es in seinem Hause trieb.

Der Zanno predigte, während er dem Händler die Wunden verband: »Nimm dich in acht vor den Bauern, lieber Don Tinu! Die sind schlimmer als das Vieh. Und die Fuhrleute erst, Gott bewahre!«

Jedesmal, wenn Don Tinu Pech hatte, ließ er seine Wut nachher an dem Jungen aus; es gab Fußtritte und Ohrfeigen, so daß auf sein Geschrei der Wirt und einige Wanderer herbeiliefen und der Zanno zu ihm sagte: »Mach dir nichts daraus, mein Junge, dein Herr muß betrunken sein.«

Wenn dagegen der Zanno sich betrinken wollte, schloß er sich Aug in Auge mit der Flasche in seine Kammer ein. Er schrie nicht, er schlug niemanden, und das schlaue Lächeln wich nie aus seinem hageren Gesicht; und die Frauen kamen zu ihm ins Haus, heimlich, gegen Abend, bis über die Nase vermummt, und er schob den Riegel vor. Tagsüber immer lustig, schmerzlos Zähne gezogen, Salben verkauft und Geld kassiert.

Sooft Nanni ihm auf Reisen zu Jahrmärkten und in Dörfer auf einem Marktplatz oder in einem Wirtshaus begegnete, sagte er immer wieder zu ihm: »Erinnert Ihr Euch noch, Euer Gnaden, als Ihr mich gefragt habt, ob ich mit Euch mitkommen und auch Quacksalber werden will, damals im Stall im Biviere, als Onkel Carmine gestorben war?«

Der Zanno tat so, als verstünde er nichts, denn er wollte Don Tinu nicht ins Gehege kommen; aber schließlich entschlüpfte ihm einmal, als Nanni ihn festnagelte: »Na gut, wenn dich dein Herr einmal wegschickt, dann will ich dich schon zu mir nehmen.«

Nanni ließ es sich gesagt sein; und das erstemal, als der Händler sich den Gürtel aufschnallte, um ihm den Rücken zu verbleuen, sagte er ohne Umschweife: »Don Tinu, lassen wir den Gürtel, wo er ist, Euer Gnaden, sonst nimmt es diesmal ein schlimmes Ende.«

»Ah, du Biest wagst noch, das Maul aufzureißen! Ich werde dir schon zeigen, welches Ende es nimmt!...«

»Laßt den Gürtel aus dem Spiel, Don Tinu, oder es geht schlecht aus, ich sag's Euch.« Und er steckte seine Hand in die Tasche.

Don Tinu, der doch sein Lehrmeister gewesen war und sein blasses Gesicht sah, wechselte sofort den Ton: »Aha, so antwortest du deinem Herrn? Jetzt lasse ich dich verhungern. Nimm dein Zeug und dann verschwinde!«

Nanni knüpfte seine paar Lumpen in sein Tuch und sagte zum Schluß: »Behüt Euch Gott, Euer Gnaden!«

Und er ging weg zum Zanno.

»Gib acht«, sagte der Zanno als erstes zu ihm, »hier schaut man, ohne zu sehen; hier horcht man, ohne zu hören; hier hat man einen Mund, ohne zu reden. Wenn du vernünftig bist, wird es dir gutgehen; wenn du deine Zunge nicht im Zaum hältst, fressen sie dir die Hunde, wie dem König, der lange Ohren hatte und nichts für sich behalten konnte. Ich bin nicht wie Don Tinu, bei mir gibt's kein Geschwätz und keine Späße, gib acht! Geh, komm und verschwinde – und daß keiner dich finde!«

Sie führten ein lustiges Leben, aber immer mit gespitzten Ohren und einem Fuß in der Luft. Wenn es nachts an die Tür klopfte, gab es ein langes Rumoren, Gestammel vor der Tür, ein Kommen und Gehen, bevor der Riegel aufgeschoben wurde. Dann hörte Nanni, wie sein Herr im Nebenzimmer halblaut mit jemandem sprach und in den Mörser stieß; oder er hörte Schreie und unterdrücktes Schluchzen. Eines Nachts, als er kein Auge zutun konnte, sah er durch das Schlüsselloch, wie der Zanno Geld einsteckte, und eine, die wie Grazia aussah, weiß wie ein Wachsstock, ging schwankend zur Tür hinaus.

Aber der Zanno wurde, sowie er ihn fragte, ob es wirklich Grazia gewesen sei, fuchsteufelswild.

»Du bist viel zu neugierig, mein Junge, und eines Tages wird es dir schlecht ergehen.«

Und es erging ihm schlecht, aber aus einem anderen Grund. Eines Tages, es war zum Fest der Unbefleckten Empfängnis, und sie hatten kaum ihr Gestell auf dem Marktplatz von Spaccaforno aufgebaut, kamen die Häscher und faßten sie alle beide samt ihren Salben und Elixieren und brachten sie vor Gericht, wegen Kindsmords. Als jedoch der Zanno auf der Anklagebank Grazia sitzen sah, die zusammen mit ihnen angeklagt war, schwor er mit überkreuzten Händen hoch und heilig, diese da habe er nie gesehen noch gekannt, so wahr ihm Gott helfe!

Aber es gab Zeugen, die hatten das Mädchen vor einiger

Zeit mit Nanni gesehen, als er mit Don Tinu, dem Kurzwarenhändler, in der Karwoche schon einmal in Spaccaforno gewesen war, er habe ja sogar die Haustür zugemacht. Grazia stammelte mehr tot als lebendig: »Herr Richter, laßt mir den Hals abschneiden, denn ich bin eine Sünderin. Zuerst hab' ich gesündigt, und dann wollte ich es nicht sühnen.«

Es war in der Verzweiflung geschehen, weil sie alle wegjagten wie einen räudigen Hund... und auch wegen der Schande... Ja, warum nicht? Nachdem Nanni sie weggeschickt hatte und ihr allmählich klar wurde, was sie Schlimmes getan hatte... Es war in einer Nacht, in der verlassenen Hütte hinter der kleinen Brücke, die früher die Straßenarbeiter benutzten... In einer Nacht, es regnete... und sie glaubte, sie müsse sterben, dort, mutterseelenallein und verlassen von allen... Und sie wußte nicht, was tun mit dem winzigen Geschöpf, das so verlassen war wie sie selbst... Dann, als sie es nicht mehr wimmern hörte und sah, daß es ganz weiß war, schleppte sie sich bis zum Abgrund dort beim Steinbruch und wikkelte es zuerst in ihre Schürze, das arme, zarte, unschuldige Fleisch!... Aber Nanni wußte von nichts, so wahr ihr Gott helfe! Sie hatten sich nicht mehr gesehen... Sie könnten selbst hingehen und nachschauen dort im Steinbruch, bei der Hütte, unterhalb der kleinen Brücke...

So mußte Grazia ins Gefängnis, sie aber kamen mit der Angst vor dem Galgen davon, der Zanno und sein Gehilfe; der Zanno jedoch gelobte Gott und dem Christus von Spaccaforno, junge Burschen wolle er nicht mehr am Hals haben, da sei Christus im Sakrament vor!

Nanni streifte noch ein wenig dahin und dorthin, bis ihn der Hunger nach Primosole zurücktrieb, wo er wenigstens jemanden hatte. Dort erfuhr er, daß sein Vater unter der Erde war und daß der Schieler, so dürr wie ein Knochen, die Fähre lenkte.

Da war auch noch Filomena, die alt zu werden begann und die keiner haben wollte, wegen der Geschichte mit Don Tinu und wegen ihrer anderen Entgleisungen, die man nachträglich entdeckt hatte; Filomena sagte jedesmal zu ihm: »Mein Zeug hab' ich, Gott sei Dank, beisammen, und wenn ich mir einen Mann nehmen wollte, der könnte leben wie ein Fürst.«

Der Schieler, der für ein Glas Wein den Kuppler spielte, half nach: »Ich hab's gesehen, das Zeug, mit eigenen Augen.«

»Was mich angeht«, erwiderte Nanni zu guter Letzt, »wenn Ihr's zufrieden seid, dann bin ich's auch.«

Und er machte sich ein Nest wie ein Kauz. Herumgekommen war er weit, das Wanderleben reichte ihm jetzt, er hielt darauf, mit seiner Frau zu essen und zu trinken, und auch mit seinen Gästen, denn sie brachten ihm Leben ins Haus und Geld in den Beutel. Hin und wieder brachten sie auch eine Nachricht: »Wißt Ihr schon, Onkel Giovanni, Eurem Bruder ist ein Unglück geschehen...«

Oder: »Gevatterin Benedetta, Eure Schwester, hat noch einen Jungen bekommen.«

Genau wie sein Vater, der in Primosole Wurzeln geschlagen hatte, nachdem ihm ein Bein lahm geblieben war; sie kamen jetzt zu ihm und erzählten ihm, was in der Welt geschah, links vom Fluß und rechts vom Fluß. Eines Tages, nach vielen, vielen Jahren, sah er in einer Schar Erntearbeiter auch eine alte Frau vorbeikommen, die selbst der Teufel nicht mehr erkannt hätte, so ausgemergelt war sie durch Hunger und Mißhandlungen, und die zu ihm sagte: »Kennt Ihr mich denn nicht mehr, Gevatter Nanni? Ich bin Grazia, entsinnt Ihr Euch noch?«

Aber er schickte sie gleich fort, aus Angst vor Filomena, die vom Bett aus horchte, genau wie er es das letztemal aus Angst vor seinem heimkehrenden Herrn gemacht hatte. Nun wollte er in aller Ruhe seinen Frieden und die Vorsehung genießen, die ihm vom Himmel gekommen war, zusammen mit seiner Frau, die ihm Gott gegeben hatte.

Und wenn einmal der Zanno oder auch Don Tinu, die ihn jetzt respektierten, vorbeikamen und auch ihr schönes Geld in der Wirtschaft ließen, pflegte er zu seiner Frau oder zu dem, der gerade da war, zu sagen: »Die armen Teufel! Ziehen immer noch durch die Welt, um sich ihr Brot zu verdienen.«

Der Lehrer

Morgens vor sieben sah man den Schullehrer vorbeigehen, der so von Haus zu Haus seine Schülerschaft einsammelte: mit dem Spazierstöckchen in der einen, mit einem widerspenstigen Kind in der anderen Hand, hinter sich eine Brut von Lausebengeln, die sich wie müde Schafe bei jedem Halt auf den Fußweg fallen ließen. Donna Mena, die Kurzwarenhändlerin, hielt schon ihren Aloardo bereit, frisch geschniegelt mit Hilfe einiger Ohrfeigen, und der Lehrer zog liebevoll und geduldig den kreischenden und ausschlagenden Schlingel mit sich fort. Später, vor dem Mittagessen, kam er mit dem von Kopf bis Fuß besudelten Aloardino im Schlepptau zurück, ließ ihn vor der Ladentür stehen und nahm wieder das Kind bei der Hand, mit dem er am Morgen angekommen war.

So ging er viermal am Tag vorbei, vormittags und nachmittags, immer mit einem lustlosen Kind an der Hand und hinter sich in einem ungeordneten Haufen die anderen, reiche und arme, helle und dunkle, in eng anliegenden Kleidchen à la mode oder mit durchgelaufenen Schuhen; an seiner Seite hatte er jedoch unabänderlich stets den Schüler, der als nächster zu Hause war, so daß jede Mutter glauben mochte, ihr Kind sei der Liebling des Lehrers.

Die Mütter kannten ihn alle; seit sie auf der Welt waren, hatten sie ihn morgens und abends vorbeigehen sehen: das verschossene Hütchen über dem Ohr, stets glänzend gewichste Schuhe, das Bärtchen ebenso, ein geduldiges, unerschütterliches Lächeln auf dem wie ein altes Buch vergilbten Gesicht; keine andere Spur von Müdigkeit auf dem leicht gekrümmten Rücken als das durch Sonnenstrahlen und Bürstenstriche abgenutzte Jackett.

Sie wußten auch, daß er ein großer Schürzenjäger war; seitdem er – nun etwa vierzig Jahre lang – morgens und abends die Straßen hinauf und hinunter ging wie eine Glucke mit ihren Küken, reckte er die Nase in die Luft und ließ, als Köder, sein Stöckchen tanzen wie ein echter Vogelfänger, stets auf der Suche nach einem Liebchen – ganz ohne Arg –, nach einer, die ihn ansah, sooft er vorbeikam, und ihr Taschentuch hervorzog, sobald er sich die Nase putzte, nichts weiter; es hätte ihm schon genügt zu wissen, daß er irgendwo, in der Nähe oder in der Ferne, eine Zwillingsseele hatte. So fand er auf seinem immerwährenden alltäglichen Kreuzweg trostreiche Stationen, Fensterscheiben, zu denen er hinaufspähte, sobald er um die Ecke bog, die nur für ihn Sinn und Worte hatten, hinter denen er geliebte Gesichter hatte alt werden oder verschwinden sehen, weil sie geheiratet hatten – nur er blieb immer derselbe; eine nie erschlaffende Jugend im Herzen, widmete er die Gefühle, die einst den Müttern galten, nun den Töchtern, sich insgeheim in seinem Anachoretendasein die Abenteuer eines Don Giovanni ausheckend.

Das war gewissermaßen eine Folge seines Berufes; die lebendige Verkörperung der dichterischen Höhenflüge, die seine Mußestunden ausfüllten, wenn er abends im Schein der Öllampe saß, die eingeschlafenen Füße in Filzpantoffeln und in seinen groben, schweren Militärmantel gewickelt, während seine Schwester Carolina auf der anderen Seite des Tischchens Strümpfe stopfte und ebenfalls ein Buch aufgeschlagen vor sich liegen hatte. Schullehrer war sein Brotberuf, in Wirklichkeit gehörte er zum Stand der Literaten mit seinen Sonetten, Oden, anakreontischen Gedichten und Akrostichen, insbesondere solchen, deren Versanfänge sämtliche weibliche Heilige des Kalenders ergaben. Vom einen Ende der Stadt zum anderen trug er, die Schülerschaft hinter sich her zerrend, unter seinem verschlissenen Überzieher die heilige Flamme der Poesie, die Flamme, die auf mondbeschienenen Balkonen Jungmädchenherzen zum Singen bringt und alle Mädchen an ihn erinnern mußte. Als hätte man es ihm im Vertrauen gesagt, wußte er bereits von der Neugierde, die seine Gestalt erregen mußte, von dem Herzklopfen, das ein Blick von ihm hervorrief, von den Träumereien, die er auf seinem Weg ausstreute. Um sie zu mißbrauchen, war er aber viel zu anständig.

Eines Tages – mit süßer innerer Erregung entsann er

sich des Vorfalls – wollte ein junges Mädchen, dem er zu Hause Unterricht im Schönschreiben erteilte, ihm zum Namenstag eine schöne Blume schenken, die in einer kleinen Vase auf dem Schreibtisch stand, eine Rose oder Nelke, das wußte er nicht mehr genau wegen der Verwirrung, die seinen Blick vernebelt hatte. Mit einer freundlichen Geste stellte es die Blume vor ihn hin und sagte, als es seine Schüchternheit und Verlegenheit sah: »Die hab' ich für Sie aufgehoben, Herr Lehrer.«

»Nein... ich bitte Sie... Ersparen Sie mir...«

»Wie? Sie wollen die Blume nicht?«

»Fahren wir mit dem Unterricht fort, ich flehe Sie an!... Das sind Dinge, die wir nicht...«

»Aber warum denn? Was soll denn Böses dabei sein?«

»Das Vertrauen Ihrer Eltern zu mißbrauchen... unter dem Deckmäntelchen des Hauslehrers...«

Da brach das Mädchen in ein so wildes, ungehöriges Lachen aus, daß es ihm noch immer in den Ohren klang, wenn er daran dachte, und ihm noch jetzt, nach so langer Zeit, ein Zweifel kommen konnte, eine jener blitzartigen Erleuchtungen, vor denen man nachts den Kopf unter das Kissen steckt, um sie nicht sehen zu müssen. Ach ja, diese Teufelsmädchen, wer konnte sie je verstehen, wie auch die Jahre vergehen mochten! Sie lachten hinter seinem Rücken. Wenn er dann, nach langer Zeit, vorbeikam, um ihre Sprößlinge abzuholen, und sich seinen hartnäckig schwarz bleibenden Schnurrbart zwirbelte, wurden sie plötzlich weich und gerührt beim Gedanken an die Vergangenheit, an die rosigen Phantasien ihrer frühen Jugend, welche die melancholische Gestalt des ewigen Liebesuchers wieder in ihnen wachrief.

»Kommen Sie doch herein, Don Peppino, der Junge zieht sich gerade an.«

»Nein, danke, schon gut so.«

»Sie werden doch nicht in der prallen Sonne warten?«

»Ich habe die Kinder hier. Die kann ich doch nicht allein lassen.«

»Eine stattliche Schar, mein Gott! Da brauchen Sie eine Menge Geduld von früh bis spät, Sie sind ja schon so lange im Amt!«

»Ja, wir kennen uns schon eine ganze Weile, wenigstens vom Sehen. Schon als Sie noch in der Via del Carmine wohnten; da hatten Sie einen kleinen Balkon mit Basilikum. Entsinnen Sie sich noch?«

»Alt werden wir, Don Peppino! Jetzt haben wir schon weiße Haare. Ich rede von mir, denn ich habe schon eine heiratsfähige Tochter.«

»Richtig, ich habe Donna Lucietta eine Kleinigkeit mitgebracht. Heute ist doch, glaube ich, ihr Namenstag.«

»Was ist es denn, ein Bild der heiligen Lucia? Nein, ein Gedicht! Lucia, Lucia, komm her, schau, was dir der Herr Lehrer mitgebracht hat.«

»Kleinigkeiten, Donna Lucietta, verzeihen Sie, daß ich mir die Freiheit genommen habe.«

»Oh, wie schön, vielen Dank. Schau, Mama, was für ein schönes Blatt, sieht aus wie eine Spitze.«

»Spielereien. Eine Stickerei in Versen, wie sie einem schönen Mädchen wie Ihnen wohl anstehen. Kleinigkeiten, wissen Sie!«

»Danke, danke. Da ist Bartolino. Der Herr Lehrer wartet schon eine halbe Stunde auf dich, du ungezogener Junge!«

»Schau, Mama, wenn man den Papierrand ringsherum abschneidet, wird eine schöne Krause für einen Blumenstrauß daraus, wenn ich heute einen bekommen sollte.«

Die Schule war ein großer, weiß gekalkter Raum, am hinteren Ende von einer Scheidewand abgeschlossen, die jedoch nur bis zur halben Höhe reichte; der große, geheimnisvolle halbkreisförmige Zwischenraum bis zur Decke ließ das Licht in das dahinter liegende Kämmerchen gelangen. Neben der Tür das Tischchen des Lehrers mit einer handgestickten Decke und darauf viele weitere Handarbeiten aus Stoffresten: Federwischer, ein Lampenuntersatz und eine Mandarine aus orangefarbener Wolle mitsamt ihren grünen Blättchen, für die Schüler ein immerwährender Anlaß zur Ablenkung. Die zweite Zierde der Schule an der langen, kahlen Wand hinter dem Tischchen war ein kleiner Rahmen aus durchbrochenem Papier – ein

Werk derselben fleißigen Hand –, der zwei vergilbte Photographien umschloß: ein Bildnis des Lehrers und eines seiner Schwester, die einander trotz des gewichsten Bärtchens des einen und der grotesken Haartracht der anderen glichen wie ein Wassertropfen dem anderen: die gleichen fleischlosen Wangenknochen, die aus dem Rahmen herauszuragen schienen, der gleiche dünne Strich der ausgezehrten Lippen, die gleichen verschleierten Augen, die es müde zu sein schienen, aus ihren tiefliegenden Höhlen immerwährend auf das Durcheinander der Schulbänke und den Trübsinn ringsum zu blicken, wo nichts anderes war als weiße Wände und nur in eine Ecke ein Fleck fahles Licht fiel, das durch das staubige Hoffenster hereinkam.

Früh am Morgen, sobald der Schreiner nebenan zu hämmern begann, konnte man in der dunklen Kammer zwei schläfrige Stimmen flüstern hören, und dann wurde der Zwischenraum über der Scheidewand hell. Der Lehrer ging schlürfenden Schrittes mit seinen Pantoffeln und in seinen abgewetzten Militärmantel eingemummt eine Handvoll Späne holen und zündete das Feuer an, um Kaffee zu kochen. Dann sah man hinter dem angelaufenen Fenster die Flamme des Herdes, der unter vier aus der Wand hervorstehenden Ziegeln eingebaut war, hochschlagen und dichten Rauch aufsteigen, der in dem kleinen dunklen Hinterhof hängenblieb. Hinten in dem kleinen Raum hustete die Schwester des Lehrers, schon seit dem Morgengrauen.

Er holte seine Schuhe, die mit den Absätzen nach oben nebeneinander am Türpfosten lehnten, und begann sie liebevoll zu wichsen, während er, den Kragen seines Mantels bis zu den Ohren hochgeschlagen, am Feuer stand, wo er den Kaffee aufgesetzt hatte. Dann zog er mit der linken Hand die Kaffeekanne vom Feuer, um mit der rechten die henkellose Tasse von dem Brett zu nehmen, das neben der Feuerstelle an die Wand genagelt war, spülte die Tasse in dem rissigen Becken aus, das neben dem Brunnen zwischen zwei Steine geklemmt war, und brachte schließlich die Öllampe in die Kammer, die durch einen alten, an einem dünnen Seil aufgehängten Fenstervorhang in zwei

Räume geteilt war. Die Schwester setzte sich mit Mühe im Bett auf, hustete und putzte sich die Nase; und unter Stöhnen, mit zerrauften Zöpfen, mit einem erschöpften Gesicht, bereits müden Augen und mit dem traurigen Lächeln der unheilbar Kranken sagte sie ihrem Bruder guten Morgen.

»Wie fühlst du dich denn heute, Carolina?« fragte sie der Bruder.

»Besser«, erwiderte sie jedesmal unabänderlich.

Inzwischen stieg über das Dach vor dem Fenster die Sonne wie goldener Staub, in dem lärmende Spatzen im Flug aufblitzten. Vor der Tür gingen bimmelnd die Ziegen vorbei.

»Ich gehe die Milch holen«, sagte Don Peppino.

»Ja«, antwortete sie stets mit der gleichen müden Kopfbewegung.

Und sie begann sich anzukleiden, während der Lehrer, auf dem Boden kauernd, das Glas in der Hand, mit dem Ziegenhirten stritt, der ihm die Milch so genau maß, als wäre es pures Gold.

Carolina machte das flache, ärmliche Bett des Bruders auf der anderen Seite des Vorhangs und schlug diesen ganz über das Seil, um das Zimmer zu lüften, wie sie zu sagen pflegte; dann machte sie sich daran, den Besen langsam durch die Schule zu schleifen, wobei sie jeden Stuhl, einen nach dem anderen, verrückte und sich auf den Besen stützte, wenn sie in dem aufgewirbelten Staub husten mußte.

Der Bruder kam zurück und hatte für zwei Groschen Milch im Glas und zwei Laibchen Brot in den Taschen seines Mantels. Sie schlugen den Rand des Deckchens zurück, um es nicht zu beschmutzen, setzten sich schweigend einander gegenüber zum Frühstück, schnitten sich dünne Scheibchen Brot und kauten langsam, als wären sie in Gedanken versunken. Nur jedesmal, wenn sie hustete, hob der Bruder den Kopf, um sie mit besorgter Miene anzusehen, dann senkte er die Augen wieder und blickte auf seinen Teller.

Schließlich ging er dann, das Spazierstöckchen unter dem Arm, das Hütchen über dem Ohr, den Schnurrbart frisch geschwärzt, aus dem Haus, er zog sich noch den Hemdkragen hoch, stülpte sich sorgfältig die nach Tinte stinkenden schwarzen Handschuhe über, wobei ihm seine Schwester auf Schritt und Tritt folgte und ihn unablässig mit matten Bürstenstrichen bearbeitete, mit einem beinahe mütterlichen Blick bewachte und ihm auf der Schwelle stehend das resignierte Lächeln einer alten Jungfer nachschickte, die glaubt, alle Frauen seien in ihren Bruder verliebt.

Als Mädchen ohne Mitgift und ohne Schönheit hatte auch sie einen farblosen Frühling erlebt, in dem sie zu jedem wichtigen Fest ihr altes Wollseidenkleid auffrischte und vor dem gesprungenen Spiegel phantastische Frisuren auftürmte. Oh, welch rosige Visionen flogen über das schäbige Kleidchen, während sie nächtelang daran herumschneiderte! Welch bitterer Gram peinigte sie vor jenem Spiegel, in dem jedesmal unerbittlich die fleischlosen Wangenknochen und die allzu lange Nase erschienen! Immer stellte sie sich mitten in der fröhlichen und koketten Schar der Mädchen die schmerzliche Erscheinung ihrer eigenen grotesken Gestalt vor und hielt sich abseits – aus Scham, sagte ein Teil der Mädchen – aus Hochmut, sagten die anderen. Denn auch sie galt als Literatin. In die graue Öde ihrer mit Anstand getragenen Armut brachte die Literatur Trost und Verheißung, eine Art erlesenen Luxus, der sie für die kaum verhohlene Verachtung ihrer Umwelt entschädigte. Eifersüchtig hütete sie die Verse ihres Bruders in schönen Abschriften voller Schnörkel und mit verzierten Anfangsbuchstaben; und nachdem er sich schließlich von der allgemeinen Gleichgültigkeit und von seiner eigenen Verdrossenheit über die bescheidene und mühselige Anwendung der Literatur, zu der ihn sein Brotberuf zwang, hatte unterkriegen lassen, war sie allein übriggeblieben als große Leserin von Romanen und Versen: abenteuerliche Ritterromane, komplizierte, außerordentliche Schicksalsläufe, heroische Liebesgeschichten, geheimnisvolle Verbrechen, vierhundert Seiten lange Briefwechsel, die ein einziges Wort ausfüllte, in den Mondschein geblökte Klagelieder, Schmerzen trauernder Seelen, die schon vor der Geburt über zukünftige Enttäuschungen weinten. Ihre ganze farblose Jugend war dahingegangen unter diesen glühenden Phantasien, die ihre schlaflosen Nächte mit federbuschgeschmückten Rittern, schwindsüchtigen blonden Dichtern und bizarren, unglaubhaften Ereignissen bevölkerten, von denen sie auch tagsüber weiterträumte, während sie die Schule ausfegte oder in dem dunklen kleinen Hinterhof, der als Küche diente, die kargen Mahlzeiten zubereitete. Und unter dem Einfluß all der mittelalterlichen Geschichten äußerte sich die Sorge über ihre äußere Reizlosigkeit und ihre Armut auf groteske Weise in künstlichen Löckchen auf der Stirn, in auf die Schultern herabhängenden Zöpfen, in mittelalterlich am Ellbogen gebauschten Ärmeln und gestärkten Halskrausen.

»Das soll wohl das neueste Modell sein?« hatte sie eines Tages die eleganteste und grausamste ihrer Gefährtinnen gefragt.

Er allein – vor langer, langer Zeit! jetzt war er Angestellter beim Städtischen Amtsgericht – wieviel Herzklopfen! wieviel Zärtlichkeit! wie viele Träume! Und jetzt nichts mehr, wenn sie ihm – längst schon Ehemann und Familienvater – zufällig begegnete. Damals war er ein hagerer Jüngling mit großen, nachdenklichen Augen, die von der Tür aus dem »Tanzgewirbel« zusahen, wie aus großer Höhe, aus hundert Meilen Entfernung. Die Mädchen hänselten auch ihn ein wenig, weil er nie tanzte; sie nannten ihn »den Dichter«. Aus der Ferne heftete er einen fatalen Blick auf jenes Mädchen, das allein und vergessen in einer Ecke saß, genau wie er. Eines Sonntags ließ er sich ihr vorstellen; er sagte ihr mit einem langen, verwickelten Satz, er habe nach der Ehre verlangt, ihre Bekanntschaft zu machen, denn »auf dem ganzen Fest« sei sie der einzige Mensch, mit dem man ein paar Worte wechseln könne: das fühle er, und es sei ihm auch gesagt worden, ja, er wisse, daß sie eine hervorragende Liebhaberin und Kennerin der schönen Literatur sei...

Das »Tanzgewirbel« drehte sich unablässig in einer

großen Staubwolke unter dem Petroleumlicht, und sie schienen meilenweit entfernt, genau wie in den Romanen, halb versteckt hinter dem gehäkelten Vorhang; er hielt seinen Hut an der Hüfte und spannte den Bogen seines Geistes bei jedem Wort, das aus seinem Munde kam; sie sonnte sich im Strahl der ersten Schmeicheleien, die ihr ein Mann sagte, eine ungewohnte Sanftheit lag in ihrem Blick hinter den Löckchen.

»Ist es ein Gedicht?«

»Nein, ein Roman.«

»Ein historischer?«

»Aber mein Fräulein! Für wen halten Sie mich? Sie kennen doch den Ausspruch: ›Wer wird uns endlich von den Griechen und Römern befreien...?‹«

»Dann in der Art Manzonis?«

»Nein, moderner; wollte sagen feiner; sicherlich nervöser... die ganze Nervosität des Jahrhunderts, in dem wir leben...«

»Und der Titel? Darf man den wenigstens wissen?«

»Sie schon! *Liebe und Tod!*«

»Schön, wunderschön! Haben Sie lange daran gearbeitet?«

»Vier Jahre werden es ungefähr sein.«

»Warum lassen Sie ihn nicht drucken?«

Der Jüngling hob mit einem verächtlichen Lächeln die Schultern.

»Schade!«

Ein Blitz trat in seine Augen ob der Antwort, die fertig und treffend in seinem Geist aufleuchtete, ein Blitz, der dem armen Mädchen etwas vorgaukelte.

»Mir genügt dieses Wort von Ihnen, sehen Sie!«

Carolina glühte vor Freude; sie senkte den Kopf, ihre Brust schien bersten zu wollen.

»Was sagen Sie?... Ich!... Was sagen Sie denn?«

Und er, dem ebenfalls unter seinem Überzieher bei den ersten Schmeicheleien, die ihm von einer Frau kamen, die Brust schwoll, ließ von der Höhe seines gestärkten Hemdkragens auf ihren gesenkten Kopf die vertrauliche Mitteilung fallen, der ersehnteste Triumph für einen Schriftsteller sei ein Wort... ein einziges Wort... des Lobes... der

Ermunterung... aus dem Mund eines einzigen Menschen...

»Pardon!« Er hielt plötzlich inne und rückte brüsk zurück.

»Habe ich Sie erwischt?« fragte in entschuldigendem Ton der Wirt, der mit einer Gießkanne herumging. »Es tut mir leid, wissen Sie... Aber man erstickt ja beinahe vor Staub. Finden Sie nicht?«

Der Dichter sprach weiter und sagte, es sei ein Glück, daß sie einander begegnet seien ... wo überall das Vulgäre so überhandnehme...

»Tanzen Sie nicht?« fragte er schließlich.

»Ich?«

»Seien Sie unbesorgt. Ich tanze auch nicht. Sie kennen doch den Ausspruch: ›Ich begreife nicht, warum man diese Arbeit nicht den Dienstboten überläßt!‹, und das stimmt. Versuchen Sie nur, sich die Ohren zuzuhalten, um zu sehen, wie grotesk das aussieht...«

»Das stimmt. Das stimmt wirklich.«

»Und wenn Sie erst hören würden, was man redet. Von der Hitze, dem Gedränge, der Beleuchtung... Wenn man davon spricht, wie die Leute aufgemacht sind, bedeutet es schon einen großen Fortschritt. Apropos, Sie sehen geradezu göttlich aus... Nein, nein, das müssen Sie mich sagen lassen, Sie sehen anders aus als die anderen; Sie haben Geschmack, sind einfallsreich...«

Er wölbte seine Augenbrauen und schoß den letzten Pfeil auf sie ab: »Natürlich kann der äußere Schein trügen; aber der Geschmack verrät den Menschen doch...«

Wie schön war der Walzer, der in dem Moment gespielt wurde! Die ganze Nacht war er in ihrem Herzen geblieben! Und dann sang sie ihn halblaut vor sich hin, die Augen mit wonnigen Tränen gefüllt, wenn sie in dem finsteren kleinen Hof nähte. Auf dem kleinen Brunnenpfeiler bewegten sich die Nelken, deren schwindsüchtige Stengel aus dem zersprungenen Topf heraushingen, leise im Sonnenlicht und schienen aufzuleben. Jetzt war sie im Frieden mit sich selbst, wenn sie in den Spiegel sah! Wie weich klang bisweilen ihre Stimme! Welche Süße lag in dem Mondstrahl, der hoch oben die Mauer gegenüber küßte, und im

Gold des Sonnenunterganges, das sich vom Schornstein auf dem Dach zurückzog und auf den Fensterscheiben gegenüber funkelte, hinter denen man manchmal ein blondes Kind stundenlang unbewegt auf einem Lehnstuhl sitzen sah! Leben, ja leben, auch in diesem traurigen kleinen Hinterhof, zwischen diesen vier Mauern, von denen eine vertraute, beinahe zärtliche Melancholie ausging, in ihren bescheidenen, lieb gewordenen Alltagsbeschäftigungen, zusammen mit der anderen, der phantastischen Welt, die die Bücher vor ihr auftaten, unter der Liebkosung jener brüderlichen, liebevollen und beschützenden Stimme; und auf dem Grunde des Herzens ein leuchtender Punkt, wie eine feine Faser, die bei der geringsten Berührung erbebte, eine große Freude, die geheim bleiben mußte und ihr in jedem Augenblick aus der Kehle sprang, ein Glaube, eine neue Zärtlichkeit für jedes bekannte Ding und jeden Menschen – und das Warten auf den Sonntag, auf die allwöchentliche Tanzerei in Staub und Petroleumgestank, wo sie den wiedersehen würde, der seit acht Tagen einen so großen Teil ihres Herzens und ihres Lebens einnahm!

Diesmal kam er ihr entgegen, sowie er sie sah, knüpfte mit einem Händedruck sogleich an ihre geistige Vertrautheit an und setzte sich neben sie hinter den gehäkelten Vorhang, die Rechte im Westenschlitz, redete immer von sich, von seinen Neigungen, von dem, was ihm gefiel, und dem wenigen, was er – aber dafür glühend – bewunderte, von seinem Ehrgeiz, der himmelhoch hinauswollte. Hin und wieder, wenn es ihm schien, als sinke dem Mädchen vor Müdigkeit der Kopf unter so viel unerbittlichem Ich, ließ er ein Kompliment losschnellen, wie ein Kutscher bergauf seine Peitsche knallen läßt. Das junge Mädchen jedoch senkte den Kopf vor Rührung, ihr Herz war offen für diese vertraulichen Reden, die gierig ihre Sympathie suchten. Auch er begann, von seinem eigenen Feuer mitgerissen und von seinen eigenen Sätzen erregt, vertrauensseliger zu werden und von seinen kleinen Kümmernissen zu sprechen: Sein Vater legte seinen Neigungen, den unverkennbaren Tendenzen seines Talents, Schwierigkeiten in den Weg... In den zwei Jahren auf der Universität hatte er nichts gelernt. Er hatte nur Verse geschrieben in den Hörsälen, wo Zivilrecht gelehrt wurde.

»Ein richtiger Vatermord«, bemerkte Carolina lächelnd.

Er küßte sie zum erstenmal mit einem Blick von unaussprechlicher Zärtlichkeit.

»Carolina, Carolina!« rief der Bruder. Und halblaut sagte er ihr ins Ohr: »Paß auf, alle schauen schon auf dich; du bist immer mit dem hier beisammen. Wer ist denn das?«

Da und dort hinter den Fächern und in den Grüppchen der jungen Mädchen blitzte nämlich schon kaum verhohlenes Lächeln auf. Carolina aber stellte ihn stolz ihrem Bruder vor: »Herr Angelo Monaco, erlauchter Dichter, der Verfasser von ›Liebe und Tod‹.«

»Ich weiß, daß auch der Herr ein hervorragender Kenner und Liebhaber der schönen Literatur ist!« sagte Monaco und hielt ihm königlich seine Hand hin.

Der Romancier hatte »um die Ehre ersucht«, im Haus des Lehrers aus dem Manuskript seines Romans vorlesen zu dürfen, »um ein erleuchtetes und ehrliches Urteil zu hören«. Eines Abends nach der Schule setzten sie ihn an das Tischchen mit der gestickten Decke zwischen zwei brennenden Kerzen wie einen Taschenspieler. Don Peppino stützte den Kopf in die Hände, ganz in den Plan versunken, ihm eine Lesung seiner eigenen Verse zu verpassen, die er bei dieser Gelegenheit eifersüchtig in seiner Brust aufleben fühlte; die Schwester war gerührt, schon allein von der Feierlichkeit der Vorbereitungen, die Tür war geschlossen, die Bänke der Kinder standen in Reih und Glied wie für eine zahlreiche unsichtbare Zuhörerschaft.

Das Manuskript war umfangreich, etwa ein halbes Ries Büttenpapier, es lag in einer Hülle aus feinstem Maroquinleder mit dem goldgeprägten Titel auf dem Rücken und wurde von dreifarbigen Bändern zusammengehalten. Der Verfasser las mit Anteilnahme, unterstrich jedes Wort mit einer Geste, mit der Stimme, mit Blicken, die im leichenblassen Antlitz Carolinas und im Gesicht ihres Bruders, das undurchdringlich hinter seinen Handflächen verborgen blieb, Bewunderung heischten; er wurde durch seine eigenen Sätze angetrieben wie ein Berberroß durch das Schnalzen der Blasen, die an seinen Schwanz gebunden sind; ohne einen Anflug von Müdigkeit, beinahe ohne umblättern zu müssen. In der Stille der Nacht flogen und flogen die Seiten und raschelten wie trockene Blätter im Herbst. Eines nach dem anderen waren alle Geräusche der Straße verstummt. Der Mond stand hoch oben vor dem Fenster.

An einer Stelle überrannte der Held die Anweisungen einer Schar livrierter Dienstboten, die im Vorraum aufgereiht waren, und ging hinein in den Alkoven seiner Schönen, die, eben vom Ball heimgekehrt, noch in einer Wolke aus Tüll und Spitzen schwebte, um dort den Tod zu trinken. Er brannte ihr Feuerworte ein, wollte ihr, der unerbittlichen Göttin, sein Blut, seine Sinne, seine unermeßliche Liebe als Opfer darbringen, dort zu den Füßen des Altars, auf jenem Perserteppich, vor jenem unbefleckten Bett. Und als er mit triumphierendem Blick den Punkt markierte, sah der Verfasser mit grausamer Freude, daß seine Zuhörerin die Hand vor den Augen hatte und still vor sich hin weinte.

Er ergriff diese Hand und hielt sie lange an seine Lippen, um seinen Triumph zu genießen.

»Vergeben Sie mir«, murmelte er dann.

Sie schüttelte sanft den Kopf und antwortete kaum hörbar: »Nein. Ich bin so glücklich.«

Der Mond küßte, still durch das Fenster scheinend, die Wand gegenüber. Da es plötzlich ruhig geworden war, erwachte der Lehrer.

Angelo Monaco verkehrte von da an im Haus des Lehrers, angezogen von der Sympathie, die man ihm dort entgegenbrachte, und geschmeichelt von der glühenden Bewunderung, der scheuen, tiefen Liebe, für die sich seine Eitelkeit dadurch erkenntlich zeigte, daß sie ab und zu eine Erwiderung desselben Gefühls vortäuschte. Carolina wartete, glücklich, ganz von neuem Leben erfüllt, während sie den gewohnten bescheidenen Beschäftigungen nachging;

plötzlich von Herzklopfen und unerklärlicher Süßigkeit übermannt wegen einer Nichtigkeit und Geschehnissen, die ihr früher überhaupt nichts bedeutet hatten; beglückt von seinem Blick, von seinem Lächeln, seinem Wort und seinem Händedruck; der Stunde entgegenbangend, zu der er zu kommen pflegte; von unaussprechlicher Zärtlichkeit gerührt beim Anblick des Mondstrahls auf dem kleinen Fenster, bei jedem Vollmond, beim Läuten der Aveglocke, beim Klang einer vorbeiziehenden Drehorgel, der Stimme ihres Bruders, der ihren Namen aussprach; verwirrt nur durch eine ungewohnte Befangenheit und eine neue Zärtlichkeit für ihn. Auch er erschien ihr verändert. Seit einiger Zeit behandelte er sie mit liebevoller, fast trauriger Zartheit, mit diskreter und mitleidiger Zurückhaltung. Eines Tages schließlich, als er, den schäbigen Hut schon auf dem Kopf und das Spazierstöckchen in der Hand, gerade dabei war, mit den Kindern wegzugehen, rief er sie beiseite, hinter den roten Vorhang: »... Weißt du, Carolina ... Er steht kurz vor der Hochzeit ... Nein! Hör doch! Nicht den Mut verlieren! ... Schau, ich hab' doch die Kinder hier ... Verzeih mir, wenn ich dir Kummer gemacht habe! ... Aber ich mußte es dir sagen ... Ich bin ja dein Bruder, dein Peppino! ...«

Schwankend ging sie in den Schulraum hinaus, es war ihr, als müßte sie ersticken, und einen Augenblick später stammelte sie: »Woher weißt du das? Wer hat es dir gesagt?«

»Masino, der Junge aus dem Café, der Sohn des Besitzers. Heute, als wir ihm zufällig begegnet sind und ich ihn grüßte, hat er zu mir gesagt, er würde seine Schwester heiraten.«

»Geh, geh«, sagte die Arme und schob ihn mit zitternden Händen weg. »Die Kinder warten.«

Und das war alles. Sie fügte kein Wort hinzu, beklagte sich nie. Als Angelo sie zum letztenmal sah, war sie so niedergeschlagen und in ihren Schmerz eingeschlossen, daß er den Grund erriet. An der Tür des kleinen Hinterhofs sagte er ihr Lebewohl, den Blick zu jenem Stückchen Himmel erhoben und eine wahre Träne im Auge, gerührt über seinen eigenen Ton. Am Tag darauf schrieb er ihr einen Brief, der in jeder Zeile vor Liebe und Verzweiflung bebte; es war der erste, in dem er von Liebe sprach, um ihr zu sagen, seine sei schicksalhaft, und er müsse sie auf dem Altar des kindlichen Gehorsams opfern. »Seien Sie glücklich! Seien Sie glücklich! In der Nähe oder in der Ferne, im Leben und im Tod!« Es war der einzige »Liebesbrief«, den sie je erhielt, und sie hütete ihn eifersüchtig samt den vertrockneten Blumen, die er ihr einst geschenkt, und den verblichenen Bändern, die sie am Tag ihrer ersten Begegnung getragen hatte.

Später hatte sie, müde geworden, ihre Jugendillusionen auf den Bruder übertragen; die Luftschlösser, in denen die glühenden Träume ihres klösterlich abgeschiedenen Lebens vergangen waren, errichtete sie nun aufs neue für ihn; dabei unterlag sie, freilich in anderer Form, wieder den heißen Halluzinationen, den Früchten der bizarren Lektüre, unter der hinter der Trennwand in der Schule ihre Jugend dahingeschwunden war, wie die Geranie schließlich einging, die zehn Jahre lang in dem engen sonnenlosen Hinterhof dahingesiecht war. Einmal hatte sie in dem Federkasten auf dem Schreibtisch eine Rose entdeckt, die sich entblätterte, ohne daß sie gewagt hätte, sie zu berühren, und es hatte ihr großen Kummer verursacht zu sehen, wie sich die Blütenblätter nach und nach im Staub verloren. Ein anderes Mal hatte ein parfümiertes Briefchen, das sie flüchtig auf dem Deckchen des Schreibtisches hatte liegen sehen und das gleich darauf auf mysteriöse Weise verschwunden war, einen Monat lang ihre Phantasie genährt und sie mit seinem feinen Geruch auch noch weiter beunruhigt, als es längst in der Schublade verschlossen lag, bis es ihr schließlich wieder unter die Augen kam, im Hinterhof unter dem weggeworfenen, unnützen Papier – dieselbe goldene Krone oben auf dem parfümierten Blatt, derselbe elegante Schriftzug, mit dem sich ein Junge für irgendeine Abwesenheit entschuldigen ließ.

Eines Tages schien schließlich der Roman Gestalt anzunehmen, als nämlich eine selbstbewußte Blondine eintraf, um mit einer herrschaftlichen Kutsche ein blondes Bübchen abzuholen; das Rauschen ihres Kleides, das Parfum ihres Taschentuchs, der harmonische Klang ihrer frischen, lachenden Stimme erfüllte die ganze Schule, als hätte ein Sonnenstrahl Lehrer und Schüler geblendet. Die arme alte Jungfer wartete noch mehrere Tage lang um dieselbe Stunde auf die schöne Verführerin, hinter dem Vorhang der Trennwand versteckt stand sie klopfenden Herzens und bis ins Innerste erschüttert, gleichsam vergewaltigt von einem zarten Geheimnis und einer seltsamen Verwirrung, in die sich eine neuartige Zärtlichkeit für ihren Bruder, ein vages Gefühl der Eifersucht, Freude und geheimer Stolz mischten.

Es herrschten diskrete Zurückhaltung, schamhaftes Schweigen, gegenseitige Verlegenheit wegen einer Andeutung, eines Wortes, einer fernen Anspielung, die in ihrer Unterhaltung vorkommen mochte, während sie bei Tisch saßen, der eine diesseits und die andere jenseits des Deckchens mit dem zurückgeschlagenen Rand, während sie tagtäglich die gleiche leere und bedeutungslose Unterhaltung führten und mit leiser Stimme die gleichen eintönigen Sätze wiederholten, in denen ihr farbloses, einförmiges Dasein zusammengefaßt erschien.

Er neigte errötend den Kopf, als wäre er auf frischer Tat ertappt; und er schwor, nein, gewiß nicht, wobei er mit den Schultern zuckte und innerlich jubelte, während auf seinen Lippen ein gefallsüchtiges Lächeln bebte. Manchmal legte er ihr in einem plötzlichen Anflug dankbarer Zärtlichkeit und mit demselben diskreten Lächeln die Rechte auf den Kopf, als wollte er sagen: »Hab keine Angst, du kleines Dummchen!«

Aber in der instinktiven Geradheit ihres Gewissens empfand die alte Jungfer einen Abscheu und eine schmerzliche Unruhe wegen der unsauberen und gefährlichen Seiten, die dieser heimliche Roman enthalten mußte. Da warf sie sich ihrem Beichtvater zu Füßen – sie hatte sich nämlich, als sie den größten Schmerz und Kummer ihrer Jugend erfahren und sich von jeglicher irdischen Freude abgewandt hatte, in einen religiösen Eifer geflüchtet – und bat um Verzeihung für die süße Schuld, die sie nicht begangen hatte, und büßte für die imaginäre Sünde unter ihrem Dach. Und aus der Glut dieses Eifers schöpfte sie auch den Mut, den Bruder mit verschleierten Anspielungen, diskreten Hinweisen und einem Schwall schüchterner und fast mütterlicher Zärtlichkeit zu ermahnen, er möge doch wieder auf den rechten Weg zurückkehren.

»Peppino«, sagte sie schließlich zu ihm, »du könntest mir eine große Freude machen. Du solltest dich entschließen, eine Frau zu nehmen.«

Er hob den Kopf, zunächst überrascht, dann von dem Ansinnen geschmeichelt, das ihn um zwanzig Jahre jünger machte, wobei er mit derselben naiven Begeisterung wie in seiner frühesten Jugend »Die Ehe ist das Grab der Liebe« einwarf, um sich noch einmal bitten zu lassen.

»Hör auf mich, Peppino!... Wenn es einmal zu spät ist, wirst du es bereuen!«

Er schüttelte hartnäckig den Kopf, innerlich geschmeichelt, zum erstenmal ablehnen zu können; ohne jedoch den schmerzlichen Ton zu bemerken, der in den Worten der armen alten Jungfer lag.

»Nein, ich lasse mich nicht ködern. Hab keine Angst. Ich liebe meine Freiheit zu sehr!«

Sie empfand ein seltsames Gefühl aus Sympathie, Erbarmen und Groll für das zerbrechliche, blasse Bübchen, das die blonde Dame abgeholt hatte und das, wie sie meinte, der unschuldige Komplize der heimlichen Liebschaft war. Hinter dem Vorhang versteckt, sah sie es aus der Ferne unverwandt an, als brächte es in seinen ruhigen kindlichen Zügen einen Abglanz der Verführungskünste seiner Mutter mit in die Schule; sie wurde unruhig, wenn der Schüler manchmal fehlte, und phantasierte sich aus den geringfügigsten Handlungen des ahnungslosen Knaben einen ganzen Roman zusammen, der sich bei ihm zu Hause abspielte. Sie rief ihn zu sich, wenn sie ihn allein erwischte, liebkoste ihn, fragte ihn aus und machte ihm manch belangloses Geschenk, gleichzeitig angezogen und abgestoßen von seiner kindlichen Anmut. Eines Tages sagte das Bübchen voll Freude zu ihr: »Nach den Ferien komme ich nicht mehr in die Schule.«

Und sie fragte ihn stammelnd, warum.

»Die Mama sagt, daß ich jetzt groß bin. Ich komme in ein Internat.«

So ging auch dieser Roman zu Ende. Sie empfand eine große Erleichterung darüber, aber gleichzeitig Zweifel und bitteren Gram, weil sie auch die letzten Illusionen zerfließen sah, die sie für ihren Bruder gehegt hatte.

Das Übel, das seit vielen Jahren an ihr zehrte, fesselte sie schließlich ans Bett. Ihr armer Bruder hatte keine ruhige Stunde mehr: Er war immer in Bewegung, auch in den kurzen Stunden, die ihm neben der Schule blieben, er fegte den Boden, zündete das Feuer an, machte die Betten, lief zum Arzt und zum Apotheker, mit ungefärbtem Schnurrbart, schmutzigen Schuhen und einem Gesicht, das immer mehr zusammenschrumpfte. Aus Mitleid kamen die Nachbarinnen und halfen, bald diese, bald jene: Donna Mena, die Witwe des Kurzwarenhändlers, goldbehangen, als ginge sie auf eine Hochzeit; und die kleine Agata aus der Schreinerei, mit flinker Hand und immer fröhlich, erfüllte das arme, traurige Haus mit ihrer lustigen Jugend; so daß der arme Junggeselle durch die vielen Röcke, die in seinem Haus herumschwirrten, ganz aus der Fassung geriet und trotz seines Elends und seiner Not sich von feinen Stichen im Blut und im Herzen, die ihm in den schwarzen Stunden wie Gewissensbisse brannten, zu einer Rückkehr zur Jugend verführen ließ.

»Besser, besser. Sie hat geschlafen.«

Als der arme Teufel auf der Schwelle diese gute Nachricht bekam, ergriff er ihre zitternde Hand und küßte sie.

»Ach, Donna Mena, was für ein Trost!«

Sie bedeutete ihm zu schweigen und führte ihn auf Zehenspitzen zu der Kranken, die mit sanften, gelösten Gesichtszügen, aber schon von den Schatten des Todes berührt, dalag und schlief. Und als ob die sanfte Ruhe dieser Kampfpause auf ihn übergegangen wäre, sank er erschöpft von der Beklemmung, die er mitsamt der Kinderschar vom einen Ende der Stadt ans andere geschleift hatte, auf den Stuhl hinter dem Vorhang, ohne Donna Menas Hand loszulassen, die sie langsam selbst freimachte. Das Zimmer war schon dunkel, und eine geheimnisvolle, traurige Traulichkeit lag in dem Raum.

Auf einmal erwachte die Schwester und rief ihn, denn sie erriet, daß er da war, und als er das Licht anmachte, stand er zum erstenmal verlegen vor ihr, an der Seite einer anderen Frau.

Die Krise war fürchterlich gewesen; der erste Kampf mit dem Tod, der schon seine Beute umklammerte. Die Kranke, die wieder zu sich gekommen war, sah die Lampe, die Wände, das Antlitz des Bruders mit erstaunten Blicken an, in ihren Augen dauerte die Vision dunkler Schrecken fort; sie liebkoste ihren Bruder mit ihrem Lächeln, mit dem Hauch ihrer Stimme, mit ihrer zitternden Hand unter einem erneuten Aufwallen unaussprechlicher Zärtlichkeit, die sich an ihn klammerte wie an das Leben.

Und als sie dann allein waren, sagte sie mit demselben eigentümlichen Ton und derselben eigentümlichen Stimme zu ihm: »Nicht diese da! ... Die nicht, Peppino!«

Als es auf den August zuging, schien es ihr allmählich ein wenig besser zu gehen. Die Sonne schien durch die Hoftür bis zu ihrem Bett, und abends kamen zur Gesellschaft alle Geräusche aus der Nachbarschaft zu ihr herein: das Geplauder der Nachbarinnen, das Kreischen aller Brunnenwinden in der Umgebung, das Lied der Saison, die Akkorde der Gitarre, mit denen sich der Friseur gegenüber die Zeit vertrieb. Das Mädchen aus der Schreinerei kam mit einer Blume im Haar und mit einem frohen Lächeln, das Jugend und Gesundheit verhieß.

»Nein, nicht, gehen Sie noch nicht weg! Sie sehen doch, wie gut es der Armen tut, wenn Sie nur hier sind.«

»Es wird spät, Herr Lehrer. Ich bin schon eine ganze Stunde hier.«

»Nein, es ist noch nicht spät. Bei Ihnen zu Hause weiß man doch, daß Sie hier sind. Sagen Sie lieber, daß Ihre Freundinnen vor der Tür auf Sie warten.«

»Nein, nein.«

»Oder der Schatz? Er kommt wohl um diese Zeit immer vorbei mit seiner Zigarre im Mund ...«

»Aber was sagen Sie da! ...«

»Aber doch, ein so schönes Mädchen wie Sie ... das ist

doch natürlich. Wer würde sich denn nicht verlieben, wenn er solche Augen sieht... und ein solches Lächeln... und so ein schelmisches Gesichtchen.«

»Aber was fällt Ihnen denn jetzt ein?«

Und eines Tages riskierte er es sogar in der Türöffnung, die ganz vom Mondlicht erleuchtet war, zu ihr zu sagen: »Ach, wenn ich nur derjenige wäre!«

»Sie, Herr Lehrer!... Was sagen Sie denn da!«

Die Rührung packte ihn an der Kehle, während sich das Mädchen aus Respekt vor ihm nicht traute, die Hand zurückzuziehen, die er ergriffen hatte. Und zusammenhanglose Sätze strömten von seinen Lippen. Von der Liebe, die alle gleich macht; von der Poesie, die der Duft der Seele ist; von den Schätzen der Liebe, die in den scheuen Seelen wie Kristalle wachsen; von der göttlichen Wollust, das Bild und das Antlitz der Geliebten zu einer bestimmten Stunde im Strahl des Mondes zu suchen. Das Mädchen sah ihn mit großen Augen beinahe verängstigt an, wie es ganz weiß im Mondlicht stand.

»Diese Stunde, die Sie mir gewährt haben, werde ich nie vergessen, Agata! Und auch diesen Namen nicht! Niemals! Getrennt, in der Ferne... aber wir werden uns erinnern... beide...«

»Lassen Sie mich gehen, lassen Sie mich gehen. Guten Abend.«

Die Kranke saß an viele Kissen gelehnt und plauderte leise mit ihrem Bruder, der noch mit dem Hut auf dem Kopf und seinem Stöckchen zwischen den Beinen neben dem Bett saß. Es war, als hätte sie ihm etwas Wichtiges zu sagen, darauf deuteten das plötzliche Schweigen hin, das ihr ab und zu die Kehle zuschnürte, ihre langen Blicke, die auf ihm lagen, das flüchtige Erröten, das über die Blässe ihres erschöpften Antlitzes flog. Zuletzt sagte sie mit gesenktem Kopf zu ihm: »Warum siehst du denn nicht zu, eine Frau zu nehmen!«

»Nein, nein!« erwiderte er und schüttelte den Kopf.

»Doch, jetzt, wo es noch Zeit ist. Du mußt zusehen, solange du noch jung bist... Später, wenn du einmal alt bist... und allein... was machst du dann?«

Der Bruder, der spürte, wie ihn die Tränen übermannten, schloß, um es kurz zu machen: »Darüber sprechen wir später einmal.«

Sie aber kam immer wieder auf das Thema zurück.

»Und wenn du eine hübsche junge Frau fändest, reich, gebildet und aus guter Familie, die zu dir passen würde...«

Und eines Abends, als es ihr schlechter ging, redete sie wieder davon, ruhelos schwatzend, wie es ihrem Zustand entsprach.

»Nein, laß es mich sagen, jetzt, wo ich ein wenig besser atmen kann. Ich kann es nicht zulassen, daß du dich aufopferst, um mir Gesellschaft zu leisten... deine ganze Jugend... Eine gute Mitgift wird dir nicht fehlen. Und wenn du die Schule aufgibst, um so besser. Wir werden alle zusammenleben; in einem einzigen Haushalt. Mir genügt ein kleines Zimmerchen; nur luftig muß es sein. Und auf den Garten soll es gehen. Mit der Straßenseite wüßte ich nichts anzufangen, jetzt nicht mehr... Den Himmel zu sehen, wenn ich im Bett liege, das habe ich mir immer gewünscht... und die grünen Bäume... als ob zum Beispiel dort, wo jetzt der Vorhang ist, ein Fenster wäre, auf die Felder hinaus...«

Man hörte den Regen im Hinterhof rauschen, einen Regen, der den Herbst ankündigte, und aus der Dachrinne in den Blechnapf prasseln, der draußen vergessen worden war. Eine Katze schrie in dem Unwetter mit menschlicher Stimme in alle Himmelsrichtungen. Der Lehrer, der seiner Schwester zugehört hatte, wie sie von Grün und Bäumen phantasierte, fragte sie liebevoll mit der immerwährenden Halluzination, die er in sich hatte: »Jetzt, wo der Herbst kommt, möchtest du gern aufs Land?«

»Und die Schule?« erwiderte sie mit einem schwermütigen Lächeln. »Wenn du dagegen zu einer Mitgift kommen könntest... mit ein paar Ländereien...«

»Diese Frauen! Wenn sie sich einmal etwas in den Kopf setzen!« sagte er mit einem spitzbübischen Lächeln.

Und es sah aus, als zauderte er vor einer Entscheidung.

Aber nachdem er es sich überlegt hatte, sagte er schließlich: »Ich verkaufe mich doch nicht, nein!«

Und knöpfte sich mit Würde seinen Mantel zu.

»Wenn ich eine Entscheidung treffen muß... Wenn überhaupt... Ach, es hat keinen Sinn!« sagte er abschließend. »Ich liebe meine Freiheit zu sehr.«

Sie beharrte darauf, diese Dinge müsse man in Angriff nehmen, solange man jung sei, sonst falle man schließlich der Dienstmagd in die Hände oder sonst einer intriganten Person. Und als sich der Bruder noch nicht geschlagen gab, entschlüpfte der alten Jungfer in einem Anfall von Eifersucht, indem sie auf die Nachbarinnen anspielte: »Siehst du denn nicht, daß sie sich schon bei dir zu Hause breit machen und allerhand mit dir vorhaben?«

Und die Arme starb mit dem Kummer auf dem Herzen, den Bruder dem Hinterhalt dieser intriganten Personen auszuliefern.

Da sie in dem finsteren Loch eine große Leere hinterlassen hatte, sowenig Platz sie zu ihren Lebzeiten auch eingenommen haben mochte, und der Bruder sich in den Stunden, die ihm die Schulkinder für sich ließen, einsam, trostlos und verlassen fühlte, fing er an, jeden Abend zum Schreiner zu gehen, angezogen von einer zärtlichen, melancholischen Dankbarkeit dem großen Mädchen gegenüber, das seiner lieben Toten mit solcher Nächstenliebe beigestanden hatte. Der Schreiner aber, der für derlei Dinge kein Verständnis hatte, gab ihm zu verstehen, daß man in der Werkstatt nicht wisse, was man mit einem Schullehrer anfangen solle, und er solle ihm daher den Gefallen tun, sich auf das Sägespäneholen am Vormittag zu beschränken, falls er welche brauche.

Auch Donna Mena, die sah, daß die Besuche des Lehrers unter dem Vorwand des Schülers Aloardino zu häufig wurden und daß er kein Ende fand, ihr für die Pflege seiner armen Schwester zu danken, um ihr die Hand zu drücken und die Augen zu verdrehen, sagte ihm nach einiger Zeit ins Gesicht: »Nun gut, Herr Lehrer, reden wir deutlich miteinander, denn in der Nachbarschaft beginnt man schon über uns zu munkeln.«

Der Arme war überrumpelt und geriet durcheinander. Aber schließlich nahm er all seinen Mut zusammen: »Nun gut, Donna Mena! Auch meine arme Schwester hatte das vorausgesehen. Ich habe mich nie zu diesem Schritt entscheiden können, weil ich meine Freiheit zu sehr liebte... Aber jetzt, wo ich Sie näher kennengelernt habe... wenn Sie wollen...«

»Aha, Sie haben nicht schlecht gerechnet, mein Lieber, falls Sie es müde sind, mit den Kindern umherzuziehen! Aber mein Hab und Gut, das haben wir uns erarbeitet, ich und mein Seliger... und nicht, damit dann jemand auf unsere Kosten lebt.«

Jeden Tag, morgens und abends, kam immer wieder der Schullehrer vorbei, ein widerspenstiges Kind an der Hand, die anderen in einem ungeordneten Haufen hinterher, den verschossenen Hut über dem Ohr, die Schuhe stets glänzend gewichst, das Bärtchen kohlschwarz, mit dem vertrottelten Gesicht eines Menschen, der alt geworden ist, während er den anderen das b-a-ba beibrachte, und immer noch reckte er die Nase in die Luft auf der Suche nach einem Schatz.

Wenn er nach Hause kam, schloß er die Tür ab, um die Schule auszufegen, sein Bett zu machen und all die anderen kleinen Arbeiten zu erledigen, bei denen ihm nun niemand mehr zur Hand ging. In aller Frühe, wenn es noch dunkel war, zündete er das Feuer an, wichste seine Schuhe, bürstete seinen Anzug, immer denselben, und trank seinen Kaffee, im Hinterhof auf dem Brunnenrand sitzend, ganz allein und schwermütig, den Kragen seines Militärmantels bis zu den Ohren hochgeschlagen. Und jetzt, da die arme Tote sie nicht mehr brauchte, sparte er sich auch die zwei Groschen für die Milch.

Ein Prozess

Vor dem Schwurgericht wurde ein Kapitalverbrechen verhandelt. Eine Verladearbeiter hatte aus Eifersucht seinen Rivalen umgebracht, einen rechtschaffenen jungen Mann und Familienvater. Die aufgebrachte Menge war nahe daran, kurzen Prozeß zu machen mit dem Mörder, als dieser, bleich, die Kleidung durch das Handgemenge zerrissen, von den Carabinieri ins Gefängnis geführt wurde. Die Witwe des Ermordeten war gekommen, wie Maria Magdalena, von Gott und den Menschen Gerechtigkeit zu verlangen, in Trauerkleidung, mit wirrem Haar, die Waisen an ihren Rock geklammert, während der Gerichtsdiener den Herren Geschworenen die Waffe zeigte, mit der der Mord begangen worden war: ein schäbiges kleines Taschenmesser, kaum größer als ein Federmesser, eines von denen, die man zum Schälen der Kaktusfeigen verwendet, noch schwarz von Blut bis zum Griff hinauf. Der Vorsitzende fragte: »Haben Sie Rosario Testa damit umgebracht?«

Sämtliche Augen wandten sich dem Käfig zu, in dem der Angeklagte eingesperrt war, ein langer, dürrer Alter mit aschfarbenem Gesicht, das Haar borstig und weiß über der runzligen Stirn. Er hörte die Anklage an, ohne ein Wort zu sagen, mit gekrümmtem Rücken, während seine Augen dem Gerichtsdiener folgten, der mit dem Messer in der Hand die Geschworenenbank abschritt. Er blinzelte nur, als wäre selbst noch das spärliche Licht, das die geschlossenen Fensterläden hindurchließen, zu grell für ihn.

Bei der Frage des Vorsitzenden stand er auf, steif und gerade, die baumelnde Mütze in den Händen, und antwortete: »Jawohl, damit.«

Ein Raunen ging durch den Gerichtssaal. Es war ein heißer Julitag, und die Herren Geschworenen, ermattet von der drückenden Hitze und vom einschläfernden Gemurmel der Rechtsformeln, fächelten sich mit der Zeitung Luft zu. Im Saal waren nur wenige Zuhörer, Freunde und Verwandte des Ermordeten, die aus Neugier gekommen waren. Die verstörte Witwe hielt sich ein schwarzumsäumtes Taschentuch vor das Gesicht und machte immer wieder eine mechanische Bewegung mit ihren weißen Händen, als wollte sie ihre dichten, locker gewordenen Zöpfe ordnen, und wenn sie die runden Arme in die Höhe hob, hob sich auch ihr mütterlicher Busen, der Stolz ihrer schönen, verwitweten Jugend. Ihre ausgetrockneten Augen waren dürstend auf den Mörder gerichtet.

Dieser wußte nichts anderes als »jawohl« auf sämtliche Fragen des Vorsitzenden zu antworten, die ihm den Strick immer enger um den Hals zogen, während er unruhig, mit dem Ausdruck eines mißtrauischen Tieres, die Mißfallenskundgebungen der Geschworenen verfolgte, die nicht vertraut waren mit der strengen Unerschütterlichkeit der Toga. Es begann der Aufmarsch der Zeugen, Belastungszeugen alle miteinander. Die Freunde des Toten, ein guter Kerl, unfähig, einer Fliege etwas zuleide zu tun, die Witwe weinte. Die Nachbarn, die ihn hatten taumeln sehen, wie im Weinrausch, ihn hatten fallen sehen, ein gestammeltes »Mamma mia!« auf den Lippen. Andere, die »Haltet den Mörder!« geschrien hatten. Der Beherzte, der den Mörder im raschen, heftigen Kampf ums Entrinnen an der Brust gepackt hatte, bevor die Polizisten gekommen waren.

»Gerechtigkeit! Gerechtigkeit!« rief die Witwe aus der Menge, mit der Stimme des Blutes, die Blut verlangte, begleitet vom Geplärre der Kinder, denen die Feierlichkeit ans Herz gegriffen hatte.

Schließlich wurde eine unheilverkündende Zeugin hereingeführt, die Geliebte, die jene zwei Männer sich mit dem Messer streitig gemacht hatten: ein namenloses, altersloses, beinahe geschlechtsloses Wesen, groß, schwarz, mager, verzehrt von Not und Laster, das nur noch in den brennenden Augen lebendig geblieben war. Ihr bloßer Anblick erregte Abscheu. Aus eben diesem Grund hatte der Staatsanwalt sie vorgeladen.

Gelassen stellte sie sich vor das Kruzifix, vor das Gesetz, vor all diese finsteren Gesichter, mit der Sicherheit derer, die die Schergen und Zöllner in Hemdsärmeln gesehen hat, sprach, die unreine und schmutzige Hand zum elfenbeinernen Kruzifix emporhebend, wie eine Jungfrau vor dem Altar, die Eidesformel und küßte den schmierigen Anhänger, den sie aus dem hängenden Busen hervorzog.

»Wie heißen Sie?«

»Die Malerba.«

Und da die Zuhörer, in Erwartung tragischer Enthüllungen, zu lachen begonnen hatten, setzte sie wie zur Bekräftigung hinzu: »Und ihn hat man Malannata genannt.«

Und wies mit dem Finger auf den Angeklagten.

»Wer ist Ihre Mutter?«

»Niemand.«

»Wie alt sind Sie?«

»Weiß ich nicht.«

»Was ist Ihr Beruf?«

Sie schien nach dem passenden Wort zu suchen.

»Liebesdienerin«, sagte sie schließlich.

Wieder brach Gelächter im Gerichtssaal aus. Der Vorsitzende gebot heftig läutend Ruhe.

»Ja, Liebesdienerin«, wiederholte sie, um sich deutlicher zu erklären. »Mal mit dem einen, mal mit dem anderen.«

»Schon gut, wir haben verstanden«, fiel ihr der Vorsitzende ins Wort. »Kennen Sie den Angeklagten schon lange?«

»Jawohl. Das hier hab' ich von ihm, das war vor drei Jahren.«

Und sie wies stolz auf eine Narbe, die ihr vom linken Ohr bis zur Oberlippe die Wange zerschnitt.

»Und Sie haben nicht Klage deswegen erhoben?«

»Nein. Das hieß ja, daß er mich gern hatte.«

»Waren Sie beim Mord an Rosario Testa dabei?«

»Jawohl. Es war am Hafen, an Allerheiligen.«

»Und kennen Sie den Grund?«

»Der Grund war, daß Malannata eifersüchtig war...«

»Eifersüchtig auf Testa?«

»Jawohl.«

»Und mit Recht?«

»Jawohl.«

Hierauf barg die Witwe ihr Gesicht in den Händen.

»Wie ist es möglich, daß Rosario Testa, ein junger Mann, der mit einer schönen Frau verheiratet war, ihm Grund zur Eifersucht gab... wegen Ihnen?«

»So wahr es einen Gott gibt, das ist die Wahrheit«, erwiderte die Malerba.

»Gut, erzählen Sie weiter.«

»Ich hab' den Armen... den Toten hab' ich kennengelernt vor dem anderen, lange Zeit vorher, noch bevor er geheiratet hat. Damals haben sie mich die Schwarze der Kanäle genannt, Rosario Testa hat als Obsthändler gearbeitet, auf dem Marktplatz. Er war ein Schürzenjäger, Gott hab ihn selig. Die Wäscherinnen an den Kanälen, die Dienstmädchen, die zum Einkaufen kamen, alle hat er sie gekriegt mit seiner galanten Art, Geschenke zu machen. Aber für mich hat er eine besondere Schwäche gehabt, und einmal haben sie ihm beim Fest in Ognina fast den Schädel eingeschlagen wegen eines betrunkenen Matrosen, der was von mir wollte. Dann hab' ich erfahren, daß er geheiratet und ein neues Leben angefangen hat. Er war jetzt in San Placido mit seinem Marktstand. Kein Abschied, kein nichts. Ich hab' mich mit Malannata zusammengetan, ja, das war zur Zeit der Cholera. Auch er war ein guter Mann, herzensgut war er, das Wenige, das er verdient hat, hat er sich auch noch vom Munde abgespart, um es mir zu geben. Aber eifersüchtig wie der Großsultan. ›Wo bist du gewesen? Was hast du gemacht?‹ Und dann hat er sich immer mit einem Stein auf den Kopf gehauen, weil er bereut hat, daß er mich geschlagen hat. In dem Jahr der Cholera, als alle weggegangen sind und man wirklich vor Hunger gestorben ist, da wollte er sogar Totengräber werden, damit ich nicht auf die Straße mußte, bei der Gottesstrafe, die über uns gekommen war. Er wollte lieber vor Hunger sterben als sich von mir ernähren lassen. Ja, ich sag's Ihnen geradeheraus, jetzt, wo Sie ihn verurteilen müssen, denn das ist die Wahrheit vor Gott. Der Arme, er hat immer zu mir gesagt: ›Nein, ich will's nicht. Ich muß dran denken, wie du's verdienst, dieses Brot, und dann kann ich's nicht mehr runterkriegen.‹ Aber was konnte ich denn tun? Er wußte ja, was ich war. ›Es macht nichts‹, hat er immer wieder gesagt, ›ich will wenigstens nicht dran denken‹.

Aber er hatte auch so seine Launen, wie eine Frau, und gewisse Männer wollte er nicht in meiner Nähe sehen. Dann hat er sich wie ein Verrückter aufgeführt, er hat sich die Haare ausgerissen und die Fingernägel abgenagt, weil er nicht mehr jung gewesen ist. Wenn er mich zusammen mit dem Zöllner vom Pier gesehen hat, der ein schöner Mann war mit seiner glänzenden Uniform, dann hat er zu mir gesagt: ›Siehst du die abgeschliffene Kupfermünze hier, die ich immer in der Tasche hab'? Damit werd' ich dir das Gesicht zerschneiden, und danach bring' ich mich um.‹ Und er hat's wirklich getan. Ich hab' zu ihm gesagt: ›Wozu soll das gut sein? Jetzt, wo du mir eine Narbe verpaßt hast, wird mich keiner mehr wollen, und du wirst nicht mehr eifersüchtig sein.‹«

Sie hielt inne, mit einem schrecklichen, triumphierenden Lächeln, und ließ ihren Blick unverfroren vom Vorsitzenden über die Geschworenen zu den weißgegürteten Carabinieri wandern, während sie mit einer vagen Gebärde das alte Schultertuch über der Brust zusammenzog.

»Aber es war nicht so, Herr Vorsitzender. Sie wollten mich immer noch, zum Glück. Die Männer sind halt wie die Kater...«

»Auch Rosario Testa?«

Sie nickte mit dem Kopf, zwei-, dreimal, immer noch mit demselben Lächeln.

»Jawohl, der auch.«

Jetzt blickte die Witwe mit brennenden, wilden Augen auf sie, die Lippen so bleich wie die Wangen.

»Ich hab' Ihnen ja gesagt, daß er ein Wüstling war, Gott hat ihn selig. Aber mir ist auch ganz schwach geworden, als ich ihn wiedergesehen hab', als hätte er mir was zu trinken gegeben. Ich hab' nein gesagt, weil Malannata in der Nähe war, Schwefel abladen im Lager hinter dem Park, und er hat mir ja auch dauernd gesagt: ›Paß ja auf, wenn du wieder mit Rosario gehst, dann bring' ich euch beide um.‹ Aber alte Liebe rostet nicht, Euer Gnaden!«

»Genug. Erzählen Sie, wie es zu dem Mord kam.«

»So, wie ich's Ihnen sagen werde, Herr Vorsitzender, mit dem Kaktusfeigenmesser, mit dem da.«

»War Testa bewaffnet?«

»Der? Armer Junge! Er hat mich zu Kaktusfeigen eingeladen, galant, wie er eben war, am Stand von Pocaroba, der die aus Paternò hat, bis Weihnachten. Pocaroba hat noch gesagt: ›Paßt auf, Malannata ist mißtrauisch. Ich hab' gesehen, daß er dauernd an die Tür des Lagers kommt und ein Auge auf Gevatter Rosario hat.‹ Und Testa: ›Laß ihn doch gucken, Gevatter Pocaroba, ich pfeif' auf ihn und seinen Heiligen.‹ Ich hab' die Kaktusfeigen liegen lassen und hab' versucht, den anderen mit mir wegzuziehen. Aber da kam dieser Mensch vom Eisenbahnviadukt her gerannt, ganz weiß von Schwefel und mit Augen wie einer, der getrunken hat, und mit zwei Sätzen ist er bei uns gewesen. Er hat das Messer vom Stand mit den Kaktusfeigen genommen, ohne auch nur Jesus und Maria zu sagen ...«

»Angeklagter, haben Sie etwas hinzuzufügen?«

»Nichts, Herr Vorsitzender. Das ist die hochheilige Wahrheit.«

Daraufhin erhob sich der Staatsanwalt, feierlich in seiner Toga, trotz der mondänen Note, die ihm der hohe gestärkte Kragen verlieh, der aus dem Schwarz der Toga herausragte. Er schmetterte den Angeklagten mit seiner unerbittlichen Anklagerede nieder und zeichnete ein Bild des abscheulichen Lasters, das die Geschworenen erschauern ließ, ein Laster, das im Schmutz der untersten Schichten der Gesellschaft gedeihe, wo es die grausige Blüte des Verbrechens hervortreibe, ein Laster, das nicht einmal das Fieber der Jugend, der Leidenschaft oder der Ehre kenne, nicht einmal die Entschuldigung der Versuchung oder der Eifersucht für sich geltend machen könne. Ein Laster, das von der Schande lebe und durch das Verbrechen dagegen zu rebellieren wage. Und dabei richtete er drohend den Zeigefinger mit dem rosig glänzenden Fingernagel auf das graue, gebeugte Haupt.

Die Damen im Gerichtssaal, die ihre reservierten Plätze seiner Galanterie zu danken hatten, stärkten ihre Entrüstung am belebenden Duft der Riechsalzfläschchen, betäubt von der Schwüle, und lebhaft flatterten die breiten Fächer, gewaltigen Schmetterlingen gleich, um den schmutzigen Geruch der Schuld zu vertreiben. Der Staatsanwalt nahm gelassen wieder seinen Platz ein, mit einem unmerklichen Lächeln dem diskreten Applaus der sich neigenden Fächer dankend, und hielt sich das Batisttaschentuch vor das Gesicht. Nur dem Angeklagten war nicht heiß, wie er auf seiner Bank saß, mit gekrümmtem Rücken, das erdfarbene Gesicht all den Schandtaten preisgegeben, deren man ihn bezichtigte.

Jetzt ergriff der Verteidiger das Wort. Er war ein vielversprechender junger Mann; der Vorsitzende hatte ihn von Amts wegen für diese unentgeltliche Verteidigung bestellt. Kostenlos zog er alle Register seiner brillanten Redegabe. Er analysierte die psychische und moralische Verfassung der Akteure des schaurigen Dramas; er breitete die neuesten Theorien über das Maß der menschlichen Verantwortung aus; er erging sich in subtilen Argumentationen über den Tathergang, um die nötigen Schlußfolgerungen daraus zu ziehen und den Nachweis der schweren Provokation und der Beleidigung zu erbringen. Hier war genau der rechte Moment für eine höchst bewegende Schilderung jener krankhaften Alterseifersucht, die alle Qualen, allen rasenden Zorn der Demütigung und des Verlassenseins kenne. Ja, ihm sei es wohl bewußt, keiner der ehrbaren Männer hier, die in der Verehrung der Familie lebten, von den Genüssen des Wohlstands verfeinert, würde in die Abgründe jener finsteren Herzen, jener niederen Existenzen hinabsteigen können, um dem Beweggrund gewisser verbrecherischer Wahnsinnstaten auf die Spur zu kommen. Nur das feinere, das phantasiereichere Gefühl der eleganten Damen würde vielleicht den dünnen Faden aufspüren können, der bei diesen rohen Gemütern die monströsesten Taten mit dem erhabensten Gefühl verbinde. Er folgte jener verhängnisvollen Verkettung, die da zwischen allen menschlichen Taten und Gefühlen bestehe, in einer derart scharfsinnigen Analyse, daß diese Schuldverwirrung mehr als einem ehrbaren Familienvater auf die Verdauung schlug, während er hier zu Gericht saß und an die Ernte seines Landguts oder an die Kühle der Terrasse dachte, wo ihn die liebe Familie erwartete. Es fehlte nicht viel, und man hätte der Rede des Anwalts applaudiert.

Der Vorsitzende selbst bedachte ihn mit einem versteckten Kompliment.

»Angeklagter, haben Sie nichts zu Ihrer Entlastung zu sagen?« schloß der Richter.

Der Angeklagte erhob sich erneut, die Arme hingen ihm an der klapperdürren Gestalt herab, und er machte eine unbestimmte Geste mit dem Zeigefinger, wie jemand, der überzeugt ist von dem, was er sagt.

»Herr Vorsitzender, ich hab' den Rosario Testa umgebracht, auch ich muß sterben, wie es im Gesetz geschrieben steht, und das ist gut so. Die Malerba, die Arme, sie ist nun mal so, wie sie ist, und auch das ist gut so. Aber als man sie auf der Bank am Pier gelassen hat, wie einen alten Schuh, da war ich es, der ihr ein freundliches Wort gesagt hat, und ich war es auch, dem sie ein freundliches Wort gesagt hat, wenn ihr das Herz schwer gewesen ist. Die anderen, das war nicht so schlimm, heute der, morgen der, sie haben ihr Geld hingeworfen und böse Worte, und sie hat nicht mehr dran gedacht. Aber Testa, bei dem nicht! Wenn sie bei dem gewesen war, dann ist sie ganz durcheinander nach Hause gekommen, mit Augen wie mit Festbeleuchtung drin. Ich hab' ihm noch gesagt, dem Testa: ›Was liegt dir denn schon an ihr. Du hast Frau und Kinder, aber ich, ich hab' nur die da, Testa!«

Dann setzte er sich wieder hin, noch immer mit dem Kopf nickend, während der Gerichtshof sich zur Beratung zurückzog. Und verharrte reglos im Halbdunkel, in Erwartung seines Schicksals. Es war Abend geworden. Die Reihen der Zuhörer hatten sich gelichtet, und im Saal wurden die Gaslampen angezündet. Schließlich läutete erneut eine Glocke, und erneut erschienen dieselben schwarzen Togen, dieselben bleichen und müden Gesichter, die auf den Angeklagten schauten. Er begriff nichts von den Sätzen, die in das Halbdunkel des Gerichtssaals gemurmelt wurden. Er verstand nur den Vorsitzenden, der das Urteil verkündete: »Lebenslänglich!«

Und er stand ein letztes Mal auf, wobei er sich schwankend auf den Beinen hielt und noch immer mit dem Zeigefinger jene vage Geste andeutete, aus der seine ganze Beredsamkeit bestand, und stammelte: »Ich hab's ihm gesagt, Herr Vorsitzender.«

Die Choleraleute

Die Cholera mähte in der ganzen Gegend, in Regalbuto, in Leonforte, in San Filippo, in Centuripe, die armen Leute nieder; und auch ein paar reiche: Der Pfarrer von Canzirrò, der bei den ersten Fällen Reißaus genommen hatte und nur noch ins Dorf kam, um am hellichten Tag die Messe zu lesen, hatte sie mit der geweihten Hostie geschluckt; Don Pepé, dem Viehhändler, wurde sie mit einer Prise Tabak verabreicht, von einem auswärtigen Makler beim Jahrmarkt in Muglia, um das Geschäft zu besiegeln, wie er sagte. Da standen einem die Haare zu Berge! Sogar der Brunnen von Quattro Vie war vergiftet; Mensch und Vieh holten sich dort den Tod! In Rosegabella, ganze zwanzig Häuser, war eines schönen Tages ein Händler aufgetaucht, einer von denen, die mit ihrem Zeug auf dem Rücken von Ort zu Ort ziehen, und es starben alle, die sich vor die Tür gewagt hatten, um zu schauen, selbst die Hühner. Daher blieb jeder für sich, mit der Flinte in der Hand, zusammengeduckt hinter seiner Tür, neben seiner Hecke, bäuchlings im Wassergraben, auf den Gutshöfen, in den Bauernhäusern, überall. Die Leute von San Martino hatten sich sogar bewaffnet, Männer wie Frauen. Sie wollten lieber durch einen Flintenschuß sterben oder irgendeinen anderen Tod, den Gott ihnen sandte. Aber an der Cholera nicht, nein, daran nicht!

Trotz alledem, das unchristliche Übel rückte jeden Tag näher, einem vernunftbegabten Wesen gleich, das die Etappen seiner Reise zurücklegt, ohne sich um Gendarmen und Flintenschüsse zu kümmern. Heute brach es in Catenavecchia aus, am nächsten Tag hörte man, daß es schon in der Broma sei, nur fünf Meilen von San Martino entfernt. Eine arme schwangere Frau im sechsten Monat hatte einer Alten geholfen, der gerade vor ihrer Tür der Esel gestürzt war und die sich weinend stellte und verzweifelt gebärdete; fast gleich darauf hatte die junge Frau die Wehen bekommen und war mitsamt ihrem Kind gestorben: Das unschuldige Blut schrie nach Rache vor Gott!

Wer in jener Gegend den Mut hatte, sich abends auf die Anhöhe hinaufzuwagen, sah hinter dem Abhang, der das Dörfchen versteckt, Feuerwerkskörper und Raketen, die aussahen, als gehörten sie zum Fest des heiligen Schutzpatrons, und alle kopfüber nach San Martino hinunter stürzten; und am nächsten Tag fand man Fettflecken auf der Erde und an den Mauern; da und dort flüsterte man von seltsamen Geräuschen, die nachts zu hören waren: Katzen miauten wie im Januar; Dachziegel wurden locker, als wehte der Maestrale; manche Leute hatten es sogar nach Mitternacht an ihre Türen klopfen hören, und durch die entlegensten Gassen fuhren wie asthmatische Maschinen Fuhrwerke, die sich pfeifend und schnaubend von Tür zu Tür schleppten, der Herr bewahre und befreie uns von alledem!

Am Freitag, gegen Mittag, war Agostino, der Briefträger, mit leerer Tasche und ganz erschöpft von der Poststelle zurückgekehrt. Als seine Frau, die Arme, ihm ins Gesicht sah, raufte sie sich das Haar: »Was hast du denn getan, du Verbrecher! Woher hast du auf einmal das ganze Übel bekommen?« Er wußte es nicht zu sagen. Als er unten bei der Brücke angekommen war, hatte er sich mit einem Schlag erschöpft gefühlt und sich einen Augenblick auf das Geländer gesetzt. Vor ihm hatte ein Wanderbursche dort gesessen, der sich mit einem nachtblauen Tuch den Schweiß abgetrocknet hatte. Don Domenico, der Pächter, hatte es immer und immer wieder gepredigt, man solle sich vor allem vor den neuen Gesichtern in acht nehmen, die auf den Straßen herumschlichen und selbst in den Kirchen waren! (Im Haus des Herrn, hättet ihr das erwartet?) Sie zogen ihr Taschentuch heraus, als wollten sie sich die Nase putzen, ließen unsichtbare Pülverchen fallen, und wer dann mit dem Fuß darauf trat: um den Unglücklichen war es geschehen!

Wer etwas zum Wegtragen besaß und irgendwo in einer Höhle, zwischen den Feigenkakteen, in einem Schuppen im Weinberg ein Loch hatte, in das er sich verkriechen konnte, war noch am selben Tag aus dem Dorf geflohen.

Vorneweg der Esel mit dem bißchen Getreide und Bohnen, dem Hühnerkorb, hinterdrein das Schwein und dann die ganze Familie mit ihren Habseligkeiten beladen. Die zurückgeblieben waren, es waren die Ärmsten, hatten anfangs aufbegehrt und gedroht, sie würden die verschlossenen Türen aufbrechen und die Häuser der Flüchtigen anzünden; dann hatten sie eilends alle Dorfheiligen aus dem Speicher geholt, wie wenn man auf Regen wartete oder auf schönes Wetter: die Schmerzensreiche mit ihren sieben Dolchen aus Zinn, den heiligen Gregor in seinem goldenen Schaum und den wundertätigen heiligen Rochus, der mit dem Finger auf das Pestzeichen auf seinem Knie zeigte. Als diese Statuen zur Stunde des Segens alle in der Dämmerung auf dem finsteren Altar standen, sträubte sich den hartgesottensten Sündern das Haar. Da konnte man Dinge sehen, die selbst die Steine vor Rührung erweicht hätten: Vito Sgarra trennte sich von der Tauben, mit der er seit zehn Jahren im Stand der Todsünde zusammenlebte; Pater Giuseppe Maria erließ den Mietern, die ihn wirklich nicht bezahlen konnten, ihre Schulden; Angelo, der Dudelsackpfeifer, ging zur Messe und zur Kommunion wie ein Heiliger, ohne daß ihn die Büttel belästigten, und nachts schlief er ruhig in seinem Bett, über dem Kopfende die nagelgespickte blutige Geißel neben der geladenen Flinte, mit der er so viel Unheil angerichtet hatte. Geheimnisse der Gnade, wie der Prediger sagte. Die ganze Nacht sah man am Ende des Platzes das erleuchtete Kirchenfenster, das über das Dorf wachte; und von Zeit zu Zeit hörte man die Glocke schlagen, der in der Ferne ein Flintenschuß antwortete, dann wieder einer und wieder einer, ein endloses Schießen, wahnsinnig vor Angst, in allen Gehöften, Hütten und Landgütern im ganzen umliegenden Land, wo die Hunde heulten, bis zum Morgengrauen.

Am Sonntagmorgen – es war noch kaum hell geworden – war auf der Jahrmarktswiese, dicht vor dem Dorf, etwas Neues zu sehen. Es sah aus wie ein Holzhaus auf vier Rädern, auf das ein paar häßliche Figuren gemalt waren, und in der Nähe war ein Mann, der auf allen Vieren wilde Kräuter pflückte. Die Hunde hatten die ganze Nacht angeschlagen; und der Hund des Hufschmieds, der in der Nähe dort wohnte, war überhaupt nicht zur Ruhe gekommen, fast, als wäre er ein vernünftiges Wesen.

»Schaut nur, das arme Tier! Es fehlen ihm nur die Worte!« Der Hufschmied erzählte immer wieder dasselbe, während sich vor seiner Werkstatt die Leute ansammelten. Die Leute sahen den Hund an, sahen die Baracke an und schüttelten den Kopf.

Gegenüber auf den Stufen zum Kreuz am Ende der Straße standen andere beisammen und sprachen finsteren Gesichtes halblaut miteinander. Oben auf der Friedhofsmauer erschien die Flinte von Scaricalasino, einem Tunichtgut, der in der Sonne stehend mit großen schwarzen Gesten in die Ferne wies, in Richtung der Broma und dann in Richtung Catenanuova, wo er drei oder vier Spießgesellen hatte. Vom Balkon der Signora Giovanna am Ende des Platzes rief der Ehemann ebenfalls Leute herbei, indem er mit seinen Armen in der Luft herumfuchtelte. »Der dort, der dort!« schrie es von einer Gruppe zur anderen. Und der Alte hatte sich auf allen Vieren schnell verkrochen. Am Fenster des Wagens war eine ausgemergelte Frauengestalt mit wirrem Haar aufgetaucht und wieder verschwunden; dann hatte man Kindergeschrei und unterdrücktes Weinen gehört. Von der Hauptstraße kamen der Apotheker, der Bürgermeister und die Gendarmen mit der Lilie auf der Mütze und mit dicken Prügeln in der Hand. Hinter ihnen wie ein Gießbach die murmelnde Menge; finster blikkende Männer, Frauen mit Säuglingen an der Brust. In der Ferne, von San Rocco her, läutete unentwegt immer noch die Kirchenglocke. Don Ramondo sagte, sich mit den Händen und mit der Stimme verständlich machend, zu der Menge: »Macht Platz, macht Platz, Leute! Laßt mich sehen, worum es geht.« Dann drückten sie sich beide in den Wagen, er und der Bürgermeister; den Aufgebrachtesten schlugen die Gendarmen die Tür vor der Nase zu. Es gab ein kleines Handgemenge, ein wenig Geschrei, ein paar Fausthiebe ins Gesicht. Schließlich erschienen der Apotheker und der Bürgermeister wieder, und beide gaben lauthals zu verstehen, es sei nichts, der Bürgermeister schwenkte dazu ein weißes Blatt Papier in der Luft, und

Don Ramondo schrie sich heiser mit den Worten: »Nichts! Nichts! Es sind arme Komödianten, die durch das Land fahren, um ihr Brot zu verdienen. Arme Teufel, Hungerleider!«

Trotzdem folgte ihnen die Menge murmelnd und sich wie eine Woge aufbäumend. Auf dem Dorfplatz hielt dann der Bürgermeister ebenfalls seine kleine Rede: »Ist doch alles in Ordnung. Bleibt ruhig! Bin ich euer Bürgermeister oder nicht?« Dann schlüpfte er mit Don Ramondo in die Apotheke. Die Menge begann sich zu zerstreuen. Einige gingen nach Hause, um die Nachricht weiterzugeben; andere gingen in die Kirche, da der Küster sich immer noch die Arme ausrenkte, um zur Messe zu läuten. Ein paar, die Hartnäckigsten, kehrten zur Jahrmarktswiese zurück. Die armen Teufel von Komödianten, die wie die Schnecke ihr Haus überallhin mitnahmen, streckten nun, da das Gewitter vorbei war, ihre Fühler einen nach dem anderen wieder heraus, wie es eben die Schnecken machen. Der Alte hatte ein großes bemaltes Plakat an die Tür gehängt. Die Frau hatte eine Trommel um den Hals und trommelte die Leute zusammen; die Kinder, die als Bajazzi verkleidet waren, machten tausenderlei Späße; und das junge Mädchen – die mageren Beine in einem fleischfarbenen Trikot, eine Papierblume im Haar, ein Röckchen, das weiter aufgeblasen war als eine Seifenblase, die sonnenverbrannten Arme und Schultern nackt über dem verschossenen Seidenmieder – blies mit dem bißchen Atem aus ihrer ausgemergelten Brust in die Trompete. Für das Dorf war es doch eine Neuigkeit, die Burschen kamen herbeigeeilt und stießen einander mit dem Ellbogen an. Die Komödianten konnten ihrem Publikum auch noch folgendes bieten: einen Stieglitz, der die richtigen Lottonummern zog; einen alten Klepper, der die Stunden zählte und mit seinem Huf das Alter der Zuschauer erriet; einen Jungen, der auf den Händen ging und zwischen seinen Zähnen den Spendenteller »Vergelt's Gott« herumtrug. Als ein paar Leute zusammengekommen waren, ließen sie den Vorhang noch einmal herunter und gingen alle wieder hinein, um ein Puppenspiel vorzuführen; die Frau hatte wieder die Trommel um den Hals und schrie von der Plattform aus:

»Hereinspaziert, meine Herrschaften, es geht los!« Sie nahm an der Tür, was jeder geben konnte: eine kleine Münze, Saubohnen, auch eine Handvoll Kichererbsen. Kinder gratis. Bis zum späten Abend herrschte ein Gedränge vor der Bude unter dem großen roten Lampion, der die Leute von ferne anlockte. Freunde und Bekannte riefen einander über die Jahrmarktswiese lauthals zu; man tauschte Sticheleien und handfeste Schimpfwörter aus wie drinnen Pulcinella und Kolombine. Niemand dachte mehr an die Strafe Gottes, die sie am Hals hatten.

Aber in der Nacht – es war noch mehr als zwei Stunden vor der Frühmesse – klopfte es an die Apotheke, und man verlangte in aller Eile nach dem Apotheker. »Schnell, steht auf, Don Ramondo, bei den Zanghis braucht man Euch!« Der Arme fand im Dunkeln und in der allgemeinen Aufregung kaum seine Hosen. Zanghi lag auf seinem Bett ausgestreckt, kalt und mit wirrem Bart, seine Hände schnellten schwarz aus dem Bettlaken hervor und haschten nach Fliegen, die Augen lagen in zwei tiefen Löchern. Seine Frau lief halbnackt, mit aufgelöstem Haar, zerrauft und aufgebläht wie ein krankes Huhn in der Kammer herum und versuchte ihm zu helfen, ohne zu wissen wie, während die Kinder hinter ihr her kreischten. »Herr Doktor! Herr Doktor! Was ist es denn? Was meinen Sie?« Don Ramondo sagte nichts: Er besah, tastete ab, goß die Medizin mit zitternden Händen auf den Löffel, wobei das Fläschchen immerzu an den Löffel stieß, und das Geklirr war schauerlich anzuhören. Und der Kranke selbst erhob stammelnd seine hohle Stimme, die schon aus dem Jenseits zu kommen schien: »Don Ramondo! Don Ramondo! Gibt es denn keine Hilfe mehr für mich? Tut es für die unschuldigen Kreaturen, ich bin doch Familienvater!« Als er dann erstarrte und sein Bart in die Luft stand und die Kinder lauter schrien und sich an die Bettdecken des Vaters klammerten, der nichts mehr hörte, nahm Don Ramondo seinen Hut, und die Frau lief ihm nach, so wie sie war, im Unterrock, sich das Haar raufend und in der ganzen Nachbarschaft um Hilfe rufend. Ein wolkenloser Morgen zog über den perlmuttfarbenen Himmel herauf; in der Kirche oben läutete es zur Frühmesse.

In den noch dunklen Straßen hörte man Türen schlagen, ein ungewohntes Hin und Her und ein wachsendes Murmeln.

An der Ecke des Marktplatzes, im Café von Agostino, dem Briefträger, Gott sei seiner Seele gnädig, hatte man vergessen, in dem leeren Laden das Licht auszumachen, und die Gläschen lagen noch umgestürzt auf dem Tablett; vor der Tür stand eine Gruppe Leute, die mit erhitzten Gesichtern aufeinander einredeten. Neli, der älteste Sohn, reckte, bleicher als seine Schlafmütze und mit verquollenen Augen, von Zeit zu Zeit seinen Kopf zwischen den Regalen heraus, um zu sehen, ob jemand kam, der Rum oder Branntwein wollte. Und allen, die ihn unter der Tür, ohne sich hineinzuwagen, fragten, antwortete er immer mit einem Kopfschütteln: »Es geht so. Immer gleich.« Dann sah man durch die Gassentür das Mädchen herauslaufen, das beim Küster die geweihten Kerzen holte.

Jeden Augenblick kam jemand von Zanghis Haus her und hatte durch die weit offene Tür das Bett mit dem ausgebreiteten Laken in der Kammer, die brennenden Kerzen am Kopfende und die weinenden Kinder gesehen. Andere brachten andere schlechte Nachrichten. Der Bürgermeister packte seine Matratzen ein; der Apotheker hatte seinen Laden noch nicht aufgemacht. Die Menge begann zu meutern, je größer sie wurde. Ihr Christen der Welt, will man uns hier wirklich eingehen lassen wie Tiere in ihrer Höhle? Einer erzählte mit verzerrtem Gesicht, der Zanghi habe das Übel im Wagen der Komödianten aufgefangen. Er habe es selbst gesehen, mit eigenen Augen, wie ihn der Alte an einer Falte seines Anzugs zerrte, weil er sich umsonst hineindrängen wollte. Auch die Gevatterin Barbara! Und die war nicht einmal aus dem Haus gegangen! Und der unverschämte Bürgermeister, der sagte »Es ist nichts, es ist nichts« und das weiße Blatt Papier herumzeigte. Das war wohl der Zettel des Unterpräfekten, auf dem angeordnet wurde, die Cholera solle sich nur ruhig ausbreiten! Sie sollten wohl eingehen wie Vieh in der Höhle; o Christenmenschen!

Plötzlich hörte man Rufe hinter den Regalen: »Mama! Mama!« und verzweifelte Schmerzensschreie. Neli stürzte in den Laden und brüllte wie ein wildes Tier, die Fäuste auf die Augen gedrückt. Ein Verwandter kam und zog die Vorhänge vor die Regale wegen der vielen Leute, die sich in den Laden drängten und die niemand im Auge behalten konnte.

Da kam die Menge unter Drohrufen, beinahe als wäre eine Parole ausgegeben worden, in Bewegung wie eine Wasserflut. Eine gute Seele lief, was sie konnte, und rannte hinten herum zum Bürgermeister, um ihm zu sagen, er solle Reißaus nehmen. Der Arme aber war schon seit geraumer Zeit, da er gewittert hatte, wie sich die Dinge entwickeln würden, auf allen Vieren durch das Gartentürchen in den Weinberg entschlüpft und über die Felder entflogen.

Die Leute von der Schaubude kochten sich im Schutz des Mäuerchens gerade ein paar Saubohnen, wobei die ganze Familie auf den Fersen hockte und den Topf bewachte. Plötzlich hörten sie schreien: »Los! Los!« und sahen die wild gewordene Menge, die auf sie zurannte, um sie zu zerfleischen. »Meine Herrschaften, wir sind arme Teufel, arme Komödianten, wir fahren durch das Land, um unser Brot zu verdienen!« Der Alte fuchtelte mit den Händen herum, um sich besser verständlich zu machen; die Frau hob schützend die Flügel über ihre Kinder wie eine Glucke; das junge Mädchen hob die Arme zum Himmel. Der erste Stein kam geflogen und ließ Blut fließen. Dann ein wildes Handgemenge, die Leute ineinander verkrallt, das lauter gewordene Geschrei der Opfer. »Nein! Nein! Bringt sie noch nicht um! Sehen wir zuerst nach, ob sie schuldig sind! Ob sie wirklich die Cholera bringen!« Es gab auch gute Seelen in dem Getümmel. Aber die anderen wollten nicht auf sie hören: Neli, dem Sohn der Gevatterin Barbara, blutete noch das Herz vor Angst; Scaricalasino hatte mit eigenen Augen den Zanghi starr und steif unter dem Bettlaken liegen sehen; der Hufner Lio spürte die Schmerzen schon am eigenen Lieb. Im Nu war die ganze Bude auf den Kopf gestellt: die Marionetten, die Kulissen, die Lumpen, das Häufchen faules Stroh, auf dem sie schliefen. Als es dann nichts mehr zu durchwühlen gab, warfen sie alles auf einen Haufen und steckten es in Brand.

»Bravo! Und wie wollt ihr jetzt herausfinden, ob sie die Cholera gebracht haben?« Der arme Prinzipal der Komödianten aber hörte nichts und achtete auf nichts mehr, weder auf das Todesgeschrei noch auf Sensen oder Beile; bleich und verstört, mit blutüberströmtem Gesicht, wirrem Haar und Augen, die ihm aus dem Kopf zu fallen schienen, wollte er sich auf das Feuer werfen, um es mit seinen eigenen Händen zu löschen, dabei brüllte er, man ruiniere ihn, nehme ihm sein tägliches Brot, und vor Verzweiflung raufte er sich das Haar im Kreis seiner kleinen Familie, die völlig zerschlagen und übel zugerichtet wie durch ein Wunder dem Blutbad entkommen war. »Es wäre besser, sie hätten uns alle umgebracht!« Nicht einmal die Cholera hatte sie gewollt, an keinem Ort, wo immer sie ihr hungrig und erschöpft begegnet waren.

Noch jetzt, nach fünfzig Jahren, sagt Scaricalasino, der ein vernünftiger Mann geworden ist, allen, die es hören wollen, daß die Cholera damals bestimmt in der Bude war. Man hätte sie nicht verbrennen dürfen! Das waren Spitzbuben, die nur so verkleidet herumzogen, um nicht aufzufallen, und Hunderte von Goldstücken für dieses Geschäft bekamen.

Gut gemacht hatten sie es in Miraglia, einem Dörfchen, das Hunger und Cholera schon beinahe aufgezehrt hatten, als man eines Tages auch dort einige neue Gesichter auf der Straße gesehen hatte, wo seit einem Monat nicht einmal mehr ein Hund vorbeikam und die armen Leute ohne Brot und ohne Arbeit, mit den Händen im Schoß, auf die Cholera warteten. Auch hier gaben sie sich als von der langen Reise erschöpftes fahrendes Volk aus, als eine Zigeunerfamilie: der Mann Kesselflicker, die Frau Wahrsagerin und die Tochter, eine schöne Braunhaarige, die trotz ihrer Jugend schon einiges erlebt haben mußte und ein hungriges, ausgemergeltes Kind an der hängenden Brust hatte. Von ihren achtzehn Jahren war ihr nicht viel mehr geblieben als zwei große, schwarze Augen, die einen bei lebendigem Leib auffraßen. Auch sie hatten ihren ganzen Hausstand auf einem winzigen Karren bei sich, der von einer zerfetzten Plane bedeckt war und von einem halbtoten Esel gezogen schwankend vorankam. Da die

Bevölkerung bei ihrem Erscheinen in Aufruhr geriet und drohte, kam auch hier der Bürgermeister mit seinen bis an die Zähne bewaffneten Gendarmen herbeigeeilt und schrie aus der Ferne: »Weg von hier! Weg mit euch!«, wie man es mit den Wölfen macht. Sie aber erzählten wieder die Mär, sie kämen von weit her, überall seien sie weggejagt worden, sie hätten Hunger und würden sich lieber von den Flinten erschießen lassen. Da ließ man sie, weil man nicht wußte, was man tun sollte, und sich ihnen aus Angst vor der Cholera nicht näherte, vor dem Dorf, wo man sie wie gefährliche Tiere streng bewachte. Niemand tat in jener Nacht, der Johannisnacht, ein Auge zu, und der Mond schien, daß es taghell war. Plötzlich sahen die Männer, die hinter der Mauer versteckt Wache hielten, wie sich der Zigeuner auf allen Vieren bis zu den ersten Häusern vorgewagt hatte und in einem Abfallhaufen scharrte. Dort erschossen sie ihn mit einer Flinte wie einen tollwütigen Hund. Nachher fanden sie einen Kohlstrunk in seiner Hand, und sein Hemd war aufgebläht von den Schalen und dem faulen Obst, das er darunter versteckt hatte. Bei dem Lärm und dem weithin schallenden Geschrei war das ganze Dorf im Nu auf den Beinen, und die Jagd begann. Die Alte erwischte es auf der Böschung des Wassergrabens, wo sie auf ihren dürren Beinen wankte. Die Junge vor dem Karren, sie wollte nämlich, wie es auch die Tiere machen, ihre Kreatur in Sicherheit bringen, ihre Augen jagten einem Angst ein, und mit ihren blutenden Händen versuchte sie die Beile in der Luft zu packen. Als man nachher die Lumpen im Karren durchwühlte, habe man, so hieß es, die Cholerapillen und alles andere aufgestöbert. Jene Augen aber konnte mehr als einer nicht vergessen. Und noch heute, nach fünfzig Jahren, sieht Vito Sgarra, der den ersten Schuß abgefeuert hatte, im Traum noch jene schwarzen, blutigen Hände ins Dunkel greifen.

Aber wenn sie wirklich unschuldig waren, warum hatte dann die Alte, die doch die Zukunft weissagte, nicht vorausgesehen, welches Ende es mit ihnen nehmen würde?

Lacrymae rerum

Am Fenster gegenüber sah man immer ein Licht, das Nachtwache hielt – in den langen regnerischen Winternächten und noch, als der kühle Märzmond die Fassade des stillen Hauses beschien. Das Zimmer war gelb, und am Fenster hing eine dürftige, durchsichtige Gardine. Bisweilen erschienen dahinter schwarze Schatten, die rasch wieder zerflossen.

Jeden Abend sah man um dieselbe Zeit eine Lampe von Zimmer zu Zimmer gehen, bis zu dem gelben Schlafzimmer, wo das Licht rings um ein weißes Bett, das immer von jenen beflissenen Schatten umgeben war, lebhafter aufflammte. Darauf wurde das Haus wieder dunkel und wirkte in der großen Stille der Straße wie unbewohnt. Nur wenn das nächtliche Krakeelen eines Betrunkenen heraufdrang oder eine vorbeifahrende Kutsche die Fensterscheiben erbeben ließ, tauchte einer dieser schweigsamen, schmerzlichen Schatten am Fenster auf, um in die Straße hinabzuspähen, dann zerfloß er wieder.

Tagsüber erschienen all die geschlossenen Fenster beinahe geheimnisvoll. Auf dem Balkon vor dem gelben Zimmer stand ein Blumentopf mit Nelken, die über die feuchte Mauer hinunterhingen und, vom Wind immerfort hin und her bewegt, langsam eingingen, weil sich niemand um sie kümmerte. Gegen Sonnenuntergang hielt vor der Tür eine kleine Kutsche, die von bleichen Gesichtern hinter den Fensterscheiben ängstlich erwartet wurde, ein emsiges Hin und Her in den Zimmern war zu ahnen, und das Licht in dem einsamen Zimmer wurde auch bei Tag angezündet. Der letzte Besuch, den die kleine Kutsche in der einsamen Straße machte, war kürzer als die anderen. Ein Alter mit weißem Haar, den Fuß schon auf dem Trittbrett, schüttelte mitleidig den Kopf, während er einem jungen Mädchen etwas erwiderte, das ihm mit gefalteten Händen und aufgelöstem Gesicht flehend bis zur Haustür hinunter gefolgt war; auch sie bewegte mechanisch den Kopf hin und her und blickte mit weit aufgerissenen, beinahe wahnsinnigen Augen in die Augen des Alten. Als er dann abgefahren war, verbarg sie ihr Gesicht im Taschentuch und trat in den Hausflur zurück.

Es war ein lauer, süßer Frühlingsabend. Von der Straße her hörte man den Schlager der Saison und das Geplauder der verliebten Mädchen im Aprilvollmond. Im ersten Stock des Hauses wurde hinter einem reichen Brokatvorhang der Walzer aus *Madame Angot* gespielt.

Später hörte man in der verlassenen Straße eine Glocke, das Getrappel von Schritten und das Gemurmel der Gläubigen, die hinter der letzten Wegzehrung her gingen; die Nachbarn erschienen am Fenster, einige kniend mit einem Licht in der Hand, und die Menge strömte zwischen zwei Reihen von Laternen, die sich hüpfend fortbewegten, durch die beiden weit geöffneten Türflügel. Zum erstenmal nach langer, langer Zeit waren alle Fenster der öden Wohnung erleuchtet, während sich zur letzten Feier eine Menge fremder Leute in den Räumen drängte und in dem gelben Zimmer bebende Kerzen flackerten. Und als nachher alle weggegangen waren, blieb das Haus erleuchtet und verlassen wie für ein düsteres Fest gerüstet. Man sah nur ab und zu die gewohnten Schatten, die wie rasend hin und her liefen und sich verzweifelt zu schaffen machten.

In der tiefen Stille der späten Stunde war es, als könne man hinter den leuchtenden Fensterscheiben der mondweißen Fassade wahnwitzige Hilferufe, unterdrücktes Schluchzen und flehend zum heiteren Himmel gestreckte Arme wahrnehmen. Auf einem kleinen, ganz mit duftenden Kräutern bepflanzten Balkon begann in der Stille des hoch stehenden Mondes plötzlich eine Nachtigall zu singen, die wohl in dem Augenblick ihr Gefängnis vergaß und sich in den Büschen ihres heimatlichen Waldes wähnte. Jede Viertelstunde schlug langsam die Uhr hoch im Turm.

Die schwere Stille der Nacht schien auch auf dem öden Haus zu lasten. Immer noch wachte die Lampe elend in dem stillen Zimmer. Nur die gramvollen Schatten hasteten noch eiliger und noch verstörter hin und her, und in der Ecke, wo jeden Abend das Licht aufgeleuchtet hatte, flackerten jetzt zwei Totenkerzen. Gegen Mitternacht hatte man an die Tür klopfen hören und in den Zimmern ein Kommen und Gehen bemerkt. Dann war alles in trostlose Erwartung versunken. Der Mond beleckte nun den Fußboden, und die Lichter gingen aus. Eisiger Reif legte sich auf die Fensterscheiben. Da entstand in dem Halbdunkel auf einmal ein atemloses Eilen, verstört machten sich Leute zu schaffen und rauften sich das Haar, Türen schlugen. Dann wurde mitten auf der Fassade des schwarzen Hauses das gelbe Zimmer taghell.

Bleich und regnerisch graute der Morgen; da sah man zum erstenmal seit langer Zeit das Fenster des gelben Zimmers weit offen stehen und zwei Kerzen, die unbewegt am Kopfende des weißen Bettes brannten. Später kamen fremde Leute, die gleichgültig mit dem Hut auf dem Kopf in dem Zimmer herumgingen. Einer, der eine Zigarre rauchte, beugte sich hinaus und beschnüffelte die hinunterbaumelnde rostbraune Nelke; er hatte ein bleiches Gesicht, wie ein Kranker oder ein Gefangener, seine Wangen schimmerten bläulich durch den dichten, sorgfältig rasierten Bart.

Von da an blieb das Fenster geschlossen und nachts dunkel; und die anderen daneben öffneten sich jeden Morgen, um den herannahenden Sommer einzulassen. Und abends erschienen sogar schüchtern zwei junge Mädchen im schwarzen Kleid, die still dem neuesten Schlager, dem Klavier von unten und dem Geplauder der Nachbarn lauschten.

Eines Morgens im September sah man alle Fenster weit offen stehen, und die Zimmer waren leer, auch das gelbe, das auch der dürftigen Vorhänge entblößt war und einen großen Flecken dunkleres Gelb an der Stelle aufwies, wo einst das Bett gestanden hatte. Der ärmliche Hausrat war in aller Stille bei Nacht mit der traurigen, ängstlichen Familie ausgezogen. Eine alte Hausmagd kam und holte den Blumentopf mit den Nelken, während der Hausherr mit den Maurern schimpfend und fluchend alle Räume abschritt. Er zeigte auf die Flecken der alten gelben Tapeten und auf die zerbrochenen Fliesen im Fußboden, wobei er vor Ekel auf alle Schäden spuckte, so daß die alte

Dienerin gesenkten Kopfes wegging und die Nelken wie eine Reliquie unter ihrem Schultertuch mit sich wegtrug.

Die Maurer begannen überall den Putz abzuschlagen und zu hämmern. Und vom Morgen bis zum Abend hörte man die Säge des Schreiners kreischen. Im letzten Zimmer hatten sie ein großes Gerüst aufgebaut, und zwischen den Brettern sah man die gelbe Tapete in Fetzen herunterhängen. Dann kamen Maler, Tapezierer, und die Leute, die einen Monat vorher ausgezogen waren, hätten in den frisch tapezierten, freundlichen Zimmern keine Erinnerungen an ihre angstvollen Stunden wiedergefunden. Das Licht brannte wiederum bis in die späte Nacht hinein in dem ehemaligen gelben Zimmer, hinter den mit hellblauer Seide gefütterten Spitzenvorhängen; aber die zwei Schatten, die man immer nebeneinander sah, die einander suchten und hinter einander her liefen, flossen in weichen Wogen zusammen und vereinten sich zu einem einzigen; und morgens sah man manches Mal ein blondes, rosiges Köpfchen erscheinen, das neben einem lächelnden braunen Kopf den Vorhang hochhob. Aus dem Zimmer nebenan hörte man hinter einem großen goldenen Spiegel, der das gedämpfte Licht einer Lampe mit rosarotem Schirm zurückwarf, manchmal im Rauschen des nächtlichen Regens die lustigen Klänge eines Klaviers.

Als der Frühling kam, die Nachtigall wieder im Grün des Balkons sang und die Mädchen im Mondlicht standen, flogen die zwei Verliebten weg wie Schmetterlinge und wurden nie mehr gesehen. Im September veränderte sich das Aussehen der Wohnung wieder, in dem blauen Zimmer wurde ein großes Ehebett aufgestellt, das in allen Ehren jeden Morgen am offenen Fenster gelüftet wurde. Vom Morgen bis zum Abend hallte das Haus wider vom Kindergeschrei und vom Kreischen eines Neugeborenen, das die Mutter am Fußende des Bettes stillte. Der Ehemann kam abends müde und mit aufgelöstem Gesicht nach Hause und stritt die ganze Zeit mit der Frau und den Kindern. Dann blieb er am abgeräumten Tisch sitzen und blätterte bis spät, den Kopf in die Hände gestützt, unter dem ausgehenden Licht in Rechnungen herum. Morgens ging er eiligen Schrittes früh aus dem Haus. Ab und zu hörte man im Hausflur ein wütendes Klingeln, und die Mutter schloß sich schnell ins Schlafzimmer ein, wobei sie ihrem Jungen, den Zeigefinger auf die Lippen legend, zu verstehen gab, er solle sagen, sie sei nicht da. Nach längerem verlegenen Stammeln kam das Kind wieder zurück, um mit seiner Mutter zu reden, die ihren Kopf herausreckte, wenn die Tür so heftig zugeschlagen wurde, daß die Klingel klirrte; der Mann, der so wutentbrannt weggegangen war, blieb auf der Straße stehen und spähte zu dem geschlossenen Fenster hinauf. Manchmal war die arme Frau gezwungen, sich zu zeigen, um den Besucher, der keine Vernunft annehmen wollte, zu beruhigen, indem sie die Hände kreuzweise faltete und große Gesten machte, denen er Glauben schenken sollte. Das Weinen der Kinder und das Gezänk der Eltern drang durch die weit geöffneten Fenster unbekümmert in die ganze Nachbarschaft. Eines Tages kam gegen Mittag ein altes Männchen mit einem speckigen Hut und einem Bündel Papiere, ihm folgten zwei schlecht gekleidete Männer, die überall herumkramten und in aller Eile Zettel schrieben. Die Familie folgte ihnen bekümmert von Zimmer zu Zimmer. Ihr Hab und Gut wurde ein paar Tage später weggebracht, und das bißchen Hausrat, das ihnen geblieben war, luden sie auf einen Karren, hinter dem sie dann weggingen, der Vater voraus, mit dem Regenschirm unter dem Arm, hinter ihm die Frau mit den Kindern im Gefolge und dem Säugling auf dem Arm, und sie blickten nicht einmal zurück zu den Fenstern hinauf, die nun monatelang offenblieben, als wollte der Hausherr den Gestank der Armut, der sich dort eingenistet hatte, gründlich ausziehen lassen.

Dann kamen wieder elegante Möbel, und an den Fenstern hingen prunkvolle Stoffe. Man hörte weder Gekreisch noch Lärm; überall herrschte eine glückselige Stille; die Lichter schienen von selbst anzugehen, sogar in dem blauen Zimmer mit dem gedämpften Alkovenlicht. Man sah nie jemanden; nur tief in der Nacht kam scheu ein Kopf hervor und sah auf die Straße hinunter, dann wurden die Fensterläden sachte angelehnt; das Licht, das durch die Ritzen kam, vergoldete das blonde Haar und fiel in leuchtenden, hellen Streifen auf die Mauer des Hauses gegenüber. Nach wenigen Minuten hörte man auf der Straße einen eiligen, aber zugleich vorsichtigen Schritt, der Schatten des gelben Kopfes erschien eilig hinter den Fensterläden, und das Fenster wurde geschlossen. Eines Nachts ertönte in die tiefe Stille hinein plötzlich ein bedrohliches Klingeln. Man sah Schatten wie wild geworden hinter den Vorhängen rennen, und in allen Zimmern ging nacheinander das Licht an. Dann eine tiefe erwartungsvolle Stille, in die plötzlich Schreckensrufe und Zorngebrüll drangen.

Mit dem Licht in der Hand eilten die Nachbarn an die Fenster. Aber die Wohnung war schon wieder still geworden und erstickte die Schmerzen oder die Wutausbrüche, die sie einschloß, zwischen ihren prunkvollen Tapeten. Die Fenster blieben lange Zeit geschlossen, und als sie wieder geöffnet wurden, traten die Maurer in die Zimmer, um das Haus niederzureißen und Platz zu machen für eine neue Straße, die über diese Stelle führen sollte.

Tag und Nacht sah man, als die Mauer eingerissen war, die kahlen verlassenen Zimmer mit herunterhängenden Deckenmalereien und den aufgebrochenen schwarzen Kaminschächten. Die gelbe Tapete kam unter der abgerissenen anderen wieder zum Vorschein, ebenso die Umrisse des Bettes und die dunkleren Flecke, die Nägel am Kamin, an denen der große goldene Spiegel gehangen hatte, die Klingel baumelte wackelig am Wohnungseingang. Der Wind wirbelte Staub in den Zimmern auf, der Regen überflutete sie, die Sonne lachte noch auf das Gelb, Grün und Blau; der Mond und das Licht der Straßenlaternen schienen jede Nacht herein; sie legten sich auf den speckigen Fleck des Bettes, auf das goldene Rankenwerk des geheimnisvollen kleinen Salons und senkten sich immer tiefer hinab, Schritt haltend mit den Hacken der Maurer, die die zertrümmerten Wände aufzehrten.

Don Candeloro & Co.

Don Candeloro war ein Künstler in seinem Fach, das mußte man sagen: Als Sohn von Puppenspielern und Enkel von Puppenspielern – zum Puppenspieler muß man nämlich geboren werden – waren sein Brot, seine Liebe und sein Ruhm die Marionetten. »Ich bin nicht ich selbst, wenn mir's nicht gelingt, sie zum Sprechen zu bringen!« sagte er, wenn er gerade – wie wir alle manchmal – eitel und selbstgefällig war, weil ihm der Beifall des Publikums zu Kopf stieg und er sich auf den Wolken der Bühne wie ein Gott vorkam, wenn er die Fäden seiner »Personen« in Händen hielt.

Für sie scheute er keine Ausgaben. Er vervollkommnete sie ständig, kleidete sie aufs prächtigste, hatte sich Köpfe ausgedacht, bei denen sich Augen und Mund bewegten, er las bei den Dichtern nach, welche Stimme zu jedem einzelnen gehörte, sei es nun Almansor oder Astilador. Wenn er für seine Marionetten deklamierte, geriet er bei den dramatischen Höhepunkten so sehr in Feuer, daß er sich dann ganz erschöpft den Schweiß vom Gesicht wischte, während er wie ein richtiger Schauspieler die Glückwünsche seiner eingefleischten Bewunderer entgegennahm.

Und Bewunderer hatte er überall, in der Marina und in der Pescheria, manche sparten sich das Geld vom Munde ab, um seinen *Rinaldo* oder seinen *Guerin Meschino* zu sehen, und wenn sie ihm auf der Straße begegneten, zeigten sie ihn einander, wie er mit seinem Rohrstock auf der Schulter und seinem schönen, majestätischen Gang einherschritt und fast wie Orlando persönlich aussah. Es war ein großes Geschenk, wenn er mit zwei Fingern an der Hutkrempe den Gruß erwiderte. Wenn im Theater ein Streit entstand und die Messer gezogen wurden, genügte es, daß Don Candeloro zwischen den Kulissen hervortrat und mit seiner schönen, öligen Stimme »Aber Kinder, was soll das?« sagte.

Denn er war nicht nur in Gebärden und Ausdrucksweise zum Ebenbild seiner »Personen« geworden, sondern auch in der Stimme, und man glaubte einen Abkömmling des fränkischen Königshauses zu hören, auch wenn er nur vom Balkon aus einen Stiefelputzer rief.

Diese Gaben brachten ihm die Liebe einer Gastwirtstochter ein, deren Vater gleich nebenan seine Wirtschaft hatte. Das Mädchen war unscheinbar, hatte aber eine schöne Stimme und mußte auch ein schönes Sümmchen auf der Seite haben. »Die Stimme ist alles!« sagte Don Candeloro zu ihr, wobei er sie mit seinen Blicken beinahe auffraß und sich über seinen Spitzbart strich. »Grazia! Einen schönen Namen haben Sie auch!« Aus Liebe zu Grazia ging er oft in die Wirtschaft zum Mittagessen und sagte ihr im Vertrauen, er habe vor, einen eigenen Hausstand zu gründen, seit er der alten Bude seines Vaters den Rücken gekehrt und ein eigenes Theater auf die Beine gestellt hatte, das dem San Carlino und dem Marionettentheater das Publikum wegstahl. Vater und Sohn zerfleischten einander wie Wölfe, und seine Kollegen hatten es so weit getrieben, daß sie eine schmutzige Intrige gegen ihn angezettelt und seinen Buovo d'Antona hatten auspfeifen lassen. »Ich will die Schätze eines Krösus ausgeben!« hatte Don Candeloro an jenem Tag gelobt und mit der Faust auf den Tisch geschlagen. »Aber ich bin nicht mehr ich selbst, wenn ich sie nicht alle so weit bringe, daß sie ihren Laden schließen müssen.«

Mit ein wenig Bargeld würde er Erstaunliches machen. Sogar Ballett und Pantomime würde er auf die Bühne bringen; alles mit den Marionetten. Er habe eben hier etwas drin, sagte er und schlug sich vor Grazia auf die Stirn, wobei er seine Blicke so fest auf sie heftete, als wollte er sie auf der Stelle vertilgen, sie mitsamt ihrer Mitgift. Einen ganzen Monat lang hatte er dagesessen und sich den Kopf zerbrochen, um einen schönen Namen für sein Theater zu finden, etwas, das den Leuten in die Augen sprang und sie beim Schopf packte, wenn sie das bemalte

Schild mit den Lichtern dahinter sahen. *Die sprechenden Marionetten!* »Ja, so wahr ich Don Candeloro Bracone heiße! Sie sprechen und leben wirklicher als ihr und ich. Keiner, der auch nur einen Groschen im Sack hat, soll an meinem Theater vorbeigehen, ohne zu sagen: ›Und wenn es mich meine ganze Barschaft kostet, ich möchte sehen, was Don Candeloro kann!‹«

Der Gastwirt wäre natürlich auf diese Prahlereien niemals hereingefallen, weil er wußte, eine seriöse Kundschaft trinkt lieber ein Glas guten Wein in der gewohnten dunklen Ecke; und außerdem wollte er einen Schwiegersohn mit einem christlichen Beruf, so wie der seine beispielsweise, und nicht einen Komödianten mit Ringellocken, der wie ein Buch redete und ihn ganz befangen machte.

»Der würde uns tanzen lassen wie seine Marionetten, dich und mich dazu«, sagte er zu seiner Tochter. »Du, kümmere dich um deine Angelegenheiten: ein paar freundliche Worte und ab und zu mit der Kundschaft gelacht. Und im übrigen läßt du sie reden, wie sie wollen! Hast du verstanden?«

Aber seine Pläne durchkreuzte ein Guckfenster, das auf die Bühne ging und zu dem das Mädchen oft heimlich lief, um einen Blick hinüberzuwerfen, und wo ihr all die Geschichten von Paladinen und verliebten Prinzessinnen das Hirn erhitzten. Seit sich Don Candeloro ihr erklärt hatte, ließ er absichtlich das Deckfenster einen Spalt offen, und Rinaldo und die anderen Gestalten sandten ihre Liebesraserei dort hinauf, so daß das Mädchen in Wonne schwelgte und dann einen Abscheu davor empfand, die Teller zu spülen und sich in der Küche die Hände schmutzig zu machen.

»Nicht mich allein, sondern zahllose Ritter hat diese Liebe zu ihren Vasallen gemacht, angebetete Prinzessin! ...«

»Mir machst du nichts vor!« schimpfte der Wirt mit seiner Tochter. »Was spukt dir denn im Kopf herum? Du verrechnest dich beim Wein... Die Kundschaft beklagt sich... Diese Geschichte muß ein Ende haben.«

Die Katastrophe ereignete sich bei der großen Szene, in

der die schöne Antinisca in die Stadt Persepolis zurückkehrt und Guerino, wie die Geschichte erzählt, »als er sie sah, noch stärker in Liebe entflammte«. Er tobte und raste auf der Bühne, wobei er seine Beine bald dahin, bald dorthin schleuderte, die Arme von Zeit zu Zeit zum Himmel erhob und seinen Kopf so heftig schüttelte, als hätte er einen Anfall. Und mit Don Candeloros schöner, singenden Stimme rief er: »O Gott, sei mir gnädig, auf daß ich diesem schwachen Fleisch widerstehe, bis ich meinen Vater und meine Familie gefunden habe.«

Und die schöne Antinisca wand sich ebenfalls und weinte (das erkannte man daran, daß sie sich die Hände vor das Gesicht schlug): »O mein Herr, ich hoffte, unter Eurem Schwert des Reiches, das Ihr mir zurückgegeben, sicher zu sein, und so schwöre ich Euch bei den Göttern, ich werde mich, sobald Ihr abgereist, aus Liebe zu Euch mit meinen eigenen Händen töten, doch wenn Ihr mir versprecht, nach Eurer Reise wieder zu mir zurückzukehren, dann verspreche ich Euch, zehn Jahre werde ich auf Euch warten und mir keinen Gemahl nehmen.« »Nein, bei Gott, dann seid Ihr alt«, sagte Guerino. »Das kümmert mich nicht, wenn Ihr mir nur schwört, zu mir zurückzukehren und keine andere zur Frau zu nehmen.« (Ehrlich gesagt hatte die schöne Antinisca eine Krähstimme, über die die Zuschauer lachen mußten, denn Don Candeloro hatte für die Frauenrollen einen Jungen engagieren müssen, der jetzt allmählich erwachsen wurde und noch dazu wie ein Papagei deklamierte, so daß ihm der Prinzipal hinter der Bühne vor Empörung manches Mal einen Fußtritt verabreichte.) Da fiel die schöne Antinisca, von Zärtlichkeit überwältigt, mit einem Satz in Guerinos Arme, und Grazia, die zu ihrem Guckfenster hochgeklettert war, fühlte ihr Herz solche Sprünge machen, daß es ihr geradezu war, als stecke sie in der Haut der beiden glücklichen Liebenden, als Guerino in Gegenwart von Paruidas, Armigrano und Moretto bei allen heiligen Sakramenten schwor, er werde sie zu seiner Frau und rechtmäßigen Gemahlin machen.

»Wenn wir einmal Mann und Frau sind, dann spielst du die Frauenrollen!« hatte Don Candeloro zu ihr gesagt. Und dem ehrgeizigen Mädchen schwoll vor Freude die Brust bei diesen ergreifenden Szenen, bei denen jedem Schauer über den Rücken liefen und man ausgewachsene Männer sah, die wie Kinder weinten, während das Theater unter dem Beifall beinahe einzustürzen schien. »Ja, ja!« sagte Grazia in ihrem Herzen.

Der Papa hingegen sagte nein. Es kam ständig zu Szenen zwischen Vater und Tochter; er sagte immer wieder, die Geschichte müsse aufhören, und drohte dem Mädchen, er werde wieder heiraten und ihr eine Stiefmutter vor die Nase setzen. Sie blieb steif und fest dabei: entweder Don Candeloro oder der Tod! Als Don Candeloro tadellos gekleidet in aller Form um ihre Hand anhielt, antwortete der Gastwirt: »Euer Antrag ehrt mich und freut mich. Aber jeder weiß allein, wie es in seinem Haus aussieht. Ich bin Witwer und habe sonst keine Kinder, und ich brauche einen Schwiegersohn, der mir zur Hand geht...«

»Das soll also heißen, daß ich so großer Ehren nicht würdig bin!« stammelte Don Candeloro errötend, machte eine Dreivierteldrehung und stützte seinen Rohrstock in die Hüfte.

»Nein, mein Herr, die Ehre habe ich.«

»Die Ehre habt Ihr, aber Eure Tochter gebt Ihr mir nicht...«

»Nein, mein Herr, wie soll ich's Euch noch sagen?«

»Wie Ihr wollt. Ergebenster Diener!« schloß Don Candeloro, stülpte sich mit zwei Fingern den Zylinder auf das Ohr und ging tief beschämt von dannen.

»Hör zu«, sagte er dann zu Grazia am Guckfenster. »Dein Vater ist ein ungebildeter Lümmel, der von nichts eine Ahnung hat. Wir müssen einen heroischen Entschluß fassen, hast du verstanden?«

Das Mädchen zögerte zwar vor dem heroischen Entschluß, die Tür in die Hand zu nehmen und zu ihm zu kommen, um den Vater dadurch zu zwingen, der Heirat zuzustimmen. Aber Don Candeloro hatte Honig auf den Lippen und wußte Gründe zu finden, denen man nicht widerstehen konnte. Er sagte ihr, sie solle heimlich ihre Siebensachen packen – mit Verstand natürlich, denn vom

Geld des Vaters stehe ihr ein Teil zu – und dann hingehen, wo der Himmel sie hinrief. »Hast du nicht bei den Göttern geschworen, meine Frau und rechtmäßige Gemahlin zu werden?«

Der Alte war jedoch ein patentierter Schlaukopf, der immer den armen Schlucker spielte und seinen Zaster weiß Gott wo versteckte. Grazia brachte nichts anderes mit als ein Bündelchen mit Klamotten und die paar Lire, die sie an der Theke hatte an sich nehmen können. »Wie?« stotterte Don Candeloro, dem das Blut in den Adern gefror. »In der ganzen Zeit, die du dort warst, hast du nicht mehr zusammengebracht?«

Das war das Zeichen dafür, daß sie zu nichts taugte, auch für ihn nicht; und die Auseinandersetzungen begannen am ersten Tag. Genug, er war ein Ehrenmann, und Don Candeloro Bracones Wort war ein Königswort. Das Schöne war, daß am selben Tag, an dem sie, er und seine Braut, zum Altar schritten, der Schwiegervater ihm den Streich spielte, selbst desgleichen zu tun, an der Seite eines schönen Weibes, mit dem er auf der Stelle handelseins geworden war. »Ohne Frauen können weder ich noch meine Wirtschaft sein, meine Lieben«, pflegte er gern mit einem kleinen Lächeln zu sagen, welches zeigte, daß bei ihm das Zahnfleisch härter war als die Zähne, und das einen in Harnisch bringen konnte. »Laßt es euch nicht verdrießen, der Herr segne euch und schenke euch viele Kinder. Wenn ich sterbe, bekommt ihr dann, was euch zusteht.«

Kinder bekamen sie dann tatsächlich beide, Schwiegersohn und Schwiegervater, eins nach dem anderen. Aber der Gastwirt versprach, ebenso viele in die Welt zu setzen wie der Große Sultan und so lange zu leben wie der Zauberer Merlin. Jedesmal, wenn seine Frau oder seine Tochter niederkam, lud er die ganze Verwandtschaft zu einem großen Essen ein.

Die Kinder wurden größer und auch die Lasten der Ehe; die Einkünfte wurden jedoch – umgekehrt – geringer, und die Gunst des Volkes ging zurück. Das Publikum, das dumme Vieh, lief nun den Neuheiten nach, die Bracone, der Alte, und der Besitzer des San Carlino eingeführt hatten. In den Marionettentheatern traten jetzt Schauspieler aus Fleisch und Blut auf und spielten die Geschichte von Garibaldi, man stelle sich vor, und auch billige Farcen mit Pulcinella; und halbnackte Frauen tanzten dort, die aus der Bühne einen Misthaufen machten. Die Leute liefen hinein, um die Beine und die anderen Schweinereien zu sehen, nicht anders als das liebe Vieh, so daß Don Candeloro rot wurde für die ganze Zunft und lieber Gaukler oder Schuhputzer werden wollte, bevor er sich in solche Niederungen hinabbegab. Um nicht vor leeren Bänken zu spielen, war er sogar so weit gegangen, alte Kunden, die dem Orlando und den Paladinen treu geblieben waren, unentgeltlich in sein Theater einzulassen; bei ihnen konnte er wenigstens sein Herz ausschütten und seine Kollegen schmähen: »Warum dann nicht gleich mit grünen Läden an den Türen wie gewisse Etablissements?... Das wäre sauberer. Die Polizei müßte einschreiten, beim Satan!«

Aber die Ignoranz und die Undankbarkeit des Publikums entwaffneten ihn. Es war wirklich nicht der Mühe wert, über den Büchern zu schwitzen und riesige Summen auszugeben, um den Eseln etwas Gutes vorzusetzen. »Wollt ihr dem Esel den Kopf waschen?« Selbst die Marionetten spielten lustlos, recht und schlecht angezogen. »Man verliert schließlich noch die Liebe zur Kunst und zu allem, Ehrenwort!« Wohin waren die schönen Zeiten gegangen, in denen man zwei Vorstellungen am Tag gab, an Sonn- und Feiertagen, und die Leute die Tür belagerten, wenn auf dem Plakat eine neue »Person« angekündigt war? Don Candeloro saß mit einem acht Tage alten Bart und zerraufter Mähne in der Kneipe seines Schwiegervaters und lästerte über seine Kollegen oder stritt mit seiner Frau; jetzt, wo zu Hause immer die Hölle los war, jetzt, wo sie gesehen hatte, wie es hinter den schönen gemalten Kulissen zuging, machte Grazia ein langes Gesicht, stets damit beschäftigt, Lumpen auszubessern, Farben zu verdünnen und dann noch vom Aveläuten bis um zwei Uhr nachts mit krummem Rücken und schmerzenden Armen für Artemisia und Rosalinda wie ein Papagei zu schreien; was insbesondere, wenn ihr der Herr wieder ein Kind schenkte (und das geschah einmal im Jahr), eine Strafe Gottes war.

»Sonst kannst du nichts, beim Mohammed!« warf ihr der Mann wütend vor.

Der Gastwirt gab nur gute Ratschläge: »Seht ihr denn nicht, daß die Kundschaft hinter dem neuen Wein herläuft? Dann schenkt doch auch anderen Wein aus!« Aber Don Candeloro beugte sich nicht. Eher würde er noch seine Bude und seine Marionetten zusammenpacken und durch die Welt ziehen, um zu zeigen, wer Don Candeloro Bracone sei, da ihn seine Mitbürger nicht zu schätzen wußten. Das Publikum hier »war nichts mehr für ihn«. Wenn es irgendwo noch ein bißchen gesunden Menschenverstand und guten Geschmack gab, waren sie in der Provinz zu suchen, wo dieser Schmutz noch nicht eingedrungen war. Schließlich brach er tatsächlich sein Theater ab, lud alles auf ein Fuhrwerk, und los ging's in der Nacht, um den Feinden nicht die Freude zu machen. Der Gastwirt mietete seinen Raum, um dort Fässer zu lagern und sein Geschäft zu erweitern, jetzt, wo sich die Kinder vermehrt hatten.

»Ich hab' es dir gesagt«, sagte er zu Grazia. »Das ist kein Beruf für einen Christenmenschen. Wenn du bei mir geblieben wärest und weiter Wein ausgeschenkt hättest, müßtest du jetzt nicht wie eine Zigeunerin durchs Land ziehen. Es geschieht dir recht!«

Don Candeloro reiste nun wie die alten Ritter über Berg und Tal, sein ganzes Theater auf einem Fuhrwerk und obendrauf noch Frau und Kind. Das Unglück war, daß er niemanden fand, mit dem er den Kampf hätte aufnehmen können. Ahnungslos und geizig kehrten die Bauern, nachdem die erste Neugierde befriedigt war, den »Sprechenden Marionetten« den Rücken oder kletterten auf das Dach des Theaters, um die Vorstellung gratis zu genießen. Wenn Don Candeloro in ein Dorf kam, lud er sein Zeug auf dem Marktplatz ab, mietete eine Werkstatt, einen Lagerraum oder einen Stall, was er gerade fand, und sie machten sich alle miteinander ans Nageln und ans Kleben. Die Spielzeiten an einem Ort dauerten acht oder vierzehn

Tage, höchstens einen Monat. Dann zog man aufs neue durch die Welt, und bei diesem Hin und Her verdarb die Ausstattung allmählich; die Ausgaben für die Miete und die Reisen verschlangen alles, und die Fuhrleute waren schlimmere Diebe als die Sarazenen und hatten selbst vor Christus keinen Respekt. Don Candeloro, der es gewohnt war, von dergleichen Gelichter wie ein Gott behandelt zu werden, wollte sich anfänglich eigenhändig sein Recht verschaffen, bis es Fausthiebe und Fußtritte auf ihn herunterhagelte.

Und auch er, Candeloro Bracone, mußte sich herablassen, den Hanswurst zu spielen, wenn er Leute in seinem Theater haben wollte, und Pantomimen aufzuführen, in denen er sich vom kleinsten seiner Jungen in den Hintern treten ließ, um das »Parkett« zum Lachen zu bringen. Als er sah, daß das Publikum die »Sprechenden Marionetten« nicht mehr wollte, weder gesotten noch gebraten, und daß etwas anderes nötig war, um diesen Unmenschen das Geld aus dem Beutel zu locken, da kam ihm ein Geistesblitz, der das Glück eines Künstlers hätte machen können, wenn diese Hure von Glück ihn nicht so böswillig verlassen hätte... »Also, was wollen sie, echte Personen?«

Eines schönen Tages sah man auf dem Plakat stehen, daß die Rolle des Orlando im Fränkischen Königshaus Don Candeloro höchstpersönlich spielen würde, »seine besondere Schöpfung«. Und er erschien tatsächlich auf der Bühne, er und seine ganze Familie, kostümiert und in vollem Harnisch: Die Rüstungen hatte man eigens beim ersten Klempner der Stadt anfertigen lassen, und sie hatten ein Vermögen gekostet. Als jedoch das dumme Publikum sah, wie diese finsteren Kerle mit dem Kopf an den Himmel stießen und bei jedem Schritt wie Ölkanister dröhnten, fing es an zu lachen und die Paladine mit Abfall zu bewerfen, besonders, als Orlando das Schwert aus der Hand fiel und er, in seine Rüstung eingesperrt, sich nicht bücken konnte, um es aufzuheben. Gebrüll, Pfiffe und Zigarrenstummel dem Königshaus ins Gesicht! Ein Höllenkrach, alle hätte man sie verprügeln müssen oder jedem das Schwert durch den Leib stoßen, wäre es nicht aus Blech gewesen, wenn man an das viele Geld dachte, das nun unnütz ausgegeben war.

Überall, wo er sich darauf versteifte, die Paladine des Frankenreiches aufzuführen, bekam er den gleichen Empfang: Kohlstrünke und Orangenschalen. Das Publikum kam eigens mit dem Zeug in den Taschen ins Theater. Die Paladine wollte niemand mehr, nicht einmal mit »echten Personen«. Die blöden Hanswurstiaden des Pulcinella wollten sie und die schlüpfrigen Liedchen der beineschwingenden Weiber.

»Dann zeig ihnen eben die Beine!« sagte Don Candeloro zuletzt wutentbrannt zu seiner Frau. »Geben wir dem Schwein seine Eicheln!«

Er selbst mußte Grazia eigenhändig helfen, den Rock kürzer zu machen, wobei sie sich zankten, weil sie vorgab, nicht für dieses Handwerk geboren zu sein, und sich schämte, wenn sie die Komplimente hörte, die das Publikum ihren mageren Unterschenkeln zudachte. »Wozu bist du dann geboren, um die Prinzessin zu spielen etwa? Dein Brot willst du aber essen!« Ihn aber hatte jetzt die Wut gepackt, diesen Bestien alles zu zeigen, seine Frau, seine Tochter, die jünger war und mehr Leute anlockte. »Und mich können sie auch sehen, wenn sie wollen!... Die Hosen will ich mir herunterlassen vor solchen Ochsen!« Er lachte bitter, der arme Don Candeloro! Die dümmsten und unanständigsten Farcen suchte er aus. Er bemalte sich das Gesicht, um den Hanswurst zu spielen. Er spuckte auf das Publikum, hinter den Kulissen: »Schweine, nichts als Schweine!«

Die Sünde der Donna Santa

Diesmal hatte sich der Fastenprediger etwas ganz Besonderes ausgedacht, um die Eselsköpfe zu beeindrucken, die nur widerwillig, wie am Strick herbeigezogen, zur Predigt kamen und es danach schlimmer trieben als zuvor, und wenn auch das nichts nützte, dann waren Predigten und Ansprachen wirklich nichts weiter, als dem Esel den Kopf waschen. In der alten Grabstätte unter dem Kirchenboden versteckte er den Küster und noch zwei oder drei andere, denen er vorher ihre Rollen beigebracht hatte, und dann sagte er: »Für alles andere sorge ich schon selbst!«

Zum Abschluß der Exerzitien war gerade die Predigt über die Hölle fällig, und die Kirche war gerammelt voll, aus den verschiedensten Gründen war man gekommen, der eine auf Geheiß des Richters (denn damals wurde einem die Gottesfurcht noch vom Büttel beigebracht), der andere aus Neigung zum schönen Geschlecht. Die Männer links auf der einen Seite, die Frauen auf der anderen. Der Prediger auf der Kanzel stellte die Hölle so lebendig dar, als ob er schon dort gewesen wäre, und donnerte hin und wieder mit schreckenerregender Stimme dazwischen: »Wehe! Wehe!«

Es schlug ein wie Kanonenschüsse. Die Frauen, die auf der rechten Seite des Kirchenschiffs zusammengepfercht waren, senkten bei jedem Schuß erschüttert die Häupter, und selbst Don Gennaro Pepi – ja, Don Gennaro Pepi! – schlug sich öffentlich an die Brust und stammelte laut: »Mitleid und Erbarmen, o Herr!«

Aber dem Erfolg war nicht zu trauen, denn Don Gennaro Pepi versetzte sich jeden Tag, bevor er unter vier Augen seinem Nächsten das Fell abzog, in den Stand der Gnade, indem er zu Messe und Beichte ging, und von allen, die bei der Predigt waren, wußte man's, sie würden wieder in ihre alten Sünden zurückfallen.

»Wehe dir, du reicher Prasser, der du dich gesättigt hast

mit dem Blut des armen Lazarus!« »Und du, Schriftgelehrter und Pharisäer, der du die Witwen und Waisen beraubst...«

Das galt dem Notar Zacco. Aber es gab für jeden etwas: für den Baron Scampolo, der einen Streit mit den Kapuzinern hatte; für Don Luca Arpone, der mit der Frau des Pächters in wilder Ehe lebte; für den Pächter, der sich seinerseits am Hab und Gut seines Herrn schadlos hielt; für die Freigeister, die sich in der Apotheke Mondella gegen die Bourbonen verschworen; für alle und jeden, für Arme und Reiche, für die jungen Mädchen und die verheirateten Frauen, und jeder im Dorf kannte die Gaunereien seines Nachbarn und sagte sich in seinem Inneren: »Zum Glück geht es den an und nicht mich!« Und bei jeder Sünde, die der Prediger aufzählte, drehten sich alle Leute in Richtung des Betroffenen.

»Und wenn ihr einmal in den ewigen Flammen seid, was werdet ihr dann tun?... Wehe!«

»Was hast du denn?« murmelte Donna Orsola Giuncada ihrer Tochter ins Ohr, die sich auf ihrem Sitz schier ausrenkte, als säße sie wirklich auf glühenden Kohlen, um den Niní Lanzo dort hinten zu erspähen. »Was ist denn? Wirst mir doch nicht jetzt auf einmal hitzig werden? Gib nur acht, das treibe ich dir mit einer Ohrfeige wieder aus.«

Sie waren indessen zum Ersticken eng zusammengepfercht. Die Hitze, die Dunkelheit, der dumpfe, scharfe Geruch der Menschenmenge, die zwei armseligen Kerzen, die erbärmlich vor dem Christus auf dem Altar flackerten, das Gewinsel des Ministranten, der einem den Klingelbeutel aufdringlich unter die Nase schob, die Donnerstimme des Predigers, die die Kirche erschütterte und einem eine Gänsehaut verursachte, daß einem beinahe das Herz stillstand, all das schien alte und neue Gewissensbisse zu wecken, die nun wie Flöhe daherkamen, besonders wenn man hörte, welche Geißelhiebe sich dort hinten in dem finsteren Winkel Cheli Mosca, der gute Christ und bekannte Dieb, tsching tschang mit dem Hosengürtel versetzte; schließlich war er ja gekommen, um mit gutem Beispiel voranzugehen und zu zeigen, daß er ein neues Leben anfing, direkt unter den Augen des Richters und des

Milizhauptmanns. Wenn nämlich irgendwo im Dorf ein Huhn fehlte, dann kam man sofort zu ihm, beim Blut des Judas! Die Männer ließen sich nichts anmerken, wohl oder übel. Aber auf der Frauenseite wirkte das Wort Gottes geradezu Wunder: Seufzer, Gemurmel, Nasenputzen ohne Ende; und wer ein reines Gewissen hatte, dankte dem Herrn im Angesicht aller – coram populo – dafür, und wenn irgendeine andere die Nase immer tiefer ins Meßbuch stecken mußte, war sie selbst schuld, Donna Cristina, die Richtersgattin, beispielsweise oder die Caolina, die man mit all ihrem Firlefanz und dem Moschusgestank, der die Luft verpestete, abseits stehen ließ, als hätte sie eine Seuche.

»Was nützen dir, reulose Magdalena, dein nach Weihrauch und Myrrhe duftendes Haar und dein dreistes Gebaren? ...«

Donna Orsola hielt sich die Nase zu, denn es drehte ihr den Magen um bei dem Skandal, die Caolina in der Kirche zu sehen, wegen solcher Weibsbilder nämlich vernachlässigten die Männer selbst das Sakrament der Ehe und ließen ihre Töchter zu Hause verschimmeln, ohne von den Nachteilen zu reden, die daraus entstanden: daß sich nämlich die Mädchen dann an einen Hungerleider hängten, der nichts hatte und nichts gelernt hatte, wie Niní Lanza, und die Familienväter mit fünfzig Jahren immer noch ein liederliches Leben führten... Wehe den Ehebrechern und den Wollüstigen! ...

»Hm! Hm!«

Nun, da sich der Prediger auf die siebte Todsünde gestürzt hatte und die Dinge beim Namen nannte, saß die arme Donna Orsola auf Kohlen wegen ihrer Tochter, der die Augen schier aus dem Kopf fielen und der kein einziges Wort der Predigt entging. Sie hustete, putzte sich die Nase und hielt ihr eine eigene Predigt, die Mädchen müßten in der Kirche gesittet und gesammelt sein und dürften nur das hören, was für sie passe, sie brauchten kein so dummes Gesicht zu machen, als ob der Diener Gottes türkisch spreche.

Der Prediger sprach hingegen wie der heilige Augustinus persönlich; man hätte eine Fliege summen hören;

selbst die Caolina hatte sich ihren Schal über die Augen gezogen und schien zerknirscht.

Die Zuhörerschaft war so durchdrungen vom Gegenstand der Predigt, daß fünfzigjährige Frauen erröteten wie Jüngferchen, und die, die sich am meisten ereiferten, warfen scheele Blicke auf Donna Santa Brocca, die Frau des Arztes, die im achten Monat mit einem Bauch, daß Gott erbarm', zur Predigt gekommen war; die Arme wäre unter diesen Blicken am liebsten gestorben.

Eine Heilige, wie ihr Name »Santa« sagte, war sie wirklich, gottesfürchtig, stets beim Pfarrer und im Beichtstuhl, Haus und Ehemann treu ergeben, so daß es ihr dieser auch mit Kindern angefüllt hatte, das Haus. Und er – ein Freigeist, einer der Verschwörer, die in der Apotheke Mondella zusammenkamen – haderte jedesmal, wenn sich seine Frau wieder mit den Wehen niederlegte, mit Gott und den Sakramenten, insbesondere mit dem der Ehe, so daß die arme Frau neun ganze Monate weinte, wenn sie wieder in den Zustand kam.

Diesmal aber richtete ihm Donna Santa etwas noch Schlimmeres an. Freilich ging es mit dem Teufel und dem Prediger zu – mit der Szene aus dem Jenseits, die sich der Fastenprediger, wenn auch in bester Absicht, ausgedacht hatte. Während er sich mit »Wehe euch, ihr Wollüstigen« und »Wehe dir, du Ehebrecherin« schier die Seele aus dem Leib schrie, erschienen mitten in der Kirche Kolophoniumflammen, und man hörte den Küster mitsamt den anderen Gevattern kreischen: »Au, au weh!« Da hättet ihr etwas sehen können! Einige riefen, es seien wirklich die Teufel, andere weinten laut, wieder andere fielen auf die Knie. Die Witwe Rametta, die ihren Mann vor kurzem dort unten beerdigt hatte, fiel vor Angst in Ohnmacht und zwei oder drei andere aus Sympathie gleich hinterher. Die arme Donna Santa Brocca aber, schon schwach im Kopf durch die Schwangerschaft, das Fasten und die vielen Andachten, verschreckt durch die Vorwürfe ihres Mannes und nun durch die Drohungen des Predigers, der Hitze, der Scham und dem Schwefelgestank hilflos ausgesetzt, wurde unvermittelt von Gewissensbissen oder von weiß Gott was gepeinigt, fing an, sich hin und her zu werfen, die

Augen zu verdrehen, und stöhnte totenbleich, während sie mit den Händen in der Luft herumfuhr: »O Herr! ... Ich bin eine Sünderin! ... Erbarme dich meiner!«, und auf einmal – platsch – plumpste es ihr auf den Kirchenboden.

Stellt euch das Durcheinander vor: ein Stimmengewirr, ein Gekreisch, Mütter, die eiligst ausrissen, ihre neugierigen Töchter vor sich her schiebend: ein Wirrwarr. Die Männer drangen in der allgemeinen Verwirrung in die Frauenreihen ein, dem Richter zum Trotz, der sein spanisches Rohr schwang und schrie, als wäre er auf dem Marktplatz. Es setzte Faustschläge und Knüffe in dem Gedränge. Das war auch die Gelegenheit, bei der sich Betta, die vom Teufel Besessene, und Don Raffaele Molla wiederfanden, nachdem so viel Streit und so viel Schande zwischen ihnen gewesen war, und die Caolina ließ jeden, der wollte, ihre bestickten Beinkleider sehen, als sie behender als eine Ziege über Sitze und Bänke sprang. Ein Getümmel, bei dem man auf seine Brieftasche oder seine Uhrkette achten mußte, falls man eine hatte, wobei der Richter schon vorsorglich dem Rücken des Cheli Mosca einen Stockhieb verpaßte, der ihn im Zaum halten sollte.

Schließlich gelang es einigen Wohlmeinenden mit Hilfe des Richters und der anderen Obrigkeiten durch Schimpfen und Schreien und indem sie die Leute an der Hemdbrust packten und hin und her rannten wie die Hunde um die Herde, ein wenig Ordnung zu schaffen und die Prozession in Gang zu bringen, die sich wie gewöhnlich zur Pfarrkirche zu bewegen hatte, um dem Herrn zu danken; voraus ging das Gesindel, in einem ungeordneten Haufen, der sich die abschüssige Gasse hinunterschob und -wälzte, dahinter die Honoratioren, zwei und zwei, mit der Dornenkrone und der Geißel um den Hals; von allen Seiten lief man zusammen, um die besseren Herren des Dorfes, Barone und große Tiere, so mit gesenktem Blick vorbeiziehen zu sehen, und die Fenster waren voll schöner Frauen – eine Versuchung für jeden, der mit der Dornenkrone auf dem Kopf in der Prozession vorbeizog. Auf dem Balkon des Amtsgerichtes schwatzte Donna Cristina, die Richtersgattin, mit ihren Freundinnen, die sie dort empfing, als wäre sie die Frau des Hauses.

»So etwas! Donna Santa Brocca! Man muß schon sagen, die hat ja schöne Schweinereien auf dem Gewissen. Hättet ihr das gedacht? Bei einer solchen Visage! Und dabei tat sie wie eine Heilige. Auch ihr Mann täte besser daran, seine Augen im eigenen Haus aufzumachen, anstatt über alles und über alle zu meckern.«

Doktor Brocca, in Wirklichkeit ein Jakobiner, eins von den Lästermäulern der Apotheke Mondella, machte seine Krankenbesuche, anstatt die Predigt zu hören und in der Prozession mitzugehen; als er erfuhr, welche Strafe Gottes über ihn gekommen war, und man ihm seine Frau mehr tot als lebendig nach Hause brachte, fing er an zu brüllen und auf den Fastenprediger, die Exerzitien und die Regierung, die derlei Betrügereien zuließ, zu schimpfen; die hätten es ja wohl darauf abgesehen, mit ihren dummen Komödien eine Schwangere umzubringen; bis ihn schließlich der Richter ad audiendum verbum ins Amtsgericht rufen ließ und ihm den Kopf wusch: »Schließlich ist es die Regierung, die Anordnungen gibt, und Ihr, mein Lieber, braucht ihr bestimmt nicht zu sagen, was sie zu tun hat. Habt Ihr verstanden? Und der Fastenprediger gehört dem Orden der Redemptoristen an, die ihre Stimme bis hinauf nach Neapel vernehmen lassen; sie ziehen predigend durchs Land, um im Auftrag der Oberen gute und böse Bürger in das Hauptbuch einzutragen wie Sankt Peter im Paradies. Ihr steht ohnehin nicht auf der schönen Seite, lieber Don Erasmo! Seid Ihr es vielleicht müde geworden, Eure Krankenbesuche zu machen, und wollt Ihr Euch in einem Kerker Seiner Majestät ausruhen? Kümmert Euch lieber um Eure eigenen Angelegenheiten! Habt Ihr verstanden?«

Seine eigenen Angelegenheiten waren, daß seine Frau im Begriff war, ihn als Witwer mit fünf Kindern zurückzulassen, den armen Don Erasmo, und noch dazu schwatzte sie im Delirium Dinge aus, die ihn hellhörig machen mußten, leider!

»Wehe der Ehebrecherin! Wehe den Wollüstigen! ... Ich bin im Stande der Todsünde! ... Herr, verzeih mir!«

Was sie in der Predigt gehört hatte, eben. Don Erasmo aber, der nicht bei der Predigt gewesen war, wußte nicht, was er denken sollte, die Augen traten ihm aus dem Kopf, er wechselte ständig die Farbe und stotterte angstvoll: »Was? Was sagst du da? Was denn?«

Nicht, daß ihm seine Frau je Anlaß zu irgendeinem Verdacht gegeben hätte, die Arme, mit diesem Gesicht! Es wäre wirklich eine ausgemachte Bosheit gewesen, wenn einer dem Doktor Brocca diesen Streich gespielt hätte, ein anderer, der nicht dazu gezwungen war wie er, der leider dazu verpflichtet war, um des lieben Friedens willen, um seine Frau zufriedenzustellen, die nichts anderes im Kopf hatte als das Teufelszeug der Pfaffen und alle fünf Sakramente eifrig beobachtete... Er wußte ein Lied davon zu singen, denn er hatte die Schar Kinder ja zu ernähren! Die Pfaffen bezahlten nicht aus ihrem eigenen Sack! Und wenn sich eine Frau einmal etwas in den Kopf gesetzt hat, dann...! Er wußte, was das heißt! »Was? Was sagst du? Sprich doch deutlich, zum Teufel!«

Aber die Kranke hörte nicht auf ihn, glühte im Fieber und blickte mit verdrehten Augen weiß Gott wohin. Und Donna Orsola Giuncada, die er mit der Ausrede, sie müsse ihre Cousine Santa pflegen, ständig am Hals hatte, schimpfte ihn noch dazu aus: »Das ist doch keine Art! Nach einer Fehlgeburt! Als Arzt müßtet Ihr das wissen!«

»So laßt sie doch reden, Pest und Teufel noch mal! Es geht um mein eigenes Interesse!«

Die Freundinnen, die die Kranke besuchten, taten verwundert! »Wie kann so was nur geschehen? Wo es ihr doch so gut ging! Sie war ja zur Predigt erschienen. Eine so vorbildliche Frau und Mutter. Was für Gewissensbisse konnte sie überhaupt haben?«

»Wer weiß...! Wer weiß!...«

Einige wiegten dann diskret ihr Haupt, andere sahen einander an und gingen wieder, ohne noch etwas zu fragen. Manch ein Spaßvogel drückte Don Erasmo auf eine bestimmte Weise die Hand, was heißen sollte: »Nur Geduld! Diesmal hat's eben Euch getroffen...«

So kam es ihm wenigstens vor! Und wenn ein Ehrenmann einen solchen Floh einmal im Ohr hat, weiß er nicht mehr, was er denken soll. War Vito 'Nzerra nicht eigens gekommen, um ihm das Geschwätz zu hinterbringen, das

Donna Cristina, die Richtersfrau, in Umlauf brachte, diese Klatschbase, die auch ihn, den armen Ehemann, mit Schmutz bewarf?

Das Geschwätz nahm kein Ende mehr: Vielleicht fühlte sich Donna Santa an dem Tag schon nicht wohl, als sie aus dem Haus ging? Oder stand ihre Schwangerschaft unter einem ungünstigen Mond? Oder in der Menge hatte sie jemand gestoßen? Und das und jenes. Oder vielleicht hatte sie mit ihrem Mann ein Hühnchen zu rupfen gehabt? »Sagt schon die Wahrheit, Don Erasmo!« »Die Wahrheit... die Wahrheit... Die Wahrheit kann man nicht erfahren!« Don Erasmo, der dem Platzen nahe war, schleuderte sie eines Tages der Borella und zwei oder drei anderen Zuverlässigen ins Gesicht: »Sie wollen alle, daß man die Wahrheit sagt!... Pfaffen, Büttel und alles, was sonst noch zu dem Affentheater gehört! Alle, die die Dummen an der Nase herumführen!... Wie Marionetten behandeln!... Und es darauf abgesehen haben, eine Schwangere umzubringen mit ihren Hanswurstiaden!«

»Aber nein, nicht doch. Wir sind doch alle bei der Predigt gewesen... Ich war auch dort... und keiner ist etwas geschehen...«

»Ja, wenn es so ist, dann...«

Dann wußte der arme Don Erasmo nichts mehr zu sagen, hatte verstörte Augen und einen bitteren Geschmack im Mund. Er flehte seine Frau aufs neue an, versuchte es im Guten mit ihr, setzte eine beinahe lachende Miene auf, während er ihren Kräutersud zubereitete und ihr Arzneien einflößte: »Sag doch deinem lieben Männchen die Wahrheit... Was ist denn diese Sünde? Was soll ich dir denn verzeihen?«

Als wenn er zu einer Wand gesprochen hätte. Donna Santa brachte bisweilen nicht einmal die Zähne auseinander, um eine Medizin einzunehmen; und wenn sie dann redete, kam dieselbe Leier von Strafen, schweren Sünden und Feuerzungen, die sie immer vor Augen hatte.

»Dann soll ich wohl nicht einmal erfahren, was in meinem eigenen Haus passiert, was?« schnaubte wutentbrannt Don Erasmo und wandte sich Donna Orsola zu, die er immer noch am Hals hatte.

Er, der alle Geschichten aus den anderen Häusern wußte, die Skandale der Donna Cristina, die Szenen der Witwe Rametta, der guten Seele, die sich in den Armen von diesem und jenem ausweinte! Und wie sie darüber lachten, er, der Apotheker und Don Marco Grippa. Er glaubte ihn jetzt vor sich zu sehen, Don Marco, wie er mit seinem schielenden Auge zwinkerte; jetzt, wo das Unglück ihn getroffen hatte, ging die Unterhaltung auf seine Kosten.

»Verstanden, Donn'Orsola, ich habe das Recht, endlich zu erfahren, was in meinem eigenen Haus geschehen ist!«

»Was geschehen ist? Was seht Ihr denn? Seht Ihr denn nicht, daß die Arme irre redet? Es sind die Worte der Predigt, die ihr im Kopf geblieben sind ...«

Richtig! Aber warum waren ihr gerade die im Kopf geblieben, das wollte Don Erasmo wissen! In seinem Haus hatte es derartige Schweinereien nie gegeben! ... Soviel er wußte, zumindest! Soviel er wußte, Herrgott noch mal! »Laßt mich in Ruhe, Herrgott noch mal, oder ich sage, ihr habt euch alle gegen mich verschworen! Und du, rede, zum Teufel!«

»Was wollt Ihr von mir? Verzeiht mir!«

O nein! Don Erasmo wollte vorher wissen, was er verzeihen sollte! ... Und bei wem er sich eventuell für den Streich zu bedanken hatte! ... Für den Diebstahl an seinem Haus und Herd! ... Jawohl, das war es, ein Diebstahl an seinem Haus und Herd! Denn wenn sich ein Ehrenmann nicht einmal in einem Haus wie dem seinigen, einer wahren Burg, und mit einer Frau wie seiner sicher fühlen kann, dann muß er einen richtigen Feind haben, der ihm bei einer derartigen Frau einen solchen Streich spielte! ... Aber wer? ... Gevatter Muzio, der einzige, der ab und zu in sein Haus kam ... aber er war über sechzig! ... Freilich stand auch Donna Santa nicht mehr in ihrer ersten Blüte, und die Sünde könnte auch schon älteren Datums sein ... Aber dann? Dann? Die Kinder, mit denen er, dem siebten Sakrament treu ergeben, das Haus gefüllt hatte? War auch unter ihnen ein Dieb? ... Gennarino oder Sofia oder Nicola? ... Alle Heiligen des Kalenders waren ja in seinem Haus vertreten! Alle Haarfarben und alle Altersstufen ...

Auch Rothaarige wie der Notar Zanno, der gegenüber wohnte und durchaus imstande gewesen wäre, ihm einen solchen Streich zu spielen, gratis et amore Dei!

Der arme Mann verlor über all den Verdächtigungen beinahe den Kopf, und es zerfraß ihn innerlich, während er die Kranke pflegen und unablässig in dem unaufgeräumten Haus herumlaufen mußte, da er ja gezwungen war, alles selbst zu machen, den Brei für Concettina zu kochen, Ettore das Gesicht zu waschen – und vielleicht waren Diebe an seinem Herd, arme unschuldige Kreaturen! Nein, so konnte es nicht weitergehen! Donna Santa würde schließlich sprechen, die Wahrheit sagen, um ihr Gewissen zu erleichtern, wenn es stimmte, daß sie eine heilige Frau war.

Aber sie gestand nichts, nicht einmal im Angesicht des Todes, nicht einmal dem Priester, der ihr die letzte Wegzehrung brachte. Don Erasmo nahm ihn sich unter vier Augen vor, folgte ihm mit wankenden Beinen ins Treppenhaus, um endlich die Wahrheit zu erfahren ... Wenn es stimmt, daß es die andere Welt gibt ... Wenn es stimmt, daß man sich reinen Gewissens dorthin begeben soll ... Insbesondere gereinigt von solchen Dingen, die einem Ehrenmann auf immer den Schlaf und den Appetit rauben ... Aber bereit zu verzeihen ... als guter Christ ...

Umsonst! Nicht einmal dem Beichtvater hatte seine Frau etwas gesagt. »Wahrlich eine Heilige, lieber Don Erasmo! Ihr könnt stolz auf sie sein ...« Entweder hatte seine Frau wirklich nichts zu sagen, oder selbst die Heiligen nehmen es mit der Wahrheit nicht so genau.

Und wie Doktor Brocca sich den Dorn damals nicht aus dem Herzen ziehen konnte, so konnte er es auch später nie mehr, es blieb ihm der bittere Zweifel, der Verdacht, der sein Blut gegen jeden, der zu ihm kam oder nur auf der Straße vorbeiging, erhitzte und der ihn mit einem Schlag packte, wenn er sich eine Viertelstunde in der Apotheke aufhielt, der ihm sein eigenes Haus zur Hölle machte, ihm das Brot vergiftete, das er am eigenen Tisch inmitten seiner Kinderschar aß – und die verschlang das Brot kistenweise, wer weiß mit welchem Recht –, und seine Frau, die, vom Tod wieder zum Leben erwacht, auch wieder so sein wollte wie früher: Haus und Ehemann treu ergeben, immer beim Pfarrer und im Beichtstuhl.

»Wie machst du denn das, beichten? Was erzählt ihr Frauen eigentlich dem Beichtvater?... Wenn ihr doch nie die Wahrheit sagt!«

Die Arme weinte, verzweifelt schier, protestierte tausendmal und schwor tausendmal. Die Cousine Orsola kam manchmal bei dem Geschrei herbeigeeilt und sagte ihm ihre Meinung: »Was wollt Ihr denn eigentlich von ihr?... Soll sie Sünden erfinden? Wollt Ihr unbedingt Hörner auf dem Kopf haben?«

Und er mußte auch das schlucken und schweigen! Und er mußte den Kopf senken und von etwas anderem reden, wenn sie mit Don Marco Crippa und dem Apotheker über die anderen unglücklichen Ehemänner lachten.

Komödien des Lebens

Wie oft vermischt sich in den Dramen des Lebens die Verstellung so sehr mit der Wirklichkeit, daß man sie nicht mehr voneinander unterscheiden kann, die Verstellung tragisch wird und der Mensch, wenn er gezwungen ist, eine Komödie vorzuspielen, sich schließlich so aufrichtig in die Rolle versetzt, wie es die großen Schauspieler tun. Wie viele bittere Komödien auch hier und wie viele elende Komödianten!

Ich sah die Komödie des Schmerzes am Bett eines Sterbenden. Ein Fall für das Schwurgericht, wenn es stimmte, daß Matteo Sbarra, wie die Nachbarn sagten, gewiß nicht deshalb umgekommen war, weil ihn ein Maultier getreten hatte, sondern daß es Gevatter Niscima gewesen war, der ihn hinterrücks mit einer Schaufel erschlug, als er erfuhr, daß Matteo Sbarra es hinterrücks mit seiner Frau trieb – ein Gevatter, ein guter Freund, der mit ihnen Brot und Arbeit teilte, und er hätte sich umbringen lassen für beide! Niscima weinte, seine Frau weinte und raufte sich das Haar, sei es aus Liebe oder aus Furcht vor der Justiz. »O Gevatter, welch schrecklichen Tag müssen wir heute erleben!« »Oh, mein lieber Gevatter, wie Feuer brennt es hier drinnen!« Und der Untersuchungsrichter war anwesend; und das Zimmer war voll Nachbarn, die wußten und nicht wußten; und das Maultier, das draußen angebunden war, konnte nicht sprechen.

Auch Matteo Sbarra, dem die Kehle wie zugeschnürt war, schwieg im Angesicht des Richters, im Angesicht der Zeugen, im Angesicht des Priesters, der ihm die Absolution für alle seine Sünden erteilte. Er blickte die Gevatterin an, er blickte den Gevatter an, mit trüben Augen, vor denen vielleicht schon die Vision des ewigen Lebens vorbeizog. Ach, ihre Hände, die ihm jetzt mit dem Taschentuch das Blut und den Schweiß des Todes abwischten! Und die Hände des Freundes, die ihm das Kopfkissen zurechtrückten, hier, in demselben Ehebett, wo er ihn in den Hinterhalt gelockt hatte – in eine todsichere Falle, wenn es stimmte, daß ihn die Frau hier schon andere Male in ihren Armen gehalten hatte, denn Niscima wußte wohl, daß beim Wild das Männchen auf den Lockruf des Weibchens wieder ins Schußfeld kommt, und wäre es verwundet und blutüberströmt. Anna, die Nachbarin, hatte den plötzlichen heftigen Lärm des Kampfes hinter der Tür gehört, sobald der Ehemann nach Haus gekommen war: die unterdrückten Schreie, das Röcheln der Frau und das rasende Gekeuch des Mannes. Was hätte sie machen sollen, die Arme, wenn es stimmte, daß sie schuldig war? Wenn es stimmte, daß Gott nicht am Samstag zahlt und uns mit unseren eigenen Sünden bestraft? »Warum hast du ihn weglaufen lassen, du Weibsbild? Sag ihm, er soll wiederkommen. Sicher habt ihr ein Zeichen ausgemacht. Gib ihm das Zeichen, daß er kommen soll, in Gottes heiligem Namen!« Sie gab ihm das Zeichen: ein blutrotes Tuch: andere Nachbarn sahen sie am Fenster, mehr tot als lebendig. Aus gutem Grund heulten sie jetzt beide: »Oh, mein Gevatter, welche Feuerqualen laßt Ihr mir in meinem Herzen zurück!« »Herr Richter, meine Herren, tötet mich auf der Stelle, hier vor ihm, wenn ich der Verräter war!« Und die dunkle Gerechtigkeit, die im Bewußtsein der stummen Zeugen lag, dachte wohl: »Der Tote ist tot. Laßt uns den Lebenden retten.«

Dies hier hingegen ist ein Fall für das Polizeigericht: Er stand mitten in den Flammen seines Lagers, das er heimlich angezündet hatte, wie es hieß, um sich vor dem Bankrott zu retten, und gewillt, es mit seinen eigenen Händen zu löschen: die Hände verbrannt, die rauchenden Kleider am Leib, das Haar zerrauft, das Gesicht fahl und verstört wie bei einem Verzweifelten oder einem Verbrecher – und seine Frau halbnackt und die Kinder voller Entsetzen an ihn geklammert. »Laßt mich los! Um Gottes willen! Das ist mein Ruin! Lieber will ich sterben!« Die Menge schrie, der Brand knisterte, der Wasserstrahl zischte aus den Feuerwehrspritzen, die Feuerwehrsirenen schrillten. Und gerötete Gesichter, schwarze Schatten, die im Widerschein des Feuers wimmelten; die blendenden Mützenschilder der Carabinieri. Was aber sah er, was empfand er in diesem düsteren Augenblick? Die Hände, die sich unter dem Gefunkel der Bajonette krampfhaft zuckend nach ihm ausstreckten; das Mädchen, das rücksichtslos von hundert Unbekannten betastet wurde; den Sohn, der mitten unter den Soldaten wütend um sich schlug: »Vater! Mein Vater!« Und das höhnische Grinsen der Übelwollenden, das feindliche Gemurmel der öffentlichen Stimme: »Dreihunderttausend Lire Versicherung!... Verständlich!... Zumal das Schiff schon an mehreren Stellen leck war.« Zweimal versuchte er wie von Sinnen den Kordon, der den Brand absperrte, zu durchbrechen, und zweimal stieß man ihn, während er brüllte und wankte, auf den Fußweg zurück: »Es ist mein Hab und Gut, sage ich euch!... All mein Hab und Gut!... Laßt mich sterben!« »Und wir, Papa? Wir sind es, deine Kinder! Hör doch!« »Ach, meine Kinder, meine armen Kinder!« Und das Geheul, das er mitten auf der Straße anstimmte, die Tränen, die ihm über das von Rauch und Staub geschwärzte Gesicht rannen – die Tränen der Frau und der Kinder! War auch das Verstellung? Waren selbst sie jämmerliche Komplizen der schändlichen Komödie? Weinten sie über die Schuld des Vaters oder über ihren Ruin? Hatten sie vorher schon in dem verehrten und geliebten Antlitz die geheimen Ängste, die Bedrängnisse, die Kämpfe gelesen, die der geachtete und geschätzte Kaufmann bis zu diesem Tag vor ihnen hatte verheimlichen müssen, bei Tisch, im Theater, im Familienkreis und angesichts der Öffentlichkeit, die vom Schein eines beständigen Wohlstands getäuscht werden mußte? War es die verzweifelte Notwendigkeit der Lüge, die sie im Namen ihrer gemeinsamen Rettung jetzt alle ansteckte? Wieweit waren die Tränen des Schuldigen nur Verstellung vor den Blicken seiner Frau und seiner Kinder, denen seine Zärtlichkeit galt und die sein Stolz waren, aber auch seine Opfer und seine ersten und unerbittlichsten Richter auf dem geheimen Grund seines Gewissens? Wer vermöchte es zu sagen? Du, Bankmann, der du in der Börse mit der Zigarre im Mund Partien spielst, in denen es um Leben und Tod und um den Ruin tausend anderer Menschen geht, die nur auf deine unerschütterliche Gleichgültigkeit bauen? Oder du, Mann des Rechts, der du den Richter zu Tränen gerührt hast, um den Mörder zu retten? Auf einmal wichen die Soldaten, die Menschenmenge, selbst die Feuerwehrleute mit einem ungeheuren Schrei vor dem Schrecken des Brandes zurück. Nur er allein, der Unglückselige, riß sich aus den Armen seiner Kinder los, um sich in den auflodernden Schlund zu stürzen, wobei er alle, die ihn aufhielten, zu Boden warf, wie von Sinnen gegen alle kämpfte und, zurückgedrängt und geschlagen, sich mit gesenktem Kopf wieder nach vorne stürzte; er war blutüberströmt, und Schaum stand vor seinem Mund, dem ein Schrei entfuhr, der nichts Menschliches mehr an sich hatte: »Die Kasse! Die Bücher!«

Am ganzen Körper wund und halb erstickt wurde er auf einer Bahre nach Hause gebracht. Einen Monat lang schwebte er zwischen Leben und Tod, in seinen Todeskampf mischten sich die Erwartung des schändlichen Urteils und die fragenden Blicke seiner Kinder. »Arme Lia, wie bleich du bist!« »Und du auch, Arturo, du auch! Aber seht, ich bin jetzt ganz ruhig, bin hier bei euch. Ihr seht mich doch lächeln, ihr armen Kreaturen?« Und dann saß er vor Gericht auf dem Platz der Übeltäter: das Verhör, die widersprüchlichen Aussagen der Zeugen, die Verteidigung seines Rechtsanwalts, der zu seinen Gunsten vierzig Jahre unbescholtener Rechtschaffenheit anführte; das bleiche Gesicht seines Sohnes, der im Gerichtssaal zuhörte, und die zitternden Arme seiner Frauen, die ihn am Ausgang des Gerichtes umschlangen. »Freigesprochen! Freigesprochen!« Das war das einzige Wort, sonst sagten sie nichts, das andere blieb eisig und unausgesprochen zwischen ihnen, für immer!

Und die tagtägliche Komödie im Patrizierhaus, unter demselben Dach, am selben Tisch, im Angesicht der Kinder und der Dienstboten, mit der Gewandtheit der großen Welt zwanzig Jahre lang gespielt von dem beleidigten Ehemann und der schuldigen Ehefrau, wenn sie wirklich beide um das traurige Geheimnis wußten. Nicht einmal der Schatten eines Verdachts darf auf Cesares Frau fallen –

und beide, von einem vornehmen Geschlecht mit derselben Kette gefesselt, hielten sich untadelig an den besonderen Kodex ihrer Gesellschaftsschicht. Und für die Welt gab es nichts zu sehen. Außer vielleicht ein paar weiße Haare mehr an ihren zarten Schläfen; aber keine Rücksicht, keine Aufmerksamkeit weniger in der unerbittlichen Höflichkeit des Ehemannes. Die Dame, Ehefrau und Mutter, geachtet und unbescholten bis zur Neige ihrer Jugend, war wohl unvermittelt zu Fall gekommen, übel zu Fall gekommen, der Pleonasmus ist ja in ihrer Welt erlaubt, als ein armes, stolzes und zartes Geschöpf, das nur daran gewöhnt war, mit hocherhobenem Kopf über Teppiche zu schreiten, und es nicht verstand, sich mit den Händen aufzufangen; sogleich aber hatte sie der Ehemann mit sicherem Arm gestützt, damit sie seinen Namen und den seiner Kinder weiterhin mit Würde trüge. Sicher ist, daß sie weder schrie noch weinte, noch den mildtätigen Seelen Anlaß gab, über ihren Fall zu weinen. Und es war zum großen Teil auch ein Verdienst des Ehemannes, daß die Sache in der Familie blieb; denn auch der andere war ein Mann von Welt, aus derselben Kaste und beinahe noch aus demselben Geschlecht, ein schöner Kavalier und Spieler am Kartentisch und in der Liebe, der mit einem Lächeln auf den Lippen und einer Blume im Knopfloch in Tod und Verderben rannte, zu leben verstand – und, notwendigenfalls, zu sterben, jeden Skandal vermeidend. Er hatte ihr nur zwei oder drei Briefe geschrieben, in den dringendsten Fällen, als ihm das Wasser bis zum Hals stand oder er den Revolver schon unter dem Kinn hatte. Zum Verhängnis wurde, daß einer dieser Briefe, der kürzeste und der schwerwiegendste, der letzte, dem Ehemann in die Hände fiel, als sie sich auf ein großes Fest begeben sollten und die Kutsche schon am Fuß der Freitreppe wartete und die arme Frau, schon frisiert und angekleidet, totenbleich vor einem großen Feuer saß und auf ihren Schmuck wartete, den sie für ihren Geliebten verpfändet und den er ihr für diesen Abend zurückzubringen versprochen hatte, koste es, was es wolle. Koste es, was es wolle. Daher bat er in seinem Brief um Verzeihung, daß er zum ersten- und zum letztenmal sein Wort nicht hielt. Hatte die Arme wohl schon eine traurige Vorahnung gehabt, da eine ungeheure Angst ihr Herz beklemmte und sie so bleich vor dem großen Feuer saß? War ihr schon einmal blitzartig der Gedanke an Selbstmord gekommen, und war es ihr mitleidvoller Zauber gewesen, der ihn auf den Gedanken gebracht hatte, als sie ihn bei einem schauderhaften Spiel gelassen und undurchdringlich alles verlieren sah? Ein schauderhaftes Spiel, das den Ballsaal leerte und auch die Damen zu den Spieltischen zog. Als er ihren traurigen, mitleidvollen Augen begegnete, hatte er mit einem bleichen Lächeln zu ihr gesagt: »Warum sehen Sie sich diese häßlichen Dinge an, Herzogin?« »Und Sie... Warum?... Warum tun Sie das, Maurizio?« hatte sie mit beinahe versagender Stimme gestammelt. Er zuckte mit den Schultern, beugte sich über ihre Hand, um sie zu küssen, und erwiderte nichts mehr, während er ihr klar und unbeugsam, zu allem bereit, ins Gesicht sah.

Die Nachricht von seinem Selbstmord war schon im Munde der Zeitungsverkäufer an allen Straßenecken, als der Herzog mit dem fatalen Brief in der Hand das Ankleidezimmer seiner Frau betrat. Unbeugsam und undurchdringlich wie der andere war auch er, als er plötzlich alles einstürzen sah, was sein Stolz und sein Glaube gewesen war. »Verzeih mir«, sagte er zu ihr, »wenn ich ihn gelesen habe, bevor ich bemerkte, daß er nicht an mich gerichtet war. Aber bedenke, er hätte in schlechtere Hände fallen können. Verbrenne ihn zusammen mit den anderen, die du haben mußt, und lege dir ein wenig Rouge auf, denn mit diesem bleichen Gesicht kann ich dich nicht auf den Ball führen, wir würden uns beide lächerlich machen.«

Sie machten sich nicht lächerlich. Obgleich sich die Skandallüsternen zur Tür drängten, als das illustre Paar angekündigt wurde, und nachsichtige Freundinnen sich ihr zuwandten, als die Nachricht von dem Selbstmord auf dem Fest durchzusickern begann; man sah sie aufrecht und stark, ohne mit der Wimper zu zucken, bei dem tödlichen Schlag, der sie auf den Kopf traf, unter den Blicken der Neugierigen und bei den Worten ihres Ehemannes, der mit der welterfahrenen Diskretion, die alles Lästige und Schrille dämpfte, den »armen Maurizio« bedauerte. Sie erkrankte, und der Herzog verließ ihr Zimmer nicht einen einzigen Tag. Dann erschien sie wieder in den Theatern, auf den Empfängen, bewundert, ehrerbietig gegrüßt, am Arm des Mannes, gegen den sie einen inneren Abscheu empfand, neben der makellosen, reinen Jungfrau und dem Knaben, die sie stolz und zärtlich liebten. Als sie vor der Hochzeit gestanden hatten, hatte der Vater zu ihnen gesagt: »Bleibt eures Namens und des Vorbildes würdig, das euch die Euren gegeben haben.« Vor diesen und vor allen anderen vergaß er nie, in den langen Jahren nicht einen einzigen Tag, der Gefährtin seines Lebens und seiner Fesseln stets dieselbe beispielhafte Hingabe und Verehrung zu bezeigen, selbst als sie in dem riesigen Palast, der widerhallte wie ein leeres Grab, mit ihm allein geblieben war. Und falls der vulgäre Verdacht noch im Kopf eines Dienstboten oder eines Verwandten zurückgeblieben sein sollte, so wollte er ihn bis zum letzten Atemzug, selbst im Angesicht des Todes, noch Lügen strafen, indem er vor den Kindern und den Angehörigen die Hand seiner schluchzenden, vor ihm auf den Knien liegenden Frau drückte, während ihm der Priester die letzte Ölung erteilte. Nur in der letzten krampfhaften Pein wies er ihre Hand mit seiner eisigen zurück. In seinem Testament hinterließ er »seiner treuen Lebensgefährtin« ein reiches Vermächtnis.

Aber es gibt noch tausend andere solcher Komödien! Das herausfordernde Lächeln des unglückseligen Frauenzimmers, das sich ein Essen verdienen muß. Die Tränen des Schnorrers, der einen bittet, ihm zwanzig Lire zu »leihen«. Die Eleganz des Hungerleiders, der sein Abendessen mit ein wenig Teegebäck bestreitet. Die gesenkten Augen des Mädchens, das einen Mann zum Heiraten sucht. Und die trostloseste schließlich, die Komödie der Liebe, wenn die Liebe schon tot und nur die Fessel geblieben ist. Oh, ihr zarten Arme, die ihr müde und bleich den einstmals Geliebten umschlingt! Als Alberto auf dem Ball die kleine Hand drückte, die ihm so beharrlich eine Fessel um den Hals legen sollte, wußte er nicht, daß sie sich so bald wieder aus seinen Armen winden würde. Und ebensowenig wußte er, daß er von der vorgetäuschten Liebesglut und der Schmeichelei seiner eigenen galanten Worte hingerissen wurde. Ihr triumphierendes Lächeln, das sich an der Huldigung des schönen, umstrittenen und bewunderten Frauenhelden berauschte, die leichte Erregung durch den Tanz, die schmeichelnde Musik als Begleitung der schmeichelnden Worte, die Augen, die voll Verlangen die ihren suchten, und das Glänzen, das sie in ihnen erblickte, als sie zustimmend den blonden Kopf neigte: »Ja! Ja!« Wie anders waren ihre Trunkenheit und die Verwirrung in ihren Augen, als sie zum erstenmal jene Treppe hochstieg und die Tür aufstieß, den Muff fest an die schwer atmende Brust gepreßt. Und wie anders war wiederum ihre Verzagtheit, als sie hierher kam und, kaum eingetreten, um sich blickte und sich mit blassem Gesicht und einer feinen Falte zwischen den Augenbrauen in einen Sessel fallen ließ. »Ich habe auf mich warten lassen, nicht wahr?« »Nein ... das macht doch nichts, jetzt nicht mehr ... Jetzt bist du ja hier! ...« »Ach, ich bin halbtot ... wenn du wüßtest ... Mein Mann ... Der Portier, der mich vorbeigehen sieht!« Eben alles, was ihre Augen vorher, als sie noch von dem goldenen Traum geblendet waren, nicht sahen. »Laß mich, Alberto! ... Ich bitte dich! Ich flehe dich an!«

»Ich lasse dich schon. Verzeih!«

»Was hast du denn jetzt? Siehst du denn nicht, in welchem Zustand ich bin? ... Was ich deinetwegen tue?«

Aug in Auge, Hand in Hand, und der rosige Mund lächelte müde und wollte unter dem Hutschleier den Kuß erwarten. Das war nicht mehr der Mund, der sich einst bebend entzog und sich dann verlangend im ersten Kuß hingab. Auch jetzt bot sie ihm ihren Mund – o mitleidige Lüge! –, weil sie sah, wie die glühenden Augen ihres Liebhabers in den ihren noch die Liebe suchten, die nicht mehr da war. Er nahm ihren Kuß nicht an und betrachtete sie unverwandt: »Maria, du Arme!« sagte er traurig.

Sie war rot geworden und schaute ihn auch mit schon unruhigen Augen an. Sah sie vielleicht den Zweifel und die grausame Skepsis in seinem Blick? »Armer Schatz! Arme Maria!« Sonst sagte er nichts, streichelte ihr Haar und lächelte auch dabei. Aber er war schneeweiß, und sein

Lächeln war bitter. Da besiegte sie seine Blässe und seine Augen mit ihren Liebkosungen und verlor sich wohl selbst einen Augenblick darin oder wollte es aus Mitleid mit ihm. Oh, arme Liebe, die du dir mit den Flügeln in die Seiten schlagen mußt, um dir Leben einzuflößen! Arme Geliebte, herabgesunken zur Schmierenspielerin der Liebe! »Nein! Nein!« Er trat wankend zurück, als hätte er einen Schlag vor die Brust bekommen, er machte ein paar Schritte durch das Zimmer und setzte sich wieder neben sie, wobei er versuchte, ihr wieder zuzulächeln, versuchte, Worte zu finden, die aber nicht kamen.

»Es ist spät«, sagte sie und erhob sich. »Es ist bestimmt schon fast fünf. Ich muß gehen.«

Auch er erhob sich, ohne etwas zu sagen.

Sie suchte ihren Muff und ihre Handschuhe, zog sich den Schleier vor dem ernsten, kühlen Gesicht zurecht, ohne ein Wort zu sagen, ohne ihn anzusehen, und ging zur Tür. Er öffnete sie schon.

»Tu mir den Gefallen. Wenn jemand im Treppenhaus wäre ...«

»Warte.«

Er trat auf den Treppenabsatz hinaus und kam sogleich wieder zurück. »Niemand da.«

Die Geliebte zögerte einen Augenblick und zog den kleinen Schleier über den Mund hinauf. Der Geliebte tat, als sähe er ihn nicht, und drückte ihr die Hand.

»Also, leb wohl.«

»Leb wohl.«

Bis zur letzten Stufe hörte er das Geräusch ihrer Schritte, die sonst immer lautlos entschwunden waren, und vom Fenster aus sah er sie fest und ruhig auf dem Fußweg stehen wie eine, die jetzt nichts mehr zu verbergen hat, und mit einer anmutigen Geste ihrer Rechten, die im Muff steckte, einen Kutscher zu sich heranwinken.

Die Wolfsjagd

Ein Abend voll Wind und Regen war es, ein Wetter, bei dem nur Wölfe draußen waren, als Lollo unversehens wie die schlimme Nachricht zu Hause erschien. Er klopfte zuerst ganz leise, dann streckte er sein unruhiges, eingeschrumpftes Gesicht durch die Tür, und schließlich beschloß er einzutreten; er war noch gelber als Safran und triefend naß.

Draußen der Teufel los – und er zu dieser ungewohnten Stunde mit einem so fürchterlichen Gesicht: seine Frau, die Arme, begann wie Espenlaub zu zittern und brachte gerade noch genug Atem zusammen, um zu stottern: »Was ist denn los? ... Was ist geschehen?«

Aber Lollo antwortete nicht, sagte nicht einmal »Krepiere!«. Er war ein wortkarger Mann, besonders wenn ihm etwas über die Leber gelaufen war. Er allein wußte, was für Wörter er da zwischen den Zähnen zermalmte, als er weiter mit düsteren Augen um sich blickte. Das Licht stand auf dem Tisch, das Bett war gemacht, bei der Küchentür war eine lange Stange, auf der Hühner und Hennen, auch sie sicherlich durch das Gewitter aufgeschreckt, durcheinander lärmten, so daß die Frau immer bleicher wurde und ihrem Mann nicht ins Gesicht zu blicken wagte.

»Ist gut«, sagte er. »Ich brauche nur einen Augenblick.«

Er hängte seinen Umhang an einen Nagel, legte das Lämmchen, das er darunter hatte, auf den Tisch, so wie es war, mit zusammengebundenen Läufen, und setzte sich mit gespreizten Beinen vornüber gebeugt hin und ließ seine Hände zwischen den Schenkeln herunterhängen, ohne sonst noch etwas zu sagen. Seine Frau stellte Brot und Wein vor ihn hin und auch die gestopfte Pfeife, da sie in der Verwirrung nicht mehr wußte, was sie tat.

»Woran denkst du eigentlich? Wo hast du deinen Kopf?« schimpfte Lollo. »Eins nach dem anderen, du Vieh!«

Er kaute langsam und nahm sich große Brocken, saß mit dem Rücken zur Wand und hielt die Nase dicht über die Gottesgabe. Ab und zu drehte er sich nach dem Lämmchen um, das sich blökend loszumachen versuchte und mit dem Kopf auf den Tisch schlug.

»Gib doch Ruhe, gib doch Ruhe!« brummte Lollo schließlich. »Gib doch Ruhe, wir haben doch noch Zeit.«

»Aber was habt Ihr denn vor? So redet doch wenigstens!«

Er blickte sie so an, als hätte er nichts gehört, seine Augen waren erloschen und ohne jeglichen Ausdruck, während er sich die Pfeife anzündete, so daß die arme Frau immer verstörter wurde und sich auf einmal auf die Knie warf, um ihm die nassen Sandalen aufzuschnallen.

»Nein«, sagte er zu ihr und stieß sie mit dem Fuß zurück. »Nein, ich gehe noch einmal weg.«

»Bei diesem Wetter?« seufzte sie mit einem tiefen Atemzug.

»Das Wetter macht nichts aus ... Im Gegenteil! ... Im Gegenteil!«

Als der kleine, magere, zusammengeschrumpfte Mann mit seinem öden Gesicht und seinen falschen Augen, die einen nicht anschauen konnten, so sprach, war er wirklich zum Fürchten – vor allem in dieser Einöde und bei dem Unwetter, wo niemand ein »Christus, steh mir bei!« gehört hätte.

Die Frau räumte schweigend den Tisch ab. Er rauchte und spuckte bald hierhin, bald dorthin. Auf einmal begann die schwarze Henne unheilverkündend zu gackern: »Ist Michelangelo heute vorbeigekommen?« fragte Lollo.

»Nein ... nein«, stammelte seine Frau, der um ein Haar die Gottesgabe aus der Hand gefallen wäre.

»Ich hab' ihm gesagt, er soll eine Grube graben ... Eine schöne, große Grube ... Er wird's schon gemacht haben.«

»O Jesus Maria! Warum denn? ... Warum denn?«

»Ein Wolf ist hier in der Nähe ... den möchte ich fangen.«

Sie warf instinktiv einen raschen Blick auf die Küchentür und heftete ihre verstörten Augen auf das Gesicht ihres Mannes, der sie nicht einmal ansah, sondern den Kopf über seiner Pfeife senkte und den Rauch genoß, als genösse er schon das Vergnügen, das böse Tier zu fangen. Sie wurde immer bleicher und murmelte mit zitternden Lippen: »Jesus! ... Jesus!«

»Hab keine Angst. Ich will ihn in die Falle locken ... ohne meine Haut aufs Spiel zu setzen ... Nein, das wäre ja noch schöner! Auch noch sein Leben aufs Spiel setzen wegen einem, der dir dein Zeug wegstiehlt. Ich hab' Zango und Buonocore schon verständigt. Die geht es auch an.«

Es mochte der Wein sein, der ihm die Zunge löste, oder er mochte Gefallen daran finden, schön langsam die Galle, die er in sich haben mußte, wiederzukäuen, auf jeden Fall hörte er nicht mehr auf, kratzte sich das faltige Kinn und schlummerte beinahe über seiner Pfeife ein, während er wie eine alte Elster dahinschwatzte: »Willst du wissen, wie es gemacht wird? ... Das geht so: Man richtet ihm eine schöne Falle her ... ein schönes Bett aus Laub und Blättern schüttet man ihm auf ... und darauf bindet man das Lämmchen, denn auf das frische Fleisch ist er scharf, der Gauner ... ein gefundenes Fressen für ihn, wenn er das Blöken hört und das frische Fleisch riecht ... Mit der Schnauze im Wind kommt er daher, und seine Augen funkeln vor Gier ... Aber sobald er in die Falle geht, wird er so blöd, daß jeder ihm etwas antun kann; dann hagelt es Steine, Stockhiebe, heißes Wasser!«

Das Lämmchen begann, als verstünde es diese Reden, aufs neue mit so zittriger Stimme zu blöken, daß man glaubte, ein Kind weinen zu hören, und es einem ans Herz ging. Es zuckte wieder hoch, indem es den Kopf hochstreckte, der dann wieder auf den Tisch zurückschlug wie ein Hammer.

»Genug, genug! Um Gottes willen!« schrie die Frau und rang – beinahe von Sinnen – die Hände.

»Nein, das Lämmchen rührt er nicht einmal an, sobald er mit ihm in der Falle ist ... Er streicht um es herum, immer wieder, die ganze Nacht, und bemüht sich auch, der Versuchung zu entkommen ... Als ob er verstünde, daß es mit ihm zu Ende geht und er Gott und die Menschen um Verzeihung bitten muß ... Man muß ihn gesehen haben, wie er, sobald es Tag ist, seine Schnauze hochreckt und Hunde und Jäger erwartet, seine Augen glühen wie brennende Holzscheite...«

Schließlich erhob er sich langsam und ging in der Stube herum wie ein Gespenst, wobei er seine nassen Sandalen nachschleifte und mit dem Licht in der Hand da und dort herumkramte.

»Aber was sucht Ihr denn? Was wollt Ihr denn?« fragte seine arme Frau, die hinter ihm her keuchte und zappelte.

Er antwortete mit einem Grunzer und schob das Licht unter das Bett.

»Da, da, ich hab's gefunden.«

In dem Augenblick schien ein Wirbelwind das Haus wegfegen zu wollen. In der Küche hörte man ein Krachen: Die Frau kreischte und hielt sich am Türpfosten fest, da blies ein Windstoß das Licht aus und gute Nacht.

»Heilige Barbara! Heilige Barbara! So wartet doch... Ich suche die Schwefelhölzchen... Wo seid Ihr denn? Wohin geht Ihr? Antwortet wenigstens!«

»Sei still«, sagte Lollo, der eilends die Tür von außen verrammelt hatte. »Sei still und rühr dich nicht!« Und er schlug den Zunder auf die Pfanne, selbst so grün wie das Schwefelhölzchen, das er angezündet hatte, so daß seiner armen Frau das Licht in der Hand hin und her wackelte. Dann ging er wieder schweigend herum. Er nahm ein Stöckchen aus Eichenholz, schnitt es an einem Ende ein und band eine Schnur aus Ziegenhaar daran. Seiner Frau waren die Lebensgeister wiedergekehrt, als sie sah, daß sich das Gewitter verzog, und sie zeigte jetzt, die Ellbogen auf den Tisch gestützt und das Kinn zwischen den Händen, fast gespanntes Interesse an seiner Arbeit.

»Was ist das?« wollte sie wissen.

»Das?... Was das ist?« knurrte er unter Pusten und Pfeifen. »Das ist der süße Brocken, der dem Wolf das Maul stopfen soll... Eigentlich bräuchte ich noch einen für dich, ja, für dich noch einen. Ah, ah... Da lachst du?... Hast wieder ein bißchen Farbe im Gesicht gekriegt?... Ihr Frauen habt sieben Lebensgeister wie die Katzen...«

Sie blickte ihn unverwandt an, um herauszubekommen, was er hinter seinem Grinsen ausbrütete; mit bebender Brust rieb sie sich an ihm genau wie eine Katze und lächelte bleich dazu.

»Halt dich ruhig, halt dich ruhig, sonst schütte ich noch das Öl aus... das Öl... das bringt Unglück...«

»Das stimmt, daß es Unglück bringt!« stieß sie hervor. »Aber was habt Ihr denn? So redet doch!«

»Da schau her! Jetzt wird sie auch noch zornig!... Schlau, schlau bist du auch... Willst du auch wissen, wie man ihn holt? Das geht so: Man läßt ihm dieses kleine Ding hinunter in sein Loch; der Wolf in seiner Dummheit beißt hinein; dann wirft man ihm flugs die Schnur am anderen Ende des Stockes über und zieht sie hinter seinem Kopf fest. Das ist alles. Dann kann man den Wolf nehmen und hochziehen, denn jetzt tut er nichts mehr!... Und man kann mit ihm machen, was man will... Aber man muß warten, bis es Tag wird... Jetzt gehe ich und richte die Falle her...«

»Dann soll ich auf Euch warten? Kommt Ihr wieder heim?«

Lollo nahm seinen Umhang vom Nagel und grunzte: »Hm!... Hm!« Dann griff er sich das Lämmchen wieder. »Das sehe ich dann schon... Die wahre Freude hat man erst, wenn man ihn in der Falle sehen kann... und man mit ihm tun kann, was man will... und niemand kann einem was dreinreden... Im Gegenteil, man bekommt auch noch einen Preis im Rathaus!... Und du gib Ruhe, so gib doch Ruhe!« sagte er, während er das Lämmchen unter den Arm nahm. »Gib Ruhe, der Wolf rührt dich doch nicht an. Der ist mit seinem eigenen Kram beschäftigt, glaube ich eher.«

Mit diesen Worten ging er hinaus, ohne auf seine Frau zu hören, und schloß die Tür von außen ab.

»Schließt Ihr mich hier ein?« kreischte die Frau und schlug mit den Fäusten an die Tür. »He, was macht Ihr?«

Lollo antwortete nicht und entfernte sich in Regen und Wind. »Oh, heilige Jungfrau Maria!« rief die Arme, lief in der Stube herum und raufte sich das Haar.

Aber da ging die Küchentür auf, und es erschien totenbleich Michelangelo, der sich kaum auf den Beinen halten konnte.

»Gefangen!... Wir sind gefangen!« stammelte sie kaum hörbar. »Er hat den Riegel von außen vorgeschoben!«

Der andere rannte, ohne etwas zu erwidern, auf Zehenspitzen hin und her genau wie ein Wolf in der Falle; bleich und verstört rüttelte er an der Tür und dem Gitter vor dem Fenster. Dann hob er den Tisch hoch wie ein leichtes Stöckchen und stellte ihn aufs Bett und darauf einen Hocker, dann kletterte er behend wie eine Katze hinauf und versuchte verzweifelt mit den Armen unter das Dach zu gelangen. Schließlich gab er es auf, keuchte, sah seine Spießgesellin scheel an und warf ihr ein Schimpfwort hin.

»Aha«, sagte sie wütend und stützte die Hände in die Hüften, »das ist also der Lohn?«

»Still!« rief er voll Schrecken und hielt ihr mit seiner Hand den Mund zu. »Still!... Siehst du denn nicht, daß wir den Tod im Nacken haben?«

»Übel hätte mir werden sollen, als Ihr in meine Nähe gekommen seid!« schimpfte die Frau weiter. »Ein böses Fieber hätte ich bekommen sollen!«

»Sssssst«, machte er mit den Händen und mit gereizter Stimme. »Sssssst!«

Man hörte nur den Wind und das Wasser, das auf das Dach prasselte. Sie hielt ihren Kopf zwischen den Händen, und er sah sie mit stierem Blick an.

»Aber was hat er denn gesagt? Was hat er gemacht?« stotterte er schließlich hervor. »Gemeint haben wir es doch schon öfter, weil wir argwöhnisch sind...«

»Nein!« erwiderte Lollos Frau. »Er weiß alles, diesmal ist es sicher, ganz sicher!«

»Und jetzt?... Und jetzt?« stammelte Michelangelo und erhob sich immer wieder, als wäre er von Sinnen.

Das Licht ging allmählich aus, weil ihm das Öl fehlte. Er rüttelte in seiner Wut noch einmal an Tür und Fenster, brach sich die Fingernägel ab, weil er den Verputz wegkratzen wollte, und wimmerte wie ein Tier, das die Schlinge schon um den Hals hat.

»Gegrüßet seist du, Maria, steh du mir bei!« flehte hingegen die Frau.

Schließlich erlosch das Licht. Da drehte er sich um, tappte im Dunkeln auf die Frau zu und sagte mit dumpfer

Stimme: »Was wird Euer Mann jetzt tun? Wird er wiederkommen?«

Und ohne eine Antwort abzuwarten, sagte er, da er hörte, wie die Arme ihre Gebete zusammenstotterte: »Vorher hättest du beten sollen... Vorher!«

Und er begann sich Luft zu machen, indem er sie mit Schmähungen und Schimpfwörtern überschüttete.

Anmerkungen

Die Anmerkungen basieren großenteils auf der Ausgabe »Le novelle«, herausgegeben von Gesio Tellini, Rom 1980, und der Ausgabe »Le novelle«, herausgegeben von Nicola Merola, Mailand 1980.

6 *Varannisa:* aus Viagrande, einem Ort, der in der Nähe von Catania liegt wie die meisten Orte, in denen Vergas ländliche sizilianische Geschichten spielen. Catania ist die Stadt schlechthin.

7 *Onkel:* in Sizilien gebräuchliche liebevolle Anrede für ältere Leute.

9 *Soldi:* gemeint ist wohl der »Soldone«, eine Kupfermünze im Wert von 40 Lire.

11 *Tarì:* alte sizilianische Münze im Wert von etwa 42,5 Centesimi.

13 *Soldi:* hier der »Soldo« im Wert von fünf Centesimi. – *Pedara, Nicolosi und Trecastagni:* Ortschaften an den Abhängen des Ätna. – *Grani:* ein »Grano« ist die kleinste sizilianische Münze, etwa $^1/_{20}$ Tarì.

15 *Tiefland:* gemeint ist die »Piana« von Catania, damals von der Malaria verseucht, die weiteste und fruchtbarste Ebene Siziliens. – *La Punta:* San Giovanni La Punta, nordöstlich von Catania gelegener Ort.

19 *Aci Catena:* im Inneren Siziliens gelegene Ortschaft, südlich von Messina zwischen dem Ätna und den Peloritanischen Bergen.

21 *Picca coi voli:* sizilianisches Lied: »Es fehlt nicht mehr viel, gleich bin ich bei ihr. Meiner Geliebten, dem Schatz meiner Seele.«

24 *Bongiardo:* Ortschaft nördlich von Viagrande an den Hängen des Ätna.

26 *Mascali:* an der ionischen Küste gelegen, 30 Kilometer von Catania entfernt, berühmt für seine guten Weine.

28 *alle drei Tage:* gemeint ist das Wechselfieber.

34 *Grenzwachtposten:* Wachtposten der freiwilligen Miliz, die die piemontesischen Truppen unterstützte und der auch Verga angehörte.

36 *Lissa:* Seeschlacht, in der die italienische Flotte während des dritten Unabhängigkeitskriegs von den Österreichern besiegt wurde (1866).

46 *Unzen:* alte sizilianische Münzen.

54 *drei Könige:* das Sternbild des Orion, dessen Form an das Sankt-Andreas-Kreuz erinnert.

55 *Morellino:* kleiner Rappen. – *Stellato:* Pferd mit einem sternförmigen Fleck auf der Stirn.

59 *weißer Mützen:* die Mützen der Bauern und Landarbeiter, häufig im übertragenen Sinn die bäuerliche Bevölkerung generell, im Gegensatz zu den Hüten der Herren.

78 *Rossi:* Ernesto Rossi (1827–1896), bekannt vor allem für seine Shakespeare-Rollen.

84 *Plaja:* Strand im Süden Catanias.

98 *schwarzen Trauben ... geträumt:* Unglückszeichen.

103 *Zu jener Stunde ... ausgeht:* Anspielung auf ein sizilianisches Sprichwort, in dem es allerdings heißt »wenn weder ein Mann noch eine anständige Frau ausgeht«.

107 *Gramigna:* Quecke. – *Farina:* Salvatore Farina (1846–1918), Schriftsteller und Journalist, Freund Vergas.

116 *die Hunde:* auf allen Darstellungen des heiligen Rocco abgebildet.

118 *das Mäntelchen:* Seidenmantel, der auf die besondere Stellung kirchlicher Würdenträger verweist.

135 *der »Bombenkönig«:* Ferdinand II. (von Bourbon), berüchtigt wegen der von ihm angeordneten Bombardierung Messinas. – *um sich der Verbindlichkeiten zu entledigen:* im Volk glaubt man, der König habe den Pfarrer beauftragt, die Cholera zu verbreiten.

238 *Mongibello:* der Ätna.

247 *der General:* Nino Bixio, der Stellvertreter Garibaldis, wurde von diesem mit der Niederschlagung des Aufstands von Bronte beauftragt, dem am Ätna gelegenen Ort, an dem sich die hier geschilderten Ereignisse abspielten.

251 *San Carlo ... Chiaia:* San Carlo ist das größte Theater Neapels, der Strand von Chiaia befindet sich ebenfalls in Neapel.

268 *Oh, Beatrice:* aus der Operette »Boccaccio« von Franz von Suppé.

273 *Sankt-Georgs-Tag:* der 24. April, ein traditioneller Ausflugstag für die Mailänder von einst.

277 *Verziere:* so hieß damals der Mailänder Gemüsemarkt.

284 *Wald der Merlata:* so wurde eine verrufene Gegend in Mailand, zwischen dem Sforza-Schloß und der Arena, genannt.

288 *gegen die Deutschen:* gemeint sind die Österreicher; es handelt sich um die Schlacht bei Custoza in Venetien (24. Juni 1866), in der die Italiener (unter General Lamarmora) von den Österreichern (unter Erzherzog Albrecht) besiegt wurden.

291 *Muttergottesröckchen:* Amulett gegen Unglück aller Arten.

292 *Viktor:* gemeint ist der italienische König Viktor Emanuel II.

293 *Savoyen:* der Name des italienischen Königshauses.

294 *Graumäntel:* die italienischen Soldaten; bis 1905 war Grau die Farbe der italienischen Uniformen, danach Graugrün.

300 *Barbapedana:* Enrico Mulocchio, Moritatensänger und fahrender Musikant gegen Ende des 19. Jahrhunderts, vor allem in Mailand beliebt und bekannt.

301 *Madame Angot:* die damals berühmte Operette »La Fille de Madame Angot« von Charles Lecocq. – *Porta Tenaglia:* damals ein am Rande von Mailand gelegener volkstümlicher Vorort.

302 *Foro Bonaparte:* der Platz vor dem Sforza-Schloß in Mailand.

309 *das Jahr sechzig:* 1860 landete Garibaldi mit seinen tausend Mann in Sizilien.

311 *Simeto:* Fluß in der Ebene von Catania. – *Biviere:* auch Lago di Lentini, heute trockengelegtes, damals sumpfiges Seegebiet in der Provinz Syrakus.

339 *Onkel Giovanni:* Nanni wird nun, seiner höheren sozialen Stellung entsprechend, mit seinem Taufnamen und »Onkel« angesprochen.

365 *Malerba:* Unkraut. – *Malannata:* wörtlich »schlechter Jahrgang«.

371 *in der ganzen Gegend:* das Gebiet nördlich der Piana in der Provinz Enna.

372 *Fettflecken:* man glaubte, die Cholera würde, wie auch die Pest, durch böse Menschen, die sogenannten »untori« (Pestsalber), durch fettige Salben oder Pulver absichtlich verbreitet.

388 *Almansor … Astilador:* Gestalten aus dem auch im 19. Jahrhundert noch populären Ritterroman »Il Guerin Meschino« von Andrea da Barberino, der auch der Verfasser der »Reali di Francia« (»Das Fränkische Königshaus«) ist. Alle diese Romane entstanden um 1400 und sind nichts anderes als Prosabearbeitungen der Chansons de geste für das italienische Publikum des 15. Jahrhunderts. Die Helden des karolingischen Sagenkreises werden in spannende, bunte, äußerst komplizierte Abenteuer verwickelt. – *Marina … Pescheria:* Marina ist die direkt am Meer gelegene Gegend von Catania, Pescheria die Gegend hinter dem Schwurgericht derselben Stadt. – *Rinaldo:* der Held aus dem karolingischen Sagenkreis, der die italienischen Dichter am meisten angeregt hat; in Sizilien genoß er jahrhundertelang eine volkstümliche Beliebtheit. – *Orlando:* ebenfalls ein Held aus dem karolingischen Sagenkreis.

389 *San Carlino:* ein heute nicht mehr existierendes Volkstheater auf der Piazza Ogninella in Catania. – *Buovo d'Antona:* Beuve d'Hanton, Held aus dem »Fränkischen Königshaus«.

394 *dem Esel den Kopf waschen:* ein sizilianisches Sprichwort, das bedeutet »etwas tun, das vergeblich ist«.

410 *daß Gott nicht am Samstag zahlt:* sizilianisches Sprichwort, das bedeutet: Die Strafe Gottes kommt gewiß, aber nicht dann, wann die Menschen glauben.

Nachwort

Victor Hehn, einer der besten deutschen Italienkenner des letzten Jahrhunderts, schloß 1878 seinen Sizilien-Essay mit einem recht forschen Rezept für die Lösung der ihm nicht verborgen gebliebenen sozialen und politischen Probleme der Insel: »Vorläufig und wie die Dinge liegen, bedürfte sie einer besseren, das heißt despotischen Regierung, und zwar in fremden, italienischen, nicht in einheimischen Händen, denn aus eigener Kraft kann sich dieses Volk nicht helfen. Weniger Freiheit ist hier gleichbedeutend mit mehr Wohlfahrt und ein tüchtiger General der echte Fortschrittsmann.« Was es mit Fortschrittsmännern auf sich hat, mußte eigentlich auch der reisende Balte wissen, da er wenige Seiten zuvor die blutige Niederschlagung des Volksaufstandes in dem am Ätna liegenden Städtchen Bronte durch den Garibaldi-General Nino Bixio geschildert und dessen böses Wort zitiert hatte, der Anführer des Zugs der tausend Rothemden sei nicht gesonnen, Diktator eines Landes zu sein, das halb von Wilden, halb von feigen Memmen bewohnt sei.

Eroberern, Kolonialherren und Reisenden wird die spezifische sizilianische Mentalität verborgen bleiben, die von Leonardo Sciascia als »sicilitudine« gekennzeichnet und von Luigi Pirandello in einer Stellungnahme zu Verga charakterisiert wurde: »Die Sizilianer haben fast ausnahmslos eine instinktive Angst vor dem Leben, weshalb sie sich im Abseits abkapseln und sich mit wenigem zufriedengeben, wenn dieses ihnen nur Sicherheit verleiht. Sie nehmen mißtrauisch den Unterschied zwischen ihrem verschlossenen Gemüt und der sie umgebenden offenen, von der Sonne erhellten Natur wahr und schließen sich ständig mehr ab, denn diesem Offenen, welches das Meer überall darstellt und das sie isoliert, das heißt abschneidet und einsam macht, mißtrauen sie, und jeder ist eine Insel und macht sich selbst zur Insel und genießt, falls er seine kleine Freude hat, diese zurückhaltend, allein, schweigend, und ohne Trost zu suchen, erduldet er seinen oft verzweifelten Schmerz. Aber es gibt dann auch die, welche fliehen …«

Giovanni Verga kam am 2. September in Aci bei Catania zur Welt. Sein Vater, Cavaliere Giovanni Battista Verga Catalano di Vizzini, gehörte dem niedrigen Adel, seine Mutter, Caterina Di Mauro, dem wohlhabenden Bürgertum an. Seine höhere Schulausbildung erhielt Verga in einer von Antonio Abate geleiteten Schule. Dieser war ein pathetischer Verfechter des Risorgimento, jener Bewegung, die schließlich unter Führung des in Turin residierenden Königs von Sardinien, dessen Minister Camillo Graf Cavour und einer breiten, von Giuseppe Garibaldi angeführten Volksbewegung die Schaffung des italienischen Nationalstaats ermöglichte. Das Ideengut der italienischen Einigungsbewegung wurde Verga von Abate vermittelt, und sicher war es nicht zuletzt diesem inspirierten Barden und enthusiastischen Patrioten zu verdanken, wenn sich bereits der Sechzehnjährige an die Niederschrift eines umfangreichen, im amerikanischen Unabhängigkeitskrieg spielenden Romans mit dem Titel *Amore e patria* (Liebe und Vaterland) machte, den er zwar abschloß, aber nie veröffentlichte.

Daß Verga seine literarischen Bemühungen nicht nur als pubertäre Episode betrachtete, zeigte er, als er 1861/62 in Catania auf eigene Kosten den vierbändigen historischen Roman *I carbonari della montagna* (Die Carbonari im Gebirge) drucken ließ. Das Vorwort ruft den 8. Juli 1859, »einen nationalen Trauertag«, in Erinnerung, an dem zwischen den piemontesisch-französischen Alliierten und Österreich in Villafranca durch einen Waffenstillstand der zweite Unabhängigkeitskrieg beendigt wurde: Österreich verzichtete damals zwar auf die Lombardei (ohne Mantua), aber noch nicht auf Venetien. Schon im folgenden Jahr konnten freilich dank der erfolgreichen Landung Garibaldis und seiner Freischärler auf Sizilien innerhalb weniger Monate die Bourbonen von der Insel vertrieben und das Ende des von Neapel aus regierten Königreichs beider Sizilien besiegelt werden. Verga leistete nach dem Abzug der »Neapolitaner« vier Jahre lang Dienst bei der Nationalgarde. Wie erbarmungslos und summarisch aber auch unter den neuen Machthabern nach dem Ende der Bourbonenherrschaft Recht gesprochen und ausgeübt wurde und wie wenig sich in Wirklichkeit geändert hatte, erlebte Verga, als er im Mai 1860 Zeuge der Erschießung von sieben Aufständischen wurde.

Mit anderen literaturbeflissenen jungen Leuten und unter der Ägide Abates gründete Verga mehrere kurzlebige literarisch-politische Zeitschriften. Er empfahl sich auch der Aufmerksamkeit des am italienischen Unabhängigkeitskampf beteiligten Alexandre Dumas (Vater) durch Übersendung seines historischen Romans und veröffentlichte 1863 in der von Garibaldi mitinspirierten und in Florenz erscheinenden Zeitschrift »Nuova Europa« den im österreichisch besetzten Venetien spielenden Roman *Sulle lagune* (Auf den Lagunen).

Wie entschlossen Verga war, als Literat zu reüssieren, zeigen nicht nur diese frühen Versuche in der auf Publikumserfolg ausgerichteten und in Zeitungen oder Zeitschriften veröffentlichten Modegattung historischer Roman in Fortsetzungen, sondern auch seine nach 1865 mehrfach unternommenen Reisen nach Florenz. Er besuchte, im Gegensatz zu Alessandro Manzoni, dem bedeutendsten italienischen Schriftsteller des frühen neunzehnten Jahrhunderts, die Stadt nicht so sehr aus sprachlichen als aus erfolgsstrategischen Gründen, da der Regierungssitz des 1861 ausgerufenen Königreichs Italien schon drei Jahre später von Turin nach Florenz verlegt worden war. Der junge Schriftsteller knüpfte in Florenz schon bald Beziehungen zu literarischen Kreisen, so daß er 1866 seinen Roman *Una peccatrice* (Eine Sünderin) veröffentlichen konnte. Angesichts einer Neuauflage im Jahre 1898 distanzierte er sich ohne Beschönigung von diesem frühen Werk: »(...) derartige Sünden und Sünderinnen auszugraben heißt dem Publikum und dem Verfasser einen schlechten Streich spielen.«

Verga verkehrte in Florenz unter anderem im einflußreichen Salon von Ludmilla Assing, die kurz nach dem Erscheinen des Romans *Eine Sünderin* den Lesern der »Neuen Freien Presse« in Wien diesen wegen seiner französisch anmutenden Grazie und Lebendigkeit anpries. Der Erfolg des Schriftstellers in den literarischen Zirkeln der Hauptstadt bot zweifellos die Voraussetzung dafür, daß die Herausgeber des Mailänder Modejournals »La ricamatrice« 1870 gerne bereit waren, den in wenigen Wochen entstandenen Briefroman um das Schicksal einer Nonne, *Storia di una capinera* (Geschichte eines Schwarzblättchens), abzudrucken.

Im November 1872 (nach der Zerschlagung des Kirchenstaats im Jahre 1870 war der Regierungssitz des jungen Königreichs Italien von Florenz nach Rom verlegt worden) übersiedelte Verga aus der Toskana in die Hauptstadt der Lombardei und damit in die in wirtschaftlicher und kultureller Hinsicht aktivste Metropole des Königreichs. Dort fand er schnell Anschluß an das Mailänder Schriftsteller- und Künstlermilieu, vor allem auch zu der Boheme der Scapigliati, der Unfrisierten, zu deren bedeutendsten Vertretern Emilio Praga, Arrigo Boito, Giovanni Rovetta gehörten und die sich in dem in der Nähe der Scala liegenden Café Cova trafen. Der Sizilianer wurde schon bald in den Salon der Gräfin Clara Maffei eingeführt, der noch unter österreichischer Herrschaft von den Exponenten des Risorgimento frequentiert worden war. Ein früherer Bekannter schilderte rückblickend den damaligen Verga als »sehr schönen jungen Mann mit einem fatalen Gesichtsausdruck«, »reserviert im Gespräch, fast karg in der Wahl seiner Worte«. Dem erfolgreichen Sizilianer wurde im Norden jedoch nicht nur Sympathie entgegengebracht, wie ein von Eifersucht diktierter Brief des bald berühmtesten italienischen Dichters dieser bewegten Epoche, Giosuè Carducci, an seine Mailänder Geliebte, Lina Piva Cristofori, zeigt, die den jungen Literaten kennengelernt hatte: »Ein Mensch, der eine schäbige Freiherrnkrone auf eine Visitenkarte drucken und sich unberechtigt Cavaliere nennen läßt, einen Briefroman schreibt und außerdem Sizilianer ist, kann nur ein verächtlicher und lächerlicher Parvenü sein.«

Zwischen 1873 und 1875 veröffentlichte Verga seine in mondäner Umgebung, unter blasierten Männern und lebenshungrigen Frauen spielenden Romane *Eva, Tigre reale* (Königstigerin) und *Eros.* Im Vorwort zu *Eva* erläutert er seine damalige Auffassung von der Rolle der Kunst, die er als ein Phänomen am Rande der Gesellschaft umschreibt: »Sie ist ein Luxus für Müßiggänger. Zivilisation bedeutet Wohlstand, und auf seinem Grund werdet ihr, wenn er exklusiv ist wie heute, falls ihr mutig und aufrichtig genug seid, um der Logik zu folgen, nichts anderes als materiellen Genuß finden. Bei allem Ernst, von dem wir durchdrungen sind, und bei aller Antipathie gegen alles, was nicht positiv ist, bleiben, selbst dann, wenn wir die nutzlose Kunst hinzufügen, nur Essen und Frauen übrig. Wir leben in einer Welt von Banken und Industrieunternehmen, und die Gier nach Vergnügungen ist der Auswuchs dieses Lebens.«

Verga war in den ersten Mailänder Jahren zutiefst davon überzeugt, nur in einer modernen Großstadt könne adäquate zeitgenössische Literatur geschrieben werden. Am 13. März 1874 schrieb er in diesem Sinn seinem sizilianischen Schriftstellerkollegen und Freund Luigi Capuana, der 1870 Bürgermeister des etwa sechzig Kilometer von Catania gelegenen Städtchens Mineo geworden war, einen programmatischen Brief. Er schildert darin die großstädtischen Emotionen und Spannungen, die Kämpfe zwischen Leidenschaften und Parteien und kommt angesichts all der in Mailand unmittelbar greifbaren Anregungen zu dem Ergebnis: »Dort unten verkümmerst Du.«

In einem Augenblick, als sich Verga um die literarische und menschliche Entwicklung Capuanas auf der fernen Heimatinsel sorgte, entdeckte er Sizilien aus der Distanz als Stoff für sein literarisches Werk. Zunächst mag dabei nicht so sehr Nostalgie im Spiel gewesen sein als der einfache Wunsch, ein zugkräftiges Thema anzuschlagen. Am 15. Juni 1874 erschien in der Mailänder »Rivista italiana di scienze, lettere ed arti« die noch im selben Jahr als Sonderdruck und mit dem Untertitel »Bozzetto siciliano« (Sizilianische Skizze) publizierte Erzählung *Nedda.* Sie bedeutet den Wendepunkt im Schaffen Vergas, den

Übergang von den von der Verga-Kritik unter dem Etikett »mondäne Romane« zusammengefaßten Werken mit ihren genußsüchtigen und todestrunkenen Helden in der Nachfolge der *Kameliendame* des jüngeren Dumas zu einer sozialkritischen Thematik.

Der Rahmen der Handlung führt noch einen der gehobenen Gesellschaft angehörenden Ich-Erzähler ein, der sich durch ein Kaminfeuer an den häuslichen Herd und den heimatlichen Ätna erinnert sieht. Im Mittelpunkt des Geschehens steht dann aber nicht Liebesleidenschaft nach dem bewährten Muster der »mondänen« Romane, sondern die Olivenleserin Nedda und ihre unglückliche Zuneigung zu dem sie umwerbenden Janu und das von Armut und Elend gekennzeichnete Leben der beiden. Emotional relativ unbeteiligt und ohne aufdringliche Gängelung und Belehrung des Lesers berichtet der Erzähler von seiner schlichten Protagonistin. Diese nimmt die bestehenden Verhältnisse als naturgegeben und die Schicksalsschläge als unabwendbar hin, so daß bereits ein Zeitgenosse bemerkte, Neddas Fatalismus tue weh.

Verga war offensichtlich selbst überrascht, daß seine sizilianische Skizze eine größere Leserschaft fand. In Briefen an seine Angehörigen hatte er *Nedda* als »wertlose Kleinigkeit«, als »etwas durchaus Klägliches« bezeichnet. Vielleicht war ihm zunächst auch nicht ganz geheuer, daß er unversehens in die Nähe katholischer oder risorgimentaler Sozialreformer geraten war. Wie sehr es Verga aber gelungen war, mit *Nedda* philanthropische Gemüter für sich einzunehmen, zeigt ein Brief der Gräfin Maffei: »Ihre *Nedda* ist ein Kleinod. Ich habe sie mit echter Rührung gelesen, und ich beglückwünsche Sie dazu aufs lebhafteste und herzlichste. (...) Wieviel Poesie findet sich im Elend und wieviel unbewußte Tugend, und welche Verpflichtung haben wir, ihr durch unsere Achtung beizustehen.«

Verga war es gelungen, eine Kontrastfigur zu der verworfenen Titelheldin des Romans *Eva* zu schaffen. Er wurde sich klar darüber, welche Möglichkeiten ihm die weitere Erschließung der mit *Nedda* angeschlagenen Thematik eröffnen konnte. Dies belegt der am 21. September 1875 an seinen Mailänder Verleger Emilio Treves gerichtete Brief, in dem Verga von einer im Entstehen begriffenen und am heimatlichen Meer spielenden Skizze mit dem Titel *Padron 'Ntoni* berichtete, die ihn allerdings noch nicht zufriedenstelle. Es handelt sich dabei um die Keimzelle zu dem Roman *I Malavoglia.*

Einige Jahre später nahm das Vorhaben eines großen Romanzyklus Form an, das er einem sizilianischen Bekannten in einem Brief aus Mailand am 21. April 1878 erläuterte: »Die erste Erzählung (sic!) der Serie, die ich in Kürze veröffentlichen werde, wird Dir mein Konzept deutlicher machen, falls mir dies gelingt. Um Dich zu ködern, will ich Dir sagen, daß es sich um fünf Erzählungen handelt, die alle unter dem Gesamttitel *Marea* (Gezeiten) stehen und lauten werden: 1. *Padron 'Ntoni,* 2. *Mastro don Gesualdo,* 3. *La Duchessa delle Gargantàs,* 4. *L'On(orevole) Scipioni,* 5. *L'uomo di lusso.*« Vollendet wurden nur zwei der hier genannten Werke: *Padron 'Ntoni* unter dem geänderten Titel *I Malavoglia* und *Mastro don Gesualdo.* Von dem Roman *La Duchessa delle Gargantàs,* später *La Duchessa di Leyra,* sind nur wenige Fragmente bekannt geworden. Von dem geplanten Roman eines Abgeordneten, *L'Onorevole Scipioni,* und dem eines Literaten, *L'uomo di lusso,* in denen sich der Schriftsteller mit den gesellschaftlichen und kulturellen Verhältnissen im jungen Königreich Italien auseinandersetzen wollte, existieren nur die Titel. Aus dem Rahmentitel *Marea* (Gezeiten) wurde später *I vinti* (Die Besiegten).

Die Arbeit an den *Malavoglia* nahm mehrere Jahre in Anspruch, so daß Verga, der bei seinem Publikum nicht in Vergessenheit geraten wollte, 1876 unter dem Titel *Primavera e altri racconti* (Frühling und andere Erzählungen) einen ersten Band mit gesammelten Erzählungen publizierte, die im wesentlichen der spätromantischen Thematik der damaligen Mailänder Künstlerboheme nahestehen. Gegen Ende der siebziger Jahre veröffentlichte er jedoch in verschiedenen Literaturzeitschriften Erzählungen in einem neuen Stil und mit neuer Thematik. Es handelt sich dabei um die 1880 unter dem Titel *Vita dei campi* (Leben auf dem Land) in einem schmalen Band gesammelten acht Texte, zu denen er unter anderem durch die *Schwarzwälder Dorfgeschichten* (1843–54) von Berthold Auerbach angeregt worden war. Diese waren 1869 in Florenz in einer italienischen Übersetzung erschienen.

Den größten Teil dieser neuen Novellen Vergas kennzeichnet eine durch die lokalen Traditionen sanktionierte absolute und kompromißlose Auffassung der Liebe. Sie ist eine elementare Leidenschaft, die nicht Gegenstand der Diskussion ist, sondern wie ein archaischer Ritus zelebriert wird. Die europäische Dorfgeschichte des neunzehnten Jahrhunderts stellte dagegen das Land in der Regel entweder als heile Welt dar, an der sich der Städter kräftigen und erbauen sollte, oder sie redete dem Landvolk mahnend und eifernd ins Gewissen. Verga verzichtet auf beides. Auch angesichts blutiger Auseinandersetzungen unterläßt er persönliche Kommentare: Der Erzähler verschwindet als greifbare Person aus den Geschichten.

In der Nachfolge Flauberts und Zolas und mit Hilfe des literaturtheoretisch engagierten Freundes Luigi Capuana entwickelte Verga in den späten siebziger Jahren zwar ein eigenständiges, als Verismus bekannt gewordenes Realismuskonzept, aber wie diesen französischen Schriftstellern ging es auch den beiden Sizilianern darum, den aufdringlichen und scheinbar allwissenden Erzähler abzuschaffen, der seine Leser mit Erklärungen entmündigte. Flaubert hatte in einer Reihe von Briefen an seine Freundin Louise Colet gefordert, der Autor habe in seinem Werk die Rolle Gottes im Weltall zu spielen, er habe »überall gegenwärtig und nirgends sichtbar zu sein«. Ganz ähnlich postulierte Verga in dem seiner Novelle »L'amante di Gramigna« (Die Geliebte des Gramigna) vorausgeschickten Widmungsbrief ein künstlerisches Werk:

»Ich glaube, der Roman, das vollständigste und menschlichste aller Kunstwerke, wird seinen Gipfel erreicht haben, wenn der Zusammenhang und die Übereinstimmung aller Teile einmal so vollständig sind, daß der Gestaltungsprozeß ein Geheimnis bleibt wie der Verlauf menschlicher Leidenschaften, wenn die Harmonie der Formen so vollkommen sein wird, die Echtheit ihrer Wirklichkeit so augenscheinlich, ihre Art und ihr Daseinsgrund so notwendig, daß die Hand des Künstlers durchaus unsichtbar bleibt und der Roman die Prägung des wirklich Geschehenen hat. Dann wird das Kunstwerk wie aus sich selbst heraus *entstanden* erscheinen, gereift und spontan hervorgegangen wie etwas Natürliches, ohne mehr irgendeinen Berührungspunkt mit seinem Schöpfer aufzuweisen. In seinen lebendigen Formen wird keine Spur mehr des Geistes sein, in dem es reifte, des Auges, das es erblickte, des Mundes, der die ersten Worte des schöpferischen *Es werde* murmelte. Es wird aus sich heraus sein, allein weil es so ist, wie es sein muß, und es muß so bebend lebendig und unveränderlich sein wie eine Bronzestatue, deren Schöpfer den göttlichen Mut hatte, sich davonzumachen und in seinem Werk zu verschwinden.«

Die Ereignisse werden von einer anonymen choralen Stimme, aber mit Metaphern und Bildern aus der bäuerlichen Umwelt berichtet, die nicht um Mitleid wirbt, sondern die Reaktion der Umwelt wiedergibt. Erbarmungslos heißt es daher gleich zu Beginn der Novelle »Rosso Malpelo« (Der Rotschopf), die vom Leben und Tod eines in einem Bergwerk arbeitenden Jungen erzählt:

»Rotschopf hieß er, weil er rote Haare hatte; und rote Haare hatte er, weil er ein tückischer und böser Junge war, der ein nettes Früchtchen zu werden versprach. Deshalb nannten ihn alle in der Sandgrube Rotschopf; und sogar seine Mutter hatte, da sie ihn nicht anders nennen hörte, seinen Taufnamen fast vergessen.«

Die Protagonisten der Novellen fristen oft am Rand des Existenzminimums und Tieren vergleichbar ihr Leben. Dessen ungeachtet erhalten sie nicht selten eine geradezu mythische Größe. Sie sind eingebettet in ihren scheinbar unveränderlichen Kosmos. Daher wirkt das Einvernehmen zwischen Natur und Mensch in der Erzählung vom Hirten Jeli nahezu vollkommen.

In Novellen wie »Cavalleria rusticana« und »La lupa« (Die Wölfin) hingegen herrschen Figuren vor, die wehrlos ihren Instinkten ausgeliefert sind. Sie stehen noch in der Tradition der europäischen Romantik und erinnern etwa an Prosper Mérimées »Carmen«. Das verbreitete Klischee von einem von Ehrgefühl und Leidenschaft beherrschten

Süden hat diesen Novellen später in ihrer Theaterfassung zu gelegentlichen Triumphen vor städtischem und bürgerlichem Publikum verholfen. Pietro Mascagnis Oper nach »Cavalleria rusticana« wurde 1890 eine Sensation, in Wirklichkeit aber hielt Verga das Theater für eine dubiose Form der Literatur, »die der Zustimmung von zwei- oder dreihundert Dummköpfen bedarf«.

Sarkastische Äußerungen dieser Art gehen nicht zuletzt auf die für Verga enttäuschende Erfahrung zurück, daß Leser und Zuschauer seine Werke nicht mehr akzeptierten, sobald er auf gängige Themen verzichtete. Das zeigte sich in aller Deutlichkeit, als 1881 bei dem Verlag Treves in Mailand sein Roman *I Malavoglia* erschien. Die Zeitschrift »Nuova Antologia« veröffentlichte zwar unter dem auf Rührung angelegten Titel *Poveri pescatori* (Arme Fischer) einige Textproben als Vorabdruck, aber Verga irrte sich nicht, als er hinsichtlich des Erfolgs der Buchausgabe in einem Brief vom 27. Februar seine Bedenken hinsichtlich der Publikumswirksamkeit seines veristischen Programms äußerte, das er selbst kurz charakterisierte: »Ich habe mich von Anfang an vollkommen mitten unter meine Personen begeben und den Leser so unter sie hineinversetzt, als ob er sie bereits kennen würde und immer mit ihnen und in jener Umgebung gelebt hätte. Es scheint mir dies die beste Art, um die vollkommene Illusion von Wirklichkeit zu vermitteln.«

Die in fünfzehn Kapitel gegliederte Handlung des Romans setzt im Dezember 1863 ein, als Padron 'Ntoni, der Eigentümer des Fischkutters »Provvidenza« (Vorsehung), sich auf ein finanziell und nautisch gefährliches und verhängnisvolles Unternehmen einläßt. Verglichen mit Alessandro Manzonis im siebzehnten Jahrhundert spielenden historischen Roman *I promessi sposi* (Die Verlobten), der etwa ein halbes Jahrhundert zuvor das gütige Walten Gottes in allen Wechselfällen menschlichen Schicksals zeigte, ist bei Verga von der »Vorsehung« nur der Name geblieben. Padron 'Ntoni lebt zwar mit seinen in allen Lebenslagen zitierten Sprichwörtern noch in einer scheinbar geschlossenen Welt, aber das Schicksal seiner Kinder, von denen zwei aus dem Familienverbund ausbrechen, offenbart, daß die archaischen Lebensformen leck geworden sind wie die »Provvidenza«.

In dem Augenblick, als das italienische Bürgertum mit der in Mailand veranstalteten »Esposizione Nazionale« seine Absicht kundtat, sich am Fortschritt des technischen und positivistischen Zeitalters zu beteiligen, mußte der Pessimismus von Vergas geplantem Romanzyklus »Die Besiegten« auf Unverständnis und Ablehnung stoßen. »In den *Malavoglia*«, schrieb Verga im Vorwort zu seinem Roman, »handelt es sich nur um den Kampf um die materiellen Bedürfnisse. Wenn diese einmal befriedigt sind, dann wird dieses Bemühen Gier nach Reichtümern.« Die unwirsche Kritik Vergas am Sozialdarwinismus seiner Zeitgenossen war ein Mißton in der Aufbruchstimmung des Bürgertums.

Der Schriftsteller ließ sich nicht beirren. Am 11. April schrieb er an Luigi Capuana: »*I Malavoglia* sind ein Fiasko geworden, ein vollständiges und vollkommenes Fiasko. (...) Das Schlimmste ist, daß ich von dem Fiasko eine hohe Meinung habe, und wenn ich noch einmal anfangen würde, dieses Buch zu schreiben, würde ich es daher genauso machen, wie ich es gemacht habe. Aber in Italien kommt die mehr oder weniger genaue Analyse ohne den Pfeffer dramatischer Inszenierung nicht an, und glaub mir, es bedarf des ganzen Eigensinns meiner Überzeugung, um nicht jene beim Publikum so beliebten Delikatessen anzurichten und mich dann darüber lustig zu machen.«

Für Verga bedeutete es unter diesen Umständen eine nicht zu unterschätzende Bestätigung der Richtigkeit seines literarischen Konzepts, als der in Paris ansässige Westschweizer Édouard Rod noch im Jahr der Veröffentlichung des Romans mit ihm Kontakt aufnahm, um die französische Übersetzung in Angriff zu nehmen. Schon im Mai des folgenden Jahres traf sich Verga daher mit Rod in Paris und besuchte bei dieser Gelegenheit Émile Zola in Médan.

Wie ein Rückfall in die Manier der »mondänen« Romane wirkt der 1882 veröffentlichte Roman *Il marito di Elena* (Elenas Gatte). Der Roman endet damit, daß der den

Launen seiner Frau ausgelieferte Mann diese in einer plötzlichen Aufwallung ersticht. Die soziale Umgebung, in der das Ehedrama spielt, bleibt sehr vage. Die Form dieses Werkes überrascht um so mehr, als Verga in den gleichzeitig entstandenen und 1883 veröffentlichten *Novelle rusticane* (Dorfgeschichten) seine in *Vita dei campi* und *I Malavoglia* erprobte erzählerische Methode konsequent weiterentwickelte und differenzierte: Während die Protagonisten der Erzählungen in *Vita dei campi* ihrer Leidenschaft bis zur Katastrophe mit bedingungsloser Ausschließlichkeit leben, werden nun in den *Novelle rusticane* die Konflikte von den gesellschaftlichen Spannungen der durch ihre spätfeudalen Strukturen geprägten Insel bestimmt.

Dem abschließenden Text »Di là del mare« (Jenseits des Meeres) kommt dabei als globale Zusammenschau der Handlungsorte und Handlungsträger besondere Bedeutung zu. Die Landschaft, in der die Malaria lauert und der Vulkan droht, verschließt sich jeder lyrischen Identifizierung. Die sozialen Institutionen aber sind auch dort, wo sie göttliches oder menschliches Recht zu vertreten vorgeben, lediglich Instrumente der Ausbeutung. Das Gesetz spricht nur jenen Recht, die es bezahlen können. Während Padron 'Ntoni die Welt der Tradition und die Religion der Familie mit allen Mitteln zu bewahren suchte und seinen Kindern deren scheinbar unverrückbare Normen einprägte, ist der Auflösungsprozeß der alten Ordnung in den *Novelle rusticane* weiter vorangeschritten. So hat in der Erzählung »Pane nero« (Schwarzbrot) etwa der Egoismus der einzelnen Familienmitglieder bereits ein derartiges Ausmaß erreicht, daß diese auch die elementarsten von Pietät und Tradition geforderten Rücksichten mit Füßen treten:

»Kaum hatte Gevatter Nanni die Augen geschlossen – der Priester stand noch da mit der Stola –, als schon Streit unter den Söhnen ausbrach darüber, wer die Ausgaben für das Begräbnis zu bezahlen hätte; den Priester schickten sie fort, mit dem Weihwasserwedel unter dem Arm.«

Verga verzichtet im Gegensatz zu Zola auf ausgeklügelte, von biologischen Faktoren wie Alkoholismus determinierte Familiengeschichten. Entscheidend ist bei ihm das unveränderbare soziale Gefüge. Diese Schlußfolgerung scheint die Erzählung »Libertà« (Freiheit) nahezulegen. Denn nach dem hier geschilderten blutigen Aufstand während Garibaldis Feldzug auf Sizilien wird alles wieder, wie es war.

In der Novelle »La roba« (Der Besitz) hat Verga fast im Stil eines Märchens in dem kurz skizzierten Lebenslauf des Maurers Mazzarò die zur Obsession gewordene Anhäufung von Besitz, die im Mittelpunkt seines Romans *Mastro don Gesualdo* (Buchausgabe 1889) stehen wird, thematisiert. Beide werden angesichts des bevorstehenden Tods zu »Besiegten«, der kinderlose Mazzarò genauso wie der alt gewordene Gesualdo, der verlassen im Palais seines Schwiegersohns in Palermo stirbt.

Auf die zwölf in Sizilien spielenden *Novelle rusticane* ließ Verga nach einem halben Jahr als Pendant zwölf Mailänder Novellen folgen. Sie sollten zunächst unter dem Rahmentitel *Vita d'officina* (Werkstattleben) zusammengefaßt werden. Dieser Titel wurde dann aber zu *Per le vie* (Auf den Straßen) geändert, womit der Inhalt dieser Erzählungen angemessener umschrieben ist. Nicht Arbeiter sind die Protagonisten dieser Erzählungen, sondern kleine Leute, Randfiguren, Stadtstreicher und Strichmädchen. Es handelt sich um Skizzen und Großstadtimpressionen. Der Gegensatz von Arm und Reich durchzieht zwar die ganze Sammlung, aber auch dort, wo die Handlungsträger diesen Gegensatz kommentieren, entsteht aus dem Nebeneinander nie ein gesellschaftlicher Konflikt. Wenn Ereignisse zu blutigen Auseinandersetzungen ausarten, handelt es sich um die Messerstechereien von Gleichgestellten oder um Instinkthandlungen von Triebmenschen. Gemessen an der von den großen französischen Realisten und Naturalisten des neunzehnten Jahrhunderts als bevorzugter Schauplatz gewählten Metropole Paris wirkt Vergas Mailand provinziell. Dazu trägt auch das mitunter geradezu liebevoll beschriebene Lokalkolorit bei.

Ohne spürbare Folgen blieb im Werk des Sizilianers ein Roman wie Zolas *Le ventre de Paris* (Im Bauch von Paris;

1873), der immerhin bereits drei Jahre nach seinem Erscheinen Ludovico Corio zu einer für die Zeitschrift »La vita nuova« durchgeführten Umfrage über »La plebe di Milano« (Der Pöbel Mailands) angeregt hatte. Aber auch in Vergas Mailand sind die Menschen in einen Lebensrhythmus eingespannt, der kaum noch Raum zu persönlicher Entfaltung läßt. Aus der Sicht der Lebensbedingungen in der norditalienischen Metropole wirken die unter den sizilianischen Verhältnissen lebenden Menschen, trotz der empörenden Ausbeutung, der sie dort ausgeliefert sind, eigenständiger: Der Rotschopf etwa erduldet seine Existenz nicht passiv; er reagiert und handelt, und selbst noch nach seinem Verschwinden im Bergwerk ist er im Bewußtsein der in den Stollen Arbeitenden präsent, da sie fürchten, ihn plötzlich vor sich erscheinen zu sehen.

Die späteren Novellensammlungen Vergas lassen die thematische Geschlossenheit der um 1880 entstandenen vermissen. Am ehesten läßt sich in *Vagabondaggio* (Wanderelend; 1887) noch eine sinnvolle Verklammerung der Erzählungen erkennen. Wurzellose Vagantenexistenzen und am Rand der Gesellschaft oder der Legalität angesiedelte Figuren sind hier noch mehr als in der Sammlung *Per le vie* die eigentlichen Protagonisten des Geschehens.

Besonders in den unter dem Rahmentitel *Don Candeloro e C.i* (Don Candeloro & Co.; 1894) gesammelten Erzählungen wird deutlich, daß der Erzähler Verga nun wieder zu den unter den Vertretern der Mailänder Boheme beliebten Themen zurückkehrte. So gelungen einzelne dieser Novellen durch ihre mitunter geradezu humoristische Verspottung der Lebensgewohnheiten der handelnden Personen sind, so bleibt doch offenkundig, daß einige ohne innere Notwendigkeit geschrieben wurden. Dies gilt sowohl für den größeren Teil der unter dem Rahmentitel *Drammi intimi* (Intime Dramen; 1884) gesammelten sechs den »mondänen Romanen« nahestehenden Erzählungen als auch für die sieben Novellen der *Ricordi del capitano d'Arce* (Die Erinnerungen des Kapitäns d'Arce; 1891).

Die vorliegende Auswahl aus den insgesamt neunundachtzig Erzählungen Vergas, von denen der Schriftsteller die in den Gesamtausgaben unter dem Titel *Novelle sparse* (Verstreute Novellen) gesammelten nie in Buchform veröffentlichte, enthält nahezu die Hälfte von Vergas fiktionaler kurzer Prosa und ist daher repräsentativ genug, um die wesentlichen inhaltlichen und formalen Tendenzen seines Werks zu dokumentieren.

Über das Erlahmen von Vergas Schaffenskraft nach dem für seine veristische Phase bedeutenden Jahrzehnt ist viel gerätselt worden, da er mit vertraulichen Mitteilungen geizte und übrigens auch sein Privatleben als Junggeselle so zurückhaltend wie möglich gestaltete. »Ich bin ein Einzelgänger«, gestand er Édouard Rod in einem Brief vom 15. August 1906, »und ich kümmere mich auch nicht um den Erfolg und die Schauspieler und verstehe es auch nicht, hinter ihnen herzulaufen.« Alle Geschäftigkeit war ihm verhaßt, und sein Verhältnis zur Gesellschaft erinnert an das von Gustave Flaubert, dessen grundsätzliche Skepsis er teilte und den er daher vor allem wegen seiner Verhöhnung bürgerlichen Fortschrittsglaubens in *Bouvard et Pécuchet* bewunderte.

Der »galantuomo« Verga glaubte ebensowenig an revolutionäre Erneuerung wie der Fürst Don Fabrizio in Giuseppe Tomasi di Lampedusas Roman *Il gattopardo* (Der Leopard; 1958), aber sein um objektive Darstellung bemühter veristischer Stil erlaubte es ihm, unabhängig von persönlichen Überzeugungen die Verhältnisse seiner Heimat und seines Landes darzustellen. Die Aussagekraft seines Werks wird daher durch Äußerungen wie jene vom 15. Mai 1896, mit der er sich unbestechlich von der konstitutionellen Monarchie Italiens distanzierte, nicht beeinträchtigt: »Ich bin bourbonisch, klerikal und republikanisch, alles, nur nicht konstitutioneller Monarchist. (...) Ich lese keine Zeitung mehr und schaue keinen Soldaten mehr an aus Scham darüber, daß diese Regierung und dieses Parlament die meinigen sind, wie dieses Land, wo die Leute in Mailand demonstrieren.«

Im September 1920 wurde aus Anlaß seines achtzigsten Geburtstags Vergas Werk im Teatro Valle in Rom in Gegenwart des damaligen Kultusministers Benedetto Croce feierlich gewürdigt. Einem Festakt im Teatro Massimo in

Catania, bei dem Luigi Pirandello die Ansprache hielt, blieb der eigenbrötlerisch verschlossene Schiftsteller fern. Zwei Jahre später starb er in seiner Heimatstadt.

Die herausragende Rolle Vergas in der italienischen Literatur des neunzehnten Jahrhunderts wurde erst langsam angemessen gewürdigt. Die Neorealisten der vierziger Jahre verehrten in ihm einen Vorläufer, und den »Fall Verga« diskutierten vor allem marxistische Kritiker nach 1945. So verschieden dabei auch die einzelnen kritischen Positionen und Ergebnisse waren, so hat der sizilianische Schriftsteller dabei doch stets an Statur gewonnen.

Johannes Hösle

Editorische Notiz

Die Übersetzung basiert auf der 1980 bei Garzanti, Mailand, unter dem Titel *Le novelle* erschienenen und von Nicola Merola betreuten zweibändigen Gesamtausgabe der Erzählungen.

Die beiden Erzählungszyklen *Vita dei campi* und *Novelle rusticane* wurden in der Übersetzung von Hannelise Hinderberger unter dem Titel »Sizilianische Novellen« bei der Büchergilde Gutenberg, Frankfurt a. M. 1955, publiziert und für die vorliegende Ausgabe von Dora Winkler durchgesehen. Alle anderen Erzählungen wurden von Marianne Schneider übertragen, mit Ausnahme der Geschichte »Ein Prozeß«, die von Elke Wehr übersetzt wurde.

Die Erzählung *Nedda* erschien erstmals 1874. Die Erzählungszyklen *Vita dei campi* (1880; »Träumerei« bis »Pentolaccia«) und *Novelle rusticane* (1883; »Hochwürden« bis »Jenseits des Meeres«) sind im vorliegenden Band komplett abgedruckt. Die Erzählungen »Beim Maskenball«, »Der Kanarienvogel von Nr. 15«, »Das Wirtshaus ›Zur guten Freundschaft‹«, »Kameraden« und »Der letzte Tag« sind dem Band *Per le vie* (1883) entnommen, »Der goldene Schlüssel« stammt aus dem Band *Drammi intimi* (1884). Die Erzählungen »Wanderelend«, »Der Lehrer«, »Ein Prozeß«, »Die Choleraleute« und »Lacrymae rerum« sind in dem Band *Vagabondaggio* (1887) enthalten. Aus dem Band *Don Candeloro e C.i* (1894) stammen die Geschichten »Don Candeloro & Co.«, »Die Sünde der Donna Santa« und »Komödien des Lebens«. Die Erzählung »Die Wolfsjagd« erschien erstmals in der Zeitschrift »Le Grazie« (Catania, 1. Januar 1897).

Inhalt